TAIFUNHERZ

Die Augen des
Fischermädchens Valerie

※

»Du wolltest meinem Volk doch helfen. Und jetzt? Mach endlich was!«

»Wer gibt mir das Recht zu entscheiden, wen wir mitnehmen? Ich bekomme vielleicht 200 Leute hier zusammengequetscht und dann? Wen nehmen wir mit? Rodrigo, Joy, deine Eltern? Manong Manu und seine Frau, der du ewigen ›Utang‹ schuldest?«

» Sie hat mir mein Leben gerettet, vergiss das nicht.«

»Ich verstehe dich ja! Sollen wir die Nachbarn auswählen? Die Leute, die nett sind? Lisa, deine Freundin? Die Kinder? Wenn wir zurückkommen sollten, was können wir mit ihnen eigentlich machen, wenn ihre Eltern das nicht überlebt haben sollten? Die Geschwindigkeit reicht höchstens bis Negros Oriental, bestenfalls bis Mindoro. Vergiss es. Dieser ›Yoyleen‹ wird uns mitten auf dem Meer einholen.«

※

© 2024 Hans Radmann

Taifunherz
(Die Augen des Fischermädchens Valerie)

Herstellung und Verlag:
BoD - Books on Demand, Norderstedt
ISBN: 978-3-758-31325-7

All rights reserved – alle Rechte vorbehalten
Der Nachdruck und die elektronische Vervielfältigung, auch auszugsweise, sind nur nach Zustimmung durch den Autor gestattet. Das Cover und die Texte sind urheberrechtlich geschützt, eine Nutzung ohne Genehmigung des jeweiligen Urhebers ist unzulässig.

Hans.Novelbooks21@gmail.com

Bildbiografische Information der deutschen Nationalbibliothek: Die deutsche Nationalbibliothek verzeichnet diese Publikation in der deutschen Nationalbibliografie, detaillierte bibliografische Informationen sind im Internet über http://dnb.dnb.de abrufbar.

MIX
Papier aus ver-
antwortungsvollen
Quellen
Paper from
responsible sources
FSC® C105338

Über diesen Roman

So unterschiedlich die beiden Hauptakteure sind, so intensiv entdecken sie auch ihre Gemeinsamkeiten und Erfahrungen, in einem liebenswert exotischen Umfeld, das jäh zu einem Ort des Entsetzens werden konnte. Die Gefühlswelt und Interaktion zwischen der jüngsten Tochter einer Fischersfamilie und einem Auswanderer, der den Verlust seiner Frau verarbeiten muss, der intensive Ausdruck ihrer Emotionen, dazu die Macht der loyalen Freundschaft und einer Liebe, die Enttäuschungen und von Menschen nicht verhinderbare Tragödien übersteht.

Alle im Roman wirkenden Protagonisten (ebenso deren ohne Vorlagen digital erstellten virtuellen Bildnisse) und die Naturkatastrophe sind Fiktion und ausschließlich ein Romanthema. Ähnlichkeiten mit tatsächlich lebenden Persönlichkeiten am Ort der Handlung wären absolut zufällig. Das Buch ist in den meisten Details nicht autobiografisch.

Katastrophenthriller in Verbindung mit einer Liebesgeschichte? Oder Love-Story mit tragischer Komponente? Machen Sie sich einfach auf die Reise und erleben Sie die herrlich ausdrucksstarken Augen von ›Taifunherz‹, dem Fischermädchen, und die Gefühlswelt ihrer Mitprotagonisten hautnah.

Es ist mir in Verantwortung eines Autors wichtig zu erwähnen, dass die Schilderungen des Tropenhurrikans und dessen Auswirkungen sensible Leser emotional schwer berühren könnten, zudem werden eheliche Liebesspiele wegen des unabdingbaren Aufbaus in der Love-Story Komponente beschrieben.

Der Autor

Ich bin seit 1995 mit einer Filipina verheiratet, beherrsche annähernd fließend die Tagalog-Sprache, mag die Kultur des Landes und setze sich mit den Lebensverhältnissen, der Kunst und der kulturellen Geschichte der Region auseinander, aus der die Familie meiner Frau stammt. Sie und ich dürfen heute auf viele Jahre Abenteuer und gemeinsame Episoden in unserer intensiven Liebe zueinander zurückblicken. Dies brachte mich natürlich auch viele Male als Reisender auf die Philippinen. Mittendrin kam das Jahr 2013. Die Auswirkungen des Taifuns ›Haiyan‹ waren furchtbar. Als Aufbauhelfer auf Panay Island gewann ich Eindrücke, die mich zum Schreiben eines Romans mit diesem Thema ermunterten.

Die Handlungen werden so geschildert, dass es dem Leser in manchen Passagen wie ein Filmdrehbuch vorkommen wird. Die Akteure lassen die Wesenszüge jener Exotik in durchgängiger Konsequenz lebendig werden. Zudem erarbeite ich als Zeichner meine Figuren selbst, um bestimmte Attribute von ihnen auf den Covern bildlich einfließen zu lassen.

Die Orte Lawigan, San Joaquin und Katikpan sind mir sehr vertraut und ich mag diese Gegend direkt am Meer. Es freut mich natürlich, dass sie noch nicht von so einem Naturereignis derart beschädigt worden sind und ich hoffe sehr, dass dies auch so bleibt. Sie dienen nur als fiktive Orte dieser Geschichte.

Auf den letzten Seiten ist ein Glossar für die philippinischen Wörter beigefügt, die im Text gelegentlich eingesetzt wurden.

☥ Der Fund des Tagebuches ☥

Befreiend schön fühlte es sich an, richtig entspannend. Doktor Nils Becker stand einige Meter von der Wasserkante entfernt, atmete die salzig frische Meeresluft ein und sah sich um. Junge, schwarzhaarige Frauen grüßten ihn schüchtern kichernd beim Vorbeigehen. Graue Betonplatten oder Absperrgitter waren an diesem Ort im Gesamtambiente unbekannt. Ungastliche Stille, traurig wirkende Bahnpendler in halbem Schlafzustand oder mit Handys bewaffnete, abwesende Zeitgenossen auf lauten Hauptverkehrsstraßen fehlten ihm fast schon, denn solches konnte Doktor Becker hier nicht ausmachen. Wo er herkam, war es alltäglich. In diesen Momenten erlebte er Befreiung in der Realität mit dem feinen Sand unter den Füßen, vereint mit den Bewegungen in den Palmwipfeln. Nils Becker fühlte seine Idylle in einem allgemein so tituliertem Inselparadies. Fröhliches Lachen der Kinderscharen am Strand, die mit Bambusrohren im Wasser herumplanschten, untermalt vom Wellenrauschen im Süden von Panay Island. Das war zweifellos echter Holiday. Eine Art Urlaub, welche der Psychotherapeut noch nie so erlebt hatte. Becker war heilfroh, einmal nicht an einen der in der Welt so populären Orte gereist zu sein. Reiseziele, die zu viele Leute kannten und über die sie ellenlange, langweilige Monologe zum Besten gaben. Bangkok, Shanghai, die Malediven. Dort zog es etliche seiner Bekannten hin. Doch die Idee eines Kollegen klang exotisch, der bereits öfter auf die Philippinen zum Tauchen gereist war. Der empfahl dem ziemlich überarbeiteten Arzt bei einem Barbesuch in der Metropole Frankfurt, es auf dem Inselreich mit der, wie er sagte, besten Entspannung der Welt zu versuchen und dabei neue Eindrücke in Form von Aufnahmen, eingefangen mit der Spiegelreflexkamera, zu gewinnen. Becker hatte in den letzten Wochen jede Menge Patienten behandeln müssen, die wegen Angststörungen zu ihm gekommen waren.

Nun brauchte auch er einen Abstand für diese drei Wochen. Hier erschien das Leben recht einfach, aber fröhlich leicht. Vieles war ungetrübt easy gehalten, jenes in den Augen eines Europäers so empfundene Leben dieser Inselbewohner. Die Fischerboote mit den typischen Auslegern faszinierten ihn ebenso wie die entspannten Leute, bereit für jede Art von Lächeln, angefangen von dezent schüchterner Manier bei einigen jungen Mädchen über breitem Grinsen der lustigeren Typen bis hin zu wild kopfnickenden Gesten der Straßenhändler mit dem Gedanken an ein vorteilhaftes Geschäft mit dem Fremden. Becker beobachtete, wie zwei Männer in ihrem langgestreckten Auslegerboot an einer mit Haken gespickten Schnur jede Menge Fische an Bord holten, während er amüsiert darüber nachdachte, dass er und seine High-Tech-Ausrüstung zuhause es gerade fertigbrachten, einen Karpfen nach einer Stunde aus einem Anglersee zu holen. Seine Bleibe für die nächsten fünf Tage sollte ein Cottage-Haus aus Bambus mit Ventilator und Duschbadezimmer werden. Es war beileibe kein Luxusresort, aber authentisch und preiswert. San Joaquin mit den beiden Orten Lawigan und Katikpan erschien touristisch ein halb weißer Fleck auf der Landkarte und das genau war es, was Nils Becker haben wollte. Ein Restaurant mit Inneneinrichtung in original philippinischem Stil gab es, ein paar Läden und eben dieses wunderschöne Meer, in dem all die Kinder fröhlich lachend spielten. Gerne wollte Becker mehr in diesem Küstenort erkunden. Fast hätte er ein Fachbuch über angewandte Psychologie in sein Handgepäck gestopft, aber im letzten Moment entschied er sich dagegen. Vielleicht gab es hier englischsprachige Bücher mit Themen, die sein neugieriges Wesen befriedigen konnten. Seit ein paar Minuten beobachtete ihn dieser junge, schlanke Filipino einige Meter weit entfernt. Er schien sofort verstanden zu haben, dass der fremde Reisende Hilfe benötigen könnte. Becker erwiderte den Blick des jugendlichen Kerls, der mit kecker Courage zu fragen begann.

»Sir, entschuldigen Sie. Kann ich Ihnen helfen?«

»Warum nicht? Ich komme aus Manila und bin tatsächlich das erste Mal auf den Philippinen. Es muss doch spezielle Dinge bei euch geben. Ich meine, interessante Orte für meine Fotokamera. Alleine suchen würde gehen, aber ob ich dabei so erfolgreich wäre?«

Der junge Mann lächelte, reichte seine Hand zum Gruß. Alleine suchen? Er hatte seinen Kunden gefunden.

»Ich werde Kaloy genannt. Freut mich, Sir.«

»Nils. Freut mich ebenso.«

»Dass Sie hier das erste Mal sind, würde ich nicht so laut sagen. Wer weiß schon, ob das nicht jemand für sich ausnutzen möchte. Ich könnte Sie für ein kleines Entgelt einen Tag lang begleiten und ein Boot chartern. Ich kenne die meisten Bootsführer hier. Eigentlich alle. Manchmal kommen dort unten Wale durch, da muss man Glück haben. Vielleicht erwischen wir heute ein paar Delphine.«

»Warum sprechen die Bootsbesitzer mich nicht selbst an?«

»Warum sprechen Sie die Bootsleute nicht selbst an?

»Super geantwortet, junger Mann. Vielleicht können sie mich nicht verstehen mit meinem Englisch?«

»Hier kann jeder Schuljunge Englisch. Manche können ein Boot steuern, andere sind gut im Kundenwerben. So funktioniert das hier.«

»Glaube ich dir sofort.«

»Delphine anschauen, Sir?«

»Komm jetzt, die gibt es hier?«

So recht schien der Jugendliche an seine Worte in Bezug auf die Delphine nicht zu glauben, wenn der Gesichtsausdruck, den Becker bei dem intelligenten Kerl zu erhaschen meinte, dem entsprach, was er dachte.

»Bist du Fremdenführer?«

»Ich mache jede Menge Sachen, Sir. Und Sie?«

»Ich bin Arzt.«

»Keine Angst, ich bin nicht krank. Warum gehen Sie nicht nach Boracay oder nach Palawan? Dort kann man Korallen sehen, einen Haufen Restaurants besuchen, Cocktails trinken, Karaoke singen und jede Menge Amerikaner treffen.«

Geschäftstüchtig war dieser Kaloy schon, das war unübersehbar, dazu kam sein geschulter Blick. Wer in jungen Jahren bereits aufmerksam war, wie er zu Pesos kommen konnte, würde es im fortgeschrittenen Alter sicher noch weit besser in diesem Land, das fernab der Heimat Doktor Beckers so ungeordnet schien, wenn auch freundlich exotisch.

»Denkst du denn, dass ich Amerikaner bin?«

Kaloy grinste als Antwort auf Beckers Statement etwas scheu zurück und verriet schon dadurch, dass er wohl falsch gelegen haben musste. Nils Becker erleichterte die fast schon lustig anmutende Verlegenheit des jungen Kerls.

»Ich komme nämlich aus Deutschland.«

Kaloy zog überrascht die Augenbrauen hoch.

»Wer ist denn schon ein ›Foreigner‹? Ich möchte das Leben der einfachen Leute studieren. Mich reizt es zu sehen, wie Menschen in ihrem wirklichen Lebensalltag zurechtkommen.«

Nils Becker hatte das Gefühl, dass der junge Mann nicht wirklich verstand, was er gerade sagte oder vielmehr erklären wollte. Sicher war das dem Umstand geschuldet, dass Kaloy einfach hier aufgewachsen war oder ihm nicht glaubte.

»Ich würde mich freuen, wenn du mir in San Joaquin etwas zeigen würdest. Ich bin sicher, du kennst dich gut aus.«

»Halber Tag? Ganzer Tag? Ich mache Ihnen auch einen Bonus.«

Kaloy witzelte nach der Übereinkunft über den Preis seines Fremdenführerservices, dass es sofort losgehen konnte. Das Wetter leuchtete schließlich herrlich, die Kamera war bereit, die Speicherkarte noch jungfräulich. Nach einem Marsch von gut einer halben Stunde sah Doktor Becker eine sichelförmige Bucht und fotografierte interessiert die Form der Landzunge und drei davorliegende Felsen, an denen sich sanft die Wellen brachen. Dieser Streifen hinter der Bucht erstreckte sich immer spitzer zulaufend weit in das Meer hinaus. Ein Einheimischer hätte dessen Form mit einem Zuckerrohrmesser verglichen, diesem dünnen, gebogenen Werkzeug, welches hier im Land in der gleißenden Hitze für dessen Ernte verwendet wurde. Die knollenförmigen Felsen muteten wie eine lustige Verzierung der Landzungenspitze an. Das brennweitenstarke Ultra-Teleobjektiv von Beckers neuer SLR-Kamera war hervorragend geeignet, die weit entfernte Szenerie sauber einzufangen. Schaumkronen wurden in die Luft geworfen, als die Wellen gegen diese Felsen schlugen. Ein Anblick, gemacht für ein präzises, originelles Foto. Nils Becker musste plötzlich innehalten. Sein Objektiv hatte ein merkwürdiges Gebilde hinter der Felsengruppe ausgemacht. Er sah zu seinem Begleiter mit der Baseballkappe herunter, der auf einem Stein hockte und in einem Buch zu lesen begonnen hatte.

»Sir?«

»Was schaut dort aus dem Wasser hinter diesen Felsen? Ich sehe ein langes Stück Holz an einem Gestell oder so etwas in der Art. Was ist das für eine Konstruktion? Bindet man dort Netze fest oder was ist das?«

Es dauerte auf einmal mit der Antwort aus dem Mund des jungen Mannes, den ein kurzzeitiger Schreck schüttelte. Die Frage hatte ihm nicht gefallen. Becker erkannte das blitzartig. Er war einfach sensibel und geschult. Die Erfahrungen seiner Arbeit ließen sich nicht wegwischen, auch nicht im Urlaub.

»Ist alles in Ordnung?«

»Das da hinten ist ein umgekipptes Schiff, Sir.«

»Ach so, ein Schiffswrack. Es sieht aus, als wäre es ein großes Boot wie ihr es hier habt, mit diesen Auslegern. Wann ist das passiert?«

»Vor vier Jahren.«

»Du kennst den Vorfall mit dem Boot? Wem gehörte es?«
Ein Innehalten, vielmehr eine Art entzücktes Lächeln wehte über das Gesicht des jungen Filipinos.
»Meinem Kuya. Das Schiff hat einen schönen Namen. Übersetzt ins Englische heißt es: ›Freund von der Insel Panay‹.
»Dein ›Kuya‹? Meinst du damit einen guten Freund?«
Kaloy druckste etwas herum. Was ging diesen fremden Mann seine Geschichte an? Konnte man ihm überhaupt trauen?
»Warum wollen Sie das wissen? Ich kenne Sie doch gar nicht.«
»Entschuldige bitte, junger Mann.«
Kaloy musterte den Arzt lange. Er schien ihn abzuscannen, um herauszufinden, wie vertrauenswürdig der Fremde wirklich sein mochte. Die Fragerei gehörte nicht zum Service, aber so waren diese Touristen eben. Manchmal nervte Kaloy das, aber hier war es anders. Der Mann neben ihm schien aufrichtiger zu sein als die meisten Typen, die er hier schon herumführte und von denen einige ziemlich schnell nach Bars und Kontakten zu jungen Frauen nachfragten. Kaloy war erst 16 und traditionell erzogen. Er fand diese Urlaubsbeziehungen zwischen den einheimischen Mädchen und den Reisenden nur schrecklich.
Ohne zu wissen, dass Kaloy als Tour Guide schon reichlich Erfahrung hatte, wünschte sich Doktor Becker in seiner Neugier einfach mehr zu erfahren. Er hatte sich bereits in dem Resort umgesehen, in dem er eine Hütte bewohnte und in Gesprächen unter den Leuten Wörter wie ›Kuya‹ oder ›Tita‹ aufgeschnappt. Es schien ihm, dass diese Begriffe Redewendungen waren, die einen sozialen Stand, einen Rang oder Respekt vor dem Alter des Angesprochenen zum Ausdruck brachten. Der Psychologe hatte stets den Adlerblick in seiner manchmal penetranten Neugier, machte sich gerne Notizen in einem Sketchbook, wenn er etwas für ihn wirklich Neues erfuhr. Die meisten Ausländer kamen zum Spaß haben auf die Inseln. Nils Becker sah Spaß für sich im Nachforschen und im Sammeln neuer Eindrücke.

Tatsächlich hatte er kurz nach dem Einchecken in dem Resort sich die Details der Machart seiner Bambushütte betrachtet und war amüsiert über die Dusche in Form einer Betonschale umringt von einer halbhohen Rohziegelwand. Der Deckenventilator war obligatorisch, die lackierten Bambuswände authentisch. Mit Einheimischen ins Gespräch zu kommen, liebte er. Und Kaloy war ein netter Junge, der nun jede Scheu vermissen ließ.

»›Kuya‹ sagt man hier zu älteren Leuten, stimmt's?«
» Ja, Sir.«
»Wer ist denn dein ›Kuya‹? Lebt er hier im Ort?«
»Er lebt in Deutschland. Ein Foreigner wie Sie.«
»Warum ist dieses Boot gekentert?«

Es schien nun, dass Nils Becker wieder, auch im wohlverdienten Urlaub, ins Hamsterrad des Berufs zurückgerutscht war. Fragen stellte er seinen Patienten natürlich ständig, erforschend deren Ängste, Hintergründe, Leiden, Paniken und Gefühle. Kaloy begann traurig nach unten zu sehen, blätterte nervös in seinem Buch und lachte leicht sarkastisch auf.

»Ein Boot...? Hören Sie.«

Kaloy's Blick hatte etwas Ironisches angenommen.

»Das ist ein Schiff mit fast 24 Metern Länge, kein Boot.«

Becker bemühte sich gegenwärtig um Höflichkeit. Er war eben das touristische Greenhorn, der manches kulturelle Hindernis mit Wort und Tat zu überbrücken gedachte.

»Entschuldige bitte, wenn ich etwas Blödes gefragt habe.«
»Schon gut, Sir. Es war..., es war wegen ›Yoyleen‹.«
»Yoyleen? Interessanter Name. Eine Frau?«
»Er hat das Schiff zerstört. Unser Gott und mein Kuya Anthony haben mich beschützt. Die ›Kaibigan of Panay‹ konnte niemand retten. Manong Manu hatte das vorhergesagt.«
»›Kaibi...‹ was ›of Panay‹? Was bedeutet das?«
»Sagte ich doch schon. Freund von Panay. Damals... Yoyleen.«
»Bitte. Ich kapiere gerade nicht...«

Nils Becker setzte sich neben den traurigen jungen Kerl, der sich zitternd auf seine Lippen beißen musste.

»Hey. Das tut mir leid. Dein Kuya Anthony muss darüber auch sehr traurig gewesen sein.«

Kaloy nickte nur, es war ihm unangenehm, über jene Erlebnisse weiter zu reden, dies spürte Becker genau. Konnte es sein, dass der junge Mann etwas emotionell verarbeitete, was ihm bis jetzt nicht so gelungen war, wie er es sich wünschte?

»Schon gut, Sir. Möchten Sie weitergehen?«

Nils Becker fühlte ein starkes Begehren, diese Geschichte ganz zu erfahren. Er wusste aus verschiedener Literatur, dass asiatische Menschen angeblich nicht so einfach aus sich herausgingen und über emotionale Dinge redeten, wenn jemand vor ihnen stand, den sie nicht kannten. Geld für eine Story anbieten war ihm zuwider und ein solcher Gedanke allein wäre schon zutiefst unhöflich gewesen.

»Mich würde die Geschichte von deinem Freund Anthony sehr interessieren. Das beeindruckt mich.«

Kaloy glotzte diesen Doktor an und blätterte währenddessen in dem kleinen Buch.

»Uns beeindruckt das nicht. Wenn eine Stadt wie diese von einem ›Signal 4‹ zerstört wird.«

»Jetzt begreife ich. ›Yoyleen‹ war ein Unwetter, nicht wahr?«

»Die kriegen alle hier Namen. Die Taifune..., der Tod.«

»Darf ich fragen, was du da liest?«

»Meine Bibel, die hat mir Tita Ynez geschenkt.«

»Eine Lehrerin von dir?«

»Nein. Sie war die Frau von Kuya Anthony.«

»Dann ist sie also eine Filipinerin.«

»Sicher doch, Sir. Sagen Sie bitte ›Filipina‹.«

Kaloys Blick wurde wieder steinern. Nils Becker wartete einen Moment ab und fragte vorsichtig weiter, dabei fokussierte er die Teile des gekenterten Schiffes hinter den drei Felsen.

»Ich möchte dort hinfahren.«

Kaloy sprang auf und klopfte sich den Sand von seiner Boxershorts.

»900 Pesos für zwei Stunden. Abgemacht? Dort hinten liegen Boote. Ich kenne die zwei Männer gut.«

Eine Stunde später hatte das Achtmeterboot mit seinen Insassen das Wrack erreicht. Etwa 15 Meter von dem aus dem Wasser ragenden Schiffsteil entfernt machten sie halt. Nils Becker war plötzlich beunruhigt, doch weiter interessiert zu erfahren, was es mit diesem seltsamen Wasserfahrzeug auf sich hatte. Fasziniert richtete er seine Kamera auf das Gebilde. Der aus den Fluten ragende Seitenrumpf war doppelt so lang wie das Boot, in dem die Männer saßen. Er schaute auf ihr eigenes, dagegen winziges Gefährt. Dessen Seitenrümpfe waren jeweils an zwei, mit Leinen verspannten Bambusauslegern verbunden und bestanden ebenfalls aus einem dicken Bambusrohr. Doch dieser aus dem Wasser ragende Seitenrumpf war an fünf fachwerkartigen Trägern mit angerosteten Metallteilen befestigt. Es war eine Hohlkastenbauweise, aufwendig glattgeschliffen ausgeführt, als es noch intakt war. Nun aber zeigte sich die Oberfläche verwittert und grau. Modern wie ein schnittiger Rennsegler mutete das gekenterte Schiff schon an. Becker war mehr als verwundert, dass es in den Jahren nicht vollends zertrümmert worden war. Rein technisch erschien ihm das ungewöhnlich. Um zu ergründen, warum, versuchte er durch das Kameraobjektiv Details zu erhaschen, die eine gewinnbringende Antwort liefern könnten. Diese Auslegerstreben zeigten sich ebenfalls grau verwittert und waren teilweise angebrochen. Durch die Bruchstellen konnte er rotes Holz erkennen, was auf Mahagoni hindeutete. Besonders seltsam kamen ihm die rostigen Schraubenfedern vor, die den Seitenrumpf offensichtlich gegen den Hauptschiffskörper beweglich abstützten. Trotzdem konnte Nils Becker es nicht glauben. Die

Brandung war zwar recht sanft an jenem Tag und schien sich vor dem Wrack an der Stelle bei den drei Felsgebilden aufgrund deren Form zu teilen, aber es musste ja klar sein, dass dies nicht immer so ruhig zugehen mochte, was die anlandenden Wellen betraf. Unterhalb des Wassers konnte man den Umriss des Hauptrumpfes erkennen, in dessen Mitte eine Art Aufbau zu sein schien, dessen Dach bereits völlig fehlte. Die Stümpfe zweier Masten waren zu erkennen, wenn auch schwach inmitten des auf und ab schwappenden Wassers. Hinter dem fast aufgelösten hölzernen Aufbaus waren rostige Metallelemente zu erkennen, die Teile des Antriebs gewesen sein mussten.

»Es liegt wirklich schon vier Jahre hier?«

»Ja, Sir.«

»Diese Stümpfe. Hatte das Ding etwa auch Segel?«

»Das ist kein ›Ding‹. Die ›Kaibigan of Panay‹ war das schönste Schiff, was wir hier je zu sehen bekommen haben.«

»Aber warum ist es immer noch so intakt?«

»Das Meer zerschlägt jedes Wrack irgendwann. Dieser Ozean tötet Menschen. Zusammen mit einem Wirbelsturm ganz sicher.«

Nils Becker begriff das einfach nicht. Ein großer Ozeandampfer war einmal vor Fuerteventura gestrandet, nachdem er sich in einem Sturm von dem Schlepper losgerissen hatte und begann schon nach etwa drei Tagen in der Mitte auseinanderzubrechen. Wieso lag ein solches Holzschiff dann noch so sichtbar in einem Stück hier? Kaloy hatte seine eigene Erklärung und sah in den Himmel.

»Man soll vielleicht sehen, dass dies dort ein Fehlschlag war und wir Menschen nicht hochmütig werden sollen.«

Nils Becker meinte zu verstehen, erwiderte aber nichts. Er war nicht religiös, eher agnostisch veranlagt. War das hier einfach nur ein umgekipptes Wasserfahrzeug oder steckte etwas dahinter, was Becker Einblicke in Gefühlswelten von interessanten Menschen, von einfachen Fischern oder mit Sehnsüchten geplagten Liebenden verschaffen sollte. Kaloy suchte in seinem Rucksack und kramte ein verknittertes Buch hervor.

»Ich will Ihnen sagen, was das ist.«

Plötzlich jedoch sprang der Junge hoch, ließ das Buch fallen und gestikulierte wütend zu zwei bei dem Wrack aufgetauchten Männern, die ein Metallteil in der Hand hatten. Becker griff rasch nach diesem Büchlein, um es vor der Wasserlache auf dem Bootsboden zu retten.

»Verschwindet da! Hört ihr? Lasst das Schiff in Ruhe! Ihr seid freche Diebe! Lasst diese Sachen dort, wo sie sind. Sie gehören euch nicht! Haut ab da!!«

Diese beiden Taucher schauten nur desinteressiert zu den Männern im Boot, als würde sie das alles gar nicht berühren. Kaloy war zornig und fing an, leise zu weinen. Nils Becker wollte einlenken, so als hätte er sofort verstanden, was hier offenbart wurde. Er beschaute das zerlesene Buch. Es war nicht die Bibel, die er vorher bei dem aufgeregten Jungen entdeckte und die im Übrigen sehr gepflegt aussah. Kaloy setzte sich gehetzt atmend wieder auf seine Sitzstrebe im Boot.

»Blöde Diebe sind das! Man tut so etwas nicht. Arschlöcher. Keinen Respekt!«

Scheu und zurückhaltend beobachteten die Männer, die das Boot steuerten, die Szene und mischten sich nicht ein. In ihrer Meinungswelt war das nur im Wasser liegender Sperrmüll, der anderen jetzt helfen konnte. Für den jungen Kerl aber bedeutete es Familienbesitz, der unantastbar war. Kaloy zeigte jetzt auf das Büchlein in Beckers Hand.

»Lesen Sie es einfach. Hier hat mein Kuya Anthony was aufgeschrieben, in Englisch. Das können Sie ja sicher verstehen. Mein Kuya Anthony spricht unsere Sprache, er kann gut Tagalog reden. Er ist wie einer von uns, wie ein Filipino. Ich habe das Buch von meinem Vater bekommen. Er sagte, ich wäre jetzt alt genug, um es zu lesen.«

»Dein Kuya Anthony hat also alles hier drin aufgeschrieben? Über das Schiff da und den Wirbelsturm auch?«
Der junge Mann nickte kurz und schaute nach unten ins Wasser.
»Wann hast du Kuya Anthony das letzte Mal gesehen?«
»Vor vier Jahren.«
Becker blickte wie gebannt auf das Buch. Eine halbe Stunde noch fuhren sie um das Wrack herum. Der aus dem Wasser ragende, an den fünf technisch ausgefeilten Auslegern angebrachte Schwimmkörper sah schon unheimlich aus. Langsam machten sie kehrt, die bezahlte Zeit wäre gleich um. Nach der Ankunft am Strand wollte Kaloy sofort nach Hause gehen und vereinbarte, am nächsten Tag im Resort bei Nils Becker vorbei zu kommen, um das Buch wieder abzuholen.
»Hey, Kaloy.«
»Was gibt es noch, Sir?«
»Bist ein netter Kerl. Ich freue mich, dich kennengelernt zu haben. Salamat!« (Danke)
Kaloy blieb zunächst nachdenklich ruhig, zeigte danach den hochgestreckten Daumen und nickte endlich fröhlich.
»Danke sagen können Sie ja schon. Machen Sie weiter, Sir. Dann lernen Sie unsere Sprache bald.«
Während Becker langsam die Landstraße zu seinem Feriendomizil entlangging, konnte er sich nicht zurückhalten, auf den ersten Seiten dieses Buches die in Englisch verfassten Ereignisse und Gedanken eines Mannes mit dem Namen Anthony in sich aufzunehmen. Beinahe wurde er von einem Motorradfahrer touchiert, weil er unkonzentriert herumlief und die Straße nicht beachtete. Glücklicherweise war das Resort rasch erreicht.

»Hallo Sir. Möchten Sie etwas bestellen?«
Eine junge Filipina-Schönheit mit einer Speisekarte in der Hand lächelte den Arzt an. Ihn hatte das Tagebuch bereits in seinen Bann gezogen und eine Konversation mit diesem charmanten

jungen Mädchen wollte er im Moment doch nicht führen. Der Deckenventilator in seinem Bambushaus brummte monoton und durch eine Unwucht in der Welle zwitscherte er gelegentlich in einem unwirklichen Ton. Becker bestellte sich eine Flasche Mineralwasser und ein Reisgericht mit Schweinefleisch. Es klopfte wieder leise an der Tür. Die junge Resort-Angestellte trat ein und lächelnd zelebrierte sie ihre Handbewegungen beim Abstellen des Tabletts mit den Drinks und dem Platzieren der Teller. Sie trug keinen Ehering.

»Möchten Sie noch etwas. Sir?«

»Nein danke.«

»Wir haben heute Abend Karaoke und dort ist der TV-Saal, mit einem Nachtprogramm für Leute, die intensivere Liebesfilme mögen. Mit englischen Untertiteln.«

»Ach... so. Ich danke Ihnen für den netten Tipp. Aber ich möchte gerne ausruhen, Inday. Ist das richtig ausgesprochen?«

»Entschuldigen Sie bitte, ›Inday‹ sagen hier ältere Verwandte zu jüngeren Mädchen, Sir.«

»Dann bleibe ich vielleicht bei ›Miss‹.«

»Gute Nacht, Sir.«

Leise verließ sie das Bambushaus und schloss artig die Tür. Becker fand ihr Auftreten überfreundlich und mit irgendeinem Motiv dahinter beseelt. Vielleicht war es nur ein vorschnelles Urteil. Rasch vergaß er diesen Gedanken und las augenblicklich weiter. Zunächst aß er dabei mit gutem Appetit, aber schon nach vier Bissen war er mehr am Inhalt des Büchleins interessiert. Der Verfasser war erkennbar kein Neuling im Schreiben, so wie sich die Sätze in dem Bericht darstellten. Selbst ein der Hingabe zu seinen Patienten verschriebener Mann wie er vergaß das Essen kaum. Doch seine Augen blieben an den niedergeschriebenen Gedanken in dem bereits schäbig aussehenden Buch förmlich kleben. Die brummenden Töne des Ventilators vermischten sich mit den leise vernehmbaren Brandungsgeräuschen vom Strand zu einer Kulisse, die kaum noch störte. Einen Bissen des in der scharfen Soße zubereiteten Fleisches nahm Nils Becker noch und kaute daran beinahe entspannend, während er eine Passage besonders genau las.

»...ich wollte gestern gleich einschlafen, weil die Arbeit an dem Schiff so mühsam gewesen war. Meine Hände taten weh nach der Montage der Segelleinen. Aber es gelang mir einfach nicht. Diese wunderbar mitteilsamen Augen zogen und ziehen mich in einen Bann. Valerie war bei unserer Begegnung auch so fordernd in ihren Fragen. Dass niemand ihr Kleid anfassen soll, erscheint allen merkwürdig, doch ich will es verzeihen, oder verstehen. Es gibt sicher viele junge Frauen hier, doch dieses Fischermädchen kann gar nicht erahnen, wie besonders ihr Charakter ist, ihre Anmut, ihr wissbegieriges Wesen. Das Folklorefest ist morgen und ›Taifunherz‹ wird den Tinikling tanzen. Dass ich ihr größter Fan sein werde, ist niemandem bewusst...«

Valerie. Jener Name würde in den handgeschrieben verfassten Tagebuch-Erinnerungen eines Mannes wiederkehrende Bedeutung haben. Sprach Kaloy nicht von einer Frau namens Ynez? Zudem musste Nils Becker bei dem Namen ›Taifunherz‹ stutzen. Ein Zweitname? Unterstrich er einen besonderen Wesenszug dieser Frau? Nils Becker hatte dem Jugendlichen versprechen müssen, das Buch am nächsten Tag wieder zurück zu geben. Die Zeit um den Inhalt einigermaßen vollständig zu lesen würde also extrem kurz sein. Das Eis im Glas fing an zu schmelzen und über der aufkommenden Spannung vergaß er bereits den Reis. Er war schon gebannt in diese Aufzeichnungen vertieft, die Geschichte aus einem zerlesenen Tagebuch. Was hatte jener verheerende Tropensturm eigentlich angerichtet? Warum baute jemand, der im Grunde hier gar nicht heimisch war, ein Boot wie dieses? Wer waren seine Freunde? Sollte das in jenem Buch irgendwie zu ergründen sein? Aus Lebensgeschichten von einigen Menschen, die an jenem Ort miteinander zu tun hatten? Doktor Becker nahm sich vor, das zu erforschen. Es brannte wieder die Neugier in ihm. Er musste beginnen, in jenes Tagebuch buchstäblich einzutauchen. Warum war er nicht Handwerker geworden, anstatt die Psyche seiner Mitmenschen zu sezieren?

☾ Vier Jahre zuvor ☾

Das Stimmengemurmel um Anthony und seinem Gegenüber erschien an jenem Abend wie ein schützender Hort vor der Wirklichkeit. Das Freilichtrestaurant war bis zum letzten Platz besetzt, der sonnige Tag und die musikalische Livedarbietung bescherten der Lokalität jede Menge Arbeit und gute Stimmung. Freudige Gespräche der sich vergnügenden Menschen unter den schirmförmigen Bambusdächern, welche die Tische aus Narra-Holz und Mahagoni im Hinterhof der Resto-Bar überspannten. Gerne betrachtete Anthony Fettermann die Details in der Hafenstadt Iloilo, in den liebenswerten Etablissements wie jenes hier. Er, der Europäer, der sich in Asien wohler fühlte und die Sehnsucht nach der ihm angenehmen Weise des Lebens zu finden suchte. Sein Blick schweifte zurück zu der kleinen Bühne. Das Gesicht der Sängerin verriet ganze Hingabe.

»Nawawala ang pag-ibig ko...« (Verloren meine Liebe...)
Einer dieser dramatisch anklingenden Liedtexte, den es in allen möglichen Variationen hierzulande komponiert gab. Die Liebe, die glüht. Die Liebe, die zerbricht. Die Liebe, die jeder so ersehnt. Doch diese Sängerin konnte es. Anthony versank beinahe im Rausch dieser energisch anmutigen Gesangsstimme der jungen Frau mit langem, sattschwarzem Haar, welches im Schein der Lampions glänzte. Das Instrument des Bassisten fiel besonders

auf. Ein weinroter Sechssaiter, der hier sehr selten zu sehen war. Die Band jedenfalls brachte die Gäste an den vollbesetzten Tischen in ausgelassene Stimmung. Tische, die mit Tellern, Flaschen und Cocktails nahezu übersät waren, zeugten von der Freude der Restaurantbesucher. Die Leute ließen es sich gutgehen. Das hart verdiente Geld wurde mit der Familie verprasst, ein Muss in dieser Kultur. Diese liebte Anthony so, mit ihrer bizarr lockeren Art, Schwierigkeiten des Lebens zu begegnen.

»Du bist sehr angepasst, mein Schwager. Ich will dich immer so nennen. Auch jetzt noch. Ja..., Schwager.«

»Danke, Arnel. Anpassen kann man sich, aber nicht seine Herkunft leugnen. Du bist ein ›Capizenio‹.«

»Ich habe mich arrangiert. Wegen Marie Claire.«

»Sicher. Kann ich nachvollziehen.«

Dazu konnte Arnel Velasquez nichts erwidern und nickte. Sein Freund kam schließlich von einem anderen Kontinent, auch wenn er schon viele Jahre auf den Philippinen verbracht hatte. Den Grund hatte er, damals noch. Damals. Es graute ihm, jetzt wieder daran denken zu müssen. Von einem ›Damals‹, dass ihn wie wiederkehrende Nadelstiche erneut in Erinnerung rief, wie brachial anders es in seinem Leben nun war. Hastig trank er sein Cocktailglas leer. Lustig lachende, bekannte Stimmen näherten sich. Arnels Frau Marie Claire kam gerade aus dem inneren Restaurantbereich zurück und unterhielt sich witzelnd mit ihrer Schwägerin Conchita, der Jüngsten, nachdem sich die beiden Grillspezialitäten an der Theke angeschaut und natürlich für Anthony und Arnel mitbestellt hatten. Die Männer genossen schon ihren vierten Drink und vertieften sich in ihre Gespräche. Die Musik ging weiter und wieder war es ein Love-Song. Sicher, die Liebe als Thema, welches den ganzen Abend schon poetisch als Untermalung für die sehnsüchtigen Gedanken der Menschen zarten Einfluss erkennen ließ, zusammen mit den Genüssen bei gutem Essen und den Drinks im Kreis der Gleichgesinnten.

Bis in die Nacht hatte es gedauert und müde kam Anthony in sein Zimmer mit dem monotonen Klang des Deckenventilators in dem einfachen Kolonialhotel. Es war diesmal eine billige Bleibe. Nur die Nacht wollte er hier verbringen, sonst nichts. Stets waren die tropische Hitze und die Luftfeuchtigkeit für Anthony ein schwer zu ertragender Teil in seinen Erfahrungen hier gewesen. Jetzt erlebte er es auch nicht anders. Glücklich war er trotzdem gewesen in seinem Schweiß, ohne dauernd auf der Suche nach Räumen mit Klimaanlage zu sein. Zumindest damals. Langsam streichelten seine Finger über eine Fotografie. Er blickte neben sich auf das Bett, musste innehalten und zitterte, mit den Händen vor dem Gesicht. In solchen Betten hatten sie sich unterhalten, ihre Liebe genossen und Pläne geschmiedet, für jeweils den Tag und für ihre Zukunft. Zarte Augen blickten ihn von dieser Fotografie her an. Waghalsig war sein Plan, hier zu leben, schon. Aber finanziell abgesichert durch die Erbschaft wegen der verstorbenen Mutter für den Anfang. Dazu kam diese fantastische Liebe, die zwei Menschen zusammenführte. In Asien auf solche Weise als Fotograf zu beginnen half das zumindest, eine katastrophale Bauchlandung zu vermeiden. Die treue Liebe seiner Frau Ynez und die Hilfe des Familienclans gesellten sich hinzu. Anthony hatte mit dem Aufbau eines Fotoladens hier tatsächlich Fuß fassen können, für einen Ausländer nicht immer selbstverständlich. Es gelang, mit Kreativität und gemeinsamer Anstrengung, die sie ihm meisterhaft vorlebte. Nebenbei schrieb Anthony Romane. Es ging um Liebe in dem aktuellen Projekt, bis jener Tag kam.

»Bis übermorgen, Liebster.«

»Grüß Tante Florentine von mir. Ynez? Ich liebe dich.«

»Ich dich auch.«

Er zählte die Tage und fror innerlich dabei. 96 Tage war es her. Die vier Beamten waren mit ernsten Mienen in das Haus seines Schwagers gekommen. Natürlich musste man die schlechte

Botschaft erst anderen sagen, hoffend, dass diese Nachrichten dann weitergetragen würden, ohne diesen Foreigner direkt ansprechen zu müssen. Das gab den sinnlosen Aufschub von einigen Minuten. Die Gesichter der Anwesenden sprachen Bände. So riefen sie ihre junge Kollegin herbei. Die unternahm die traurige Aufgabe mit ihrer weiblichen Feinheit, obwohl sie höchstens 23 gewesen sein mochte. Jene Polizeibeamtin machte ihren Job noch nicht lange, doch Feingefühl hatte sie, den sie in jenem Moment nicht gerne einsetzte.

»Sir, wir müssen ihnen leider mitteilen, dass ihre Frau bei dem Unfall mit dem Überlandjeep bei Miagao getötet wurde. Sie geriet unter das Fahrzeug, als es sich mehrmals überschlug. Wahrscheinlich hatte sie nur kurz etwas gespürt. Es tut uns aufrichtig leid, Sir..., Sir?«

Starr vor lähmender Angst schaute er der Polizistin in die dunkelbraunen Augen. Die Beamtin fing zu weinen an. Anthony riss seine Hände vors Gesicht, fiel auf die Knie und begann zu schreien. Die Umstehenden warteten scheu und pietätvoll. Eine Ahnung, wie man am besten reagieren sollte, hatten sie auch nicht. Die grausige Realität holte ihn jetzt nach jenen blitzartigen Gedankensprüngen wieder ein. Szenen seiner gemeinsamen Vergangenheit mit Ynez schoben sich hintereinander gereiht vor sein geistiges Auge. Ihr Lachen und oft so lustig blitzenden Augen hatte er gesehen. Ynez war bildschön und von zarter Statur gewesen. Ihre Kombinationsgabe und Prinzipientreue faszinierten ihn in diesem Abenteuerland jeden Tag in neuen Dimensionen. Ynez's Hingabe bei der Liebe empfand er als bahnbrechend. Palmen wogen sich im Wind und sie stand händchenhaltend neben ihm, Weitere Bilder visualisierte er dann in seinem Wachzustand. Von fröhlichen Familienfesten. Vom Ausruhen am Strand in der Sonne, dort wo sie in nicht weiter Nachbarschaft im Haus neben dem ihres Bruders Arnel übernachteten. Er konnte es ganz deutlich sehen. Szenen seiner

Ehe. Auch eines der intensiven Liebeserlebnisse poppte in seiner Erinnerung auf. Einmal nachts in einer einsamen Bambushütte, umgeben von Palmengeräuschen und dem Klang des Meeres. Sie genossen ihr herrliches Liebesspiel in allem vereint mit Ihren schwitzenden Körpern. Anthony schüttelte den Kopf. Solche Bilder brachten ihn zum Frieren. Er begann wieder zu weinen. Alleine in dem Zimmer, in dem er nur die Klimaanlage in ihrem stoisch langweiligen Geräusch vernehmen konnte. Arnel und seine Frau schliefen im Nebenzimmer. Sie alle trauerten doch unaufhaltsam. Diese Scheinfröhlichkeit in der Bar hatte doch nur kurz abgelenkt, trotz den Drinks und gutem Essen. Bezahlt werden musste es ohnehin und die Sorgen, Ängste und die Ungewissheit, was er nun machen sollte, würden sich spätestens am nächsten Tag wieder unverrückbar ausbreiten. Schlafen? Der Versuch erwies sich nur als kaum machbares Unterfangen. Anthony wälzte sich hin und her und schlief danach höchstens eine Stunde in dieser traurigen schwülen Nacht.

Der darauffolgende Tag war wieder sehr beschäftigt nach dem Frühstück. Die Straßen Iloilos waren voll von Menschen, die ihren Alltagstätigkeiten nachgingen. Es gab stets dieses Lächeln zwischen Problemen, die Anthony bekannt waren. Dazu lebte er lange genug auf den Philippinen, um zu wissen, wie komplex so manche Sache für den Einzelnen war. Stets mühte Anthony sich, die Kultur in sich aufzusaugen und zu differenzieren, um nicht in den Missmut zu fallen, den manche seiner Landsleute gegen das Land entwickelt hatten. So berauschend die Ehe mit Ynez auch gewesen war, so liebte er auch die Gastfreundschaft der anderen Menschen trotz der Hürden, diese zu zeigen. Auch der Mut, aus Zerstörungen heraus weiter zu machen und Neuanfänge zu tun, beeindruckten Anthony tief. Und dies war auch in der Familie von Ynez so, und diese war sehr verzweigt. Arnel gebot allen, zum Terminal zu gehen, an dem die Neunsitzer-

Minibusse in Richtung der Provinzen warteten. Den Fahrer kannte Arnel bereits aus seiner Schulzeit. Arnel schien hier immer jemanden zu kennen. Dies war hier so im Gegensatz zur unpersönlichen Welt der europäischen Industriestaaten. Hier war das Persönliche allgegenwärtig, diese Welt der Ehre im Umgang miteinander und dem Ruf, den die jeweilige Familie genoss. Dies entschied über Sieg oder Niederlage des Einzelnen. Anthony war ein Sonderling, der hellhäutige Mann, der sich die Akzeptanz der Menschen im Dorf tatsächlich verdient hatte und deshalb nun in seiner eigenen Heimat der Sonderfall war, weil er es geschafft hatte, ganz in die Kultur der Filipinos einzutauchen. Anthony sprach Tagalog. was ihn immer weiterbrachte. Nun entstanden immer die gleichen Reaktionen, einerseits das Gespräch mit aufgeschlossenen Menschen, die sein nicht immer präzises Tagalog mochten und anderseits diejenigen, welche die Scheu vor dem Gespräch hinderte, mit Anthony tiefer bekannt zu werden. Ein Europäer, der ihre Sprache konnte, war selten in der Stadt und ziemlich mirakulös hier auf dem Land. Aber die Gesprächsthemen waren einfach für dieses Kennenlernen. Die Familie, der Glaube, die Arbeit und die Anzahl der Kinder. Anthony musste hier immer still warten und die passende Antwort kreieren. Seine Ehe war nämlich kinderlos geblieben. Die Gründe dafür wollte er keinem erläutern, musste es aber zu oft doch tun.

Nicht immer gelang es ihm, mit Mitreisenden zu reden. So hatte er wieder einmal Gelegenheit durch die Fenster des Kleinbusses die landwirtschaftlich geprägte Landschaft zu betrachten. Viele Felder waren abgeerntet, gegliedert zwischen den Kokospalmen liegend und von manchem Anwesen begrenzt. Ob es aus Mauerwerk oder aus Bambus erbaut werden konnte, entschied immer die Menge der vorhandenen finanziellen Mittel. Dabei fand Anthony, dass es einfach darauf ankam, wie kunstvoll ein Haus gebaut war und dass Bambus einfach authentischer aussah.

Anthony war belesen, fotografierte pausenlos und gab oft seine Kommentare zu diesen für ihn entzückenden Details im Land ab. Die Bambuskunst, die Traditionskleider, die Tänze und Feste. All das bemühte er sich bei den Einheimischen lebendig zu halten, indem er sie pausenlos auf die Notwendigkeit zur Erhaltung dieser Dinge ansprach.

Immer nach diesen zwei Stunden Fahrt und der Wanderung durch die Reisfelder war Anthony glücklich hier zu sein, obwohl müde von der Feuchtigkeit der Luft und der Hitze des Tages. Es war so wie immer, dass der Minibus erst am späten Nachmittag im Dorf ankam. Die Insekten begannen wieder, ihren monotonen Gesang in die spätnachmittägliche Umgebung anzustimmen, was den baldigen endgültigen Sonnenuntergang andeutete. Die Zeit fürs Abendessen mit Nanay (Mutter) Lorna und denen, die sonst noch auf der Farm zu Besuch waren, brach an. Besucher konnten einer von ihren Verwandten sein, ein Neffe, eine Nichte oder ein Nachbar, der mal auf ein zwangloses Gespräch vorbeikam. Solche Besuche waren häufig geworden in den letzten Wochen, und meist geschahen sie zum kondolieren. Die Familie Velasquez war in dieser Community sehr geachtet. Ihre Vorfahren waren Clanführer und Verwalter gewesen. Ynez erzählte oft über diese Zeit. So verstand Anthony ihr Wesen als stolze Filipina, die stets Hingabe in allem bewies, immer mehr.

Die Müdigkeit stellte sich wegen der Hitze schnell ein. Dunkel waren die Nächte hier stets, aber auch verbunden mit der Sicht auf die klaren Sternbilder am Himmel. So nahm Anthony diese Sterne noch kurz wahr, bevor er die Tür des kleinen Bambushauses neben Mutter Lornas eigener großer Heimstatt schloss. Im Schein der Lampe und schemenhaft verhüllt von dem nötigen seidenartigen Moskitonetz schaute er an die Decke des Naturpflanzendaches der kleinen Hütte. Ein hellgrauer Gecko mit den roten Punkten auf der schuppigen Haut saß auf dem oberen Mittelbalken des Daches, in eiserner Ruhe verharrend. Der

Gecko wartete, bis ein zischendes Geräusch durch die Stille zuckte, erzeugt durch die schnalzende Zunge des Tieres, das einem dicken Moskito den Garaus gemacht hatte.

»Guten Morgen, Anthony, du bist spät!«

Spät fand er die Zeit auf der seiner Uhr nicht wirklich, die gerade halb acht Uhr morgens anzeigte. Für die Leute hier war das schon bestenfalls ›Brunch Zeit‹. Lächelnde Gesichter, besonders die der Kinder von Marie Claire leuchteten Anthony an, der nicht anders konnte, als sein zerknirschtes Gesicht zu einem Lächeln zu verwandeln. Hier tat der Instantkaffee noch ein Übriges, um den Kopf klar zu machen. Auch wenn auf einer Farm eigentlich um fünf Uhr früh der Tag schon beginnen sollte, konnte Anthony nie ganz so zeitig ins Tagesgeschehen eingreifen, aber niemand nahm es ihm je übel. Dies hatte mit seiner Fremdartigkeit zu tun, doch später, als Nanay Lornas Mann starb, war er der Mann der Erstgeborenen und in einer Position in der Familie aufgerückt. Jetzt hatte er diese Position immer noch in theoretischer Weise und wusste nicht sicher, ob es wirklich noch so war. Arnel war der Zweitgeborene, und hatte als Mann nun unausweichlich die Rolle des Familienführers im Geiste des Respekts zu der Mutter auszufüllen.

»Tito Big Man!«

Anthony bemühte sich die Tasse gerade zu halten, damit die heiße Brühe nicht über seine Hand lief. Es war Mauring und ihre kleinen, Anthonys Bauch umschlingenden Ärmchen. Besonders lieb hatte Anthony dieses Kind gewonnen, sie war Arnels zweites Kind von Dreien, ganz der Gegensatz zu der Familienplanung, die er und Ynez so energisch verfochten und gelebt hatten, sehr zum Unverständnis vieler Nachbarn.

»Tito Big Man, hast du einen Luftballon?«

Unbeholfen grinsen und die Augen rollen half nicht wirklich, um die Kleine und ihre Geschwister abzulenken, die ohnehin schon wussten, dass ihr ›Tito‹ noch Luftballons hatte, die er vor Jahren mal aus Deutschland mitbrachte. Einfache Spielzeuge, die hier noch wertgeschätzt wurden.

»Und ich?«

Klar, dass auch die Geschwister in kindlicher Gerechtigkeit ihren Ballon haben wollten. Also gab er ihnen gleich die ganze Tüte. Zufrieden beobachtete Anthony die spielenden Kinder. Zu gerne hätte er ihnen gezeigt, was man mit wassergefüllten Ballons hätte so alles anstellen können. Solch ein Unsinn wäre bestimmt lustig. Conchita reichte ihm einen Becher Kokoswasser, ganz frisch aus der grünen Frucht geholt. Sie war Ynez's jüngste Schwester und weinte tagelang nach dem unfassbaren Unglück. Ynez war ihr Vorbild gewesen, führend, stolz und gewissenhaft. Nun wirkte Conchita immer noch so still. Seine Aufmerksamkeit wurde plötzlich zu dem ansteigenden Weg zum Eingang des Anwesens gezogen. Das Motorengeräusch kannte er genau. Anthonys eigenes Motorrad. Es war die einzige echte Geländemaschine hier in der Gegend. Mit ihr beherrschte Anthony sogar die berüchtigte ›Balikbayan‹ - Steigung kurz vor San Rafael, mit Passagier, was nur gelang, wenn man sich wie ein Trial-Fahrer ganz nach vorne beugte und sich mit annähernd Vollgas im zweiten Gang nach oben arbeitete, ohne auch nur den Gedanken an einen Halt zu verschwenden.

»Hello, Anthony!«

»Schön, dich zu sehen, Onkel Sam.«

»Ganz meinerseits. Ich habe den Schwarzen mitgebracht.«

»Den zwölf Jahre alten?«

»Den besten Rum. Rohrzucker?«

»Wir haben keinen mehr. Wenn du das machen würdest, Onkel, würden wir uns freuen. Nanay braucht auch drei Kilo Fisch.«

»Keine Sorge. Willst du mitkommen, Ronnie?«

Der Junge ließ sich das nicht zweimal sagen und kletterte freudig auf den Soziussitz.

»Viel Freude. Pass nur auf mit dem Jungen.«

Anthonys Erwiderung hatte nur formalen Charakter. Onkel Sam war einer der besten Fahrer hier im Ort der Reisfarmen und kam nur hinter Roel, denn der war im Dorf der Experte auf dem Motorrad.

»Was macht Roel Lopez denn zurzeit?«

»Ist schwer mit Arbeit. Er ist deswegen nicht in Dacuton.«

Anthonys Herz schnürte sich zusammen. Er mochte Roel sehr. Dieser Freund war ein milder, arbeitsamer und geschickter Mann, ruhig und freundlich. Andererseits konnte Anthony die oft glanzlosen Augen von Roel erkennen, wenn er versunken in seinen Gedanken vor sich hinblickte und einfach nur stoisch grübelte. Er musste an innerer Zerrissenheit leiden, was er aber Anthony nicht sagte oder sich nicht traute zu sagen. Oft trank er ein paar Gläser Rum und verabschiedete sich lautlos und irgendwie fluchtartig. Dann hörte man am nächsten Tag von Nachbarn, dass er völlig betrunken nach Hause gekommen war.

Es war der Abend angebrochen nach einem Tag auf der Plantage. Anthony hatte Bananenpflanzen sauber geschnitten und deren vertrocknete, abgetrennte Blätter verbrannt. Diese Arbeit lenkte ihn in seiner Trauer ab. Die Machete schwingen ermüdete und der Schwiegermutter war damit gut geholfen. Irgendwann erschien Onkel Sam wieder. Der 12-jährige Tanduay-Rum wurde daraufhin andachtsvoll als Willkommenstrunk eingeschenkt. Die Gespräche drehen sich um alles Mögliche, angefangen von den Ereignissen auf Panay bis hin zu den neusten Nachrichten aus der Weltpolitik. Das Lagerfeuer knisterte und wirkte als Naturillumination, was beruhigte. Doch Anthony ließ es nicht los, über den Freund aus dem Dorf nachzudenken.

»Ich schaue mal, ob ich Roel morgen treffen kann.«

»Keine Chance. Er ist immer irgendwo, Kuya. Angeblich soll er zurzeit in Roxas City oder im Norden sein, keine Ahnung.«

»Wir könnten ihn für unser Projekt wirklich gebrauchen.«

Arnel wirkte nachdenklich.

»Es geht nur langsam voran, Kuya, weil du nicht in San Joaquin bist. Filipinos brauchen strenge Führung. Ich alleine komme auch nicht so schnell voran, habe aber zwei fleißige Männer gefunden, die dir gefallen werden.«

»Ich will sie fertig bauen, hörst du?«

»Ich habe noch keinen brauchbaren Motor gefunden.«

»Wir finden schon einen.«

»Kuya, wir müssen Pläne machen, wie es mit dir weitergehen könnte.«

»Mit mir weitergehen könnte?«

»Na..., was du jetzt machen könntest. Wo du leben willst oder ob du allein in Iloilo bleiben möchtest. Aber wir helfen dir.«

Anthony nickte nur.

»Möchtest du nicht vielleicht nach Deutschland zurück?«

»Nein. Wir reden jetzt über den Motor, okay?«

Arnel schaute nur still und musterte Anthony fragend. Wie ein sturer Europäer so denken konnte, schien er zu analysieren, nicht verstehend, warum gerade ein im Bootsbau unerfahrener Mensch solch technisches Neuland suchte. Doch es war dieses eher verrückte Projekt seines Schwagers aus Europa, der sich dachte, ein 24 Meter-Auslegerschiff bauen zu können, dass von zwei Segeln und einem Dieselmotor aus dem Kraftfahrzeugbau angetrieben werden sollte. Ob die ›Kaibigan of Panay‹, wie dieses Schiff heißen sollte, wirklich sauber im Wasser liegen würde, da war sich Arnel ebenso nicht sicher wie Onkel Sam und manch anderer in San Joaquin, wo sich Männer mit schlanken Auslegerbooten auf das Meer hinauswagten, um als Fischer für ihren Lebensunterhalt zu sorgen.

»Kuya. Möchtest du denn noch weiterbauen? Jetzt wo Ynez...«

»Soll ich einfach aufgeben? Für wen haltet ihr mich?«

»Nein, das meinen wir nicht...«

Arnel schaute verschämt umher und konnte nichts mehr sagen.

»Ynez hätte es gewollt, hört ihr? Sie hätte es für uns gewollt. Hast du den Kampfgeist deiner Schwester schon vergessen?«
Keiner der Männer konnte in jenem Moment etwas antworten und alle schwiegen bestürzt. Diese Fragen waren doch nicht provozierend gemeint gewesen. Wortlos tolerierten sie die Gefühlsausbrüche des Schwagers aus Deutschland. Alle blieben ruhig, hörten dem feinen Knistern des Lagerfeuers zu, untermalt vom Surren der monotonen Insekten. Anthony blickte in den dunklen Himmel, der wolkenlos war. Ruhig geordnet leuchtend lagen die vom Schöpfer angeordneten Sterne am Firmament. Innerlich war er dankbar, das zu sehen, was Gott erschaffen hatte und es ihn nun sehen ließ. Die Kinder hörte man längst nicht mehr. Sie waren einfach müde nach dem intensiven Spielen auf Großmutters Farm, wo es ihnen besser gefiel als in der Stadt. Ein gesundes, junges Leben, das Kinder in Deutschland nicht mehr kannten im Schatten betonierter Städte und überladener Computerunterhaltung.
Arnel war jetzt schlafen gegangen. Nur Onkel Sam und Anthony saßen im Schein des kleinen Lagerfeuers.
»Onkel Sam, was hältst du von der Ernte in diesem Jahr?«
»Die Leute sind unzufrieden. Mein Nachbar hat nur 39 Säcke geerntet, das ist verdammt mager. Diese Trockenheit. Gut, er hat nur zwei Hektar Reisfeld. Bei mir waren es 74 Säcke. Immerhin.«
»Wie bei uns in Europa. Die Leute sind immer unzufrieden. Wieviel Hektar hast du denn?«
»Sechs.«
»Dann ist dein Nachbar cleverer als du. Soll ich einen Taschenrechner holen?«
Der ältere Mann begann zu lachen und erklärte, dass drei Hektar bei ihm gar nicht bebaut worden waren. Anthony war eben kein Farmer. Wegen den unzufriedenen Europäern schaute Onkel Sam ungläubig drein. Wie konnte er verstehen, welche Probleme die Leute im Ausland hatten, ohne jemals dort gewesen zu sein?

Anthonys Schwiegermutter war ein Jahr nach der Hochzeit der beiden sogar in Rom und Paris gewesen. Sie konnte wirklich Augenzeugenbeweise liefern. Mutter Lorna war entsetzt über die horrenden Mieten für diese Zweizimmer-Kaninchenställe in Anthonys Heimat. Für Trinkwasser bezahlte man in Europa und hier floss eine saubere Quelle direkt von den Bergen. Katzen wurden in Wohnungen gehalten und machten in Plastikkisten, während Mensch und Tier hierzulande in Freiheit ihre Umgebung erkundeten und alle den Lauf der Natur bewunderten und schätzten. Sie war nach drei Monaten Touristendasein froh, wieder auf ihrer Farm zu sein und noch fröhlicher, als Anthony sich damals entschloss, gleich hinterher zu kommen, um hier auf dem Inselreich zu leben. Onkel meinte nun, dass die Flasche Tanduay alle war. Während er im Vorratsraum verschwand, ärgerte sich Anthony über die schwindende Leuchtkraft der Solarleuchte und dachte schimpfend über die mangelhafte Qualität dieser Dinger nach. Ohne Sonnenlicht für die Solarzelle aber war es unmöglich, zurück zur Plantage mit den Calamansi-Früchten zu gelangen. Sie lag unten am südlichen Rand der Farm und war nur über einen Trampelpfad zwischen den Reisfeldern zu erreichen. Somit begnügten sich die Männer damit, den Rum aus der aufgestöberten Flasche pur zu saufen. Doch nach einem Glas mochte Anthony das braune Zeug nicht mehr, weil die Frische des Saftes der Zitrusfrucht fehlte. Anthony wollte nun schlafen, schloss die Tür und fand die Einsamkeit beruhigend. Kurz schaute er noch durch die halb geöffneten Lamellenfenster auf die Glut des kurz zuvor erloschenen Feuers.

Der nächste Tag war regnerisch. Dieser starke Regen machte eine Fahrt mit dem Motorrad enorm schwierig, denn der rote Lehmboden wurde dann zu einer pampigen Masse, die nur von extrem geübten Fahrern gemeistert werden konnte. Er beobachtete die Regenschauer, die auf das Dach prasselten, und fühlte sich beruhigt, aber doch einsam. Die Frauen hatten sich in der Küche zusammengefunden und waren bei ihren vielen Gesprächen an den Wäschebottichen vertieft. Arnel winkte ihm zu und rief laut vom Haupthaus herüber.

»Übermorgen fahren wir los! Heute regnet es zu viel.«

Anthony nickte und fühlte sich befreit. Regen würde die Männer letztlich nicht davon abhalten, zu ihrem Projekt zu kommen, außer heute. Man saß nun zusammen beim Essen.

»Meinst du nicht, wir übernehmen uns mit der Konstruktion?«

Anthony wusste um die Vernunft, die dieser Rat auszudrücken versuchte. Die Familie hatte zu einem gewissen Teil Verständnis für seine absonderlichen Verrücktheiten, die sich auch immer nur hier auf den Philippinen zu manifestieren schienen. Es fehlten auch einfach die logischen Worte, oder waren es die Begründungen, die Anthony ausgegangen waren, um alle hier zu überzeugen, dass auf Panay Island der Besitz einer Bangka, eines Auslegerbootes, einfach dazu gehörte, um ein echter Filipino zu sein?

»Du kannst doch ein kleines Boot haben. Aber das, was du bauen willst? Man kann dieses Monster gar nicht mehr ans Ufer ziehen.«

Dies stimmte nun doch. Ein 24 Meter-Schiff wäre eine Herausforderung. Anthony wusste, dass die Fischerboote mit mehreren Männern direkt auf den Strand getragen werden. Sie waren aber auch höchstens acht Meter lang.

☀ Das Wiedersehen mit einem Freund ☀

Der übernächste Tag begann früh. Es gab Frühstück um 5 Uhr auf der hölzernen Veranda, was ohne den Instantkaffee gar nicht auszuhalten gewesen wäre. Kaffee, der die Speisen in Form des obligatorischen Rühreis, gemischt mit Reis und getrockneten Fischen erst zum Wachwerden erträglich machte. Es sollten drei

Maschinen zur Verfügung stehen, Anthonys Kawasaki, die alte Yamaha von Arnels Vater und ein Fahrer aus dem Dorf wartete schon am Eingang. Er fuhr eine ziemlich zugerichtete Zweitakt-Suzuki, deren bläulicher Auspuffqualm auf 100 Metern einen überaus unangenehmen Gestank verbreitete. Heiß war es unter dem Motorradhelm, doch es musste sein. Langsam setzte sich der Dreier-Tross in Bewegung. Die Straße konnte man nicht als solche bezeichnen. Sie war eine Mischung aus Sandfurchen und Steinen, verziert mit allerlei Löchern und Senken.

Etliche Minuten später wurde die Gruppe von Dorfbewohnern am Ortseingang staunend begafft und von den Mutigen lauthals gegrüßt. Anthony verstand diese Aufregung schon lange nicht mehr, war er doch schon viele Male hier gesehen worden, als der Schwiegersohn der Erstgeborenen aus dem Velasquez-Clan, dessen Oberhaupt bekannt und geachtet war. Arnels Vater lebte nicht mehr. Er, der für Recht und Sitte einstand und von dem jeder Dorfbewohner wusste, woran er war, wenn er mit ihm in alltäglichen Dingen zu tun hatte. Ob es an Anthonys weißer Haut, seinem für hiesige Verhältnisse teuren Motorrad oder an der Neugier der Leute lag, die auf den ersten Unfall dieses ausländischen Greenhorns warteten, wusste niemand so recht in der Gruppe. Oder war es diese exotische Freundlichkeit hier, die nicht anders konnte, als sich durch visuelles Interesse oder lautrufende Artikulationen immer bemerkbar zu machen. Insgeheim liebte Anthony das, ohne es aber zu aufdringlich zu zeigen. Hochmut musste streng vermieden werden.

Vorbei ging es am Marktplatz, dem Laden mit allerlei Zeug, der Tita Emilia gehörte. Instantnudeln, Reis und Trockenfisch. Nägel, Draht, Bolo-Macheten und Kombizangen. Streichhölzer, chinesische Heilmittel und Schnaps. Dachpappe, Holzleisten und Elektrokabel. Was im Dorf benötigt wurde, gab es außerhalb der Wochenmarktzeiten bei Tita Emilia. Hier gab es auch kalte Getränke, die auch an jenem Tag wieder einige Typen aus dem

Dorf animierten, sich dem Genuss einer Limonade oder eines Energy-Drinks hinzugeben, ohne vom Motorrad abzusteigen. Ein langgewachsener Mann auf einer Maschine mit auffallend rotem Tank ließ die Gruppe sofort aufmerken. Anthonys Schrei verhallte fast völlig unter seinem Vollvisierhelm.

»Roel! Ey!!!«

Die Überraschung führte zu einem zu hektischen Tritt auf den Fußbremshebel. Unter dem Scharren des blockierenden Hinterrades kam Anthony zum Stehen. Die anderen hatten die halsbrecherische Bremsung mitbekommen, hielten an und beobachteten das Geschehen. Sekundenlang sahen sich die Freunde an. Roel wirkte zwar verschämt, aber eine feine Begeisterung war in seinen Augen über das Wiedersehen zu erkennen.

»Es ist lange her, Freund. Seit dem Bau unseres Holzhauses.«

»Du bist also wieder hier.«

»Mal wieder.«

»Du kannst es nicht lassen. Ich verstehe nicht, was du hier immer in unserem perspektivlosen Dorf willst.«

»Ich liebe meine Familie. Und du weißt ja, warum ich diesmal kommen musste. Gerne habe ich es nicht getan.«

Anthony glaubte, etwas Verständnis zu erhaschen.

»Ich war auf dem Friedhof gewesen und habe die roten Blumen dorthin gelegt.«

»Und du bist nicht bei mir vorbeigekommen?«

»Ich konnte nicht.«

Unterdessen hatten zwei alte Frauen, die auf der Hauptstraße langsam schlendernd unterwegs waren, bei den beiden angehalten. Wehleidige Augen und eine leise kondolierende Stimme sollten ein Versuch werden, den Foreigner zu trösten.

»Mein Beileid, Sir. Möge der HERR Sie segnen.«

Anthony hatte keine Energie mehr wegen all dieser Beileidsbekundungen, auf die er eine brave Antwort geben sollte. Aber er erwiderte höflich in der Landessprache diese im Grunde ehrlichen Worte und freute sich, nun den Urheber zu kennen, der immer wieder neue rote Blumen auf die steinerne Platte des Familiengrabmals legte, dem Grabmal, in dem die Großeltern, der Vater und die Erstgeborene lagen, die so furchtbar wegen der Sorglosigkeit eines Fahrers aus dem Leben gerissen wurde.

»Wie sieht es mit Arbeit aus?«

»Ich hatte bis gestern was.«

»Ich habe ein Projekt, mein Lieber. Komm mit nach San Joaquin an die Küste und ich erklär's dir.«

»Nach Antique? Du hast doch schon ein Haus, Kuya.«

Nanay Lorna hatte die Szene beobachtet und sich bereits der Gruppe genähert. Arnel stellte den Motor seiner Yamaha ab und begann sich mit einem Dorfbewohner zu unterhalten.

»Hi, Nanay Lorna.«

»Hallo Roel. Wo warst du die ganze Zeit?«

»In Roxas. Habe auf dem Bau gearbeitet.«

Zu Roel gewandt, antwortete Anthony mit verzierter Begeisterung: »Mein Projekt ist diesmal kein Haus, mein Freund.«

Welche Antwort käme jetzt? Witzelnd sprudelte ein trockener Kommentar aus Roels Mund hervor.

»Ein Wassertank mit Solaranlage, oder was?«

»Unsinn. Eine Bangka.«

»Bangka-Meister gibt es genug dort unten in San Joaquin. Das sind doch Leute, die am Meer leben. Die kennen sich mit Booten aus. Was soll ich da?«

»Hast du mal von Vertrauen und Ehre unter Freunden gehört?«

»Ein Boot? So was. Nanay Lorna, ist das wahr?«

Nanay Lorna nickte bedächtig. Ihr zartes Grinsen war mehr als Kommunikation, die der Angesprochene sofort verstand. Dabei musste Roel Lopez die Stirn runzeln und nachdenken.

»Das bekommen wir schnell fertig. Wie lang ist es denn? Sechs oder sieben Meter? Sicher so was zum ein bisschen paddeln.«

Sekunden vergingen. Anthony baute gerne mal Spannung auf.

»Nein Roel. Es wird knapp 24 Meter lang werden.«

»24…Meter?«

»Nicht ganz. 23,7 Meter. Ein Fünfausleger-Schiff.«

Roels Gesicht verzog sich zu einer unbeholfenen Grimasse. So hatte ihn Anthony noch nie glotzen sehen.

»Kuya macht Witze, oder? Geht es ihm gut?«

Zu Nanay Lorna gewandt, konnte er nur mit den Augen rollend stammeln. Ihre Körpersprache gab die Antwort so, dass Roel keinen Zweifel mehr hatte, dass sein Freund es ernst meinte.

»Es geht uns allen zurzeit nicht gut.«

»Hast du denn überhaupt noch Geld für so etwas?«

»Das lass bitte mal meine Angelegenheit sein.«

»Ich soll jetzt mitkommen?«

»Warum nicht?«

Roel ließ die trockene Idee fallen, vom Motorrad abzusteigen, um sich ohne einen schweren und den Kopf erhitzenden Vollvisierhelm auf der Verandastufe bei Tita Emilia über das zelebrierte Wiedersehen bei einem Softdrink zu freuen. Diese Art Einladung klang aus dem Mund Roels eher befremdlich. Anthony war es stets, der diese Höflichkeit vorauseilend zum Besten gab und Roel ließ ihn immer gewähren. Nachdem sich Anthony den Helm vom schwitzigen Kopf zog, wirkten die festen Blicke der sich anschauenden Freunde für die Beobachter auf der staubigen Straße richtig Neugierde erweckend. Ein Mann flüsterte seinem Begleiter zu, dass Roel und dieser Foreigner seit langem eine Art Bund geschlossen hätten.

»Das weiß ich. Er hat den Schutzeid für sein Leben abgelegt.«

Der kalte Softdrink war rasch besorgt. Nanay Lorna mochte diese zuckerhaltigen Erfrischungen nicht, sie wäre schließlich nicht mehr sechszehn, wie sie gerne meinte. Der hinter der Häuserreihe liegende Markt hatte die für sie eher geeignetsten Arten des Reiseproviants zu bieten. Es sollte Gemüse werden.

»Meine Schwiegermutter lebt immer so gesund.«

Roel senkte den Kopf. Er nannte sie immer noch ›Schwiegermutter‹. Er war nicht dieser Typ Foreigner, der den Tod seiner Frau als abgehakte Sache empfand, um sich in seine Heimat zu flüchten. Diese absonderliche Liebe zu den Philippinen, die Roel nicht verstehen konnte, trieb diesen Menschen immer noch an, wie eine Obsession.

»Wir sollten Ynez noch einmal besuchen, bevor ich mitkomme.« Anthony sah innerlich zitternd seinen Freund an. Er empfand Widerwillen, fügte sich aber. Arnel reagierte mit einem Kopfnicken, was Anthony zum Handeln zu zwingen schien.

»Geht. Es dauert doch nicht lange.«

Die staubige Straße in Richtung Sibariwan ermüdete die beiden Fahrer nicht. Geregnet hatte es nicht mehr und die schlammigen Pfützen waren eingetrocknet. Der Friedhof mit den geordneten kleinen Bauten aus weiß getünchtem Beton bildete die Kulisse, die beide Männer quälte. Anthony ahnte in jenem Moment nicht, dass es besonders Roel erbittert zusetzte. Es wurde Zeit für eine Offenbarung, die dieser Mann austeilen musste, an diesem Mini-Mausoleum, vor dem die roten Blumen lagen.

»Warum tust du das?«

Anthonys vorziehende Lippen deuteten auf die Blumen. Plötzlich packten kräftige Hände zu, pressten Anthonys Hände, begleitet durch Blicke voller Erregung.

»Ihr habt euch erbittert geliebt und schwer aneinander gehabt. Ynez war eine Wahnsinnsfrau.«

»Das war sie... Ganz gewiss!«

»Ich hoffe, du hast das immer geschätzt und nie vergessen.«

»Das habe ich bestimmt nicht und werde es auch nie vergessen.«

»Das kann ich dir auch nur raten, Foreigner.«

Anthony betrachtete einen Mann, den er noch nie so ergreifend reden hörte. Sie hatten zusammen gefeiert, getrunken, Holzhäuser gezimmert und Männergespräche vollzogen. Das hier war jetzt neu, furchtbar neu. Roel Lopez als poetischen Mann kannte Anthony nie zuvor. Der praktisch veranlagte Freund, schweigsam melancholische Mensch, der Treue in Taten bewies. Doch Freunde mussten sich gelegentlich wehtun, durch tiefe Worte ganzer Ehrlichkeit.

»Was ist los, Roel?«

»Was soll los sein?«

Roel Lopez musste tief ein und ausatmen. Der Mut kam doch zurück.

»Das hier bindet uns noch fester zusammen. Dass sie nicht mehr bei uns ist. Ich habe jetzt nur die Blumen für sie. Du hast sie ganz gehabt. Und ihr immer Blumen geschenkt, weil ich es nicht mehr durfte. Ihre Wahl war mein Schmerz.«

Anthony musste erkennen, was ein jahrelanges Geheimnis bei seinem Freund war. Nur jetzt konnte es gelüftet werden. Das Inselreich kannte manche dieser edlen Charaktere, die eine so intensive Loyalität hervorbrachten und dabei litten, weil sie Gefühle besaßen, die sich nicht abtöten ließen.

»Du hast sie geliebt?«

»Ich bin stolz, dass sie dich wählte. Eine ehrbare Datu-Frau kann sich nur für einen Mann entscheiden.«

Der Europäer, dem offene Worte immer lagen, konnte sich im Moment nur schweigend vor einem Mann verneigen, der sich anstelle von Eifersucht die Freundschaft mit demjenigen aussuchte, der das bekam, was er selbst so sehnsüchtig erringen wollte.

»Wir können so etwas akzeptieren. Es ist der Kodex.«

»Es wird wohl Zeit für einen Neuen.«

»Dein Projekt da in San Joaquin. Sag mal, was baust du dort? Für was soll das gut sein?«

»Du kommst also mit?«

Roels Augenaufschlag reichte als Bejahung mehr als aus.

»Ich fahre zu meinen Eltern, mein Zeug holen.«

»Ich warte dann in Dacuton auf dich.«
Wortlos ging Roel zu seiner Maschine, startete sie mit einem beherzten Tritt auf den Kickstarthebel und verschwand rasch auf einem schmalen Weg inmitten grüner Schlinggewächse. Hände schlugen gegen das kalte Weiß der Steinwand. Anthony blickte auf die vier matten Messingtafeln. Tränen lösten sich unweigerlich beim Betrachten des rechten Metallschildes.

Y. C. Velasquez Fettermann « JUAN 5:28,29 »

›Ang mga Patay sa kaniyang Alaalang-Libingan ay bubuhayin-muli…‹

(Die Toten, die in SEINEM Gedächtnis sind, werden auferstehen…)

Anthonys Finger krallten sich gegen den weiß angestrichenen Mauerstein. Es war ihm egal, dass seine Nägel dabei schmerzten. Der aus der Heiligen Schrift entnommene Text auf der Wand drang in sein Herz ein. Vor ein paar Tagen kamen zwei Bibellehrer zum Haus. Die Männer waren sehr belesen, höflich und abwartend gewesen, als Anthony ihnen frei heraus seinen Kummer schilderte. Das, was auf dem Stein stand, las er dann mit ihnen zusammen. Warum konnten Schildkröten und manche Riesenbäume hunderte von Jahren alt werden, der Mensch aber nicht? Eine Auferstehung? Ein herrlicher Gedanke. Die beiden Männer luden Anthony dann zu einem ihrer Gottesdienste ein. Von überall gab es Trost für den Foreigner und die Velasquez Familie. Die Dorfgemeinschaft hatte ein verwobenes Gefüge aus Hilfeleistung und Loyalität, die man nur durch unehrenhaftes Verhalten hätte zerreißen können. Sein Weinen ließ zwei vorbeigehende junge Frauen aufmerken, die pietätvoll stehenblieben. Still blickten sie den an der Mauer stehenden Mann an. Elegant wirkte diese Scheu, fühlten die beiden Mädchen doch mit ihm. Sie kannten Anthony nur flüchtig vom Sehen, aber nun schien sie alle eine tiefe Verbindung in den Seelen zu ergreifen. Auch das war ein Teil dieses Kodexes, von dem Roel sprach. Anthony hatte bemerkt, dass sich jemand hinter ihm befand und drehte sich abrupt um.

»Sir?«

Anthony konnte nichts erwidern, lächelte gequält höflich.

»Ich bin Melissa de la Cruz. Ynez war meine Klassenkameradin aus der High-School.«

»Und ich heiße Clarissa.«

Das kurze Gespräch tröstete sie alle drei. Melissa besuchte das Grab ihrer Mutter. Ihre Begleiterin war die beste Freundin. Freunde hatte hier jeder. Auch das war der Kodex. Anthony bedankte sich zum Schluss bei den beiden Mädchen, weil deren Interesse ihn wirklich positiver stimmen konnte.

»Roel kommt mit uns.«

»Sicher?«

» Ja, er holt sein Werkzeug.«

»Dann muss es ihm schlecht gehen, Kuya. Er muss mal wieder was erleben.«

»Ich mache mir nur um die Sauferei Sorgen.«

Anthony nickte und ruhig genossen die Männer ihre kalten, süßen Getränke. Er mochte nicht viel sprechen, entmutigt und immer wieder diese ekligen Gedanken an das Ende der Liebe mit seiner Frau, die ihm der Tod genommen hatte.

Roel machte sich an seinem Militärrucksack zu schaffen und hatte neben Kleidungsstücken auch seine scharfen Stecheisen, seine Bolo-Machete, einen Zimmererhammer und ein Maßband eingepackt, wobei ihm seine Eltern mit traurigem Blick zusahen. Ruhig drückte er die Hand seiner stumm dastehenden Mutter für den Abschied.

»Ich möchte mit Anthony und Nanay Lorna nach Antique zu einem Projekt und werde euch mit dem Geld unterstützen.«

Roels Mutter nickte. Sie kannte die Rastlosigkeit ihres in sich gekehrten, oft traurigen Sohnes. Er war vier Monate in Roxas City gewesen und wollte ohne Verzögerung wieder weggehen. Es tat ihr sehr weh. Der Vater war wie immer redseliger und versuchte, ihn mit gut gemeintem, obligatorischem Rat zu ermuntern.

»Wir staunen, dass er sich bei uns hier in der Provinz so gerne aufhält und unsere Lebensweise so mag. Schwer zu verstehen. Er ist schon ein interessanter Fremder. Aber er leidet sehr tief, Junge. Wir haben ihn beobachtet, wenn sie hier waren. Er hat Inday Ynez abgöttisch geliebt. Er muss seinen Weg mit Gottes Hilfe nun wiederfinden. Sohn, du bist sein Freund. Deshalb fällt es mir leichter als Mutter, dich wieder weggehen zu lassen, weil du etwas Gutes tun möchtest.«

» Ja, Vater. Ich verstehe, was du mir damit sagen willst.«

»Was möchte Mister Anthony denn dort bauen? Die Fremden mögen ja unsere Küsten gern. Dort ist es nicht so heiß.«

»Du wirst es nicht glauben. Eine Bangka von 24 Metern Länge.« Der alte Fernando Lopez rieb sich erstaunt am Kinn. Er hatte bestimmt die Maßeinheit verwechselt. Ganz sicher hatte sein Sohn die Worte des Foreigners missdeutet.

»Doch, Vater. Er ist sich sicher, dass es 24 Meter sind. Er baut schon ein Jahr daran und ich wusste nichts davon.«

»Das ist verrückt, Roel.«

»Finde ich auch.«

»Was soll diese Größe? Will er irgendetwas mit Touristen dort anfangen oder so? Ich wusste gar nicht, dass Mister Anthony ein ›Marinero‹ ist. Du musst ihm helfen, damit er sein Gesicht nicht verliert. Das funktioniert doch nie.«

»Du sagst es, Tatay. Er hat noch nie ein Boot konstruiert.«

»Du musst ihm beistehen!«

Roel nickte nur still. Er glaubte es seinen erfahrenen Eltern und dachte genauso. Den Gesichtsverlust musste er seinem Freund ersparen, malte sich dabei bereits die Katastrophe aus, die er meinte, an irgendeinem Strand von Antique in Form einer 24-Meter-Fehlkonstruktion zu finden, die seiner Vorstellung nach, keine Chance hätte, sicher im Wasser zu liegen, geschweige sich vorwärtsbewegen könnte. Anthony war handwerklich nicht ungeschickt, aber beileibe kein Schiffskonstrukteur, sondern Fotograf und Spezialist für Computergrafik.

»Sir? Was darf es noch sein?«
Es war die Tochter der Store-Besitzerin, die Anthony anlächelte.
»Es ist schön, dass Sie Tagalog sprechen können.«
Die Art, wie er nun diesen Komplimenten begegnete, wirkte auf manchen immer etwas schulmeisterhaft, aber mit losen Floskeln wollte Anthony sich nie abgeben. Und so erzählte er wieder von dem nötigen Respekt in einer Ehe, die es beinhalten würde, die Sprache des Anderen zu können. Sicher hatte sie keinen Mann und war ihrem Aussehen nach sicher nicht älter als zwanzig, hatte einen etwas fülligen Körper und eine altmodische Frisur mit einem durch ein blaues Haarband gehaltenen Dutt. Lachen konnte sie herzlich. Fröhlich gestikulierend ging sie zum Kühlschrank, in dem die ersehnten Drinks stehend in Reih und Glied aufbewahrt wurden. Insgeheim fürchtete sich Anthony vor der Frage, ob er nicht einen Bekannten aus Europa wüsste, welcher Interesse an einer ehelichen Beziehung haben könnte. Die Frage kam glücklicherweise nicht. Das Knattern von Roels Maschine weckte die Männer auf. Die Tagträumerei ging zu Ende.

»Da soll mal einer sagen, Männer brauchen zu lange.«
»Er hat immerhin Kleidung dabei.«
Roels prall gefüllter Militärrucksack auf dem Rücken ließ es erahnen. Der Rucksack war kein Imitat aus einem Kaufhaus, sondern ein Original aus der Zeit Roels bei einer Infanterie-Einheit der philippinischen Armee. Arnel ahnte, dass das meiste in dem Gepäckstück Werkzeug und eine Flasche Rum war.

»Setz dich.«

Anthony holte einen zusammengefalteten Plan aus seiner Tasche und faltete ihn andächtig vor Roel auseinander. Das Papier hatte wegen der feuchten Tropenluft schon gelitten.

»Das ist sie.«

Anthony wurde nun enthusiastisch, als er begann, Details zu erklären. Einiges imponierte Roel ziemlich schnell, obschon er daran zweifelte, ob diese Konstruktion auch in der Realität dem entsprach, was das geduldige Papier vor ihm zu offenbaren schien. Nun fiel ein Name.

»Die ›Kaibigan of Panay‹?«

»So wird sie heißen. Sie ist 933 Inch lang, das sind 23,7 Meter.«

»Fachwerkrahmen als Ausleger?«

»Sicher. Gebogener Bambus ist bei der Größe Schwachsinn. Es müssen gut konstruierte Balkenteile sein. 24 Meter, hörst du?«

»Verstehe. Wofür sind denn diese Federn gedacht?«

»Stoßdämpfer, damit die Aufschaukelbewegungen bei Wellengang abgemildert werden. Bei euren Minibooten macht es der elastische Bambus, bei mir die Federn.«

Roel Lopez kratzte sich schüchtern am Kopf, wollte natürlich nicht kritisieren.

»Wie bekommen wir das Ding ins Wasser?«

»Auf einer Art Rutschbahn aus Holz, mit viel Schmierseife.«

»Eine Rutschbahn? Macht man das in Europa so?«

»Denkst du, eine ›Super Ferry‹ wird von 100 Filipinos ins Wasser getragen?«

Die Männer lachten wegen dieser ulkigen Veranschaulichung mit einem Fährschiff besagter Reederei und bestellten sich den letzten Softdrink. Schon sah Anthony Marie Claire, die gerade die Stufen der knarrenden Treppe zu Tita Theresas Krempelladen hinaufstieg, mit zwei Plastiktüten voller Gemüse und Früchten.

»Wir müssen jetzt los. Bis San Joaquin sind es doch noch 150 Kilometer.«

Der Fahrtwind rauschte heftig unter Anthonys Helm. Mit flotter Geschwindigkeit ging es Richtung des ersehnten Zieles. Auch der Fahrer aus dem Dorf, der alle bis hierher begleitet hatte und der nun auch Vertrauen gefasst zu haben schien, integrierte sich in die Gruppe und verriet, dass er Jimbo hieß. Anthony liebte es, im sturen Motorengeräusch des Motorrades seinen Gedanken nachgehen und die Landschaft an sich vorbeiziehen zu lassen. Am linken Rand der Straße war die Küste schon allgegenwertig, ein Zeichen, dass das Ziel nicht mehr weit entfernt war. Die Männer konnten die am Strand liegenden Auslegerboote sehen, begleitet von mancher Hütte aus Bambus und Nipa-Gras. Rechts dagegen zog rasch vorbei, welches das urbane Leben der Ortschaften hier ausmachte. Winzige Läden, improvisierte Schnellrestaurants, unterbrochen von Wohnhäusern mannigfaltiger Form und Größe, davor die zu kleinen Gruppen formierten Menschen in ihren alltäglichen Beschäftigungen und Konversationen. Manchen am Straßenrand Stehenden fiel die Kolonne von vier Motorrädern auf und sie beobachteten Arnel, seine ihm folgenden Freunde und erkannten unweigerlich den Fremden unter dem für die Tropen ungeeigneten schwarzen Vollvisierhelm und begleiteten den Tross mit lauten »Hey Joe« oder »Hey Man« - Rufen. Anthony hörte nicht mehr völlig hin, zu gewohnt war ihm dies. Den Kopf hebend, konnte er schon die langsam untergehende Sonne ausmachen, wusste aber aus der Erfahrung früherer Reisen nach San Joaquin schon, dass sie es kurz vor der Dunkelheit schaffen könnten, am Ziel zu sein.

☼ Das Projekt im Sand ☼

Nachdem Marie Claire die Schlösser ihres Hauses entriegelt hatte, rannten die Kinder johlend und fröhlich in ihre so lang nicht mehr benutzten Zimmer. Ganze drei Monate hatten sie sich in Capiz nach der Beerdigung aufgehalten. Zwar hatten Nachbarn sich ein wenig um das Grundstück gekümmert, aber Marie Claire sah schon, dass sie eine Woche brauchen würde, um hier alles picobello sauber zu bekommen. Die Männer sahen es gelassen. Anthonys Bambushaus lag einige Meter neben dem Hauptgebäude seines Schwagers. Davor standen zwei weitere Hütten in der gleichen Machart. Anthony hatte beim Bau viel beigetragen und mochte diese kleinen Behausungen sehr. Sie waren für ihn authentischer Rückzugsort und der Platz, an dem er seinen künstlerischen Ideen Nahrung verleihen konnte. Oft hatte er hier am Laptop geschrieben, seinem neuesten Romanprojekt die ganze Aufmerksamkeit geschenkt. Ynez kam am Abend dann zu ihm, fragte ihn über die geschriebene Passage aus, gab ihre Meinung dazu preis und dann kam es vor, dass sie sich beide unter dem Moskitonetz heftig liebten, um danach völlig im Glücksrausch beim Klang der Meeresgeräusche von draußen sanft einzuschlafen.

Roel sah sich um und bezog die obere Hütte. Er war genügsam und benötigte nur eine Banig-Matte und einen Schrank für seine Habseligkeiten. Die Militärzeit war unerbittlicher Lehrer und Erzieher gewesen.

»Na, Freund?«

»Ist alles okay hier. Hauptsache, die Hütte ist oben dicht.«

Roel zog die Flasche mit dem braunen Inhalt aus dem Rucksack hervor. Anthony zögerte nicht lange.

»Hast du einen Vorschlag wie wir weitermachen können mit der ›Kaibigan‹? Der Rumpf ist als Gerippe fertig, und Arnel sagte mir, dass die meisten Planken angebracht seien.«

»Habt ihr die Ausleger schon gesetzt?«

»Schon lange. Das ist praktisch, so hält sich der Rumpf von selbst in der Waage und wir können an ihm gut weiterarbeiten.«

»Ich schaue mir alles morgen an, Kuya. 933 Inch. Ich habe mir während der Fahrt die Länge des Bootes vor Augen geführt. Du bist ein sonderbarer Mann, Freund aus Germany.«

»Sie liegt einen Kilometer weiter an dem Sandstrand bei der Landzunge, wo die Schule ist. Es ist dort etwas abschüssig und ich dachte, wir haben es leichter, sie ins Wasser zu bringen, wenn sie fertig ist.«

»Wie weit weg vom Wasser habt ihr sie denn auf Reede gelegt?«

»Nicht so weit.«

Anthony schätzte die Strecke auf runde 50 Meter, erklärte es seinem abenteuerbereiten Freund aus Capiz, demjenigen, der schon sein Haus zusammen mit ihm gebaut hatte.

»Kuya, sie wird sicher Tonnen wiegen, auch wenn sie aus Holz ist, ohne Maschine.«

Und so drehten sich die Gespräche der Männer um die Größe und Art des Antriebes der so ersehnten Bangka, die im Grunde ein richtiges Schiff werden würde. Sie philosophierten über Dinge wie die Kraftübertragung auf die Schrauben, das Ruder, die Segel, und wer überhaupt segeln könnte, die Schiffsausrüstung, wohin die erste Reise gehen würde und das ging bis in die späte Nacht. Roel war dann eingeschlafen und Anthony zählte schmunzelnd die leeren Flaschen, während die Meeresbrandung den Männern weiterhin ihr liebliches Geräusch ins Ohr rauschen ließ.

Langsam gingen die Freunde den Strand hinauf zum Haus oben an der Hauptstraße. Anthony fühlte eine Beschwingtheit und Freude, die er immer noch nicht wirklich beschreiben konnte, aber sie war eben da und so befriedigend. Gelenkig schlüpfte er durch die schmale Tür zu seinem Holzhaus unter sein Moskitonetz. Aber niemand war dort, der auf ihn wartete. Vor nicht langen Momenten war es Ynez gewesen, unter solchen Netzen. Es kamen Emotionen zurück, die Anthony nicht verscheuchen konnte und wollte. Ynez's Gesicht zückte vor seinen Gedanken auf. Hände, die an seiner Brust krallend Halt fanden, ihre lusterfüllten Augen, ihr Antlitz mit feinem Aufschrei, als sie ihren Höhepunkt erlebte. Anthony schüttelte den Kopf, riss die Hände hoch und flehte förmlich um die Erlösung von diesen Bildern. Hastig griff er zur Wasserflasche, atmete schwer. Er hatte furchtbaren Durst, trank hastig bei tiefen Atemstößen. Das Gesumme der vielen Insekten weckte ihn aus diesen Spielen in seinem Kopf auf. Entmutigt ließ er sich in sein Kissen fallen, über ihm das Netz und die Nacht.

Der nächste Tag war sonnig und die Luft vom Meer her frisch. Arnel und Anthony trafen am Straßenrand auf einige mehr oder weniger bekannte Gesichter.

»Wer seid ihr? Von hier seid ihr beiden nicht.«

Arnel kannte den vergesslichen alten Mann. Ständig ging er die Landstraße entlang. Morgens Richtung Lawigan, abends zurück. Und er hatte dann meistens einige Gläser Rum intus.

»Kenne ich dich?«

»Manong, ich wohne hier und das ist übrigens mein Schwager aus Deutschland! Er kann Tagalog.«

»Oooh... Tagalog. Ja, weißt du?«

Das unbeholfene Grinsen des zahnlosen Alten belustigte die Männer. Anthony wusste, dass es vielen älteren Provinzlern hier schwerfiel, die philippinische Hauptsprache zu beherrschen, vor allem wenn sie zu viel Rum im Blut hatten.

»Und du, Freund?«

»Ich heiße Roel Lopez.«

»Woher, mein Freund? Gesehen habe ich dich hier noch nicht, glaube ich.«

»Capiz.«

»Bist du ein Bekannter von Arnel?«

»Wir kommen aus dem gleichen Ort.«

»Willst du dem Foreigner beim Bootsbau helfen?«

Roel nickte nur höflich und verwickelte den Alten in ein belangloses Gespräch. Kommentare über den Wagemut des Fremden mit seinem Projekt blieben nicht aus. Man sah, dass er nicht ganz an den Erfolg der Konstruktion glaubte.

»Ich bin hier, um mir die Sache anzusehen.«

» Ja, ja... Macht nur.«

Langsam verabschiedete sich der Alte und steuerte zielsicher einen kleinen Store an. Arnel witzelte, dass es der morgendliche Schluck Rum für sein benötigtes Level sein würde.

Langsam näherten sich die drei Männer der Stelle an der linken Seite der sichelmondförmigen Bucht. Roel stockte der Atem. Zwei junge Männer arbeiteten an einem schon zu drei Vierteln beplankten Schiffsrumpf. Stumm musterten sie die Ankömmlinge, denn sie kannten Anthony, ihren eigentlichen Arbeitgeber, noch nicht.

»Ich grüße Euch, Männer.«

»Oh Sir. Sie sprechen Tagalog?«

Minutenlange Stille und Starrheit in deren Gesichtern. Es war diese anerzogene Scheu, die auch etwas Gekünsteltes an sich hatte, aber die Bescheidenheit, die Anthony hier respektierte. Und dann immer diese Konversationen über eine dritte Person. Die beiden waren so überrascht, dass sie Roel, einen waschechten Filipino, gar nicht zu bemerken schienen.

»Beruhigt Euch. Kuya ist ein Mann, der unser Land liebt. Fragt ihn einfach, wie er euch helfen kann, oder hier, Kuya Roel aus Capiz. Und kommt zum Mittagessen bei uns vorbei. Meine Frau macht ›Kinilau‹ und Spanferkel vom Grill.«

»Wie heißt ihr beide denn?«

»Ich bin Sid.«

Der andere stellte sich als Gerome vor. Er schien nicht älter als 18 zu sein, aber er war ein Meister mit dem Stecheisen und dem Glättehobel. Sein Körper wirkte trainiert und sehnig. Er redete höflich und zurückhaltend, kam aus dem Norden von Panay, aus Balasan.

»Wir hoffen, Ihnen gefällt unsere Arbeit, Sir.«
»Lasst mich sehen, wo wir weitermachen. Hier ist also Roel. Er hat mit mir mein ›Bahay Kubo‹ in Capiz gebaut.
» Sie haben ein ›Bahay Kubo‹ gebaut?«
»Aber sicher, auch ein Filipino, der es im Herzen ist, braucht so etwas, oder?«
»Sie sind sicher ein weißer ›Pinoy‹, Sir.«
Eigentlich musste Anthony immer über diese Wortschöpfungen lachen. Dies waren auch die Freundlichkeiten der Menschen gegenüber den fremden Gestalten, die hier als Vielwissende auftraten und den Leuten ihre Kultur und Ansichten unbeholfen und auch hin und wieder in einer ungehobelten Art und Weise aufzuzeigen versuchten. Er sollte ein ›Pinoy‹, also ein Filipino, mit der weißen Haut sein. Warum eigentlich nicht? Viele in seiner Heimat hätten nicht einmal den Begriff ›weißer Pinoy‹ verstanden, geschweige ein Flugzeug mit dem Ziel Philippinen bestiegen. Hier kam wieder der feine Stolz im Herzen auf, etwas zu tun, was exotisch, ja gar weltoffen geistig war. Stolz schauten die Männer sich die drei neu gesetzten Planken an der rechten Seite des Rumpfes an.
»Sir?«
»Ich bin kein ›Sir‹. Nennt mich bitte so, wie ich heiße.«
»Wir möchten fragen, welcher Motor hier hineingesetzt werden soll. Kuya Arnel hat uns nie etwas gesagt. Diese Trageplatte ist schon sehr groß.«
Roel hörte mit und lächelte: »Ein großer Motor.«
»Kannst denen ruhig sagen, was wir vorhaben.«
Schüchtern drehte sich der Freund weg.
»Ich habe ihn einmal auf dem Plan gesehen. Sah wie ein langer Reihenmotor aus.«
»Sie haben einen neuen Plan?«
Nun wunderte sich Anthony doch ziemlich.
»Ich habe einen dabei. Ihr habt ohne Zeichnung gearbeitet?«

»Kuya Arnel und Manong Pedro haben uns alles gezeigt.«
Manong Pedro, der Bootsbau-Meister in San Joaquin, hatte bereits mehrere Dutzend Bangka-Schiffe gebaut. Der Haudegen mit seinen 72 Jahren galt hier als die Instanz, was den Bau von Booten anging. Er war in der Gemeinde als eigensinniger Kerl bekannt, der jedoch auch eine gewisse Autorität innehatte und früher an allen Küsten Panays und Palawans als Meister der Bangkas Aufsehen erregte, wobei er immer der traditionellen Bauweise treu geblieben war. Sein bekanntestes Werk war der Bau einer ganzen Flotte von Auslegerbooten, die 50 Personen für den Fährtransport von Katiklan nach Boracay transportieren konnten. Genau das wunderte Anthony ziemlich. Denn gerade dieser Pedro war es, der ihm nach Wochen vermittelte, dass er an einem so größenwahnsinnigen Bootsbau mit diesen Ausmaßen nicht mehr weiter mitwirken wolle, weil ihm Konstruktionsdetails nicht gefielen und sich ohne neue Weisung Anthonys niemand bereit fühlte, die Anfertigung der ›Kaibigan of Panay‹ auf eine primitivere Weise abzuändern. Dies mochte Manong Pedro nicht gefallen haben. Ob Anthony mit der Art, seine Ansichten durchzusetzen, daran schuld war oder ob es tatsächlich das ganze Projekt selbst war, konnte sich in seinen Gedanken einfach nicht festsetzen. Jetzt konnte es nur bedeuten, dass der alte Starrkopf einfach Anweisungen gegeben hatte, während Ynez und Anthony zurück in Iloilo waren. Bis sie in diesen Jeep einstieg, um die Tante zu besuchen. Dass dessen Bremsen defekt waren, wurde später in dieser S-Kurve bei Miagao grauenhaft offenbar.

»Roel, wir müssen Manong Pedro aufsuchen. Ich glaube, ich schulde ihm etwas.«

Wirklich ausgelassen war die Stimmung beim so wichtigen familiären Mittagessen in der Runde der Freunde. Der ›Kinilau‹, ein scharfer Salat mit rohem Fisch in Essig belebte die Sinne, was durch den knusprigen Geschmack des Spanferkels nur noch delikater unterstrichen wurde. Der Wind säuselte durch das Blätterdach der kleinen Laube, die hier viele Nachbarn ebenfalls besaßen, wo sie sich an der herrlichen Aussicht auf das Meer erfreuten. Die Männer lachten vergnügt durcheinander.

»Arnel, ich muss zu Manong Pedro. Du wusstest also, dass er sich einmischt und hast nichts unternommen?«

»Er hat weitergemacht und die Jungs dort angeleitet, während wir auf der Beerdigung waren. Ein Sturkopf ist das.«

Hier wurde eine Abmachung gebrochen, die ehrverletzend war und Ungereimtheiten zum Ausdruck bringen konnte. Anthony aber wollte seinen Schwager nicht weiter kritisieren, es würde Erziehung und brachial neuer Erfahrungsschatz für ihn werden. Freundlich begrüßten die Menschen die beiden Wanderer an der Hauptstraße, welche die Lebensader von San Joaquin und den angrenzenden Ortschaften darstellte. Ausländer waren im Ort etwas Seltenes geblieben, anders als in den Metropolen oder auch in Iloilo, wo sich mancher Europäer oder Amerikaner ein Leben außerhalb der hektischen Industriezivilisation gesucht hatte. Langsam bogen die beiden in den gewundenen schmalen Weg ab, der hoch zu einem alten Steinhaus führte und das am Eingangstor mit einer hölzernen Bug-Figur eines vor einiger Zeit gesunkenen Seglers verziert war. »Passt ja«, meinte Anthony und ergänzte, dass ein Bootsbauer eine solche Figur als Wahrzeichen brauchen würde. Die Freunde entdeckten das Augenpaar in dem sonnenverbrannten Gesicht des alten Mannes zwischen den Blättern der Terrassenbepflanzung. Längst hatte er die beiden von seiner kleinen Veranda aus erspäht.

»Hallo Foreigner. Willkommen.«

Respektvoll nickte Anthony seinen Kopf ein wenig nach unten, um den gebührenden Respekt anzuzeigen. Langsam winkte der alte Macher der Bangkas die Männer zu sich und schlurfte zu seiner Bank zurück.

»Setzt euch.«

Das Gespräch zwischen Arnel und dem alten Bootskonstrukteur führte für diesen Kulturkreis überraschend schnell auf das pikante Thema. Er handelte nach der Prämisse, dass Probleme, die im Heranreifen waren, rasch angegangen und angesprochen werden sollten. Gedanken kreisten in Anthonys Kopf, denn er konnte nicht verarbeiten, was Arnel und der alte Mann in der Hiligaynon-Sprache mit teilweise erregt intensivem Tonfall ausdiskutierten. Plötzlich wurde Anthony aus seiner Gedankenwelt herausgeholt.

»Er möchte dir etwas sagen.«

Anthony warf Manong Pedro einen einladenden Blick zu.

»Du bist ein Mann, der festhält, an was er glaubt.«

»Danke, Manong Pedro. Du kannst es nicht lassen. Ich dachte, du wolltest aufhören, uns zu helfen.«

»Dein Schiff reizt mich in der Tat.«

»Sicher. Aber nicht hinter unserem Rücken.«

»Du bist ein Foreigner, der auch darauf achten sollte, wie wir es hier machen. Ich kann doch nicht einfach zusehen. Du hättest ein wenig auf mich hören sollen, denn ich glaube nicht ganz, dass deine Konstruktion erfolgreich im Wasser liegen wird. Weißt du, wie lang mein größtes Boot war, das ich gebaut habe?«

»Du wirst es mir sicher gerne erzählen.«

Andächtig hob Manong Pedro sein Rumglas und trank es mit leisem Schlürfen aus.

»Ich habe vor Jahren die ›Boracay 2‹ gebaut. 931 Inch lang. Die war nur ein wenig kleiner als dein Schiff. Sag mal, woher ist denn der große schlanke Mann, den du mitgebracht hast?«

»Er ist ein sehr fähiger Handwerker aus Capiz.«

Manong Pedro goss sich einen Rum nach. Seine Geste mit der zurückwinkenden Hand war Antwort genug. Sollten doch diese Greenhorns sehen, wie sie ohne seine Hilfe dieses Monsterboot in altphilippinischer Weise zusammenbekämen.

Deutlich konnten die Dorfbewohner die Schläge der Hämmer hören, die sich vom Bauplatz der ›Kaibigan of Panay‹ über die Umgebung ergossen. Ein Lastwagen hielt bei den Männern an, beladen mit Kanthölzern, Holzprofilen und Eisenteilen.

»Der Fahrer von Romero. Immerhin hat er die Streben dabei. Nach fast zwei Wochen.«

Anthony mischte sich nicht in den Transfer ein. Die Angestellten der Lieferanten sollten nicht zu viel über die Herkunft des Erbauers der ›Kaibigan‹ zu hören bekommen. Das würde nur Begehrlichkeiten von Leuten erzeugen, die mehr schlecht als recht für das Projekt sein konnten.

»Schönes Mahagoni.«, meinte Roel mit geübtem Blick.

»War auch teuer genug.«

Arnel sagte dazu nur so viel, dass für den Preis ein durchschnittlicher Arbeiter zwei Monate schuften müsste, um dieses Bündel Holz bezahlen zu können. Mehrere Stunden arbeiteten die Männer schweigend Hand in Hand. Feinfühlig gaben Roel und Sid bestimmte Kommandos und geschickt führten alle Hände das Angesagte aus, bis Roel den Hammer hinwarf und nicht fröhlich aussah.

»Habt ihr denen die Abmessungen nicht richtig angegeben? Diese Strebe passt überhaupt nicht.«

Roels Gesicht verzog sich zu einer launischen Fratze.

Anthony dachte, seinen Freund beruhigen zu müssen, doch das war nicht leicht. Er kannte das schon von früher des Öfteren.

»Ich mache das alleine. Dilettanten sind das.«

Ohne weitere Worte widmeten sich die anderen dem vorderen Teil, wo andere Beplankungsarbeiten zu erledigen waren. Das leise Näherkommen eines einsamen Wanderers bemerkten die Männer zunächst nicht, bis er wie aus dem Nichts am Heck vor ihnen stand. Manong Pedro begann einen intensiven Schwatz mit Roel, dessen handwerkliche Ausführungen offensichtlich im Gesicht des Alten Begeisterung zu erzeugen schienen. Die

Dämmerung nahte, die Gruppe trennte sich in zwei Richtungen. Der Alte hatte Roel zu sich eingeladen, was Anthony zu seinen eigenen Schlussfolgerungen führte. Es würde wieder Geplauder mit viel Rum geben.

☼ Eine schöne Erscheinung ☼

Der Spaziergang entlang der Landstraße ließ die Männer auf die Delikatessen in Marie Claires Küche hoffen. Oft gab es einfache Kost, die fast ausschließlich mit Meeresfrüchten untermalt war. Heute sollte es eine Art Festlichkeit werden, um die Heimkehr zu feiern und den Zusammenhalt zu zementieren.
Anthony beobachtete verträumt die Umgebung und sah unter den vorbeigehenden Menschen ein junges Paar, das händchenhaltend auf einem aufgeschichteten Haufen Bambusstangen am Straßenrand saß. Der Mann erschien sicher nicht älter als 25 und die junge Frau sah aus als wäre sie kaum älter als 19. Der Mann hielt ihre Hand nicht nur, er streichelte zärtlich daran. Es wirkte so wie in diesen zarten Liebesfilmen. Er wollte die Gruppe der Männer am Straßenrand nicht wahrnehmen und war viel zu sehr mit dem Betrachten der Augen seiner Angebeteten beschäftigt. Anthony hatte bereits gesehen, wie verliebt die beiden waren. Der kräftige Kerl war nicht besonders hervorstechend unter den anderen Männern hier, hatte aber ein feinhäutiges Gesicht mit einem eleganten Ausdruck. Sein Körper wirkte trainiert, wie bei den meisten Fischern und Handwerkern. Auffällig attraktiv sah die junge Frau mit bis zu ihrem mittleren Rücken reichendem Haar aus. Sie war selbst bei kurzem Hinsehen eine wahnsinnig anziehende Erscheinung, ein wirklich bildschönes Filipina-Mädchen. Ihre ungewöhnlich großen, dunklen Augen waren das auffälligste Merkmal an ihr. Das Mädchen schaute kurz auf die Gruppe Männer, nickte lächelnd als Begrüßung und wandte sich sofort wieder ihrem Liebsten zu, der immer noch an ihrer Hand

zarte, streichelnde Fingerbewegungen vollführte. Der Anblick dieses jungen Paares war gewiss etwas Schönes, wäre da nicht dieser furchtbare Trennungsschmerz, der Anthony unerbittlich zernagte. Noch einmal blickte er sich zu den beiden um, weil ihm dieser Anblick so gefiel. Ein großer Karton mit buntem Aufdruck stand angelehnt an dem Bambusstapel. Der junge Mann griff nach dem Paket und begann langsam, die Bänder zu entfernen. Die Männer wollten weiter, daher hatte Anthony keine Zeit zu sehen, was sich in dem Kasten befinden mochte. Es war sicher ein Geschenk für die junge Frau, die mit ihren strahlenden Augen in das Gesicht ihres Partners blickte.

»Ich habe es für dich in Iloilo gekauft und doch hart dafür gearbeitet.«

Die junge Frau wurde von einem immensen Leuchten ihres Antlitzes erfüllt, hauchte leise »Tomas« und massierte förmlich den orangefarbenen Stoff eines hervorschauenden Kleidungsstückes, welches sich als ein Edelkleid traditioneller Machart entpuppte. Sie begann leise zu weinen und bedankte sich gar reigenhaft mit wiederholenden Wortschöpfungen. Als der junge Mann ihr schüchtern enthüllte, von welchem Label das Kleid war, wurde sie bleich. Ein fassungsloses Stirnrunzeln überkam sie dabei, während ihre Ergriffenheit über diesen Liebesbeweis Kapriolen schlug.

»Bist du verrückt?! Wie willst du das je bezahlen? Hast du etwa dafür ›Utang‹ aufgenommen?«

»Ich werde es schon schaffen. Bitte trage es für mich.«

»Dieses Kleid ist von Elsa Geronimo! Das kannst du doch nicht machen!«

Fassungslos schaute die junge Dame auf den Karton. Das Label prangte großflächig auf der Seite. Das Kleid war kein Imitat. Hastig griff sie in die innere Halsöffnung und suchte etwas. Sie fand das weiße Stoffbändchen sofort, auf dem stand: ›Geronimo Traditional Fashion / Orange Dream / Edition 1-01‹.

»Du hättest doch ein einfaches Filipiniana aus der Mall kaufen können. Das hier ist für Kongressfrauen oder Celebrities.«
»Aber du bist mir das wert, Valerie.«
»Tomas...«
»Ich liebe dich doch so sehr. Bitte lass uns morgen deinen Eltern sagen, dass wir heiraten wollen.«

Das Lachen von Kindern schallte vom Haus Arnels herüber. Lachen, dass Anthony völlig vertraut war. Marie-Claires Kinder konnten es nie lange aushalten ohne ihren großen Freund aus Deutschland. Vor allem der erstgeborene, intelligente Kaloy, der trotz seiner zwölf Jahre ein richtiger Abenteurer war. Die kleine Mauring mit ihren kecken Kulleraugen hätte selbst Anthony seine eigene Tochter nennen wollen. Nur beharrliche Verbote ihrer Mutter hatten besonders sie und ihren Bruder Ronnie daran gehindert, schnurstracks zur Schiffsbaustelle zu laufen und die Männer bei der Arbeit abzulenken.
Kinderarme klammerten sich von allen Seiten um seinen Kopf und Hals. Kaloy fragte sofort, wann er auf die Baustelle mitkommen könnte, was Anthony kaum verbieten mochte.
»Tito Big Man! Ich kann schon mit dem Bolo arbeiten und euch helfen. Ich habe das von Kuya Roel gelernt.«
»Davon bin ich überzeugt. Dann kommst du morgen mit und lernst von uns, wie man eine Planke einsetzt.«
»Das weiß ich doch schon.«
Anthony verstand längst, dass die meisten Kinder hierzulande meilenweit voraus waren, wenn sie ein paar Mal den Erwachsenen beim Handwerk über die Schultern schauten. Um ihn herum ertönte das freudige Lachen der Familienangehörigen und Freunde. Sid und Gerome waren dabei unabsichtlich vergessen worden. Sie standen scheu an der Eingangspforte und Conchita winkte sie nun hektisch herein.
»Wo ist eigentlich Roel?«

»Bei Manong Pedro.«

Dass es eine solche Einladung gab, bekam Arnel schon zugesteckt. Sicher wollte der alte Bootskonstrukteur die Qualitäten Roels bei einem Umtrunk erfahren und Neuigkeiten über den Fort-schritt des Projekts bei der San Carlos Bucht herauskitzeln.

»Sag mal, Roel Lopez. Wie wohlhabend ist der Fremde eigentlich? Das Boot ist schließlich immens teuer. So eine Größe kann sich kaum eine Fischerei-Company leisten.«

Vom Rum angeheitert, schienen die Augen des alten Pedro fragend auf und ab zu schwingen. Roel hatte noch genug Selbstbeherrschung, um nichts Ergiebiges mitzuteilen. So ganz konnte er dem alten Mann nicht trauen, denn dazu kannte er seinen Freund und seine Familie, die schon lange die Nachbarn seiner Eltern waren, zu gut, als dass er dieses Vertrauen gegen das eines trinkenden Alten eintauschen wollte. Schwappend füllte der bereits beschwipste Pedro Roels Glas auf. Die Insekten tönten monoton und in der Ferne hörte man das Trommeln von Beat-Musik vom Grundstück eines Nachbarn, der eine Musikanlage mit einem gewaltigen Verstärker besaß. Roels Augen hatten merklich ernstere Züge nach dieser Frage angenommen.

»Wir reden nicht über Geld.«

»Diese Europäer sind doch meistens reich, oder? Wie viel Land besitzt er denn eigentlich?«

»Gar keines, das Land gehört seiner Schwiegermutter.«

»Rück damit raus. Wie groß ist dieses Land? Ich hörte, dass der Fremde mit dir dort ein Haus gebaut hätte.«

»Du hörst anscheinend eine ganze Menge. Wir haben ihm beigebracht, wie man mit meinen Nachbarn so etwas baut.«

»Diese Ausländer brauchen doch alle Aircon und kein ›Bahay Kubo‹. Zum Beispiel Boracay. Machen sich an unsere Mädchen ran und trinken. Sind meistens areligiös, denken, unsere Kultur zu verstehen, weil sie ein paar Muscheln und ein Shirt mit dem Aufdruck ›Philippinen‹ kaufen. Ich will dir was sagen. Viele von denen sind nur auf ein Abenteuer aus und hauen ab. Gut, dieser Mensch ist vielleicht anders, aber ich mag sein Auftreten nicht.«

»Ich finde, du hast große Vorurteile.«

»Und wenn schon. Sag doch. Ein Angeber, der uns mit seiner Bangka dort imponieren will. Du hast doch die Konstruktion gesehen. Gefederte Ausleger und zwei Masten. Der soll Armen lieber sein Geld geben, anstatt diesen schwachsinnigen Kahn zu bauen.«

Roel reichte es.

»Hör auf. Du kennst ihn nicht wirklich.«

»Willst du als Filipino sagen, dass dir so einer mehr am Herzen liegt als der Vorteil deiner Landsleute?«

»Ein solcher Mann verdient Respekt. Ich kenne ihn besser.«

Sicherlich zeigte der Rum schon die Wirkung, aber nicht so, dass Roel in seinen einfachen Prinzipien zur Ehre, Nachbarschaftstreue und Benehmen vergaß, was er als moralisch fester Mensch zu erwidern hatte. Er liebte sie damals, musste verlieren und griff mit Loyalität zu Anthony an, dem Mann, der ihm die Frau, die er begehrte, wegnahm. Sein Wille zu einer Verteidigung steigerte sich mit jedem Satz, den sein Gegenüber von sich gab.

»Arnels Familie ist eine Ehrenfamilie, an der du kein Recht hast, so zu urteilen. Ynez Velasquez hätte die Stellung einer ›Datu‹ nach ihrer Mutter eingenommen, ist dir das klar? Und er wäre als ihr Mann gleichgestellt.«

»Ein Foreigner kann kein ›Datu‹ werden.«

Manong Pedro musste innehalten. Ihm imponierte das Zeugnis dieses Mannes aus Capiz ungemein, obwohl er ihn im Inneren nur für einen einfachen Reisbauern hielt. Arnel hatte eine Frau von hier geheiratet. Marie Claire kam aus einem geachteten Clan, der Handel mit Kleidung betrieb und dessen Reputation vorbildlich war. Das sich ein Foreigner mit unredlichen Absichten in diese Familie hätte einschleichen können, erschien auch dem Alten nun ein wenig absurd. Seine Urteile gewann er durch

Erfahrungen mit Reisenden auf der Touristeninsel. So sah er Anthony teils mit argwöhnischen Augen, mochte aber die Arbeit an dem Schiff, das im Sand liegend immer mehr Gestalt annahm. Es war die beißende Ehre, die den erfahrenen Mann der Bangkas wieder antrieb. Seine Blicke schweiften auf Roels grüne Gürteltasche.

»Du bist Armeeangehöriger?«

»Ich war es.«

»Wie lange?«

»Über zwei Jahre.«

»Einsätze gehabt?«

»Mindanao. Reden wir besser nicht darüber.«

Wieder goss Manong Pedro die Gläser voll. Eine Zeremonie. Windgeräusche untermalten die Beats aus der Nachbarschaft, während sich die beiden Männer weiter leise unterhielten.

»Mir tut es natürlich leid, dass der Foreigner seine Frau verloren hat.«

Roel begann innerlich zu zittern. Dieses Thema ließ sich nicht umgehen, er hätte es doch wissen müssen. Sein Herz wurde durch diese Erinnerungen wie mit einem Dolch durchstoßen. Er hatte doch Zuneigung zu ihr, unleugbar. Er musste damals fliehen, denn ihre Wahl war sein Schmerz.

»Ich muss gehen.«

Roel drehte sich um, ging wortlos die Treppe herunter. Starr vor sich hinblickend lief er die dunkle Hauptstraße entlang, gehetzt und sich elend fühlend. Er wollte weg, einfach nur nach Hause. Die Stimmung aller in Arnels Haus war immer noch fröhlich, als Roel leise wankend eintrat und sich an allen vorbei schleichend in seine Ecke in seinem kleinen Zimmer begeben wollte. Arnel meinte nur, dass er sicher betrunken wäre, aber Conchita war es, die seine Tränen sah, etwas, was kaum jemand aus dem Heimatdorf bei Roel je zu Gesicht bekommen hatte.

»Kuya, er weint. Roel, ist alles okay?«

»Ich gehe schlafen.«

Erstaunt musterten die Freunde den sonst immer eloquent erscheinenden Mann, der Gefühle kaum vor anderen so offen zeigen wollte. Anthony ging das alles nicht aus dem Kopf. Arnel ließ einen gut gemeinten Vorschlag los, denn die restliche Nacht konnte man kaum noch als lang bezeichnen.

»Kuya, geh ins Bett.«

»Ich will noch nicht.«

Anthony fühlte Einsamkeit und Leere. Seine Gedanken kreisten unaufhaltsam umher. Die letzte Flasche Bier schien wie eine Art leichte Rettung in Anthonys Augen zu wirken. Er hatte kaum etwas getrunken an diesem Abend, aber jetzt wollte er einfach nur noch Ablenkung erleben. Ein an den Zaun gelehntes Bolo diente als Öffner. Man konnte mit diesem Werkzeug so ziemlich alles anstellen, leider auch unheilvolle Dinge. Immerhin war Bierflaschenöffnen nicht unheilvoll, als wäre das schnappende Geräusch beim Öffnen der Flasche ein winziger Trost. Anthony mochte es, hoch in den Sternenhimmel zu sehen. Gelegentlich fuhr ein Motorrad vorbei, dann noch der letzte Überlandbus nach San José. Er träumte weiter. Tagträume bei Nacht. Das Knarren neben sich hörte er nicht.

»Kannst du die bitte aufmachen?«

Anthony erschrak. Wo Roel die Flasche herhatte, interessierte ihn nicht wirklich, nur die Freude in ihm, gepaart mit dem Schuldgefühl interessierte nun. Roel ließ sich auf die harte Holzbank fallen. Still nahm er ein paar tiefe Schlucke und starrte minutenlang in Richtung Strand.

»Wie war es bei Manong Pedro?«

»Er misstraut den Foreignern.«

»Das habe ich längst gemerkt. Ich kann ihm das übrigens nicht verdenken.«

»Er ist Witwer und einsam.«

»Kann ich nachvollziehen.«

»Trotzdem denkt er nur einseitig. Es gibt zwar Mädchen, die sich an diese Leute hängen und sich ihnen hingeben, weil sie die Dollars sehen, aber es ist nicht bei allen so.«

»Natürlich. Verallgemeinerungen taugen nichts.«

Anthony durfte es nur im Kopf behalten, um nicht konfrontativ zu werden. Dass ein Einheimischer diese Feststellung so frei äußerte, imponierte ihm, doch Roel war grundehrlich. Denn er wusste, das Ynez nie so war und die meisten Frauen in seiner Nachbarschaft auch nicht. Anthony begann wieder Traurigkeit zu fühlen. Er wollte es wissen. Konnte der Freund es verkraften?

»Du weißt, dass ich unsere Freundschaft sehr schätze. Ich will jetzt wissen, warum du für mich diesen ›Tagapagbantay‹-Eid abgelegt hast.«

»Es war alles, was ich ihr geben konnte. Aber du hast sie ja bekommen.«

Perplex hörte Anthony jene Worte, konnte es nicht begreifen.

»Ich wusste damals nicht, dass du Interesse an Ynez hattest.«

»Ich gebe dir keine Schuld. Natürlich wusstest du es nicht.«

»Wie hast du das ausgehalten?«

»Loyalität zu Prinzipien, wie Ynez sie hatte.«

»Machen wir weiter?«

»Sicher. Das Vergangene muss vergangen sein.«

Die Männer schwiegen zunächst, redeten nach und nach wieder über alte Zeiten und darüber, was am nächsten Tag weiter getan werden musste, um dem Ziel, die ›Kaibigan of Panay‹ einmal ins Wasser zu bringen, näher kommen zu können.

☉ Ein geeigneter Motor ☉

Der Geruch gegrillten Fisches stieg an diesem klaren Morgen in die Nase aller. Die Männer hielten einen Becher Kaffee in der Hand. Arnel kam angeregt von einem Telefongespräch zurück und erklärte, dass er durch einen Tipp jemanden in San José ausfindig machen konnte, der einen passenden Motor für die ›Kaibigan‹ hätte. Zustimmend nickten sich die Männer in der Runde zu und beschlossen darauf, in diese Stadt im Westen zu fahren, um sich die Sache anzusehen.

»Die Kinder wollten doch zum Boot gehen!«

Marie-Claire zeigte mit dem Mund auf Kaloy und Ronnie.

»Ihr könnt jetzt nicht alle einfach weggehen.«

Praktische Lösungen konnten dank der Familiengröße doch gut gefunden werden. Roel und Sid hatten verstanden und schickten sich an, die beiden Jungs mitzunehmen. Roel versprach, gut aufzupassen und Kaloy mit ins Geschehen an der Konstruktion einzubinden. Hier lernten aufgeweckte Kinder schon früh den Gebrauch von Werkzeugen in der Imitation ihres Vaters oder anderer Älterer. Dass so mancher Junge mit der Bolo-Machete früher hantierte als es Eltern lieb war, erschien nicht sonderlich ungewöhnlich. Kinder in Anthonys Heimat liehen sich ebenso gerne den Hammer und die Säge aus der Werkstatt des Vaters, meist ohne zu fragen. Kinderwelt war doch überall die Gleiche. Anthony fühlte sich einen Moment lang so, als er diese Szenen betrachtete. War er nicht gerade ein sehr großes Kind, wenn man die Ausmaße des Projektes unten an der sichelförmigen Bucht in Betracht zog? Doch Kaloy hatte plötzlich einen anderen Einfall.

»Tito Anthony. Ich möchte mit Euch nach San José fahren.«

Kaloy war bemerkenswert flexibel, um kein Abenteuer zu verpassen. Schweigend saßen die drei wenig später in einem Bus, der nach Westen fuhr. Anthony liebte den Fahrtwind durch die offenen Fenster immer und aufrichtig beobachtete er die vorbeiziehenden Szenerien, die miteinander sprechenden Menschen, die in der Sonne dösenden Motorradfahrer in den Beiwagen ihrer Gefährte und die den Fremden im Bus bemerkenden Leute, die manchmal lächelten, laut lachten oder den Arm zu Gruß winkend erhoben. Dann zogen Mahagonibäume, Palmen oder Bananenpflanzen vorbei, im Wechsel mit landwirtschaftlich kultivierten Flächen, die Grundlage der Ernährung einzelner Familien oder ganzer Ortsgemeinschaften. Die dank der vielen Stopps recht lange Fahrt erschien nicht langweilig. Es gab für den sozusagen assimilierten Mann einfach zu viel Interessantes zu sehen. Kaloy musste sich belustigt artikulieren, wenn er die Rufe der Menschen an Anthony gerichtet hörte oder Kinder, die einige Sitzreihen vor ihnen über die lange Nase des Foreigners tuschelten, in der Meinung, er würde sie nicht verstehen.

Am Ziel, einem wie ein Sammelsurium aus vorindustriellen Artefakten anmutendem Teilelager ohne scheinbar jegliche Ordnung, entwickelte sich ein Gespräch der besonderen Art.

»Einen Motor sucht ihr? Für welchen Jeep denn? Den langen Iloilo-Typ mit der Isuzu Maschine oder ist es so eine Manila-Kiste? Die sind schlimm, sag ich euch. Dauert Stunden, dort den Motor längs einzubauen. Ich verstehe gar nicht, was die Leute an den Dingern finden. Die seien philippinischer. Was sagst du dazu, Fremder? Es gibt fremde Leute, die erzählen uns hier öfter mal, was ›philippinischer‹ sei.«

»Vielleicht einen Sechszylinder?«

»Jeepneys haben meist Vierzylinder.«

Der Teilehändler schien sein Vergnügen an seiner Arbeit zu haben und artikulierte redselig alles, was ihm scheinbar gerade in den Sinn kam.

»Gehört dir der Jeep oder ihm? Kommt mal mit.«

Die Männer gingen in eine Halle und neugierig betrachtete Anthony die in Regalen gestapelten Maschinenteile.

»Wie wäre es damit? Gibt auch Ausnahmen. Ein seltenes Prachtexemplar. Ein schöner 3,5 Liter Sechszylinder. 255 PS. Optimiert, wenn ihr wisst, was ich meine. Der Fahrer von dem hat seinen Jeep vor einer Woche frontal in die Böschung gesteuert und die Kiste aufs Dach gelegt. Waren zwölf Passagiere drin. Ein Wunder. Keiner ist umgekommen. Okay, zwei Männern hat es den Schädel eingeschlagen und einer hat sich beide Beine gebrochen. Den

Motor könnt ihr für 60000 bekommen. Kühler kostet extra. Ein Superpreis.«

Das grunzende Lachen des Händlers wurde schlagartig durch Anthonys Reaktion unterbrochen. Sein neuer Kunde kam mit langsamen Schritten auf ihn zu. Anthonys geballte Faust begann dem Kerl Angst zu machen.

»Du findest das wohl lustig?«

»Was denn?«

»›Hat die ›Kiste aufs Dach gelegt‹. So? Du Arsch!«

Arnel packte den Arm des Mannes und zerrte ihn einige Meter beiseite. Zwei Typen aus der Werkstatt kamen sofort herbeigerannt. Einer hob seine mit einem großen Schraubenschlüssel bewaffnete Hand.

»Vor vier Monaten, in Miagao. In die Schlucht gestürzt. Weißt du noch? Hast du etwa den Schrott auch hier liegen?«

Der Mann verstand sofort, was Arnel Velasquez ihm sagen wollte. Derartige Unfälle wurden sofort bekannt. Die Lokalnachrichten berichteten meistens von ihnen.

»Lass mich los! Was hast du, Mann?«

»Meine Schwester saß in dem Jeep. Sie war seine Frau.«

»Oh Mann... Ist sie...«

»Ich will jetzt nichts mehr hören.«

Die beiden Kumpane des Händlers näherten sich Anthony mit vorsichtigen Schritten.

»Und du Dickwanst, nimmst den Schraubenschlüssel runter.«

Nach einer schmerzhaft zudrückenden Handbewegung in den Arm dieses nun elend schuldbewussten Mannes ließ Arnel von ihm ab.

»Sorry, Mister.«

»Es wäre besser, wir reden nur über unser Geschäft, okay?«

Der Motorenteilehändler befahl seinen Kollegen, dass sie wieder an die Arbeit gehen sollten und entschuldigte sich nochmals mit knappen Worten. Arnel war zunächst am Prüfen und legte ein

Maßband um den soeben angepriesenen Motor. Den Händler und zwei seiner Gehilfen brachte das ins Grübeln.

»Wir können den Kühler darüber setzen. Aber ich befürchte etwas anderes.«

Anthony zuckte fragend mit den Schultern.

»Kuya, 255 PS. Aber für Speed brauchen wir schon mehr Power.«

Der Motorenteilehändler bekam große Augen und glotzte hin und her.

»Wieso sind 255 Pferde zu wenig? Habt ihr etwa vor, einen Rennwagen zu bauen? Soll ich vielleicht die Maschine bei euch installieren? Das mache ich für 15000 extra. Aber was Größeres habe ich gerade nicht.«

»Nein. Nach Lawigan in die Bucht bei der Elementary School liefern und abladen. Zur San Carlos Bucht.«

Der Händler freute sich schon sicher über das Geschäft, konnte sich aber stetiges Nachbohren nicht verkneifen.

»Die San Carlos Bucht? Dort liegen ja Boote. Übrigens baut jemand ein Riesending dort. Wird wohl eine Fischereifirma sein. Merkwürdig, dass die keinen Kutter in Bacolod bauen lassen, aber eine Auslegerbangka in dieser Größe. Ich kenne die Gegend ganz gut. Bei der Elementary ist doch daneben so ein Laden und dann ein ganzer Kilometer nur Feld. Das gehört so einem alten Mann, der Calamansi pflanzt. Ein sturer Kerl, er könnte doch das Land an die Regierung verkaufen. Das würde sicher jede Menge Pesos einbringen.«

Dieser Mensch war ein richtiger Schwatzkopf. Anthony musste die treffende Antwort anbringen. Er konnte einfach nicht mehr warten, die Reaktion seines Gegenübers zu erleben.

»Genau, Schwätzer. Die Bangka gehört übrigens mir. Am Rumpf haben wir ein blaues Plastikzelt stehen. Du lieferst diesen Motor dort hin. Verstanden? In dieses Zelt.«

Der Mann versprühte verwundert dreinblickende Kulleraugen. Es war einfach nur entzückend.

»Der spricht gutes Tagalog. Oh Mann. Ich liefere alles, wohin ihr wollt. Baut ihr beiden also auch Boote?«

»Genau. Hast du jetzt verstanden?«

»Noch nicht ganz.«

»Wir brauchen einen Motor für dieses ›Riesending‹.«

»Als Antrieb für eine Bangka?«

Der Teilehändler kaute auf seinen Lippen herum und glotzte Arnel unsicher an.

»Ist er Schiffsbauingenieur oder so etwas? Ist der in Ordnung?«

Der Mann verdiente sein Geld mit Maschinenteilen, also wollte er diese seltsamen Kunden auch zufriedenstellen und hörte schließlich mit der Fragerei auf. Denn jener Deal war ziemlich gut. Einen Sechszylinder dieser Größe verkaufte man schließlich nicht jeden Tag. Und schon trat seine Professionalität zutage.

»Er hat recht. Wenn ihr mehr Leistung braucht, könnten wir zwei Maschinen nehmen.«

Anthony merkte augenblicklich auf und rieb sein Kinn. Die ›Kaibigan of Panay‹ sollte doch zwei Schrauben bekommen. Er nahm Arnel und Kaloy beiseite und flüsterte: »Links und Rechts je einen Motor und in der Mitte den Gang.«

»Kuya!«

»Das würde gehen.«

»Das ist deine Sache.«

»Verhandle das mit ihm.«

Anthony blieb aus Erfahrung lieber ruhig und wollte die Verhandlung nicht stören.

»Von dem 3,5 er habe ich keine zwei. Aber kommt mal mit.«

In einem Labyrinth aus neueren und rostigen Artikeln zeigte dieser Fuchs plötzlich auf zwei Sechszylinder, die augenscheinlich der gleiche Typ waren.

»2,8er Diesel aus einem 7,5-Tonner Isuzu. Haben wir hier massenweise. Rund 180 PS haben die. Und?«

»Arnel?«

Beschwingt waren die Freunde wieder in Katikpan angekommen und berichteten allen über den gelungenen Kauf der Motoren. Roel sah nachdenklich aus und konnte einfach nicht anders, Anthony in eindringlicher Weise zu erläutern, dass er nicht wüsste, wie zwei schnell laufende Automobilmotoren ein Schiff antreiben sollten, weil von der Stelle, wo sie eingebaut werden sollten, etwa fünf Meter bis zum Heck des Schiffes überwunden werden mussten.

»Zwei Sechszylinder Diesel habt ihr gekauft?«

»Zusammen 360 PS. Mit Anlasser, Kühler und Kupplung.«

»Ah so. 360 Pferde. Nicht zu fassen.«

Ironie? Es dauerte eine Ewigkeit, bis Roel zaghaft seine Frage stellte:

»Kuya?«

»Klappt schon. Wir müssen hier zwei Ausbuchtungen in den Rumpf einarbeiten.«

Anthony hob seinen Blick nicht von seiner Zeichnung, mit der er grübelnd versuchte, die Probleme der Kraftübertragung über zwei Wellen auf die beiden Schrauben zu lösen.

»Es wird schwierig, bei einer Umdrehung von 2000 bis 2500 pro Minute die Drehzahl auf die Schrauben herunter zu bringen für die Langsamfahrt von der Anlegestelle. Was denkst du, Freund?«

Anthony hob seinen Blick nun, über seine Brille fokussierend musterte er Roel, irritiert über dessen Gesichtsausdruck. War gerade ein neuer Streit am Entstehen? Anthony lächelte verstohlen, um jegliche Provokation zu vermeiden.

»Ist was?«

»Kuya, das wird nicht funktionieren.«

»Warum? Ich habe da was mit Arnel ausgedacht. Denkst du an den Schwerpunkt? Los, sag schon.«

»Du willst eine so große Bangka mit einem Auto vergleichen? Kuya, das wird uns jede Menge Gelächter und Spott einbringen. Kannst du damit deinen Ruf verbessern? Die Leute achten dich, weißt du das eigentlich? Sie reden mit deiner Schwiegermutter darüber, dass du ein Fremder bist, der uns liebt. Das ist Ehre! Jetzt bist du größenwahnsinnig. Selbst wenn dieses Ding gut funktionieren sollte, wer bitteschön soll es denn steuern? Wir brauchen für so eine Größe eine Registrierung und du eine Schiffsführerlizenz. Denke nicht, wir seien so rückständig, dass wir hier alle einfach mal so ohne Erlaubnis mit großen Bangkas herumfahren und der Küstenwache mit deinem Tagalog eine hübsche Geschichte erzählen, wenn die uns schnappen.«

Anthony zeigte sich erschrocken, unfähig, etwas zu erwidern. Er staunte. So redselig war sein Freund kaum. Musste Roel endlich mal sein beklemmendes Herz ausschütten? Anthony fühlte eine gewisse Fürsorge, ja eine beharrliche Umklammerung seitens seines alten Kameraden hier. Doch Roel war stinksauer.

»Kuya, eines sage ich dir jetzt. Meinetwegen hast du Geld. Meinst, du erfüllst dir eine Sehnsucht, die du in deinem Land nicht hast. Ich weiß nichts von deinem Land, von den Leuten, ob es stimmt, dass es uns dort besser geht als hier und unseren Familien. Aber du bist unter uns und den Grenzen, die unser Leben hier hat. Dann kommst du und baust so ein Monstrum. Jeden Tag stehen nicht nur Kinder herum und schauen. Die Leute wissen ganz genau, wem dieses Ding gehört und reden darüber. Und ich muss ständig eine Wache abstellen, damit uns niemand irgendwelches Werkzeug klaut.«

Anthony musste über solche gewichtigen Worte nachdenken. Würden sie den Bau des Schiffes einstellen, wäre der Gesichtsverlust immens. Er glaubte zudem, es Ynez schuldig zu sein. Er wusste, dass sie es fertig bauen mussten, außer höhere Mächte oder eine Katastrophe würden ihnen sagen, das Schluss wäre.

Der nächste Tag begann wie immer früh. Nach dem Frühstück beeilten sich die Männer, zur Bucht zu kommen. Anthony meinte zu Arnel, dass es klug war, die Hälfte der Zahlung einzubehalten, bis auch alles angeliefert werden würde. Tatsächlich fuhr ziemlich pünktlich ein klappriger Pritschenwagen vor. Beschwingt sprang der scheinbar stets fröhliche Händler aus dem Führerhaus. Vor Schreck vergaß er, die quietschende Tür zu schließen.

»Ich glaub' s nicht. Euer Ding ist tatsächlich größer als diese ›Boracay-Kisten‹.«

Vorsichtig ging er auf den Rumpf der ›Kaibigan of Panay‹ zu und betrachtete die Bodenplatte hinter der Aufnahme für einen Mast. Köcher aus Metall waren mit starken Schrauben auf dem Schiffsboden verankert.

»Für was sind diese Metallflansche?«

Sogleich lieferte Anthony seine Antwort ab.

»Segelmasten.«

»Segel? Und ihr wollt die Motoren hier draufschrauben oder täusche ich mich da? Das ist nicht echt euer Ernst?«

Roel schaute nur stur nach unten.

»Doch, das will er.«

»Dass wir Automotoren hier haben, weiß er, oder?«

»Ein Diesel ist ein Diesel.«, meinte Anthony lapidar und grunzte, dass jedes größere Schiff einen solchen Antrieb hätte.

»Dieselantrieb stimmt, aber Schiffsmotoren drehen höchstens 1500 Sachen pro Minute und haben eine Unmenge Hubraum.«

Erst schwebte ein leises Grinsen über sein Gesicht. Die Gesichtszüge wurden rasch vergnügter, und das nun folgende Gekicher hallte über den ganzen Strand. Hektisch griff der Typ zu einer Packung Zigaretten und während er mit seinem Feuerzeug hantierte, vollführte er einen sarkastisch anmutenden Freudentanz im Sand.

»Ihr glaubt doch nicht echt, dass die Kiste schwimmen wird?«

Roel sah gar nicht mehr hin und schien sich nur zu schämen, während er an der Rumpfseite schliff. Anthony wollte schon angesichts dieses Sarkasmus entnervt aufgeben, doch Arnel griff an seinen Arm.

»Kuya, der Typ kann uns bei dem Getriebe helfen. Ahnung hat er. Ob wir ihn bezahlen oder einen anderen, ist doch egal.«
Anthony wandte sich direkt an den Mann, der wie ein Jugendlicher um sein für ihn unbezahlbares Motorrad herumlief und aus dem Staunen nicht heraus zu kommen schien. Ihm begann die merkwürdige, technisch herausfordernde Sache zu gefallen, denn er konnte es. Viele kamen zu ihm, um ihre Jeeps und Trucks tunen oder reparieren zu lassen. Aber das hier? Der Fremde schien größenwahnsinnig oder ein wenig irre zu sein. Freunde, die ihm den Gesichtsverlust helfend ersparen wollten, hatte er bereits. Der Mechaniker wollte sich in diese Gruppe einreihen und dabei sein eigentliches Interesse, das zu verdienende Geld, unbedingt im Fokus behalten. Er brauchte die Pesos eben, für die große Familie daheim und seine Laster, die Besuche in der Bar in San José.

»Leute, die drehen über 5000 Touren, aber ich mache euch da was. Und eine Umsteuereinrichtung brauchen wir bei der Größe auch. Die wird schwierig, weil die Motoren getrennt sind.«
Immer wieder lief er um den Rumpf und beschaute Details. Er dachte, mit Roel zu reden wäre sinnvoller.

»Ich brauche hier doch zwei Platten für die Maschinen. Geht das, Großer?«

»Frag Kuya da. Ich lasse mir von dir keine Anweisungen geben.«

»Schon gut, Mann. Wollte dich nicht anmachen.«

»Wie heißt du eigentlich, Konstrukteur?«

»Francis Delgado, Sir. Ich bin Ihr Mann.«

»Anthony, ohne ›Sir‹. Ich will dir im Haus meine Zeichnungen zeigen.

Arnel sah, dass Anthony nicht alles erklärt hatte und rief den Mann zu sich.

»Es gibt Regeln hier. Wir beginnen pünktlich. Sieben Stunden täglich, eine Stunde Pause und Mittagsschlaf wegen der Hitze. Dafür ist pünktliche Bezahlung und gutes Essen Ehrensache.«

Ein fester Handschlag besiegelte den Arbeitsvertrag und die Lohnvereinbarung unter den Männern, die als Zeugen nun genug Gültigkeit für diese Sache bestätigten.

Das Grauen einer Fangfahrt

Die Nacht war erfolgreich für die Bangkafahrer im Ort gewesen. Alle beobachteten Marie-Claire und ihre Schwägerin Conchita, die sich mit den Verkäufern der schlangenförmigen Ati-Ati-Fische um den Preis feilschend auseinandersetzten. Sid freute sich, kümmerte sich hingebungsvoll am Grill um die Zubereitung, dabei kleine Schlucke Kaffee genießend. Jerome schien Anthony zu suchen und wandte sich an Roel.

»Kuya Roel, Romero hat die Masthölzer gebracht.«

»Ich komme gleich. Heute wird es brutale Arbeit, die Masten aufzurichten. Sind die Flaschenzüge bereit?«

»Alles klar. Kuya Anthony macht es wirklich so kompliziert. Ich mag ihn aber. Er ist nicht so wie andere Foreigner, die uns herablassend betrachten, weil sie Geld haben. Und ehrlich, wenn die ›Kaibigan of Panay‹ fertig ist, will ich mitfahren. Ich frage mich aber, warum er das macht.«

»Ich weiß es nicht.«

»Du bist doch sein Freund und kennst ihn.«

»Trotzdem verstehe ich nicht alles an ihm. Eines sage ich dir aber. Wenn ihn jemand wegen Geld ausnutzen will, wird er es schnell merken. Er hasst Lügen zutiefst. Die Velasquez-Familie ist im Übrigen eine Ehrenfamilie. Das musst du dir merken. Ich selbst werde diesen Clan mit meinem Leben verteidigen.«

»Das klingt hart, Kuya Roel.«

»Genau so, wie ich es meine. Es geht um Loyalität.«

Jerome hielt inne, schien lange nachzudenken. Die Worte dieses Mannes aus Capiz wirkten tief. Konnte er bei seiner Jugend über die alten Tugenden der Filipinos wirklich nachsinnen und sie verstehen in einer Zeit, die globalisiert, verzerrt modern und schnelllebig geworden war? Seidene Filipiniana Kleider ersetzt durch billige Shirts aus Fernost und Zeit für Konversationen mit den Nachbarn aus der Community ersetzt durch Kurznachrichten-Flatrates mit dem Handy. Anthony kannte beides, die Vorfahren seiner Frau einiges und die jungen Menschen dieses nur noch aus Geschichtsbüchern. Jerome dachte plötzlich an Roels Vergangenheit, da er bereits aufgeschnappt hatte, dass er früher Soldat war. Sachte fragte er ihn danach, was Roel aber offenkundig störte.

»Ich war zwei Jahre beim Militär, na und?«

»Wo, Kuya?«

»Im Süden.«

»Das ist aber eine unruhige Gegend dort.«

»War doch nichts für mich. Ich bin dann auf dem Bau gewesen. Mal hier, mal dort.«

Roel begann bei diesen Worten Sids in ein Zittern zu verfallen, schien sich aber wieder leicht zu fangen. Verhängnisvolle Bilder schwebten langsam vor seinen Augen ein. Bilder, die er am liebsten nie mehr sehen wollte. Diese furchtbaren Bilder in Form von schemenhaften, sich wild hin und her bewegenden Figuren kamen wieder in seinen Sinn zurück. Diese Gruppe der völlig entsetzten Bauarbeiter damals und ihre hilflosen Versuche, den daliegenden Kollegen wiederzubeleben. Er war es, der weit oben auf dem Gerüst stand, an diesem Hochhausbau in Manila. Diese gellenden Schreie und er war es doch, der es nicht schaffte, ihn lange genug festzuhalten. Er sah sich mit seinen schockierten Augen, oben auf dem Gerüst. Augenpaare vieler Männer stierten ihn an. Dann jenes leere Bolzenloch an der Querstange. Der verhängnisvolle Bolzen, für den er persönlich verantwortlich gewesen war. Roel begann zu schwitzen, griff zitternd nach einem Wasserglas.

»Kuya Roel? Was hast du?«

»Nichts.«

Schlagartig beruhigte er sich wieder, wie angelernt. Leider zu gut antrainiert, unheilvoll angeeignet, wohl noch vom Militär.

»Geh wieder zum Schiff. Ich komme gleich nach.«

Wieder fing es in seinem Kopf an, herumkreisend. Die Männer um den leblosen Körper. Einige schauten zu ihm hoch. Über 30 Meter waren es. Diese stummen Augen einer Frau, die ihn verurteilten, immer nur durchbohrten. Sie sah auf den zugedeckten Verunglückten, dann zu ihm, als er hilflos dabeistand.

»Du hast meinen Mann getötet.«

Roel ging eilig zu seinem Cottage-Haus. Die Rumflasche stand hinter dem Bett. Er wollte es gerne, konnte es aber nicht. Hastig öffnete er die Flasche. Gierige Schlucke des braunen Getränks sollten es sein, das unheilvolle Vergessen, das kein Vergessen ermöglichen würde.

Die neugierige Menschentraube mit ihren abwartenden Blicken und großäugigen Gesten war unübersehbar. Der Hauptmast der ›Kaibigan‹ war aus zwei Teilen zusammengesetzt, da es auf den Philippinen schwerlich noch einen solch alten Baum gegeben hätte, um einen einteiligen Mast fertigen zu können. Da einige schon die beiden Sechszylindermaschinen ausgemacht hatten, fragten sich die eingefleischten Fischer schon, welcher Größenwahn hinter einer Idee steckte, die mit der Fischerei scheinbar gar nichts mehr zu tun hatte. Drei Männer aus dem Dorf standen an der Bordwand und diskutierten lebhaft die Sinnhaftigkeit zweier Motoren. Das Schiff war Gegenstand täglicher Kontroversen und Diskussionen. Anthony belustigte es, wenn er die ganzen Kommentare hörte. Doch die Überzeugung war gewaltig. Es war seine Art zu leben, antrainiert und hier für das Inselreich adoptiert.

Erschöpft lagen die Freunde im feinen Sand in der Nähe der Wasserkante. Sid nippte an seinem dritten Glas Rum. Eigentlich war er noch zu jung für so viel Tanduay-Rum, schaute entspannt und glücklich. Viel hatten die Männer nicht gesprochen, sie waren einfach zu abgespannt. Die Aufrichtung der beiden Masten war eine der schwersten Arbeiten vor der Wichtigsten, dem Stapellauf der ›Kaibigan of Panay‹, dem Schiff, dessen Vorhandensein eine ganze Region aufrüttelte und beschäftigte. Die Neuigkeit über einen Fremden aus Europa, der ein solches Motorsegelschiff konstruierte, drang schon bis Iloilo und San José vor. Anthony gab fünfzig Prozent von seinem Ich, er war verstandesgemäß dem Grund für dieses Projekts nähergekommen. Der Wunsch nach seinem Lebensprojekt, berauschend und irgendwie wenig nützlich, außer wenn man den Abenteueraspekt in den Vordergrund rückte, den ein solch überdimensionales Männerspielzeug im Land der über 7000 Inseln zum Ausdruck brachte. Lange noch saßen die Freunde zusammen dösend am Strand. Genuss der Naturschauspiele, der Geräusche und des Windes auf der Haut. Die schalen Lichter am Horizont zeugten von den weit draußen arbeitenden Fischern in ihren kleinen Booten. Es beruhigte hier am Strand, doch gerade Roel wusste es besser. Diese Arbeit dort draußen war gefährlich.

Die Zeit verging unverrückbar. Schon nach Mitternacht war es, als die Gruppe sich entschloss, den Heimweg anzutreten. Nach dem Weg zur Landstraße hinauf bemerkten sie ungewöhnlich nervöses Treiben. Motorradfahrer mit Passagieren in dieser Zahl und aufgeregte Menschen waren für jene Zeit in der Gegend ungewöhnlich, es sei denn, irgendein sehr seriöser Grund wäre plötzlich wie ein Schwert in die harmonische Stimmung dieser Fischerdorfidylle eingedrungen. Arnel beobachtete das alles und sah beunruhigt aus.

»Es ist am Strand etwas passiert, was nicht gut zu sein scheint. Das gefällt mir nicht. Hier ist was faul.«

»Was könnte es sein?«

»Wir müssen sofort dorthin gehen.«

Ohne große Überlegung machte die ganze Gruppe kehrt und folgte den Menschen. Wildes Spekulieren war in den Wortfetzen zu vernehmen, aufgeregtes Gestikulieren mit den Händen und Angst in der Gestalt von erschreckten Gesichtern der Leute. Kinder waren sogar in dieser viel zu späten Stunde unter ihnen und schauen mit großen Augen zu den Erwachsenen hoch. Arnel meinte, das Wort ›Aksidente‹ (Unfall) vernommen zu haben, wollte aber nicht direkt die Leute fragen, aus deren Mund er es gehört zu haben glaubte. Gewöhnlich half eine Gruppe Männer und einige Frauen den Fischern im Anbruch des Tages beim Einziehen der großen Netze an den Strand. Anthony hatte das schon mitgemacht und fand es aufregend, ohne aber vernünftig darüber nachzudenken, wie hart die Männer auf diesen Booten schufteten, die ihre großen Familien zu ernähren hatten. Die größte Bangka hier im Ort war ungefähr fünfzehn Meter lang und hatte einen Zweizylinder-Benzinmotor als Antrieb. Ihr Besitzer hatte eine sonnengegerbte Haut, seine Narben zeugten von harter Erfahrung auf dem Meer. Die anderen Boote waren zwischen acht und elf Meter lang. Anthony liebte die bunten Farben dieser Gefährte und die teilweise lustigen Namen, die sich ihre Besitzer ausgedacht hatten. Doch Netze wurden diesmal nicht gezogen. Es war zu früh und es herrschte zweifellos eine verbitterte Stimmung. Eine Gruppe Frauen stand hände-gestikulierend vor einigen Männern, die ihren Kopf gesenkt hatten. Warum waren sie bereits heimgekommen? Unwirklich fühlte sich alles an, so schreckerfüllt. Eine Frau kniete im Sand. Anthony sah zu ihr und sein Blut gefror in den Adern. Die junge Filipina schrie herzzerreißend. Daneben stand eine andere Frau, starr vor sich hinblickend, mit einer Bolo-Machete in der Hand. Eine vom Ort des Geschehens kommende, weinende Dorfbewohnerin sah Anthony kurz an.

»Sir, gehen Sie bitte weg. Das ist nichts für Sie.«
»Ich bin Arnels Schwager. Ich kenne hier viele Leute.«

»Sehen Sie doch, Miss Tolentino... Wie schrecklich, das arme Mädchen...«

Verstohlene Blicke und eine emotionslose Regung als Antwort. Klar, wie unbeholfen jene Antwort war. Anthony wartete ab. Er wusste, dass er ungefragt nicht eingreifen konnte, indem er dem fremden Mädchen, das im Sand kniete und herzzerreißend weinte, etwas mitteilen oder sie gar tröstend in seine Arme nehmen würde. Er würde handfest zupacken wollen, wenn er nur gewusst hätte, was überhaupt geschehen war. Roel hatte sich einfach an einen Palmenstamm auf den Boden gesetzt. Er hielt den respektvollen Abstand in einer Provinz, die er nicht kannte. Sid hatte sich aus der Gruppe gelöst und setzte sich schweigend zu ihm. Anthony versuchte freundlich, ihn zu einer Antwort zu bewegen.

»Ein Boot ist verunglückt. Ich habe etwas aufgeschnappt. Die Frau dort im Sand ist die Verlobte des Fischers.«

Filipinas weinen stumm, dachte Anthony immer. Es stimmte keineswegs, denn das furchtbare Entsetzen zusammen mit den Tränen der jungen Frau im roten Shirt mit schulterlangem Haar vibrierte förmlich zu den Männern hinüber. Zwei ältere Frauen versuchten sie tröstend zu halten, als würden sie ihr aufhelfen wollen wie einem hingefallenen Krieger, der sich in seinen Verletzungen nicht mehr selbst aufrichten konnte. Doch sie wollte nicht aufstehen, schlug mit ihren Armen diese helfenden Hände wild beiseite und begann zu schreien, wissend, dass in jenem Moment all ihre Träume vernichtet worden waren.

»Die mit dem Bolo ist die Schwester eines anderen Mannes, der auf der Bangka war.«

Die traurige Stille wurde durch die durchdringenden Schreie der Verzweiflung förmlich zerrissen. Die Männer beobachteten die groteske Szene. Die Frau mit der Machete sprang schreiend auf, rannte aus der Gruppe zu einem der am Strand liegenden Boote und begann damit wie wild auf den Bug der Bangka einzuschlagen. Splitter brachen unter ihren verzweifelten Hieben aus dem Holz. Doch die Schläge ließen ihre Kraft schnell erlahmen. Sie konnte nicht mehr. Weinend fiel sie nun in den Sand. Arnel blickte traurig, nachdem er sich aus der Gruppe der diskutierenden Männer herausgelöst hatte, zu den Freunden.

»Die sind von einem Schiff gerammt worden. Der Besitzer der großen Bangka hat es aus der Ferne gesehen. Vielleicht ist das Positionslicht ausgefallen oder der Steuermann des Großen hat sie einfach nicht gesehen. Sie hatten keine Chance.«

»Die haben das doch bestimmt bemerkt. Oder?«

»Anthony, darüber zu reden nützt nichts mehr. Denkst du, die Besitzer des Frachters scheren sich um einen von uns einfachen Filipinos?«

»Vielleicht haben die es gar nicht mal mitbekommen, dass sie das kleine Boot gerammt haben.«

»Wer weiß?«

»Aber Arnel!«

Anthony fühlte dieses Verlangen helfen zu wollen, aber er wusste, dass er als Mann hier in dieser scheuen, Kodex betonten Gesellschaft nicht einfach seinen Arm um die schluchzende Frau legen und schöne Worte äußern konnte. Die entsetzlichen Schreie des Mädchens ließen ihn erschaudern, sein Mitgefühl für sie erbrach sich in seinem Inneren erbarmungslos, so das er begann zu weinen.

»Tomas... Tomas!!!...«

Sie stand wankend auf, erhob ihre Hände, als ob sie in den Himmel um Hilfe rufen wollte. Sie kam ganze drei Schritte weit und brach wieder zusammen. Dann hallten ihre so furchtbar herzzerreißenden Schreie in die Dunkelheit. Schweigend und teilweise weinend schauten die Umstehenden auf sie herunter.

»Tomas..., Neiiiin!!«...

Die in ihrem grauenhaften Schmerz geschüttelte junge Frau schlug ihre Hände heftig in den feuchten Sand und krallte sie danach in ihr rabenschwarzes Haar, als wollte sie es ausreißen. Stoßweise kamen ihre lauten Weingeräusche aus ihr heraus. Anthony war nicht mehr in der Lage, beherrscht zu sein. Das Bild vor ihm tauchte wieder auf, zitternd begann er Tränen aus seinen Augenwinkeln zu pressen. Damals, als er die Todesnachricht erfuhr und hören musste, dass Ynez von einem Fahrzeug zerquetscht worden war. Diese Szene vor ihm im Sand erinnerte ihn gerade brutal an all das. Er konnte plötzlich Marie Claire sehen, die wohl durch das Rumoren im Ort aufgewacht war und herbeieilte. Sie blickte skeptisch in Anthonys verweintes Gesicht.

»Was ist da los?«

»Das Mädchen dort hat ihren Verlobten verloren. Ein Schiff hat ihre Bangka gerammt. Ich möchte so gerne etwas tun...«

»Nein. Nicht du!«

Nanay Lorna war mitgekommen. Sie war die Güte in Person und das, was vielleicht, ja sogar sicher, gebraucht werden konnte. Die Frauen gingen zur Gruppe der aufgeschreckten Menschen, die sich in Starrheit, aufgeregten Diskussionen, Scham und Hilflosigkeit vereint hatten und nicht wussten, wie sie im Moment mit dem Geschehen umgehen könnten. Es war auch der hiesige Dialekt, den Anthony kaum verstand und so konnte er die Szene nur aus der Entfernung betrachten. Roel war währenddessen eingeschlafen, Anthony spürte Unmut darüber. Nanay Lorna ging langsam auf die Menschenmenge zu und redete nur kurz mit einigen Frauen. Sie beugte sich über das im Sand kniende junge Mädchen. Die Worte, die durch den Wind gesprochen werden, konnte niemand in der Entfernung hören.

»Psst... Halt dich an mir fest. Ich bin bei dir, Inday.«

Plötzlich hob das Fischermädchen ihren Kopf mit weit aufgerissenen Augen an. Ihre Blicke trafen drei der dastehenden Männer, die nicht fähig waren, etwas zu artikulieren. Hastige Atemzüge und bittende Bewegungen ihrer Hände schienen diese

Fischer förmlich zu gewaltigen Aktionen aufzufordern. Einer der Männer umarmte sie sofort. Auch Nanay Lornas Hand streichelte ihren Rücken zärtlich.

»Fahrt doch raus! Tomas lebt sicher noch. Bitte!«
»Wir haben über eine Stunde lang alles abgesucht, Valerie.«
»Nein... N...ein.«

Es machte Antony sehr betroffen zu sehen, wie sich die Finger des jungen Mädchens nach einer abrupten Umwärtsbewegung nun an die Schultern seiner Schwiegermutter krallten. Nanay Lorna musste in hilflose große Augen blicken und diese zitternden Fingerspitzen im Stoff ihres Oberhemdes spüren. Eine junge Frau, hilflos wie ein verletztes Rehkitz, fand Halt in den Armen einer erfahrenen Witwe, die sicher die Position hatte, selbst in einer für sie fremden Provinz die helfende Autorität als Hilfe zur rechten Zeit zu zeigen. Ihre wimmernden Laute brachen Nanay Lorna das Herz, doch sie verhielt sich brachial standhaft. Anthony musste sich umdrehen und konnte nur mit vorgehaltenen Händen heulen. Männer gingen still an ihm vorbei. Diese Nacht des Fischfangs war in völliger Enttäuschung und Trauer abgeschlossen.

»Das Meer ist gefährlich. Merk dir das, wenn du an dein Schiff denkst. Sieh, was hier passieren kann.«

Roel blickte ihn an, tief und ernst. Anthony konnte nur fragend zuschauen. Aber er dachte nach, um alles zu verinnerlichen, zu verstehen, zu ergründen. Er würde es nicht schaffen. Der Tod der drei Männer auf der kleinen Bangka sollte ein Anfang sein. Als sie das Haus erreicht hatten, fiel Anthony in eine Art Depression, wollte einfach nur still bleiben.

»Kuya?«
»Was willst du?«
»Komm, Kuya, wir haben noch Takelage-Arbeiten zu machen.«
»Ich will nicht.«

»Was heißt ›Ich will nicht‹? Aha, schockiert? Du hast gesehen, was da geschehen ist? Willst du weitermachen?«

»Sicher. Aber nicht heute.«

»Das Meer ist nichts für euch, Kuya. Nicht für mich, nicht für Arnel. Vielleicht ein bisschen, er hat wenigstens ein paar Jahre auf einem Küstenschiff gearbeitet. Weißt du eigentlich, warum ich hier bei euch bin?«

Anthony wunderte sich. Noch nie hatte er einen Filipino so offen über seine Motive sprechen sehen. Roel senkte den Blick.

»Du bist einfach anders. Aber der Hauptgrund ist Ynez.«

»Warum musstest du eigentlich diesen Schutzeid ablegen? Ich habe dich nicht gebeten, auf mein Leben aufzupassen.«

»Du hochnäsiger Foreigner! Du willst unser Volk lieben?«

» Ja, das tue ich!«

»Du musst noch viel lernen.«

Roels Blick wurde fester. Er wollte Anthony erziehen, brannte doch sein Herz voller Bewunderung über diesen Mann, der sich für sein Volk so verausgabte, aber gelegentlich dabei von einer Pfütze in die nächste sprang. Er glaubte, es seiner Freundschaft schuldig zu sein.

»Hast du jetzt keine Angst? Bist du nicht eifersüchtig? Verstehst du eigentlich, dass ich damals im Inneren deine Frau begehrte? Träume hatte ich. Sie zu lieben mitten zwischen Bäumen in einer sternklaren Nacht. Sie hatte aber dich gewählt. Okay! Ich hatte das akzeptiert. Bin abgehauen, Abenteuer suchen. Es war mein Fehler. Diese ›Abenteuer‹ haben mein ganzes Leben zerstört.«

»Ich durfte es tun.«

»Sei immer dankbar dafür.«

»Wusste sie das eigentlich?«

» Ja.«

»Was hinderte euch denn? Ich war damals noch nicht hier.«

»Ihre Ansichten als stolze ›Datu‹ passten nicht zu mir. Ich bin nicht der Führer, zu viel in mich gekehrt vielleicht.«

»Warum hasst du mich nicht dafür?«

Der Freund drehte sich um, stumm, trauernd und stolz. Anthony ging zurück in die Hütte. Zwei Männer hatten verloren, nur er sieben Jahre nach Roel. Die Baustelle aber lebte weiter. Zwei Tage vergingen. Erst Stunden nach dem Frühstück fand Anthony den Mut, sein Werkzeug in seinen Rucksack zu packen, um zum Liegeplatz zu fahren. So machten die Männer weiter, arbeiteten am Deck, welches die ›Kaibigan of Panay‹ bis kurz hinter dem Hauptmast überspannte. Vorne arbeiteten Roel und Sid, der sich auf den Hauptmast emporgeschwungen hatte, um Montagearbeiten auszuführen. Die durchtrainierten Männer kannten dies schon von Jugend an, durch ihre Erfahrung im Erklimmen von Kokospalmen geschult. Anthony schaffte es nicht einmal bis zur halben Höhe einer Palme. Die Einheimischen schmunzelten stets und verziehen es ihm lächelnd, dem Fremden. An der Straße standen wie so oft Kinder, die stumm zu den Männern und diesem für sie unglaublichen Schiff hinüberblickten und die Arbeit wie in einer Art Trance zu beobachten schienen. Delgado war wie oft nur einfach begeistert von der Technik und gestikulierte zu den anderen in redseliger Weise.

»So etwas habe ich noch nicht geschraubt, klarer Fall. Aber ich kann das Getriebe erst testen, wenn sie schwimmt. Wann geht es denn mit dem Ding ins Wasser?«

Roel hörte nicht hin und schaute nach oben. Sid war nicht zu sehen und hatte sich auch nicht bemerkbar gemacht, als er vom Mast hinabstieg. Sogleich erblickten die Männer den jungen Mann, der langsam und scheinbar prüfend zum anbrandenden Meer hinunterging und seine Augen auf eine bestimmte Stelle gerichtet hielt. Fragend schauten sich die anderen an und gingen außer Delgado hinter ihm her. Sie gingen langsam und konnten die Bewegungen Sids von der Ferne beobachten, wie er sich kniehoch im Wasser stehend bückte, an etwas kurz zog, seine Hand erschreckt wegzog und sich umwendend kniend fallen ließ. Jetzt begannen die Freunde schneller zu laufen und erblickten Sids bleiches Gesicht. Anthony sah den leblosen Körper im Wasser auf und abtreibend hinter dem nach Luft ringenden Freund. Jerome rannte rasch zurück zum Schiff und brachte eine Kunststoffplane zu den Männern.

»Ich kann das nicht alleine machen.«

Roel blickte in die Runde. Sid raffte sich auf. Luft anhaltend griff er nach dem anderen Arm des Leichnams. Vorsichtig zogen die Männer den Verunglückten ans Ufer und bedeckten ihn rasch mit der Plane. Anthony schauderte und fröstelte innerlich, ein Krampf in seinem Magen hatte sich eingestellt.

»Das dürfte einer von den drei Fischern sein. Wir müssen die Ortspolizei verständigen.«

»Furchtbar, wie der aussieht.«

»Schafft die Kinder da oben weg!«

Weil Jerome und Sid von hier waren, wollten sie das tun und gingen rasch los. Sie schienen erst einmal froh zu sein, nicht mehr bei dem Leichnam sein zu müssen. Hektisch scheuchten sie die neugierigen Kinder zur Hauptstraße zurück. Schon standen mehrere Leute um die Freunde herum. Roel blickte ernst und nachdenklich nach oben zum Bug der ›Kaibigan‹.

»Das wird Unglück bringen in den Augen der Leute. Er ist genau im Weg angespült worden, wo wir sie ins Wasser ziehen müssen. Sie werden es als böses Zeichen sehen und denken, dass Unglück auf deinem Schiff liegt.«

Anthony schüttelte den Kopf energisch und monierte, dass dieser Aberglauben nicht auf Wahrheit beruhen konnte. Roel unterbrach seinen Freund trotzdem. Stumm hörten die umstehenden Männer zu.

»Für dich ist das alles immer klar mit deiner Logik. Hier geht es nicht um Wahrheit, sondern wie wir dastehen in unserem Ruf. Sie werden dich und dein Schiff meiden, wenn sie sehen, dass wir es hier durchziehen.«

»Wie denkst du denn persönlich darüber, Roel?«

»Du magst vielleicht recht haben und was ich denke, ist zweitrangig. Aber eine Familie, die einen Tabubruch tut, hat es hier schwer in der Gemeinschaft. Du weißt das!«

Anthony fluchte innerlich über diese Ansichten der Leute hier in der Gegend. Diese bestimmten so viele tägliche Handlungen. In Capiz war es ähnlich. Er dachte einfach, wie unsinnig dies alles war und doch konnte er niemals diesen gesellschaftlichen Kodex durchbrechen. Delgado hatte sich in der Zwischenzeit genähert.

»Ey Leute, ist das einer von den armen Typen, die mit ihrer Bangka gekentert waren?«

Pietätlos war er, dachte Anthony bei sich und wartete einige Meter entfernt im Sand sitzend auf das Eintreffen der Polizei. Die Beamten waren schneller am Ort des Geschehens als alle dachten. Es waren drei bewaffnete Männer. Einer der Beamten hob kurz die Plane hoch und ließ sie mit angewidertem Blick wieder fallen. Erst jetzt kam er auf die Idee, sich Gummihandschuhe anzuziehen. Anthony wurde begrüßt, aber die Befragung fand ausnahmslos unter den Filipinos statt. Einer der Polizisten, ein jüngerer Typ, telefonierte mit seinem Mobiltelefon. Anthony verstand, dass er jemanden für den Abtransport des Leichnams rief. Gebieterisch forderten die Beamten die Leute auf, weiter in Richtung der Straße zu gehen, nachdem sie sich mit Handschlag von den Männern verabschiedet hatten. Zwei von ihnen begleiteten die Gruppe. Bei der ›Kaibigan‹ blieben sie stehen und betrachteten sie eingehend.

»Wem gehört diese große Bangka?«

Arnel war klug genug, die Antwort umschreibend auf die Familie anzuwenden, um Anthony nicht sofort als den Besitzer darzustellen. Er erzählte von seiner Erfahrung als Matrose auf dem Küstentransporter, auf dem er einst als Koch gearbeitet hatte. Arnel erklärte das Verwandtschaftsverhältnis Anthonys, was zunächst ein gekünsteltes Lächeln im Gesicht der Beamten zur

Folge hatte. Die Polizisten deuteten schnell richtig, wer dieses Werk augenscheinlich finanzierte.

»Imposant. Aber wenn wir euch ohne Versicherungspapiere und Lizenz hier draußen erwischen sollten, müssen wir euch festnehmen und dieses Schiff beschlagnahmen.«

»Aber man muss doch das Gesetz stets achten, Sir«.

Anthony packte sein schönstes Tagalog aus und ließ es bei der Betonung nicht an Kraft fehlen. Roel schlich sich leise hinter den Rumpf der 'Kaibigan' und bemühte sich, nicht aufzufallen.

»Genau das meinen wir. Denken Sie an Ihre Lizenz und eine Registrierung. Wir danken euch, dass ihr den Toten ans Ufer geholt und bedeckt habt. So was sieht man nicht alle Tage.«

Nachdem die drei Beamten gegangen waren, hielt ein Pritschenwagen oben an der Böschung. Zwei stoisch wirkende Männer trugen eine längliche Kunststoffbox zum Strand, nachdem sie diese scharrend vom Wagen gehievt hatten.

»Das letzte Haus für den armen Kerl. Eine Plastikkiste.«

Delgados unbeholfener Spruch erschien mehr als Hilflosigkeit. Die Freunde konnten die beiden Sargträger beobachten, die sich nach dem Wegheben der Plane bekreuzigten und danach Handschuhe anzogen. Roel fühlte gleichzeitig andere Sorgen.

»Ich schieb sie nicht ins Wasser, bevor das in Ordnung gebracht ist. Denkst du, die kommen in ein paar Tagen nicht wieder und wollen eure Papiere sehen?«

Das war ein gefährlicher Gesichtsverlust, der sich in Front der Gesetzeshüter aufgetan hatte. Einen weiteren wollten alle für ihn vermeiden, aber wie ein Schiff zu registrieren wäre, war nur Arnel bekannt. Anthony war zu abgelenkt gewesen, um an diesen Papierkram zu denken. Roel winkte genervt ab, wobei ihm der Fund der Wasserleiche ganz sicher mehr auf den Magen schlug. Wer der Tote war, untersuchte keiner der Freunde tragischerweise näher. Und niemand konnte ahnen, was sich wegen dieser Entdeckung an Tragödien auftun würde.

»Ich fahre für ein paar Tage nach San José und schaue mir die Stadt an. Sorry, ich brauche Ablenkung. Ruft mich an, wenn ihr wieder so weit seid.«

Anthony kannte das. Ein paar Tage würde Roel verschwunden sein. Danach wäre er wieder in bester Laune bei dem Projekt im Sand dabei. So vergingen über zwei Wochen, die den Männern nicht nur halfen, den schrecklichen Fund des Toten zu vergessen, sondern sie auch den Fortschritt bei ihrem Schiffsbau spüren zu lassen, zusammen mit der Erfahrung, immer fester als Freunde verbunden zu sein. Zudem gab es die ganzen neugierigen Augenzeugen, die meistens stumm dem Geschehen beiwohnten und, ohne dass es besonders Anthony ahnte, immer mehr Respekt gegenüber diesem Bauprojekt zum Ausdruck brachten.

☙ Valerie ☙

Das kühle Meer rauschte immer wieder schlagend ans feinsandige Ufer. Dieses umflutende Geräusch, abklatschend die Wasserwalzen gegen die aus dem flachen Meer ragenden Felsen. Weit draußen konnte er die feinen kleinen runden Lichtpunkte sehen. Die Bangkas waren sehr weit rausgefahren im Kampf gegen die schwindenden Vorkommen der durch diesen Meeresarm ziehenden Fischschwärme und die Konkurrenz der großen Fischereischiffe. Doch von hier aus sahen die kleinen Lichter wie beruhigende Illuminationen aus, die den Klang dieses Meeres optisch verschönerten. Und immer wieder diese rhythmische Brandung in der abendlichen Wärme, die den Tropen so eigen war. Sanft wohltuende Wärme im Klang der Natur ließ Anthony feinsinnig werden. Er dachte an den Tag zurück, an die Arbeit am Schiff und an die lustigen Witze der Freunde, die Roel meist ins Englische übersetzen musste, damit diese Art des Humors bei ihm ankam. Langsam tauchten dunkle Schatten von rechts aus der Dämmerung auf. Drei Frauen flanierten vorbei und grüßten ihn sofort höflich. Zwei von ihnen lächelten ganz natürlich, aber die Dritte schien bedrückt zu wirken. Ihr Gesicht sah aus wie bei einer versteinerten Puppe. Die traurig aussehende junge Dame trug ein echtes, bereits selten zu sehendes Filipiniana-Kleid mit diesen interessanten, über den Schultern auskragenden Halbärmeln in der Art einer weiten, halbrunden Scheibe, aus denen ihre sportlich gegliederten Arme wie eine zierliche Pflanzenraute hervorkamen, als würden diese Hände und Arme die bestickten Flügelärmel tragen wie ein grüner Pflanzenkörper eine prächtige Blüte. Sie war in der Tat jung und von schöner Statur, schaute nach einem Innehalten sehnsuchtsvoll auf das Meer. Das Mädchen hatte ein Gesicht in malaiischer Anmut. Ihre Augen wirkten aber farblos, anscheinend durch irgendwelche traurigen Ereignisse gezeichnet. Anthony konnte trotz der Dunkelheit im Schein des fast vollen Mondes erkennen, dass sie berückend schöne, für eine Filipina recht große Augen hatte. Er musste sie schon einmal gesehen haben. Bohrend in seinem Kopf versuchte er sich zu erinnern und fokussierte sachte die junge Dame. Dann kam es unweigerlich in ihm hoch. Dieses Fischermädchen, welches damals, als ihr Verlobter so tragisch ums Leben kam, ein rotes Shirt trug und in den Armen Nanay Lornas lag. Nur sie konnte es sein. Anthony musste schlucken, als er sie beobachtete. Ein in der Tat so anmutiges Filipina-Mädchen. Ihr Kleid war in dezent orangefarbenen Stoff gehalten, der im Schein des Mondlichts glänzte, mit feinen, gleichfarbigen Blumenstickereien in tadelloser Machart. Um ihre Taille befand sich ein breites, besticktes Band, das mit geschichtetem Besatz versehen war, bei dem Anthony nicht genau erkennen konnte, aus was er gearbeitet war. War dieses Kleid überhaupt real? Zu selten sah man das Tragen dieser Tradition und es kam ihm gerade an diesem Strandabschnitt ungewöhnlich vor. War dieses Festkleid jetzt nicht völlig fremd an diesem Ort? Anthony verharrte in seinen Emotionen, blickte gebannt dem Mädchen hinterher, bis sie in der Dunkelheit verschwand. Dazu diese Brandung, die in einem langsamen 4/4-Takt wie ein Bass sich mit dem Raunen zischender Elemente vereinte. Die beiden Frauen, die vor ihr am Strand entlang schlenderten, hatten auf sie gewartet. Leise begannen sie sich zu unterhalten.

»Geht es besser, Inday?«

Die junge Frau in dem besonderen Kleid nickte nur schwach. Gedankenversunken spielten ihre Finger miteinander.

»Wo warst du denn die ganze Zeit?«

»Meine Familie hatte mir geraten, bei Onkel Edmund in Manila Trost zu suchen. Es half natürlich nichts.«

Die junge Frau hatte gedacht, die Idee wäre sinnbringend. Aber die Großstadt brachte ihr nur wenig Ablenkung im Bewältigen ihrer brachialen Trauer. Ihr fehlten der Strand, die Freunde an der Küste und die fröhlichen Nachbarskinder. Manila konnte das Heimweh nicht töten. Und so hatte sie beschlossen, wieder hierher zurück zu fahren.

»Seit wann bist du wieder in Lawigan?«

»Ich bin gestern Abend gekommen, mit dem Bus.«

»Valerie! Wir sind immer bei dir. Sei stark.«

Bei diesen hilflosen Aussagen konnte sie nur ruhig bleiben, auch wenn sicher Aufrichtigkeit aus dem Herzen ihrer Begleiterinnen hervorsprudelte. Arnels Ruf von der Landstraße aus erschreckte Anthony merklich. Auf seiner Maschine sitzend winkte er ihn herbei.

»Die Bangkas kommen rein. Lass uns den Leuten helfen, Kuya.«

Dies ließ sich der Abenteurer nicht zweimal sagen und sprang förmlich auf den kurzen Soziussitz. Wenig später hatten sich die beiden unter die Gruppe Männer gemischt, die am Strand die hereinkommenden Boote erwarteten. Wieder legte die größte Bangka als erste an, etwa zwanzig Meter rechts von ihr eine etwas kleinere. Sie hatten im Tandemschlepp das riesige Netz zwischen sich genommen und bis zum Strand gezogen. Hinten sicherte ein drittes Boot das Ende ab. Diese Technik wurde so angewendet, weil die einzelnen Boote zu klein waren, um ein solch großes, gefülltes Netz komplett an Bord zu holen. Das besorgte jetzt die gesamte Gruppe am Strand. Alle hofften auf einen gesegneten Inhalt. Die Männer und auch einige kräftige, ältere Frauen zogen in einer Reihe an dem Netz, während Fischer oben auf der großen Bangka, die wohl wie ein Flottenflaggschiff die Richtung angab, Kommandos gaben. Bald darauf erspähten die Ziehenden die ersten zappelnden Bewegungen im Wasser, dann formte sich dieses Wuseln zu einem deutlich sichtbaren bizarren Gewirr von Meerestieren unterschiedlichster Größe. Die beiden Frauen vom Strand waren indessen mit der jungen Schönheit in dem herrlichen Kleid am Ort des Geschehens eingetroffen.

Während Frauen den Fang in mitgebrachte Bottiche sortierten, rief der Besitzer der Führer-Bangka in die Runde. Sein Boot musste an Land gedrückt werden und Bambusstämme lagen bereit im Sand. Anthony packte am rechten Ausleger vorn mit an und konnte Arnel hinten am linken Ende erkennen. Die Männer drückten synchron, dabei musste Anthony erfahren, dass dieses Zehn-Meter-Boot es in sich hatte. Nach getaner Aktion atmeten alle schwer, es waren zwölf Fischer und Helfer beim Wuchten über die Stämme dabei gewesen. Anthony hatte sich in den Sand fallen lassen. Der Mann, dem das Boot gehörte, näherte sich. Sein kantiges, sonnengegerbtes Gesicht zeugte von seiner harten Art und dem Kampf um das Leben. Seine Armmuskeln und Sehnen erzählten Geschichten von schwerer körperlicher Arbeit, selbst seine Beine zeigten in ihrer Gliederung durchtrainierte Energie.

»Danke, Fremder, fürs Mithelfen. Bist du Amerikaner?«

»Nein, ich komme aus Deutschland.«

»Du sprichst Tagalog. In Manila ganz praktisch, hier weniger. Ich hörte, dass du mit der Familie von Arnel verbunden bist, stimmt das?«

»Seine Schwester ist meine Frau..., war meine Frau.«

»War deine Frau? Du bist doch nicht etwa von ihr getrennt?«

»Sie lebt nicht mehr.«

Der Fischer kam auf Anthony zu und griff in einer tröstenden Art nach seinem Unterarm. Anthony nickte schüchtern. Der Mann blieb wieder einige lange Sekunden ruhig und hielt in einer kameradschaftlichen Art Anthonys Arm fest.

»Das tut mir natürlich leid, Mister.«

»Danke.«

»Du bist außerdem nicht faul. Das imponiert mir. Glaube nicht, wir hätten dich nicht beobachtet. Du liegst nicht am Strand herum und säufst nicht in Bars, sondern ziehst mit Leuten, die dir eigentlich fremd sind, Fischernetze ein. Außerdem versuchst du, unsere Sprache zu gebrauchen. Wo wohnst du sonst?«

»Iloilo.«

»Arnel hatte uns nichts erzählt vom Tod deiner Frau.«

Anthony nickte wieder ruhig, dem Mann mit leicht gesenktem Blick in die Augen schauend.

»Ich weiß, dass du die riesige Bangka unten bei der Schule baust. Ich bin beeindruckt von eurer naiven Beharrlichkeit. Hast du gesehen, wie schwer mein Boot ist? Ich weiß nicht, wie ihr eures ins Wasser bekommen wollt. Es muss das Fünffache von meinem wiegen. Zwei Motoren und zwei Schrauben? Soll das ein Kriegsschiff werden? Ihr habt außerdem diesen Delgado aus San José angeheuert. Ich warne dich vor dem Halunken, besonders wenn es um Geld geht. Vergnügt sich in San José im Nachtclub und mimt zuhause auf liebenden Vater.«

Ein paar von den dabeistehenden Fischern lachten auf.

»Glaubt ihr, dass eure Bangka überhaupt stabil fahren wird? Und segeln wollt ihr damit auch noch. Ein Zweimastschiff. Ich begreife nicht, was du uns hier zeigen willst, Foreigner.«

Anthony wusste um den psychologischen Gegeneffekt und wollte seinen Gesprächspartner förmlich ins Boot holen.

»Du bist doch ein erfahrener Fischer. Du könntest mein Schiff beherrschen. Ich bin sicher, dass du es kannst.«

»Hmmh, im Wasser schon. Es würde mich sogar überaus reizen, das Ding zu steuern.«

Der Mann blickte Anthony prüfend in die Augen.

»Aber dort muss sie erst mal hinein, ins Wasser, nicht wahr?«

Anthony bejahte dieses Statement recht artig. Einige Männer verfolgten schon eine gewisse Zeit aufmerksam das Gespräch und grinsten.

»Ich heiße Rodrigo Tolentino. Ich versuche mit meinen Leuten, euch die Schande zu ersparen und werde mithelfen. Das verspreche ich hiermit. Wird schwer sein, die anderen zu überzeugen. Einige in San Joaquin glauben, dass du scheitern wirst.«

»Wir tun unser Bestes und glauben an den Erfolg der Sache.«

»Wo ist dein Freund aus Capiz? Der Typ scheint im Handwerk echt gut zu sein.«

»Mal wieder in San José.«

»Wir werden nämlich alle Männer brauchen.«

Anthonys freudiger Schock war gepaart mit einem gewissen Stolz, hier so angenommen zu werden. Er konnte es nicht ganz begreifen, blickte ungläubig zuerst zu Arnel, dann zu der jungen Frau, deren Flügelärmelkleid die Anmutung beherrschte. Wie lange sie dieser Konversation wohl beigewohnt hatte? Ihr Gesichtsausdruck wirkte bleiern und traurig. Sie schaute mit einem versteinerten Blick zu den Männern. Anthony hatte ihr Kommen zunächst nicht wahrgenommen. Nach und nach löste sich die Gruppe der Menschen auf, denn die Sonne stand bereits hoch am morgendlichen Himmel.

»Hier, die gehören dir.«

Einen Eimer voll Aloy und Lapu-Lapu-Fische wurde Anthony überreicht, der vor lauter Staunen nichts sagen konnte. Zu Arnel gewandt, sagte Rodrigo nur: »Er hat geholfen.« Sein Blick streifte das Gesicht der jungen Frau und er brummte ihr zu, dass es sich nicht ziemen würde, das Filipiniana-Kleid zu tragen, weil es zu feierlich aussähe.

»Du bist in Trauer. Zieh das bitte aus. Geh nach Hause.«

Der Kopf der Angesprochenen senkte sich und leise tropften Tränen hinunter auf den feinen Sand. Eines der dabeistehenden Mädchen streichelte die Schultern der jungen Frau. Sie flüsterte ihr dabei beruhigende Worte ins Ohr und bemühte sich redlich.

»Sie ist die Verlobte des getöteten Fischers, Kuya. Erkennst du sie nicht mehr?«

»Das Mädchen auf dem Bambusstapel. Natürlich, Arnel. Es tut mir so schrecklich leid. War es der Mann, den wir im Wasser gefunden hatten?«

»Ich weiß es nicht. War doch nicht dabei. Sie macht sich vielleicht noch Hoffnung.«

»Nach dieser Zeit? Ich finde, sie darf das Kleid tragen.«

»Lass es. Ihr Bruder hat die Autorität. Nicht einmischen.«

»Er war eben nicht besonders lieb zu ihr.«

»Das verstehst du nicht.«

Anthony wollte jene hiesige Scheu nicht artikulieren. Arnel versuchte ihn zurückzuhalten, aber Anthony ging langsam auf die junge Frau zu.

»Miss, entschuldigen Sie bitte. Darf ich vielleicht erfahren, wie Sie heißen?«

»Ich..., verzeihen Sie..., wer...«

Ihre Augen in diesem Kunstwerk an Gestalt erhellten sich leicht, doch waren sie mit so vielen Tränen benetzt. Sofort begannen diese herrlich schönen Pupillen Anthony zu faszinieren, wie feine Blitze aus der Hand eines erhabenen Künstlers kamen sie ihm vor. Es waren nur Sekunden, doch diese Augen reichten, um Anthony zu fesseln.

»Ich heiße Valerie, Sir.«

»Vielen Dank. Ich... Ich möchte ihnen meine aufrichtige Anteilnahme aussprechen, Miss... Valerie.«

Das Mädchen sah Anthony ein wenig fragend an. Etwas schien sie brennend zu beschäftigen. Anstatt aber schüchtern die angefangene Unterhaltung zu beenden, begann sie eine spitze Frage zu stellen.

»Kennen Sie das, Ratlosigkeit? Vielleicht haben Sie ja einen hübschen Spruch für mich? Ich danke Ihnen trotzdem.«

»Ich denke, dass es im Leben stets Lösungen gibt, Miss Valerie. Auch ich musste doch oft Probleme lösen.«

Einige Sekunden lang schien sich Valerie mit Anthonys Antwort zu beschäftigen. Lächeln konnte sie nicht, ermuntert wirkte sie ebenfalls kaum. Ihre Augenbrauen zogen sich leicht nach oben.

»Sorry... Mein Liebster ist tot.«

»Ich verstehe, dass...«

»Was? Was meinen Sie mit einer Lösung? Reden Sie bitte nicht so neunmalklug. Sie haben doch keine Ahnung...«

Anthony half nun weder prahlender Intellekt, eine blitzende Idee oder höhere Weisheit, die er mangels Möglichkeiten als einfaches menschliches Individuum nicht aufbringen konnte. So blieb ihm nichts anderes übrig, als beschämt zu schweigen. Valerie löste sich jetzt aus der Gruppe und ging ruhig den Strand Richtung Sonnenaufgang entlang. Elegant schwangen diese scheibenförmigen ›Butterfly-Sleeves‹ ihres Kleides an ihren Schultern in jenen schreitenden Bewegungen sanft mit. Der lange Rock fiel fein umschmeichelnd an ihren Beinen entlang. Aber jenes geschichtete Taillenband erregte Anthonys Aufmerksamkeit besonders. Ungewöhnlich dabei erschien, dass diese Valerie eine gut gepflegte Bolo-Machete bei sich trug, die mittels eines Schmuckledergürtels über ihrer Schulter hing. Er fühlte sich im Herzen so furchtbar gedrängt, etwas zu sagen und tat es in einem aufrichtigen, ihr hinterher klingendem Ruf.

»Tragen Sie Ihr Kleid weiterhin. Es ist brillant gearbeitet.«

Nur kurz wandte sich die junge Frau um und versuchte ein Lächeln hinüber zu werfen, was sie unter ihren tränendurchnässten Augen nur kurz vermochte. Anthony war betroffen. Eine Leidensgenossin, ohne dass man es in Bezug auf die persönlichen Gefühle voneinander wusste. Rodrigo indes wollte nach Hause gehen.

»Rodrigo? Ihr Kleid ist herrlich. Ich mag eure Kleiderkultur.«
»Es ist unpassend, dass sie es jetzt anhat.«
»Aus was ist dieses Band um ihre Hüften gearbeitet?«
»Eingearbeitete Perlmuttschalen. Völlig überzogen.«
»Deine Schwester ist eine bezaubernde Frau. Es berührt mich zutiefst, was ihr geschehen ist.«

Etwas steif schaute ihn Rodrigo nur an. Dabei runzelte er die Stirn schon merklich. Anthony spürte, dass er diese Bekundung über die Schönheit Valeries nicht passend zu finden schien.

»Wer war ihr Verlobter?«
»Tomas Padilla. Er hätte nicht das Fischereihandwerk lernen sollen. Der Typ war eher was für eine Arbeit an Land. Er war erst 23 Jahre alt. Schade um ihn. Übrigens, sie ist meine einzige Schwester und ich passe auf sie auf, verdammt gut auf.«

Anthony konnte aus dieser Gestik und den Worten jede Menge erkennen. Valerie wurde hier zweifellos gut behütet, aber an Milde und Verständnis, wie Anthony es seit dem ersten Moment empfand, mochte es ihrem Bruder gelegentlich fehlen.

»Wer waren die anderen beiden auf dem Boot?«
»Viktor Mendoza, der Besitzer der Bangka. Ich habe ihm immer wieder gesagt, dass er seine Positionslichter reparieren lassen soll. Den anderen Mann kannte ich nicht. So geht das eben. Keiner weiß, ob es morgen nicht schon vorbei ist.«

Rodrigo drehte sich rasch um, ging wortlos die sanfte Steigung zur Landstraße hinauf und setzte sich auf einen gefällten Baumstamm. Kurze Zeit später stieg er in einen haltenden Jeep, der direkt nach Lawigan fuhr.

»Die war ganz schön blaffig. Hatte sie nicht gehört, dass du auch in Trauer bist?«

»Bitte verzeih ihr. Es ist schon in Ordnung. Das Mädchen leidet doch so sehr.«

»Sicher, Schwager. Noch was. Rodrigo ist sehr stolz, vielleicht auch hart. Doch er ist ehrlich und liebt seine Schwester sehr. Du kannst überaus froh sein, dass er dir die Hand gereicht hat. Ein Handschlagversprechen vor Zeugen zählt hier im Ort.«

»Er ist hier sicher eine Instanz unter den Fischern, nicht wahr?« Arnel bejahte dies und erzählte, während sie am Strand in Richtung der sichelförmigen Bucht gingen, von Situationen, die Rodrigo auf seiner Bangka beinahe das Leben gekostet hätten. Diese harten Nachtschichten, um alle satt zu bekommen und der älteren Generation zu helfen, die nicht mehr die Kraft hatte, selbst auf das Meer hinaus zu fahren. Im Falle der Tolentino-Familie verdienten sich die Eltern mit dem Verkauf der Fische oder anderen Dingen für den täglichen Gebrauch etwas dazu, aber ihr erstgeborener, stolzer Sohn, der im Fall des Stapellaufes der ›Kaibigan of Panay‹ jetzt Anthonys Verbündeter geworden war, musste die Hauptverantwortung tragen. So sah er auch den Schutz für seine jüngere Schwester. Anthony war eben nur ein Foreigner hier und musste sich seinen Einfluss erst Schritt für Schritt erarbeiten. Daher war stets Vorsicht angebracht, was den Umgang mit den Problemen der Menschen hier betraf.

☉ Gefühle einer Schwester ☉

»Tito Big Man, schieben wir morgen das Schiff ins Wasser?« Sanft streichelte Anthony über Ronnie's Kopf.

»Noch nicht. Wir machen das aber bald.«

Anthony rief alle anderen herbei, um die Arbeit für den nächsten Tag durchzusprechen. Sid knabberte bereits an seinem Bacon und Jerome hatte es sich in einer Hängematte gemütlich gemacht. Die Familie versammelte sich zum Essen und genoss das warme, freundliche Wetter. Der Wind fuhr sanft durch die Haare, die Männer hatten die Füße hochgelegt und nippten an ihren Gläsern. All das genoss man hier, so oft es ging.

»Bier, Kuya?«

Arnel hielt zwei Flaschen in der Hand.

»Gerne, Schwager. Ich frage mich, was mit Roel ist.«

»Ich habe ihn angerufen auf seinem Handy. Er kommt morgen.«

»Wie geht es ihm, was denkst du? Ihr kennt euch schon, seid ihr beide Kinder wart. Du hast mehr Einblick in seine Gefühle.«

»Filipinos haben diese Scheu, die du noch nicht ganz verstehst, aber sie können dir ewig ein Freund sein.«

Auch wenn sich Anthony mehr als Antwort erhofft hatte, ging es ihm gut. Man lachte zusammen, saß auf den Bambussesseln und knabberte an gegrillten Delikatessen. Die Frauen bildeten unter sich Grüppchen und erzählten sich, wie schön es in der Stadt gewesen war und ob man Neuigkeiten aus der Nachbarschaft kennen würde. Natürlich gab es Breaking News. Die Frau des Barangay-Captains erwartete ihr viertes Kind und außerdem wären die Menschen in der Stadt im Fieber der Vorbereitungen für das ›Kaligayahan-Festival‹. Marie Claire meinte, dass jenes Folklorefest helfen würde, Anthony wieder zur Freude zu verhelfen, obwohl es noch ein Monat bis dahin war. Conchita beeilte sich, einen Teller zu nehmen und lief zum Grill. Jerome war froh, dass jemand die sich am Verbrennen befindenden Fische retten wollte und bugsierte gleich mehrere davon auf den entgegengestreckten Teller. Die junge Frau ging leise auf Anthony zu, der zunächst ihr Kommen nicht wahrnahm.

»Kuya. Möchtest du nicht Fisch? Ganz frisch gegrillt. Für dich...«

Anthony lächelte höflich und sah in ihr scheues Antlitz, als wäre sie mehr wie seine kleine Schwester.

»Danke sehr, Conchita.«

»Brauchst du noch etwas?«

»Danke nein.«

»Wirklich nicht?«

Ihr gingen in ihrer süßen Scheu die Worte aus.

»Ich bringe dann mal die Teller zurück... Wenn du wirklich nichts mehr möchtest?«

»Und wenn, hole ich mir, was ich brauche.«

Ihre zögerliche Unstetigkeit wurde durch Jeromes Ruf jäh unterbrochen.

»Inday Conchita! Mir brennen die Ati-Ati an. Die sind heute früh durch schwere Arbeit gefangen worden.«

Etwas unwillig reichte sie den Teller dem Mann am Grill, der nur etwas von »Beeil dich mal« murmelte und den Kopf schüttelte. Sie stellte ihn achtlos auf dem großen Tisch mitten unter der feiernden Gesellschaft ab und lief wortlos ins Haus zurück. Sie fühlte Unruhe, welche sie nun mit eher sinnlosem Hin und Herräumen des Geschirrs zu mildern versuchte. Gefühle wirbelten in ihr, der Jüngsten in der Familie. Seit Wochen schon ging er ihr nicht mehr aus dem Kopf. Sie war schon so weit gegangen, ihn heimlich beim Duschen durch die Lücken der Bambuswand zu beobachten, sah ihn völlig nackt und freute sich zunächst für ihre ältere Schwester, die ihn unzählige Male in ganzer Ekstase erleben durfte, aber nun unweigerlich den Schlaf derjenigen tun musste, die auf die Auferstehung warteten. Dabei loderten Instinkte der Verliebtheit in ihr empor. Dass sie erregt war, als sie Anthony so beobachtete, brachte sie in einen zerreißenden Konflikt. Ihn zu verführen wäre eine Ungeheuerlichkeit. Doch was würde geschehen, wenn sie versuchen würde, den legalen Weg einzuschlagen? Es wäre nicht ungesetzlich, ihn zu heiraten. Der Familienclan würde ihn behalten, fest und für alle vorteilhaft. Sie konnte sogar hoffen, von kaum jemandem durch Getuschel oder einmischendes Gerede deswegen verurteilt zu werden. Immer wieder beobachtete sie insgeheim diesen Mann, dem sie niemals länger die Hand geschüttelt hätte, als er noch mit ihrer Schwester verheiratet war. Doch erst letzte Nacht geschah es, als sie Tagträume entwickelte in ihrem jungen Herz.

Ihre Finger, die über seine nackte Haut streichelten, nachdem er ihr Brautkleid mit verliebtem Blick ausgezogen haben würde. Seine Lippen, die ihre Brüste liebkosten. Manifestierten sich nicht insgeheim nur kindische Gedanken? Conchita Velasquez war 22. Kindisch? Nein, sie fühlte Liebe, wie sie meinte, aber die allgegenwärtige Scheu, dieses ›Hiya‹, war so tief verwurzelt, dass es an offensiver Taktik völlig mangelte. Man war als Mädchen hier prinzipiell nicht direkt, auch wenn in etlichen Spielfilmen anderes explizit gezeigt wurde. Frauen, die sich wild an die Kerle hängten, nur um mit ihnen eine Nacht zu erleben. Das war nie ihre Welt gewesen und davor hatte sie auch zu viel Angst. Sie wollte es lieber weiterhin mit der zarten Art der Zuwendung versuchen. Irgendwann musste er doch diese Zeichen verstehen.

Der Fischreichtum an dieser Küste sorgte für wohlschmeckende Hauptgänge, doch die Zutaten für ausgewogene Mahlzeiten gab es hier. Der immer gut besuchte Wochenmarkt galt neben der Vielfalt der angebotenen Waren auch als Quell sozialen Lebens, mitteilsamer Unterhaltungen und aktuellen Tröstungen, wenn jemandem etwas Unheilvolles widerfahren war. Valerie spürte jede Menge Hände und verbale Liebkosungen an jenem Morgen. Jeder hatte es scheinbar erfahren und die Familie des getöteten Bootsbesitzers war recht verzweigt. Dass die Neuigkeit von der nächtlichen Havarie schon in aller Munde war, machte ihr das Leben inmitten des heftigen Schocks nicht leichter. Lieb gemeint waren zahlreiche der Worte, unbeholfen einige und hilflos bei den stillen Tröstern. Aber Valerie spürte bei manchen von ihnen diese unbedingte Loyalität. Diese Antennen waren es, Gefühle nach genauer Observation der Motive des Gegenübers. Valerie wusste, dass sie lange an diesem Schlag in ihrem jungen Leben leiden würde. Tief saß die Liebe zu dem Mann, den ihr das Meer nahm. Nach Kondolenzbekundungen dreier Frauen aus der Nachbarschaft konnte sie sich ihren Einkäufen zuwenden.

»Na, Valerie? Wie war es denn in Manila?«

»Ich hätte lieber hierbleiben sollen. Onkel ist lieb, aber lassen wir das doch. Sind die Mangos gut?«

»Sicher, Inday. Kommen aus Guimaras. Nur 80 das Kilo heute.«

»Dann nehme ich welche.«

Nachdem sie zwei Kilogramm erbeten hatte, konnte sie nicht weit von ihr eine Männerstimme hören, die ein Tagalog mit leichtem Akzent erklingen ließ. Rasch schaute sie in die Richtung der Stimme. Der Mann sprach sehr ruhig und seine Handbewegungen artikulierte er verhalten. Einmal musste sie leise lachen. Die Grammatik beherrschte er nicht perfekt, doch hatte die Marktfrau an dem Gemüsestand scheinbar gut verstanden, was ihr Kunde mit europäischem Aussehen haben wollte. Er mochte also ›Kankong‹, den hier beliebten Wasserspinat. Nachdem er bezahlt hatte, wandte er seinen Kopf in Richtung des Marktstandes, vor dem sie mit ihrem Korb und den Mangos stand. Er suchte zweifelsfrei diese gelben Früchte, welche es hier reichlich gab. Ein wenig begann ihr Herz zu schlagen, als sich der Foreigner näherte.

»Guten Morgen, Miss.«

»Hallo.«

»Was darf es sein, Sir?«

»Ich suche Ananas. Süße. Haben Sie welche?«

»Und ob! Hier! Frisch aus Capiz.«

»Sehr süß?«

»Super süß. Die süßesten kommen aus Capiz.«

Der Mann blickte traurig nach unten und schien nachzudenken. Sicher, es war Capiz. Die von der Landwirtschaft geprägte Region in der Mitte auf Panay Island. Ynez wurde dort geboren. Anthony schüttelte sich kurz und ließ sich zwei der großen Früchte geben. Nun lächelte er wieder, direkt in ihr Gesicht mit diesen unglaublichen Augen. Herumplaudern wollte er nicht so viel. Valeries Blicke klebten dezent an ihm und sie schmunzelte kurz zurück.

»Sie mögen Ananas?«

» Ja sehr. Mangos auch. Heute ist mir aber nicht danach.«

Die Marktfrau kassierte das Geld vergnügt und schien sich über die Konversation zu freuen. Als Anthony sich anschickte weiter zu gehen, blieb er doch rasch wieder stehen und erkundigte sich, wo es die bekannte Garnelenpaste gäbe. Die Händlerin wunderte sich über diese Frage. Sie glaubte zu wissen, dass kein Foreigner dieses Zeug mochte.

»Sie mögen ›Bagoong‹?«

»Sicher. Er muss aber ganz frisch sein, ohne diese furchtbaren Konservierungsmittel wie in dem Zeug im Glas. In Manila bekam ich mal Ausschlag auf den Lippen, als ich das gegessen habe. Er wird doch hier frisch zubereitet, hörte ich, oder?«

Ein scherzhafter Moment hatte sich augenblicklich eingestellt. Auch Valerie vermochte ein süßes, wenn auch kurzes Lachen von sich zu geben. Humor besaß er tatsächlich, wie manche es ihr schon in ihren flüsternden Gesprächen über ihn, den Fremden, andeuteten.

»Dort drüben bei Nilda. Sie macht den besten Bagoong.«

»Dann gehe ich mal dorthin. Danke. Auf Wiedersehen.«

Einige lange Sekunden blickte Valerie ihm hinterher. Elegant wirkte er schon. Dass er ein besticktes Barong-Hemd trug, fand sie prima. Und doch überlegte sie, warum er so war und nicht ihre eigenen Landsleute. Sie hatten diese Kleiderkultur im Tausch mit der Assimilierung der westlichen Welt abgelegt oder es einfach uninteressiert vergessen. In den Megamalls gab es zwar die Abteilungen mit den Traditionsmoden, doch alle standen eher an den Wühltischen mit den billigen Shirts und knielangen Shorts und kämpften um das vermeintliche Superschnäppchen. Im Herzen dachte Valerie noch wie ihre Großmutter, die es ehrenhaft fand, stets in einem Patadjong-Rock und einem Alapay-Schal in der Öffentlichkeit aufzutreten und nicht nur am Sonntag in der Messe. Die ›Patadjongs‹ wurden noch heute bei den Tinikling-Tänzen verwendet und Valerie besaß zwei, von denen einer von ihrer Oma stammte.

»Er redet wirklich ordentliches Tagalog.«

»Stimmt. Er trägt auch unsere Kleidung.«

»Der läuft immer so herum, außer wenn er an seiner Bangka arbeitet.«

»Das ist nett. Mir gefällt es. Ich habe ja auch ein herrliches Kleid geschenkt bekommen, von To...m...«

»Inday!«

Augenblicklich begann die junge Frau zu zittern, ließ den Korb fallen und musste sich die Hände vor ihr Gesicht drücken. Doch die Ritzen zwischen ihren Fingern ließen die Tränen ungehemmt durch. Frauen blieben stehen und schauten schweigsam auf das Geschehen. Alle verstanden dieses trauernde Mädchen und konnten nicht helfen. Zwei Hände umgriffen Valeries Schultern. Diese Finger versuchten alles, um den Schmerz zu lindern.

»Ich bin es, Lisa. Valerie, weine doch nicht.«

Es war nutzlos, diese Worte zu äußern. Valerie fiel in sich zusammen. Auf ihre Knie gestützt konnte sie den Tränen nur freien Lauf lassen. Ihr war jede Reaktion der Leute egal. Wer begriff denn diesen immensen Schmerz, den sie spüren musste, hart und gemein, furchtbar brennend und peinigend. Nach einigen Minuten schaffte sie es, aufzustehen. Den Mann mit der hellen Haut erkannte sie in der nahen Ferne unter einigen Leuten wieder. Still musste er das alles mitangesehen haben. Krampfhaft hielt er seine Leinentasche fest, schaute sie nur an. Ein feines Lächeln schwebte über seinem Gesicht ein. Valerie glaubte, dass er einen zarten Strahl zu ihr hinüberwerfen wollte. Sie blickte ihn an, ihre letzten Tränen mit dem Handrücken wegwischend. Als sie ihre Hand herunternahm, war er nicht mehr in der Menge der Leute an den Marktständen zu sehen. Sie raffte sich auf, blickte entschuldigend in die Menschenmenge und hob ihre Einkäufe auf.

»Danke, Lisa.«
»Soll ich mitkommen?«
»Nein. Es ist okay.«

Es war bereits Mittag. Anthony sprang aus seinem Bambussessel auf. Er musste in jenem Moment einen Geistesblitz verarbeiten, der ihn an sein aktuelles Romanprojekt erinnerte und rannte in sein Cottage, nachdem er hastig die Einkäufe in die Obhut Marie Claires gab. Die wunderte sich nicht besonders über die eiligen Handlungen dieses Mannes. Sie kannte Anthonys künstlerische Ader im Probieren, sie zu verstehen. Seinen Schreibblock in der Hand, hatte er sich mit seinem Naturfaserhut und der SLR-Kamera bewaffnet auf den Weg zum Strandabschnitt zwischen Lawigan und Katikpan gemacht. Nach dem Überqueren der Straße war die Aufmerksamkeit rasch dahin und in sich versunken schlenderte er an der Wasserkante entlang.
»Hallo, Sir!«
Artig grüßte Anthony zurück und wedelte eher unbeholfen mit der Hand, damit er den Nachbarn, der eben so nett grüßte, nicht kränkte. Die Geräusche des Meeres ließen ihn verträumt in seinen Notizen umherwandern. Eine Passage aus dem Buch war zeitlich in der Anordnung nicht adäquat gewesen, doch seine Idee brachte es ins Lot. Die Gegend absuchend drehte er den Kopf hin und her. Vor ihm war eine Gruppe Leute bei der Arbeit am morgendlichen Fischfang beschäftigt. Zwei junge Frauen befanden sich unter ihnen und sortierten Fische in bereitgestellte Behälter aus Flechtfasern. Eine primitive Balkenwaage stand neben den Gefäßen auf einem flachen Stein. Anthony ging zunächst näher an die Gruppe heran, setzte sich aber dann in den feinen Sand. Ihn überkam eine ziehende Neugierde. Es fühlte sich an wie so viele Male, er lernte mit den Augen und dem Imitieren. Rasch hatte er die Kamera in der Hand und machte einige Schnappschüsse von der arbeitenden Gruppe. Eine der

beiden jungen Frauen hatte ihn gesehen und lächelte in seine Richtung.

»Sieh mal, der fremde Mann, der heute auf dem Markt war.«

Valerie schaute nur kurz hoch. Ein Lächeln konnte sie in jenem Moment nicht artikulieren. Stoisch arbeitete sie weiter, auch interessierte sie die Kamera kaum, die der im Sand sitzende Fremde um seinen Oberkörper gehängt trug. Anthony indes hatte einige Notizen gemacht und musste doch wieder Blicke in die Richtung der jungen Arbeiterinnen werfen. Er hatte sie sofort wieder erkannt, auch wenn sie nur eine blaue Arbeitshose und ein Shirt trug, aus dem ihre schlanken, aber schön gegliederten Arme herausschauten. Valerie hatte ihr gebogenes Fischermesser in die Hand genommen. Jeden ›Red Snapper‹ nahm sie flott und mit gut trainierten Handbewegungen auf einer kleinen Holzbank aus, um ihn danach mit schabenden Bewegungen von den Schuppen zu befreien. Kurz sah sie wieder in seine Richtung, um sich nach Sekunden erneut ihrer Arbeit zuzuwenden. Ihre Begleiterin schien vom Anblick Anthonys fasziniert zu sein.

»Er hat uns fotografiert.«

»Ich mag das nicht. Na ja..., Tourist.«

»Er ist kein einfacher Tourist. Er lebt schon viele Jahre hier.«

»Gerade deshalb könnte er uns fragen, bevor er Fotos macht. Komm, mach weiter. Ich muss die Fische zur Morales-Familie bringen.«

Anthony fühlte schon auf diese Entfernung, dass er wohl zu weit gegangen sein könnte und stand mutig auf. Er begrüßte zuerst Rodrigo und seine Helfer.

»Na, Foreigner? Heute nicht an deinem Boot beschäftigt?«

Im Augenwinkel bekam er Valeries steife Blicke mit, wollte so gerne mit den beiden Mädchen einen Smalltalk halten und sich entschuldigen. Impulsiv wie er war, nahm er es mit der Lust auf eine Konversation einfach in die Hand.

»Hallo, Miss. Wie haben die Mangos geschmeckt?«

Valerie zog ihr Messer durch den Bauch des Fisches und blickte nicht einmal zu ihm hoch.

»Ich hatte keine Zeit, sie zu essen. Haben Sie Ihren Bagoong gefunden?«

» Ja, danke. Verzeihen Sie, dass ich nicht vorher fragte, als ich ein paar Fotos machte.«

Einer der Arbeiter, der damit beschäftigt war, Löcher an einem Netz zu flicken, sah hoch.

»Hey, ›Bagyong Puso‹! Vergiss nicht, bei meiner Frau die drei Kilo abzuliefern, die ich deinem Bruder abgekauft habe.«

Valerie packte den Korb, lächelte gequetscht und verabschiedete sich. Anthony bekam wegen des hiesigen Dialekts kaum mit, dass sie sich mit ihrem Bruder über die Ablieferung der Fische unterhielt. Der Korb war augenscheinlich recht schwer. Sofort packte Anthony mit an, als sie ihn auf einen Rollwagen heben wollte. Das andere Mädchen grinste breit und warf schüchtern ein, dass die Fotos bestimmt kein Grund zur Aufregung wären. Ohne ein Wort zog Valerie den Wagen die Anhöhe in Richtung der Straße hinauf. Anthony empfand die Teilnahmslosigkeit der Männer als rücksichtslos. Doch jemanden sein Gesicht verlieren lassen wollte er jetzt nicht. Mit einem unwohlen Gefühl im Bauch ließ er das Mädchen den Rollwagen alleine ziehen, denn die Reaktion ihres Bruders wäre schwer abzuschätzen. So feinfühlig war Anthony hier im Land bereits geworden.

»Darf ich die Bilder mal sehen?«

Immer noch grinste die andere junge Frau mit ganzer Fröhlichkeit. Anthony zeigte ihr die Aufnahmen eher aus Pflichtgefühl anstatt mit Euphorie. Die Lobbekundungen über die Bilder und die teure Kamera erwiderte er mit eingespielter Gefälligkeit.

»Eine tolle Kamera haben Sie.«

»Ich brauche sie für meinen Beruf.«

»Wow, Sie sprechen gut Tagalog. Wie heißen Sie?«

»Anthony, Miss.«

»Ich bin... Giselle... aus Katikpan. Und ledig.«
»Sie sind doch noch so jung und der Richtige kommt bestimmt.«
»Ich bin schon 19 und habe noch eine ältere Schwester.«
Ihr Lächeln wirkte ein wenig frech, wenngleich manch Ernstes dahinter im Verborgenen schlummern konnte.
»Ich kann gut kochen und meine Schwester auch.«
»Schön. Ich gehe dann mal.«
Die Männer lächelten, als Anthony sie für die harte Arbeit lobte.
»Ich komme bald bei deinem Schiff vorbei.«
»Danke, Rodrigo. Die Fische waren gut. Nett von dir gewesen.«
»Das nächste Mal musst du erst mit uns eine Nacht lang rausfahren, bevor du dir so einen Eimer verdient hast.«
»Warum nicht?«
»Hast du keine Angst?«
»Nein.«
»Na dann. Wir nehmen dich beim Wort.«

»Es ist grandios. Lass uns einfach mal einen ganzen Tag feiern, Anthony, anstatt an der Riesenkiste zu malochen. Zum Grillfisch passt jetzt ein Rum gemixt mit Calamansi und Rohrzucker.«
Ohne ein Wort griff Anthony zum angebotenen Glas.
»Danke, Roel.«
»Sag mal, wie geht es dir jetzt?«
»Wie meinst du das denn? Meinst du die ›Kaibigan‹ da unten oder mein beschissenes Leben als Witwer?«
»Kuya, es tut mir leid. Ich meinte nur so allgemein...«
»Ihr meint immer nur irgendwas. Ich kann eure Sprache pauken wie ich will, Vokabeln und Konjugationen. Aber nach euren Fragen weiß ich immer noch nicht, was in euch vorgeht. Ynez war anders. Verstehst du? Mir geht es verdammt schlecht!«
Roel starrte nach unten, drückte gegen seinen Drang zu weinen. Sein Freund aus Europa konnte mit seinen ungestümen Worten ziemlich schnell Lawinen losbrechen lassen.

»Ynez war erzogen als erstgeborene ›Datu‹. Kampfbereit und schön. Schön, merk dir das! Schau dir die anderen hier an. Leise, brav und ja wenig sagen. Stell dir vor, ich müsste vielleicht Conchita heiraten. Aus der kommt kein Wort heraus, was mich reizen würde. Wo ist denn der Intellekt, die Ideen über das, was ich eigentlich mache? Ich hatte eine so herrliche Frau mit tiefem Geist und Charakter. Das mit Conchita war nur ein... Vergleich.«

»Lenk dich ein wenig ab. Ich mixe dir noch einen.«

»Ich will nichts mehr trinken.«

»Na, dann nicht.«

Roel war der Kamerad, aber kein Therapeut. Der treue Mitgenosse, aber nicht derjenige, der ein Vakuum ausfüllen konnte. Ein Eid nutzte dafür auch nichts. Ein paar Gläser Alkohol oder der Bau eines im Grunde für ihn aussichtslosen Projekts unten im Sand konnten die Brutalität einer verlorenen Liebe nicht wegwischen oder gar ersetzen gegen Gleichwertiges. Anthony stand auf und meinte im Vorbeigehen zu Sid, dass er alleine sein wollte. Am Haken vor dem Haus hingen die Wasserflasche und eine große Handlampe, die er sich nahm. Langsam ging er die Hauptstraße entlang in die Dunkelheit. Hupend machten sich die wenigen Fahrzeuge bemerkbar, deren Fahrer ihn am Rand der Straße gehen sahen. Aus einem halb besetzten Jeep riefen einige Jugendliche laut in seine Richtung. Gezielt überquerte Anthony die Straße und marschierte allein, wie verlassen, in Richtung des Liegeplatzes. Wie ein gestrandeter Wal, unfähig sich zu bewegen, ruhte der gewaltige 24-Meter Rumpf mit den weit ausgezogenen Auslegern im Sand auf den dort hinein gebetteten Bohlen. Andächtig blieb Anthony stehen, beschaute sich minutenlang dieses Gebilde, an dem sie alle ihre ganze Kraft und Energie losließen. Seine Hände glitten an die massive Auslegerstrebe. Mit hartem Griff schlug er seine Finger auf das Holz, begann leise zu weinen. Der Klang dieser rhythmischen Wassermassen gegen das Ufer machte ihn nur noch einsamer.

☽ Das Mädchen aus der Dunkelheit ☽

Freudlos blickte Anthony auf die anlandenden Wellen und leuchtete auf die Stelle vor ihm. Er wollte sich hinsetzen und bestieg mittels der dreistufigen Holzleiter das Deck. In der Mitte beim Hauptmast waren bereits breite Sitzbohlen eingebracht worden, die im Rumpf als stabilisierende Träger dienten. Still nahm er dort Platz. Anthony wollte nur alleine sein. Zwanghaft versuchte er sich schöne Erinnerungen an seine gemeinsame Zeit mit seiner Ehefrau in den Kopf zu brennen. Es gelang nur mühsam und bruchstückhaft. Verzogen sich diese Gedanken vielleicht schon, um in seinem Sinn Platz für die Suche nach einer neuen Liebe zu machen? Wäre es fair ihr gegenüber? War es eine Form der Selbstsucht? Eigene Empfindungen gegen die Tugend der Selbstaufopferung? Lustgefühle gegen Vernunft? Es war schon einige Monate her, die Trauer begann sich etappenweise zu lösen, dazu kam noch die ganze Schufterei am Schiff. Dies lenkte ab, aber auch nur zum Teil. Rumtrinken mochte gelegentlich eine Scheinfreude herbeiführen, aber sinnhaft war dies keineswegs. Das gemeinsame Reden in der Familie wurde anfangs ein Trost, aber nun fühlte er sich doch ein wenig isoliert. Oder er war nicht fähig zu erkennen, welche Emotionen andere ihm gegenüber hegen mochten. Sein Körper meldete sich auch wieder in natürlichen Empfindungen. Die Hauswände waren hier mehr oder weniger massiv. Vor kurzem hörte er abends das hingebungsvolle Luststöhnen Marie Claires im Nebenhaus. Er war ja nicht schuld daran, Ohrenzeuge zu sein. Er empfand daraufhin Einsamkeit und mühte sich, an etwas Entspannendes zu denken. Doch deswegen schaute er keine junge Frau hier im Ort gezielt an, um ein sexuelles Abenteuer als Medizin zu sich zu nehmen. Ein lechzender Hirsch im Entzug wollte er nicht sein und mochte keine Abenteuer in Form von One-Night-Stands. »So etwas will ich nicht!«, hatte Anthony nur verärgert gemurmelt und versuchte, an seinem Buch weiter zu schreiben, was nicht gelang. Ynez hatte ihm diese Einstellung selbst vorgelebt, sie ging jungfräulich in ihre Ehe mit ihm. Untrennbar war die geistige Liebe mit dem Körperlichen verbunden und Anthony verbat sich eine solche Trennung dieser segensreichen Einheit. Die Gedankensprünge in seinem Kopf hatten sich langsam in eine schläfrige Melancholie umgekehrt. Doch richtig müde war er auch nicht.

Im Mondlicht konnte er schattenhaft die Wellen und die Umrisse der Palmen sehen. Inmitten dieser schemenhaften Ansammlung sah er wie aus heiterem Himmel eine Gestalt in der Dunkelheit, die an der wogenden Wasserkante flanierte. Die Umrisse eines Kleides mit wallendem langem Rock und großen Flügelärmeln zeigten ihm die Weiblichkeit des Spaziergängers mehr als deutlich. Anthony schaltete die Handleuchte ein und zielte mit dem Lichtkegel in die Richtung der unbekannten Frau. Kurz erblickte er im Schein der Lampe dieses junge Gesicht mit großen dunklen Augen und ebenholzschwarzen Haaren. Das Kleid war ihm längst bekannt. Er ließ den Lichtstrahl nach unten gleiten und die Schichten um ihre Taille glitzerten im Licht reflektierend zurück wie Perlmutt. An ihrer Hüfte konnte er die hölzerne Scheide einer Bolo-Machete erkennen, die mit einem Schmuckledergürtel gehalten wurde. Erschrocken blieb die junge Wanderin stehen und kam schon nach einigen Sekunden auf ihn zu. Sie blieb an der vorderen Auslegerstrebe stehen und begann mit ihrer Hand über das Holz zu streichen. Ihr Blick wandte sich zu dem Stoßdämpfer in der Fachwerkkonstruktion, dessen Vorhandensein sie mit einem Kopfschütteln kommentierte. Wieder trafen sich ihrer beiden Blicke. Anthony nahm die Lampe herunter, um sie nicht weiter zu blenden. Noch hatten sie keinerlei Worte gesprochen. Das Mädchen bückte sich tief, um unter der vorderen Auslegerstrebe hindurchzukommen und ging zur Bordwand an der Stelle, wo er saß. Ihr Blick wirkte ein wenig erlösend in einem unscheinbaren Lächeln. Ein anziehendes Mädchen aus dem Nichts. Anthony fasste Mut und sprach sie freundlich an.

»Entschuldigen Sie bitte das mit der Lampe. Ich weiß, es ist unhöflich. Aber ich dachte, so allein dürften Sie doch nicht hier bei Nacht entlanggehen...«

»Es ist nichts passiert. Sie sind ja auch alleine hier.«

»Ich habe keine Angst.«

»Ich auch nicht.«

Ihre Hand glitt an den Narraholz-Knauf des Hackmessers am Gürtel, während sie ihn lächelnd ansah.

»Natürlich... Guten Abend, Miss... Valerie, nicht wahr?«

»Valerie Tolentino... Ja...«

»Sie würden das Ding benutzen, wenn Ihnen jemand etwas antun wollte?«

»Möglich. Oder Sie könnten mir ja zur Hilfe kommen.«

Anthony spielte diese Höflichkeit nicht nur. Seine Liebe zu der Gegend hier und die ihm so zugetane Landessprache wollte er stets so verwenden, dass die Menschen ihn nicht als ungehobelt oder primitiv einschätzten. Dazu kam die Sitte, mit einer Frau bewusst anständig zu reden.

»Warum sitzen Sie hier so alleine? Müssen Sie vielleicht das Schiff bewachen? Das kann niemand stehlen bei dem Gewicht.«

»Nein. Bewachen muss ich hier nichts.«

Anthony musste nun lachen. Das löste ihre Scheu recht schnell.

»Ach verzeihen Sie, Miss. Ich heiße übrigens Anthony Fettermann.«

»Anthony? Nett...«

»Mir gefällt Ihr Name auch. Valerie bedeutet ›Stark, gesund sein‹.«

Ein hübsches Lächeln konnte er als Erwiderung nun doch erhaschen und es öffnete sich die Tür in eine Konversation, die nicht mehr viel Unsicherheit in sich barg. Anthony fand bereits, dass er hier oben auf sie herunterblickend nicht besonders höflich wäre, wenn er diesen Zustand noch länger dulden würde. Das Deck der ›Kaibigan of Panay‹ thronte etwa zwei Meter über dem Sand, und er stand oben wie ein auf einen Untertanen herabblickender Herrscher. Doch herrschen wollte er wahrlich nicht über eine so entzückende Schönheit.

»Miss, ich weiß nicht, ob Sie vielleicht eine Verabredung haben. Wenn Sie weiterziehen müssen...«

»Nein, Mister Anthony. Ich habe keine Verabredung und wollte nur alleine sein.«

»Dann ist es nicht vorteilhaft und auch nicht angemessen, wenn ich von hier oben auf Sie runterschaue, wenn wir uns unterhalten wollen, nicht wahr?«

»Habe ich gesagt, dass ich mich mit Ihnen unterhalten will?«

Anthony grinste gequält. Das Mädchen war schlagfertig und dezent zugleich. Aber recht hatte sie ja. Er war es eben gewesen, der glaubte, dass sie sich dazu bereit erklären würde, ihn mit Worten zu erheitern.

»Ich möchte mich gerne mit Ihnen unterhalten.«

Valerie hatte die Stiege längst gesehen und versuchte einen sicheren Halt für ihre Hände zu finden, nachdem sie erst etwas zu überlegen schien. Schüchtern blickte sie sich um in die Nacht, bevor sie die beiden Holme der Leiter packte und sich nach oben die Stufen auf das Deck hinaufhangelte.

»Oh bitte, nehmen Sie meine Hand, Miss Valerie.«

Geduldig hielt er ihre Hand führend, während sie auf dem hohen Rumpf den letzten stabilisierenden Schritt machte.

»Danke.«

»Warten Sie bitte kurz.«

Anthony kramte eine der Decken aus der Kajüte hervor, die innen noch gar nicht ausgebaut war, aber schon als ein Versteck für allerlei Dinge diente, die die Männer an der Baustelle benötigten. Leise half sie ihm beim Platzieren der Decke auf das breite Sitzbohlenholz und kurz berührten sich ihre Hände, spielerisch und nur zufällig. Anthony hängte die Lampe mit dem Hakengriff an den Hauptmast, so dass der Lichtkegel auf die beiden herabbleuchten konnte.

»So können wir uns in dieser Dunkelheit auch erkennen.«

»Ich frage mich, warum ich einfach zu Ihnen hinaufklettere. Ich kenne Sie doch gar nicht.«

Das Mädchen blickte sich um, obwohl nur die Umrisse des gewaltigen Rumpfes in der Nacht zu erkennen waren. Sie schaute nach oben zur Mastspitze, um die Höhe zu begreifen. Es war aber zu dunkel, um die Spitze zu sehen.

»Wie hoch ist eigentlich der Mast, Mister Anthony?«

»Rund neun Meter.«

»Im Vergleich zur Länge Ihres Schiffes recht niedrig.«

»Sie verstehen was von Bangkas?«

»Ich möchte im nächsten Jahr mit dem Studium anfangen. Ingenieurin im Schiffsbau.«

»Sie zarte, junge Frau wollen Hochseeschiffe entwickeln?«

» Ja. Warum?«

»Miss Valerie, das hätte ich Ihnen jetzt nicht zugetraut.«

»Wir leben in modernen Zeiten.«

Valerie begann ihn anzulächeln, ohne Hintergedanken. Nur einfach entspannt und freundlich. Dieser Mann sprach so natürlich und gleich offen über vielfältige Themen, ohne Scheu und sein Tagalog hörte sich recht fehlerfrei an. Anthony fühlte sich auch besser. Leichtigkeit und eine unerklärliche Vertrautheit bauten sich auf. Zu schüchtern war sie jedenfalls nicht. Sie war alleine, hier in jenem konservativen Umfeld konnten Begegnungen solcher Art bereits Gerede und Getuschel hervorrufen. Das wusste er, denn vieles hatte sich Anthony in diesem Land schnell zu eigen gemacht, und war damit sofort positiv bei den meisten aufgefallen. Er fühlte sich aber in jenem Moment nur erleichtert. Diese Valerie schien eine Kombination aus unschuldiger Anmut und moderner Frau zu sein, die das harte Leben auf den Inseln für ihre eigene Zukunft meistern wollte. Und sie war wirklich sehr hübsch. Zuerst fielen ihre wunderschönen, großen Augen auf, die von geschwungenen Augenbrauen gekrönt wurden. Ihre Nase wirkte etwas flach, aber süß zwischen den Wangenknochen, die ihr zauberhaftes Gesicht markant in einer natürlich schönen Linie formten. Ihre Arme waren makellos gegliedert, verziert mit kräftigen Händen. Anthony musste aber innerlich stoppen, ein Mädchen wegen ihrem Aussehen in den Emotionen des Mannes so zu verehren. Vor ihm saß jemand mit einer furchtbar gleichen Erfahrung, eine junge Dame, die er kaum kannte.

»Um auf Ihre Frage zurückzukommen. Wir werden Dreiecksegel verwenden. Polynesische Segel. Dann muss der Mast nicht so hoch werden, da die Rahe schräg nach oben verlaufen wird.«

Sie blickte ihn nur an und lächelte. Nun musste sich Anthony wirklich erschreckt wundern, als sie die Hände vor ihren Mund hielt, aber es nicht verbergen konnte. Augenblicklich fing sie an, leise zu lachen. Ihr zunächst dezentes Gekicher mutierte nun zu einem schallenden Gelächter in einem hohen Stakkato. Sie amüsierte sich gerade prächtig. Es dauerte einige Minuten, bis sie aufhörte zu lachen. Sie schaute ihn an, süß grinsend.

»Wie wollen Sie dann oben die Rahe halten?«

»Miss, wollen Sie mich testen? Nicht von oben. Natürlich unten mit einem rollengeführten Tau auf einer waagerechten Hauptleine. Wir müssen das Segel ja drehen können.«

»Was?! Und wie hält ihre Rahenklaue am Mast?«

»Über ein Drehlager. Okay?«

»Klar... Haha...«

»Warum lachen Sie mich aus?«

»Können Sie überhaupt mit einem Segelboot umgehen?«

»Können Sie das denn, Miss?«

»Ich kann eine ›Parau‹ alleine segeln, Mister Fettermann, und nehme jedes Jahr an der Regatta teil.«

»Oha..., eine Regattaseglerin. Sagen Sie, Miss. Ein Mann nannte Sie ›Bagyong Puso‹. Spitznamen haben hier viele. Aber ich habe nachgedacht..., Taifunherz?

»Ich möchte nicht über diesen Namen reden, weil ich Sie überhaupt nicht kenne. Okay?«

Valerie spürte, dass ihr Gegenüber sich verletzt fühlte. Sie tupfte kurz an seine Hand und entschuldigte sich aufmerksam.

»Ich hörte schon von einigen, was Sie hier zusammenkonstruieren. Ich möchte mich ja nicht über dieses Schiff lustig machen. Verzeihung, Ihre beiden Diesel finde ich schon ulkig. Sie sind doch kein Schiffskonstrukteur.«

»Na und?«

»Sie leben in der falschen Zeit. Wenn Sie, sagen wir, 1000 Jahre früher hier wären, könnten Sie mit ihrem Schiff und den polynesischen Segeln unser Land entdecken. Lustig, nicht wahr? Was arbeiten Sie wirklich?«

»Ich bin Fotograf und schreibe Romane.«

Irgendwie begann Valerie zu grübeln. Sie schien eine Weiterführung dieser sie beruhigenden Konversation zu wünschen und hoffte, etwas artikulieren zu können, was diesen Mann ihr gegenüber zum Weiterreden veranlassen konnte.

»Ich hörte, dass Romanschreiber manchmal Fantasten wären, und skurrile Ideen haben.«

»Liebe ist doch keine skurrile Idee.«

»Sie schreiben Liebesromane?«

» Ja..., auch.«

Mehr traute er sich nicht zum Thema Liebe zu sagen. Keinesfalls wollte er beginnen, Fragen nach ihrem verunglückten Verlobten zu stellen oder das Thema ungeschickt anzureißen. Blitzartig kamen ihm die Ereignisse in Verbindung mit dem Toten am Strand in den Sinn. Aber es sträubte sich in ihm, sie darauf anzusprechen. Dass er unbewusst ein Drama damit entfachte, konnte er zu jener Stunde unmöglich erkennen oder auch nur ahnen. Seine Schlussfolgerung war einfach. Sie hatte bisher nichts erwähnt. Der Tote war somit dieser Mendoza gewesen. Er wartete ab, höflich gesittet wegen ihrer Trauer und bar jeder Möglichkeit, ihr etwas Besonderes anbieten zu können.

»Ich habe leider nur Wasser in meiner Trinkflasche. Möchten Sie?«

Sie nahm einige Schlucke, auch jetzt war es noch sehr warm. Die Nähe zur Brandung erfrischte dank des Windes ein wenig. Sie reichte ihm die Flasche zurück. Auch er gönnte sich einen tiefen Schluck.

»Ich möchte Sie etwas fragen, darf ich? Über Ihre Familie?«

»Bitte fragen Sie, Miss.«

»Sie haben mit Arnel Velasquez und Tita Marie Claire zu tun. Ich habe ja auch mitbekommen, dass seine ältere Schwester Ihre Frau war..., oder nicht?«

Sein Blick senkte sich. Anthony war im Grunde der offene Typ, sprach deutlich und wollte immer erklären, erörtern und Tiefsinniges von sich artikulieren. Aber es war ihm in dieser Sekunde zu schwer, obwohl ja Schweigen auch nichts brachte. Valeries Gesichtszüge wirkten jetzt peinlich.

»Sie können sich doch denken, dass meine Frau diejenige war, die tödlich verunglückt ist. Sie war die ›Panganay‹.«

Valeries Augen blickten unsicher zur Seite und ihre Lippen pressten sich aufeinander. Was sie im Moment innerlich fühlte, verstand er sofort.

»Ich bedaure, ungeschickt gefragt zu haben, Mister Anthony. Das tut mir aufrichtig leid. Vergeben Sie mir...«

Sie blieb ruhig, wartete auf ihn.

»Miss... Verdammt. Sie haben das Gleiche erlebt. Oder habe ich nicht recht?«

Starre, aber wunderbare, glänzend dunkle Augen antworteten ihm ohne ein Wort. Zunächst sah sie ihn tapfer an, doch es gelang ihr nicht lange. Valerie senkte den Kopf.

»Müssen Sie mich an meinen Liebsten erinnern?«
Sogar in dem schwachen Licht konnte er die heruntertropfenden Tränen so deutlich sehen, dass er sie hätte zählen können.
»Es ist doch die Wahrheit, Miss.«
»Nein! Es ist grausam, Mister Anthony. Dieses Meer.«
»Ich verstehe Sie doch, Miss Valerie.«
Beinahe kugelrunde Tropfen sickerten aus ihren Augenwinkeln hervor.
»Weinen Sie nur. Das kann gut tun im Moment. Für uns beide vielleicht...«
Sollte Anthony wegen der Sittlichkeit hier am Ort hart bleiben? Keine Emotionen zulassen? Das musste er auf eine Weise sicher. Seine Gefühlswelt äußerte sich nämlich oft in Berührungen und Gesten.
»Es tut mir sehr leid, wenn ich etwas Verletzendes gesagt haben sollte, Miss Tolentino. Das wollte ich nicht. Bitte.«
Sein Gedanke wollte ihn in jenem Augenblick inspirieren, sie einfach in seine Arme zu schließen und mit einem zärtlichen Streicheln zu trösten. Doch er hatte nur ein Einwegtaschentuch in der Hand. Valerie nahm es und umklammerte plötzlich seine Hände, stützte sich auf ihnen ab und zitterte schluchzend. Ihre Finger begannen seinen Unterarm zu umschließen und zu streicheln. Es war ihm unangenehm und trotzdem fühlte er jäh so etwas wie liebevolle Zuneigung zu diesem Mädchen. War diese Emotion nun falsch oder noch im rechten Lot? Er vergaß völlig, dass er hier draußen voll in der Öffentlichkeit stand.
»Mister Anthony! Bitte helfen Sie mir.«
»Miss. Bitte. Ich... Weinen Sie doch nicht.«
Er fühlte sich plötzlich seltsam gedrängt, sie an der Taille zu berühren, es sollte gewiss nur eine tröstende Geste sein. Anthony ließ einfach dieses zärtliche verzweifelte Streicheln seiner Arme geschehen. Es war angenehm, diese zarten Fingerspitzen, die über seine Haut tanzten. Aber zu was war er bereit zu gehen? Er

tat es dennoch, im Effekt seiner im Grunde ehrlichen Absichten, doch nur einen Trost zuzulassen. Seine rechte Hand streichelte ihre Hüfte. Dabei fühlte er sich einen Hauch erregt, was sich sogar unten zwischen seinen Beinen bemerkbar machte. Lange schon hatte er keine Frau mehr erleben können. Doch es ging natürlich zu weit, für sie. Kurzzeitiger Schock von Peinlichkeit leuchtete in ihren Augen auf. Sie ließ seinen Arm sofort los und schob seine Hand heftig beiseite.

»Wir werden sehr gefühlvoll, Mister Anthony. Das ist nicht gut. Wir kennen uns doch kaum. Bitte lassen Sie das sein.«

»Die anderen denken immer oft, dass man gleich Ungehöriges tun würde, obwohl man sich nur ausspricht.«

»Aussprechen ist okay, aber nicht mehr.«

Ihre traurigen Augen blickten nach unten, während ihre Gedanken um diese Frage herumtanzten.

»Sie kommen doch von hier. Sie müssten es mir doch eigentlich erklären können.«

Sie begann nachdenklich zu werden. Es schien ein Gedanke in ihr zu wirken, den sie schon lange mit sich herumtrug.

»Sprechen Sie einfach alleine mit einer Frau, die Sie noch gar nicht lange kennen, Mister Anthony?«

»Ich bin doch kein Aufreißer, nur weil ich bei jemanden zulasse, dass er sein Herz ausschüttet. Ich nutze Ihre Trauer nicht aus, um Sie zu verführen. Denken Sie solches von mir?«

»Mister Anthony, das ist eine harte und unziemliche Frage. Aber solche Dinge passieren. Wir Mädchen von hier haben Kodex und Scheu gelehrt bekommen, aber unendliche Gefühle, Hingabe und Bedürfnisse, wenn wir uns einem Mann hingeben. Sie sind schließlich auch ein Kerl und gesund, hoffe ich. Aber bei Ihnen kann ich mir das irgendwie nicht denken. Mein Bruder hat Beeindruckendes über Sie erzählt. Ihre Art imponiert ihm, wahrscheinlich wegen diesem verrückten Dingsda hier. Aber hören Sie bitte auf, meinen Körper zu berühren!«

Anthony beruhigte es, dass sie ihm keine sinnlichen Interessen unterstellte. Seine Gedanken wanderten auf ein für ihn unergründlich auffallend schönes Detail an ihr.

»Warum tragen Sie dauernd dieses Kleid?«

»Wieso? Gefällt es Ihnen plötzlich nicht mehr?«

»Ich wundere mich, weil so etwas auf Festen und bei würdigen Anlässen getragen wird. Zurzeit haben wir keine Festlichkeiten in San Joaquin.

»Es ist mein Kleid. Hören Sie? Ich trage es, wann und wo ich will. Das verstehen Sie nicht. Ich merke, dass Sie das nicht verstehen.«

»Warum sollte ich das nicht verstehen? Erklären Sie es mir.«

Diese dunkelbraunen, herrlich großen Augen begannen ihn mit einem Schwall aufkeimender Verwunderung anzublicken, dort wo vorher noch irgendwie freundliche Entspannung im Gesicht dieser Valerie Tolentino zu erkennen war, jedoch begann diese Entspannung sich merklich zu wandeln.

»Ich gehe jetzt besser, Sir. Und dass Sie es endlich begreifen. Das Kleid war von meinem Liebsten, der mich spüren ließ, wie er mich liebte. Er hat Tag und Nacht hart gearbeitet, um es mir anfertigen zu lassen. Und er ist dort immer stundenlang rausgefahren. Dort... Ja, dort... Wie ich dieses Meer hasse...«

Sie stand abrupt auf und kletterte zielgenau an der Aufstiegsleiter am Rumpf nach unten. Anthony sprang auf.

»Habe ich Sie gekränkt, Miss Valerie?«

»Nein... Es ist schon gut.«

Valerie wandte sich ab, begann den Strand entlang zu gehen. Doch sie stoppte ihren Gang wieder, drehte sich nochmals um.

»Sie sind ein freundlicher Mann, der viel Gefühl hat. So war mein Tomas auch. Er wäre ein wunderbarer Ehemann für mich geworden. Auf Wiedersehen, Mister Anthony. Ich möchte nicht, dass wir uns hier wieder treffen.«

Sie drehte sich wieder um, setzte ihren Weg fort, langsam davonschreitend auf dem feinen Sand. Das herrliche Kleid bewegte sich um ihre Hüften umschmeichelnd anmutig synchron zu ihrem leisen Gang. Man konnte irgendwie das Rascheln des feinen Windes in den Flügelärmeln hören, die sanft mit den Bewegungen ihrer Arme schwangen. Anthony saß wieder angelehnt an dem Mast und musste in den Sternenhimmel schauen, traurig und nachdenklich. Er hatte es am Ende ungeschickt vollbracht, dieses vertrauensvolle Gespräch zu zerstören. Aber es war wohl besser für ihn. Die Meeresgeräusche wogen ihn in den Schlaf, mitten auf dem größten Auslegerschiff hier an der Südküste Panays, mit dem grotesken Unterschied, dass es gar nicht in seinem angestammten Element, dem Wasser, lag. Was war das für eine merkwürdig schöne Begegnung gewesen? Und ein faszinierender Gedanke blieb zurück. Aber warum nannten manche diese Frau ›Taifunherz‹?

☽ Conchitas Erkenntnis ☽

Dass Anthony den Rest dieser Nacht bis zum Morgen auf dem Schiff schlafend verbracht hatte, wurde ihm erst bewusst, als er beim Aufwachen in den hellblauen Himmel blickte. Es musste nach 7 Uhr sein. Die vorbeigehenden Leute blickten erstaunt oder sich belustigend in die Richtung des sich mühsam aufraffenden Foreigners auf diesem Auslegerschiff. Roels Kopf lugte plötzlich über die Bordwand. Kein Wort kam über seine Lippen, nur ein verschmitztes Grinsen erfüllte die merkwürdige Szene mit einem verkaterten Typen auf einem Schiff, das nicht im Wasser lag.

»Na? War es bequem?«

»Nein. Wann bauen wir endlich die Betten in die Kajüte ein?«

»Das Ding ist nicht mal im Wasser und du denkst schon an den Innenausbau?«

Außer einem gequälten »Schon gut« kam nichts aus Anthonys Mund. Dazu fehlte dieser unentbehrliche Kaffee.

»Ich gehe hoch ins Haus und bin in einer Stunde bei euch.«
Roel blickte ihm kopfschüttelnd hinterher und fand seine Geste selbst eher belustigend als wirklich ernst. Seinen Auftraggeber und Freund hätte er nie brüskieren wollen. Er sollte erst seinen Kaffee genießen und dafür später doppelt so schnell arbeiten. Mit einer schlaffen Handbewegung grüßte Anthony die beiden anderen Mitstreiter, die gerade von der Hauptstraße hinunterkamen.
»Morgen, Sid...«
»Hallo Kuya.«
»Grüß dich, Jerome...«
»Alles klar, Kuya?«
»Jaja... Ich bin total fit.«
»Wirklich, Kuya Anthony?«
»Absolut, Jungs.«
Er winkte nur ab. Beim Eintreten ins Haus sah er, dass die Frauen schon längst mit Emsigkeit ihrer Hausarbeit nachgingen. Marie Claire spülte die Schüsseln ab, in denen bereits das Frühstück serviert worden war. Ein paar gebratene Fische und ein einsames Spiegelei lagen auf einem Teller als der traurige Überrest eines sicher allen wohlbekömmlichen Morgengenusses, den er natürlich verpasst hatte.
Marie Claire war in ihre Arbeit vertieft. Conchita aber warf ihm ein strahlendes Lächeln zu.
»Guten Morgen, Kuya! Möchtest du Reis?«
Anthony verlangte unwirsch seinen so ersehnten heißen Kaffee, entschuldigte sich aber sofort. Auffallend bemutternd brachte die jüngste Schwester seinen Kaffeebecher an den Tisch und beschwor Anthony förmlich, eine große Portion Reis zu essen. Blitzartig kamen Erinnerungen aus jener Nacht wieder. Nur kurze Sequenzen waren es. Valeries Augen. Seine Hand, die sie wegschob. Ihre harten Worte und ihr Weinen danach. Und wieder ihre schönen Augen. Sofort schüttelte er den Kopf. Die

Bilder verschwanden augenblicklich. Gelangweilt hob er mit seiner Gabel das kalte, armselige Spiegelei an.

»Soll ich das Ei kurz in der Pfanne warmmachen, Kuya?«

Anthony trank still seinen Kaffee, der so erfrischend warm in seiner Kehle hinunterlief. Weil seine Antwort ausblieb, schaute Conchita etwas enttäuscht und löffelte eine Portion Reis auf einen Teller. Sie setzte erneut in einem auffälligen Enthusiasmus an und zelebrierte eine goldige Art, ihm den Teller zu reichen. Ganz mit Liebe legte sie ein sauberes Besteckset daneben.

»Kuya, für dich. Ich brate dir zwei neue Eier. Möchtest du?«

»Mach dir doch nicht solche Mühe für mich.«

»Doch, doch...«

Still nahm er sich die gebratenen Makrelen und auch das kalte Spiegelei. Er drehte das weißgelbe Etwas vor seiner Nase hin und her, und stopfte es sich ganz in den Mund. Immer noch beobachtete Conchita ihn, als wollte sie ihm irgendetwas entlocken.

»Wo ist Arnel?«

Marie Claire drehte sich um und erklärte, dass ihr Mann nach San José gefahren war, um im Supermarkt einen Großeinkauf zu erledigen und Kaloy gleich mitgenommen hatte.

»Wir brauchen Lebensmittel, die ich hier kaum in San Joaquin kriegen kann. Außerdem sind viele Sachen dort billiger.«

Sie schickte sich an, mit einem vollen Wäschekorb nach draußen zu gehen. Der zementierte Waschplatz mit der Handpumpe war wie so oft der Ort, wo man auch umeinander herum zusammensaß und neben der Wascharbeit sich alles von der Seele reden konnte. Anthony war ein wenig froh über die Aussicht, alleine fertig frühstücken zu können.

»Ich lasse euch ein wenig alleine. Conchita muss noch die Küche putzen.«

Mit dieser Gelegenheit hatte er wahrlich nicht gerechnet, dachte sich aber auch nichts Besonderes dabei. Zu gewohnt war der gegenseitige Umgang miteinander gewesen und bis heute hatte sich nichts geändert. Aus der Sicht manch anderer erschien die Situation aber wohl verändert. So anders, dass sich ungeahnte neue Möglichkeiten auftun konnten, die Familienstruktur zu erhalten oder Gefühlen eine neue Richtung zu geben. Conchita sah ihn die ganze Zeit über mit ihren unschuldigen Augen nur an. Nun setzte sie sich ihm gegenüber an den Tisch. Sie wirkte hastig und ein wenig nervös. Anthony aß ruhig weiter und nahm den letzten Schluck aus seinem Kaffeebecher.

»Danke sehr, Conchita.«

»Ich mache dir gerne einen zweiten Kaffee.«

Anthony überlegte kurz und bat sie um den angebotenen neuen Becher voll des dunklen Getränks. Mit einer Art Hingabe bereitete die junge Frau seinen Kaffee zu und ging schüchtern lächelnd mit dem Becher in der Hand auf den Tisch zu. Beim Hinstellen der Tasse streichelte sie ganz kurz und zart seine Schulter. Selbst eine solch unscheinbare Berührung hatte sie gegenüber ihm vorher niemals gewagt. Sie zeigte hier wie viele Mädchen die unbedingte Keuschheit in den Handlungen, vor allem als Ynez noch lebte und somit vor allen hier Lebenden klar war, wer zu wem gehörte, wer wen zu berühren hatte und in welcher Weise. Aber sie musste ihm doch signalisieren, was in ihr schon so tief schlummerte. Jene Berührung erschien ihm bedeutungslos in jenem Moment. Er genoss seinen neuen Kaffee und wunderte sich ein wenig, dass sie sich wieder hinsetzte und ihn still anblickte.

»Möchtest du etwas von mir, Conchita? Ich habe schon, was ich brauche.«

»Kuya... Es ist alles in Ordnung...«

Anthony wollte wissen, was ihre seltsam schüchternen Reaktionen bedeuten könnten. Fragen stellen mochte doch helfen. Manche hier brauchten einen unmissverständlichen Anstoß, um ihr Herz zu öffnen.

»Bist du traurig? Ich verstehe es wegen deiner Schwester.«

Conchita zögerte etwas. Ihre Finger spielten nervös miteinander. Es musste in ihrem Herzen irgendetwas geben, dem Herzen eines gerade einmal 22-jährigen Mädchens, die nicht gelernt hatte, sich mutig zu offenbaren. Die jüngste im Clan, die nur über ihr in der Hierarchie stehende Familienglieder kannte und auch so mit einer verwöhnenden Art von den anderen behandelt wurde, bemuttert von der großen Schwester, die zu führen hatte, und dem Bruder, der als kräftiger Mann die Stellung hält und im Zeigen seiner eigenen wachsenden Familie ein Anschauungsbeispiel manifestierte.

»Nein, Kuya... Ich bin nicht traurig.«

»Das glaube ich dir nicht.«

»Es ist schon okay. Ich bringe euch nachher eine Erfrischung.«

Anthony hatte keine Lust auf eine lange Konversation, bedankte sich artig für das Frühstück und ging zur Tür, während Conchita begonnen hatte, Geschirr zu spülen. Beim Hinausgehen trafen sich ihre Blicke, was Anthony nutzte, um einen ermunternden Eindruck zu hinterlassen.

»Es tut gut, sich mit anderen auszusprechen, kleine Conchita.«

»Kuya! Ich bin kein kleines Mädchen mehr.«

»Ich habe das mit dem ›klein‹ nicht so gemeint. Du bist eben die Jüngste. Ich will sagen, dass ein Mensch, der einen versteht, viel geben kann. Ynez ist nicht mehr bei uns. Aber ich habe einen Menschen getroffen, der mir zuhörte. Es tat so gut.«

Conchita stutzte, glaubte, seinen Gedanken folgen zu können und verwies fragend auf Roel.

»Roel ist ein echter Freund, Conchita..., aber nein, es war jemand anderes. Einfühlsam und freundlich. Ich gehe jetzt zu den Jungs an den Liegeplatz. Es ist viel zu tun.«

»O...kay...«

Sie ahnte es bereits. Dieser ›Jemand‹ war eine Frau. So wie er es formulierte, konnte es kein Typ gewesen sein, der nur über Männerthemen flüchtig Tröstungen vermitteln wollte. Hatte

Anthony gar eine neue Liebelei, über die sie nichts wusste? Rasch lief Conchita nach draußen, erblickte Marie Claire bei der mühsamen Handwascharbeit. Marie Claire empfand Conchitas Laune als bedrückt. Sie ahnte ja bereits, warum.

»Anthony wirkt so anders, seit er vom Strand zurückkam. Er sagte, er hätte auf dem Schiff jemanden getroffen. Seitdem scheint er fröhlicher zu sein.«

»Er schließt doch gerne Bekanntschaften, um sein Tagalog zu praktizieren, du weißt ja...«

»Ich bin offen, Tita Marie Claire. Hat er ein Auge auf eine Frau hier in San Joaquin? Gibt es jemanden, mit dem er sich heimlich trifft? Hat Kuya eigentlich bemerkt, was ich für ihn empfinde?«

»Wie kommst du darauf?«

»Er erzählte mir von jemandem, der ihm so ›wunderbar zuhörte‹. Sein Gesichtsausdruck sah so verliebt aus. Es kann nur eine Frau gewesen sein.«

»Täuschst du dich nicht?«

»Er ist sicher einsam. Bestimmt läuft da was mit einer Frau. Wer könnte das sein?«

Marie Claire Velasquez konnte diese Frage nicht beantworten. Ihr kam kein Indiz so vor, als hätte Anthony ein Mädchen im Auge. Dass er die leisen Annäherungen Conchitas nicht reflektierte, hatte sie als erfahrene Ehefrau schon bemerken können. Conchita soll nicht aufgeben, meinte sie zunächst. Das Europäer anscheinend mehr Offensive mögen und erst dann verstehen würden, um was es ginge, erschien ihr etwas vorurteilsbeflissen. Anthony war ungemein romantisch veranlagt und sehr sensibel. Sie musste einsehen, dass er Conchita bis jetzt nicht in Erwägung zu ziehen schien und es mit einer neuen Beziehung nicht eilig hatte, was Marie Claire beruhigte, die meinte, dass Zeit für die Bewältigung eines solchen Erlebnisses verstreichen sollte. Conchita jedenfalls musste das zumindest noch akzeptieren, außer die Zeit würde es ändern.

☾ Eskalation ☾

Die Nacht im Haus der Tolentino Familie war bis jetzt keine ungewöhnliche Nacht. Rodrigo war ausnahmsweise nicht zum Fischen rausgefahren und seine Frau Joy sehnte sich wieder nach langer Zeit, von ihm im Ehebett geliebt zu werden. Er tat es auch in seinem Bedürfnis als Mann, der gleichsam in regelmäßigen Abständen seine Befriedigung brauchte, aber sie fühlte keine Erfüllung dabei. Seine Küsse waren mechanisch, seine Berührungen die Gleichen, ohne echte Emotion ihr gegenüber. Die Enttäuschung nach ihrem Sex war wieder zu spüren. Joy Tolentino hatte dieses Dilemma, ein herzzerreißendes Problem, welches der gütige Landarzt Doktor Garcia ihr nach intensiver Untersuchung darlegen musste. Sie würde keine Kinder bekommen können. Joy spürte nach jenem mechanischen Akt, wie minderwertig sie von ihrem Mann gesehen wurde. Leise weinte sie in ihr Kissen. Einen erfüllenden Höhepunkt kannte sie seit einiger Zeit nicht mehr. Rodrigo goss sich wie immer danach einen Rum ein und hatte begonnen, in einem Buch zu lesen, als es am Eingang knarrte. Valerie kam just in dem Augenblick zur Tür herein, sah ihren Bruder beim Lesen zusammen mit dem vollen Glas. Den Roman kannte sie schon. Es war einer dieser Mainstream-Schmöker, die man für ein paar Pesos im Supermarkt kaufen konnte. Meist ging es darin um Affären und Sex. Sie verabscheute Rodrigos Lesestoff, denn sie ahnte, dass er es als Zusatzbefriedigung benutzte, um seinen Schmerz über Joy's Unfruchtbarkeit zu übertünchen. Die Tür zum Schlafzimmer der beiden war geschlossen, dem Zimmer, in dem sie wieder litt nach Erkennen der inneren Abneigung durch ihn. Joy Tolentino, eine standhafte und sensible Frau, die Valerie als wertvolle Freundin ansah. Valerie war erfahren genug, um zu wissen, dass er diesen Rumkonsum meist nach Beziehungen mit ihr zelebrierte. Das Haus der Familie war nicht klein, aber klein genug, um manches zu erhaschen, oft waren es seine Stöhn-Geräusche aus dem Zimmer ihrer Schwägerin. Jene Hollowblock-Wände waren zu durchlässig. Es war normal und in Bambushäusern noch deutlicher, natürlich und rein, wenn sich jeder an den Kodex hielt. Aber solche Geschichten in der Hand ihres Bruders? Rodrigo schaute nicht einmal auf und sagte nur: »Na, Schwester?«

»Guten Abend, Rodrigo.«

»Wo warst du?«

»Bei Familie Morales, den Fang von heute Morgen abliefern. Das weißt du doch.«

»Gut gemacht. Leg das Geld bitte in den Kasten.«

»Wie geht es Joy?«

»Migräne, wie so oft.«

»Wirklich?«

»Was soll deine Fragerei?«

»Du bist nicht lieb zu ihr. Ihr könnt doch Kinder adoptieren, wenn du unbedingt Vater sein willst.«

»Was?«

»Du lässt sie spüren, dass sie für dich nur ein nutzloser Lappen ist, weil sie nicht schwanger werden kann.«

»Das ist nicht dasselbe. Außerdem verstehst du nichts von einer Ehe. Was geht dich überhaupt mein Intimleben an? Ihr redet also miteinander über uns. Du hältst ab sofort deinen Mund über so was. Wenn du den Richtigen gefunden hast, kannst du über Sex philosophieren.«

Valerie lachte sich innerlich kaputt, biss sich aber auf die Lippen. Es erschien ihr im Moment besser so. Morgen früh würde sie ihrer Schwägerin tröstende Worte vermitteln, sie lieb drücken und ermuntern. Es war das Einzige, was sie meist für Joy tun konnte.

»Ich war außerdem spazieren. Ich habe mir das Boot angesehen, dass der Foreigner in Katikpan baut.«

Rodrigo ließ einen spitzen Lacher heraus.

»Einen Knall hat der Typ. Ich mag ihn aber. Der Mann ist anders. Ungewöhnlich und respektvoll. Er kann hier bei uns leben, bis er alt wird. Und ich habe Lust, seine Bangka einmal zu fahren. Das Ding hat fast 24 Meter Länge und wäre mein größtes Boot, was ich je gesteuert habe.«

Valerie nickte nur und hielt sich tunlichst zurück, ihrem Bruder zu erzählen, dass sie mit Anthony Fettermann alleine war. Sie ging zur steinernen Arbeitsplatte und holte ein Glas aus dem Wandschrank. Das kühle Nass lief aus dem Hahn des tönernen Gefäßes, welches für eine angenehme Temperatur des Trinkwassers sorgte. Plötzlich war lautes Klopfen zu hören. Valerie ging verwundert zur Tür, öffnete sofort und zwei Hände packten sie am Arm. Diese Marylou aus der Nachbarschaft war es. Sie war augenscheinlich aufgelöst und versuchte, Valerie hektisch vor das Haus zu ziehen.

»Was gibt es denn?«

»Ich muss es dir hier draußen sagen.«

Die Besucherin war merklich nervös, fuchtelte mit den Händen und schüttelte an Valeries Oberarm. Rodrigo las weiter gebannt in der heiß beschrieben Szene, dachte an irgendwelche belanglosen Frauengespräche und hörte dem Getuschel nicht merklich zu. Ein Wortfetzen drang jedoch plötzlich an sein Ohr, der ihn vom Sessel hochriss.

»Warum bist du nicht aus Manila gekommen? Sie haben nach dir gefragt. Seine Eltern waren außer sich!«

Sofort warf Rodrigo den Roman auf den Tisch und ging zu den beiden Frauen. Valerie drehte sich langsam zu ihm um, während Marylou einen hochroten Kopf bekam. Ihre Augensprache verriet Brandgefährliches. Rodrigo wurde nervös. Er wusste scheinbar genau, was die Nachricht aus dem Mund der Nachbarin für ihn bedeuten würde. Marylou stotterte herum und meinte plötzlich, dass sie besser gehen sollte.

»Genau. Das solltest du.«

»Bye, Valerie...«

Marylou verschwand wie ein Gespenst in der Dunkelheit. Eine unheilvolle Aura durchflutete den Raum. Valerie begann zu zittern, während Tränen aus ihren Augen quollen.

»Rodrigo? Habt ihr Tomas' Leiche gefunden?«

Ihr Bruder glotzte sichtlich unsicher auf den Betonfußboden und schien zu grübeln, was er dazu sagen sollte.

»Marylou hat es von Cheryl erfahren, die mit dem jungen Polizeimeister zusammen ist. Ist das wahr?«

» Ja. Sorry, dass dein Typ verunglückt ist. Fischerei ist gefährlich, das wusste er. Das Meer hat ihn wieder hergegeben.«

»Hergegeben?«

»Er ist an Land gespült worden.«

»Was?!«

Schockstarre breitete sich in Valeries Augen aus. Diese Perlen strahlten echtes Entsetzen aus, zerbrochene Hoffnung unter wirrem Geflecht ihrer sonst so glänzenden Haare. Ihre ohnehin schon großen Augen hatten das Ausmaß einer Gewehrmündung angenommen. Hätten sie ein Geschoss abfeuern können, wäre Rodrigo Tolentino in jenem Moment tot gewesen. Wie konnte sich ein sonst so liebliches Gesicht in eine derart schockerfüllte Fratze verwandeln? So ein Gedanke schoss Rodrigo in den Kopf, während er die leidenden Augen seiner Schwester und ihre zitternden Lippen beobachtete. Valerie konnte im Sog dieses Schocks nur stammeln.

»Warum weiß ich davon nichts?«

Ihr Bruder drehte sein Gesicht verschämt weg und machte eine beschwichtigende Handbewegung.

»Ihr habt meinen Liebsten gefunden und mir nichts gesagt?!«

Rodrigo wunderte sich bei seiner sonst liebreizenden Schwester über eine solche Art aggressiven Offenbarens ihrer Gefühle. Die Tür zum Schlafzimmer ging leise auf. Das fahle Gesicht der Mutter tauchte im Schein einer Taschenlampe auf.

»Die Kerle, die das Schiff bauen, haben ihn gefunden. Ich war's ja nicht selbst.«

»Woher weißt du, dass es nicht Viktor war?«

»Ich habe mit Officer Cubeta gesprochen. Sie haben ihn an seiner ID erkannt, die war noch in seiner Hose. Seine Leiche war durch das Meerwasser total entstellt. Dann haben sie ihn sofort nach Lemery zu seiner Familie gebracht. Das ist ja klar.«

Valerie zerbrach förmlich in diesem Schwall von Taktlosigkeit aus dem Mund ihres Bruders, dessen kalten Worte alles noch schlimmer erscheinen ließen.

»Einfach... weggebracht, ohne mir etwas zu sagen?«

»Wir wollten dir den Anblick ersparen. Sieht nicht gerade toll aus, so eine Wasserleiche.«

Valeries Augen hatten angefangen, ihn zu durchbohren. Sie wollte und konnte es nicht begreifen. Eine solche Missachtung ihrer Gefühle brach ihr Herz in jenem Moment unbarmherzig in tausend Teile.

»Tomas war nicht irgendein Fischer, der hier alleine vor sich hinlebte. Er war mein Verlobter! Wir wollten heiraten! Verstehst du das eigentlich?«

Rodrigo antwortete nicht und schaute wie desinteressiert auf den Boden. Im Grunde seines Herzens wollte er einen anderen Mann für sie, nicht so einen simplen Kerl aus einer Stadt in der Mitte Panay Islands.

»Was ist mit seiner Familie in Lemery? Warum habt ihr mich nicht sofort aus Manila kommen lassen?«

»Vater und ich dachten, es wäre besser für dich, dir das nicht anzusehen. Ich passe schließlich auf dich auf.«

»Besser... für... mich?«

»Du bist übersensibel. Sehe ich mal wieder.«

Aufgewühlt von diesem erschütternden Schmerz wollte sie nur noch aufstehen und gehen. Rodrigo verstand die Tragweite seiner Worte nicht. Ihm ging die Untätigkeit der letzten Tage bei seiner Schwester schon auf die Nerven. Er schien nicht einmal ihre Gefühle nachvollziehen zu können, als ob ihr Entschluss, Tomas Padilla zu heiraten, nur eine gewöhnliche Angelegenheit gewesen wäre, die man nebenbei beim Abwasch in der Küche erledigen würde.

»Es wäre gut, wenn bei dir der Alltag wieder einkehrt. Das hilft beim Vergessen. Und zieh endlich dieses bescheuerte Kleid aus.« Rasch packte Rodrigo mit zugreifender Hand in den Stoff ihres Rockes und wollte sie zu sich ziehen.

»Lass das!! Ich ziehe an, was ich will. Rodrigo, hör auf mir vorzuschreiben, wann ich das Kleid von Tomas zu tragen habe.«

»Super, dein Tomas. Musste ja ein Kleid von Elsa Geronimo sein. So ein verflucht teures Ding! Er hat bei Manong Geraldo noch 30000 Pesos Schulden wegen dem Fetzen. Wer bezahlt das denn, bitte schön? Das muss ich wohl nun machen. Glaubst du, ich springe vor Freude in die Luft?«

»Lass los.«

»Du suchst dir eine Arbeit in Iloilo, bis dieses Kleid abbezahlt ist. Danach kannst du meinetwegen anfangen zu studieren.«

»Loslassen!«

Seine rastlosen Gefühlsausbrüche begannen den entzweienden Keil immer unbarmherziger zwischen ihn und seine Schwester zu treiben. Valeries Atem begann schwer und tief zu werden, während ihre Wut an Fahrt zunahm.

»Nimm jetzt deine Finger von meinem Kleid!«

»Na, Taifunherz? Ich würde dir besser raten, nicht gegen deinen Bruder zu kämpfen.«

Rodrigo ließ den Rock nicht los, auslotend, wer die Autorität in dieser Situation innehatte, glaubend, sie in der seiner Meinung nach angebrachten Unterwürfigkeit zu halten. Er als ›Panganay‹ der Familie wollte es jetzt wissen. Valerie schielte zu ihrer Bolo-Machete, die an der Mauer der Feuerstelle hing.

»Zum letzten Mal! Lass los!«

Valerie langte nach hinten. Blitzschnell fuhr ihre Hand an den Griff des Hackmessers und riss es herum. Entsetzt blickte ihr Bruder auf die mattgraue Klinge, deren Spitze nur Zentimeter vor seinem Gesicht entfernt auf ihn zeigte. Valeries Mutter begann zu schreien und sie anzuflehen, Vernunft anzunehmen. Doch ihre Tochter zitterte so heftig, dass es alle im Raum deutlich wahrnehmen. Valerie hob die Machete an. Diese Warnung ließ Rodrigo einlenken und er ließ ihren Rock los, der sanft in seine Ruhelage zurückschwang. Rodrigo musste in ein Gesicht schauen, welches er kaum wiedererkannte. Im Türrahmen stand Valeries Vater, der in jenem Augenblick aus dem Schlafzimmer gestürmt kam. Er sah bleich aus und musterte erschrocken die groteske Szene. Valeries Gesichtsausdruck indes verwandelte sich in ein schwer atmendes Etwas von Kraftlosigkeit mit stumpf glasigen, aber noch aufgerissenen Augen, die ganze Beschämung ausdrückten. Was hatte sie eigentlich getan? Wie konnte sie die Machete gegen ihren eigenen Bruder verwenden wollen? Hilflos versuchte sie, bei ihrem Vater Erleichterung zu erhaschen.

»Vater! Warum?«

Des Vaters Worte sollten in ihrer Art der Stimme beschwichtigen, bekehren, gar entschuldigen. Es sei das Beste gewesen, die Schmerzen für sie zu vermeiden. Valerie ließ keinen Ansatz von Verständnis erkennen. Ihr stoßweiser Atem steigerte sich zu einem Entsetzen, so dass es der Mutter, die zu ihr gehen wollte, um sie zu umarmen, wie der Anfang eines Ohnmachtsanfalls aussah.

»Valerie! Du verkraftest das alles noch nicht.«

»Verdammt noch mal! Ich hatte das Recht, mich von meinem Liebsten zu verabschieden und bei ihm zu trauern! Was tut ihr mir an!!«

Die an ihrem Arm zupfenden Hände der Mutter spürte sie nicht, wollte es auch nicht. Valerie schlug sie beiseite und ihr zorniger Blick war auf ihren Bruder fixiert. Dabei hielt sie die Machete immer noch fest und wusste nicht, ob sie dieses Hackmesser in seine Richtung werfen sollte.

»Ihr seid abartige Lügner!«

Valeries ganzer Leib bebte. Nie hätte sie einem ihrer Familienmitglieder so etwas Perfides zugetraut. Sie erkannte, dass sie zu den Verwandten in die Großstadt abgeschoben worden war, um den Fund ihres Liebsten vor ihr zu verheimlichen. Dabei waren die Gründe für Rodrigo und den Vater unglaublich fehlgeleitet. Vor was wollten sie Valerie denn schützen? Diese unüberlegte Bemutterung rächte sich jetzt in einer furchtbaren Art und Weise. Sogar die Polizei hatten sie in diesen Skandal hineingezogen. Dass irgendwer in Lawigan es ausplaudern würde, galt doch als sicher. Nun war es Nachbarin Marylou gewesen.

»Valerie, bitte!«

Valerie sah wie in Trance hinüber zu ihrer Mutter. Sie ließ das Bolo los, das klirrend auf den Steinboden der Küche fiel. Ebenso wortlos wie jemand, der durch eine lähmende Droge beherrscht wird, rannte sie aus dem Haus, nach einem Stofftaschentuch auf der Kommode an der Tür greifend, ins Dunkel der Nacht. Ein feines Rauschen ertönte in der Melodie der Flügelärmel ihres Kleides, doch irgendwie klang es aggressiv. Valeries erbittertes Weinen konnte die Familie, obwohl sie bereits draußen in der Finsternis verschwunden war, noch immer hören. Ihre Mutter rannte zur Haustür und schrie ihr hinterher.

»Valerie! Komm zurück! Valerie!«

Pilar Tolentino drehte sich um, sah ihren Mann und den Sohn an. Fassungslosigkeit in Erkennen der eigenen Schuld, weil sie geschwiegen hatte.

»Ich habe euch damals gesagt, tut das nicht! Sie weiß es jetzt. Und die Familie von Tomas Padilla wird es auch aus ihrem Mund erfahren.«

»Das wird sie sich nicht wagen! Mein Schwesterherz ist zu feige, seinen Eltern gegenüberzutreten.«

Die Tür zu Rodrigos Schlafzimmer flog auf. Ihr Nachthemd um den Körper geschlungen, begann Joy Tolentino ihren Mann anzugiften: »Du hast seine Familie angelogen.«

»Es war doch für ihr Gutes!«

»Hör doch auf, Rodrigo!«

Joy konnte nicht mehr. Ihr Mut steigerte sich mit jeder Sekunde, nachdem sie diese Familientragödie mit jedem Wort miterleben musste.

»Dass du mich verachtest, kann ich vielleicht noch ertragen! Aber dass du Valerie so in den Schmutz ziehst, kann ich nicht dulden.«

Pilar Tolentino versuchte mit allem, was sie aufbieten konnte, irgendeine Art von Sanftheit zu erzeugen. Doch ein Erfolg ließ sich in diesem glühenden Ofen aus Scham und Peinlichkeit kaum erzielen.

»Ich rede jetzt! Dass du Tomas Padilla nicht mochtest, weiß ich ganz genau. Aber Valerie ist erwachsen und verdient Respekt so wie wir alle. Dass mein Mann ein solcher Feigling ist, kann ich sicher nicht mehr ertragen.«

»Joy, das sagst du mir nicht nochmal ins Gesicht!«

»Oh doch!«

Die beiden Frauen im Raum hatten sich zusammengetan, denn Pilar, Valeries gütige Mutter, brach es das Herz nun ganz.

»Wir haben sie erzogen in Rechtschaffenheit und Ehrlichkeit. Ich stehe zu meiner Schuld, weil ich geschwiegen habe und euch unterstützte, als wir sie wegschickten.«

Genervt ging der stolze Fischer zur Bank vor dem Haus, in dem sich jenes familiäre Drama abspielte, das, wie er noch lange nicht erkennen konnte, erst den Auftakt des ersten Aktes genommen hatte. Es war oft sein verfluchter Stolz, der seine Entscheidungen beeinflusste. Als die Eltern den Segen für die Eheschließung Valeries mit Tomas Padilla gaben, fühlte er sich überrumpelt. Dann kam der Moment für ihn. Als sie durch die Polizei erfuhren, dass der Tote am Strand Tomas Padilla war, hätten sie alle gemeinsam eine richtige Entscheidung treffen können, ohne Valeries Gefühle zu verletzen. Doch ihre Tränen, die bald 36 Stunden ununterbrochen auf sie hinabregneten, gaben Raum für so viel Falsches.

☼ Die Nacht der zwei Offenbarungen ☼

Die angekommene Nachtkühle hatte die bisherige Hitze deutlich angenehmer gemacht und das Rauschen der Brandung verlieh der Luft zusätzliche Frische. Wiederholt setzte sie an, um einfach weiter zu rennen. Weinend stoppte sie ihren Lauf jedoch immer wieder, musste ihre Hände vor die nassen Augen pressen in diesem beißenden Schmerz. Der Kummer über ihren Verlust, der durch die Handlungen ihrer Familie mit Füßen getreten wurde. Valerie fiel hin, grub die Hände in ihre Haare und schrie. Die Geräusche des Meeres interessierten sie nicht und ihr war jede Schönheit der Umgebung egal. Sie begriff in ihrem Schock nicht einmal, wo sie sich gerade befand. Valerie stand erneut auf, taumelte ein wenig, und rannte einfach nur geradeaus weiter. Wie nahe sie der San Carlos Bucht schon gekommen war, mochte ihr ebenfalls einerlei sein. Sie wollte nur laufen, weglaufen vor den Scheusalen, der Mühsal in ihr und der Empörung über ihre erlittene Demütigung. Die Stimme eines Mannes aus der Dunkelheit direkt vor ihr, ließ sie abrupt stehenbleiben.

»Miss! Was haben Sie denn?«

Valerie blickte auf die in Umrissen zu erkennende Gestalt vor einem gewaltig aussehenden Bootsrumpf. Sie konnte nicht aufhören zu weinen, trotz der augenblicklichen Erleichterung. Eine Lampe wurde angeschaltet und erhellte schlagartig den Sandboden vor ihr. Der Träger dieses elektrischen Lichtes kam auf sie zu und begann, beschwichtigend auf sie einzureden.

»Beruhigen Sie sich doch bitte.«

Anthony Fettermann ließ sich Zeit, blickte sie nur sanft an. In seinem Herzen fand ein barmherziges Gefühl seinen Weg. Es half, seine aufkeimende Unsicherheit abzuschütteln darüber, wie er sich nun verhalten sollte. Er blieb zunächst geduldig und ließ sie ihre Empfindungen herausschreien. Mit dem schon durchnässten Taschentuch wischte Valerie über ihre großen Augen. Sie bemühte sich um Selbstbeherrschung. Jetzt stand ein für sie kaum bekannter, fremder Mann ihr gegenüber, der bei den ersten Begegnungen so höflich und einfühlsam war. Sie wollte sich in ihren verständlichen Gefühlsregungen trotzdem nicht hier am Strand als eine unbeherrschte Filipina entblößen und die Würde einer nach dem Kodex erzogenen Frau wahren. Außerdem war dies ja kein gewolltes Date.

»Miss. Geht es besser jetzt?«

»Mister Anthony, ich...«

»Hilfe, die kollabiert ja gleich«, dachte er sich und hüpfte einige Schritte hin und her.

»Hat Ihnen jemand etwas antun wollen? Brauchen Sie Hilfe?«

»Mister Anthony... Warum...«

»Was ist los mit Ihnen!?«

»Oh Gott... Ich...«

Sie begann plötzlich bedenklich zu wanken. Ein Schwächeanfall. Rasch packte Anthony ihre Schultern. Der Kleiderstoff fühlte sich unter seinen Fingern so zart an.

»Miss Valerie, kommen Sie doch... Kommen Sie... Bitte setzen Sie sich auf diesen Stuhl.«

Sanft dirigierte er sie zu dem Sitzmöbel mit dem silbernen Metallgestell. Erleichtert nahm sie sein Angebot an und setzte sich endlich. Sie atmete noch hektisch und sah ihn schüchtern an. Doch Dankbarkeit strahlte schon aus ihren schönen großen Augen.

»Geht es besser?«

»Ich denke schon.«

»Sie müssen trinken!«

Ein kraftloses Lächeln schwebte Anthony wieder entgegen. Anthonys Blicke blieben förmlich an ihr kleben. Dabei zermarterte er sich den Kopf darüber, was er bei einem Ohnmachtsanfall zu tun hätte. Ein solcher Kollaps kam nicht, aber dafür eine Frage.

»Haben Sie auf dem Stuhl hier den Abend verbracht?«

»Ja, Miss. Und nachgedacht beim Gucken in die Sterne da oben. Es ist ungemein schön hier auf den Philippinen. Man sieht die herrlichen Dinge dort oben bei klarem Himmel so wunderbar deutlich.«

Sein Gerede war nicht der Situation angepasst, sondern wirkte eher ausschweifend, um abzulenken.

»Hier. Kühles Wasser mit etwas Calamansisaft.«

Er reichte ihr die Trinkflasche. Ein süßes »Dankeschön« entfuhr ihrem Mund in dieser hier so oft bei den Mädchen gesehenen Scheu. Hastig nahm sie mehrere Schlucke.

»Trinken Sie nur alles aus.«

Anthony ging einige Schritte zum Heck der ›Kaibigan of Panay‹ und kam nach einem kurzen Moment mit einer Holzkiste zurück, die er vor ihr in den Sand stellte. Leise setzte er sich darauf und konnte nur eines, in ihre großen dunkelbraunen Augen sehen. Die prickelnden, wunderschönen Augen dieses Mädchens. Ihr ging es etwas besser nach der Erfrischung. Lächelnd reichte sie Anthony die Flasche zurück. Eine Zeit lang sagten sie nichts. Stumm blickte Valerie auf das wogende Meer. Diese beruhigende Stimmung wurde aber jäh durch ihre Reaktion unterbrochen, als sie ihre Augen wieder in seine Richtung wandte und mit einem schneidenden Blick in ihn einzudringen versuchte.

»Mister Anthony. Ich habe Sie etwas zu fragen.«

»Gerne, Miss Valerie. Was ist es?«

»Mir ist zu Ohren gekommen, dass Sie einen Leichnam aus dem Meer gezogen haben. Stimmt das?«

Anthony rieb sich am Kinn, begann die Tragweite der Situation zu begreifen.

» Jetzt verstehe ich, Miss. Denken Sie, dass es ihr Verlobter gewesen sein könnte? Ich kannte ihn nicht, und der Anblick des Körpers..., wenn Sie verstehen, was ich meine.«

Anthony war sehr berührt in jenem Augenblick, es fror in ihm etwas. Dass er sie damit in grausige Erinnerungen zurückholte, war ihm bewusst. Scheu blickte sie nach unten in den Sand und stützte die Stirn gegen ihre Faust, während sie mit dem Stofftaschentuch die Tränen wegzureiben versuchte. Nun nickte sie ganz dezent, blickte erneut zu ihm hoch. Selbst weinend waren diese Augen ein Genuss beim Betrachten.

»Ich weiß, dass es Tomas war. Woher, müssen Sie nicht wissen.«

Es erschien dem betroffenen Mann am angebrachtesten, ihr einfach zu berichten, was er und die Freunde damals für das Beste hielten. Dass es ihr Verlobter hätte sein können, kam den Männern im Sog der ganzen Situation einfach nicht in den Sinn, zu hektisch und aufgewühlt war das alles gewesen.

»Miss, wir haben die Polizei gerufen. Wir dachten natürlich, dass es das Richtige sei. Aber Sie wissen es glücklicherweise.«

»Ich mache Ihnen ja keinen Vorwurf. Es hat nichts mit Ihnen und Ihren Freunden zu tun...«

Ein Zittern überfiel sie wieder, Mit aufgerissenen Augen sah sie zu ihm hoch. Anthony kniete sich vor ihr in den Sand und legte seine Hände auf ihre Knie.

»Wie sah er aus?«

»Miss..., nicht darüber reden.«

Krampfhaft presste sie ihre Finger in seine Oberarme. Ihr Zucken in dem erneuten Weinkrampf untermalte die Meeresgeräusche völlig unangebracht, aber er konnte nichts tun außer warten. Sanft griff er mit der rechten Hand in ihr feines Haar. So schön fühlten sich diese pechschwarzen Strähnen an, die er sanft massierte.

Anthony wollte den weiteren Zusammenhang verstehen und fragte in seiner unschuldig wirkenden Art weiter.

»Sie sind sicher noch traurig wegen der Beerdigung.«

Valerie riss ihre Augen auf und konnte diese Art Gerede nun gar nicht verstehen. Dieser naive Foreigner stellte solche Fragen?

»Beerdigung? Wenn Sie wüssten, was mir angetan wurde!«

»Ich verstehe Sie nicht, Miss Valerie.«

»Sie verstehen nicht? Natürlich. Keiner versteht hier irgendwas. Sie haben Tomas einfach abtransportiert und verscharrt, ohne mir was zu sagen!«

»Moment mal. Wir haben ihn vor fast drei Wochen gefunden.«

»Alle sagten mir, ich solle nach Manila gehen, zu Onkel. Ich könnte es dort vergessen. Ich kam erst vor drei Tagen zurück.«

»Oh Mann!«

Wieder ließ sie ihr tränenverschmiertes Gesicht in ihre hohlen Handflächen fallen und begann wieder laut zu heulen. Anthony wollte sie gerne umarmen und trösten, einfach nur liebevoll sein, aber er traute sich nicht. Ihre Warnung, sie nicht immer anzufassen, kannte er ja schon.

»Sie wussten also nichts davon.«

Valerie begann sich wieder zu fangen.

»Ich habe es über eine Nachbarin erfahren, erst jetzt. Daraufhin stellte ich Rodrigo zur Rede. Er ist ein unbarmherziger Mensch. Ich verstehe nicht, warum Joy es bei ihm aushält. Und mein Vater, der mich beschützen sollte, hat ganz geschwiegen und ihn auch noch unterstützt.«

» Joy? Ich verstehe. Sie ist seine Frau.«

»Er ist gemein und behandelt Joy wie einen Putzlappen, weil sie nicht schwanger werden kann.«

Erneut fing sie laut zu weinen an. Langsam kam ihm das überzogen vor, aber sie schien einfach so zu sein. Valerie versuchte sich mit der Hand die Tränen aus ihrem hübschen Gesicht zu wischen, nachdem es ihr gelang, sich wieder zu beruhigen.

»Bitte kein Taschentuch jetzt. Sie wissen ja, wohin das führt.«
Sie begann zäh zu grinsen. Wie sie ihren Mut nun interpretieren mochte oder sich überhaupt bewusst war, was sie tat, schien Anthony nicht klar. Er hatte natürlich schon eine Lösung wie ein Kerl und wollte sie mit raschen Argumenten zu einer vergebenden Haltung ihrer Familie gegenüber bewegen. Er kannte die Tolentino-Familie nicht und war wohl in jenem Moment der unpassendste Ratgeber auf der ganzen Insel. Trotzdem begann er zu reden, doch bewirkte es nicht mehr als eine abweisende Reaktion bei ihr.

»Was wissen Sie denn? Wie verletzend das ist. Von seiner eigenen Familie so behandelt zu werden. Glauben Sie mir und denken Sie von mir, was Sie wollen. Ich hatte mein Bolo schon in der Hand gegen ihn.«

»Bitte?«

»Sorry. Rodrigo hat kein Recht, mir so etwas anzutun!«

»Sie haben was? Sie scheinen Ihre Hand ziemlich schnell am Drücker zu haben.«

Sie nickte jetzt mit einem Ausdruck, der zeigte, dass ihr dieses Verhalten immerhin leidzutun schien.

»Er ist Ihr Bruder. Sie können sich nicht weiter versündigen in Wut und unbeherrschtem Tun! Ich kann Ihre Gefühle aber gut verstehen.«

»Ja, Mister Anthony. Ja..., bitte vergeben Sie meine Worte. Es tut mir sehr leid.«

»Ich kriege bald Angst vor Ihnen.«

»Müssen Sie nicht.«

»War nur ein Witz. Manchmal bin ich auch gemein zu meinen Familienangehörigen in meinen Worten, wenn ich wegen des Todes meiner Frau wieder mal niedergeschlagen bin. Und dann habe ich Zeiten, da will ich mit niemandem reden. Ich glaube, nur Roel versteht mich.

»Ist das dieser große, muskulöse Mann?«

»Ja. Er ist überaus treu. Hat so einen Eid in Capiz abgelegt, um mich und meine Frau zu beschützen. Er hatte ein hartes Leben. Ich möchte aber nicht über ihn sprechen, bevor er mir erlaubt, das zu tun.«

»Was für einen Eid?«

»Den ›Tagapagbantay‹.«

Valeries Augen funkelten so herrlich in jenem Augenblick. Sie schien das nicht ganz zu glauben.

»Das macht ein Filipino nur bei einem Menschen, dem er hundertprozentig vertraut. Was schuldet er Ihnen?«

»Echte Freundschaften? Aber...«

»Nein. Er schuldet Ihnen etwas. Was ist es? Hören Sie, er hat ›Utang‹ bei Ihnen. Raus mit der Sprache.«

»Ich habe erfahren müssen, dass er meine Frau auch gerne geheiratet hätte. Sie hat aber mich genommen.«

»Was für ein Ehrenmann ist das? Dann hat er es für Ihre Frau getan.«

»Das ist mir bereits bewusst, Miss Valerie. Aber Schulden...?«

Das Angesicht der jungen Frau erhellte sich leicht, aber es dauerte eine kleine Weile, dieses Inspizieren von Anthonys sprachlichen Talenten, was sein mühsam erlerntes Tagalog betraf. Es ermöglichte ihm wiederum, das Antlitz dieser Frau zu studieren und zu begreifen, was Tomas Padilla an ihr ebenso gefunden haben mochte. Hoffentlich war es in erster Linie ihr Charakter, der sich jedoch gemäß Anthonys Erfahrungen der letzten Tage, in teils extremer Art von emotionellen Explosionen ausdrücken konnte. In einer Ehe hätte Tomas es möglicherweise manchmal schwer gehabt. Leider war diese Frage angesichts der Situation sinnlos geworden. Valerie zeigte sich in der Tat als eine junge Frau von interessantem, abwechslungsreichem Charakter. Anthony betrachtete zärtlich die Details an ihr, jene elegant gekurvten Wangenknochen unter hohen Scheiteln der Augenkreise, die süß geschwungene Augenbrauen krönten.

»Ich bin vielleicht so sensibel. Solche Menschen haben es nicht so leicht, die drücken sich immer so tief aus.«

Valerie zeigte sich nun verwundert. Die Analyse eines Fremden über sie schien sie zu interessieren und zu beschäftigen.

»Sie sind ja ein Künstler. Wenn man fotografiert und Bücher schreibt. Haben Sie an Ihrem Buch weitergeschrieben?«

»Ich kann es zurzeit nicht.«

»Warum? Es würde Sie wieder ins Leben zurückführen, oder ablenken vielleicht?«

»Das Thema des Romans macht jetzt mein Herz schwer.«

Valerie hatte den Mut, sich damit zu trösten, ihn weiter im Gespräch zu halten. Es schien sie zu beruhigen, mit ihm Gedanken des Herzens auszutauschen und zu teilen. Sie brauchte es und er brauchte es doch auch. Beiden war es im Unterbewusstsein deutlich klar, und so ließen sie den Fluss ihrer Offenbarungen geschehen.

»Um was geht es in dem Buch?«

Anthony meinte, dass es immer am schwierigsten sei, einen ganzen Roman in fünfminütigem Monolog zu erklären oder die Handlung auf eine Seite als Vorwort zu packen.

»Bitte, Mister Anthony. Versuchen Sie es.«

»Na gut. Es geht um einen Deutschen auf den Philippinen, der mit seiner Frau nach Bacolod übersiedelt, einen Kunstmaler kennenlernt, der ein Mitglied der Familie ist. Die Frau des Protagonisten verunglückt auf einem brennenden Schiff und nur ihr Mann glaubt wegen eines Hinweises, dass sie noch leben könnte. In der Zwischenzeit macht sich ein Modell des Malers mit sexuellen Absichten an ihn ran. Er aber weist sie ab, findet einen Waisenjungen und zusammen mit dem Künstler machen sie sich auf die Suche.«

Valerie musste schmunzeln und blickte ihn dabei ruhig an.

»Ein Waisenjunge?«

»Mit seiner Katze.«

»Eine Katze?«

»Die trägt der Junge in dem Buch immer in einer Beuteltasche mit sich herum. Ich mag eben Katzen.«

»Ihr Hauptdarsteller hat aber einen bemerkenswerten Kodex. Das Model will mit ihm schlafen und er lehnt ab.«

»Warum nicht? Meine Protagonisten sind so.«

»Wird seine Frau gefunden?«

»Das lasse ich noch offen.«

»Kommen Sie. Ein Happy End muss es doch geben.«

Valerie stutzte sanft und dachte einige lange Sekunden nach. Ihr wurde bei dieser Art Konversation warm ums Herz. War er ein unrealistischer Träumer oder wollte er mit seiner Passion eine Wahrheit fördern? Trotz dieser melancholischen Wortspiele war dieser Mann eindeutig fest in seinem Wesen und schien zu wissen, was er wollte.

»Lesen Sie Romane?«

» Ja... Manchmal habe ich mir etwas ausgeliehen bei Jessy, die arbeitet im ›National Bookstore‹ in Iloilo.«

»Was war Ihr letztes Buch?«

»Eine deftige Liebesgeschichte.«

»Deftig? Was meinen Sie damit? Erotik?«

»Ähm... Sie sind ganz schon forsch mit Ihren Worten.«

Valerie kaute verlegen auf ihren Lippen und schwieg zunächst. Sie war sich nicht im Klaren, wie sensibel er war. Die Romance-Geschichte war im Großen und Ganzen harmlos gewesen. In einigen Passagen ging es jedoch leidenschaftlich explizit zur Sache. Am Schluss, als das Happy End kommen musste.

»Hat Ihnen das Buch gefallen?«

»Es war ganz gut. Ich würde Ihr Buch gerne einmal lesen, wenn es fertig ist. Ich wäre echt gespannt. Nur finde ich die Geschichte vielleicht etwas kompliziert.«

»Möglich. Mir fallen immer so viele Dinge auf einmal ein. Man verzettelt sich schnell. Aber wenn alle Bücher gleich wären, hätten wir kaum so viele spannende Stories. Leider ist er in deutscher Sprache verfasst. Daher müssten Sie warten, bis ich die englische Version fertig habe.«

»Schade. Sie müssen ein Happy End hineinpacken.«

»Ich habe kein Happy End in meinem aktuellen Leben, wieso soll ich dann diesen Roman zu Ende schreiben? Dieses verfluchte Buch...«

Anthony drehte sich abrupt weg und kämpfte mit seinen Tränen. Seine Hände ließ er wieder auf den Querbalken des Auslegers fallen. Das Mädchen auf dem Stuhl neben ihm blickte ihn tief an, dachte sich, wie sensibel und zärtlich dieser Mann zu sein schien. Sie sah förmlich seine tiefen Atemzüge, die nicht von Freude herrührten. Nun drehte er sich wieder zu ihr um.

»Verstehen Sie bitte, dass ich an diesem Roman keine Freude mehr haben kann.«

»Ist er denn autobiografisch?«

»Vielleicht jetzt. Meine Frau ist umgekommen. Deshalb brauche ich keine Hilfe von einem Verwandten oder einem Waisenjungen mehr.«

Die junge Frau nickte nur und schien plötzlich tief nachdenklich zu sein. Anthony versuchte mehr seine Aufmerksamkeit in die Richtung des Meeres zu lenken als ihren Blick zu erwidern, zu elektrisierend fühlte er bereits die Anmut von Augen beeindruckender Schönheit. Schwer zu kontrollieren waren sie, diese Emotionen, allein schon nach der Observation ihres Gesichts.

»Ich bin aber nicht die Person wie dieses Model.«

»Das denke ich auch nicht über Sie.«

»Männer bei uns reden nicht so wie Sie, Mister Anthony. Sie leiden aber im Stillen. Mich interessiert etwas, wenn ich fragen darf. War Ihre Frau eigentlich modern geworden? Hatte sie das in Deutschland gelernt? Hatte sie so ein europäisches Denken angenommen?«

»Was soll denn ›europäisches Denken‹ sein?«

Valerie schien zu grübeln, um die passende Ausdrucksform zu finden. Sie konnte nicht innerhalb von Minuten eine Art der Konversation erlernen, die Ynez bereits antrainiert hatte, um in der globalen Welt zurecht zu kommen.

»Wissen Sie eigentlich, dass Sie eine sehr mutige junge Frau sind, Miss Valerie? Sie sind, wie es Ihr Name ausdrückt. Vielleicht werden Sie deshalb ›Taifunherz‹ genannt?«

»Warum sagen Sie das?«

»Sie erzählen mir so freimütig diese Dinge. Hier in Ihrer Kultur bleibt doch vieles nur in der Familie und unter dem gleichen Geschlecht. Warum wollen Sie Ihrem Bruder nicht einfach vergeben?«

»Lassen Sie Rodrigo aus dem Spiel. Okay?«

Die Augensprache Valeries verriet eine deutlich rasche Art des Widerspruches, während sich ihre gesamte Mimik schlagartig in ein Gesicht von Kampf, gar Krieg veränderte, aus dem auch wieder Tränen hervor zu quellen begannen.

»Das ist nicht Ihre Sache!«

»Schreien Sie mich doch nicht an... Er muss ihnen wirklich sehr wehgetan haben.«

»Er? Meine ganze Familie. Das war eine brutale Vertuschung, eine Ehrverletzung. Mein Ruf ist zerstört.«

»Sie können doch nichts dafür.«

Tomas Padilla war diesem Liebreiz zweifellos zu Recht erlegen, diesem Charme in Realität. Valerie stand vom Stuhl auf, drehte sich um, blickte Richtung Meer und ging einige Schritte auf die Gischt zu. Der Wind spielte mit diesen bestickten, scheibenförmigen Ärmeln. Fasziniert betrachtete Anthony die Konturen dieses jungen Geschöpfs. Ihre Hand ließ gedankenversunken das Taschentuch fallen. Es wehte sanft davon. Mochte dieses Mädchen die menschlichen Rettungsanker suchen? Irgendeinen Halt? Fragen, die Anthony, diesem verunsicherten Mann mit der Hilfsbereitschaft im Herzen, in jenem Moment durch den Kopf wirr umher schossen und es ihm unmöglich machten, klare Gedanken zu fassen, um das aus der Bahn geratene Geschehen in eine für alle gut ausgehende Lösung verwandeln zu können. Seine nächste Frage klang befreiend, auf ein anderes Thema lenkend.

»Möchten Sie wegen der Auseinandersetzung bei uns übernachten? Ich würde Ihnen gerne helfen wollen.«
Diese Frage erregte ihre Aufmerksamkeit. Doch noch antwortete sie nicht darauf. Sie lächelte kurz, abwartend auf eine gewinnbringende Antwort. Dann erneut dieses durchdringliche Blicken in Anthonys Gesicht. Hatte sie Sehnsüchte zerplatzen sehen? Anthony hoffte ein wenig, dass es gerade jetzt wäre. Welche Einbildung zu denken, sie käme augenblicklich mit ihm!

»Sie können auf Ihre Familie stolz sein, Mister Anthony. Sie scheint Ihnen noch Halt zu geben. Ihr Schwager Arnel hat einen integren Ruf hier im Ort und die Familie Marie Claires ebenfalls. Ich aber bin einsam geworden und habe nichts mehr, außer diesem Kleid.«

»Miss Tolentino, Sie haben eine Zukunft, verstehen Sie das bitte. Ich meine, die Liebe ist doch für Sie mit jemand anderem nicht unmöglich. Sie sind so eine tolle Frau, Miss.«
Ihre Augensprache schlug Kapriolen und lächeln über das höfliche Kompliment konnte sie nicht.

»Verzeihen Sie mal. Soll das hier Flirten werden?«
»Wegen meines ›Sie sind eine tolle Frau‹?«
»Zum Beispiel.«
»Nein. Es war aufrichtig gemeint. Sie missverstehen mich.«
»Das könnten andere aber so auffassen.«
»Wie fassen Sie es denn auf?«
»Hören Sie auf, mich hier anzumachen!«
»Was?«
»Ein bisschen Zurückhaltung würde Ihnen besser stehen.«
»In meiner Kultur sagt man ehrlich, was man denkt.«

»Sie sind aber jetzt hier. Dann benehmen Sie sich bitte auch so.« Der Unterschied in Anthonys Wesen zu den Einheimischen war nicht die fehlende Liebe zu diesem Land, den Menschen und deren Kultur, sondern einfach seine Art zu reden, die offenherzig und ehrlich sein sollte. Es bedrückte ihn, aus dem Mund dieser zwar trauernden, aber unglaublich intelligenten Filipina, die trotz ihrer Jugend bei ihren emotionellen Ausbrüchen eine bemerkenswerte Charakterstärke zum Ausdruck brachte, solche Unterstellungen zu erfahren. So fühlte Anthony plötzlich, deutlich werden zu müssen, weil er sich angegriffen fühlte.

»Miss Valerie! Ich flirte doch nicht mit Ihnen, nur weil wir hier draußen alleine zu sein scheinen und weil Sie, was die Wahrheit ist, eine hübsche junge Frau sind. Ja, es ist wahr. Sie sehen toll aus und Ihre Augen sind der Burner. Ist es so schlimm, dass Ihnen ein Mann das ins Gesicht sagt? Und sehen Sie nur dort draußen die kleinen Lichter. Das sind Fischer, die hellwach sind. Wir sind nicht so alleine wie Sie denken.«

Ein wenig brüskiert erscheinende Augen blitzten ihn deutlich an und sie verschränkte die Arme vor sich.

»Ich weiß, dass es Fischer sind. Denken Sie mal! Mein Bruder macht das fast jeden Tag.«

»Meinen Sie etwa, ich würde Sie in die Kajüte zerren und mich über Sie hermachen, in der Hoffnung, Sie würden es prickelnd finden, sich nachts mit einem Foreigner auf einer Bangka zu vergnügen? Nur, weil er höflich sagte, dass Sie gut aussehen?«

»Bastos! Sie sind ganz schön vulgär.«

»Bin ich nicht. Sie haben doch damit angefangen.«

»Also! Ich muss Sie aber jetzt mal etwas fragen.«

Anthony schaute ihr hart ins Gesicht, immer noch angekratzt. Sie aber beachtete seinen Gefühlsausbruch nicht weiter.

»Wie reden Sie eigentlich mit mir?«

Anthonys Blicke waren ernst, tief und hart. Es ärgerte ihn maßlos. Ein Umfeld, das ein liebevolles miteinander reden gleich als

Unziemlichkeit hinstellte, brachte bei ihm Abneigung zum Ausdruck.

»Und wie reden Sie mit mir? Sie unterstellen mir bei einem Kompliment gleich irgendwas. Ein Kompliment sollte Ihnen zur Ehre gereichen, so wie man eine Frau respektvoll behandelt. Das mag ich nicht! Ich war ein treuer Ehemann und habe auf den Philippinen niemals einem Mädchen hinterhergepfiffen oder mich an deren Körpern ergötzt. Außerdem! Sie kamen doch zu mir gerannt, Miss Valerie. Ich bin nur nett gewesen.«

»Sie sind nicht nur frech, sondern auch ziemlich empfindlich.«

»Und Sie nicht unbedingt weniger.«

»Was sollte dann die Frage, ob ich bei Ihnen übernachten will?«

»Ich weiß doch, dass Sie nicht nach Hause gehen wollen. Wenn Sie möchten, gehe ich in mein Bett und stelle Ihnen die Leiter an mein Schiff. Dort oben ist die Decke von gestern. Kissen habe ich noch keine. Und sorry, aber die Leuchte brauche ich selbst. Die Sterne reichen Ihnen ja sicher für die Nacht. Es ist noch keine Toilette installiert. Ein ›Urinola‹ steht in der Kajüte.«

Einen pikierteren Blick hatte er hier bisher kaum so gesehen wie jetzt. Er spürte es genau. Dieses Naturkind begann ihren Lapsus zu verstehen. Sie trug weder Lippenstift noch Eyeliner. Anthony dachte, dass solche Zugaben sie eher entstellen als hervorheben würden, so hübsch war dieses Mädchen. Trotz Ehre, die Anthony ihr zum Ausdruck bringen wollte, konnte er seine Gefühle, dass sie bereits bezaubernd auf ihn wirkte, nicht einfach ausradieren.

»Kommen Sie, Miss. Ich bringe Sie zu meinem Schwager und Marie Claire. Wir haben drei ›Bahay Kubo‹ neben seinem Haus. Die habe ich vor Jahren schon mit Roel gebaut. Wir machen Ihnen ein schönes Lager in meiner Hütte zurecht. Und bitte, das ist weder unziemlich oder flirten. Ich lasse als Mann von Sitte doch kein Mädchen in der Nacht hier am Strand zurück. San Joaquin mag sicherer sein als Manila, aber es wäre doch unakzeptabel, Sie hier zurückzulassen, nicht wahr?«

»In Ihrer Hütte? Ich werde wohl kaum bei Ihnen schlafen.«

»Nein, Miss. Vielleicht war mein Satz falsch konjugiert. Ich gehe dann natürlich in die Hütte zu meinem Freund, während Sie meine benutzen. Wir haben ja drei Hütten. Kommen Sie jetzt.«

»Was Sie nicht sagen. Ein ganzes Feriendorf, oder was?«

Als er im Begriff war, seine Hand in Richtung ihres Oberarms auszustrecken, musste er rasch begreifen, dass er wieder in ein Fettnäpfchen treten würde. Dabei wollte er mit dieser Geste seine aufrichtige Einladung nur bestätigen. Valerie drehte sich weg, taumelte einige Schritte zurück, blickte sich um und sah einige Werkzeuge und zwei Paddel im Sand. Wie ein Blitz hatte sie sich gebückt und riss eines davon hoch. Dabei sagten ihre großen Augen alles.

»Was soll das jetzt?«

»Kommen Sie nicht näher!«

»Miss! Hören Sie...«

»Sie lassen die Finger von mir.«

»Hören Sie doch mit dem Quatsch auf! Legen Sie das blöde Paddel wieder hin. Sie müssen niemanden hier niederschlagen. Man muss wirklich vor Ihnen auf der Hut sein.«

»Ich kann mit dem Ding umgehen, das verspreche ich Ihnen.«

»Das glaube ich. Fischermädchen, klar. Ich gehe jetzt schlafen. Gute Nacht. Sie können meine ›Kaibigan of Panay‹ mit dem Paddel bewachen und jedem eins damit draufgeben, der einen Schraubenschlüssel klauen will. Miss ›Bayani‹ (Heldin) mit dem Paddel. Unglaublich.«

»Ich kann es bei Ihnen gerne ausprobieren, wenn Sie möchten.«

Ihre Finger umgriffen den Paddelstiel jetzt fester.

»Jetzt weiß ich, warum eure Helden die Spanier nicht alleine besiegen konnten. Sie hatten Valerie Tolentino mit dem Bolo und dem Paddel nicht dabei. Wenn Sie mit Gabriela Silang zusammen gewesen wären, hätte es richtig gefetzt, denke ich. Na ja, Sie leben in der falschen Zeit.«

Valerie stutzte und musste sich die Hand vor den Mund halten, um dieses Kichern abzuhalten. Aussichtslos, denn nun hallte ihr schallendes Gelächter über den ganzen Strand. Jetzt hatte auch er seine Freude daran, mitzulachen.

»Woher wissen Sie eigentlich so viel über mein Land?«

»Ich schreibe nicht nur Bücher, sondern lese auch welche. Aguinaldo, Roxas, Gabriela, Lapu Lapu. Oder euer Gregorio del Pilar, der eine amerikanische Einheit mit 30 Leuten aufhalten wollte. Ein blutjunger Typ, soweit ich mich erinnere. Schade um ihn. Ich möchte Bescheid wissen als fremder Besucher, der sich einfügt und dankbar für diese Gastfreundschaft ist.«

Valerie war verblüfft. Sie löste ihre Erregung endlich und legte das Paddel wieder in den feinen Sand. Peinlich berührt schaute sie nach unten.

»Verzeihung. Habe ich Sie wirklich gekränkt?«

»Ich weiß nicht. Ist schon okay. Ich bin sicher zu emotionell.«

»Sorry, ich bin... auch so aufgewühlt.«

»Sie hätten mir doch keine damit draufgehauen, oder?«

»Unter gewissen Umständen hätte ich mich wehren müssen.«

»Müssen Sie nicht. Gehen wir jetzt?«

Sie lächelte etwas gequält und sagte kein Wort mehr. Aber ihre Zustimmung kam doch sehr rasch. Sie kannte die Marie Claires Familie und konnte sich auf die unkomplizierte Gastfreundschaft verlassen. Das war eine Sache, doch allein der Gedanke, was alle dazu sagen würden, wenn er sie einfach aus ihrem im Grunde unfreiwilligen Treffen heraus mit ins Haus brachte, bereitete ihr als Einheimische schon Kopfzerbrechen. Sie wollte es diesem interessanten Kerl überlassen, das zu erklären. Mochte ihr Vertrauen nicht wie ein Windhauch einfach verwehen und ihr Ruf nicht vor der Bevölkerung hier im Ort auch noch leiden. Nun ging sie mit, jedoch einige Meter hinter ihm. Dabei schielte sie an seinen Beinen entlang, dann begutachtete sie seine breiten Schultern. Die Leuchte hielt er mit angewinkeltem Arm, so dass sie seinen sehnigen Unterarm erkennen konnte. Er sah gut gegliedert aus. Seine Sprache war natürlich offen, liebevoll in Details, doch gelegentlich unbeholfen und draufgängerisch. Valerie fand ihn schon interessant, denn bei diesem facettenreichen Zusammentreffen aus einem Drama heraus benahm er sich unglaublich feinfühlig und verständnisvoll. Ihr tat es immer noch leid, als sie ihm wegen ihrer Vorsicht Unziemliches vorwarf. Es war eben ihre Art, ihre Integrität zu verteidigen. Wie würde er sich beim Eintreffen im Haus verhalten?

☼ Mutter Lornas Weisheit ☼

Die brennenden Lichter im Haus zeugten von ausgelassener Aktivität. Anthony hörte seinen Schwager und Roel laut lachen. Sicher fiel der eine oder andere amüsante Witz und bei gutem Essen gelang das Lachen nochmal so leicht. Als Familienmitglied klopfte Anthony schon lange nicht mehr an, sondern ging wie selbstverständlich durch die offenstehende Tür ins Haus. Roel gluckste vergnügt und hatte mal wieder ein Glas Brandy in der Hand.

»Na Kuya? Wie geht es unserem Schiff dort draußen?«

»Es lebt noch nicht, sondern liegt nur da.«

Leise bat Anthony seine Begleiterin herein. Schüchtern grüßte Valerie die Anwesenden. Marie Claire und ihre Mutter liefen sogleich auf das Mädchen zu, um sie willkommen zu heißen. Unangemeldete Besucher waren nie ein Grund für Nanay Lorna und ihre Familie, zaghaft zu reagieren.

»Hallo Valerie. Wir sind überrascht.«

»Guten Abend, Tita Marie Claire... Ich möchte euch keine Umstände machen. Kuya Anthony bat mich, hier vorbeizuschauen, so als Nachbarin...«

Die Männer wedelten vergnügt mit den Händen, um den Willkommensgruß zu unterstreichen.

»Kommen Sie doch bitte herein.«

Die halb leere Rumflasche wurde weitergereicht. Gedanken an irgendetwas Verfängliches hatte von den anwesenden Männern keiner. Hier kamen Besucher unangemeldet und regelmäßig. Das war die für Anthony heile Welt der ungezwungenen Gastfreundschaft und Nachbarschaftsliebe in reiner Art. Roel zeigte eine bemerkenswerte Höflichkeit Frauen gegenüber, auch wenn er nach außen der raue, nachdenkliche Typ von Mann war. Immer noch etwas verschüchtert nahm Valerie auf dem ihr angebotenen Bambussessel Platz. Anthony würde jetzt mehr Erklärungsnotstand haben als sie. Sie könnte sich leicht wieder verabschieden und würde im Dorf sicher eine Möglichkeit finden, eine Bleibe für die Nacht zu bekommen. Eine ihrer Cousinen lebte nicht ganz drei Kilometer von hier in Lawigan. Roel wollte auffällig gastfreundlich erscheinen, bot aber recht unüberlegt das falsche Getränk an und hielt Valerie ein Glas mit braunem Inhalt vor die Nase.

»Oh bitte nicht, Kuya. Ich trinke keinen Brandy... Danke sehr.«

Marie Claire gebot Conchita, die an der Küchenzeile stehend Teller abtrocknete, dass sie ein Gedeck für Anthony und ihre Besucherin bringen solle. Ihre Reaktion war wenig enthusiastisch. Leise stellte sie die Teller auf den Esstisch und blickte mit einem Hauch von Abneigung zu Valerie. Rasch ging sie zur Eingangstür und verließ mit einem Korb voll leerer Flaschen das Haus. Unterdessen musste Anthony planen und rasch die Lage wegen seiner Begleiterin erklären. Leise bat er Nanay Lorna, mit ihm in eines der Nebenzimmer zu gehen.

»Nay, ich habe Miss Tolentino am Strand getroffen. Sie hatte einen furchtbaren Streit mit ihrem Bruder, wie es scheint und möchte nicht nach Hause gehen. Aber...«

»Es ist mir schon klar, Anthony. Die fühlst wie jemand von uns. Mir hat schon immer imponiert, wie du dich wegen uns benimmst. Was aber würden die anderen sagen, wenn du einfach ein Mädchen von draußen mitbringst und möchtest, dass sie bei uns übernachtet?«

»Sie soll nicht mit zu mir ins ›Kubo‹. Wir müssen ihr wenigstens doch für diese Nacht Gastfreundschaft gewähren.«

Die gütige Frau nickte todernst, aber dann mit einem humorvollen Grinsen.

»Valerie würde auch gar nicht mit in deine Hütte kommen. Wir wollen doch hier keinen ›Skandalo‹, nicht wahr?«

Ihre Augen voller Lebenserfahrung klebten aber weiter an ihm. Kombinieren konnte diese alte Dame, aber war die Entwicklung, die jene Geschichte nahm, nicht ein wenig früh? Da war man zunächst lieber still oder zumindest mit seinen Fragen herantastend vorsichtig.

»Sag mal. Magst du das Mädchen?«

»Nanay Lorna, ich bitte dich. Nein... Sie tut mir nur leid. Wir wissen es aus unserer eigenen Erfahrung. Ynez... Verzeih mir.«

Anthony begann Tränen zu vergießen, während Mutter Lorna, geschüttelt von aufblitzender Trauer, stumm auf den Boden stieren musste.

»Sei beruhigt. Es ist ein Fall von Gastfreundschaft und Mitleid. Nichts weiter. Hat Miss Valerie nicht ebenso Grund, von uns Anteilnahme zu bekommen? Eine kleine Spontanparty hilft ihr sicher jetzt.«

Der Anblick der alten Frau blieb für ihn unergründlich. Den Gesichtsverlust für den Mann ihrer Erstgeborenen, die nun so tragisch aus der Welt gerissen wurde, wollte sie nicht auf sich nehmen. Ihre Autorität würde es wieder richten, ganz unkompliziert und mit einer glaubhaften Geschichte, die sie ihren Kindern erzählen würde. Ein Verdacht musste nicht sofort aufkeimen. Ob sie sich aber bei ihrer Jüngsten da so sicher sein konnte, die bereits ihre eigenen Sehnsüchte im Herzen trug? Man wählte das kleinere Malheur und ließ die Besucherin erst einmal in der Obhut der Familie. Ihr Bruder würde sicherlich morgen schon nach ihr Erkundungen einholen, oder am Strand beim Einlaufen vom nächtlichen Fischfang gerufen werden können, um ihn in Bezug auf seine jüngere Schwester zu beruhigen. Seine Rolle als Erstgeborener gebot förmlich diese Reaktion seitens der Velasquez-Familie, in nachbarschaftlichem Respekt.

»Ich werde es ihnen schon erklären. Sie kann ja in meinem Zimmer schlafen.«

»Nein. Ich gehe zu Roel in die obere Hütte.«

Anthony lächelte dankbar zurück. Es gefiel Nanay Lorna stets, sein liebes Lächeln. Sie war stolz gewesen über seine Ehe mit ihrer Erstgeborenen. Stolz auf seine Bereitschaft, als Fremder hier im Land Opfer zu bringen, seine Heimat zurückzulassen und scheinbar kaum einen Gedanken an jene zurückgelassene Ordnung zu verschwenden. Sie hatte es verloren, denn diese Verbindung war auch das, was den Clan ausmachte und sein Verhältnis zur Familie. Menschlich waren sie alle noch so tief verwoben, aber rein vom rechtlichen Stand und auch vom moralischen Gedanken her war Anthony nun frei. Dieses Gefühl behagte ihr nicht. Es arbeiteten diese immer noch in ihr vorhandenen Muttergefühle. Die Ehe ihrer Tochter mit ihm war kinderlos geblieben, somit fehlte ein zusätzliches Argument, ein ergänzender Baustein. Ein freier Mann stand vor ihr, der sich noch so hingebungsvoll gebunden fühlte. Das musste sie nun verstehen.

»Lass uns zurück zu den anderen gehen. Wir möchten ja Miss Tolentino nicht so lange im Ungewissen halten.«

Die Stimmung im Haus, welche durch das schallende Gelächter aus dem Wohnzimmer mitten im Ambiente der Bambusmöbel und bunten Lampion-Leuchten lautstark zu hören war, wurde durch den vierten Gang köstlicher Snacks noch getoppt. Die scharfe Essigsauce mit Chilischoten war ein Geheimrezept Marie Claires. Fröhlich griffen die Männer bei den gegrillten Fischstücken zu, die sie teils andächtig in die frische Tunke hineintupften. Und die Selbstbeherrschung beim Brandy wurde nicht größer. Valerie hatte sich in ein Gespräch mit Nanay Lorna vertieft, etwas abseits in der Küche. Conchita Velasquez redete kein Wort mit ihr, beobachtete aus den Augenwinkeln die Besucherin, ahnte etwas, meinte zu fühlen, was klare Beweislagen offenbarte. Als Valerie beim Abwasch helfen wollte, nahm sie ihr achtlos die Teller aus der Hand.

»Ich mache das alleine.«

Valerie lächelte nur lieb. Zu unscheinbar ahnungslos war sie über die unausgesprochenen Gefühle anderer hier im Raum. Sie war bereits ein Feind, ahnte es aber nicht.

»Kommen Sie, Miss! Hier. Setzen Sie sich doch zu uns.«

»Danke, Kuya Roel.«

»Nehmen Sie doch dieses Glas.«

Conchita verfolgte jede noch so kleine Bewegung ihres Gesichtes mit vollkommener Observierung, meinte bereits, ganze Love-Story-Skandale Live miterleben zu müssen. Valerie verhielt sich zurückhaltend, beobachtete alle Anwesenden genau, anständig und schüchtern. Ein Glas Bier nahm sie nun doch an und begann sich lebendig an den Gesprächen zu beteiligen. Die Familie, die Eltern, die Erlebnisse ihres Bruders als Fischer und die Pläne in der Zukunft. Es wirkte wie in allen Häusern in der Nachbarschaft hier so natürlich leicht und angenehm ungebunden. Die Abendstunden vergingen gefühlt schnell. Der Kavalier war jemand, der eine gute Reputation erntete, doch Anthony handelte wie so oft zu schnell. Vor dem Eingang zu seinem Bambushaus wollte er die junge Frau noch einmal freundlich verabschieden. Dass er durch die Spalten zwischen den Bambusstäben beobachtet wurde, bemerkte keiner der beiden Hauptakteure. Die Nacht glimmerte klar wie vor Stunden, als Valerie zu ihm gerannt kam. Die Insekten gaben ihre monotonen Laute ab, untermalt vom zarten Wind.

»Miss, gute Nacht.«

»Gute Nacht, Mister Anthony. Ich werde nur dort schlafen. Machen Sie sich also keine Sorgen um Ihre Sachen. Falls Sie noch etwas holen möchten, wäre jetzt die letzte Gelegenheit.«

»Sie könnten ja versuchen, meinen Roman zu lesen.«

»In Ihrer Sprache?«

»Wohl kaum. Die englische Übersetzung existiert zur Hälfte schon.«

»Ist der Waisenjunge mit der Katze schon dabei?«

»Diese Stelle habe ich noch nicht übersetzen können.«

»Das ist schade.«

Leise mussten sie beide lachen. Die Augen von Arnels jüngster Schwester zwischen den Bambusstäben beobachteten die Szene mit Anspannung. Conchita begann vor Eifersucht zu kochen. Sie musste sich aber abrupt von ihrer Beobachtungsstellung entfernen, als sie sah, dass Roel sich dem Rest-Room näherte. Leise schlich sie sich davon.

»Ich kann Ihre Sprache nicht. Nochmal. Gute Nacht.«

»Ich kann aber Ihre. Gute Nacht, Miss Tolentino.«

Zuneigung und Enttäuschung

Anthony wachte meistens früh auf. Eigentlich automatisch im Einklang mit dem philippinischen Sonnenaufgang. Er hielt es einfach so wie die Einheimischen. Die Arbeit begann hier immer extrem früh. Schon morgens um sechs Uhr waren die meisten Fische vom nächtlichen Fang verkauft. Die Busse und Jeeps waren bereits voll von Menschen, die in die größeren Städte fahren wollten. Anthony saß auf der gleichen Bank wie letzte Nacht mit seinem Schwager, der Granulatkaffee war wie immer das erste Getränk um diese Zeit. Sie hatten ausgiebig gefeiert, mit gegrillten Fleischspießen, Hähnchenflügeln a la ›Adobo‹ und salzigen Tuyo-Fischen.

Nachdem der überfüllte Bus nach Iloilo gerade vorbeigefahren war, betrachtete Anthony die einsame Szene auf der sonst noch leeren Hauptstraße. Zwei Kinder liefen vorbei, die lachend mit einem alten Motorradreifen und einem Bambusstab spielten.
Urplötzlich erschien die schlanke, junge Frau am Rand der Straße gehend Richtung Lawigan. Anthony fühlte den zarten Eindruck einer unruhigen Erregung, die ihn plötzlich auch innehalten ließ, schockiert über sich selbst. Sie war es, in dem orangefarbenem Filipiniana-Kleid. Er dachte eben noch, dass sie in dem Holzhaus ganz oben an der nördlichen Grenze zu Arnels Nachbarn schlafen würde. In seiner Hütte, die er extra für sie räumte, damit sie es ungestört hatte, geborgen und sicher vor ihrer Angst, nach Hause gehen zu müssen. Die Nacht war schrecklich für Anthony bei der Schnarcherei, die Roel von sich gab. Er hätte sich auch nicht getraut anzuklopfen, um zu fragen, ob sie etwas benötigen würde. Nun war sie offensichtlich in aller Frühe aufgestanden und hatte sich leise davongestohlen. Anthony war berührt, spätestens nach der Szene am Strand zuvor. War sein Interesse an ihr rein seelsorgerischer oder normal menschlicher Natur? Anthony hatte viele Frauen hier gesehen und mit einigen von ihnen Smalltalks gehalten. Der Marktplatz oder der kleine Supermarkt, in dem alles liebenswert vorhanden, aber nicht immer super war, waren Orte, wo man ständig Leute traf. Die meisten Frauen mussten arbeitsam sein und anpacken. Zeit für die eigene Beauty gab es kaum, auch war das Leben hier einfach und zu hart. Manche Charaktere waren Anthony auch zu langweilig, überschüchtern und verklemmt. Dieses Mädchen aber erschien herausragend. Ihre offensive und wissbegierige Art faszinierte ihn bereits bei der ersten Begegnung. Eine andere Frau hätte nur streng gelächelt und wäre nach seiner unbeholfenen Kondolenz still weggegangen, aber Valerie Tolentino gab offene Widerworte. »Was meinen Sie denn mit einer Lösung? Reden Sie nicht so neunmalklug.« Das imponierte ihm. Ynez war

im Körperbau etwas kleiner gewesen. Für Anthony die schönste Frau der Erde, aber sie mochte diese Flügelärmelkleider nicht. In jenem Moment verstand Anthony nur nicht, was für eine Bedeutung dieses für den Alltag viel zu edle Kleid, besonders morgens um 6 Uhr hier in diesem Fischerdorf, haben sollte. Valerie trug es andauernd und müsste es doch auch einmal reinigen. War es ein Trauerfetisch für dieses Mädchen? Wollte sie zwanghaft die Realität ihres Verlustes übermalen? Anthony hoffte plötzlich so sehr, dass sie stehenbleiben und nicht weiter ihres Weges ziehen würde. Er erschrak, denn Valerie ging doch weiter, ohne wieder zu Arnels Haus hinaufzusehen. Ein Motorradfahrer hielt plötzlich bei ihr und verwickelte sie in ein Gespräch.

Anthony konnte ja in die Hütte zurückgehen, doch gebannt beobachtete er die Szene. Dieses feine bestickte Kleid! Als Fotograf hatte er natürlich gelernt, Anatomie zu erfassen. Das war eben rein beruflich, der Kunst der Bilder geschuldet. Sein Beruf, den er mit Respekt füllte, wenn er Frauen fotografierte. Sie alle als Motive der Fotografie zu ehren geschah gemäß der Kunst und dem Kodex, dass es für ihn nur Ynez gab, der er körperliche Liebe geben wollte und durfte. Aber jetzt erkannte er Valeries elegant geformte Hüften unter diesem Kleid, modelliert für eben diese Frau. Er durfte sich einfach nicht wagen, sie mit falschen Hintergedanken anzusehen. Der Kopf sagte es, aber was tat sein Herz? Dazu brannten Fragen in Anthonys Gedanken, er, der immer in seinem Kopf rotierende Fantasien wälzte, oft ernst, weil er hier gelernt hatte, zu planen und vorzudenken. Es benötigte seiner Ansicht nach einer solcher Art von Wesenszug, um nicht zu scheitern, die Emotionen manifestierten sich in seinen Büchern. Das trennte er stets, besonders in seiner Ehe. Nun rotierten Emotionen, Verliebtheit und von manchem schon wahrgenommene Reaktionen von ihm, die bei seinen engsten Gefährten Schlussfolgerungen ebenso ehrlicher Art auslösten. Filipinos hatten ein feines Gespür für Gefühle. Durfte er dieses

Mädchen aus Lawigan überhaupt lieben und begehren? Und wenn ja, jetzt schon? Es fror in ihm, seine Zuneigung überfiel diese trauernde junge Frau doch. Anthony dachte, es wäre brutal, aber er konnte nicht aufhören, an sie zu denken. Er schaffte es, die Gedanken auf andere Dinge zu lenken, als er Conchitas plötzliches »Hallo Kuya« vernahm.

»Möchtest du auch Kaffee, Kuya?«

Er nahm ihn in jenem Moment gerne. Sie hatte die dampfende Tasse ja bereits in der Hand. Sofort erkannte auch sie die Gestalt in dem orangefarbenen Kleid unten an der Straße.

»Sie spazierte einfach vorbei, bis der Motorradfahrer bei ihr anhielt. Abgehauen ist sie, ganz leise. Schade, dass sie uns nicht ›Auf Wiedersehen‹ gesagt hat.«

Conchita nickte nur stoisch und schien sich zu wundern, besonders über seine Worte. Sein Interesse an diesem Mädchen berührte sie hart.

»Sie trägt dauernd dieses interessante Kleid. Das trägt man doch auf Festen oder so ähnlich. Ich verstehe das nicht.«

Conchita war keinesfalls berührt, sondern schaute ihm nur still in die Augen.

»Kümmert dich das etwas? Was hast du denn mit der Familie dort zu schaffen? Sie kann doch anziehen, was sie möchte.«

»Sie tut mir leid.«

»Ist das so?«

»Natürlich. Du weißt doch, wie ich mich fühle. Genau wie Miss Tolentino. Und du, kleine Conchita? Deine liebe Schwester lebt nicht mehr. Ich muss dann wieder jemanden sehen, dem es auch so ergehen muss. Das berührt mich zutiefst.«

»Das regelt ihre Familie, Kuya. Du gehörst zu unserer Familie.«

»Sie verdient auch von uns Anteilnahme.«

»Du meinst, von dir.«

Anthony musste in ihr Gesicht blicken. Dieser Unterton hatte so etwas Belehrendes, Einfangendes. Langsam manifestierte sich sein Verständnis für ihre andauernden Anspielungen, Gesten und ungemein deutlichen Interessensbekundungen ihm gegenüber. Er blieb rücksichtsvoll, wollte das Mädchen mit seiner Direktheit nicht brüskieren oder verletzen. Er wollte sie wissen lassen, dass Menschen gleicher Erfahrungen zusammenhalten sollten, im Geist einer Gesellschaft, der Achtung voreinander und Gemeinschaftsgefühl so wichtig waren.

»Natürlich, Kuya. Sie tut dir also leid.«

Eine gewinnendere Reaktion kam nicht aus ihr heraus. Anthony war nervös. Recht hatte Conchita schon ein wenig. Unter allen Menschen hier, die Anthony stets mit Respekt behandelte, allein schon wegen seinem Status als Ausländer, wäre Valerie eine junge Frau gewesen, der er sich nur sehr dezent und verhalten hätte nähern dürfen. Ihr Alter war nicht das Problem, sie mochte zehn oder etwas mehr Jahre jünger sein als er. Aber die Grenzen im Kodex, der das Ansprechen der Familienmitglieder wie den Vater oder älteren Bruder miteinschloss, mussten gehalten werden. Ein größerer ›Skandalo‹ konnte hier viele menschliche Bindungen zerstören. Conchitas Worte wirkten plötzlich so schneidend auf ihn.

»Du kannst dich nicht mit ihr abgeben.«

»Abgeben?«

»Du weißt genau, was ich sagen will. Du bringst sie einfach in unser Haus. Denk bitte nicht, ich wäre ein kleines, unwissendes Mädchen. Ihr beide habt schon länger miteinander zu tun.«

»Conchita?... Ich verstehe nicht...«

»Ich kann genauso direkt wie meine Schwester sein. Kuya!«

»Was meinst du eigentlich?«

»Du hast Gefühle für Miss Tolentino.«

»Conchita, bitte keinen Joke!«

»Du hast Interesse an ihr. Weich mir nicht aus.«

Zu offenbaren, dass er schon zwei intensive, gefühlvolle Gespräche mit Valerie geführt hatte und sein Herz sich dabei in wohltuender Weise warm anfühlte, wollte er nicht so direkt und offen äußern. Er verstand Conchitas Empfindungen in ihrer klugen Klarheit und schämte sich sogar ein wenig. Er zog das liebevolle Schweigen nun vor, statt zu argumentieren und sich mehr Blöße zu geben. Diskutieren und umständlich erklären konnte sich in die Länge ziehen. Bei Angelegenheiten, in denen Gefühle eine Rolle spielten, hielt er es oft wie die Menschen hier, die lieber schweigsam litten, sich bei Liebesfilmen im Fernsehen trösteten und ihr Alltagsleben weiter geschehen ließen. Das geschah nach außen und half stets, Peinliches zu verbergen. Als er verheiratet war, kam ohnehin kaum eine derartige Situation vor. Es war ja alles im ordentlichen Fluss, gemeinsam in der Familie, mit der Arbeit und den gehegten Wünschen und Plänen für die Zukunft. Jetzt war es anders, hart und unverhüllt. Conchita bohrte unerbittlich weiter.

»Kuya! Fühlst du Zuneigung zu dieser Frau?«

»Du stellst ziemlich offensive Fragen, Conchita.«

Ihre Lippen pressten sich zusammen und er sah, dass sie mit Tränen zu kämpfen schien. Jetzt wurde ihm vieles klar.

»Das gehört sich nicht.«

Aufgelöst wandte Conchita sich ab und rannte wortlos ins Haus. Ein leichtes Entsetzen ergriff ihn. Das bereits solche tiefen Emotionen zum Ausbruch kommen mochten, hätte er nicht für möglich gehalten oder wollte es auch nicht. Die Arbeit am Schiff und diese ganzen Ablenkungen sollten seine Verarbeitung des ganzen persönlichen Grauens ersticken, so dass er frei von jeglichen Gefühlen anderen gegenüber sein würde, weil das im Moment einfacher war. Jetzt aber kam die Realität zurück, in der er sich den Empfindungen anderer und seiner eigenen stellen musste. Es war eine unabdingbare Wahrheit geworden. Er fand Valerie Tolentino zweifellos umwerfend. Die Wahrheit blieb immer die Wahrheit. Gründe für diese Zuneigung zu ihr konnte er nicht logisch erklären, anders wie die Konstruktion einer

Bangka, an der man alles mathematisch berechnen konnte. Es steckte sogar Liebe in jener Konstruktion, aber nun zu einem Menschen? Er verstand es im Kopf noch nicht wirklich, aber er fand dieses kämpferische Filipina-Mädchen bezaubernd.
Anthony fühlte sich auf einmal so bewogen, sie einzufangen, zu speichern für einen wiederholten Anblick. Rasch sprang er auf und öffnete sein eigenes Cottage. Zwar hatte sie in seiner Hütte übernachtet, jedoch nichts angerührt oder gar durchstöbert, was ihm gehörte. Eilig griff er zur Umhängetasche, die sein Werkzeug für seinen Broterwerb behütete, seine hochwertige Spiegelreflexkamera. Sehr flink musste er sein, als er das lange Ultra-Teleobjektiv auf den Bajonettverschluss auflegte und mit dem typischen Klick fixierte. Valerie stand immer noch neben dem Motorradfahrer und schien eine lebendige Unterhaltung zu führen. Der Mann auf der Maschine war älter und sicher ein guter Bekannter ihrer Eltern. Fasziniert schaute Anthony durch den Sucher und holte dieses ihn mitreißende Gesicht durch das Zoom immer näher. Diese Kamera war Edelqualität und sein ganzer wertvoller Schatz. Ohne sie hätte er auf dem Markt Gemüse verkaufen oder Fensterscheiben putzen müssen, aber nur theoretisch, denn einem Foreigner konnte hier niemand Arbeit geben. Immer wieder drückte er auf den Auslöser-Knopf, wie in einem ekstatischen Rausch. Valeries Bewegungen in ihrem scheinbar freundlichen Gespräch wurden nun auf die Speicherkarte festgebannt. Diese Augen wirkten faszinierend auf ihn, sie strahlten einfach das aus, was diese junge Frau dachte und fühlte. Es war ihm schon bei dem ersten Mal aufgefallen, als sie auf ihn zukam, nah an den Rumpf seines Schiffes und in der Dunkelheit im Schein der Leuchte in sein Gesicht blickte. Schon in jenem Moment fühlte er, welche Ausstrahlung Valerie auf andere haben musste. Er wunderte sich, dass sie den amourösen Annäherungen der Männer gelassen und scheinbar uninteressiert gegenüberstand. Zweifellos

hatten einige der jungen Kerle echtes Interesse an ihr, was bei dieser Schönheit doch leicht zu erklären gewesen wäre. Wenn sie so fest war und den Richtigen finden wollte, konnte das nur ehrenhafte Gründe haben. Sie wollte ihren Körper nicht einfach weggeben, sie wollte eine feste Zukunft haben und sie wollte eines ganz besonders: Den Mann mit dem Charakter, der sie bändigen, faszinieren und sie in ihrem Willen, Neues zu entdecken, befriedigen würde. Ob sie religiös war? Es erschien logisch. Anthonys Gedanken rannten umher und er fotografierte weiter. Die Portraits entstanden in mannigfaltiger Weise, dann stellte er das Weitwinkel etwas mehr ein. Nun zeigten die Bilder ihre ganze Ausprägung in diesem atemberaubenden Kleid mit feinen Stickereien. Es war elegant geschneidert, aber auffällig war die anschmiegende Form des Rockes, so dass ein Verehrer ganz sicher in einer unschuldigen Art feststellen konnte, welche Hüften er einmal unter seinen Händen erleben würde. Anthony musste bei dem Gedanken schmunzeln, denn am Strand konnte man seine Zukünftige auch hier beim Baden beobachten und obwohl Bikinis hier nur wenig getragen wurden, gab es bereits genug, was ein junger, verliebter Kerl erhaschen konnte. Es war skandalös, was Anthony hier in dieser Kultur gerade tat. Ohne zu fragen ein Mädchen heimlich auf eine Speicherkarte zu bannen, aber es drängte ihn bereits brachial. Er wollte sie doch nicht verletzen oder entehren, aber es brannte unheimlich in ihm. Er konnte seine Gedanken nicht mehr von ihr lassen, auch wenn es ihm immer noch abstrus vorkam, dass sie einmal eine Liebesbeziehung haben könnten.

Plötzlich hörte er das Geräusch einer aufgehenden Tür, das von einem der Bambushäuser zu ihm hinüberschallte. Eilig ließ er den Fotoapparat sinken. Selbst Familienangehörige sollten ihn beim Ablichten anderer Menschen nicht in flagranti erwischen, dabei könnte er ja sagen, dass er nur den Strand fotografiert hatte. Währenddessen ging die quietschende Tür von Roels kleiner Bleibe ganz auf. Er hatte einen tüchtigen Kater, nicht das erste Mal. Er übertrieb es zu oft. Alkoholexzesse mochte Anthony nicht, es verdarb den Genuss und das Selbstwertgefühl eines Menschen, wie er fand. Grenzen machten glücklich, wenn der Genuss dabei besser zelebriert werden konnte. Eine gute halbe Stunde schwimmen konnte den Körper so herrlich erfrischen, aber stundenlanges Baden ermüdete ihn. Die Leckereien hier am Strand, gegrillt oder gekocht, verwöhnten ihn, bis sich der volle Bauch regte. Dann war er zufrieden, und rührte kein Essen an jenen Tagen mehr an. Und beim Rumgenuss war nach einer kurzen Zeit einfach Ende. Roel hatte ein Trauma, schaffte das nicht. Sein Freund machte sich Mühe es ihm nahezubringen, aber erntete oft nur Schweigen oder ein leises »Ja, Kuya«.

»Guten Morgen, Langschläfer.«

»Anthony, mir geht's heute echt schlecht.«

»Klar. Du schnarchst wie ein Wal. Furchtbar.«

»Entschuldige.«

»Akzeptiert.«

»Aber war doch lustig gestern Abend. Jerome hatte einen Typen aus San José angeschleppt, den Marie Claire noch aus ihrer Schulzeit kannte. Sein Vater hat einen Sari-Sari Store im Ort. Du kannst dir ja denken, was die beiden mitgebracht hatten.«

»Imperador Brandy. Fünf Flaschen. Ihr seid doch durchgeknallt.«

Anthony versuchte gar nicht erst, den Kopf zu schütteln oder Roel strafend zu maßregeln. Prustend streckte Roel seinen Kopf in die Wassertonne vor dem Haus und erfrischte sich ausgiebig mit dem kalten Nass. Nachdem er sich ein neues Shirt übergestreift hatte, nahm er neben seinem Freund Platz und fragte nach Kaloy. Sie bekamen in ihrer Konversation nicht mit, dass Valerie und der Motorradfahrer bereits verschwunden waren.

»Kaloy ist unten im Wasser mit anderen Jungs aus dem Ort. Lass ihn. Kind sein ist doch etwas Schönes.«

Dem wollte Roel nur zustimmen und bei seinem Kaffee kamen die Lebensgeister wieder langsam zurück.
»Können wir heute etwas später anfangen?«
»Natürlich.«
Roel begann über die Segelrahen zu philosophieren, die noch an die beiden Masten gelegt werden sollten, doch Anthony musste seinen Enthusiasmus bremsen, weil die bestellten Takelage Seile aus Anini-Y noch nicht eingetroffen waren. Es gab am Schiff noch anderes zu tun. Man einigte sich darauf, Delgado bei dem Umsteuergetriebe an den beiden Antriebswellen zu helfen und eine abnehmbare Holzverkleidung für diese Wellentunnel zu bauen. Die Übereinkunft geschah rasch. Unkompliziert halfen sich die Freunde gegenseitig in all den Monaten, die Anthony bereits hier wohnte.
»Kuya?«
»Was ist?«
»Das Mädchen gestern Abend. Sie ist die Kleine, deren Verlobter da draußen umgekommen ist, nicht wahr?«
»Er war es, den du mit Sid aus dem Wasser gezogen hast.«
»Ich reiße mich nicht nochmal um so was.«
»Das kann ich dir nicht verdenken.«
Roel blickte in seine Tasse und dann nachdenklich zu ihm hinüber.
»Du bringst sie einfach zu uns? Wie heißt sie noch mal?«
»Valerie.«
»Hübscher Schmetterling. Ich habe bisher kaum so herrliche Augen gesehen wie bei diesem Girl, echt bombastisch.«
»Stimmt, ›Kaibigan‹ (Freund). Auch ich war geflasht, als ich sie zum ersten Mal sah.«
»Na Kuya? Läuft da was?«
»Sie hatte einen furchtbaren Streit daheim und wollte nicht nach Hause gehen.«
»Woher weißt du das alles?«

»Das Mädchen kam völlig aufgelöst am Strand entlang gerannt und stand plötzlich vor mir.«

Roel grinste nur.

»Sag mal. Wie oft habt ihr euch da draußen schon getroffen? Raus mit der Sprache.«

»Fängst du auch damit an? Was wollt ihr alle von mir? Der arme einsame Witwer, der sich so schnell wieder in eine Strandschönheit verknallt. Was soll das?«

Ein solch beschreibendes Wort urplötzlich auszuplaudern verriet zu viel über Anthonys Herzenszustand, zumal Roel eine Vertrauensperson war. Peinlich oder eher nur wahr? Strandschönheit und Schmetterling. Anthony legte einen lächelnden Blick auf und begann entzückt zu resümieren.

»Zugegeben, sie ist bildhübsch. Als Fotograf würde ich gerne eine Serie nur von diesen Augen machen. Gott hat ihr wunderbare, schöne Augen gegeben, würdet ihr hier sagen.«

»Mach mir nichts vor. Du magst sie. Aber ich meine, die ist zu jung für dich. Hat das Girl überhaupt schon Reife, die man als Frau haben sollte, um so einen abgefahrenen Typen wie dich zu befriedigen? So ein Poet wie du braucht doch etwas geistig Tiefes, Tolerantes mit Belesenheit und Geduld.«

Wortlos stand Anthony auf, blickte streng in das Gesicht seines Aufdeckers von schon verheimlichten, kleinen, intimen Wahrheiten und murmelte nur, dass er schwimmen gehen wollte. Nach dem Überqueren der Hauptstraße fragte er wie immer die freundliche alte Dame, der das Strandgrundstück gehörte, ob er über ihren Weg zum Wasser laufen durfte. Dies hatte sie ihm nie verwehrt, so wie jetzt wieder. Es war alles so schön, natürlich leicht und ungezwungen im Umgang miteinander. Im Wasser paddelnd kam Kaloy auf ihn zu und schlang seine Arme um ihn.

»Tito Anthony! Lass uns Korallen anschauen. Komm!«

Gerne ergab er sich dieser Einladung und abwechselnd die Brille und den Schnorchel benutzend, erfreuten sich die beiden an der

Unterwasserwelt, die von bunten Fischen und tropischen Gewächsen durchzogen wie ein riesiges farbiges Gemälde vor ihnen ausgebreitet lag. Es machte Anthony glücklich, dies zu sehen. Um ihn herum diese erfrischende Kühle und unter ihm die wunderbare Unterwasserschöpfung, welche Gott so herrlich erschuf. Kaloy fand die Schorchelbrille umständlich und überließ sie seinem Freund aus Germany. Dafür tauchte er immer wieder einige Meter tief, um bunte Steine an die Oberfläche zu holen. Prustend kam er hoch und lachte übers ganze Gesicht.
»Tito Anthony! Gehen wir heute Mittag zum Schiff?«
»Bist wohl ungeduldig, weil es nicht fertig ist.«
»Ich helfe dir immer, Tito.«
»Das weiß ich, mein Freund.«
Dicke Schwüre, immer Freunde bleiben zu wollen, wechselten sich mit weiteren Unterwasserforschungen bei den Korallenriffen ab, bis die Finger Anthonys schon ganz verschrumpelt aussahen.

Die darauffolgenden Tage wechselten ihr Wetterkleid auffallend oft. Gelangweilt blickte Anthony aus dem Fenster seiner Hütte, in der das Licht bereits an jenem Nachmittag eingeschaltet werden musste. Die gemischte Wolkenfarbe ging ins Dunkelgraue. Der Regen war laut trommelnd auf den Blechdächern des Haupthauses zu hören. Arbeiten an der ›Kaibigan‹ auszuführen erwies sich bei diesem Schmuddelwetter als Illusion. Roel schlief in der Hütte nebenan und die anderen genossen in der Küche ihr Kartenspiel. Anthony mochte manchmal derartige Tage. Oft zog er sich zurück, um zu schreiben, während die Regengüsse draußen ihr Spiel zelebrierten. Eine blitzartige Fiktion schoss ihm in den Kopf. Valerie selbst war es, die ihn indirekt zum Weitermachen an seinem Buchprojekt ermunterte. Nun kam so eine Detailidee wieder, wie eine angeknipste Lampe. Ynez's Ableben diktierte ihm eine Blockade, welche dieses Fischermädchen zu durchbrechen vermochte. Anthony klappte den Laptop auf, suchte die Datei des halbfertigen Projekts. ›Showdown mit der Vergangenheit‹ war die in fett geschriebene Überschrift. Lange betrachtete er sich die Zeile, scrollte dann ans Ende des Textes, den er seit vier Monaten nicht mehr anrühren konnte. Dieser Teil war einer der emotionsgeladenen Passagen. Die junge Filipina, die ihren Verehrer nicht ganz einzuschätzen wusste und einen guten Freund um Rat bat. Dieser war ein Deutscher. Komisch war es schon. Anthony schrieb aus seinen Perspektiven, exotisch und gelegentlich dramatisch wild. Die junge ›Vian‹ und der einfache Handwerker ›Daniel‹. Anthony musste die Stirn runzeln. Diese Vian aus dem Buch wurde als intelligente, komplexe Schönheit beschrieben, ihr Gegenpart als ehrlicher Kerl mit echten Ambitionen, jedoch konservativ und zu zurückhaltend. Was entwickelte sich hier in San Joaquin gerade? War es wesensgleich oder verdreht? Valerie Tolentino war eine Schönheit, trug ihre Haare kürzer als das Pendant im Buch. Sie war komplex, manchmal weinerlich zart. Das Gegenstück weinte auch, wenn sie zornig war oder wegen Ungerechtigkeiten litt. Und nicht alles musste identisch sein. Anthony war nicht der Mann aus dem Roman, wie der Freund, der diesem Mädchen Vian Hilfe schenkte. Natürlich! Er war zwar selbst Deutscher, doch viele gemeinsame Merkmale hatten er und der Protagonist nicht. Doch diese Liebe zum Inselreich besaßen sie in gleicher Weise. Valerie hatte bereits diese geistige Verbindung zu ihm, auch wenn sie sicher zu Hause bei ihrer Familie den Regen im Haus abwartete. Seine Finger glitten zur Tastatur. Ihm gelang ein fortführender Satz, dann zwei. Schon bald raste es in Anthonys Kopf zusammen mit den Fingern, die seine Gedanken förmlich in diese Datei brannten. Die Roman-Geschichte musste weitergehen. Wie seine? Er wollte es tun. Ja, er musste Valerie unbedingt wiedersehen. Die Arbeit an dem gewollten Happy End schritt voran, auf dieser Tastatur. Die Protagonisten gingen den

Weg, in den er bereits abgebogen war. Ein träumerischer und zarter Gedanke war es durchaus. Nur Valerie saß nicht tatenlos zu Hause, was er nicht ahnte. Sie packte in jenen Augenblicken ihre Habseligkeiten eines Entschlusses wegen, welcher mehrere Probleme gleichzeitig lösen sollte. Sie bekam den Tipp für einen Job in Iloilo zugesteckt und zögerte nicht. Eine Flucht vor der Tragödie. Der Tragödie mit Tomas, ihrem Liebsten, mit ihrer Familie und der Tatsache, dass sie im Ort, aus dem Tomas stammte, sicher nun als ungehobelt und undankbar dastehen würde. Warum hatte ihr Vater sie nicht aus Manila zurückkommen lassen? War Onkel Timothy gar in diese Sache eingeweiht gewesen? Die tiefe Scham ließ die Familienmitglieder schweigen, um ihr weitere Schmerzen zu ersparen. Was für ein Trugschluss in ganzer Brutalität. Sie überlegte hin und her, doch nach Lemery zu fahren und Tomas' Eltern alles zu erklären. Unweigerlich wären ihr Bruder und ihr Vater damit in einen schweren Gesichtsverlust geraten. Nun machte sie den eigenen Fehler als Beiwerk. Iloilo als Ort des Versteckens. Ihr Verlobter Tomas war unter der Erde, in ihrem Herzen verwahrt, wogegen Gefühle freudigen Interesses für den Mann aus Deutschland mitschwangen, die anfingen, dagegen zu kämpfen. Auch deshalb wollte sie weg, nur weg.

☼ Flucht ☼

Die Fischerdorfidylle, die sie immer gewohnt war, verlor sich in dieser Stadt vollends. Studenten in ihren meist weißen Uniformen mischten sich unter die jungen Mädchen in der Ecke für Romanliteratur. Zwei ältere Frauen standen vor dem Regal mit religiöser Literatur und suchten nach einer Bibel für die Familie. Teils temperamentvoll kommentierten sie einen Vers in einer Übersetzung, der ihrer Meinung nach nicht dem bekannten Muster folgen würde. Der Buchladen war recht belebt, denn das neue Semester hatte begonnen. Die Schüler und Studenten benötigten ihre Schreibgeräte, Zeichenblöcke und Fachbücher. Geraldine Valdez war schon geraume Zeit hier angestellt, schien fast die ganze philippinische Hochliteratur zu kennen. Bei den Studenten war es einfacher, wenn sie einen Berechtigungsschein ihrer Hochschule vorlegten. Es war Valeries vierter Arbeitstag. Nach außen lächelnd, im Inneren total konfus, brachte sie es schon fertig, die Kasse zu bedienen. Die Anfrage einer Lehrerin zog sie dank ungenügender Kenntnisse mit umschweifenden Erklärungen in die Länge, bis Geraldine endlich zu ihr kommen konnte.

»Was darf es sein, Madame?«

»Band 3 der Trilogie Rizals mit den englischen Anmerkungen im Glossar.«

Geraldine meisterte diese Aufforderung ohne Zögern und nahm Valerie mit an das richtige Regal. Immerhin gönnte sie ihr ein Lob für die freundliche Hinhaltetaktik, kannte sie doch diese Kundin genau.

»Hier. Politische Geschichte. Die Nationalhelden. Du darfst dich nicht dumm stellen. Die merkt gleich, dass du keinen Schimmer hast.«

»Wer ist das?«

»Professorin Sanchez von der CPU. Pass auf, sie fragt sicher gleich nach dem 5. Band der Verfassung von ›Philcenter Library‹. Wette ich drauf.«

»Woher weißt du das?«

»Sie hat den 4. Band letzte Woche gekauft. Dort steht es. Dann machst du ein bisschen die Show.«

Augenzwinkern zwischen zwei Kolleginnen, die sich schon sehr mochten. Geraldine wusste, wie hart der Job im Buch-Shop sein konnte, besonders wenn die Studenten ungeduldig vor der Theke in der Schlange warteten. Für Valerie war das Kassieren leicht, doch bei speziellen Fragen für bestimmte Literatur musste sie beschämt passen. Die Bücherregale waren vollgestellt mit allem Möglichen. Sie hatte sich für Runde EINS die Romanabteilung vorgenommen. Unbewusst oder doch mit Vorsatz? Gestern erst hatte sie das Cover eines Buches gesehen, auf dem ein Segelboot und ein Liebespaar zu sehen war. ›Cruising sa langit‹ (Dahingleiten zum Himmel). Die jungen Kundinnen standen auf Romance, die Kerle mehr auf Action und Krimis. Valerie lieh sich den Schmöker einfach aus, ein Vorrecht als Angestellte dieses bekannten Fachgeschäftes der Stadt. Die Tatsachen in Form von Frau Professor Sanchez aber hatten sie eingeholt und Geraldine die Wette gewonnen.

»Was studierst du eigentlich, Kindchen?«

»Mam po, ich möchte nächstes Semester auf der technischen Universität beginnen. Schiffsbau.«

»Bitte? Ich höre wohl nicht recht? Du zartes Ding? Ich wette, Medienwissenschaft und Journalismus könnte zu dir passen.«

»Hier, Ihr gewünschtes Buch, Mam. 780 Pesos bitte.«

»Du bist neu hier, stimmt's? Du machst das schon. Was sind deine Eltern von Beruf?«

»Wir sind Fischer, Mam. Aus Antique.«

»Fischer? Einfache Familie also. Hart, das Semestergeld für dich zu verdienen. Hast du es schon gespart?«

Valerie fand diese Frau zwar intelligent, aber auch ziemlich forsch. Diese Worte gefielen ihr nicht, sie kamen ihr herabwürdigend vor.

»Sie essen doch auch gerne gegrillten Fisch, oder?«

»Gut gekontert, Kleine. Wie heißt du?«

Hinter der gesprächsbereiten Professorin standen die vielen Studenten in der Schlange, doch kein Wort der Ungeduld kam aus ihren Mündern. Respekt vor einer Kapazität der CPU erschien sicherer, als plötzlich nach einer ungeduldigen Aufforderung, schneller zu machen, in ihrer Vorlesung die Quittung zu bekommen.

»Mein Name ist Valerie Tolentino und ich bin stolz, meine Eltern und meinen Bruder zu haben.«

»Hast du einen Boyfriend?«

»N...ein.«

»Hmmh. Bist doch so hübsch. Oder magst du nicht?«

»Mam..., ich verkaufe hier nur und rede nicht über mein Privatleben.«

Valerie und Geraldine waren froh, als diese Stammkundin nun endlich das Weite suchte. Aber sie kam immer hierher und orderte regelmäßig spezielle Bücher und Bildbände. Geld hatte sie genügend und einen Bankdirektor als Mann. Valerie kassierte eisern weiter und wollte sich über jene Fragen von eben keine Gedanken mehr machen, aber es ging einfach nicht. Anthony? Tomas? Die schreckliche Tatsache, dass er im Tod entschlafen war? Schiffsbau? Diese Idee kam ihr mittlerweile absurd vor. Der Buchladen und seine Menschen, der Lesestoff und die Träume darin waren zurzeit ihre Zuflucht. Aber vor was oder wem?

Immer neue Kunden standen vor ihr. Ein älterer Mann musterte sie schon geraume Zeit, bis er nun an die Reihe kam und einen Abholschein vor ihre Nase hielt. Er trug einen Naturfaserhut und ein buntes Halstuch. Valerie bat um etwas Geduld, ging nach hinten in den Lagerraum und fand unter der Nummer auf dem Zettel die bestellten Sachen. Es waren Pinsel, zehn Tuben Acrylfarbe und zwei Bücher. Sie blickte auf den Einband und erschrak. Unbekleidete Menschen in zeichnerischer Ausführung. Hastig blätterte sie einige der Seiten um. Nackte Frauen und Männer saßen auf Betten und Stühlen, lagen im Gras oder umarmten sich, dann zeigten mathematische Tabellen Größenverhältnisse menschlicher Körper. Valerie brauchte einige lange Sekunden, um sich zu beruhigen. Schnell klappte sie das Buch zu. Der andere Bildband zeigte Landschaftsmalerei asiatischer Meister der Moderne. Still kam sie mit den Büchern in der Hand aus dem Nebenraum und kassierte in betont freundlicher Weise. Der

Mann ließ seine Augen nicht von ihr und fragte leise, ob sie schon lange hier arbeiten würde.

»Erst seit vier Tagen, Manong po.«

Wie entrückt hob der Kunde seine Hand. Sie war zart und fein gegliedert. Handwerker war dieser Mann zweifellos nicht, auch kein Taxifahrer oder Hafenarbeiter. Er wirkte gebildet mit einem strahlenden Ausdruck seiner Augen. Valerie spürte seine Fingerspitzen, die über ihre Wange streichelten. Mitten in der Öffentlichkeit schockierte sie das. Sofort hatte er seine Hand wieder heruntergenommen und begonnen, sie anzulächeln.

»Du bist eine Naturschönheit, Mädchen. Woher kommst du?«

»Antique, Sir. San Joaquin.«

»Oh! Ich kenne Manong Manu sehr gut.«

»Ja..., ich auch.«

»Ein Gemälde mit dir darauf wäre ein Meisterstück. Gesegnet bist du. Deine Augen sind ein absolutes Kunstwerk. Ich werde wiederkommen. Wir sollten uns einmal näher unterhalten. Danke sehr für die Sachen.«

Ohne weitere Worte ging der Mann langsam aus dem Laden. Valerie musste sich erst einmal fassen und fing danach an, die Studenten zu bedienen, bis sich endlich eine längere Pause ergab, weil keine neuen Kunden hereinkamen.

»Geraldine! Wer war dieser Mann mit dem Hut? Hast du das Buch gesehen, was er bestellt hat? Voll nackter Menschen.«

»Valerie! Das war Manong Juan. Der bekannte Kunstmaler. Hat er dich etwa gefragt, ob du Modell bei ihm sitzen könntest? Wahnsinn!«

»Er hat mich angefasst. Dann sagte er, wir sollten uns mal darüber unterhalten...«

»Unglaublich. Nicht jede darf bei ihm auf dem Stuhl sitzen, um ein Gemälde zu schmücken. Schade... Mich hat er nie gefragt. Dabei bin ich doch gar nicht so füllig... Na ja...«

»Geraldine! Malt er Frauen etwa nackt?«

»Was ist denn schon dabei?«

»Niemals! Das mache ich nicht.«

»Du kannst ihm ja sagen, nur angezogen. Wow!!«

»Ach Geraldine! Hör auf damit.«

Valerie missfiel das Getue ihrer Kollegin. Sie kannte diesen Maler natürlich nicht. Vorurteile und Vermutungen wollte sie nicht vorschnell erwägen, aber die Vorstellung, zuerst nackt von so einem Mann angestarrt und nach der Fertigstellung des Bildes aufgefordert zu werden, mit ihm eine Bettgeschichte zu erleben, schockierte sie.

»Es sind doch nicht alle Maler so, wie du denkst, Valerie! Du findest immer gleich Schlimmes und bist echt überempfindlich. Er ist Künstler und verheiratet.«

»Ich weiß nicht. Entschuldige.«

Sie sehnte sich den Feierabend herbei. Er kam nach zähen Stunden um 10 Uhr abends, als alle Läden in der Mall schlossen. Sie hatte eine Bleibe bei Jessy gefunden, die in einem anderen Laden im Stadtteil Molo arbeitete. Müde warf sie ihre Tasche auf das schmale Bett in der Zimmerecke. Es waren ganze fünf Quadratmeter, die sie für sich zur Verfügung hatte, abgetrennt mit einem Vorhang. Jessy war hilfsbereit und teilte mit ihr jeden anderen Ort in dem kleinen Appartement, wie die Küche und das winzige Wohnzimmer.

»Hey, Jessy.«

»Na, ›Val‹? Wie war es?«

»Bücher kennen zu müssen ist echt hart. Es gibt ja Tausende.«

»Lass dir Zeit. Du lernst das schon. Ich habe Burger mitgebracht.«

»Super! Bei mir Zuhause gibt es die nicht.«

Leise verspeisten die beiden Frauen das Fastfood-Essen. Wie immer unterhielt man sich danach. Die Tageserlebnisse, die Sorgen, die Hoffnungen und Jessys zerbrochene Liebe mit einem Kollegen. In den Büchern ging es meist mit Hindernissen am

Ende prima aus. Das wahre Leben war nicht so. Glatt keinesfalls und Romance nicht immer mit den ersehnten Happy Ends. Es passte nicht bei Jessy und dem jungen Brian. Die Vorstellungen vom Familienleben differierten, sie war lebenslustig und wild, er konservativ und zu bequem, sich noch immer an der Mutter orientierend. Die Entscheidung tat weh. Die Gespräche ermunterten die Seele. Jessy fühlte, wie sehr Valerie noch trauerte. Man sollte es aussprechen, nicht verschweigen. Jessy meinte, dass sie dadurch schneller durch diese Zeit hindurchkommen könnte, auch wenn sie es nicht beweisen konnte. Auch die Tränchen fielen, so ehrlich und normal. Niemand würde das belustigend finden. Valerie ahnte sogar hier in der Stadt, dass ein Mann aus Deutschland genau das so wohltuend fand und deshalb auf den Philippinen bleiben wollte. Sie dachte, ihn hier leicht vergessen zu können, wie eine flüchtige Bekanntschaft eben. Doch es gelang nicht. Valerie dachte tief, was die Liebe betraf und hatte ihre Prinzipien. Heutzutage muteten diese für viele komisch an. Jungfräulichkeit bewahren, den absolut Richtigen finden. Das war vor einer Generation noch recht gewöhnlich auf dem Inselreich. Doch Valerie fand die Illustration mit dem Fisch, der tot mit dem Strom schwimmt, erheiternd und wichtig zugleich. Sie wollte anders sein, ehrlich und ungestüm, wenn sie den Mann gefunden haben würde, der ihr alles, ja alles geben würde, was die zärtliche Liebe Haut an Haut bedeutete. Dafür schwamm sie gegen den Strom. Und das Irreale schien zu sein, dass ein Foreigner, der zweifellos gegen Ströme schwamm, ihr Herz verstand, sie einfangen konnte mit seiner Beharrlichkeit, Zärtlichkeit in Worten und dem Respekt gegenüber ihrem eigenen Volk. Durfte es sein? Für sie?

»Du scheinst den Tod deines Verlobten recht gut wegzustecken, ›Val‹.«

»Es ist nicht einfach, Jessy. Aber es gibt jemanden, der mir so wunderbar half. Vielleicht ist es das.«

»Ich würde jeden Tag zu Gott beten und mich ausweinen. Ich weiß nicht, wie lange ich trauern würde.«

»Das habe ich doch gemacht. Daraufhin traf ich einen Mann, der genau das Gleiche durchmachen musste wie ich.«

»Talaga?« (Wirklich?)

»Er versteht mich.«

»Wer ist es denn?«

Lovestory artige Neugierde war auf dem Gesicht ihrer Freundin zu sehen. Ein junges Mädchen, welches seine Gedankenwelt in den Büchern der Romance-Ecke nährte. Eigentlich stand Jessy gut im Leben, aber die Traumwelt Romantik brauchte sie für die Zeit, in der es ihr gut gehen sollte.

»Sag schon, wer ist es?«

»Sein Name ist Anthony Fettermann. Er ist aus Deutschland. Seine Frau wurde bei einem Verkehrsunfall getötet. Ich fühle wirklich, dass sie glücklich mit ihm gewesen sein musste.«

»Moment! Fettermann? Das Fotostudio? Der Typ?«

»Woher kennst du ihn?«

»Ey! Halb Iloilo sucht ihn. Ist er bei euch in San Joaquin?«

» Ja. Er sucht Vergessen dort. Zusammen mit der Familie seiner Frau und Freunden. Er konstruiert dort eine riesige Bangka.«

»Der örtliche Sender und ein Filmregisseur fragen schon die ganze Zeit. Seine Fotos sind der Hammer.«

Hastig zog sich Jessy ihre Sandalen an und forderte Valerie auf, mitzukommen. Es wäre nicht weit. Ein wenig zögernd beschloss sie, mitzugehen. Die beiden hatten nach einer kurzen Fahrt durch die bunt beleuchtete Stadt mit dem Jeepney die besagte Straße erreicht. Der geschlossene Laden, auf den Anthonys Vermieterin Frau Veloso aufpasste, zeigte Bilder in einem kleinen Schaufenster und einige Reklametexte.

»Sieh mal.«

Vor dem Gebäude mit dem verschlossenen Scherengitter an der Tür schaute sie genauer hin. Ein Poster mit einer Landschaft, die eine Bucht mit kristallblauem Wasser zeigte, fesselte ihren Blick zuerst. Weiter unten konnte sie ein wunderbar in Szene gesetztes Augenpaar einer attraktiven Frau unter einem Sonnenhut erblicken. Die Filipina auf dem Bild strahlte ganze Natürlichkeit und Sinnlichkeit zusammen aus. Ihre erhobene Hand, die an die Krempe des Hutes griff, sah bei allen Details wie den Fingernägeln makellos scharf aus. Auch ein Hochzeitsbild war in diesem Fenster zu sehen. Zart umgriff der Mann die Hüften seiner Braut, die fein lächelnd vor einem Blumenbukett Position genommen hatte. Valerie war von der Qualität der Aufnahmen ergriffen. Dieser Mann beherrschte seinen Beruf zweifelsfrei. Das Schild mit der Aufschrift ›*Wegen Todesfall geschlossen - bitte rufen Sie Tel ... an.*‹ machte sie nun traurig. Rasch wischte sie sich über die tränenerfüllten Augen.

»Er ist gut, wirklich. Das wusste ich nicht.«

»Wann will er zurückkommen?«

»Ich weiß es nicht. Anthony hängt sich wie besessen an diesem Boot fest. Er ist irgendwie ein Kämpfer...«

»Soll ich dem Regisseur sagen, wo er ist?«

»Jessy, nein! Bitte nicht.«

»Sag mal. Du scheinst ihn schon ziemlich gut zu kennen. Das ist doch mehr als eine flüchtige Bekanntschaft, oder?«

»Ich erzähle es dir ein anderes Mal, okay?«

Schon nach drei Tagen machte der Mann mit dem Naturfaserhut und dem bunten Schal sein Versprechen wahr und kam genau fünf vor zwölf in den Buchladen. Valerie fror etwas, als sie ihn auf sich zukommen sah. Seine Augen fokussierten sie wie beim letzten Mal in einer zarten, aber auch festen Weise.

»Guten Tag, Sir. Was darf ich für Sie tun?«

»Guten Tag. Miss. Ich möchte Sie gerne zum Essen einladen.«

»Manong, bitte... Ich kenne Sie kaum und möchte das nicht.«

»Wie heißt du?«

»Valerie, Sir.«
»Schöner Name.«
»Danke...«
Ein einschwebendes Lachen machte die etwas prickelnde Aura rasch gelöster. Artig stellte sich der Maler mit dem bunten Tuch nun vor. Valerie vermied es, ihre Kenntnis seines Namens auszuplaudern, um ihn nicht bloßzustellen.
»Hören Sie, Miss Valerie... Ich bin etwas direkt zu dir. Aber ich will nichts mit dir anfangen und es geht bestimmt nicht um ein intimes Abenteuer. Ich kann mir denken, was du beim Anblick meines bestellten Bildbandes gedacht hast.«
Valerie wurde ein wenig rot und entschuldigte sich umständlich.
»Das... brauchen Sie sicher für Ihre Arbeit als Maler.«
»Richtig. Anatomielehre. Kommst du mit?«
Sie fühlte Geborgenheit bei diesen Worten und stimmte zu, wenn es sich in der Mall im öffentlichen Restaurantbereich abspielen würde. Der ältere Mann schlug das Seafood-Restaurant im zweiten Stock vor. Grinsend schaute Geraldine ihr hinterher. Ob Valerie zu einem Angebot für ein Gemälde ›Ja‹ sagen würde?
»Schmeckt es dir?«
»Danke gut, Manong Juan. Ich komme ja von der Küste.«
»Wie geht es dem alten Mahusay?«
»Er ist fit und arbeitet wieder an einer großen Skulptur.«
»Das freut mich. In seinem gesegneten Alter kann er noch den Meißel schwingen. Grüß ihn bitte, wenn du deine Familie wieder besuchen gehst.«
Valerie nickte nur leise, blickte stumm auf ihr Essen, ein Gericht mit gegrilltem Oktopus, Gemüse und Soyasauce.
»Was hast du, Mädchen? Du bist nicht glücklich.«
»Sehen Sie das?«
Sie versuchte, ihre zitternden Lippen in Schach zu halten.
»Mein Verlobter ist beim Fischen ums Leben gekommen..., ich... Entschuldigen Sie...«

Die ausgestreckte Hand mit dem Taschentuch war die edelmütige Geste dieses Mannes, dem sie immer mehr Vertrauen zu schenken vermochte. Primitiv war er nicht, auch schien er die Suche nach gutaussehenden Mädchen für seine Gemälde ernst zu nehmen und nicht als Vorwand für geheimnisvolle Liebschaften zu verwenden.

»Geht es wieder?«

»Alles okay.«

»Du fragst dich sicher, warum ich mit dir essen möchte.«

»Ich weiß, was Sie von mir wollen. Mich malen. Ich entblöße meinen Körper aber nicht für Sie!«

»Warum schlussfolgerst du, dass ich dich nackt abbilden will? Habe ich so etwas gesagt?«

Valerie senkte den Kopf. Sie fühlte, dass sie den Maler brüskiert hatte, weil sie ihm Lüsternheit im Herzen vorwarf. Er war älter und verdiente schon deshalb Respekt von ihrer Seite.

»Ich habe Ihr Buch als Begründung genommen.«

»Wir müssen das tun, Anatomie verarbeiten. Das verstehst du nicht. Was ist denn die Arbeit deiner Familie?«

»Wir sind Fischer. Mein Bruder führt eine Bangka in Lawigan.«

»Du weißt, wie herrlich du aussiehst?«

»Das ist doch relativ, Manong. Und so was mache ich nicht.«

»Musst du doch gar nicht. Ich respektiere das. Hast du vielleicht ein schönes Filipiniana? Darin siehst du auch herrlich aus.«

»Ich habe von meinem Verlobten eines... bekommen. Es ist von ›Geronimo-Fashion‹.«

»Nicht wahr! Von Meisterin Elsa? Hast du es hier?«

Valerie schüttelte den Kopf. Sie hatte ihr Kleid natürlich zu Hause gelassen, sah keinen Sinn darin, es in dieser geschäftigen Stadt anzuziehen. In einer Disco hätte sie schallendes Gelächter geerntet und Folklorefeste gab es zurzeit keine.

»Entschuldige bitte diese Frage. Du bist ein einfaches Fischermädchen und besitzt ein Filipiniana von Elsa?«

»Ja.«

»Das Kleid ist auch kein Imitat?«

»Nein. Meins ist ein Original.«

»Ich würde alles geben, um dich darin zu malen. Wenn ich deine reine Natur schon nicht darstellen darf.«

»Warum tun Sie das? Ist es für Sie Befriedigung? Oder wie soll ich das verstehen?«

»Dein Essen wird kalt.«

»Ja, Manong.«

Valerie versuchte inmitten ihrer Fragen den Teller leer zu bekommen. Die Mittagspause war nicht unendlich. Der Kunstmaler begann nun zu erklären, sanft und leidenschaftlich über seine Arbeit philosophierend. Seine Beteuerungen, nach den Malsitzungen mit seinen Modellen keine erotischen Abenteuer zu zelebrieren, konnte sie nicht ganz glauben. Faszinierend hörte sie aber weiter zu. Er hatte Frau und sechs Kinder, von denen zwei Söhne und eine Tochter ebenfalls Kunstmaler waren. Seine Frauengemälde waren bereits in Übersee aufgetaucht, er aber wollte Distanz zum Popularitätsrummel. Er sei wirklich nichts Besonderes, nur ein die Kunst liebender Zeitgenosse in einem Land im Strom des geselligen, einfachen Lebens. Er sah seine Berufung vom Himmel kommend an. Kreativität sei doch ein edles Geschenk.

»Du musst Gott immer danken für das, was er dir schenkt. Bei dir ist es Schönheit und klug bist du, Valerie. Magst du nicht doch einmal bei mir Modell sitzen?«

»Tut mir leid, Manong Juan. Meine Antwort heißt ›Nein‹.«

»Bist du prüde?«

»Nein..., finde ich nicht.«

»Das ist gut. Aber du willst deine Jungfräulichkeit durchziehen, nicht wahr? Das finde ich großartig. Wirst es schwer haben, außer dein Zukünftiger ist auch so wie du. Glaube mir, auch wenn du trauerst. Der Mann, dem du alles schenken wirst, wartet bereits auf dich. Du wünschst dir auch die herrlichen Offenbarungen, welche die erotische Liebe mit sich bringt. Aber du möchtest es in ganzer Reinheit und Ehrfurcht vor Gott.«

Valerie fühlte ein Kribbeln in ihrem Körper emporwandern und blickte diesen Mann prüfend an, als ob sie aus seinem Gehirn diese Gedanken ziehen würde. Wie kam er auf solche Schlussfolgerungen? Sie musste sich in jenem Augenblick befreien.

»Sie sind unheimlich. Warum analysieren Sie mich so? Vielen Dank für das Essen, Manong. Ich muss jetzt gehen.«

»Es war mir eine Ehre, junge Frau.«

»Ehre? Ich bin doch nicht bedeutend.«

Noch einmal blickten ihre großen Augen dankbar, aber verwundert auf diesen interessanten Mann, der hier Stammkunde war und nun sogar Ratgeber für sie wurde.

»Danke..., Manong Juan. Falls Sie wieder Bücher oder Papier brauchen sollten, kann ich es für Sie bestellen.«

Als der Kellner kam, fragte er den Stammgast lächelnd über den vermeintlichen Erfolg aus.

»Sie ist edelmütig, Jimmy. Sie will wirklich den richtigen Mann finden, der sie in die Geheimnisse der echten Liebe führen soll. Niemand soll vorher ihre Unschuld sehen, auch kein Künstler. Wenn sie meine Tochter wäre, besäße ich großen Stolz.«

»Die sieht echt toll aus. So schöne Augen. Meinen Sie, ich könnte sie im Buchladen besuchen, um sie näher kennenzulernen?«

»Nein. Ich fühle, dass sie jemanden liebt.«

»Woher wissen Sie das?«

»Ihre Art zu reden. Doch sie will niemandem offenbaren, wer er ist. Ein bemerkenswertes Mädchen.«

☼ Wie soll sie ins Wasser? ☼

Die Tage gingen einher mit der zügigen Arbeit an der ›Kaibigan of Panay‹, dem größten Auslegerschiff an jener Küste, die sich vom Westen Iloilos bis zum Zipfel bei Anini-Y erstreckte. Die Männer fühlten den unerklärlichen Drang, ein Ziel zu erreichen. Gemeinsam in ihrem Glauben, dass man es gemeinsam schaffen konnte, als eindrucksvolles Zeugnis vor der ganzen Gemeinde von Menschen, die das Meer kannten. Die Kajüte in der Schiffsmitte, die Abdeckungen der beiden Sechszylinder, die Segelrahen. Das waren jene Teilprojekte. Dennoch brannte Sehnsucht in Anthony. Er musste jemanden fragen, wo Valerie sein könnte.

»Meine Schwester ist doch in Iloilo. Sie möchte für einige Zeit dort im Book-Store arbeiten. Hat sich so ergeben.«

Es begann in Anthony zu frieren, sogar als er hörte, dass der Job auf Dauer gar nicht sicher wäre. Diese Zeit könnte Monate oder Jahre bedeuten. Die dezent formulierte Frage, ob sie regelmäßig nach San Joaquin kommen würde, sollte ihn ermuntern oder von Hoffnungslosigkeit befreien.

»Sie wird manchmal an den Wochenenden heimkommen. Sind doch nur Busfahrten von etwas mehr als zwei Stunden. Und zum Festival ganz sicher. Warum fragst du?«

»Es hat mich nur so interessiert.«

Die grübelnde Miene Anthonys deutete Roel, der mit einem Ohr alles mitbekam, besser als Rodrigo. Konzentriert arbeiteten die Männer weiter. Die Tage vergingen, eine Woche, zwei Wochen, dann ein weiterer Monat. Das Vorderdeck wurde sauber eingefügt, die Kabine hatte das Doppelbett-Interior bekommen, die Rahen waren besegelt und die Takelage angelegt worden. Der Anstrich wurde in weiß-orange gewählt und die Registrierungsnummer samt dem Schiffsnamen sorgsam aufgemalt. Es sollte fröhlich aussehen, leuchtend im Widerschein der sonnenhellen Tage und dem smaragdblauen Meer.

Eine Menschentraube hatte sich an der Landstraße versammelt. Neugierige Blicke harrten aus, bereits stundenlang schienen die meisten auf den Anfang dieser Sache zu warten, die als Sensation oder als großes Desaster enden konnte. Sid beschäftigte sich noch immer mit dem Zusammennageln der im Sand aufgelegten Holzbalken, in deren mittiger Kehle der Rumpf nach unten gleiten sollte. An jedem der beiden Seitenrümpfe sollten ein Dutzend Männer stehen, um dabei das ganze Schiff in der Waage zu halten. Seit drei Tagen hatten sie sehr zum Unmut einiger Leute die Steine am Strand entfernt und auf einen Haufen gesammelt, damit das Schiff nicht über diese harten Hindernisse ins Wasser rutschen musste. Das mündete zunächst in einen Protest, der durch das Versprechen Anthonys, nach dem Stapellauf den Strand wieder in den Originalzustand zu versetzen, besänftigt werden konnte. Roel betrachtete die Situation nachdenklich und rieb mit seiner Hand am Kinn.

»Das Ding muss angeschleppt werden. Der Strand ist nicht steil genug.«

Anthony war ratlos und ebenso über sich selbst verwundert, daran nicht gedacht zu haben. Die Idee, das Schiff auf massiven Rollklötzen zu bauen, kam zwar zu Beginn dieses Projekts auf, wurde aber verworfen, weil er nicht wusste, wie man es während des Zusammenbaus vor dem Wegrollen hätte sichern können.

»Hat hier jemand im Ort einen Radschlepper oder eine Zugmaschine?«

Rodrigo, der die ganze Zeit über an der rechten Seite des Schiffes seine Vorbereitungen tat, kam auf Anthony zu.

»Ich kenne jemanden, der ein Baugeschäft betreibt. Er hat einen Caterpillar.«

Anthony wusste in jenem Moment, wie teuer das werden konnte, den zu leihen. Aber so kurz vor dem Ziel wollte er nicht aufgeben.

»Ein Schiff gehört da rein!«

Mit ausgestrecktem Arm zeigte er auf das blaue Meer.

»Ich gehe morgen früh zu dem Mann. Er heißt Fontanilla. Wir brauchen seine Maschine vielleicht nur für die ersten 40 Meter. Anschieben werden wir das Schiff damit.«

Die Freunde zuckten wegen der unausweichlichen Verzögerung mit den Schultern und Roel musste wieder einmal mit einem Schulterklopfen bei seinem ausländischen Freund für eine Erheiterung sorgen. Anthony konnte seinen Unmut in seiner ihm innewohnenden Ungeduld nur leise artikulieren.

»Na toll. Jetzt haben wir Zeit uns hier am Strand zu sonnen.«
Rodrigo meinte, dass er für ein paar Stunden fischen gehen würde, um für das Abendessen zu sorgen. Es war nun jedem klar, dass die Jungfernfahrt heute nicht stattfinden konnte.

Anthony ließ die anderen wissen, dass er am Strand alleine ein wenig nachdenken wollte. Ruhig hockte er im Schneidersitz im Sand und genoss die frische Brise. Sein Blick war nach unten gerichtet, vor sich hindösend. Er genoss dabei den Sound der Meeresbrandung. Beruhigend war dieser Naturklang immer. Plötzlich glaubte Anthony, rhythmische, feine Geräusche wahrzunehmen, als würde ein schwingender Luftzug durch einen Klangkörper aus Stoff fahren. Diese hauchenden Töne näherten sich unaufhaltsam. Ein Schatten tauchte vor ihm im Sand auf und blieb stehen.

Er schaute langsam hoch, sah die Komposition in der totalen Frontperspektive. Orangefarbener Seidenstoff, Ärmelscheiben mit großen Blüten-Stickereien, welche sich im Wind bewegten, diese herrlichen Augen und geschmeidig geformte Hüften. Er sah die kobaltblau eingefassten Perlmuttbesatz-Verzierungen um ihren Taillenbereich zum ersten Mal im Tageslicht genau, keine 60 Zentimeter vor ihm. Es war edelste Ausfertigung. Das braune Lederband einer Bolo-Machete hing geschmeidig über ihrem Oberkörper. Anthony bemühte sich um seine natürliche Freundlichkeit. Innerlich kämpfte er tatsächlich, nicht die körperlichen Reize von Valerie im Sinn zu haben. War das gelebte Hilflosigkeit? Oder vielleicht war es gar nicht so, dass er romantische Gefühle für Valerie Tolentino empfand. Es konnte vielmehr eine hilflose Angst davor sein, einen Fehler zu machen, der gar nicht existierte oder der noch meilenweit davon entfernt war, auszubrechen.

»Wir haben uns lange nicht gesehen.«

»Guten Tag, Miss Tolentino. Wie geht es Ihnen heute?«

»Ganz gut. Sie werden wieder förmlich? ›Miss Tolentino‹.«

Valerie lächelte nur. Sofort konnte er auf dieses ›Ganz gut‹ keine passende Antwort geben. Einige lange Sekunden blickte er in ihr Gesicht und fühlte sich dabei so befreit.

»Es geht Ihnen gut? Sind Sie denn sicher, Miss Valerie?«

»Sicher?... Ich denke... Nein.«

»Sehe ich. Verzeihung, Miss.«

»Sie sehen immer eine ganze Menge.«

»Ich rede oft...«

»...zu schnell.«

»Sie haben ja wieder Ihr Bolo dabei. Wollen Sie Holz hacken?«

Valerie wandte ihren Kopf in Richtung einer Gruppe von Jungen und rief einen von ihnen mit einem Pfeifton. Der Jugendliche unterhielt sich kurz mit ihr in dem hiesigen Dialekt und kletterte mit geschickten Bewegungen an einer Palme empor. Schnell hatte er drei große, grüne Kokosnüsse abgetrennt, die dumpf in den Sand fielen.

»Halten Sie mich für eine Kriegerin, oder was?«

Ruhig kniete sie sich hin und platzierte eine der großen Früchte vor sich. Die Jungen standen in kurzer Entfernung hinter ihr und schmunzelten über die aufgerissenen Augen des Foreigners. Ihre Hand zog das Hackmesser elegant aus der hölzernen Scheide. Valeries Augen wirkten tatsächlich ein wenig kriegerisch. Mit der linken Hand hielt sie die Kokosfrucht konzentriert fest. Die rasche Emporbewegung ihrer Hand mit der Machete war nur kurz. Blitzartig raste die Klinge nach unten. Beim zweiten Schlag bereits war der Kopf der Frucht abgetrennt. Anthony musste schlucken. Das in diesen zarten Armen solch energiereiche Kraft stecken konnte, machte ihn in jenem Moment ziemlich stutzig.

»Hier. Frisch und gesund.«

Langsam und lächelnd begann er, das kühle Kokoswasser aus der Frucht zu schlürfen. Valerie stand auf.

»Es wäre unhöflich, Ihnen keine Frucht anzubieten.«

Still blickte sie ihn an und zelebrierte förmlich einen kecken Augenaufschlag. Ohne ein Wort zog sie ihr Bolo wieder heraus und hielt die Klinge direkt vor seine Nase. Die drei jungen Kerle blieben stehen und auch zwei Kinder in der Nähe zeigten mit ausgestreckten Armen auf die Szene, um sich dabei lachend darüber zu artikulieren, ob der hellhäutige Mann wagen würde, es Valerie gleichzutun. Anthony betrachtete die Machete unauffällig. Es fand es ungewöhnlich, dass sie überaus auf Schärfe geschliffen war. Damit konnte auch eine zierliche Frau wie sie gut zum Erfolg kommen. Der Narraholz-Griff schien auf die Anatomie von Valeries Hand exakt zugearbeitet worden zu sein, zudem zierten Blumen-Schnitzereien diesen Knauf.

»Sie wurde für mich maßangefertigt. Ich wäre vorsichtig.«

Wenn er Filipino sein wollte, musste er in Kauf nehmen, einen oder mehrere Finger seiner linken Hand zu verlieren. Jene Möglichkeit war in den Köpfen der Zuschauer zweifellos leibhaftig vorhanden. Ohne langes Zögern hockte Anthony sich vor eine der noch unberührten Früchte und platzierte seine linke Hand fest auf die grüne Schale. Sein Seufzen fand nur kurz im Kopf statt, während er das Hackmesser senkrecht niedersausen ließ. Mit einem schmatzenden Ton grub sich die Klinge fast zu Dreivierteln in das Fruchtfleisch. Die vier weiteren Schläge, die er benötigte, trafen kaum präzise, aber es war diese Kavaliersniederlage, die er Valerie gerne schenkte. Valerie betrachtete den zerfransten Schnitt, welcher zeigte, dass Anthony so gut wie nie eine Kokosfrucht mit der Machete geöffnet haben konnte. Fast wäre sie in schallendem Lachen ausgebrochen, während die drei Jugendlichen im Hintergrund sich nicht mehr beherrschen konnten und mit vorgehaltener Hand herumkicherten.

»Bitte, Miss. Genießen Sie das kühle Getränk. Ihre Machete ist zu leicht.«

»Schöne Ausrede. Aber Sie können es im Grunde schon.«

Er wollte ihr das Hackmesser zurückgeben, aber Begeisterung kam nicht.

»Machen Sie bitte die Klinge sauber.«

Anthony verzog seinen Mund ein wenig beleidigt. Schnurstracks ging er zur Wasserkante, tauchte das Bolo ins anbrandende Nass und wusch das Metall mit seiner Hand ab.

»Ist es so recht, Miss ›Bayani‹?«

Ohne ein Wort schob sie die Machete wieder zurück in ihren Ruheplatz.

»Möchten Sie sich zu mir setzen?«

Valerie konnte ein bezauberndes Lächeln hervorbringen. Ihre feinen Mundbewegungen deuteten an, dass sie sicher überlegte, diese zarte Einladung anzunehmen.

»Einen Moment bitte.«

Anthony wunderte sich darüber, dass sie plötzlich auf drei junge Frauen zulief und mit ihren Armen gestikulierend etwas zu einem der Mädchen sagte. Die Angesprochene blickte zu ihm hinüber, lachte kurz auf, löste sich aus der Gruppe und kam mit Valerie lächelnd auf ihn zu.

»Das ist Lisa. Sie sitzt dort am Wasser, während wir uns unterhalten. Ist das okay für Sie, Anthony?«

Er verstand nur zu gut, was hier gespielt wurde. Es konnte gleich mehrere Schlussfolgerungen geben. Einen Begleiter zu beauftragen bedeutete hier einiges. Einem Date zusehen, aufpassen, dass es gar kein Date wurde, den Mann obervieren um eine Meinung über ihn loszulassen oder Gesprächsstoff für den Marktplatz zu finden. Was genau diese Lisa zu tun hatte, mochte sich für ihn noch gar nicht erschließen. Lieb sein und dezentes Verhalten war oberste Priorität, besonders als Foreigner. Schnell hätte man den Ruf als Schürzenjäger etabliert. Eine Begebenheit in seiner jungen Ehe mit Ynez erlebte er als ein solches Beispiel. Eine verrunzelte Marktfrau behauptete damals ohne jeglichen Grund, dass er mit Ynez unsittlich verkehren würde und sie ein käufliches Flittchen sei. Wütend forderte sie ihn damals auf, das richtigzustellen, woraufhin er seinen Ehering vor die Nase dieser ungezogenen Alten hielt, die sich immer noch nicht überzeugen ließ. Ynez war zu Recht sehr aufgebracht und flehte ihn an, beim nächsten Mal in solcher Situation direkter und überzeugender zu sein. Es tat Ynez damals sehr weh. Valerie durfte nicht in ein gleichartiges Licht gezogen werden, also fügte er sich und war sogar froh, dass diese Lisa nun auf ihre Reputation aufpassen sollte.

»Soll ich etwa im Sand sitzen?«

Anthony beeilte sich, ihr sein aufblasbares Sitzkissen anzubieten.

»Bitte. Ihr Kleid ist so edel. Meine Jeans hält das aus.«

Vorsichtig ließ sich die junge Frau nieder und verschränkte die Arme vor ihre angewinkelten Beine. Anthony betrachtete sich die Machart des Flügelärmels und konnte schon erahnen, wie lange die Stickerin an einem dieser Butterfly-Ärmelteile gearbeitet haben musste. Er hatte in einem Dokumentarfilm über jene Kleider gesehen, was für Künstlerinnen diese meist älteren Frauen waren, die in den Werkstätten für diese Traditionsmode arbeiteten. In dem Film standen jüngere Mädchen dabei und wurden von den Meisterinnen angewiesen, um später deren Nachfolgerinnen werden zu können.

»Was schauen Sie so?«

»Ich bewunderte nur die Machart Ihres Kleides, Miss Valerie.«

»Es scheint Ihnen jetzt zu gefallen. Wollten Sie nicht heute ihr Schiff ins Wasser ziehen?«

»Ihr Kleid hat mir schon immer gefallen. Das mit dem Schiff geht leider nicht. Ein technisches Problem. Was macht denn Ihre Arbeit? Ist es schön, im Book-Shop zu arbeiten?«

»Hat Rodrigo Ihnen erzählt, dass ich dort arbeite?«

»Ja.«

»Das ist doch nichts für mich, denke ich.«

»Manchmal findet man erst später heraus, was nicht passt.«

Kurz blickte Valerie zur ›Kaibigan of Panay‹ und schien sich ihren Reim aus den Geschehnissen zu machen. Wie so oft gingen Kinder um das Schiff herum und staunten mit großen Augen. Ein kleiner Junge hangelte sich an einem der Fachwerkausleger empor und lachte richtig frech dabei. Anthony wusste, dass es dem Schiff nichts ausmachte. Er sorgte sich eher darum, dass ein Kind bei diesen Kletteraktionen zu Schaden kommen könnte und er den Eltern danach Rede und Antwort stehen müsste.

»Mein Bruder hat ja seine eigene Bangka, wie Sie wissen. An seinem Motor ist ständig irgendwas zu reparieren.«

Anthony musste lächeln angesichts der praktischen Fertigkeit einer Filipina, die mitten im Leben stand und nicht nur am Herd oder am Waschbottich zu finden zu sein schien.

»Mir ist bewusst, dass Menschen alleine dieses Ungetüm nicht in Bewegung setzen können. Sie wird vielleicht sechs Tonnen Gewicht haben. Wissen Sie, Anthony, was Sie sind? Anmaßend.«

»Oh!? Meinen Sie, weil ich bei unserem letzten Treffen so direkt war? Wegen meinen Worten? Ob Sie denken würden, ich wolle mich in der Kajüte über Sie hermachen?«

»Fangen Sie wieder damit an?«

»Etwas anderes hätte Sie nicht gestört haben können.«

Eine kleine Ewigkeit musterte die junge Frau diesen Kerl, der bei aller Mühe so manches Mal mit seinen Themen nicht den passenden Zeitpunkt traf. Tagalog sprechen zu können nutzte danach kaum noch, nachdem er ins verbale Fettnäpfchen trat.

»Auch deswegen. Aber dieses Schiff dort ist Anmaßung. Wollen Sie uns beeindrucken? Der wohlhabende Foreigner, der einem Entwicklungsland mal zeigen will, was geht? Oder wie verstehe ich denn diese Bangka da?«

»Valerie, das verstehen Sie nicht. Ich habe Träume, es stimmt. Aber mein Schwager hat mir einmal etwas gesagt, was mich sehr berührte. Er sagte: »Gebrauche die ›Kaibigan‹ gut, wenn sie ganz fertig ist und lass die Menschen an ihr teilhaben. Dann wirst du es verstehen. Und viele werden dich verstehen«.«

Valerie tauschte ein Lächeln mit dieser Lisa aus, die einige Meter vor ihnen im Sand saß und immer wieder in kleinen Abständen zu den beiden hinüberblickte. Die philippinische Augensprache hatte er gerne mit der Kommunikation unter Katzen verglichen, die laut der Meinung der Tierforscher nur zu den Menschen miauen würden, weil diese nicht Mäuse fangenden Zweibeiner in ihren Augen begriffsstutzig seien. Die Frauen verstanden sich hier untereinander mit Blicken, Gesten und Mundbewegungen. So unerfahren war Anthony aber nicht mehr, er hatte in dieser Hinsicht eine Menge gelernt, vor allem von seiner Frau.

»Sie finden die ›Kaibigan of Panay‹ also größenwahnsinnig?«

»Wenn sie überhaupt schwimmt, werden wir es sehen. Rodrigo übrigens findet es gut möglich, dass es ein erfolgreiches Boot werden könnte. Wer soll es eigentlich steuern?«

»Er.«

»Das dachte ich mir. Du Träumer hast keine Ahnung von der Seefahrt, dein Schwager kommt aus einer Farmersfamilie und dein Freund, der gerne Tanduay trinkt, scheint auch kein Seemann zu sein.«

»Wir werden schon lernen, mit dem Schiff umzugehen.«

»Ihr seid Kinder. Erwachsene Kinder.«

Valerie betrachtete die ›Kaibigan‹ erneut, als wollte sie diese Konstruktion erforschen oder sich zu neuen Belustigungen über die Machart des Schiffs aufschwingen. Ihr Blick schweifte zurück zu ihm. Man konnte über so vieles diskutieren, philosophieren oder sich austauschen über das, was einem gerade in den Sinn kommen mochte. Anthony wollte Klarheit schaffen, und nicht, dass er von dieser jungen Frau als unziemlich angesehen wurde.

»Miss..., ich habe versäumt, mich bei Ihnen zu entschuldigen.«
»Entschuldigen?«
»Wegen dieser zu offenen Äußerungen damals. Ich war vorlaut und wenig einfühlend.«
Sie nickte nur und ihr Gesicht wirkte wieder kalt und unnahbar. Ihre schönen, geschwungenen Augenbrauen hoben sich nun leicht. Es war wohl wieder ein Griff in das verbale Fettnäpfchen.
»Mir hat ihre ungezügelte Sprache wirklich nicht gefallen. Sie haben mir nämlich etwas unterstellt. Unterstellt, dass ich erwarten würde, dass sie mich einfach vernaschen. Es hat mich gekränkt. Ich bin keine Ware, die man sich einfach von einem Wühltisch nimmt und keine Frau, die von exotischen One-Night-Stands träumt, merk... dir das.«
»Ich habe dich niemals als leichtes Mädchen angesehen. Bitte vergib mir, Valerie. Dachte ich doch, dass du mir etwas...«
»Haaaah! Du bist vielleicht sensibel. Lassen wir das endlich. Ich will jetzt etwas fragen, was mich seit Tagen beschäftigt.«
»Was ist es?«
»Warum versteckst du dich hier auf den Philippinen?«
»Verstecken?«
»Du weißt genau, was ich meine.«
»Nicht wirklich.«
»Du kannst nicht schwindeln, Mister Anthony.«
»Habe ich auch gar nicht vor.«
»Es gibt keine logische Bindung für dich in unserem Land, seit deine Frau... Warum willst du nicht nach Deutschland zurück?«
»Ich will eben nicht.«
»Geheimnisse? Du rennst vor etwas weg, nicht wahr?«
Anthony konnte nicht sofort antworten, weil es so schmerzte. Wenige wussten die Gründe für seine Abneigung, nach Europa zu gehen. Die Ereignisse lagen lange in der Vergangenheit. Diese junge Frau war nicht nur bildschön, sondern konnte verdammt gefühllos sein, wie er fand. Warum analysierte sie ihn eigentlich

so? Ihm kam es wie echtes Interesse vor, welches sie kaum romantisch, sondern kontrollierend offenbarte. Sie wollte ihn zweifellos ausquetschen. Keine andere Frau hier hätte es so tun wollen, wenn nicht schon ein Flämmchen der Zuneigung aufgelodert wäre. Anthony begann sie mehr und mehr mit Respekt und Faszination zugleich zu begehren.

»Warum bleibst du hier?«

»Willst du mich ausweisen lassen? Warum möchtest du das alles wissen? Wir haben nichts miteinander, warum muss ich denn meine Vergangenheit ausplaudern?«

»Du versteckst dich hier, weil du etwas hinter dir lassen willst. Ich weiß nur nicht, was es ist.«

»Ich habe allen Grund, Vergessen zu suchen. Aber auch dieses Schiff kann mir nicht helfen.«

»Das weiß ich. Aber du willst es fertigstellen. Es imponiert mir, Anthony. Du gibst einfach nicht auf. Solche Männer...«

Valerie konnte ihren Satz nicht zu Ende bringen und begann, ohne aufgelegte Emotion in die Ferne zu schauen. Es war diese Traurigkeit, Hoffnungslosigkeit in einem Cover natürlicher Anmut, die Anthony spürte. Wiederholt blickte sie in sein Gesicht. Augen einer gewissen Schärfe flammten auf, in ihnen zu sehen Spuren von Zuneigung, trotz dieser Bekümmernis.

»Kommst du auch auf das ›Kaligayahan‹-Festival?«

»Es ist schon lange her, dass ich ein Folklorefest besucht habe. Es war mir ja nicht nach Feiern zumute. Aber wir werden alle kommen. Meine Nanay kommt auch.«

»Du nennst sie immer noch ›Mutter‹. Ich habe es an dem Abend in Arnels Haus oft aus deinem Mund gehört.«

»Ich achte und liebe Nanay Lorna sehr.«

»Was ist denn mit deiner Mutter... in Europa?«

»Sie ist vor vier Jahren verstorben. Und ich... war hier.«

»Das tut mir aufrichtig leid.«

»Danke.«

Valerie stand auf und ordnete ihren herrlichen, bestickten Rock. Anthony fühlte sich bewogen, mit seinen Fingern in den Seidenstoff zu greifen und ihn zu begutachten. Hastig zog sie ihn aus seiner Hand weg.

»Bitte lass die Finger von meinem Kleid.«

»Ein herrliches Filipiniana.«

»Ich weiß. Und du weißt ja, von wem es ist.«

»Klar. Elsa Geronimo.«

Dass sie dachte, er würde ›Tomas Padilla‹ sagen, war ihm augenblicklich klar. Aber dass er die Schöpferin dieser kostspieligen Filipiniana-Kleider kannte, wunderte sie.

»Du kennst sie?«

»Sie war eine meiner Kundinnen gewesen. Ein Fotoshooting in Iloilo vor einem Jahr. Eine Modenschau für diese Kreationen. Ich machte eine ganze Serie mit den Models und diesen Kleidern für ihren Katalog. Daher meine ich auch, dein Kleid zu kennen. Und gutes Geld hatte ich dort verdient. Elsa ist sehr großzügig, eine feine Frau. Sie betreibt Hilfsorganisationen für arme Kinder und eine Stiftung für Künstler. Dafür sind ihre Designerklamotten auch enorm teuer.«

Valeries Antlitz verströmte einen melancholischen Hauch von Stille. Sie wirkte betroffen, griff in den Stoff und massierte ihn förmlich. Dieses Thema tat ihr augenscheinlich noch sehr weh. Der Mann vor ihr hatte Bilder eines Kleides angefertigt, welches ihr Verlobter so anziehend fand, um es ihr unter solch enormen Opfern zu schenken. Sie trug es wegen der Erinnerung an ihn ständig und Valerie wusste, es lasteten noch immense Schulden darauf.

»Dein Verlobter muss dich sehr geliebt haben.«

Ihre Augen verengten sich augenblicklich.

»Das weiß ich!«

»Das Kleid kostet ein Vermögen für solche Leute wie ihr es seid. Perlmuttbesatz an der Gürtelschleppe.«

»Das ist keine ›Gürtelschleppe‹. Echt! Von Filipinianas verstehst du nichts. Halt bitte den Mund.«

»Verzeihung.«

Valerie sah betroffen nach unten. »Unglaublich, ist die affektiv«, dachte Anthony sich in jenem Augenblick, aber er wollte verständnisvoll sein. Das konnte er in ihrer Lage auch leicht sein. Lisa hatte ihr einen ernsten Blick zugeworfen, den sie nun erwiderte. Eine Handbewegung ihrer Freundin zeigte an, wie unangebracht jene Worte waren. Und Valerie reagierte sofort.

»Ich möchte mich entschuldigen, Anthony. Ich... Mein Kleid erinnert mich immer an die schöne Zeit mit Tomas. Ich war sehr taktlos zu dir.«

»Ich habe es schon vergessen, Valerie. Diese Flucht nach Iloilo hat dir nicht geholfen, stimmt´s?«

»Du bist scharfsinnig.«

Valerie wirkte nun sehr traurig im Angesicht dieser treffenden Analyse eines Fremden. Recht hat dieser Mann unbestritten, auch wenn sie innerlich litt. Sofort drehte Anthony das Gespräch um. Man würde sonst wieder über einen brisanten Punkt drum herumreden, schlechte Erinnerungen wachhalten und nichts würde sich in eine anständige Richtung bewegen. Taktvoll und sicher, damit diese unleidlichen Gedanken endlich aufhörten, in der Luft zu hängen. Er wollte endlich, dass dieses Mädchen lernte, wieder glücklich zu sein. Ob es seine eigene Therapie hier werden sollte? Gesehen hatte er das bisher nicht so, der Bau des Schiffes lenkte Tag für Tag ab und die Freunde zusammen mit den Familienangehörigen sorgten umeinander. Eine Therapie?

»Ich freue mich, dass du auf das ›Kaligayahan‹ kommst.«

»Ich werde nicht nur kommen. Sondern auch dort tanzen.«

»Du tanzt gerne?«

»Sicher. du nicht?«

»Meine Profession ist es nicht so.«

»Ich gehöre zur ›Tinikling‹-Gruppe in Lawigan.«

»Tinikling?«

»Sicher. Kennst du das nicht?«

»Wirklich? Natürlich weiß ich, was der Tinikling ist. Es würde mir eine Freude sein, dich den tanzen zu sehen, Valerie.«

»Mach's gut, Anthony.«

Auch Aufpasser Lisa hatte sich aufgerafft. Mit eiligen Schritten zogen die jungen Frauen ihres Weges an der Wasserkante entlang. Anthony schaute den beiden lange nach, bewunderte die Anmut, die Valeries Kleid beim Gehen ausstrahlte. Er mochte die traditionellen Macharten der Kleidung hier. Es war auch eine Flucht vor seiner eigenen Kultur. Er gab dies unumwunden zu und wollte es nicht ändern. Eine Assimilation seiner selbst. Er trug meistens die kurzärmeligen Barong-Hemden, außer am Liegeplatz der ›Kaibigan of Panay‹, denn hier taten die ältesten Baumwollhemden ihren Dienst, die schon von manchem Loch verziert waren. Seine Gedanken beschäftigten sich ungemein viel mit dem Wesen Valeries in jenen Augenblicken. Er liebte die Gespräche mit ihr sehr. Sie steckten voll von interessanten Fragen, Vergleichen und direkten Konfrontationen. Es war ihm so, als wäre sie lange in Europa gewesen und hätte diese Art der Mitteilung dort studiert. Aber sie war nie aus dieser Provinz herausgekommen und nur ein einziges Mal in der Hauptstadt gewesen, die ihr sogar wegen ihres ungestüm brodelnden Lebens gefiel. Sie lernte schnell und steckte deshalb voll jungem Leben. Im Herzen fand Anthony dennoch, dass sie von ihm gelenkt, im charakterlichen Wachstum gebogen und gar erzogen werden musste. Sicher war er kein Verfechter solcher missachtenden Ideen, die davon sprachen, andere Völker nach vermeintlich hohen Maßstäben umzuerziehen. Anthony wollte nicht einmal ansatzweise derartige Überlegungen wagen. Seine adoptierte Hingabe an die freundlichen Menschen hier aus Dankbarkeit hätte niemals Platz für derartige Gedanken gehabt. Es wäre anmaßend in höchster Weise, aber steckte nicht auch ein Körnchen dieser Gefühle doch in ihm? Ob er sich davon befreien konnte oder nicht, er fand es anregend, Valerie Tolentino in die Kunst des ergiebigeren Lebens einzuführen und sie nach seiner Art zu formen. Nun machte ihm dieser Gedankensprung Angst. Sie hatten doch nichts miteinander, oder malte er sich bereits eine Liebesbeziehung mit ihr aus? Roel war scharfsinnig gewesen. Anthonys Herz brannte bereits wegen dieser schönen Frau im Kleid mit Perlmuttbesatz. Dieses Mädchen erzeugte in ihm unleugbar innerliche Erregung und einen mächtigen Hauch lebendiger Verliebtheit. Ob das aber eine Verblendung seiner selbst war, unverantwortlich? Ein so junges Geschöpf mitten in der Trauerarbeit zu verehren, konnte dies vernünftig sein?

Valerie und Lisa spazierten an der Kante der anbrandenden Wellen entlang. Eine Gruppe Kinder kam auf die beiden zu.

»Hallo, Tita Valerie!«

Lachend rannte die mit Bambusrohren und einem Wasserball bewaffnete, fröhliche Kinderschar weiter und bog in Richtung des Meeres ab, um dann händewedelnd in das kühle Nass zum Plantschen zu springen.

»Wie findest du ihn?«

»Freundlich. Ich finde ihn nicht hochnäsig. Er scheint echte Liebe zu unserem Land zu haben. Viele Touristen schimpfen über die Probleme hier. Er nicht. Oder?«

Valerie stimmte Lisa zu. So etwas hatte sie in all den Gesprächen bei ihm nie zu hören bekommen.

»Er ist sehr galant, Lisa. Ich möchte dir etwas erzählen, wenn du still bleibst und es keinem weitersagst.«

Lisa versprach ihre unbedingte Diskretion und hörte gespannt zu. Sie erfuhr alles detailliert, der furchtbare Streit mit ihren Eltern und Rodrigo, ihr verzweifeltes Wegrennen, auch die Sache mit dem Bolo nahm Valerie nicht aus, was Lisa sehr erschreckte.

»Ich floh förmlich aus dem Haus, wollte nur davonlaufen und achtete gar nicht darauf, wo ich hinrannte. Ich kam zu seinem

Schiff und brach fast zusammen. Er hörte mir zu, einfach nur zu und verurteilte sogar Fragen nicht, die ich unbedacht äußerte. Er ist höflich, aber auch so interessant.«

»Du triffst dich also mit ihm?«

»Nein! Doch... Lisa! Er scheint mich gern zu haben. Aber das ist nicht möglich, ich meine...«

»Du fühlst das?«

» Ja, Lisa. Ich war einige Wochen weg. Rodrigo erwähnte schon, dass er nach mir fragte. Er fand es ungewöhnlich.«

»Magst du ihn denn auch irgendwie so...? Du weißt schon.«

»Ich weiß es nicht... Ich weiß es einfach nicht... Möglich. Aber Tomas schon jetzt vergessen? Niemals!«

Lisa verstand das und nickte nur stumm. Sie war eine vertraute Person in Valeries Leben und blieb stets gelassen im Gegensatz zu anderen Mädchen, die nicht lange Selbstbeherrschung bewiesen und dann in einer Laune anderen Leuten Details ausplauderten. Einmal hatte Valerie einer Freundin, wie sie dachte, der jungen Gina aus dem Nachbarort, zu sehr vertraut. Die Sache sprach sich herum und Valerie beantwortete den Vertrauensbruch damit, dass sie der Verräterin links und rechts eine schallende Ohrfeige mitten auf dem Wochenmarkt verpasste und ihr seitdem aus dem Weg ging. Dies würde bei Lisa nicht so sein, gleichsam wie bei Anthony. Diesem Mann konnte sie gewiss vertrauen. Doch sie fragte sich, warum sie so sicher sein konnte. Bald hatten die beiden jungen Frauen die Straße erreicht, in der die Tolentinos wohnten. Lisa winkte Valerie zu und verabschiedete sich. Sie hätte ihr Tanzkleid für das Folklorefest noch zu bügeln. Die ganze Stadt war in Begeisterung entflammt. Das Festival galt als Renner im Ort und zog sogar Touristen aus Manila an. Bunte Kleider, Musik aller Art, wilde Traditionstänze und die Möglichkeit, den Zukünftigen zu finden, boten sich naturgemäß auf solchen Events. Die Männer gesetzteren Alters liebten die Gespräche und Trinkgenüsse mit alten Freunden,

anders als die jungen Kerle, die Rockmusik mochten und vorsichtige Annäherungen an die auserkorenen Mädchen wagten. Lisa war noch ledig, suchte ohne Eile nach einem freundlichen und ordentlichen jungen Mann. Einen Fischer würde sie nicht so gerne haben wollen. Der Unfall, der drei Männern das Leben gekostet hatte, war ihr in frierender Erinnerung geblieben.
Valerie betrat ihr Elternhaus. Rodrigo war bereits draußen auf dem Meer mit seinem Helfer, so dass sie nur Joy in der Küche sah.
»Hallo Joy. Wo sind denn die Eltern?«
»In der Stadt. Besorgungen machen für das Fest.«
Joy beobachtete ihre Schwägerin, seit sie so entspannt fröhlich den Raum betrat. Ihr Herz brannte noch wegen des heftigen Dramas, nachdem Valerie vom Verschwinden von Tomas' Leichnam hören musste. Dass sie mit ihren Eltern noch so verfeindet sein könnte, wollte Joy nicht akzeptieren. Diese Fehde musste unbedingt beigelegt werden.
»Geht es dir gut?«
» Ja.«
Ihre Schwägerin wandte sich wieder der Arbeit am Kochherd zu. Es gab Fisch, wie meistens. Aber alle liebten diese Speisen, so frisch wie immer aus der brausenden See geholt. Joy Tolentino beherrschte das Kochen mit Bravour und Valerie beneidete sie dafür. Ihre geschickten Handgriffe mit dem Messer sollten den frischen Tuna auf dem Schneidbrett zu feinen Filetstücken werden lassen, um diese mit scharfen Chilischoten und dunklen Zwiebeln zu einem köstlichen Fischsalat zu vereinen, der hierzulande ›Kinilau‹ hieß. Joy bemerkte eine ungewohnte Fröhlichkeit in Valeries Gesicht.
»Du bist seit Tagen viel heiterer geworden, Valerie. Das freut mich. Was ist denn der Grund, ich meine, seit dem furchtbaren Streit mit Rodrigo? Seit Wochen geht das schon so! Und du gehst einfach nach Iloilo, wie ein Davonrennen... Bitte sag es mir! Hast du dich mit deinem Vater vertragen?«

Valerie konnte wenigstens das als Erfolg verbuchen. Die Aussprache unter Tränen mit den Eltern fand erst letzte Nacht statt. Spät und doch bedeutungsvoll. Umarmungen und Schwüre, nie mehr solch Unüberlegtes zu tun, wechselten mit Beteuerungen, dass man sich als Familie doch liebt und zusammenhalten muss.
»Ich hatte jemanden, der so wunderbar zuhören kann.«
»Ach?«
Joy schaute nicht auf, sondern konzentrierte sich auf das Zerlegen des Fischfilets mit dem langen, scharfen Küchenmesser.
»Wer ist es denn, der dich so trösten kann?«
»Der deutsche Mann, der mit Ynez Velasquez verheiratet war.«
»Dieser Schiffskonstrukteur?«
Sie begann innezuhalten und eine unheimliche Starre einzunehmen. Ihre Finger umschlossen den Messergriff krampfhaft, dabei wirkten ihre Augen stumpf vor Schmerz.
»Das ist sehr traurig... Ich... Ich wünschte mir manchmal, ich wäre in dem Jeep gewesen.«
Klirrend fiel das Messer auf die steinerne Arbeitsplatte neben dem Herd. Rasch lief Valerie auf die weinende Frau zu und umarmte sie. Joy hielt beide Hände vor die Augen, um die herausschießenden Tränen abzuhalten, eine sinnlose Geste.
»Joy, weine doch nicht! Du kannst so etwas nicht sagen!«
»Ich bin eine nutzlose, erbärmliche Frau. Ich kann ihm keine Familie schenken.«
»Hör auf! Du bist ein wertvoller Mensch. Sag so was nie wieder!«
»Ach Valerie! Siehst du nicht, wie er deswegen zu mir ist?«
Ihr zitterndes Weinen erfüllte den ganzen Raum. Nur der helle Schein der Sonne an diesem herrlichen Tag leuchtete durch die Fenster und erhellte die Szenerie etwas. Valerie verstand diese gebrochene Frau völlig. Ein wenig aber auch ihren Bruder. Hier im Land war Kinderlosigkeit ein zu Herzen gehendes Problem, besonders hier auf dem Land und an der Küste, während in der Großstadt Manila bereits ein anderer Lifestyle propagiert wurde,

mit Unabhängigkeit, ungebundenem Leben und wechselnden Partnern. Hier war es noch anders, und Valerie wollte es auch so. Dass ihr Bruder nach keiner Alternativlösung suchte und stattdessen seine Frau als minderwertiges Objekt behandelte, verstand sie nicht. Es war leicht, elternlosen Kindern durch eine Adoption eine Zukunft zu geben. Wo läge denn der wirklich große Unterschied, wenn man Kinder so lieb hatte wie die Tolentinos im Grunde ihres Herzens? Joy hatte sich wieder beruhigt. Sie schaffte das recht schnell. Es schien erbarmungslos antrainiert zu sein, diese aufgezwungene Selbstkasteiung mit dem hastig gewechselten Gesprächsthema. Sie putzte das Messer ab und widmete sich wieder dem Thunfisch auf dem Holzbrett.

»Soll ich dir helfen?«

»Das wäre lieb. Du kannst die Zwiebeln schneiden, wenn du möchtest.«

Nun standen die beiden Frauen beieinander wie eingespielte Meisterköchinnen und begannen die kleinen, bekannten Dinge über den Mann aus Germany zu erörtern, der mit seiner 24-Meter-Bangka die ganze Insel verrückt zu machen schien.

»Der Foreigner also?«

» Ja, Joy. Der Foreigner. Mit seinem verrückten Schiff.«

»Wie ist er denn? Ist er nett? Ich habe schon mitbekommen, dass er unsere Hauptsprache sehr gut sprechen kann.«

Valerie setzte sich an den Esstisch aus massivem Mahagoniholz. Eine Karaffe mit Calamansisaft stand dort und sie goss zwei Gläser voll.

»Ich habe ihn eher zufällig getroffen. Später auch noch zweimal. Er trauert wirklich um seine Frau. Sehr tief sogar.«

»Er muss sie sehr geliebt haben.«

»Der Unfall ist über sechs Monate her. Aber er muss eine tiefe Bindung zur ganzen Familie haben. Er nennt Manang Lorna auch persönlich seine Mutter und sie behandelt ihn nach wie vor wie einen Schwiegersohn, als wäre nichts geschehen.«

»Warum hat er denn keine Kinder?«

»Ich weiß es nicht.«

»Was macht er eigentlich beruflich? Schiffsbauer ist er nicht, oder?«

»Er ist Fotograf und schreibt Bücher.«

»Ach? Bücher. Über Fotografie? Ist er Journalist?«

Valerie musste kichern, auch wenn sie es nicht unsinnig oder amüsant fand, dass Anthony Romane verfasste. Aber hier in dem Fischerdorf fanden die meisten Leute eine solche Art des Brotverdienens nur seltsam. Als Arnel dies bei einigen Männern in einem Gasthaus einmal so nebenbei erwähnte, fingen diese an zu lachen und kratzten sich verwundert am Kopf.

»Sag schon. Schreibt er für eine Zeitung? Ist er Reporter?«

»Er schreibt gerade einen Liebesroman.«

Joy fand diese Antwort weder lustig noch interessant. Sie kannte die Sexgeschichten, die ihr Mann las, weil er meinte, damit mehr befriedigt zu sein. Es war eine weitere Kränkung, die sie dadurch erlebte. Ein verabscheuender Blick war es, den Valerie empfing. Sie wollte Joy aber beruhigen, denn Valerie glaubte nicht, dass Anthony dieses Genre bediente.

»Es ist nicht so was mit ›Porn‹. Du darfst doch ›Love-Story‹ nicht mit ›Bold‹ verwechseln. Er hat mir die Geschichte beschrieben. Sie spielt auf den Philippinen und die Hauptdarsteller sind ein Deutscher und seine Frau, die eine Filipina ist. Spannend und vielleicht ein wenig kompliziert. Die weiblichen Protagonisten bei ihm sind aber allesamt schöne Frauen. Ein Waisenjunge kommt darin auch vor.«

»›Schöne‹ Frauen, sicher. Männerfantasien.«

Als Joy dies hörte, begann sie die Idee zu entfalten, dass dieser Mann seine Erlebnisse im Land innerlich verarbeiten würde und deshalb die Orte seiner Bücher nach hier verlegt hätte. Valerie argwöhnte, dass Europäer vielleicht exotische Geschichten aus Asien mochten. Wissen konnten die beiden Frauen das nicht, aber kichernd unterhielten sie sich noch einige Zeit über die unbekannten Romane des Mannes aus Deutschland, der hier ein aberwitziges Schiff konstruierte, um einen kindlichen Traum in Erfüllung gehen zu lassen, um immensen Schmerz zu lindern.

»Hast du wenigstens mal in das Buch reinschauen können?«

»Nein. Er hat mir das doch gar nicht gezeigt. Es ist in seinem Computer und noch gar nicht fertig.«

»Valerie, ich möchte dich jetzt doch etwas fragen. Hast du ihn etwa..., bitte verstehe mich jetzt nicht falsch..., gern? Ist da was zwischen euch?«

Valerie musste aus dem Fenster starren, unfähig, eine treffende Antwort zu geben. Joy sah sie an und verstand in ihrer Feinfühligkeit bereits alles. Ihre Schwägerin fühlte etwas Zartes, ein für sie persönlich unbegreifliches Gefühl einer beginnenden Zuneigung zu diesem Mann draußen bei der San Carlos Bucht.

»Lass uns weitermachen, Joy. Übermorgen geht es erst einmal auf das Fest, okay?«

»Es wird uns mal wieder guttun.«

»Wenn du möchtest, können wir ihn bei seinem Schiff doch einmal zusammen besuchen.«

» Ja gut. Dein Tanzkleid für den Tinikling ist übrigens fertig. Ich habe es für dich gebügelt. Wer tanzt denn mit dir?«

» Jason, Eric und Regine, denke ich. Danke Joy. Du bist so lieb.«

»Führt ihr auch den neuen Freestyle auf?«

»Ich hoffe, ich überstehe den. Er ist wahnsinnig schnell.«

»Du bist eine der besten Tinikling-Tänzerinnen in Lawigan. Keine Sorge,«

»Ich weiß nicht, Regine hat es zurzeit mehr drauf.«

»Quatsch, ihr beide seid top.«

Der nächste Tag war der letzte vor dem großen Festival. Wie immer musste der kleine Basketball-Court für die Tanzproben herhalten. Für die acht ausgewählten Tänzer stand viel auf dem

Spiel, auch wenn Zuschauer des freudig aussehenden Tinikling-Tanzes keine Spur der herrschenden Anspannung bemerkten. Der Choreograf des Freestyle-4/4-Takters kam aus der Hauptstadt. Er war ein Maestro verschiedener Tanzstile und obendrein Balletttänzer. Dies aber spürten die beiden Paare im Moment sehr deutlich. Die Trommler und Perkussionisten kamen ebenfalls aus Luzon, von den Bergregionen. Weit waren die hart rhythmischen Klänge zu hören. Eine kleine Menschentraube hatte sich an den offenen Fenstern versammelt. Valerie trug wie die anderen das bunte Kleid, welches sie für diese Aufführung auf dem Festival tragen sollte. Es war alles arrangiert, sogar die Farben der Blumengirlanden im Haar bei den jungen Frauen. Für die Zuschauer sah es wie eine ganz normale Session aus. Wenn sie wussten, was Valerie im Besonderen in diesen Augenblicken fühlte, es hätte sie traurig gemacht. Valerie musste sich überwinden, überhaupt dem Tanz zuzustimmen und fühlte, dass es unpassend wäre nach der so kurzen Trauerzeit. Ihre Partner konterten mit Argumenten. Wegen ihrer Professionalität, wegen der Zuschauer in ganz San Joaquin, denen sie es doch schuldig sei. Der ›Utang‹ wurde geweckt oder erfunden. Wäre Freude im Herzen beim Vergessen des großen Schmerzes unakzeptabel? Die Eltern rieten ihr, auf die Tanzfläche zu gehen und am Ende stimmte sie zu. Nun absolvierte sie diese hüpfenden Tanzschritte um die Bambusstangen, die bei jedem vierten Takt der schnellen Musik unbarmherzig gegeneinanderschlagen. Der Tanz reizte sie und die anderen wegen der Gewagtheit der Rhythmen und der Schnelligkeit, der durchschnittliche Tinikling-Tänzer rasch überforderte. Maestro Reginaldo Gutierrez musste lange suchen und wurde über einen Videofilm auf die Gruppe hier in Antique aufmerksam. Er sah Regine und Valerie, und wusste es. Wenn er jenen extraordinären Tanz uraufführen wollte, konnten es diese beiden Mädchen schaffen. Durch Härte, die im Showbiz für ihn als unverzichtbar galt, wollte er nicht nur sich selbst, sondern auch diese jungen Leute buchstäblich in höhere Sphären der Popularität peitschen. Valerie schien in ihren Tanzbewegungen konzentrierter denn je, doch sie fühlte in jenem Schreckensmoment die schmerzhafte Realität. Der Schritt war einen Hauch verzögert. Ihr Knöchel schien vor peitschendem Schmerz zu zersplittern, als der Bambus beidseitig gegen ihren Fuß schlug. Sofort fiel sie hin, auf den harten Betonboden.

»Arayy!! Linti.« (Wort des Missfallens)

Die Trommler hatten aufgehört zu spielen und schauten stumm auf die Szene, als wäre Mitgefühl hier fehl am Platz. Doch sie taten es wegen dem starr wirkenden Choreografen Gutierrez.

»Valerie, geht es?«

Regine hatte sich helfend zu ihr begeben, kniete sich vor die junge Frau mit schmerzverzerrtem Gesicht. Valerie konnte aufatmen. Der Schmerz weilte nicht lang. Offensichtlich hatte es keine Sehne erwischt. Sie konnte sich rasch wieder aufraffen.

»Verzeihung, Kuya Reginaldo.«

Der Gesichtsausdruck des Mannes wirkte nur kurz mitfühlend.

»Was hast du, Mädchen?«

»Es geht schon.«

»Hör zu! Nichts geht hier. Hast du eigentlich bemerkt, dass du seit Minuten gar nicht wirklich im Takt bist?«

»Ich bin sehr wohl im Takt gewesen.«

»Wenn die Stangen deinen Knöchel gematscht hätten, woher soll ich bis morgen eine neue Tänzerin hernehmen!?«

Reginaldo Gutierrez ließ ein höhnisches Gelächter los, das Sekunden anhielt. Valerie biss sich auf die Lippen. Sie war so sensibel, aber vor diesem Mann wollte sie keine Tränen offenbaren. Stumm blickten alle Anwesenden auf den nun ausbrechenden Wortwechsel.

»Was ist mit dir los? Ich weiß, dass du eine der besten Tinikling-Tänzerinnen auf den Visayas bist. Ich habe dich doch gesehen. Du bekommst von mir die Chance. Wenn ihr es morgen richtig macht, nehme ich dich mit auf Tournee. Dann brauchst du keine schleimigen Fische mehr ausnehmen.«

Regine mischte sich freundlich ein, wollte erklären, Verständnis erlangen für ihre Freundin. Die Reaktion erschien unwirklich, als der Mann des Tanzes sich einige Sekunden ruhig verhielt, um Valerie dann an den Schultern zu packen.

»Hör mal zu, Valerie. Ich kenne das. Leiden für den Traum, für die Chance. So wie es mir mein Vater eingeprügelt hatte. Als ich in Manila in einem hochklassigen Ballett tanzte, starb er in jenem Moment in einem Krankenhaus an Krebs. Ich tat das, was er wollte. Meinen Weg gehen ohne Rücksicht. Du konzentrierst dich jetzt endlich!«

»Du bist so grausam, Kuya Reginaldo!«

»So? Wenn du morgen erfolgreich diese Performance getanzt hast, wirst du dich bei mir bedanken.«

Valerie begann innerlich zu schnauben. Dieser Schleifer hatte sogar Recht in der Sache, aber sein fehlendes Mitgefühl machte sie rasend. Dabei zelebrierte er ungeahnt harmonische, liebliche Tänze, bei denen niemand auf die Idee käme, welch brutale Seele hinter jener Fassade steckte.

»Du kannst nur gewinnen, wenn du dich verleugnest. Ob dein Verlobter tot ist oder nicht. Dann tanze für ihn!«

Sie bemühte sich krampfhaft, Tränen zu vermeiden, es gelang nicht. Als sie anfing zu weinen, waren es nur kleine, zögerliche Tropfen. Es kam ihr wie eine abscheuliche Bloßstellung ihrer selbst vor.

»Du weißt nämlich nicht, warum du das tust, nicht wahr?«

Valerie schwieg verbissen.

»Für wen willst du morgen tanzen?«

Immer noch konnte sie nichts antworten. Sie wurde im Moment gnadenlos inspiziert.

»Valerie! Warum willst du diesen Tanz machen? Sag es mir! Ich hörte, man nennt dich ›Taifunherz‹. Na sag schon!«

Valerie kochte jetzt innerlich. Dass sie dabei in jenen Augenblicken am Gewinnen war, konnte sie nicht begreifen.

»Für mich? Vergiss es! Ich bin unwichtiger als alle anderen. Dort draußen wartet unser Publikum. Wir sind ihre Diener, für den Ruhm vielleicht, aber nur mit ihrem Applaus ist das möglich. Tust du es für dich und dein Ego?«

»Ich tanze, weil ich Freude daran habe!«

»Dann musst du über dich hinauswachsen.«

Valerie sah zur Seite und war immer noch gereizt.

»Du kannst das und hast Potenzial, auch Regine und die beiden Jungs dort.«

Sie wusste, dass Argumente sinnlos waren. Das Tempo, der 4/4 Takt, die Trauergefühle, es würde alles an ihm abprallen. Sie hatte schon so viele moderne Tinikling nach Popmusik getanzt. Das Tempo war diesmal sicher eine Herausforderung, doch an Kondition und Takthaltegefühl fehlte es keineswegs bei ihr.

»Warum quälst du mich, Kuya?«

»Das tue ich nicht. Du brauchst jemanden, der dich klar im Kopf macht und nicht ständig an dir herumzärtelt.«

Gutierrez gab Anweisungen an die Perkussionisten, von denen einige zu lächeln begannen. Einer von ihnen grinste direkt in Valeries Gesicht.

»Boyed! Du und ich werden die Stangen schlagen. Und sie wird jetzt alleine tanzen. Wir ziehen den Takt um 10 im Tempo an.«

Valerie dachte, sie höre nicht richtig.

»Das ist kein Tinikling mehr, sondern Quälerei!«

»Vielleicht brauchst du das im Moment, Taifunherz.«

Reginaldo Gutierrez kniete sich an die Stangen und umfasste die mit buntem Stoff umwickelten Griffenden.

»Du schaffst das heute. Dann wirst du morgen eine Show abliefern, für die dich dein Zukünftiger noch mehr lieben wird.«

Ein Kopfnicken an die Trommler war Startschuss und Valeries Prüfung einer hervorragenden Art. Sie hörte zunächst genau hin. Lange Sekunden, verinnerlichte den präzisen Taktschlag. Nun drehte sie ihren zuvor eingeklemmten Knöchel ein wenig. Er schmerzte kaum noch. Ihre Augen sahen bohrend auf diesen Mann, der ohne Regung an den Stangen hantierte, jeden Takt genaustens absolvierte. Dreimal auf den Boden, einmal gegeneinander.

»Komm, Mädchen. Du kannst es. Ich weiß es! Du hast so tolle Augen, wenn sie mich anschauen wie jetzt. Deine blitzenden Diamantaugen. Du hast nämlich Energie, Taifunherz.«

Valerie fing mit den hüpfenden Stepps neben den Stangen an. Einmal, zweimal, dann viermal die tupfenden Sondierungsschritte. Daraufhin begann ihre Performance. Erst waren es Seitwärtssprünge durch die Stangen hindurch, eine der leichten Schrittarten. Dabei wuchs ihr Mut, eine Art Selbstvertrauen ungeahnter Art. Der Sound der Perkussion war unerbittlich exakt. Nun versuchte Valerie den Dreher-Schritt um die eigene Achse, Sie hielt ihren Gesichtsausdruck noch verkrampft vor Konzentration, doch als die zweite Garnitur der Perkussionisten mit Wirbeleinlagen in den bisher einfachen Rhythmus eingriff, begann sie zart zu lächeln, hielt das Tempo ohne jede Verzögerung. Der Maestro blickte zu ihr hoch, feuerte sie an. Seine Begeisterung erhöhte sich mit jedem ihrer Tanzschritte.

Als ob sie ›Ich zeige es dir jetzt‹ dachte, begann sie gewagter zu tanzen. Mit dem Spreizer-Schritt, der ihr hüpfende Bewegungen mit dem ganzen Körper in schneller Folge abverlangte, wurde sie zur Diva dieses Traditionstanzes. Zuschauer hatten begonnen, im Takt mit zu klatschen, als Anfeuerung und Bewunderung. Als Valerie es wagte, einen Doppler-Sprung in einen Taktschlag einzubringen, musste sich Boyed brachial beherrschen, um nicht vor lauter Ergriffenheit die Stangen loszulassen. Bei jenem Tempo war das normalerweise kaum möglich.

»Denke an deinen Liebsten, wenn du einen hast. Wie mit ihm, voller Ekstase. Tue es für ihn. Jetzt und morgen! Weiter.«

Valerie begann zu schreien: »Ja... Ja! Ja!«

»Weiter!«

Wie ein fröhlicher Vogel, getragen im Wind, glitt sie von einer trippelnden Schrittkombination in die nächste. Ihr Lächeln offenbarte nun außergewöhnliche Freude ganzer Hingabe. Wild flogen ihre Haare durch die Luft. Sie wollte nicht mehr aufhören zu fliegen. »Bitte! Trommelt bitte weiter. Immer weiter!« Doch Reginaldo Gutierrez bemerkte ihre einsetzende Erschöpfung sehr genau. Seine Beobachtungsgabe für den Zustand seiner Tanzschüler war fantastisch.

»Genug!«

Valerie hüpfte noch einige Male neben den stillstehenden Bambusstangen zum Ausklingen für ihre Füße und Gelenke. Nun atmete sie schwer, jedoch mit leuchtenden Augen. Gutierrez begann zu klatschen, dann die Trommler, die Menschen an den Fenstern und Regine, die jetzt leise weinte.

»Du bist wahnsinnig gut, Taifunherz! Weißt du eigentlich, dass diese Performance so schnell ist, dass vielleicht fünf Prozent der Tänzer auf den Philippinen so etwas überhaupt durchhalten?«

»Nein, Kuya.«

»Du hast Kampfkraft und bist liebreizend zugleich. Ich bewundere dich wirklich, Mädchen. Wie alt bist du?«

»22.«

Sie schluchzte heftig, dabei atmete sie immer noch schnell. Ihre Augen sahen ihren Trainer an und warteten beinahe sehnsuchtsvoll auf weitere stärkende Worte.

»Jetzt verstehe mich bitte, auch wenn ich hart sein musste. Ich wollte dich aus deiner Erstarrung holen, zu deinem Guten.«

Diese Worte schienen die Anwesenden nun zu fesseln. Nachdenklichkeit breitete sich aus. Regine, die praktisch Veranlagte, musste schlucken und Boyed lächelte seinen jungen Freunden zu, die morgen auf den ›Kaligayahan‹-Festival ihre Performance abliefern wollten, mit allem, was sie geben konnten. Reginaldo

Gutierrez befahl einer Helferin, Valeries Füße und Knöchel zu massieren und mit Campher-Öl einzureiben.

»Mach ihr eine Bandage um den Fuß, den sie eingeklemmt hat.«

Gehorsam bat die schüchterne junge Frau, dass Valerie sich setzen möge. Sie sollte noch dreimal diese Behandlung erfahren, auch alle anderen Tänzer bekamen jene guttuende Massage. Ihre Beine und Füße würden es ihnen danken.

»Noch etwas, Valerie. Mein Vater hätte es mir in seinen letzten Minuten nie verziehen, wenn ich nicht auf der Bühne getanzt hätte. Ich liebte ihn wegen seiner unerbittlichen Ziele für mich.«

Fatale Neugier

Anthony war zurück zum Bauplatz gegangen. Prüfend ging er um das Schiff und betrachtete Details an den Seitenrümpfen, als er eine bekannte Stimme neben sich hörte. Es war Roel.

»Wir können sie erst nach dem Festival zu Wasser lassen. Bei der Festlichkeit haben die Leute andere Sorgen als eine Bangka ins Wasser zu schieben. Komm mit nach Hause.«

Schweigend gingen die Männer in Richtung der Böschung an der Landstraße. Unvermittelt trafen sie auf ein bekanntes Gesicht.

»Guten Tag. Manong Pedro. Wie geht es dir?

Lange Sekunden begutachtete der alte Meister im Bootsbau das Gebilde im Sand in der Ferne. Es gärte etwas in ihm und er wollte einem drängenden Gefühl Ausdruck verleihen.

»Es sieht imposant aus. Ist sie fertig für den Gang ins Wasser?«

»Wir machen es nach dem Fest.«

»Ich sehne mich nach dem Tag, wenn wir sie ins Meer bringen. Ich hoffe, du hast dich nicht verkalkuliert, Foreigner. Dieses Gewicht wird uns Kopfzerbrechen bereiten.«

Die Männer hatten in den letzten sieben Tagen sehr intensiv an den Masten der ›Kaibigan‹ arbeiten müssen, weil die Seile aus Anini-Y endlich eingetroffen waren. Roel hatte wiederholt über die Unpünktlichkeit der Händler disputiert und war am Tag der Lieferung ohnehin nicht besonders gut drauf. Dass er eine Nacht davor schweißgebadet aus einem wegen seiner Vergangenheit herrührenden Alptraum aufgeschreckt war, wusste niemand sonst. Die Ordnung zuhause verlotterte allerdings zusehends. Anthonys Bambushütte sah schlimmer aus als seine damalige Wohnung in Deutschland, die er als unverheirateter Chaot bewohnte. Das wollten die Frauen nicht auf sich sitzen lassen und so hatte Marie Claire angefangen, die Hütten zu fegen und Roels Bett zu ordnen. Dabei musste sie aufpassen, dass ihre kleine Mauring nicht beim Versuch ›aufzuräumen‹, die ganze Unordnung in kindlicher Weise weiter vervollkommnete.

»Conchita! Kannst du das Haus von Anthony saubermachen? Sie kommen bald zurück.«

Sicherlich hielt sich die Begeisterung in Grenzen, denn Dienstbote sein mochte die junge Frau nicht, aber es galt der Familienzusammenhalt, der im Alltag grundlegend funktionierte. Dafür reparierte Anthony die Küchenschränke oder den Abfluss und die Frauen ordneten im Gegenzug die zerwühlten Betten der nachlässigen Kerle. Leise betrat Conchita die Hütte und sah, dass die wertvolle Kamera an den Laptop angeschlossen auf dem Tisch lag. »Das ist grobe Fahrlässigkeit«, dachte sie und sah auch, dass die von Anthony transferierten Daten bereits auf den Computer überspielt worden waren. Conchita klappte den Bildschirm herunter und sah den Staub auf dem glänzenden Deckel. Liebevoll putzte sie den Laptop mit einem Tuch ab, hoffend, dass sich Anthony darüber freuen würde. Melancholische Gedanken kamen in ihr hoch. Sie fragte sich, ob diese ganzen Anstrengungen, um ihn zu werben, nicht in Wirklichkeit nur einseitig praktische Überlegungen waren, die aus einem Mitleidsgefühl heraus geboren waren. Was wusste sie von der romantischen Liebe? Hatte sie nicht immer ihre Schwester beobachtet, die souverän und glücklich schien, und auch die Augen Anthonys, der sich mit ihr freute in allem was sie taten? Konnte sie ihm diese Hingabe geben? Und nun sah sie das Bild der Tochter der Tolentinos vor sich, die so plötzlich in ihre Gefühle und Pläne eindrang. Das Mädchen konnte nichts dafür, es war auch ihr klar, aber sie fühlte Eifersucht. So packte Conchita eine ungehörige Neugier. Die Taste, um die aufgenommenen Bilder anzusehen, kannte sie. Einige lange Sekunden blickte Conchita auf dieses Gadget, nahm es hoch und wählte im Menü die Funktion aus, die sie so reizte. Die Kamera zeigte immer automatisch das letzte Bild an, die Pfeiltaste nach links würde ihr vieles offenbaren. Das erste Bild war nichtssagend, zeigte den Strand, den sie jeden Tag vor sich sah. Es war gewöhnlich geworden, was die Natur vor ihr zu bieten hatte, selbst die Meeresgeräusche nahm sie nicht mehr so wahr wie die Touristen in San Joaquin. Sie drückte erneut auf die Pfeiltaste und erschrak. Ihre Erregung nahm zu, als sie in Valerie Tolentinos Augen schauen musste, die mit diesem Teleobjektiv eingefangen worden waren. Zweifellos ungefragt, was sie als Einheimische ärgerte. Während sie immer wieder neue Aufnahmen sah, interessierte sie die Umgebung um herum nicht. Immer wieder die Pfeiltaste, wie in einem Zeitraffer. Sie begann die schönen, großen Augen der in ihrer eigenen Gedankenwelt existierenden Nebenbuhlerin zu hassen. Die ganze Person dieser jungen Frau wurde ihr zum Gram und zur Gegnerin. Conchita verharrte in ihren Gefühlen mittlerweile ohne Vernunft. »Du kleines Biest, lass Anthony in Ruhe«, dachte sie, so unwirklich doch diese Überlegungen waren. Wieder und wieder wollte sie die Bilder im Speicher seiner Kamera sehen. Nach einigen sehr schönen Naturaufnahmen an der Küste nördlich von Anilao erschrak sie erneut. Sie fror innerlich, als sie ihre Schwester Ynez sah, lächelnd in die Kamera schauend. Sie kannte Anthony als respektvollen Kerl und ihre Schwester war in der Öffentlichkeit stets zurückhaltend gewesen. Aber sie hatte ihr Privatleben im Inneren ihres Hauses und des Fotostudios. Verstohlen blickte

Conchita auf diese Bilder. Ihre Posen wirkten nicht aufreizend, doch ihre nackt offenbarte Schönheit war wie eine Explosion und ein Schock. Für sie erschien es ein weiterer Baustein, der sie noch wütender machte. Die Verbindung zu Valerie, nach der sich Anthony offensichtlich sehnte, um in Zukunft intime Momente mit ihr zu erleben? Sie schaltete erregt die Kamera aus, in dem Moment, als es draußen plötzlich auf der Treppe zum Eingang der Hütte knarrte. Doch es war zu spät.

»Conchita? Was tust du hier?«

»Aufräumen..., Kuya.«

»Warum ist der Computer zugeklappt?«

»Ich habe ihn geputzt.«

»Das ist nett.«

Sein Blick aber zeugte von absoluten Zweifeln gegenüber ihrer ganzen Art und Weise, wie sie sich gerade vor ihm mit gesenktem Kopf und kauenden Lippen so ausweichend gab. Fordernd streckte er ihr seine geöffnete Hand entgegen.

»Zieh das Kabel ab und gib mir bitte sofort die Kamera.«

Lange blickte er in ihr Gesicht und wusste genau, dass sie den Fotoapparat nicht zum Putzen in den Händen hatte. Immer noch schaute die junge Frau beschämt auf den Boden.

»Hast du meinen Computer durchgeschaut?«

Sie schüttelte den Kopf und schielte zu ihm hoch.

»Du hast in der Kamera spioniert, nicht wahr?«

Ihr Nicken war so schwach, dass ein Mensch mit weniger Feingefühl es kaum bemerkt hätte, aber Anthony war, geschult durch seinen Umgang mit den Leuten hier sofort in der Lage. Es gefiel ihm nicht, was sie mit ihm in jenem Moment tat, auch wenn starke Gefühle eine Rolle spielen mochten.

»Es ist richtig, Conchita. Ich habe Miss Tolentino fotografiert. Hast du ein Problem damit?«

Anthony sah ihre Verlegenheit, gepaart mit feinem Zorn.

»Bitte verlass mein Cottage.«

Leise ging Conchita an ihm vorbei, direkt zur Tür und raunte: »Du kannst dich nicht mit dieser Fischerstochter aus Lawigan abgeben. Mit dieser...«

»Mit dieser was?! Wage dich!«

»Ich sage, was ich denke. Mit dieser unverfrorenen Heulsuse. Ihre großen Augen, mit denen sie dich so schön bezirzt, nicht wahr?«

»Es ist vielleicht meine Sache, dass ich sie mag?«

Es kam keine Antwort zurück, sie stockte, wissend, dass sie sich mit jeder Art von negativem Gerede über Valerie nun vollends unbeliebt machen und jede Chance auf ihn verderben würde.

»Und lösche diese Fotos von meiner Schwester. Vielleicht war das okay, als ihr verheiratet wart, aber heute ist das respektlos.«

Ihre Stimme schwoll nun an und ihr Ton verwandelte sich in ein ärgerliches, fast heulendes Stakkato.

»Damit du nicht solche Bilder ansiehst, wenn du Miss Tolentino in deinen Armen liegen hast! Du bist ein Skandal! Und außerdem gehörst du nicht mehr zu unserer Familie. Ich bin nicht so wie Mama, die dich noch verherrlicht. Geh nach Deutschland zurück und lass uns allein!«

Eilig rannte sie die drei Stufen hinunter und beeilte sich, ins Haupthaus zu gelangen. Anthony hörte nur ihr Weinen. Sid und Jerome kamen auch in diesem Moment die Treppe zum Vorplatz hoch und wunderten sich nur über die unwirkliche Szene, die sich vor ihren beiden Augen abspielte. Ein »Was hat die denn?« kam aus dem Munde Sids, und Jerome zuckte kleinlaut lachend mit den Schultern. »Ist nur Drama«, meinte Jerome in seiner jugendlichen Art. Anthony hielt seine Kamera stumm in den Händen und blickte auf das Bild, das er gerade in dem winzigen Bildschirm geöffnet hatte. Der sehnsüchtige Blick Valeries tröstete ihn soeben, nur dass sie nicht wusste, was sie in seiner Gefühlswelt mit ihm anstellte. Bilder hatten Macht und das auf der ganzen Erde und er bemerkte es in ihm in jenem Augenblick selbst. Leise klopfte es an der Tür. Das Gesicht Marie Claires erschien im Türrahmen, verwundert und verstehend zugleich.

»Was hat Conchita denn, Kuya?«

Anthony war offen und ehrlich, wusste, dass er es sich auch herausnehmen konnte, zu fragen, was ihm auf der Seele lag. Das war seit der Heirat mit Ynez vor fast sechs Jahren so. Weil er sich immer taktvoll benahm, wollte er solche direkten Konfrontationen trotzdem nicht vermeiden.

»Conchita hat Gefühle für mich. Oder plant ihr da etwas?«

»Kuya...«

»Weich mir nicht aus. Ihr ganzes Verhalten in der letzten Zeit. Und heute erwische ich sie beim Herumstöbern in meinen Bilddateien. Was erlaubt ihr euch eigentlich?«

»Das tut mir leid. Ich wusste das von eben nicht.«

»Ich habe ein Privatleben. Fotos aus meiner Ehe anzuschauen, ist nicht die Sache Dritter. Das ging mich und Ynez etwas an.«

Marie Claire war die Brave wie die meisten hier und schwieg nur. Sie bot Anthony eine Erfrischung an, doch er winkte ab.

»Lasst mich bitte einfach allein.«

Nachdem Marie Claire gegangen war, schloss Anthony die Tür ab. Kurz blickte er aus dem geöffneten Lamellenfenster und konnte die Männer sehen, die sich müde auf der Bambus-Sitzgruppe niedergelassen hatten. Durstig tranken sie aus den Wassergläsern, die Arbeit war in der heißen Sonne schwer und schweißtreibend gewesen. Sids Hände taten weh, weil er oben an der Spitze des Hauptmastes die Takelageführungen der Rahe montieren und dabei viel Kraft auch zum Festhalten aufbringen musste. Die Rahe hatte nun etwa achtzehn Kilogramm Überhanggewicht nach oben, so ähnlich wie Valerie es Anthony empfahl. Roel hatte sich erstaunt gezeigt, woher Anthony diese Formel eigentlich hatte, aber der schwieg sich aus. Denn sein Freund war es ja, der ihm eine bereits begonnene Liebe unterstellte und mehr durchschaut hatte, als Anthony ahnte.

Anthony hatte nach diesem Erlebnis keinerlei Lust mehr, mit den Freunden zu Abend zu essen. Langsam ging die Sonne unter und die Dunkelheit überzog sachte den Himmel. Er knipste die Tischlampe an und klappte den Laptop-Computer wieder auf. Conchita hatte sich beim Putzen Mühe gegeben, selbst die Tastatur war von jedem Krümel befreit. »Ich muss ihr morgen danken«, überlegte er und schämte sich. Die Fotos, die Ynez und ihn zeigten, hätten für immer ins Reich der für andere uneinsehbaren Datengräber abgelegt werden sollen. Es wurde bereits fahrlässig und Anthony begann, diese Bilder von der Karte zu löschen. Nun musste ein neues Leben her und das wollte er der Familie erklären, offen und verständnisvoll. Es würde Conchita natürlich wehtun, aber er liebte sie nicht, wie es die romantische Liebe forderte, und schon gar nicht eine Lebensbeziehung. Diese Entscheidungen und Wahrheiten spielten sich auf dem Globus tagtäglich ab und bei anderen war es der Weg zur großen Liebe. Und diese Liebe hatte auch ihre Opfer, unausweichlich. Opfer, die im Werben um die Seele des anderen hingefallen am Rand einer Straße liegenblieben, die Leben hieß. Damit sie sich aufraffen und beim nächsten Anlauf ihren Sieg davontrugen, so wie Conchita, die in ein paar Jahren sicher einen netten Kerl finden würde, der zu ihrem einfachen und schüchternen Wesen passte. Anthony klickte auf eine Schreibdatei und begann nachzusinnen. Es war ein Tagebuch. Er führte es, seit Ynez und er nach Iloilo kamen, um hier eine Existenz aufzubauen. Das kleine Fotostudio, die Arbeiten an seinem Buch. Nun fing Anthony wieder an, Gedanken in die Tastatur zu prügeln. Es waren eine Art Memoiren, ein voranschreitender Gang durch sein Leben, als Künstler am Auslöser, an der Tastatur eines Schreibprogramms und als Ehemann mit tiefem Enthusiasmus. Er wollte auch eine Dokumentation verfassen, die über den Bau der großen Bangka berichtete, die im Sand von Katikpan lag, über seine Freunde, Helfer, Beistandsleistenden und über eine anziehende junge

Frau, ein Mädchen, welches in sein Leben gekommen war, um es möglicherweise, ja ganz unbeirrt und sicher zu verwandeln.

Alle waren zu Bett gegangen, nur Arnel und Marie Claire saßen vor dem Haus auf der Bambusbank und genossen die sternenklare Nacht. Arnel hatte natürlich mitbekommen, dass Conchita ziemlich aufgelöst war und sich in ihrem Zimmer einschloss, ohne vorher etwas in der Küche tun zu wollen. Leise sprach seine Frau mit ihm und erwähnte, dass sie glaubte, wieder schwanger zu sein. Ihr Mann lächelte sie an und meinte nur: »Denkst du, wir bekommen nicht noch eins großgezogen? Wo ist Anthony eigentlich?«

»Er geht spazieren.«

»Was ist eigentlich mit Conchita los?«

»Sie ist fertig. Liebeskummer.«

»Weiß Kuya eigentlich, dass sie in ihn verknallt ist?«

Marie Claire musste zunächst ihre Gedanken sammeln und seufzte. Sie wusste nicht, was auf manchen Fotos zu sehen war, doch der Hinweis über gewisse Abbildungen, die für die Augen anderer ungehörig zu sein schienen, beschäftigte sie.

»Natürlich. Anthony hat sie erwischt beim Herumschauen in seinen Fotos. Er hatte die Kamera an seinen Computer gehängt und ist dann mit euch am Schiff arbeiten gegangen.«

»Und sie hat in seinen Sachen herumgeschnüffelt?«

Arnel Velasquez begann sich zu wundern. Marie Claire bejahte es. Conchita wusste schließlich, wie man die komplexe Kamera bedient.

»Das macht man aber nicht. Und deshalb muss man doch nicht gleich heulen. Was waren das für Bilder?«

»Er hat Valerie Tolentino heimlich abgelichtet. Im Serienbildmodus. Warum?«

»Warum, warum... Er findet ihr Kleid irgendwie interessant. Es ist ja auch ziemlich edel.«

Marie Claire wurde nun direkter und dachte dabei an das Bild, das sie kurz in dem kleinen Bildschirm der Kamera erhaschen konnte, als Anthony diese noch offen in seinen Händen hielt.

»Merkwürdig, dass auf den meisten Bildern nur ihr Gesicht zu sehen ist. Soviel zum Thema ›Kleid‹. Conchita heulte herzzerreißend, als sie mir beschrieb, was sie gesehen hatte.«

»Das hat meine Schwester also so gestört.«

»Sie ist total eifersüchtig auf Valerie Tolentino. Kannst du das nicht verstehen?«

»Meint ihr also, dass mein Schwager sich für sie interessiert?«

»Sei nicht dumm, Liebster. Der ist absolut verliebt in sie. Ich sehe das und Roel hat ihn auch schon darauf angesprochen.«

»Wie kommst du darauf?«

»Er fotografiert sie heimlich und bringt sie unangemeldet in der Nacht zu uns, nachdem er sie zu ganz zufällig am Bauplatz eures Schiffes getroffen hat?«

»Das war nur ein Akt der Gastfreundschaft.«

»Klar! Und Conchita? Sie liebt ihn doch.«

»Für uns wäre das irgendwie vorteilhaft, aber Anthony ist doch kein Mensch, den man an jemanden verdealt. Ich denke wie Ynez. Solche Praktiken haben in unserer Familie keinen Platz. Ich kann meiner Schwester nicht helfen. Anthony empfindet nichts für sie. Das muss sie lernen zu akzeptieren.«

Arnel überlegte und fand es nicht so brisant, wie seine Frau es ausdrückte. Aber ihre feinfühligen Antennen kannte er, und sie hatte schon des Öfteren richtiggelegen. Beispielsweise ihre Beobachtungen auf dem Marktplatz einige Monate zuvor. Keiner glaubte ihr, dass der alte Ramirez eine Affäre haben könnte, doch sie sprach ihren Mann auf Details im Verhalten dieses Mannes an, die ihr suspekt waren. Arnel lachte nur und versicherte ihr, dass sie falsch läge. Sie hätte Privatdetektivin werden sollen. Es stimmte dennoch und die Reaktion war furchtbar. Die Sache sprach sich im Ort herum und eine öffentliche Entschuldigung musste folgen, da Ramirez eine hohe Stellung bekleidete. Bei der jungen Esmeralda lag Marie Claire genauso richtig. Hier gab es das von allen freudig erwartete Happy End, als sie den viel zu schüchternen Erik aus Aglanot heiratete, obwohl jeder meinte, dass sich kein Mädchen an der Küste in einen Farmer aus Capiz verlieben würde, ohne von dem Kerl in die Reisfelder gekidnappt zu werden. Marie Claire sagte voraus, dass Esmeralda stärker sei und heute lebte Erik hier an der Küste, reparierte Netze und kümmerte sich um seine vier Kinder, die alle zügig nacheinander kamen. Bye Bye, Aglanot und Esmeralda war die Siegerin.

»Du denkst also, dass Anthony Interesse an dem Mädchen hat?«
»Sicher.«

»Na und? Was ist daran falsch?«

»Ich möchte nicht beurteilen, ob es richtig ist, dass ein Mann, der seine Frau verloren hat, sich schon nach einem halben Jahr wieder verliebt und das in ein Mädchen, deren Verlobter erst vor einigen Wochen umgekommen ist.«

»Ich gebe zu, dass mich das auch beschäftigt hat.«

»Ich finde, er ist ziemlich brutal ihr gegenüber oder sie ist unreif und naiv. Wieso lässt sie sich so rasch auf eine neue Liebe ein?«

»Liebe? Anthony ist kein ›Babaero‹ (Frauenheld) und braucht keine junge Filipina, die er nur wegen ihres Aussehens beturteilt. Du tust ihm unrecht, Marie Claire. Kuya ist kein primitiver Mann, er hat Geist und Verstand. Du weißt auch, dass schon ein paar Mädchen hinter ihm her gucken, weil er ein Foreigner ist. Aber das hat ihn nie tangiert. Außerdem weiß ich, dass Valerie vor ihrem Verlobten nie einen Freund hatte, stark an Moralkodexe glaubt und ihm deshalb sicher eine Abfuhr erteilt. Ich kenne sie nicht so gut. Aber mein Eindruck ist, dass sie überlegt handelt.«

»Aber sie ist zu gefühlsbetont. Manchmal zu viel…, zu nah am Wasser gebaut. Conchita titulierte sie als ›Heulsuse‹. Das kann einen romantischen Mann reizen und er vergisst seine Selbstbeherrschung dann im Nu.«

»Ihr unterschätzt Valerie. Sie ist intelligent... und wirklich sehr gutaussehend. Dass diese tollen Augen manchen Kerl in Ekstase versetzen, verstehe ich. Entschuldige, Liebling.«

»Ach so! Was hat das mit ihrer Heulerei zu tun?«

»Anthony ist jemand, der auf Frauen steht, die in ihrer Eigenart etwas darstellen und nicht so langweilig sind. So wie meine Schwester... Ynez... Nein...«

»Arnel, Liebster...«

»Nein... Warum nur... Shit...!«

Sein Blick senkte sich und auch dieser sonst besonnene Mann vergoss nun Tränen. Ynez fehlte allen hier, es war immer schwer, die geliebte Familienangehörige nicht mehr bei sich zu haben. Arnel brauchte fast eine halbe Stunde, um sich wieder zu fangen und wischte die Tränentropfen aus dem Gesicht.

»Es nutzt nichts, wenn wir nicht weitermachen, Darling.«

Sie umarmten sich und gingen ins Haus zurück. Arnel Velasquez war ein glücklicher Vater und liebte seine Frau unbeirrbar sowie seine Kinder Kaloy, Ronnie und Mauring. Wenn das vierte Baby kommen würde, sollte es ein neues Projekt geben. Keines das schwamm, sondern ein zusätzliches Kinderzimmer.

»Darling?«

Der Blick ihres Mannes fiel auf die Tür mit der Dusche. Dabei sah sein Gesicht sprühend romantisch aus. Er erinnerte sich, dass sie es erst vorgestern genossen unter der kühlenden Frische des Badewassers auf ihrer beider Haut, als seine Maire Claire vor ihm stand, sich mit beiden Händen gegen die Wand der Dusche stützte und seine stoßenden Liebkosungen mit Gefühlen ganzer Ekstase erwiderte, während er ihre Hüften umklammerte, ihren wunderschönen Rücken betrachten und im Spiegel neben ihnen den Rausch ihres Aktes miterleben konnte,

»Die Kids schlafen schon und werden uns nicht hören.«

»Ach. In unserem Bett mal wieder. Wann baust du unseren Anbau fertig anstatt Anthonys Schiff?«

Marie Claire zierte sich schauspielerhaft als kleine Showeinlage, während sie an seinem Gürtel zupfte und die Schnalle öffnete.

»Dafür gibt es Lösungen... Komm jetzt... Mein Mann ist kräftig genug.«

»Sicher, Darling. Ich habe ein Banig an die Wand geheftet...«

☾ Beobachtungen ☾

Mochte Anthony schon einige Zeit in Lawigan und Katikpan zugebracht haben, kannte er dort längst nicht alle Orte und Plätze. Aufgewühlt von der Eifersuchtsszene, die Conchita in seiner Hütte zum Besten gab, wollte er seine Gedanken ordnen und lief neugierig neben der Hauptstraße, als er einen gewundenen Weg abzweigen sah. In beinahe regelmäßigem Abstand hingen Laternen, die ein schales Licht abgaben und sich sanft im Wind hin und herbewegten. Anthony fand die Lampions witzig und begann, diesen Weg entlangzugehen, der bald anstieg, weil er offensichtlich zu den auf jenen Anhöhen liegenden Grundstücken führte, deren Bewohner sich jeden Tag über einen herrlichen Ausblick auf das Meer erfreuen konnten. Tatsächlich war er an einigen Häusern vorbeigekommen, in denen es aber still war. Sicher schliefen deren Bewohner bereits tief und fest. Er blickte hoch und ein hellerer Lichtschein war in vielleicht 50 Metern Entfernung zu erkennen. Das machte Anthony noch neugieriger. Ob er jemanden treffen würde, den er bereits kannte oder könnte sich eine neue, nette Bekanntschaft ergeben, bei der er sein Tagalog zum Besten geben konnte? Beim Näherkommen vernahm er leise Stimmen. Anthony schlich weiter, bis er eine Lichtung erblickte, die heller erleuchtet war als die Umgebung. Dann sah er sie. Valerie, in Begleitung eines älteren Mannes. Ihr Filipiniana hatte sie nicht an, dafür ein ärmelloses Shirt und eine Leinenshorts. Irgendwie freute Anthony jener Umstand, hatte er nie die Gelegenheit haben können, mehr von ihr zu sehen als ihr

Gesicht und die Arme bis über die Ellbogen. Er duckte sich zwischen zwei Büsche, die eingezwängt inmitten der vielen Kokospalmen emporwuchsen, und war neugierig erregt, als er sie und diesen Mann bei ihr beobachtete, denn Valerie hatte ihr Bolo in der Hand und schien Erklärungen des Alten zu lauschen. Anthony konnte wegen jenes hier gesprochenen Dialekts nichts verstehen, doch war ihm rasch bewusst, dass er an einer Lehrstunde im Umgang mit dieser Machete beiwohnte, observierend und schon entsetzt darüber, dass eine junge Frau solchen Unterricht nahm. Anthony sah nach unten und fand Valeries Beine schon toll. Deren Gliederung zeigte, dass sie eindeutig Tänzerin war, aber auch ihre Oberarme, zwar zierlich geformt, aber sanft muskulös, offenbarten, dass sie keine faule Sesselhockerin sein konnte.

Mehrere Laternen, an langen Stangen aufgereiht, beleuchteten den Platz, auf dem Bambushölzer senkrecht in einer Reihe aufgestellt worden waren. Außerdem standen hölzerne Bänke dort und, was Anthony zum Frösteln brachte, eine aus Kugon-Gras geflochtene Puppe in der Größe eines Menschen, deren Arme seitlich nach vorne standen. Der alte Mann, dem Valerie offensichtlich hohe Achtung entgegnete, lächelte immer wieder und schien sie aufzufordern, eine bestimmte Position einzunehmen. Valerie gehorchte und wartete, bis ihr Mentor eine Keramiktasse nahm und sie oben auf eines der senkrecht im Boden steckenden Bambusrohre stellte. Er trat zurück und nickte. Anthonys Blicke waren wie besessen auf das gerichtet, was sie nun tat. Valeries rechter Arm holte nach hinten aus, ihr Bolo waagerecht ausgestreckt in der Hand, so waagerecht, als wäre sie mit einer Wasserwaage ausgerichtet. Mit unbeschreiblicher Schnelligkeit zog sie in ihrer Bewegung durch. Die Klinge traf, während die Tasse mit einem klirrenden Geräusch von dem Bambusholz flog und in den Grasboden fiel. Anthony konnte es nicht glauben, doch das Ding war heil geblieben. Somit konnte sie nur den letzten unteren Zentimeter dieses Keramikgefäßes getroffen haben, dort wo der massive Boden war, sonst wäre diese Tasse in zig Teile zersprungen.

»Ausgezeichnet, Inday.«

Der Mann holte eine kleine Holzpuppe hervor und stellte sie auf einen anderen Stamm. Eine einladende Bewegung seiner Hand folgte. Valerie zögerte erst etwas, machte einige sondierende Schritte und holte aus. Anthony duckte sich, glaubte er in jener Sekunde, einer von ihnen hätte ihn gesehen. Valeries waagerechter Schlag jedoch endete anders als derjenige zuvor. Ihr Bolo traf das Bambusholz, das zersplitterte und sich zur Seite neigte, während das Püppchen in den Sand kullerte.

»Kann passieren, Inday. Niemand ist vollkommen.«

Valerie schien das nicht zu gefallen. Sie sah hoch wie ein Fußballer, der gerade Zentimeter am Tor vorbeigeschossen hatte, und verzog ihre Lippen.

»Nochmal, Manong Manu!«

»Gerne.«

Der ältere Mann, der einen Naturfaserhut trug und mit einem bunten Poncho bekleidet war, grinste ihr zu und stellte die Figur wieder auf einen der senkrechten Bambusstämme. Diesmal traf Valerie exakt. Die Puppe zerplatzte in zwei Teile und Anthony sah bereits mit schwitzendem Gesicht, dass der Kopf weit davonflog, genau in seine Richtung. »Bolos sind niemals so scharf.«, dachte er und wäre fast aufgesprungen, um diesem seltsamen Treiben ein Ende zu machen. Wie konnte dieses Mädchen sich gebärden wie eine Kunoichi-Kämpferin, die keinerlei Mitleid zu zeigen schien? Und wer war dieser alte Mann, der eine junge Frau zu solcher Gewalt antrieb und belehrte, andere mit so einem Ding zu attackieren. Trotzdem sah Anthony weiter zu und erstarrte, als er mitbekam, wie der Mann auf die Graspuppe zeigte und Valerie mit den Händen weitere Erklärungen zu geben schien. Anthony konnte sehen, wie er ihr präsentierte, was sie tun sollte, wenn sich jemand von hinten nähern würde. Valerie nickte und ging auf diese Graspuppe zu. Sie drehte sich mit dem Rücken zu ihr und schob ihr Bolo in die Scheide, die sie an der Hüfte befestigt trug. Anthony konnte sogar in dem schwachen Licht erkennen, wie sie ein und ausatmete, dabei hoch konzentriert wirkte. Blitzschnell riss sie das Hackmesser heraus und wirbelte herum. Ohne Zögern zog sie die Machete schräg nach unten. Der rechte Unterarm der Grasfigur fiel zu Boden. Valerie stoppte aber nicht, sondern setzte an, sprang nach vorne und warf sich auf die Strohpuppe. Sie fiel um und die junge Frau hielt die Klinge quer auf deren Hals, während sie mit ihren Oberschenkeln den Leib der Puppe fest in die Zange nahm.

»Der wird dich nicht mehr belästigen, Inday.«

Anthony musste schlucken und bekam sogar Angst. In was für eine Frau hatte er sich hier verguckt? Dieses Mädchen musste entweder einen üblen Charakterzug in sich tragen oder hatte einfach große Furcht vor etwas. Er beschloss, die beiden nicht zu überraschen und schlich sich vorsichtig davon. Würden sie ihn entdecken und selbst überraschen? Anthony hätte ziemliche Mühe gehabt, seine Anwesenheit zu erklären, welche die beiden auf jener Lichtung in Verlegenheit bringen musste. Konsterniert ging Anthony diesen mit Laternen gesäumten Pfad entlang Richtung Küste und lief nach Hause.

Die Uhr zeigte bereits 2.10 mitten in der Nacht an. Nils Becker musste sich von seinem harten Holzstuhl erheben, mochte das Geschriebene in dem kleinen Buch noch so faszinierend zu lesen sein. Sein Rücken sagte ihm, dass eine Zwangspause mehr als angebracht war. Das schale Getränk im Glas schmeckte plötzlich außergewöhnlich gut, was verständlich erschien, wenn man seit Stunden in dieser Hitze nichts zu sich nahm. Dann wurde jeder noch so miese Drink zum Genuss. Becker goss das Glas wieder voll und trank es beinahe in einem Zug aus. Sein gewählter

Urlaubsort war heiß, wenn auch der Deckenventilator etwas erleichternd dazu beitrug, dass man es aushalten konnte. Die eben gelesene Szene war ihm noch in lebhafter Erinnerung, dort kamen Dramatik und Romantik fast wie bei einem Thriller zusammen.

»...Ich konnte nicht anders, aber dieses herrliche Mädchen wollte mir die Frage nicht beantworten, ob sie etwas Ernstes für mich empfindet oder mich nur als Blitzableiter für ihre eigene Trauer benutzt hat. Das lasse ich mit mir nicht machen, auch nicht von einer so liebreizenden Filipina. Ich meinte es ernst und so hatte ich sie an den Schultern gepackt. Natürlich hätte ich ihr nichts Anstößiges zugefügt, aber meine Gefühle sind stark. Ich liebe sie bereits, dieses Mädchen mit diesen herrlich schönen Augen, die sicher ›Miss Iloilo‹ hätte werden können.«

Becker begann, seit er in den Schilderungen dieses Mannes begonnen hatte zu lesen, emotional mitzugehen, und erlebte viel Verständnis für Anthonys Gedanken. Darüber hinaus verstand er die Facetten jener Kultur hier immer besser, weil dieser Mann fast wie eine Art Analytiker und Reiseberichterstatter in Einem rüberkam. Die lange Zeit seines Lebens im Land hatte ihn zu einem großen Teil assimiliert, das nahm dieser Mann offenbar mit Freude hin und schrieb es ungeniert auf. Glücklich musste er gewesen sein, so glücklich, dass er vergaß, Vernunft und Geduld zu beweisen. Das Schiff, das er so liebevoll ›Freund von der Insel Panay‹ nannte, ruinierte ihn finanziell und die junge Frau, in die er sich so verliebte, musste seine Wucht spüren, seinen Drang, sie eines Tages begehren zu können in dem Bund fürs Leben. Die Person Anthonys war für Becker bereits der hoch sensible Mann, der in der Planung all seiner Vorhaben auch etwas brutal und rücksichtslos sein konnte, und sich trotzdem bemühte, die Würde der Menschen hier zu wahren. Und er war ein Genussmensch, zweifellos, denn er trachtete sicher nach dem Wichtigsten, dem guten Wesen seiner Partnerin fürs Leben, aber er forcierte auch diese äußere Schönheit einer Frau in einer auffallend sinnenhaften Weise. Gerne hätte Doktor Becker in jenem Moment ein Bild von Valerie Tolentino gehabt, um ihre Merkmale zu studieren, ihre so oft beschriebenen Augen zu erleben, doch allein die Worte in dem Tagebuch waren mehr als genug Impression. Er erinnerte sich an die Passage, die er einige Seiten zuvor sah.

»... Ja, ich habe sie fotografiert, diese Frau. Es ist skandalös hier, jemanden ungefragt so zu einem Teil von mir zu machen. Aber ihre Anmut setzt in mir bereits zärtliche Wünsche frei. Ich bin offen und will nicht heucheln. Aber wenn auch das in der Liebe gar nicht das Wichtigste sein darf, muss ich sagen: Ynez hatte alles in Einem, die Würde, die Klugheit, die Leidenschaft..., und den Kampfgeist. Die Tragödie hat scheinbar ein Ende. Denn dieses Fischermädchen kann mich ebenso befriedigen mit ihrer Schlauheit. Und sie hört so feinfühlig zu, dabei ist sie sicher erst etwas über 20 und antwortet so interessant und einfühlend, einen Mann verstehend, den sie mag.«

Becker setzte sich wieder hin. Müsste er das Buch auf seinem Bett weiterlesen, würde er einschlafen. Also benutzte er weiter in einer sich selbst züchtigenden Art den harten Holzstuhl. Zumal das Licht am Tisch heller war als mit der schiefen Nachttischlampe. Das Buch war für einen Sechzehnjährigen zu offen, wie er fand. Oder die Zeiten waren aufgeklärter. In dem Buch fehlten noch ergreifende Dinge, wann würden sie zu lesen sein? Das

Schiff lag noch im Sand, Valerie Tolentino hatte noch keine Entscheidung getroffen, und was war mit diesem Taifun, den Kaloy gleich zu Beginn erwähnte und der das Hauptdrama dieses Buches sein sollte? Nils Becker las stoisch weiter, sein Interesse brannte stärker als diese Müdigkeit, er könnte am nächsten Nachmittag dafür stundenlang am Strand schlafen. In diesem fröhlichen Land spielten doch Zeiten und Räume keine so strikte Rolle, was sollte es also? Jetzt war es schon 2.26 Uhr, immer noch erbärmlich heiß und doch musste Becker es tun, weiterforschen. Konzentriert las der Psychologe weiter, in einem Buch, das er keinesfalls an so einem Ort wie jenem hier hätte vermuten können.

☼ Das Festival ☼

Bereits um zwei Uhr Nachmittag füllte sich der Platz immer mehr mit Menschen aus der ganzen Umgegend. Tänzerinnen und Tänzer in ihren traditionellen Kostümen liefen unter den Festbesuchern hin und her. Lachende Gruppen von ausgelassenen Leuten amüsierten sich bei ihren Gesprächen. Laute Rufe schallten durch die Luft. Anthony fiel hier besonders auf, weil die meisten Besucher Menschen aus Nachbarorten waren, die er noch nie besucht hatte. Ein Mann befragte Arnel über ihn und war richtig glücklich, als er erfuhr, dass Anthony die Tagalog-Sprache beherrschte. Sofort nutzte er die Gelegenheit, sich mit dem Fremden in der Sprache zu unterhalten und Anthony eine Einladung zu einem Bier aus dem Ärmel zu leiern. Diese Leute aus anderen Ländern konnte man so schön einlullen und alle hatten Spaß dabei. Auf dem Festplatz sahen die Männer eine Bühne, die mit gewaltigen Lautsprecherboxen bestückt wurde. Nach und nach trugen junge Musiker weitere Instrumente auf diese Bühne. Gitarrenständer, ein Schlagzeug, einen Synthesizer und weiteres Gerät, was untrüglich auf eine Band hinwies.

»Das sind die ›Blues Pinoys‹ zusammen mit Rita Calendola. Die singt nicht nur klasse, sondern sieht auch noch umwerfend aus.« Arnel erwiderte nichts, und Anthony tat so, als hätte er diese auf die weiblichen Reize der Sängerin bezogenen Worte gar nicht mitgekriegt. Livemusik mochte er schon seit seiner Jugend in Europa. Immer mehr Besucher des Festivals drängten sich auf dem Platz, herumalbernde junge Leute, einige ältere, würdig aussehende Männer und auch viele in bunten oder feierlichen Kleidern gehüllte Frauen. Die drei Männer bestellten sich ein zweites Bier. Gerade hatten sie begonnen es zu genießen, als ein Mann mit Entertainer Manier die Rockband ankündigte. Den langhaarigen Mann mit seiner auf Hochglanz polierten Gitarre hatte Anthony längst gesehen. Gerade noch wischte er mit einem weichen Lappen über die Decke dieses schwarzen Instrumentes, wie bei einem Ritual.

»Ich kenne die ›Blues Pinoys‹ aus Iloilo. Wenn der Langhaarige anfängt ›Minamahal Kita‹ zu spielen, fängst du an, ganz romantisch zu werden.«

Arnel zog Anthony zur Seite und deutete auf eine Gruppe Leute, die sich der Bar näherten.

»Dort sind Pilar und Fernando Tolentino, Valeries Eltern. Du solltest dich endlich bei ihnen vorstellen, Freund. Ich frage mich ohnehin, ob sie nicht schon mehr über dein Interesse an ihrer Tochter wissen, als dir lieb ist. Du musst lernen, bei so etwas die Etikette zu wahren.«

Anthony beschlich eine ziehende Nervosität und im Kopf zelebrierte er bereits die höflichsten Sätze, die er in Tagalog zur Begrüßung formulieren wollte. Glücklicherweise war Rodrigo in Begleitung seiner Eltern und zeigte mit vorgeschobenen Lippen auf ihn. Anthony begrüßte die Tolentinos sehr elegant.

»Ich bin Anthony Fettermann, Sir. Mam.«

Die Geste einer Einladung zu einer Erfrischung wirkte immer, zudem es Valeries Eltern waren.

»Sie sind also der Mann, dem Rodrigo beim Bau eines Schiffes hilft?«

Für Anthony war es ein willkommener Moment, Rodrigo im Angesicht seines Vaters zu loben und dabei die Episoden des Projektes in kurzer Art und Weise zu erklären. Valeries Eltern schwiegen lächelnd dazu, was Anthony etwas beunruhigte, ohne zu ahnen, welch Interesse Fernando Tolentino bereits an dieser Geschichte hatte.

»Die Bar ist zu eng. Kommt mit zum Platz dort hinten. Wir haben uns Plätze in einer der Strandlauben reserviert. Möchten Sie uns begleiten, Mister Fettermann?«

Wenig später saßen sie zu siebt in der rechteckigen Strandlaube und bekamen einen dampfenden Topf voll Reis serviert. Valeries Mutter erwähnte, dass die gegrillten Meerestiere in Kürze kredenzt würden, so als fühlte sie echte Sorge um das leibliche Wohlbefinden des Foreigners. Es war diese ungekünstelte Gastfreundschaft, die man hier schon von klein auf gelehrt bekam. Anthony hörte dem rockigen Song zu, der gerade auf der Bühne von den ›Blues Pinoys‹ zu Besten gegeben wurde.

»Rita singt doch klasse, oder?«

Zu wirr spielten die Gedanken mit Anthony gerade Ringelrein im Kopf, gleichwohl die Sängerin auf der Bühne wirklich perfekt performte. Rodrigo ahnte schon, was ihn bewegen mochte.

»Fontanilla kann uns den Radschlepper am Montag geben. 6000 Pesos für die Aktion inklusive seines Fahrers.«

Nach kurzer Besprechung unter den Männern willigte man ein.

»Mister Fettermann, Sie können meine Tochter übrigens später beim Tinikling-Tanz bewundern.«

»Ihr tanzt den Tinikling hier auf Panay?«

Rodrigo schmunzelte etwas gequält.

»Er mag nicht aus unserer Provinz kommen, aber wir sollen ja ein geeintes Land sein, oder? Und die Touristen finden diesen Tanz ganz aufregend. Mir ist es zu albern, zwischen Bambusstangen zu hüpfen und aufzupassen, dass meine Knöchel nicht eingeklemmt werden, aber Valerie ist professionell.«

Anthony kannte den Tanz im Dreivierteltakt von anderen Orten auf den Philippinen. Er hatte es bei Freunden schon versucht, scheiterte schon nach nicht einer Minute, als er den Takt der hüpfenden Bewegungen kaum richtig koordinieren konnte und zwischen die zusammenschlagenden Stangen aus Bambus geriet, die von zwei Mädchen je zweimal auf den Boden und einmal im Rhythmus der klassischen philippinischen Musik gegeneinandergeschlagen wurden. Es gehörte lange Übung dazu, ohne Fehler eine ganze Runde durchzustehen. Und durchgeschwitzt war er damals auch. So ein Tanz gehörte einfach in eine kältere Gegend. Doch ganz gleich, was man hier machte, Notwendigkeiten zum Abduschen des Schweißes waren alltäglich. Deshalb liebte er die Küste mehr als das Landesinnere.

Stunde um Stunde verging, die Dunkelheit hatte längst eingesetzt und die Leute waren durch die Songs von Rita und ihrer Band bezaubert worden. Auch das hervorragende Gitarrenspiel des langhaarigen Mannes beeindruckte. ›Minamahal Kita‹ (Ich liebe dich) ließ schon in der Urversion von Freddie Aguilar Herzen schmelzen. Beim Hören dieses Liedes musste Anthony schweigend innehalten. Bilder aus seiner Zeit zu zweit manifestierten sich wieder, aber sie wurden untermalt. Untermalt von dem Antlitz und den berückend schönen, großen Augen der Tochter der Tolentinos. Ihr Streicheln seiner Arme nachts auf der ›Kaibigan‹ in jener Nacht kam ihm nun plötzlich wie etwas Bedeutendes vor.

»Sieh mal. Nanay und die Frauen kommen gerade.«

Die Tolentinos rückten zusammen und schafften noch Platz für mehr Besucher in der mit Bambus verzierten Holzlaube. Die Mütter kamen sich schnell näher und verstanden sich rasch. Nun saßen alle eng beisammen und mussten einige leere Flaschen auf den Boden neben sich stellen, damit man noch etwas auf dem

Tisch vor ihnen platzieren konnte. Conchita hatte sich bemüht, sehr nah bei Anthony zu sitzen.

»Liebe Gäste! Erleben wir nun in einer Viererformation einen der traditionellsten Tänze auf den Philippinen. Den Nationaltanz ›Tinikling‹, getanzt von Regine Cruz, Jason Contreras, Joey Santiago und Valerie Tolentino.«

Lautes Applaudieren durchströmte die Menschenmenge.

»Bitte einen Applaus auch für unsere vier unerbittlichen jungen Leute an den Stangen! Jessica, Cecilia, Allan und Ricardo...«

Man konnte die Tanzfläche immerhin von der Laube aus einsehen. Valerie hatte die dort Anwesenden gesehen und hob ihre Hand zu einem Gruß zart nach oben. Anthonys Reaktion war wie ein unerklärlicher Reflex. Er winkte kurz zurück, was niemanden zu merklicher Verwunderung hinzureißen schien, außer bei Conchita, die ihn traurig anzuschauen begann.

Synchron hatten die zwei Paare von jungen Männern an den Bambusstangen angefangen, diese im Takt der Musik auf und nieder zu bewegen, um sie beim dritten Takt horizontal gegeneinander zu schlagen. Die beiden Mädchen hoben ihre Röcke an und hatten angefangen, diese springenden, drehenden Tanzbewegungen neben und zwischen den im Takt der Musik bewegten Stangen zu vollführen und dabei noch freundlich zu lächeln. Dieser Tanz bedeutete, dass sich hüpfende fröhliche Vögel, die hier ›Tikling‹ hießen, umeinander bewegen, um zu jubilieren und ihr Leben zu genießen, und dabei aufpassen mussten, nicht in die Falle zu gehen, die hier bei jedem dritten Takt unbarmherzig zuschlug. Anthony dachte sich, dass viele der Festbesucher nach und nach mit Klatschen in den präzisen Dreivierteltakt einstimmen würden. In seiner Heimat wäre es Programm, bei jenem Publikum nicht. Interessiert beobachteten die Leute die Tanzdarbietung in meist ruhiger Manier. Einige junge Leute nahmen Videos auf ihren Mobiltelefonen auf. Die meisten aber beließen es beim Betrachten der vier Tänzer, deren

Genauigkeit bei den hüpfenden Schritten zusammen mit den stoischen Schlaggeräuschen, welche die Stangen erzeugten, eine rhythmische Aura in Bewegung brachten. Anthony fühlte sich wie in einem Sog beim Hören und Betrachten der Vorführung. Elegant wirkten die beiden jungen Frauen. Sie als die freudigen Tänzerinnen, die sich in ihrem bezaubernden Lächeln als entrückte Vögel bewegten. Dass höchste Konzentration in dieser Performance steckte, war den meisten Einheimischen klar. Die Touristen mochten es witzig finden. Immer weiter untermalt von der Musik im schwingenden Takt, schlugen die Stangen gegeneinander oder auf den Boden. Ganz präzise und unerbittlich. Valerie wusste, dass jene Genauigkeit ihre größte Sicherheit war, denn ihre eigenen Schritte waren völlig eingespielt. Seit Jahren übte sie diesen Tanz professionell. Mit sieben fing sie bereits an, mit sechzehn kam sie zur Truppe. Viele ihrer Freundinnen von damals heirateten, zogen weg oder gaben auf. Die Moderne im Strom der globalisierten Zeit ließen die Traditionen ins Vergessen geraten. Der Mann aus Europa unter der Festgesellschaft fand sich in seinen sehnsüchtigen Emotionen ganz im Strom dieser vergessenen Bräuche gefangen, weil er nur Valerie in ihrer tänzerischen Anmut und Schönheit sah. Leise tupfte er mit den Fingerspitzen den Takt der Musik mit. Dass er so natürlich lächelte, fanden viele seiner Sitznachbarn angenehm. Wenn manche gewusst hätten, in welchem Zustand sich sein Herz befand, hätte es zweifellos eine Unmenge tuschelnder Geschichten gegeben. Es war ein Riesenspaß für alle, zumal die Musik bei den Älteren Erinnerungen an ihre Zeit als Jugendliche wachwerden ließ, einer Zeit, die von Neuem geprägt war, von der ersten zarten Liebe und der Tradition. Diese war modernisiert und aufgeweicht worden, aber eines ließ sich ein Filipino nicht nehmen. Die Lebensfreude inmitten der Familie und deren Freunde, Hand in Hand im Bewältigen der Probleme und der Nachbarschaftsliebe. Anthony konnte seine Blicke nicht von Valerie lassen. Sie beherrschte den Tanz in der Tat eloquent und sicher. Ihre festen Waden zusammen mit den zarten Füßen konnte er unvermittelt sehen, die sich in ihrer scheinbar schwebenden Manier bewegten, obwohl diese Art Tanz im Grunde kräftezehrend war. Anmutig leicht drehte sich das Mädchen beim Wechsel in den Sprüngen. Es war eigentlich ungerecht, dass Anthony nur Augen für Valerie als Tänzerin hatte, denn die anderen Tänzer performten es keine Spur schlechter. Es waren diese in ihm aufgekeimten Gefühle. Hatte er wirklich begonnen, in dieses junge Geschöpf ernsthaft verliebt zu sein? Es bereitete ihm immer noch Frösteln, dieser Gedanke.

Der Tanz endete und alle Tänzer hatten es ohne Fehl und Tadel geschafft. Ihre Füße und Knöchel hatten kein ›Zuschnappen‹ der Falle erfahren müssen. Die Leute applaudierten und nach einer dankbaren Verbeugung verschwand die Tanzgruppe hinter der Bühne. Nur kurze Zeit später kamen Männer in Naturfaserkleidung auf das Podest vor der eigentlichen Bühne. Sie hatten Trommeln und Perkussionsinstrumente dabei, auch Drumsticks und Bambusklangkörper. Die vier jungen Performer mit den Bambusstangen kamen zurück, in Kleidung aus der Zeit bestimmter Ureinwohner. Anthony war elektrisiert, als er die beiden Mädchen Regine und Valerie nun sah. Ihre bunt bestickten, kurzen Patadjong-Röcke harmonierten mit ihren aus gelbem Stoff gewebten, bauchfreien, ärmellosen Oberteilen. Ihre schwarzen Haare krönten Blumengirlanden, gebunden mit Sisalbändern. Auf ein Zeichen eines älteren Trommlers begann der hart rhythmische Klang der ganzen Perkussion über den ganzen Festplatz. Anthony staunte, dass es ein 4/4-Takt werden sollte. Die Stangen schlugen dreimal auf den Boden und knallten laut beim vierten Takt gegeneinander, jedoch schneller als bei der klassischen Darbietung zuvor. Entrückt vom Zuschauergeschehen ließen die beiden jungen Frauen ihre Unterschenkel hüpfend über die gnadenlos aneinanderschlagenden Stangen fliegen, die von diesen ekstatischen Schlaggeräuschen vorangetrieben wurden, während die Menschen um die Bühne andächtig dem Geschehen zusahen. Den Grundton gaben die Basstrommeln an, untermalt von Wirbeln der leichteren Schlaginstrumente. Die beiden Tänzerinnen aber blieben völlig präzise im Takt der dröhnenden Kulisse. Valeries Augen schlossen sich, während sie die Arme spielerisch durch die Luft fliegen ließ. Ihre straff geformten, in feinbraune Haut gehüllten Beine ließen Anthony nur verzückt darüber nachdenken, was echte Schönheit doch bedeuten konnte. Und diese Trommeln gingen stoisch voran, dazu das Anschlagen der knallenden Stangen, die diese zarten Füße fangen wollten, was ihnen aber bei dieser herrlichen Tanzdarbietung der beiden Mädchen nicht gelang. Valerie fühlte Explosionen voller Erregung bei ihren Bewegungen im Vergessen all dieser Leiden der letzten Zeit. Der Tanz war ihre Erlösung in jenem Moment. Hinter der Bühne stand Choreograf Reginaldo Gutierrez, in ganzer Anspannung, nur auf die beiden jungen Frauen und Männer an den Stangen vertrauend. Der Schlussmoment kam dann. Nach etwa 20 Minuten stoppten die Trommeln abrupt. Die Menschen applaudierten und klatschten begeistert. Und Anthony machte es wahr, ihr bester Fan zu werden, indem er minutenlang lautstark mitklatschte. Nun erschien ein Mann mit einem Filzhut und einem bunt bestickten Frack auf der Bühne. Der Entertainer stellte ihn als den Erschaffer dieser Tanzdarbietung vor. Nur eine kurze Ansprache folgte aus dem Mund dieses Mannes. Seine eigene Person nahm er auffällig heraus und lobte nacheinander alle Mitwirkenden. Anthony erfasste sofort, dass er besonders Regine und Valerie enorme Achtung zum Ausdruck brachte. Valerie war ergriffen und erleichtert zugleich. Sie ging auf den Maestro der eleganten und traditionellen Tänze zu, nahm seine Hand und umarmte ihn. Ein Mann, der untrüglich seine Gefühle durch die Performance ausdrücken wollte. Nun ging sie an eines der Mikrofone.

»Ich möchte Kuya Reginaldo für seine Zurechtweisung mir gegenüber von Herzen danken, die mir half, beim Tanz über mich hinauszuwachsen. Einen Beifall für ihn, liebe Besucher.«
Ein freudiger Seufzer kam Anthony im Herzen hoch. Sie lief endlich auf die Laube zu, etwas, das er insgeheim sehnlicher erwartet hatte als alles andere in jenem Moment. Ein DJ hatte begonnen, Popmusik für die ganz junge Generation zu spielen, die sich ausgelassen auf der Tanzfläche vergnügte. Valerie begrüßte ihre Mutter zuerst und legte die Hände auf ihren Nacken, massierte ihn liebevoll. Der Blick ihres Bruders aber war kühl. Anthony ahnte, was gespielt wurde oder nicht bereinigt schien. Die Blicke dieser jungen Schönheit mit den schulterlangen Haaren im bunten Tanzkleid trafen ihn. Ihr feinrunder Bauchnabel saß so süß zwischen den beiden gelben Kleidungsstücken, verziert von diesen strahlenden Augen. »Mädchen, lächle doch«, dachte Anthony und wurde belohnt.

»Du tanzt den Tinikling ausgezeichnet, Valerie. Die zweite Darbietung kenne ich aber so nicht.«

»Danke sehr, Anthony.«

»4/4 Takt?«

»Das ist eine Freestyle-Version, Pop, gemischt mit alten Ureinwohnermotiven. Extrem anstrengend. Schön, dass ihr hier seid.«
Sie begrüßte auch Conchita, sie aber reagierte kühl und das war für die anderen deutlich zu sehen. Nanay Lorna wusste bereits viel, aber die ehrbare Scheu kommentierte nichts. Man schwieg hier vor anderen und klärte dann zuhause mit manch großem Drama die Fronten. Conchita hatte genug und schickte sich an, die Bambuslaube zu verlassen. Es war interessanterweise Arnel, der mit ihr gehen wollte.

»Ich komme später zurück.«
Nicht alle hatten das Kaligayahan - Festival besucht, auch wenn das kaum möglich schien.

»Hey, Großer aus Capiz. Trink noch einen!«

Manong Pedro war ebenfalls ziemlich angetrunken und lächelte. Unbeholfen stolperte er über die leeren Rumflaschen, die seit Mittag herumlagen und nun scheppernd über den Boden rollten. Roel hatte einfach diese Beherrschung nicht. Er fand nicht das vernünftige Ende, was Anthony an ihm hasste, obwohl er seinen Freund wegen seiner doch sonst ordentlichen Eigenschaften liebte. Es würde an diesem Abend nichts Sinnvolles mehr geschehen können, jedenfalls nicht was Roel betraf. Was in jenem Moment auf dem Festival seinen Lauf nehmen sollte, konnte Anthonys Freund daher nicht ahnen.

Bei aller Ausgelassenheit und Fröhlichkeit in der Bambuslaube sehnten sich die Tolentinos nach einem Stück Spanferkel vom Grill. Die Gruppe löste sich auf und Anthony begleitete nun die Familienmitglieder, deren Tochter er so zart begehrte. Sie hatte noch immer die Blumengirlande im Haar, was ihn verzückt zum Lächeln brachte. Die vielen Menschen drängten langsam aneinander vorbei, ihre Begrüßungen mit den kurzen Small Talks verhinderten rasches Vorwärtskommen. Die Stimmung war nicht nach Hetze im Geist dieses Festivals mit Musik und dem Vergessen der alltäglichen Sorgen und Nöte. Und der Discjockey heizte ein und sorgte für die Untermalung und den Rhythmus, um die Beschwingtheit am Laufen zu halten.

Ein älteres Ehepaar näherte sich auf einem etwas breiteren Platz der Gruppe. Die Augen des Mannes fokussierten Valeries Vater förmlich mit einem gequälten Lächeln. Dann schweifte sein Blick zu Rodrigo, der eine Begrüßung erfuhr. Auffällig still reagierte Rodrigo darauf, ganz anders als bei den meisten Leuten zuvor. Die Frau an der Seite des schon über 50-jährigen Herrn trug ein würdiges Kleid, das aber augenscheinlich Trauer ausdrückte, in seiner schwarzen Aufmachung mit wenigen Schmuckelementen an den Ärmeln und dem Halsteil. Ihre Blicke durchbohrten Valerie besonders streng. Anthony stand hinter ihnen und konnte in seiner Feinfühligkeit erkennen, dass diese Begegnung nicht unbedingt freundschaftlich zu werden schien. Valeries Antlitz wirkte dabei steif, als würde sie etwas Unbehagliches erahnen.

»Da ist doch eure Tochter.«

» Ja, Mister Padilla.«

»Guten Abend, Manong... po.«

»Du bist also Valerie. Sicher, ich habe dich doch schon einmal kennengelernt, als Tomas hier anfing zu arbeiten.«

Valerie wurde rot und begann zu zittern. Vor ihr standen die Eltern ihres Verlobten. Nie hätte sie gedacht, dass sie an dem Festival teilnehmen würden, denn Lemery lag über drei Stunden von San Joaquin entfernt. Die Blicke des alten Mannes gingen hin und her, beachteten den Foreigner kaum. Er war augenscheinlich nur auf Valerie fixiert, und das nicht fröhlich. Seine Frau neben ihm blickte sie nur stumm und verurteilend an.

»Wo ist das Kleid?«

In Anthonys Kopf raste es bereits, in seiner neugierigen Art und Weise, alles hier verstehen zu wollen. Sie wollten eine Antwort. Valeries Magen schnürte sich zusammen.

»Du hast eines der teuersten Kleider von meinem Jungen geschenkt bekommen. Und du dankst uns dafür, indem du dich irgendwo vergnügst und es nicht einmal für nötig hältst, uns zu besuchen und anständig zur Beerdigung deines Verlobten zu kommen?«

»Manong, bitte! Lassen Sie mich erklären.«

»Wir haben auch Gefühle als Eltern. Dich wollte mein Tomas heiraten? Du windiges Vögelchen, undankbares Luder!«

Valerie fühlte sich so, als würde ein Schwert in ihren Leib fahren. Sie verstand den Schmerz dieser Eltern, wusste aber auch, dass sie selbst das größte Opfer in dieser Vertuschungsaffäre war. Herr Padilla raunte Rodrigo direkt an und fragte ihn wiederholt, ob es nicht stimme, was er durch ihn erfuhr. Nun wurde Rodrigo ziemlich bleich.

»Rodrigo! Was hast du ihnen erzählt?«
Etliche Leute hatten die erregten Wortfetzen bereits aufgeschnappt und versammelten sich im Kreis um diese unwirkliche Szene. Valerie atmete hektisch. Dass sie innerlich glühte, war unverkennbar. Anthony fürchtete sich bereits vor der unausweichlichen Eskalation.
»Rede nicht so über meine Schwester, hörst du?«
»Du hast uns gesagt, dass sie nach Luzon gegangen sei, ohne zu sagen, wo sie hingehen wollte. Wir haben damals schon nicht verstanden, warum man sie nicht erreichen konnte. Was seid ihr nur für eine Familie.«
Pilar Tolentino musste sich umdrehen und presste sich ein Tuch vor ihre verweinten Augen. Sie wollte am liebsten in den Boden versinken, während Dutzende Augen auf sie stierten.
»Hör zu, Tanzvögelchen. Das kannst du ja schön, nachdem du meinen Jungen vergessen hast. Wir wollen, dass du uns das Kleid zurückgibst. Ein bisschen Ehrgefühl hast du doch wohl noch?«
Valerie indes rüttelte am Arm ihres bleich wirkenden Vaters, der stumm auf den Boden starrte und wieder einmal diese Offensive vermissen ließ, die sein Sohn dafür umso mehr erregte. Er holte mit der Hand aus, um Herrn Padilla am Hemd zu packen. Es war seine immense Schwäche, dieser Jähzorn. Männer raunten in der Menge. Einer sprang dazwischen und versuchte, Rodrigo von Handgreiflichkeiten abzuhalten. Valerie musste etwas tun. Dass man ihr mit dieser Vertuschung so furchtbar wehtat, als Tomas gefunden wurde, bedeutete schon einen Riss in ihrem jungen Herz, aber nun in der Öffentlichkeit erfahren zu müssen, dass ihr eigener Bruder zu Lügen griff, um die Padilla-Familie ruhigzustellen, machte sie zur Rächerin, die ihre Reputation in Windeseile retten wollte. So war sie erzogen worden. Bleich musste ihre Mutter mitansehen, was nun geschah.
»Wage dich nie mehr, meine Schwester als Luder zu bezeichnen, alter Mann!«

»So? Wenn sie meinen Jungen wirklich so geliebt hat, warum das alles?! Sie ist respektlos!«

»Nein! Bitte! Manong, das ist alles nicht wahr!«

Valeries Augen in ihrer verzweifelten Größe flehten förmlich zu all den Menschen auf dem Platz. Die stummen Blicke der Leute jedoch wirkten jedoch wie eine Betonmauer gegen sie, abwartend und neugierig zu erfahren, was nun folgen könnte. Herr Padilla beruhigte sich einigermaßen und wollte ihr die Chance zur Verteidigung geben.

»Dann sage mir, Valerie Tolentino, wie es sich aus deiner Sicht verhält.«

»Ich trage das Kleid fast jeden Tag, als Erinnerung an ihn.«

»Sentimental? Das hilft uns aber nicht.«

Valerie riss ihre herrlichen Augen weit auf, holte aus und schlug zu, mitten ins Gesicht ihres Bruders. In einer Rückwärtsbewegung holte sie nach und traf erneut. Ihre Tränen liefen dabei fast synchron an ihrem Gesicht hinunter.

»Du Lügner! Was tust du mir hier an!?«

Herr Padilla und seine Frau glaubten noch nicht ganz daran, dass Valerie nur ein Opfer in einem Familienskandal war. Sie wäre impulsiv, weinerlich und gefühlsbetont. Der Sohn selbst hatte sie ja in seinen Briefen beschrieben. Nun war der lebendige Beweis deutlich zu sehen. Trotzdem hakte Frau Padilla nach, jenes erste Wort, dass sie herausbringen konnte.

»Stimmt es, dass du nicht wusstest, dass man Tomas' Leichnam fand? Bitte lüge uns jetzt nicht an.«

»Manang, ich wusste es nicht. Wirklich!«

»Hat uns dein Bruder angelogen?«

Nun trafen zusammengezogene Augen mit dem Ausdruck von Verachtung auf Valeries Vater. Nun konnte Pilar Tolentino nicht mehr. Sie wollte einfach nicht mehr stillhalten. Rodrigo blickte hasserfüllt auf seine Schwester, rieb sich an der getroffenen Wange und wurde dabei von den vielen Augenpaaren missmutig oder mitleidsvoll angestarrt. Kommentare aus der Menschenmenge waberten durch die Luft.

»Ich habe mich sowieso gewundert, dass Valerie in Manila war.«

» Ja genau. Sie kann es nicht gewusst haben.«

»Valerie ist nicht so.«

»Rodrigo. Gib zu, was ihr damals vertuscht habt.«

Pilar, Valeries sanfte Mutter, ging mit zitternder Stimme auf Herrn Padilla zu und blickte ihm tief in die leidenden Augen, die begannen, feucht zu werden.

»Ich bin mitschuldig. Valerie wusste nicht, dass man den Leichnam fand und auch nichts von der Beerdigung. Ihr könnt uns deswegen zu Recht verachten, aber bitte nicht meine Tochter!«

»Also habt ihr uns belogen und getäuscht.«

» Ja..., Senor Padilla.«

Anthony indes konnte sich von seiner Schockstarre befreien und überlegte schon hin und her, was er zur Entspannung beitragen könnte. Sein Herz drängte ihn, auch wenn er als Foreigner zu viele Limits darin spürte, aber auch zum Teil als ein Mitwisser. Er sah Valeries herzzerreißendes Leiden, welches sie in diesen Augenblicken wieder so furchtbar erdulden musste. Eine alte Frau spuckte auf den Boden, einige Männer hatten sich abgewandt und gingen. Kopfschüttelnd tuschelten zwei jüngere Frauen miteinander.

»Sie hat nichts getan.«

» Ja, das hat sie wahrlich. Nichts getan. Wir waren allein mit unserer Trauer. Und wir wären fast mit euch durch so eine Ehe verbunden gewesen. Beatrice, ich halte es hier nicht mehr aus.«

Herr Padilla schickte sich an zu gehen, hielt aber inne und ließ nochmals harte Worte in Richtung dieser standhaften, jungen Frau ergehen, die nun von ihrer Mutter gerechtfertigt wurde. Er lächelte dabei sogar.

»Inday Valerie. Ich möchte dir hiermit sagen, dass wir von dir erwarten, uns das Filipiniana zurückzugeben. Ich zahle euch das bereits gezahlte Geld zurück, den Lohn meines Jungen. Dann wirst du uns vollends überzeugen. Rodrigo Tolentino, komm mir nicht mehr unter die Augen. Wer seine eigenen Familienangehörigen so hintergeht, taugt nichts. Ich mag keine Lügner. Guten Abend.«

Anthony hatte einen heldenhaften Mut gefasst, ging auf Valerie zu und nahm sie unter den erstaunten Blicken aller Umstehen zärtlich in den Arm. Sie drückte ihr verweintes Antlitz zunächst schutzsuchend an seine muskulöse Schulter, nahm aber schon nach Sekunden die unzähligen auf sie starrenden Augenpaare wahr, was ihr wie eine Bloßstellung vorkam.

»Anthony, lass mich sofort los.«

Mit einer heftigen Umkehrbewegung wand sie sich aus seinen Armen, schubste ihn beiseite und lief weg. Dabei riss sie sich die Blumengirlande vom Kopf und ließ sie achtlos in den Sand fallen. Alle konnten ihr nur hinterherschauen, mit stockenden Blicken. Viele verstanden dieses Mädchen, kannten sie seit ihrer Kindheit. Valeries Reputation war bekannt und galt als Muster für eine junge reife Frau mit Kodex und Würde. Zwei Männer grinsten Anthony an, als meinten sie schon die ultimative Love-Story in dramatischer Weise miterlebt zu haben. Er nahm sich vor, Herrn Padilla in ein Gespräch zu ziehen, was ihm wegen seiner höflich demütigen Worte erstaunlich rasch gelang.

»Manong Padilla?«

»Wer sind Sie bitte? Sie sind kein Filipino.«

»Ich heiße Anthony Fettermann und lebe hier.«

»Schön. Europäer?«

»Ich komme aus Deutschland.«

»Was möchten Sie von uns? Ich habe gerade keine Muße, mich zu unterhalten. Das verstehen Sie sicher nach diesem Skandal.«

»Es geht um Miss Tolentino. Bitte hören Sie mir zu!«

Frau Padilla erschrak ein wenig und sah ihren Mann hilflos an.

»Na gut. Setzen wir uns kurz.«

Die beiden Männer ließen sich auf einer Bank nieder, während Frau Padilla stehen blieb, um Anthony mit ihren verurteilenden Blicken zu durchbohren. Ihr Schmerz in einem gebrochenen Herzen als Mutter ließ für sie im Moment keine bessere Sichtweise zu. Herr Padilla benahm sich außerordentlich ruhig und höflich. Ihm schien das Tagalog zu gefallen, mit dem Anthony ihn ansprach.

»Sie kennen diese Familie?«

»Senor Padilla, ich möchte Ihnen erklären, wie es dazu kam.«

Herr Padilla spitzte merklich die Ohren. Seine Augensprache wirkte grübelnd, zusammen mit seinen Gedanken in Kopf. Der fremde Gast reizte ihn ebenfalls, weil er bisher in der kleinen Stadt, aus der seine Familie stammte, kaum Menschen aus dem Ausland kennengelernt hatte, vor allem niemanden, der die Hauptsprache des Landes beherrschte. Nun gab er mit den Händen die entsprechend einladende Geste. Anthony zitterte trotz des Willens, hier etwas bewegen zu wollen.

»Ich baue in Katikpan eine Bangka und war in der Nacht am Strand, als jener schreckliche Unfall mit Ihrem Sohn passierte.«

»Deshalb kennen Sie Miss Tolentino?«

»Das kann man so sagen. Drei Tage später fanden wir einen Leichnam angespült, dort, wo ich mein Schiff baue.«

»Mein Sohn?«

»Ich kannte ihn nicht, meine Freunde auch nicht. Und mein Schwager war nicht dabei, der ihn hätte identifizieren können.«

»Was dann?«

»Wir riefen die Polizei.«

»Ich... danke... Ihnen.«

»Senor Padilla, bitte! Sie dürfen Miss Valerie doch nicht als Luder bezeichnen. Sie ist eine ehrenwerte junge Frau, dessen bin ich mir sicher. Valerie ist keine respektlose Person.«

»Ich finde es trotzdem unpassend, dass sie hier vergnügt tanzt. Hat sie meinen Sohn so rasch vergessen?«

»Das hat sie nicht. Ich weiß es!«

»So? Sind Sie eigentlich verheiratet? Sie leben doch hier.«

»Meine Frau kam vor sechs Monaten bei einem Jeepney-Unfall ums Leben.«

Sofort glitt die Hand des alten Herrn an Anthonys Unterarm. Sogar das Gesicht seiner Frau erhellte sich. Sie schien kurz mitfühlen zu können. Drei Gleichgesinnte hatten sich gefunden, was sie beeindruckte. Doch Herr Padilla konnte kombinieren, denn sein Alter zusammen mit den Lebenserfahrungen hatten enorme Kraft, auch wenn er wegen dem Verlust seines Sohnes sehr litt.

»Das tut mir leid für Sie, Mister Fettermann. Ich sage es aufrichtig.«

»Ich möchte Ihnen danken und erwidere meine Anteilnahme.«

»Wie alt war Ihre Frau, als...«

»26.«

»So jung... Mein Sohn war gerade erst 23.«

Herr Padilla sah hoch und sein observierender Gesichtsausdruck klebte sich förmlich an Anthony fest.

»Ich denke, dass Sie das Mädchen mögen, sogar ziemlich mögen, nicht wahr?«

Anthony wollte nicht direkt etwas sagen, fühlte er die Brisanz in jenem Moment, die in seiner Zuneigung zu Valerie steckte. Doch er war bereits entlarvt.

»Hat sie meinen Tomas wegen Ihnen schon vergessen?«

»Manong, ich nehme ihre Liebe zu Tomas nicht weg. Aber das Leben ist für die Lebenden. Miss Valerie liebte Ihren Sohn wirklich. Sie wusste nicht, dass wir ihn fanden und niemand hat sie aus Manila gerufen.«

»Sie ereifern sich ziemlich heldenhaft für diese Frau und wollen sie doch nur schützen. Oder?«

»Wenn Sie jemanden gernhaben, was würden Sie tun?«

»Sie lieben Valerie Tolentino mehr als Sie es zugeben wollen. Ich sehe es Ihnen nach. Was soll ich sonst tun?«

»Glauben Sie mir bitte. Wenn Ihr Sohn noch hier wäre, hätte ich es nie gewagt, Miss Valerie auch nur anzusprechen.«

»Passen Sie auf sich auf, junger Freund. Sie können sich hier schnell die Finger verbrennen, wenn Sie etwas mit ihr anfangen.« Herr Padilla wollte aufstehen, doch eines musste Anthony noch aus seinem brennenden Herzen heraus loswerden. Ihr durfte nicht zum dritten Mal so furchtbar wehgetan werden. Niemand durfte ihre letzte Erinnerung wegnehmen, so wie Anthony es im Moment fühlte.

»Verlangen Sie nicht ihr Kleid zurück. Sie würden ihr vollends das Herz zerreißen. Sie definiert ihre Erinnerungen an Ihren Sohn damit.«

»Trägt sie es wirklich so oft?«

»Fast jeden Tag sehe ich sie darin. Es ist ein Meister-Filipiniana. Ich bin Fotograf, müssen Sie wissen, und ich kenne auch die Designerin dieses Kleides. Ich weiß, was für ein wertschätzender Mann Ihr Sohn gewesen sein musste. Seiner Liebe solch einen Wert zu geben zeugt von Charakterstärke und Loyalität.«

Herr Padilla blickte seine Frau an, die verwundert schaute. Sie ließ einige Tränen fallen und forderte ihren Mann auf, zu gehen.

»Was werden Sie ihr schenken?«

»Ich könnte ihr mein Schiff geben.«

»Sie scheinen ein verständnisvoller Mann uns gegenüber zu sein, Mister Fettermann. Auf Wiedersehen.«

»Danke, dass Sie so denken.«

»Aber alles verstehen Sie trotz ihrer Sprachkenntnisse noch nicht.«

Anthony schluckte, fühlte er doch Anspannung dem gegenüber, was nun folgen sollte.

»Ich vergebe es Ihnen. Hören Sie! Mein Sohn ist tot. Ich habe nur noch meinen Schmerz.«

»Ich versuche weiter zu lernen, das bin ich meinen Freunden und diesem Volk hier schuldig, die mir halfen, als meine Frau...«

Der alte Mann überlegte einige Zeit und schien in seinem Kopf eine Entscheidung formen zu wollen.

»Unseretwegen kann sie das Kleid behalten.«

Leise schlurfte der traurige Vater eines edelmütigen, jungen Fischers davon. Seine Frau hielt seinen Arm, ihm treu folgend. Hier war zweifellos Würde zu erkennen. Anthony fühlte sich mäßig erfolgreich im Retten der Reputation eines Menschen, den er bereits tief im Herzen liebte, auch wenn er wusste, wie unpassend jener frühe Zweitpunkt von vielen Bewohnern San Joaquins angesehen wurde. Er musste mit ihr reden. So wie sein Herz brannte, konnte er sich nur dadurch erleichtern. Langsam stand Anthony auf und versuchte, auf dem Festgelände in der Nacht bekannte Gesichter zu finden. Arnel tauchte unvermittelt auf, in Begleitung seiner Mutter.

»Das war ein ziemlicher Skandal, nicht wahr?«

Arnel meinte, dass diese Angelegenheiten unter Ausschluss der Öffentlichkeit im Familienkreis zu diskutieren seien. Unbeherrschtes Offenlegen führte zu Geschichten, die sich nun in Windeseile im Ort verbreiten würden. Diese Dinge erforderten Zeit und eine öffentliche Entschuldigung, um das Getuschel abebben zu lassen und die Wunden zu heilen.

»Wir sollten etwas unter uns besprechen.«

Anthony hörte zu, dachte sich schon seinen Teil und fragte, ob es unpassend gewesen war, so einzugreifen.

»Ich schätze deine Impulsivität. Du meintest es nicht falsch. Aber sie mitten auf dem Platz umarmen? Muss jeder schon wissen, was du für sie empfindest?«

»Warum nicht? Es ist ehrlich.«

»Anthony, mein Sohn, Conchita meint es auch ehrlich.«

»Das reicht nicht, Nanay. Ja, ich habe verstanden, dass sie mich liebt oder... meint, mich so zu lieben wie Ynez.«

»Unsere Familienbande könnte sich damit erhalten, das weißt du doch.«

»Bitte? Mit ihr auf dem Kopfkissen? Nanay Lorna, was gibst du da eigentlich von dir?«

Arnel schwieg nur. Seine eigene Meinung hatte sich seit dem Austausch mit Marie Claire über diese Sache nicht wesentlich geändert. Er dachte als freier Mann, wollte seine Schwiegermutter aber in ihrer Argumentation nicht unterbrechen. Hier spielte die Scheu immer noch eine große Rolle.

»Wenn Ynez das gehört hätte? Mein Leben dient bei allem Respekt zu dir, Nanay, nicht eurem praktischen Vorteil. Ich mag Miss Tolentino sehr und Conchita muss verstehen lernen, dass es so ist.«

Anthony war sich bewusst, was Conchitas Verhalten, ihre Gesten, ihre Abscheu gegenüber Valerie bedeuteten und wie sie mit der Hilfe der Älteren das erreichen wollte, was reife junge Mädchen auf eine natürlichere Art, in einer ehrlichen Weise und ohne die Hilfe anderer zum Ausdruck brachten. So eine Frau wünschte sich Anthony, verwöhnt durch die Erfahrung mit seiner Ynez, die immer wusste, was sie im Leben wollte. Conchita sollte ein Deal sein, ob ihre Gefühle nun echt waren oder nicht. Aber eine Liebe fürs Leben war kein Geschäft.

»In großem Respekt. Da mache ich nicht mit. Wenn ich heirate, dann sage ich das früh genug. Und wen, das überlasst bitte mir.«

Nanay Lorna musste stutzen und innehalten. Es stach in ihr. Ihre fehlgeleiteten Überlegungen gründeten sich aus dem Schmerz über den Verlust ihrer Erstgeborenen, dem Liebeskummer ihrer Jüngsten und der Zuneigung, die sie gegenüber Anthony hatte. Sie hatte ihn beobachtet, sein komplexes Wesen erforscht, seine verrückte Liebe zum Volk der Filipinos und die Abenteuer, die er mit Ynez teilen durfte. Sie spürte auch die Liebe, die er zu ihr hatte, in einem Respekt vor dem Stand einer Mutter und einer ›Datu‹, welche als Besitzerin großer Ländereien immer noch eine Säule in der Community war. Es mutete ergriffen an, doch Nanay Lorna entschuldigte sich. Anthony drückte ihre Hände sanft und lächelte zurück. Waren ihrer aller Empfindungen nicht geschüttelt durch diese dramatischen Umstände im Leben des Unsicheren?

»Soll ich eine Aussprache mit Conchita halten?«

»Es würde sie ein wenig trösten, so dass sie nicht denkt, sie ist dir als Mensch völlig egal. Und sie weint sehr, Anthony.«

Anthony versprach es und schickte sich an, zu gehen.

»Ich gehe zur ›Kaibigan‹ und komme später nach Hause.«

»Sicher, Kuya.«

»Ich will schwimmen gehen.«

»Brauchst du kein Handtuch oder eine Badehose?«

Anthony winkte nur ab, ohne sich umzublicken. Arnel rief ihm hinterher, dass er irgendwann dort draußen gekidnappt werden würde.

Die Menschen standen immer noch dicht gedrängt zusammen, kaum jemand wollte das Festival jetzt verlassen. Einige Männer grüßten ihn, eine freundliche Einladung zu einem Drink wurde ausgeschlagen. Anthony erreichte den Rand des Festgeländes, als er die Gruppe junger Frauen sah, die beieinander zusammenstanden. Lisa konnte er als Erste sehen. Schüchtern sah er dorthin und konnte auch Valerie zwischen den Frauen ausmachen, sowie Tänzerin Regine, die ihre Lippen ein wenig vorzog, als sie den vorbeigehenden Mann sah. Anthony blickte zärtlich in diese Gruppe und erntete manches verlegende Lächeln. Valerie indes drehte ihren Kopf beiseite. Er wünschte sich nichts sehnlicher, als dass sie seinen Kampf für ihre Reputation erkennen würde. Herr Padilla mochte sie nicht mehr getroffen haben, um sie um Verzeihung für seine harten Worte bitten zu können. Doch er wusste es nicht und Valerie musterte Anthony mit einem kühl abweisenden Blick. Anthony ging weiter und gab ein wenig auf. Die Zeit musste nun als Helfer herbeieilen, auch wenn er vor Ungeduld am Zerplatzen war.

»Ey Valerie, sag doch. Magst du ihn? Der ist doch süß und so direkt. Ich finde ihn toll.«

»Kannst ihn ja anmachen, wenn du möchtest, Regine.«

»Warum nicht? Wenn du ihn nicht willst...«

Pikiert löste sich die junge Tänzerin aus der Gruppe heraus und ging geradeaus ins Festgetümmel zurück. Lisa verstand Valeries barsche Reaktion nicht.

»Er mag dich wirklich. Ich glaube sogar..., er liebt dich. Es hat ihm sehr wehgetan, was der alte Mann dir an den Kopf warf.«

»Lisa... Ja... Er mag mich. Ich kann es aber nicht... Diese Schande! Kasalanan talaga! (wirklich eine Sünde) Meine eigene Familie...«

Lisa und die anderen Mädchen um Valerie Tolentino sahen die Tragweite der Geschehnisse gleichsam heftig, trösteten sie mit den Worten, die ihnen gerade einfielen. Eine öffentliche Entschuldigung hätte die einzige Lösung für diesen Schlag gegen Valeries Reputation sein können. Sie, die einen Anteil Schuld daran hatte und sich jetzt schämte, weil sie dem Tinikling-Tanz zustimmte.

Die Nacht war immer noch sternenklar und mild. Irgendwie fühlte Anthony sich auf dem Schiff zurzeit am wohlsten. Es war nahezu fertiggestellt. Die Kajüte war in ihrem Inneren schon vollständig ausgebaut. Das Doppelbett mutete anachronistisch an. Ein Flitterwochenschiff? Wie sinnlos es doch geworden war. Sie hatten das Schiff geplant, als Ynez noch lebte und so hatte er an alles gedacht. Der Lauf der Welt änderte sich rasch und durchkreuzte Pläne. Anthony kletterte die Stiege am Rumpf hoch und schloss die Kabinentür auf. Nach dem Öffnen der Bierflasche genoss er den doch ziemlich schal schmeckenden Inhalt mit gierigen Schlucken. Es war ihm egal, was andere wieder denken mochten. Er wollte jetzt schwimmen gehen. Der Scheinwerfer am Mast würde ihm die richtige Richtung weisen. Der Lichtstrahl war auf eine seichte Stelle gerichtet, an der es etwas weniger

Steine gab. Das Bier war ausgetrunken und Anthony machte sich auf den Weg Richtung Brandung, die unaufhörlich standhaft gegen das Ufer schlug. Mit jedem Schritt fiel eines seiner Kleidungsstücke in den Sand, das Shirt, die Socken, die Jeans. Nun verharrte er kurz, blickte sich schelmisch lächelnd um. Seine Hände drückten die Unterhose nach unten, der befreiende Schritt ließ sie im feuchten Sand zurück. Anthony spazierte langsam in das erfrischende Nass in jener herrlichen Nacht. Anfangs war es wirklich kalt, aber schon bald fühlte er sich pudelwohl. Es war sehr dunkel, nur der Lichtkegel vom Schiff erhellte einen kleinen Ausschnitt des Strandes. Gut, dass die Akkus vollgeladen waren, die Leuchte würde damit mehrere Stunden Licht abgeben können. Es erschien in diesem Moment schon kurios. Ein Mensch paddelte im Wasser umher und war für das Land erschaffen worden, während ein Schiff reglos im Sand lag, obwohl es überhaupt nicht dorthin gehörte. In seinen langsamen Schwimmbewegungen drehte er sich im Wasser umher, blickte immer wieder zu den Sternen über ihm und sah auch einige punktförmige Lichter in der Ferne, die von den entfernt liegenden Fischerbooten hierher strahlten. Obwohl seine Armbanduhr wasserdicht war, hatte er sie in der Kajüte gelassen. Sein Blick schweifte in Richtung Ufer. Er bemühte sich, diesen plötzlich aufgetauchten Schatten zu identifizieren. Eine dunkle Gestalt, die sich langsam in Richtung des Lichtkegels bewegte. Die hübsch gegliederten Arme schauten schlank aus diesen scheibenförmigen Ärmeln hervor, die über ihren Schultern hoch abstanden. Still blickte die junge Frau in seine Richtung, anmutig stumm, in der Geometrie ihres wundervollen Filipiniana-Kleides.

»Anthony!«

Er antwortete nicht. Berechnend. Abwartend, was sie nun tun würde.

»Anthony!?«

Anthony dachte sich, ob es sinnvoll wäre, sie noch ein wenig im Ungewissen zu lassen. Machte sie sich wirklich so verliebte Sorgen um den im kühlen Wasser umherschwimmenden Mann aus Europa?

»Anthony, geht es dir gut!?«

»Sicher!«

Er konnte natürlich nicht aus dem Wasser steigen. Das wäre ein Riesenskandal hier am Ufer von Panay Island. So paddelte er einfach weiter umher.

»Hast du vielleicht Lust auf ein kühles Bad?!«

Minutenlang verharrte sie nur stumm an ihrer Stelle und rieb mit der Hand am Kinn.

»Ich habe doch keine Sachen zum Baden dabei.«

»Ich auch nicht! Aber ich bade trotzdem.«

Schüchtern prüfte sie die Umgebung mit umherschweifenden Blicken.

»Dreh dich bitte um!«

Artig befolgte Anthony ihren Wunsch und malte sich schon alles Mögliche aus. Es dauerte einige Minuten, als er sie plötzlich ein paar Meter von sich entfernt im Wasser erblickte. Es bereitete ihr offensichtlich Vergnügen, in den leicht wogenden Wellen.

»Ich hörte, dass viele Filipinos gar nicht schwimmen können. Stimmt das?«

»Ich kann schwimmen, Anthony! Komm nicht näher!«

Sie paddelten im Abstand von gut fünf Metern umher und ließen sich in den Wellen sanft umhertragen. Seit einigen Minuten schon blickten sie sich gegenseitig in ihre Gesichter, während sie ihre Arme auf dem Wasser bewegten. Was sie fühlte, konnte sie nicht einordnen. Es war wie ein zartes Verlangen, mehr über ihn zu erfahren. Anthony dachte weit plastischer, obwohl er nicht der Typ Mann war, der sich an den Körpern der Frauen ergötzte, sondern vielmehr die Eigenschaften eines Mädchens verstehen und bereichern wollte, so wie er es jahrelang bei Ynez tun durfte.

Valerie schwamm noch einige Minuten umher, doch sie begann bereits zu frösteln und wollte zurück ans Ufer.

»Dreh dich um! Sofort!«

Er tat es zunächst ohne Zögern. Doch getrieben von der Neugier, sie zu betrachten, wurde es ihm zu langatmig. Überlegen wollte er nicht mehr und ließ sich von einer der Wellen sanft umdrehend treiben. Der Anblick im Schein der Schiffsleuchte elektrisierte ihn wahrlich. Dieses anmutige Mädchen stand in ganzer ehrlicher Erschaffung mit dem Rücken in seine Richtung. Ihre Unterwäsche lag neben ihren Füßen. Langsam hob sie ihr Kleid in die Höhe. Diese Filipinianas waren kompliziert beim Anziehen. Dazu musste sie beide Arme hochstrecken. Anthony sah einen Körper in voller Reinheit, schlank und erregend. In diesen eleganten Umrissen offenbarte sich im Schein des Lichtes so Wunderbares. Ihre beiden Schönheiten, die nicht groß, aber ebenmäßig gerundet waren und den zarten Ausschwung ihrer Hüften. Nun drehte Valerie sich ein wenig, so dass ihr ganzer Rücken zu sehen war, überwallt von ihrem schwarzen Haar. Sie streifte sich das Kleid langsam über, ordnete ihre Ärmelpartien. So konnte Anthony nicht aus dem Wasser kommen. Es war ja eine skandalöse Idee, hier völlig unbekleidet baden zu gehen, eine ziemlich blödsinnige Schnapsidee. Es war ihm bewusst, dass sie schreiend wegrennen würde.

»Willst du denn nicht aus dem Wasser kommen?«

»Nein, noch nicht!«

»Du bist schon viel zu lange drin!«

»Ich kann nicht rauskommen!«

»Wieso denn?!«

»Na ja... Ämh... Es passt eben gerade nicht!«

Einige lange Sekunden erwiderte sie nichts. Sie war zu schlau für profane, ausweichende Antworten. Er musste mitansehen, wie sie sich umschaute, bückte und seine Unterhose in die Luft hielt.

»Ich denke, ich sollte jetzt besser gehen!«

»Es reicht doch, wenn du dich einige Minuten wegdrehst!«
Nun überwallte wieder Stille die ganze Szenerie. Ein herrlicher Anblick in einem Umriss traditioneller Kleidermode im Dunkel einer sternenklaren Nacht. Valerie überlegte augenscheinlich, was sie tun könnte.

»Ich gehe auf das Schiff, in die Kajüte!«

Anthony musste warten, bis sie die Leiter hinauf auf das Deck der ›Kaibigan‹ geklettert war und gebückt in die Kabine ging. Nun konnte er endlich aus dem Wasser und fror schon merklich. Eilig ging er aus den anbrandenden Wellen heraus auf den Sand. Valerie wunderte und freute sich zugleich darüber, dass die Kajüte innen Stehhöhe hatte. Opulent eingerichtet war sie, was den Platz betraf, schon. Sie blickte sich um. Gutes Holz war hier verarbeitet worden. Als sie ihren Blick durch die Seitenscheibe wandern ließ, direkt auf ihn, überlegte sie schon, ob sie nicht sofort wegsehen sollte. Doch ihre Augen fokussierten die Umrisse dieses Mannes doch neugierig. Er sollte über 30 sein, aber trotz der sitzenden Arbeit als Romanschreiber sah er durchtrainiert aus. Es musste die handwerkliche Arbeit an diesem Schiff gewesen sein, die ihn fit gehalten hatte. Seinen Körper in ganzer Erschaffung konnte sie jetzt erkennen. Sie wusste, was natürlich war, doch sah sie zum ersten Mal alles an einem solchen Kerl. Ihr Herz pochte schneller. Ruhig nahm er das im Sand liegende Handtuch und trocknete sich bedächtig ab, erst seine Arme und im Bücken dann seine Beine. Valerie sah konzentrierter hin, weil ihr ein Detail auffiel und beobachtete, wie er sein Männliches sorgsam abtupfte, nachdem er seine Vorhaut zurückgezogen hatte. Langsam streifte sich dieser Foreigner seine Unterhose, seine Jeans und das Sweatshirt über. Mit den Fingern fuhr er mehrere Male durch sein feinblondes Haar.

»Du kannst da rauskommen!«

Schüchtern stand Valerie auf und kam aus der Öffnung der Kajüten-Tür.

»Dort stehen noch einige Flaschen Bier. Bring uns doch zwei und das Schweizer Messer auf dem kleinen Tisch.«

Leise verschwand sie wieder in der Kajüte.

»Ich komme hoch zu dir.«

Valerie kam nach einigen Minuten mit dem Gewünschten wieder heraus. Sie lächelte und stellte die Flaschen auf die Sitzbohle. Schnalzend öffnete sie die Biere mit dem Öffner an dem Multifunktionsmesser.

»Oh ja. Gekonnt. Trinkst du auch Bier?«

»Klar..., warum nicht?«

»Ich dachte nur...«

»Du dachtest nur, sicher.«

Beim Klang dieser süßen Antwort erkannte Anthony schon eine ganze Menge. Alkohol war offensichtlich eines der Dinge, die Valerie nur verhalten in ihrem Leben gekostet hatte.

»Ich will dich aber nicht verführen, Alkohol zu trinken, wenn du das nicht möchtest. Du hast das mit dem Funktionsmesser sofort begriffen. Tolles Zubehör, was da dran ist.«

»Ich bin doch kein kleines Mädchen.«

» Ja, Frau Ingenieurin. Darf ich es dir schenken?«

Sie fühlte sich etwas verulkt, doch konnte diese feinen Signale von ihm schon richtig deuten. Ein Geschenk aus den Händen eines Verehrers? So fing es in der ganzen Welt doch meistens an. Artig bedankte sie sich, wie eine Jugendliche, die einen Preis für gutes Lernen von ihrem Lehrer bekommen hatte. Sie nahm vorsichtig einen kurzen Schluck aus der Flasche und meinte nur, dass es bei ihr eine Weile brauchen würde, das Bier auszutrinken, weil sie befürchtete, schnell beschwipst zu sein. Diese Vernunft gepaart mit Anmut in Reinkultur fand er in jenem Augenblick begeisternd und prickelnd. Anthony hatte in der Kajüte eine Packung Reischips gefunden. Mit einem Ruck riss er die Tüte auf und hielt sie ihr brav wie ein kleiner Gentleman hin. Lächelnd verspeiste sie eine ganze Hand voll.

»Viel ist es nicht. Mein Schiffsproviant ist leider noch nicht gebunkert.«

»Ist es schon nach Mitternacht, Anthony?«

»Ich denke, ja. Ach...«

»Was?«

»Entschuldige bitte, ich wollte bestimmt keinen Skandal entfachen. Es war falsch, ohne Hose zu baden... Sorry.«

»Das war nicht gut, Anthony. Echt nicht.«

»Sorry, wirklich.«

Ob Worte fehlten oder Fragen, wusste sie in jenem Moment selbst nicht und konnte es nicht erklären. Sie war für dieses traditionelle Umfeld ein ziemlich modernes Mädchen. Valerie forderte ihn mit ihrem abwartenden Schweigen förmlich heraus, etwas zu beginnen. Eine lebendige Konversation über so Vieles. Sie gab sich betont neugierig über sein Land, über seine Herkunft und Jugend. Ihr Wissensdurst wirkte wohltuend. Er selbst fühlte dabei etwas, was er nur aus den berauschenden Zeiten mit seiner Frau kannte, Intellekt, Verständnis und Würde gepaart mit Schönheit. Auch wenn sein Herz in jenen Augenblicken der Meinung war, dass er sie berühren sollte, sagte die Vernunft noch streng: »Lass es sein«.

»Ich finde Deutschland interessant, so wie du es beschreibst.«

»Ich finde es hier interessant, aus vielen Erfahrungen.«

»Du bist so mutig, Anthony. Hier bei uns zu leben ist für euch nicht einfach. In deinem Land scheint es viele geregelte Dinge zu geben, die Sicherheit bieten.«

»Sicherheit? Schwachsinn.«

»Du bist trotzdem... mutig.«

»Ich habe dir schon mal gesagt, dass ich dich für sehr couragiert halte. Das auf dem ›Kaligayahan‹ hat mir gezeigt, welch edlen Charakter du hast. Sich öffentlich gegen die Familie stellen, weil diese ein Unrecht beging. Ich kenne diesen Kodex des ›Hiya‹. Das macht kaum eine Frau hier, besonders keine ›Bunso‹.«

»Meine Familie hat mir doch damit wehgetan. Mir zuerst! Ich will das nicht akzeptieren. Es geht um Gerechtigkeit! Ich habe Tomas geliebt und ich kann ihn nicht vergessen...«

»Ich denke, du würdest sogar mit deinem Bolo dafür kämpfen.«

»Schon möglich.«

Es durchzuckte ihn beim Klang dieser Worte. Wie brutal war er eigentlich gerade? Er mochte sie, zu viel. Alle hatten es erkannt. Arnel, Nanay Lorna, Herr Padilla, Rodrigo und vor allem sein hart pochendes Herz, welches ihm sagte, dass er diese Inselschönheit begehren musste.

»Mir ging es nicht anders, auch wenn ich schon glückliche Jahre hatte. Meine Frau...«

Anthony senkte den Kopf und musste nachdenken. Unerklärlich war es für sie beide, warum sie sich zum dritten Mal auf seinem Schiff trafen und Gefühle austauschten, in jener traditionsbewussten Gesellschaft, wo es immer noch bei unwissenden Menschen als eine Unsitte erschien, alleine ein junges Mädchen zu treffen. Das war in Manila anders, aber nicht hier. Selbst das schöne Detail in der großen Kajüte auf der ›Kaibigan of Panay‹ schaffte es, Schlussfolgerungen gleich Skandale vermutender Menschen in eine Richtung zuzulassen, wenn man bedachte, dass in der Kajüte eine Liegestatt eingebaut war, die eine Liebesnacht par Excellence mehr als möglich machen würde. Es war ungünstig, was sie beide taten, so selbstbeherrscht Valerie und Anthony auch sein mochten. Die Wahrheit erschien unerbittlich, denn Anthony war in dieses Geschöpf schon vollends verliebt und wusste genau, dass er diese Frau heiraten wollte.

»Ich hatte bereits glückliche Jahre, wie ich sagte... mit Ynez. Du warst nur verlobt gewesen.«

»Das ist doch kein Unterschied, Anthony! Wir wollten heiraten.«

»Sicher. Ich habe eben Unsinn geredet. Entschuldige.«

Es wunderte ihn, dass sie nicht anfing zu weinen. Er hatte schon zu oft jene Gefühlsbekundungen in Form von Tränen bei ihr erlebt. Auch das trug zu seiner Bewunderung für sie bei, in der Art des Beschützers. Ynez war drei Monate jünger als er gewesen, aber dieses Mädchen? Er kannte ihr Alter noch nicht einmal.

»Ich habe auf dem Fest wahrscheinlich zu einigem Rumoren beigetragen. Ich fühle Schuld dir gegenüber, aber ich finde, dich in die Arme genommen zu haben war richtig. Kein Mensch darf dich als Luder bezeichnen. Du bist für meine Empfindungen eine rechtschaffende Frau. Ich empfinde es als schwere Beleidigung, was Herr Padilla dir an den Kopf warf. Seinen Schmerz als Vater verstehe ich aber.«

»Ich kann deine Reaktionen auch verstehen... Du bist ein zärtlicher Mann. Aber ich habe Lisa und Regine bereits gesagt, dass nichts zwischen uns ist, doch die Leute werden schon angefangen haben, die wildesten Gerüchte über uns zu streuen.«

»Valerie, ich muss dir sagen, dass du eine Mitschuld trägst. Warum bist du nicht zu seinen Eltern gefahren und hast alles dargelegt?«

»Ich weiß...«

»Du hast dir diese Frage auch gestellt, ich bin sicher.«

»Dann hätten meine Eltern ihr Gesicht verloren.«

»Valerie! Sie verloren es bereits, als sie dir nicht sagten, dass man Tomas gefunden hatte. Tut mir leid, aber ich muss offen zu dir sein. Du trägst eine Mitschuld.«

Sie blickte in sein Gesicht, aber nichts in ihr sagte, dass sie doch schnellstens aufstehen und weggehen sollte. Ohnehin würde sie die Stadt verlassen, studieren gehen und Anthony sein Leben weiterleben müssen. Sie könnte es noch im Keim ersticken, was sich bereits auch in ihr regte. Unleugbar wirbelten ihre Gefühle für diesen Mann. Ständig versuchte sie, diese Zuneigung aus ihrem Kopf zu verbannen, rezitierte immer wieder, dass es nicht sein durfte, doch sie saß ihm gerade direkt gegenüber, unfähig zu fliehen, weil ihr Herz sich nach seinen Umarmungen sehnte, ja gar nach leidenschaftlichen Berührungen und Küssen. Seine geballte Ehrlichkeit faszinierte sie zudem, auch wenn er das traditionelle ›Hiya‹ damit an den Pranger stellte.

»Müssen wir überhaupt vor allen Leuten hier klarstellen, dass wir nichts Unanständiges tun, nur weil wir miteinander reden? Weißt du denn, was uns beide bereits verbindet?«

»Du weißt doch, wie das hier läuft. Manche schlussfolgern sofort Skandalöses, weil sie sich vorstellen, was wir tun könnten, aber selbst haben sie Leichen im Keller.«

»Ich finde, Taten und Beweise der Aufrichtigkeit sollten der Maßstab für das Handeln sein und nicht diese Scheinprüderie. Mir kommt das ein wenig wie Heuchelei rüber.«

Valerie fand diesen Satz ungemein interessant. Dieser Kerl hatte doch so viel Poetisches an sich. Ein unbeherrschter Schürzenjäger war er augenscheinlich nicht. Sie fand, dass er enormen Respekt vor ihr zu haben schien. Könnte sie es austesten?

»Du weißt auch, wie schnell es gehen könnte hier draußen. Mit uns.«

»Das ist mir bewusst.«

»Ich halte mich daran, was ich als meine Integrität empfinde. Ich möchte nicht vor meiner Hochzeit mit einem Mann schlafen. Mein Körper gehört mir und dann dem Richtigen, den ich liebe..., für immer.«

Anthony fühlte eine ungemein warme Begeisterung bei diesen Worten. Es begann ihn zu reizen, sie nur mit seinen Augen zu genießen. Wenn sie so standhaft vertrat, was sie sagte, könnte es in Zukunft miteinander noch grandioser sein, wenn sie ihm allein ihr ganzes Ich schenken würde. Es schwappten zweierlei Emotionen in ihm, die gegeneinander arbeiteten, Beherrschung und Leidenschaft. Doch er wollte die Scheu einsetzen, um dieser Perle die herrlichste Art der Zuneigung zu schenken.

»Du tust das auch wegen deinem Respekt vor Gott, nicht wahr? Ich habe dich beobachtet. Du betest sogar hier draußen.«

»Sicher. Du nicht?«

Er blickte in den dunklen Himmel, breitete die Arme aus und wirkte beinahe melancholisch.

»Kein Wort in meinen Romanen entsteht von selbst. Dieses Schiff ohnehin nicht, sondern nur durch intelligente Planung und Arbeit im Schweiß wird das hier fertig. Dieses schöne Land ist weit komplexer. Ich tauche manchmal mit Arnel vor der Küste. Alleine diese unglaublichen Korallen. Für mich ist die Existenz Gottes mehr als bewiesen. Alleine deine Augen, Valerie. Ein Kunstwerk, welches niemals durch Zufall entstehen kann.«

Sie schien mit dieser Antwort zufrieden zu sein, blieb aber steif, erwiderte nichts, was dem Kompliment wie jenem angemessen wäre. Eher kam ihre Neugierde zum Vorschein.

»Wie ist das in der Familie deiner Frau gewesen? Habt ihr euch daran gehalten...? Du weißt schon, was ich sagen will.«

»Ah... Sex erst nach der Trauung. Rate mal.«

»Du hast es mit ihr so durchgezogen, was zeigt, dass du dich auch beherrschen kannst. Stimmt es?«

»Richtig. Manchmal bringt Geduld bessere Ergebnisse hervor. Das war wohl einer der Schlüssel zu meiner schönen Ehe.«

»Ergebnisse?«

»Ich respektierte Ynez und ihr Begehren, es so zu machen, auch wenn ich Empfindungen hatte und sie hatte sie auch. Aber wir nahmen diese Zeit als Herausforderung, lernten uns und unsere Ziele so wunderbar kennen. Sie heiratete in Weiß, wusste, dass es ihr gebührte. Ich übrigens auch, in einem...«

»...weißen Barong. Oder?«

»Volltreffer. Keine Krawatte. Fürchterlich. Ich möchte mit dir nicht über mein Liebesleben von damals sprechen. Dann wäre vielleicht der Skandal hier komplett. Du fragst recht offen, junge Frau. Warum?«

»Weil... Ich..., hmmh..., möchte wissen, wie du dazu stehst.«

»Du wünscht es so und verdienst Respekt dafür.«

»Danke, Anthony. Bitte keine Zärtlichkeiten.«

»Auch wenn wir uns schon einmal missverstanden haben, du sollst kein Abenteuer für mich werden. Ich danke dir so sehr fürs Zuhören.«

Anthony setzte durch eine fein geführte Prüfung ihrer Beweggründe an. Eine so herrliche Grazie saß vor ihm, die, wie er es als Vorrecht empfand, in ihrer Erschaffung kurz sehen durfte. Diese Mandelaugen waren Blitze, erzählten ganze Geschichten und Tragödien, die mit Happy Ends erster Klasse endeten. Die passende Zeit und das richtige Tun waren schon immer eine von Anthonys Lebensdevisen gewesen. Besonders dann, was die Einstellung des Anderen betraf, mit denen er zu tun hatte. Ynez war trotz ihrem Zustand als Jungfrau vor ihrer Hochzeit damals ungeahnt belesen gewesen, was viele Dinge betraf. Es war wohl wieder ziemlich witzig, wie er sich hier vor den Augen dieser jungen Frau anstellte, die von außen so aussah, als würde sie nicht wissen, wie man schwanger wird, aber in Wirklichkeit in ihrer Klugheit schon die elementaren Geheimnisse kannte, die einmal einen Mann durch ihre loyalen Hände in die herrliche Welt der Zärtlichkeit und körperlichen Erfüllung hineinführen würden.

»Solche Fragen kommen recht früh. Oder hast du vielleicht Gefühle für mich?«

Valeries Augen blickten standhaft kühl in diesem Augenblick, aber er nahm ihr das nicht ab.

»Nicht solche, wie du denkst.«

Anthony nahm ihr auch diese Antwort nicht ab.

»Wie alt bist du eigentlich?«

»22. Und du?«

»Ah... So alt wie Conchita...«

»Ich denke, dass sie dich mag.«

»Es muss auf beiderseitiger Liebe beruhen. Das gehört jetzt nicht hierher. Es ist wirklich schwierig für sie. Aber ich liebe sie eben nicht.«

»Sicher... Wie alt bist du?«

»Das wird dich nicht begeistern. Bereits 33.«

»Ich meine, das sieht man dir nicht an.«

»Danke sehr. Aber der Unterschied ist nicht für jede Frau das Passende. Vor allem, wenn du Kinder haben willst.«

»Du siehst nicht so aus, als wärst du über 30 Jahre alt.«

Vielleicht wirkte das Bier wieder zu schnell trotz der Erfrischung im kühlen Meer. Dezenter hätte er wirklich sein müssen, aber ein Fettnäpfchen kam selten allein. Anthonys Augen versprühten nun eine leichte Ironie, die er mit einer süßen Frage untermalte.

»Es nutzt aber nichts, ich bin 33. Sag mal, du warst doch in der Kajüte, als ich aus dem Wasser kam.«

»Natürlich...«

Sie beobachtete ihn mit zusammengezogenen Augen, als ob sie schon sehr Brisantes zu verstehen schien. Anthony war ertappt und doch in jenem Augenblick so enorm glücklich.

»Du hast dich nicht etwa im Wasser umgedreht? Sag schon!«

»Valerie, du bist so schön..., deine Hüften...«

Diese mandelförmigen Perlen in Reinkultur konnten tatsächlich eine ganze Kurzgeschichte in einem erzählen, voller Dramatik und Emotion.

»Hör mal! Ich möchte das nicht. Lass das, Anthony! Das geht mir jetzt ganz und gar zu weit! Voyeur!«

»Entschuldige bitte.«

»Danke für die schönen Momente mit dir. Doch wir sollten uns nicht immer so unterhalten. Leb wohl. Ich werde San Joaquin ohnehin verlassen. Für immer.«

»Was?!«

»Das weißt du doch. Mein Studium.«

Ein Schock fraß sich durch Anthonys Leib, ein Frösteln, das ihn abhielt, etwas Sinnvolles zu erwidern. Ihre Worte waren wie der Schlag mit einem Baseballschläger in den Magen. Welche fatale Entscheidung hatte Valerie plötzlich so weitreichend getroffen?

Sie sprang auf, schlug seinen Arm beiseite und kletterte die Leiter hektisch hinunter.

»Valerie, bitte geh nicht!«

Abrupt blieb sie stehen, wandte ihr Gesicht um.

»Nein, Anthony. Tue dir nichts Schlimmes an! Leb wohl. Und hör auf, dich im Kopf mit mir zu beschäftigen!«

Er sprang auf, nahm noch einige Sekunden diese Starrheit ein, während er die junge Frau in die Nacht davoneilen sehen musste. Die Flügelärmel wedelten im Takt einer ungestümen Flucht, das Wegrennen vor ihm und seiner Liebe. Doch er wollte sie nicht so einfach davonlaufen lassen, ohne eine in ihm brennende Frage von dieser Schönheit beantwortet zu bekommen. Anthony wäre es egal gewesen, wenn er sich den Knöchel gebrochen hätte. Kühn sprang er von dem rund zwei Meter hohen Rumpf direkt herunter in den Sand und rannte los. Mit einem einzigen Satz überwandte er den an den Auslegern befestigten Seitenrumpf, der rund 50 Zentimeter über dem Sand schwebte.

»Valerie! Bleib stehen!«

Panisch drehte sich die junge Frau wieder um und blieb starr auf der Stelle stehen. Wie stark war ihr Widerstand wirklich?

»Anthony..., es geht nicht! Mein Vater will, dass ich studieren gehe. Und bedenke, wie lange Tomas erst tot ist. Das ist nicht fair. Anthony bitte! Lass mich in Ruhe!!«

Schwer atmend stand sie vor ihm, diese jugendliche Anmut mit rabenschwarzen Haaren und aufgerissenen Augen berückender Größe. Sie blickten sich nur gegenseitig bebend und so intensiv an, dabei atmeten sie beide heftig.

»Valerie! Ich empfinde so viel für dich. Frag mich nicht nach einer logischen Erklärung. Dein Charakter ist so anziehend und reif, obwohl du so jung bist.«

Sie schüttelte nur den Kopf und stammelte.

»Was tust du mir eigentlich an! Ich kann Tomas doch jetzt nicht einfach vergessen! Du bist einfach so einfühlend. Ich weiß nicht ob es daran liegt, weil du schon Erfahrung hast oder die Sicht eines Foreigners... Ich weiß es einfach nicht. Aber eine Beziehung zwischen uns? Anthony! Ich kann das nicht tun!«

»Hast du mich etwa nur als deinen Psychologen benutzt?«
Schon wieder schossen diese Tränen aus ihren Augenwinkeln.
»Nein.«
»Warum möchtest du dann mit mir zusammen sein?«
Anthony wollte es endlich verstehen. Augenblicklich packte er sie bei ihren Schultern. Valerie versuchte sich heftig aus seinem Griff zu befreien und begann aufzuschreien.
»Nicht! Lass das!«
»Ich tue dir doch nichts. Sag mir jetzt eines. War ich nur dein Mülleimer für deine Trauer?«
Sie konnte nur Wiederholungen stammeln und blickte ihn mit diesen gerade elend wirkenden Augen an.
»Das ist nicht fair, Anthony! Nein!«
Er nahm augenblicklich seine Hände herunter und ließ das Drama einfach geschehen. Valerie drehte sich eilig um und lief, ohne sich nur einmal umzuschauen, weiter in die Nacht im Takt mit den Wellen und deren schlagenden Geräuschen. Ihr Weinen ließ Anthony erschauern. Er konnte ihr nur hilflos hinterherschauen. Einsam stand ein Mann mitten an einem kaum noch so empfundenen Strandparadies. Nichts um ihn herum konnte trösten, es vergessen machen. Anthony ging niedergeschlagen zurück zum Schiff. Sie hatte sogar ihr Geschenk vergessen. Es war doch in der Tat sinnlos, sich in diese junge Frau zu verlieben. Dieser Witwer musste sich erst einmal klarwerden, ob jene Basis einen gleichsam würdigen Stand hätte wie damals bei Ynez. Er war auf den Philippinen beliebt gewesen, jetzt aber hatte er sich Feinde geschaffen und dies überhaupt nicht gewollt. Starr vor trauriger Ohnmacht ging er in Richtung der Stelle, wo er nackt aus dem Wasser kam. Sein Fuß spürte das nasse Etwas im Sand, ein Stück Stoff. Sofort hob er die beiden Unterwäschestücke auf,

massierte mit den Fingerspitzen in dem sandbenetzten Stoff des hellgrünen Höschens, das mit feinen Blumenstickereien verziert war. Als er in der Innenseite das winzige Stoffbändchen in dem Oberteil erblickte, auf dem die Cup-Größe aufgedruckt war, lächelte er etwas.

»A 70... Einfach vergessen, entzückend.«

Anthony schüttelte jenen Gedanken weg, stopfte die Sachen in seine Tasche am Shirt. Er ließ sich in den Sand fallen, über ihm die Sterne, die nichts sagen wollten, sondern eher stoisch auf ihn herableuchteten, untermalt von dem Brandungsgeräusch und den sich wiegenden Palmwedeln in der Nacht. Diese Naturgeräusche spendeten tatsächlich einen immensen Trost in jenen Augenblicken.

☊ Zweifel ☊

Der Marktplatz war wie jede Woche voll von Menschen. An den Ständen drängten sich die Kunden, die den leckersten Fisch und die schärfste Chilischote suchten oder nur das Notwendige besorgen wollten, wie Zwiebeln, Knoblauch oder Batterien für die Taschenlampe. Ein solcher Markt gedieh zu einer unbedingten sozialen Einheit, ein Ort für jede weitergetragene Botschaft und Neuigkeit. Einige Männer standen bei einem Softdrink vergnügt zusammen, daneben unterhielten sich drei ältere Frauen angeregt über die neuesten Probleme im Ort oder über die zuletzt geschehene Geburt im Haus einer Familie ein paar Straßen weiter. Zwei Königreichs-Prediger sprachen mit einem jungen Marktbesucher über die Bibel und wieder woanders versuchte ein laut rufender Fleischhändler, die Frische seiner Ware überzeugend anzupreisen. Inmitten der Menschenmassen hatte auch Pilar Tolentino ihre feste Anlaufstelle bei einer Frau, die vielerlei Gemüse feilbot. Ziemlich unterkühlt wechselten heute die Ware und das Geld die Besitzerinnen. Pilar Tolentino dachte sich nichts dabei, wurde aber unruhig, als zwei andere Frauen zu ihr sahen und eine von ihnen pikiert eine Frage stellte, die sie heftig aus ihrer guten Stimmung riss.

»Na? Hat deine Tochter schon einen Neuen? So was. Wir hörten, dass es dieser Mann aus Deutschland sein soll, dem das riesige Boot in Katikpan gehört. Ob das in Ordnung ist, dass Valerie sich mit dem abgibt?«

»Bisschen schnell wieder verliebt, oder?«

»Sie sollte besser noch in Trauer leben anstelle auf einen neuen Kerl aus zu sein.«

Erschrocken blickte Valeries Mutter den sich davonschleichenden Frauen hinterher und drehte sich zu der Händlerin hinter ihrem Verkaufstisch um. Die jedoch wirkte nicht netter und musterte ihre Stammkundin recht nachdenklich.

»Man sieht doch, dass der Mann deine Valerie gernhat. Umarmt sie einfach mitten auf dem Festplatz, als wäre er ein Helfer vom Himmel. Da steckt doch mehr dahinter.«

»Ich habe mich auch gewundert...«

»Zudem, Pilar. Ich will dir was sagen. Deine Familie hat ziemliche Probleme, die ihr lösen solltet. Ihr könnt doch eure Valerie nicht, um sie zu ›schonen‹, wegschicken und ihren Verlobten hinter ihrem Rücken einfach verscharren. Du bist doch eine Mutter. Wie könnt ihr eurer Tochter so wehtun? Infam war das. Vielleicht tröstet sie jetzt der Foreigner, immerhin.«

Pilar Tolentino nickte nur traurig, hatte sie doch die geringste Schuld, wollte kämpfen und es verhindern. Aber die stille Zustimmung machte auch sie zur Komplizin.

»Das hat sich doch sicher dein Sohn ausgedacht. Wann kommen eigentlich mal Kinder bei den beiden?«

Die Marktfrau kannte sie schon sehr lange. Sie schien sich zu schämen, besann sich und mit einer tröstenden Handbewegung milderte sie ihre harschen Worte ab.

»Mach dir erst mal keine Sorgen, Pilar.«

»Du hast gut reden.«

»Der Foreigner von der Velasquez-Familie hatte ja eine ordentliche Ehe geführt, aber was will der denn von deiner Tochter? Weißt du wirklich nichts davon?«

»Nichts... weiß ich... Ich muss nach Hause.«

Unsicher verließ Pilar Tolentino den Platz. Die Garnelen, die sie eigentlich kaufen wollte, kamen ihr nicht mehr in den Sinn. Valerie sollte einen neuen Boyfriend haben? Widersinnig und pietätlos erschien dieser Mutter das. War dieser Mann gar ein Mädchenschwarm, der Valerie als ein nächstes Opfer für eine kurze Affäre auserkoren haben mochte? Sie wälzte im Kopf nur dieses eine Thema auf ihrem Weg nach Hause. Als sie ins Haus kam, saßen ihr Mann und ein Nachbar am Tisch.

»Fernando, wo ist Valerie?«

»Rodrigo ist bei Fontanilla, um den Radschlepper zu besorgen, weil sie das Schiff des Foreigners ins Wasser ziehen wollen. Er hat ihn schließlich dafür bezahlt. Valerie ist später hinterher gegangen. Wo sind denn die Garnelen?«

»Vergessen...«

»Ist etwas?«

Pilar Tolentino signalisierte ihrem Mann, dass sie alleine mit ihm reden wollte, nachdem der Gast gegangen wäre.

Während die anderen zum Markt, zum Liegeplatz der ›Kaibigan‹ oder zur Schule gegangen waren, blieb Arnel allein vor seinem Haus zurück. Er wusste, dass der Radschlepper erst um die Mittagszeit hier eintreffen würde. Nanay Lorna las in ihrer Bibel und traf dabei auf den Bericht, in dem Jesus von einem Vater sprach, der seinen Sohn, der viele Fehler tat und aufrichtig bereute, liebevoll in die Arme schloss. Der Vater in dem Gleichnis stellte den Allmächtigen persönlich dar, der bereit war, Menschen die sich an ihm versündigt hatten, wieder als sein Kind anzunehmen. Indes versuchte Arnel den Vergaser seiner

Yamaha zu reinigen, die in den letzten Tagen Probleme mit dem Rundlauf des Motors hatte und öfter stehengeblieben war.

Ein älterer Mann ohne Tasche kam näher, blieb stehen und verharrte vor dem Geschehen am Straßenrand. Arnel schaute auf. Er hatte den Spaziergänger zunächst nicht kommen sehen.

»Manong Fernando! Ich freue mich. Kommst du vom Markt?«

»Ich weiß nicht, ob ich zum Markt gehen sollte, Arnel Velasquez. Ich habe viel nachzudenken in der letzten Zeit. Ist etwas nicht in Ordnung mit deiner Maschine?«

Irgendwie druckste der Alte herum. Arnel ließ ihn reden. Es würde sich entweder offenbaren oder es wäre nicht wichtig. Nanay Lorna begrüßte den alten Herrn von ihrem Platz oben auf der Terrasse und setzte sich wieder ruhig hin, um das Kapitel fertig zu lesen. Doch sie konnte sich nicht mehr konzentrieren, seit der Besucher eintraf. Mit einem halben Ohr hörte sie dem Gespräch dort unten an der Stützmauer zu.

»Vergaser. Das bekomme ich wieder in den Griff. Bitte setz dich doch hier zu mir, Manong, und ruh dich ein wenig aus.«

Arnel reichte Valeries Vater ein Glas mit frischem Calamansisaft. Fernando Tolentino nahm es, nickte freundlich und begann zu trinken. Mutter Lorna kam gerade die Treppenstufen hinunter.

»Möchtest du einen Snack dazu?«

»Arnel, ich habe mit dir zu reden.«

»Um was geht es?«

»Was für ein Mensch ist dieser Schiffsbauer aus Deutschland?«

»Er lebt seit acht Jahren hier. Ich habe bisher keinen Foreigner getroffen, der uns so respektiert wie er. Das er der Mann meiner verunglückten Schwester war, weißt du doch.«

»So? Ich möchte das wissen. Ich freute mich über den jungen Mann, den Valerie so liebgewonnen hatte. Er war lernbegierig, trank nicht, sparte sein Geld. Es machte mich stolz, als er seine materiellen Dinge schon vor der Heirat für meine Tochter gab. Nur Rodrigo mochte ihn nicht so, hätte einer Ehe aber zugestimmt. Dieses Filipiniana ist so edel, es wurde in Iloilo von Manang Elsa Geronimo angefertigt. Sie ist eine Meisterin der alten Schule für diese feinen Kleider und Barongs. Er musste meine Tochter sehr geliebt haben, das sahen wir doch. Ein ›Elsa Geronimo Kleid‹. Ich kenne kein Mädchen hier in San Joaquin, das so ein Filipiniana besitzt.«

»Und weiter? Willst du mir sagen, dass ich Marie Claire auch so ein Kleid kaufen soll? Dazu verdiene ich leider nicht genug.«

Fernando Tolentino beruhigte sich und merkte, wie aufrichtig Arnels Reaktion war. Man kannte sich schon so lange hier in dem Küstenort. Dem alten Mann brannte etwas auf der Seele. Dass er sich artikulieren musste, sah man ihm an.

»Lorna, ich frage offen. Haben meine Tochter und dieser Mann etwas miteinander?«

»Fernando, wir wollen dir nicht verschweigen, dass Anthony deine Tochter liebt oder zumindest romantische Gefühle für sie empfindet.«

»Ich hätte es mir ja denken können.«

»Er ist aufrichtig, Fernando.«

Der alte Mann lächelte sogar, doch war ihm der Gedanke nicht ganz geheuer. Er kannte Anthony kaum. Die Erzählungen seines Sohnes reichten nicht für ein ganzes Bild. Es handelte sich um Schilderungen der Abenteuerlust und der Verrücktheiten dieses Fotografen und Buchautors, von dem kaum jemand wusste, woher er sein Geld hatte. Die Fürsorge um die einzige Tochter wog schwer und wurde tief gelebt.

»Sicher?«

Arnel schlug vor, dem Stapellauf der ›Kaibigan of Panay‹ beizuwohnen, diesem sensationellen Treiben am Strand in der San Carlos Bucht. Langsam gingen sie schnurstracks zum Ort eines für Katikpan herausragenden Ereignisses. Es würde ein Bild über den Mann ergeben, der dieses Projekt unbeirrbar durchzog und die Tochter der Tolentino-Familie liebte. Der Weg der kleinen Gruppe führte an dem öffentlichen Ort eines populären Bildhauers vorbei, der seine Steinskulpturen neben der Landstraße postiert hatte. Zwischen ihnen stieg eine 100-stufige Steintreppe empor auf eine steile Anhöhe, die sein Haus beherbergte. Der alte Manu Mahusay lebte dort in seiner Welt, unter anderen jungen Künstlern und Musikern. Die Steinbildnisse und Köpfe bedeutender Persönlichkeiten zeigten ganze Geschichten über ein Land, das viele Schrecken kannte. Touristen verirrten sich selten hierher. Sie waren uninteressiert gegenüber tiefen geistigen Themen, was den alten Künstler nicht tangierte. Er hatte seine Kunst, seine Frau und die acht Kinder, die in aller Herren Länder verstreut lebten.

Die junge Frau, tief in ihren Gedanken versunken, kniete einige Meter neben der gewaltigen Büste des Häuptlings aus alter Zeit, bevor Magellan einst auf die Inseln kam. Gefaltete Hände, und ihre Worte klangen leise, emporgerichtet in den Himmel.

»Vater im Himmel. Hilf mir, eine Entscheidung zu treffen, die richtig ist. Ich möchte nicht gegen Deine Maßstäbe sündigen und diesen Mann vorher berühren. Aber ist er jemand, dem ich vertrauen kann? Er ist doch so fremdartig. Vater...«

Nach einigen weiteren Minuten hatte Valerie ihr Gebet beendet, ließ sich mit dem Rücken sanft gegen den Stein der Statue gleiten. Ihre Finger spielten mit einer abgezupften Blüte. Die Schritte im Gras vernahm sie dabei nicht.

»Inday Valerie?«

»Oh? Manong Manu!«

»Es ist nicht schön, dass du die Blüte einfach abzupfst. Lass sie bitte dort, wo Gott sie hingesetzt hat.«

»Verzeih mir, Manong Manu.«

»Darf ich mich zu dir setzen?«

Der alte Mann beobachtete sie wie ein fürsorgender Großvater. Er kannte sie, seit sie geboren wurde. Pilar Tolentino musste schwer leiden bei der Geburt. Fast wäre Valerie von der um ihren

Hals gewickelten Nabelschnur stranguliert worden. Manus Frau Magdalena war eine exzellente Hebamme und rettete das Leben der Neugeborenen mit beherzter Tat. Valerie fühlte tiefe Ehrfurcht vor dem Bildhauer und seiner Frau. War er die Antwort auf ihre Gebete?

»Wie geht es Manang Magdalena?«

»Sie meditiert gerade. Aber es geht ihr sehr gut. Danke.«

»Ich freue mich, dich zu sehen, Manong Manu.«

»Ich bin auch erfreut, dich zu sehen. Was hast du denn? Du hast tief schreiend zu Gott gerufen. Ich habe dich beobachtet.«

»Ich bin... in einen Mann verliebt. Aber... es ist nicht fair.«

»Wem gegenüber nicht fair? Hat Liebe mit Fairness zu tun?«

»Aber Manong! Liebe ist doch nicht selbstsüchtig.«

»Ich sage auch nicht, dass du selbstsüchtig bist.«

»Ich weiß nicht, ob ich ihn nicht abweisen soll. Es geht nicht.«

»Ist er zu primitiv? Hat er Eigenschaften, die dir unangenehm oder unangemessen erscheinen?«

»Nein! Er ist höflich, hört mir zu und ist auch sehr respektvoll zu unserem Volk.«

»Was gefällt dir dann nicht an ihm?«

»Er redet ziemlich offen frei heraus und es mangelt ihm am ›Hiya‹. Das kann jemand anderen schnell brüskieren, denke ich.« Manu Mahusay kramte aus seiner Hemdtasche einen Skizzenblock hervor, dann einen gespitzten Kohlestift. Scheinbar entrückt zeichnete er einfach auf dem kleinen Papierblatt herum, während Valerie ihn dabei beobachtete. Ein beruhigendes Gefühl überkam sie. Stets wirkte dieser Mann so entspannt. Sie fragte schüchtern, ob sie gehen solle.

»Bleib bitte hier, Inday. Ich fühle mich in deiner Nähe sehr wohl. Lass aber die Blumen stehen und zupfe sie nicht aus.«

Valerie wartete artig und ließ ihre Gedanken kreisen. Vor ihrem Auge rotierten Szenen aus ihrer Fantasie. Anthonys Worte, seine unbedachte Berührung ihrer Hüfte beim ersten Mal. Dann erschrak sie kurz. Fein Erotisches kam auf. Seine Hände konnte sie sich kurz vorstellen, an ihren Armen langsam streichelnd sich zu ihren Schultern vorarbeitend, bis er ihre Brüste erreichen würde, um sie zu liebkosen. Valerie schüttelte das augenblicklich beiseite. Sie spürte erfahrungsgemäß, dass sie in ein paar Tagen ihre Regel bekommen würde. Es war die Zeit davor, wo sie mehr Verlangen empfand. Manu Mahusays Worte schreckten sie unverhofft auf.

»Hast du eben an diesen Mann gedacht?«

»Ich... Ja, schon.«

»Du bist wirklich verliebt, Kind.«

Valerie blickte auf die Skizze. Ein Schiff mitten auf dem Meer war zu sehen, am Bug stand ein Liebespaar. Und niemand war am Steuerrad. Das Schiff lief ganz alleine geradeaus seinen Weg gemäß seiner Bestimmung, wie es schien.

»Was bedeutet deine Zeichnung, Manong Manu?«

Nachdenklich überflogen die Augen des alten Künstlers das Papier.

»Ich weiß, dass du den Mann liebst, der dieses gewaltige Boot zu Wasser lassen wird. Er wird es wirklich schaffen, doch nur ein einziges Mal.«

Valerie wirkte schockiert. Was sollte das für eine Antwort sein?

»Er könnte die Liebe mit dir erleben in einer Weise, die du noch gar nicht kennst, nicht einmal nur, sondern oft. Sieh hier.«

Der knochige Finger des Künstlers zeigte in der Zeichnung auf eine kleine Dreiergruppe von Felsen, die das Schiff ansteuerte.

»Einmal nur. San Carlos.«

»Und ich? Wie soll ich mich entscheiden?«

»Du musst weiterhin prüfen und zum rechten Zeitpunkt entscheiden. Ich tue es nicht für dich.«

»Manong, du hast so viel Erfahrung. Ich brauche Hilfe.«

»Wir haben die Freiheit geschenkt bekommen, unsere Liebsten selbst zu wählen, aber auch große Verantwortung damit. Wer leichtfertig entscheidet, wird später leiden. Ich kannte Ynez Velasquez gut. Sie kam früher immer hierher, um ihren Bruder zu besuchen. Eine glückliche Frau zusammen mit ihm. Dieser Mann ist sicher nicht so wie wir, aber die Welt sollte niemals Vorurteile gegenüber Menschen kennen, die anders sind.«

»Ich habe keine Bedenken wegen einem Foreigner.«

»Das solltest du auch nie haben. Du musst dein Herz öffnen für andere Kulturen und die Menschen, die sie mit in unser Land bringen.«

»Ich bin sicher, Manong. In meinem Herzen sind keine Vorurteile.«

»Gut. Dann prüfe ihn. Aber halte dich fern von seinem Schiff.«

»Was heißt das?«

»Halte dich fern von diesem unsinnigen Ding. Aber er..., er ist jemand, den du erforschen solltest.«

»Wie? Ich kann doch nicht jetzt mit ihm intim werden.«

»Doch nicht so, Kind. Ohne sein Wesen zu kennen, darfst du niemals seinen Körper in Besitz nehmen.«

»Und?«

»Hör ihm gut zu und sei immer offen, ihm dein Herz auszuschütten. Dann wirst du sehen, ob er der Richtige ist.

☼ Der Stapellauf ☼

Die sichelförmige Bucht war voll von Menschen. Es gab eine Rede hier. Wenn man einer Filipina sagte, es sei etwas Besonderes los, wüsste bald die ganze Insel, was gespielt würde, auch wenn sie zwei Millionen Einwohner hätte. Anthony war furchtbar nervös und lief auf und ab. Rodrigo stand einige Meter weiter mit seinen Männern in einer Gruppe zusammen und betrachtete die im Sand liegende Bangka, die unfähig war, sich zu bewegen. Jerome und Sid redeten mit dem Fahrer des Schleppers. Arnels Freunde waren ebenfalls gekommen und Kaloy wich nicht von Anthonys

Seite. Die meisten hatten beim Bau dieses Schiffes nicht einmal einen Hammer geschwungen oder eine helfende Handreichung getan, doch jetzt war eine unglaubliche Solidarität zu Tage getreten. Rodrigo musste in den letzten beiden Tagen jede Menge Überzeugungsarbeit geleistet haben, um Männer für den Gang auf einer hölzernen Gleitbahn als Helfer zu gewinnen. Manche glaubten nicht an ein sicheres Schwimmverhalten der ›Kaibigan of Panay‹, andere ließen sich von Rodrigos Einschätzung rasch umstimmen. Frauen waren ebenfalls anwesend. Zu groß war die Neugier über den Ausgang dieses Stapellaufes. Anthony bewegte seinen Blick langsam im Kreis, er schätzte die Entfernung zum Wasser auf 40 Meter, eine winzige Strecke für einen Läufer, aber eine schier unüberwindliche Strecke für ihr Vorhaben. Er sah den alten Pedro mit den Händen zu dem Fahrer des Schleppers Zeichen machen, während Roel intensiv mit Sid und Gerome über die Mannschaften an den Auslegern sprach. Delgado hatte zwei Gestelle aus Eisenträgern zusammengeschweißt, die mit Rädern von alten Kleintransportern versehen worden waren. Diese hatten die Männer mittig unter die Seitenrümpfe gekeilt, so dass das Schiff nicht zur Seite kippen konnte. Diese Idee war simpel und genial zugleich. Delgado hatte damit wieder Geld extra verdient, doch der Erfolg hing von jeder guten Idee ab. Anthonys Blicke erfassten die junge Frau auf einem rundbuckeligen Felsen. Orangefarbener Stoff, Blütenmuster, die Butterfly-Flügelärmel und der Perlmuttbesatz um ihre Taille. Rabenschwarze Haare sanft im Wind umherspielend mit den Luftbewegungen vom Meer. Gerne hätte er zu ihr gehen wollen, aber es war diese grauenhafte Nervosität wegen des Stapellaufes einerseits und den Geschehnissen in jener besagten Nacht. Sie blickte mit unbewegter Miene zu ihm. Nicht mal einen kleinen Händegruß wollte sie ihm schenken. Ihre großartigen Augen wirkten starr und die Situation observierend. Sie wollte ihm keine Gefühle anbieten, nicht in jenem Moment. Wirr schossen ihre Gedanken hin und her. Liebte sie diesen Mann? Liebte sie ihn wirklich? Sie musste sich eingestehen, einen nackten Mann bewusst beobachtet zu haben, war keine reine Neugier, schon gar nicht ihr Weg zur ›Kaibigan of Panay‹ nach dem Tanzfest, auf dem so viel Peinliches und Entblößendes geschah. Sie hatte Reaktionen gezeigt, die ihr unmissverständlich klarmachten, dass sie erbittert verliebt war, jedoch gebunden durch hiesige Konventionen und den Stolz des Kodex.

»Kuya?«

Roel legte die Hand auf Anthonys Schulter.

»Du musst das Kommando geben.«

»Ich habe Angst.«

»Das nützt jetzt nichts. Komm schon. Wir schaffen das.«

Die beiden Männer gingen die Anhöhe zum Schiff hinauf. Die Augen aller Herumstehenden waren auf ihn gerichtet. Manong Pedro ging mit einem kampfbereiten Ausdruck im Gesicht auf Anthony zu.

»Lass uns anfangen! Ich werde den Schlepperfahrer anweisen.«

Anthony nickte und hob die Hand hoch. An jedem Seitenrumpf hatten sich etwa zehn Männer aus dem Ort postiert und griffen an den Hölzern zu. Sid hatte einige Eimer voll Seifenwasser vor sich stehen. Mehr konnten die Männer in dieser Situation nicht tun. Der Schlepper musste die ›Kaibigan‹ von hinten schieben, sie würde dann auf der hölzernen Gleitbahn mit der Kehle in V-Form ins Rutschen kommen. Theoretisch. Einige Leute begannen die Geschehnisse zu diskutieren und redeten untereinander über den vermeintlichen Erfolg oder Misserfolg.

»Der Schlepper wird es nicht anschieben können.«, meinte ein alter Mann. »Der Foreigner hat doch keine Ahnung im Bau von Schiffen.«

»Das Boot ist viel zu schwer.«, ergänzte ein anderer.

Einige Frauen in der gaffenden Menge an der Straße und am Strand pressten ihre Hände zusammen und fieberten wie junge

Cheerleader-Mädchen bei dem entscheidenden Match der geliebten Basketballmannschaft.

»Seid doch ruhig. Lasst doch dem Foreigner seine Freude!«

Ein Mädchen neben ihr meinte nur, dass er sehr attraktiv sei.

»Netter Typ. Ein sportlicher Body.«

Der Diesel brummte auf, braun-grauer Qualm kam aus dem Auspuffrohr hervor. Mehrmals musste der Fahrer ansetzen und gab gefühlvoll Gas, doch drehten die hinteren Räder durch. Er schaltete das Getriebe auf einen niedrigeren Gang. Wieder beschleunigte sich das Raunen des Motors. Roels Gesicht wirkte besorgt. Rodrigo meinte, dass die Anschubkraft des Fahrzeuges zwar ausreichen würde, aber der Sandboden den Bemühungen entgegenwirkte. Plötzlich aber hörte man das erste Knacken, dann wie aus einem neuzeitlichen Drama abgeleitet der erste Ruck des Rumpfes. Diese knirschenden Laute aus der ganzen Konstruktion waren das erste leibhaftige Geräusch, welches dieses Schiff von sich gab. Aufschreie aus der gaffenden Menge ertönten und wild herumfuchtelnde Finger, die auf die Szene zeigten, waren zu sehen. Roel schrie in die Menge.

»Sie kommt. Sie kommt!«

Anthony rannte wie ein nervöser Schuljunge vor einer Prüfung neben dem Rumpf hin und her. Wieder ruckte das Schiff einige Zentimeter nach vorne.

»Gib Gas!«

Dauernd schrie der alte Pedro zu dem Schlepperfahrer, der erst abwinkte, aber nach mehrmaligen Befehlen durch den Alten doch Vollgas gab. Die Räder begannen zu greifen. Die ›Kaibigan‹ begann sich unter ächzendem Knarren jetzt zu bewegen und die Geräusche nahmen endlich ab, denn der Kielboden hatte die seifige Pampe auf den Bohlen erreicht und Sid schüttete, was das Zeug hielt, eimerweise diese Lauge vor den Bug. Jetzt wirkten das Gefälle und die Schmierseife zusammen mit den schiebenden Kräften. Immer mehr Männer kamen herbeigerannt und griffen an den Seitenrümpfen und den Auslegern zu. Sie alle liefen mit dem Tempo rasch mit, dabei stolperten einige der Helfer in den Sand.

»Weiter! Weiter!«

Hin und her gestikulierende Hände und aufgeregtes Geschrei ertönte. Der Vorderrumpf erreichte nun das an den Strand klatschende Wasser. Die ›Kaibigan of Panay‹ fühlte sich auf Holzbohlen natürlich nicht wohl. Sie war ein Gebilde, lechzend nach dem Medium, für das sie gebaut worden war. Sid hatte keine Seife mehr und weil der halbe Rumpf bereits im Wasser lag, war auch keine mehr nötig. Zudem musste er sich mit einem Hechtsprung zur Seite retten, sonst wäre er von dem vorderen Ausleger ins Wasser gerissen worden. Viele Zuschauer raunten und einige schrien auf. Anthony blickte wie versteinert auf sein Projekt, als das Wasser aufbäumend, mit einem fanfarenartigen Zischen, vermischt mit tief platschendem Schäumen dem eintauchenden Rumpf entwich. Die ›Kaibigan of Panay‹ war nun komplett im Wasser, bremste ab, pendelte zunächst leicht hin und her, und verharrte plötzlich still, als wäre sie mit einem gigantischen Pflock auf dem Meeresboden festgemacht worden.

»Ist sie schon auf Grund gelaufen?«

»Möglich.«

»Aber wir haben doch tagelang eine Rinne ausgebaggert.«

Roel und Jerome rannten ins Wasser und wateten die ersten flachen Meter darin. Mit den Händen versuchten sie am Heck vereint, die Lage zu erkennen und drückten so fest sie konnten. Jetzt regte sich etwas, nachdem einige Wellen gegen den Rumpf schlugen. Das Schiff begann sich langsam treibend in Bewegung zu setzen. Sie lebte. Leise sang es in den Takelage-Leinen und Auslegern. Ergriffen standen die Männer zusammen, als konnten sie nicht verstehen, warum ihr Unglaube daran, dass dieses Objekt überhaupt aufrecht schwimmen würde, nicht verfliegen wollte. Doch ihr Schiff bewies es ihnen in jenem Moment. Eine

Gruppe Fischer lächelte, zwei der Männer begannen leise zu weinen, so wie Roel. Tränen liefen über sein Kämpfergesicht. Delgado war zu unsensibel, daher nahm es ihm niemand übel, als er nur brabbelte: »Das Ding schwimmt tatsächlich. Ich habe schon meine Motoren da untergehen sehen.«
Sid und Rodrigo hatten sich erschöpft in den Sand fallen lassen. Die meisten merkten nicht, dass Manong Pedro mit ein paar anderen Männern immer noch an einem Halteseil versuchte, das Schiff am Weitertreiben zu hindern. Die fünf kräftigen Fischer und er versuchten ihr Möglichstes, aber sie zogen jetzt gegen immense Kräfte.

»Wenn ihr wollt, dass euer Schiff hierbleibt, dann packt doch an, los!«

Alle wurden bei diesem Aufschrei sofort wach. Hände griffen an jedes Seil, was gerade erreichbar war. Mit vereinter Mühe war die ›Kaibigan of Panay‹ mit zwei festen Tauen an die bereits vorher in den Sand eingetriebenen Pfähle vertäut. Rodrigo konnte seine Bewunderung nicht zurückhalten.

»Sie ist lebendig und will weg, Foreigner. Siehst du, wie sie an den Leinen zerrt? Wie ein junger Stier, voller Kraft.«

Von der Seeseite her hatten sich einige Fischerbangkas genähert. Unfähig, ihrer Beschäftigung nachzugehen, beobachteten die Besatzungen das beeindruckende Wassergefährt in den weiß-orangen Rumpffarben. So mancher Fischer schien sich in Gedanken auf der ›Kaibigan of Panay‹ wiederfinden zu wollen. Träume und Sehnsüchte einfacher Menschen, die sich vorstellten, wie gut sie mit einem solchen Schiff ihr Geschäft auf dem Meer betreiben könnten.

Langsam hatte sich die Menschenansammlung beruhigt, nachdem klar geworden war, dass die ›Kaibigan of Panay‹ sicher vertäut vor Anker lag. Ein paar Männer wollten Anthony bereits ermuntern, das Schiff zu testen. Freundlich musste er ablehnen. Sid schickte sich an, in die kleine Sari-Sari Taverne zu gehen, die oben bei der Kirche war und gebot Jerome, mitzugehen. Einige Männer, die mitgeholfen hatten, schlossen sich an. Noch würden die Drinks unbedenklich sein, mit späterer Stunde aber, dass mochten die Zurückbleibenden sich nicht ausmalen, würde es wie so oft im Rausch enden. Rodrigo stand immer noch neben Anthony, während er das Schiff andächtig betrachtete.

»Ich finde, dass dein Freund aus Capiz gar nicht so Unrecht hat, obwohl er Reisbauer ist. Ich werde jedenfalls vorsichtig mit dem Antrieb umgehen. Um die Stabilität des Hecks mache ich mir keine Sorgen. Wir sollten eine Nacht auf ihr verbringen, um zu sehen, ob irgendwo Wasser eindringt.«

»Habe ich mit Roel schon verabredet.«

Melancholisch schaute Anthony auf das Meer, sehnsuchtsvoll, ernst und mit Traurigkeit im Herzen. Er hatte Arnel nicht wahrgenommen, der wohl eine Weile schon einige Meter weiter nah bei der Brandung auf die See blickte. Anthony gesellte sich zu seinem Schwager. Die ›Kaibigan of Panay‹ trotzte problemlos gegen die Brandung in einem gewissen Stolz auf ihre Größe. Anthony hatte bei ihrer Konstruktion auf gut durchkonstruierte Ausleger und Seitenrümpfe geachtet und auch den Hauptrumpf sehr stabil ausführen lassen. Das Gewicht erschien manchem Einheimischen hier ein Problem zu sein, doch das Verhältnis der Breite zur Länge und der hoch aufragende Schiffskörper mit den Doppelplanken ergab eine sichere Konstruktion mit nötigem Auftrieb. Vielen Filipinos war dieses Boot viel zu komplex gebaut und ein unerreichbarer Traum für viele. Tatsächlich hatte dieses Schiff das Achtzehnfache einer Motorbangka gekostet, wie sie hier üblich war.

»Kuya, ich bin glücklich. Wirklich.«

»Hast du geglaubt, dass sie schwimmen wird?«

»Das Verhältnis des Rumpfes ist nicht anders als bei anderen Bangkas, nur eben so viel größer. Aber sicher war ich nicht.«

»Warum habt ihr mich alle so unterstützt?«

»Du hast dich viele Jahre so benommen, wie es unsere Sitten erwarten, warst nie gegen unsere Kultur eingestellt und hast Dinge getan, die man von anderen Foreignern nicht gehört hat. Du hast meiner Schwester gegeben, was wirklich wichtig war, Liebe und Familiensinn, ohne Egoismus und Hochmut. Wir halten es so, dir das zurück zu geben mit unserer Hilfe. Vergiss dies bitte nie, Kuya. Das ist der Kodex, das ist die Ehre, dies ist der Stand unserer Familie. Ich musste alles tun, damit dieses Schiff dort auch schwimmt. Gebrauche die ›Kaibigan‹ gut und lass die Menschen an ihr teilhaben. Dann wirst du es verstehen.«

»Du weißt, warum ich sie gebaut habe.«

»Es ist nicht allein wegen Ynez.«

»Entschuldige mich bitte, lieber Schwager.«

Anthony ging einige Schritte in Richtung des runden Felsens. Sie saß immer noch dort. Würde sie wieder vor ihm weglaufen? Er fühlte einen freudigen Stich im Herzen, als sie aufstand und begann, ihm entgegen zu kommen.

»Wie geht es dir?«

Valerie drehte ihr Gesicht weg, weinte leise.

»Was habe ich denn jetzt wieder falsch gemacht?«

»Nichts, du... fantastischer Spinner. Sie schwimmt.«

Leise standen sie beide nebeneinander und blickten auf dieses 23,7-Meter-Schiff, deren Segelrahen leicht pendelten. Anthony musste nun lachen, denn jetzt kam ein neues Projekt auf sie zu, der Bau einer Stegbrücke, denn wegen ihrem Tiefgang lag die ›Kaibigan of Panay‹ zwanzig Meter weit weg vom Ufer.

Valerie lächelte und schaute ihn lange an. Ihre herrlichen Augen schienen viele Geschichten erzählen zu wollen. Philippinische Geschichten über die ewige Liebe oder einer stillschweigenden Sehnsucht. Anthony registrierte es, wollte aber dezent bleiben und keine überschwängliche Reaktion mehr wagen. Das Drama am Strand in jener Nacht war bereits zu viel gewesen. Er fühlte unerwartet zartes Fingerspiel auf der Haut seines Unterarms und reagierte, indem er ihre Hand sanft nahm und drückte. Valerie hatte ihn auf eine tiefe Weise liebgewonnen. Sie wusste es, aber fühlte sich von der ganzen Situation in ihrem jungen Leben so furchtbar behindert, eingesperrt und verfolgt. Dieser Kerl verliebte sich in sie mit ganzen Sinnen, das ließ ihr Herz in tiefe Zweifel, aber gepaart mit einer unbändigen Freude, fallen. Dieses Gefühl war nicht immer herrlich. Es schmerzte, eine solche Entscheidung vor sich zu haben. Ihn abzuweisen bereitete Valerie einen ungemeinen inneren Konflikt, so sehr sich ihre romantischen Gefühle auch anstrengten, sie zu einem Ja zu bewegen. Doch sie konnte es einfach jetzt nicht.

»Freust du dich ein wenig mit mir?«

Sie nickte ihn an und wagte eine streichelnde Berührung an seiner Wange, zog ihre Hand aber zurück, nachdem sie sich umblickte. Es waren zu viele Leute hier. Einige Männer kamen auf die beiden zu. Auch Rodrigo war unter ihnen. Anthonys sensible Art ließ ihn erkennen, dass Kriegszustand zwischen ihr und ihrem Bruder herrschte. Kein einziges liebes Wort tauschten die beiden miteinander aus. Anthony konnte sich nicht einmischen, obwohl er die ganze Geschichte nahezu kannte, die sich auf dem Tanzfestival so dramatisch entlud.

»Delgado will eine Ankerwinde schweißen, das kann aber noch einige Tage dauern.«

Anthony war besorgt, denn weitere harte Arbeit lag vor ihnen, besonders die Wiederherstellung des Strandabschnittes. Beim Hinabrutschen auf den harten Bohlen und dem Erreichen der Wasserlinie hatte das Schiff tiefe Furchen auf dem Boden verursacht. Man war sensibel hier, was dies betraf, obwohl sich Anthony über jene Heuchelei, die sich im Umherwerfen von Verpackungsmüll offenbarte, nur ärgerte. Seine Blicke konnten nicht von dem Schiff lassen, dass jetzt ruhig im Wasser lag. Roel und der alte Pedro hatten sich mittels eines kleinen Ruderbootes an Bord gebracht, um den Anker zu setzen. Besonders Roel traute den Leuten nicht, die seiner Meinung nach nachts die Seile kappen könnten, als Mutprobe halbstarker Jugendlicher oder betrunkener Typen. Anthony vertraute ihm und dem erfahrenen Bootsbauer, der einen Streit besonderer Gefährlichkeit beilegte. Es wurde Anthony allein deshalb warm ums Herz, als er die Männer dort auf der ›Kaibigan of Panay‹ zusammen hantieren sah. Immer noch kreuzten Leute den Weg, beglückwünschten ihn, lächelten oder winkten. Zwei Jungs im Alter von etwa zehn Jahren witzelten herum und zeigten den Daumen nach oben.

»Super gut, Foreigner.«

Valerie blickte zu ihm hinüber. Ihr war innerlich nicht wohl. Welchen Kampf sie in ihrer Seele ausfechten musste, konnte er gar nicht erfassen. Tomas wahrlich ›abhaken‹? Die Liebe mit jenem doch ein wenig seltsamen Mann zulassen? Manong Manu schien es zu wissen, vorausschauend wie ein Prophet. War es gar eine Antwort vom Himmel?

»Wir können sie erst testen, wenn die Batterien klar sind. Gehen wir erst einmal was grillen.«

»Gute Idee. Hunger haben wir sicher alle.«

Die Gruppe der Männer sammelte sich, nachdem die beiden auf dem Schiff wieder zurückgekommen waren, um gemeinsam zu Arnels Haus zu gehen. Nanay Lorna wollte dafür sorgen, dass die Frauen einen Grill anzünden und Fisch zubereiten. Viele Leute grüßten die Heimkehrer auffällig, und gaben Kommentare zum sensationellen Stapellauf einer der größten Bangkas, welche die Südküste Panays je gesehen hatte, ab. Anthony musste viele Hände schütteln und freute sich wie ein stolzer Junge, der ein besonderes Projekt zum Erfolg brachte.

☼ Die Nachtwache ☼

So groß die ›Kaibigan of Panay‹ nach ihrer Fertigstellung geworden war, es war erfreulich, dass es die kleinen Ruderbangkas hier zuhauf gab. Mit so einer hatten sich Roel und Anthony auf das Schiff begeben. Der Vorschlag war sinnvoll gewesen, die Konstruktion durch eine durchwachte Nacht zu untersuchen. Der Steuerstand, auf dem sich die beiden Freunde mit ihren Augen dem Strand zugewandt hatten, war komplett und das Steuerpult einfach zu handhaben. Ein doppelter Schubhebel, die Umschaltknäufe für die Rückwärtsstufe und etliche Schalter waren alles, was dieses Wassergefährt benötigte. Anthony betrachtete die Masten und die schräg quer liegenden Rahen mit den aufgerollten Segeln. Dies faszinierte ihn am meisten, aber es war in den Augen der anderen Männer das schwierigste Element. Hierzulande segelte man kaum in Größen dieser Art. Man bewegte sich, wie an Land, am liebsten mit Motorkraft vorwärts. Eine Art Emotion, wie es die leidenschaftlichen Segler spüren, wollten die Fischer nicht erwägen. Jeder verstand, warum sie über randvoll gefüllte Eimer mit Meerestieren froh waren. Dazu benötigte man keine seefahrerische Leidenschaft. Das harte Leben im Ernähren einer Familie stand unbarmherzig im Vordergrund. Anthony hatte seine Ideen im Herzen verwahrt, was das Konzept der ›Kaibigan of Panay‹ betraf. Die Ausleger-Fachwerkträger sollten im nächsten Schritt hölzerne Plattformen bekommen, auf denen Männer in der Nacht mit sicherem Stand ihren Fang aus den wogenden Fluten ziehen und die Netze darauf ablegen konnten. Nur wollte er in der Gemeinde nicht laut darüber reden. Es waren innere Ängste. Er dachte sich, bei einem Reinfall mit diesem Schiff würde der Spott über seine verlorenen Versprechen dann immens größer sein.

»Die Segel zu bedienen wird schwer, mein Freund.«

Roel nahm einen tiefen Schluck aus der Bierflasche und seufzte dabei leicht. Der Mond stand in einer schönen Sichelform über ihnen und die Sterne funkelten in dieser warmen Sommernacht.

»Ich möchte dir sagen, warum ich sie gebaut habe. Die Motoren verbrauchen mehr Kraftstoff als bei kleinen Bangkas. Das kostet viel Geld. Wir müssen uns nachhaltiger fortbewegen können und auch leiser. Das macht die Kosten-Nutzenrechnung pro Fischfang besser.«

Roel blickte Anthony erstaunt an.

»Du willst sie als Fischerboot einsetzen? Dieses Riesending? Verdien dein Geld mit Fotografie. Das kannst du doch gut.«

»Es geht nicht allein um mich.«

»Ach? Für was soll dann das schöne Bett dort gut sein?«

»Roel, du weißt genau, warum...«

»Entschuldige.«

»Du bist einer der wenigen Filipinos, die mich verstehen.«

»Das stimmt nicht. Viele achten dich hier.«

»Aber mit wem kann ich über meine intimen Gefühle reden, ohne gleich falsch beurteilt zu werden?«

Roel bedankte sich für diese Offenheit, die zugleich ein großes Lob an seine Loyalität war. Dass Anthony sich vorstellte, mit Ynez in dieser Kajüte herrlich zelebrierte Akte der Liebe zu vollziehen, verstand dieser Mann völlig. Nun war das Schiff zu spät fertig geworden, weil eine urplötzliche Tragödie ins Leben der Freunde und der Velasquez-Familie eindrang.

Die Männer ließen ihren Blick umherschweifen. Ein Leck hatten sie bisher nicht entdecken können. Sanft schwappte das Wasser gegen den Rumpf, dabei wog sich die ›Kaibigan of Panay‹ sanft im Takt mit der feinen Brandung. Am Strand hatte sich etwas getan. Die beiden Männer konnten eine Gruppe Menschen mit Gefäßen in ihren Händen erkennen, die sich zusammengetan hatten. Männer und Frauen waren es, die etwas zu erwarten schienen. Anthony blickte auf seine Uhr mit den Leuchtzeigern und meinte nur, dass es kurz vor 4 Uhr morgens wäre, die Zeit für die Heimkehr der Fischerboote.

Hinter ihnen ertönten die knatternden Geräusche der kleinen Bootsmotoren. Die Laternen auf den drei Booten bewegten sich mit diesen Motorgeräuschen synchron am Schiff in kurzer Entfernung vorbei. Anthony winkte den Besatzungen freundlich zu. Einer der Fischer erwiderte seinen Gruß. Rodrigos Boot war nicht dabei. Er fischte in einem anderen Teil im Westen und würde ebenso bald heimkommen. Die Menschengruppe am Strand wurde von Minute zu Minute größer. Viele Familien halfen sich bei diesem Geschäft des Netzebergens. Er fror in ihm, als ein Gedankenblitz in seinen Kopf schlug. Valeries Weinen, die Hilflosigkeit der umstehenden Dorfbewohner. Nun drehte es sich, nun wurde das Gefühl wohlig in ihm. Es war die zarte Liebe zu ihr, die er fühlte, die Achtung, die Sehnsucht nach diesem Fischermädchen, die ihn in der Nacht, als sie zusammen im Meerwasser badeten, auch so brachial abwies. Und er verstand sie in diesem Augenblick sogar, als er den Strand sah, an dem gerade die ersten Boote anlandeten. Sofort packten beherzte Hände zu, griffen das riesige Netz. Anthony hoffte auf einen Segen für diese einfachen, gastfreundlichen Menschen, von denen viele emotionell bei ihm waren, als sie vom Tod seiner Ynez hörten. Roel schien etwas Besonderes gesehen zu haben, als er zum Strand hinüberspähte, wie ein Adler beim Beutefang.

»Der Schmetterling, den du so gernhast.«

»Roel!«

»Ich weiß, dass du dieses Mädchen haben willst. Liebst du sie?«

» Ja, ich liebe sie. Ich bin überzeugt. Findest du es unpassend?«

Roel schwieg unbarmherzig auf diese Frage. Er hatte seine Sichtweise, wollte aber nicht ungestüm kritisieren. Wollte er Anthony, verstehen, oder konnte er es nicht in der Frage, warum es so schnell gehen musste, dieses Neuverlieben. In die Gefühlswelt anderer mochte er nicht eintauchen, weil die individuelle Freiheit des Individuums galt.

»Du musst das wissen.«

Anthony hatte sie in der Dunkelheit nun auch bemerkt. Die weit ausgeschwungenen Flügelärmel zeigten in der Nacht unverkennbar an, wer es war. Die langsam schreitenden Bewegungen der jungen Frau faszinierten ihn in seiner Verliebtheit enorm. Andere Menschen hier fanden es unauffällig oder unwichtig. Roel Lopez machte sich seine eigenen Gedanken darüber in dieser modernen Zeit, die auch die Philippinen unweigerlich überrannte und in der die Traditionen im Auflösen waren. Das sein deutscher Freund sentimentaler unterwegs war, wusste er schon lange. Die Bilderserie letztes Jahr auf der Modenschau Elsa Geronimos in Iloilo zog Anthony derart in den Bann, dass er tagelang auf Ynez einredete, sich ein solches Traditionskleid zuzulegen. Sie wollte nicht. Andächtig betrachtete er sich die Models und begann über die Anmut der philippinischen Frau zu philosophieren, während andere darüber scheu lächelten und unbeholfen nickten, damit der liebenswerte Foreigner sein Gesicht nicht verlor. Für viele waren Filipinianas etwas aus der Kolonialzeit, unpraktisch und kompliziert, zudem teuer. Das Leben wäre globalisiert und die amerikanischen Shirts eben das, was jeder tragen würde. Ein Mädchen wollte hier heutzutage rasch miteifern im Look der Moderne, international und auch gelegentlich freizügig, was man sexy nannte. Eine neumodische Welle sei das, meinte Anthony immer, unheilvoll im Schwinden der Identität für eine Frau einer stolzen Nation. Roel fand das unwichtig. Ein Generationenkonflikt, den man nicht unbedingt Konflikt nennen musste. Es war der Lauf der Globalisierung, die für Romantik nicht immer Verständnis hatte.

»Schau sie dir an. So eine Anmut.«

»Lebt sie in der Vergangenheit? Die scheint ziemlich verträumt zu sein. Sie sollte lieber mit anpacken und ihrem Bruder helfen.«

»Roel bitte! Sie ist in Trauer.«

»Und du möchtest sie trösten, oder was? Entschuldige. Mitleid ist keine gute Basis für eine Liebe.«

»Es ist kein Mitleid. Diese junge Frau hat viel Tiefes an sich. Sie ist intelligent und scheint ihren Glauben auch recht ernst zu nehmen. Ob sie in eine Kirche geht?«

»Frag sie doch. Sie scheint meiner Meinung nach zu suchen.« Anthony verfolgte Valeries Spaziergang an der Wasserkante aufmerksam. Ganz sanft ging sie noch einige Schritte und blieb stehen. Es war offensichtlich, dass sie die beiden Männer auf dem Steuerstand gesehen hatte. Sie verharrte auf der Stelle, blickte stumm in Richtung des Schiffes. Im Rücken der Männer ging am Horizont bereits die Sonne langsam auf, die dunkelgelben Lichtstrahlen begannen allmählich, den Himmel zu erhellen. Die Menschen an dem riesigen Fischernetz schienen ganz aufgeregt zu sein. Hastig sammelten sie den Fang in die bereitgestellten Behältnisse. Wieder blickte Anthony in Valeries Richtung. Er winkte ihr zu, dann zeigte er auf die kleine Bangka, die einige Meter neben ihr im Sand lag. Sie erwiderte seine Einladung nicht so, wie er es sich in jenem Augenblick so sehnlichst wünschte. Valerie drehte sich weg, flanierte einige Meter weiter auf einen runden Felsbrocken zu und setzte sich auf ihn. Stumm betrachtete sie das im Mondlicht liegende Schiff.
Valerie spürte Sehnsucht, heftige Gefühle enormer Verliebtheit, die sie ordnen wollte. Verliebtheit konnte nie die wahre Liebe sein. Auf ewig mit ihm? Einem Mann wie er es war in seiner respektvollen Haltung gegenüber ihrer eigenen Kultur? Ihm gefiel ihr Kleid, das ›Orange Dream 101‹ hieß. Und doch war es unweigerlich Tomas Padilla, der in diesem Kleid wohnte. Viele lachten über sie, weil sie nicht loslassen konnte, es zu tragen. Immer und immer wieder musste sie es anziehen. Könnte ein Ratgeber da sein, der ihr den helfenden Rat schenken würde? Ihre Eltern mussten endlich informiert werden. Offenbarung ihrer Gefühle für Anthony, die sie in sich trug. Es tat ihr jetzt leid, weil sie ihn so furchtbar stehen ließ und wegrannte. Ihn einen unmoralischen Voyeur zu nennen war grundfalsch. Sie selbst war unvorsichtig gewesen, sich in der Reihenfolge umzuziehen, so wie es am Strand in jener Nacht geschah. Sie dachte sich sogar, wie gut es war, dass er ihren nackten Körper betrachten konnte,

damit er sicher sein würde, ein schönes Mädchen zu bekommen. Doch sie hörte auf den Rat des alten Manu Mahusay, der nicht wollte, dass sie die ›Kaibigan of Panay‹ betrat. Doch dieses Wasserfahrzeug lag unbeirrbar in der Brandung, Valerie hatte durch Gerede der Nachbarn aufgeschnappt, dass Anthony zusammen mit ihrem Bruder bald zu einer Testfahrt aufbrechen wollte. Anthony indes war traurig, weil Valerie keine Anstalten machte, zu ihnen zu rudern.

»Sie will eben nicht. Mir ist etwas an diesem Mädchen aufgefallen.«

Anthony sah Roel an und fragte, was er meinte.

»Nicht einmal die Farmer laufen ständig mit ihrem Bolo herum. Sie aber tut es. Ich begreife das nicht. Außerdem habe ich mal einen Blick auf das Ding werfen können. Edelste Schmiedearbeit die Klinge und der Griff passt in ihre Hand wie angegossen. Warum tut sie das?«

Diese Frage hatte Anthony seit dem ersten Mal mit Valerie schon beschäftigt. Roel holte erneut seinen Scharfsinn aus dem Ärmel.

»Sie hat vor etwas Angst. Ob sie das Ding immer dabeihat, um sich vor jemandem zu verteidigen? Hat sie dir etwas erzählt?«

Anthony begann, die Geschichte über die mit nur zwei Hieben präzise durchtrennte Kokosnuss zu erzählen und dass er heimlich zusah, wie sie im Umgang mit der Machete trainiert wurde. Roel zog erstaunt die Augenbrauen hoch.

»Nicht wahr! Sie bekommt Lehrstunden von dem alten Bildhauer auf dem Berg? Unglaublich. Schau mal, was sie macht.«

Valerie hatte sich mit gefalteten Händen gebückt und in den Sand gekniet. Die Männer beobachteten sie, blieben dabei ruhig und überlegten sich im Angesicht dieser Szene sogar Geistiges.

»Sie betet oder meditiert. Tust du das eigentlich?«

Roel schwieg, wirkte betroffen, resümierte im Geist sein bisheriges Leben. Er fühlte nur sein Versagen, seine Schuld und konnte sich nicht vorstellen, Rechtfertigung zu bekommen.

»Wie ist das bei dir, Foreigner? Ich habe viele Dinge in meinem Leben falsch gemacht.«

»Was denn?«

»Erzähle ich dir ein anderes Mal.«

Nun schwieg Anthony auch. Er fühlte, dass er seinen Freund brüskieren könnte, wenn er nachbohren oder ihn ausfragen würde. Distanz im Vertrauen einer eidgestützten Freundschaft. Anthony war redseliger als viele andere hier. Seine oft ungestüme Ausdrucksweise wurde oft verziehen, weil er sich rasch entschuldigte oder in der Lage war, zu erklären und richtigzustellen. Das Tagalog trug ungemein dazu bei, Wogen zu glätten. Mancher hielt ihn für ungewöhnlich oder ein bisschen verrückt, gerade wegen diesem Bauprojekt. Doch Fremde mit ihren exotischen Ideen wurden auch akzeptiert, solange sie sich benahmen. Für Anthony galten diese Menschen hier als seine neue Familie fern seiner Heimat. Ihre natürliche Art mit der feinfühligen Lebensweise trotz der alltäglichen Probleme fand er stets beeindruckend, weil man auch mit einfachem hier zufrieden war und sich die Lust am Feiern nicht nehmen ließ. Das Geben mehr befriedigte als Nehmen, wurde hier einfach in elementarer Weise offenbar in einem Kodex, der den Mann aus Deutschland in seinen Bann zog.

Valerie hatte ihr Gebet beendet und überlegte weiter. Sie war sich nicht hundertprozentig sicher, ob sie eine Zukunft als Frau an seiner Seite wagen sollte. Es gab noch Zweifel in ihr. War die Loyalität Anthonys an ihrem Volk auch in der Zukunft sicher? Dass er eine gewisse Selbstbeherrschung offenbarte, wusste sie jetzt. Ob ein anderer Mann sich nicht nach dem Baden einfach auf sie geworfen hätte, um sie für eine heiße Nacht zu gewinnen? Sie hätte es einigen hier zugetraut. Verehrer ihrer Schönheit hatte sie in Lawigan. Sie lenkten ihre Aufmerksamkeit oft sehr schüchtern auf sie. Einer sang vor ihren Augen sogar ein echtes Haraná-Liebeslied mit seiner Gitarre auf einem Festival, was eher so aussah wie ein Spaß, der aber im Herzen des jungen Mannes wirklich ernst gemeint war. Auf die Frage über das Leben mit ihr in Zukunft als Student hatte er nur verlegene, wage Ideen. Zudem wohnte er bei seinen Eltern, nichts für eine Frau wie sie mit festen Vorstellungen, die eine Führungspersönlichkeit als Mann einem Muttersöhnchen weit vorzog. Valerie wollte sich selbst treu sein in der Weise, die sie als ehrenhaft empfand. Die Hände ihres loyalen Liebsten, eines ›Datu‹-Mannes sollten einmal ihren Körper erforschen und nicht ein Typ, der sich mit Abenteuern am Leben hielt und ein Mädchen nur benutzte, um seine Lust zu befriedigen. Von dieser Sorte junger Kerle gab es auch schon einige, die von Rodrigo rasch durchschaut und von ihr ferngehalten wurden. Valerie war stolz auf ihren Weg, so wie auf ihr Kleid. Sie wollte sicherer sein, aber wie? Ein interessanter Gedanke kam in ihr auf. Sie achtete wie die meisten Frauen hier ihre Mutter, ein unbedingtes Erfordernis in dieser Gesellschaft. Es gab sogar eine Mutter, die Anthony gut kannte. Warum sollte sie die Velasquez-Familie nicht einfach aufsuchen? Mehrere Ratgeber gemeinsam könnten sie erleichtern, dabei Erkenntnis über die Geheimnisse des Mannes geben, der ihr in etwa 50 Metern Entfernung bei ihren Überlegungen zusah, einer Entfernung, die das Wasser zwischen dem Strand und diesem Gebilde mit zwei Segelmasten und zwei Sechszylindermotoren trennte. Nun hatte sich die Morgensonne ausgebreitet, es wurde zusehends heller. Valerie stand auf und winkte. Ohne Zögern ging sie lächelnd in Richtung der Gruppe der Fischer, die gerade ihre Boote auf das Ufer gedrückt hatten.

»Guten Morgen, Kuya Jason. War der Fang gut?«

»Hallo Valerie. Habe ›Ati Ati‹ rausholen können. Magst du?«

»Mein Bruder hat bestimmt was gefangen.«

Einige Männer witzelten bei einem Becher Instantkaffee, dass man da nicht so sicher sein durfte und meinten, dass Valerie im Fall einer Niete bei ihrem Bruder gerne zum Kaufen wiederkommen könne. Der nette Mann, der Jason Sermiento hieß, war ebenfalls schon lange Fischer und hatte eine gute Beobachtungsgabe. Langsam ging er neben Valerie her und fragte in einer freundlich dezenten Art.

»Sag mir bitte, Valerie. Magst du diesen Foreigner?«
»Man redet schon in ganz Lawigan über mich, oder?«
»Du bist jung und hübsch. Und er ist doch interessiert an dir.«
»Viele Mädchen hier sind jung.«
»Er liebt dich, lass es dir sagen. Freundlich ist er ja.«
»Sicher...«
»Wie ist er denn so zu Frauen, du weißt schon...«
»Was weiß ich?«
»Will er schnell zur Sache...«
»Ach nein!«
»Du weißt doch, wie Rodrigo...«
»Ich muss an meiner Entscheidung noch arbeiten, Kuya Jason. Bitte tratsche es nicht weiter, ja?«
»Inday, du bist ein prima Mädchen. Bitte lass dir Zeit und pass auf deine Gefühle auf.«
»Danke, Kuya Jason. Ich passe auf mich auf.«
Nachdem sie einige Schritte gegangen war, blieb sie plötzlich stehen, wandte sich wieder um und musterte ihren Ratgeber streng.

»Kuya Jason, Anthony hat seine Frau sehr glücklich gemacht. Ich fühle, wie respektvoll er ist. Und er kann bestimmt lieben...«
Die verwundert dreinblickenden Augen des Fischers sahen ihr hinterher. Ihr anmutiger Gang in dem Kleid mit Perlmuttbesatz um ihre Taille. Valerie war geachtet im Ort, so wie ihre Eltern, bis dieses Unwirkliche geschah, als man den Körper eines verunglückten Fischers an den Strand gespült fand und drei Menschen eine furchtbare Entscheidung trafen. Es zerstörte in ihr viel, ihren Glauben an eine unbeschwerte Gemeinsamkeit in ihrer im Grunde liebevollen Familie, die durch die Leiden Rodrigos im

Erleben seiner unerfüllten Wünsche, Vater werden zu können, gebrandmarkt wurde. Es hatten sich Unwirklichkeiten eingeschlichen und die Tragödie auf dem kleinen Fischerboot erledigte den Rest. War es nicht ein Recht für sie, Anthony so schnell kennengelernt zu haben oder ein Segen vielleicht, den ihr der gütige Gott schenken wollte, weil er Pläne mit ihnen beiden haben mochte? So etwas dachte Valerie tatsächlich in jenem Moment und schlenderte weiter den Strand entlang.

Drei Frauen aus der Nachbarschaft kamen auf sie zu und begrüßten sie schon von weitem ein wenig sarkastisch. Valerie wusste, dass sie hinter ihrem Rücken Witze rissen, weil sie ihr Filipiniana-Kleid so liebte. Und diese Charlotte im Besonderen konnte sie nicht leiden. Sie war ein ziemlich primitiv denkendes Girl und hatte sich vor kurzem an einen Amerikaner gehängt. Valerie wären jene Scherze egal gewesen, wenn sie nicht wieder darauf angesprochen worden wäre.

»Hey Valerie. Sag mal, hast du keine Lust mehr, dir normale Klamotten anzuziehen?«

Valerie blieb stehen, atmete tief ein und versuchte noch, cool zu bleiben.

»Na sag doch mal!«

»Was heißt hier ›normal‹?«

»Der Fummel war doch von deinem Verlobten, nicht wahr? Hätte bisschen besser aufpassen sollen auf seinem Boot.«

Valerie fühlte, wie eine kochende Wut in ihr hochstieg.

»Wage dich, so über Tomas zu reden! Und was hat dir dein Boyfriend mit seinem Fettwanst denn geschenkt? Dafür hast du ihn doch schon an dich rangelassen, oder? Ein paar Nickel-Ohrringe, stimmt es nicht? Ich bin es Tomas wert gewesen. Du weißt nicht mal, was mein Kleid überhaupt gekostet hat.«

Die angesprochene Charlotte wirkte versteinert, zog ihre Augen zusammen und fauchte Valerie an.

»Pass auf, was du sagst, Tolentino.«

»Es ist doch wahr! Hier weiß doch jeder von eurem Techtelmechtel.«

»Du willst mit dem Finger auf mich zeigen? Wage dich!«

»Es ist mir egal, was ihr alle denkt. Ihr seid doch keine Pinays mehr. Ohne Kodex und Ehre an unserer Kultur. Sie gibt sich billig hin und macht die Beine breit. Und ihr wisst doch gar nicht, wie es manchen wirklich im Ausland ergeht.«

»Na warte, Vögelchen. Du kriegst gleich eine reingehauen.«

Eines der anderen Mädchen sprang hinzu, um die Wogen zu glätten. Sie dachte besser über Valerie und bewunderte insgeheim ihre Art. Doch Charlotte riss sich los und wollte auf Valerie losgehen, die blitzschnell hinter sich griff und den Knauf ihres Hackmessers packte.

»Was? Mit deinem Bolo bist du wohl stark, Fischfresserin. Ich habe keine Angst vor dir.«

»Bleib stehen, Tita Charlotte. Ich warne dich nur einmal.«

»Charlotte, beruhige dich. Keinen Stress! Ich finde ihr Kleid toll, lasst sie doch in Ruhe. Sie darf auch ihre Meinung haben.«

»Ich lass mich doch nicht von dieser prüden Kuh beleidigen.«

»Tita Charlotte, nein! Sie kann damit umgehen.«

Charlotte wurde plötzlich sehr vorsichtig und verzog den Mund, um Valerie anzugrinsen.

»Sicher..., Taifunherz, pah!! Man munkelt, dass Santiago doch nicht mit seiner Hand in die Säge gerauscht ist, oder? Bist du das gewesen, Fischfresserin? Warst minderjährig damals. Hmmh...«

Valerie zischte dieser Frau in unglaublich ruhiger Manier zu: »Versuch es nicht.«

»Sag mal, wie ist denn dein süßer Foreigner? Dem hast du wohl schön die Augen verdreht, oder?«

Die beiden Mädchen in Charlottes Begleitung zogen und rissen an ihren Armen und beschwichtigten mit allen, was sie aufbringen konnten. Währenddessen waren Passanten stehengeblieben und beobachteten pikiert, was vor sich ging. Jason

Sermiento kam angelaufen und packte Valerie von hinten am Arm.

»Inday, lass das Bolo stecken, bitte!! Versündige dich nicht, um Himmels Willen! Beruhige dich!!«

»Tita Charlotte, lass mich endlich in Ruhe, okay?!«

»Bitte. Du altmodische Träumerin. Ich gehe mit George nach New York, hat er mir versprochen. Da bekomme ich alles, was wir hier nicht haben. Es macht mir doch nichts aus, dass er älter ist. Und außerdem... ist er sehr gut... dabei.«

Valerie pustete, drehte den Kopf zur Seite und zog ihren Arm weg. Kopfschüttelnd und wortlos ging sie weiter, während die drei Frauen ihr mit mitleidsvollem Blick hinterherschauten.

☯ Gegnerschaft ☯

»Was soll das hier? Ich helfe diesem Typen mit seinem Schiff und du hast eine Affäre mit ihm?«

»Ich habe keine ›Affäre‹ mit ihm!«

»Valerie! Was läuft da?«

»Gar nichts. Warum ist es falsch, dass ich ihn gernhabe?«

»Ich akzeptiere ihn nicht für dich! Der ist Second Hand! Nein.«

Still musste Valerie auf ihren Bruder schauen und diese Tiraden über sich ergehen lassen. Sie hatte in den letzten Tagen nachgedacht, gebetet und geplant. Ihre Eltern waren sanft geartet, verständnisvoll im Besonderen ihre Mutter, die es als den größten Segen in ihrem Leben ansah, dass Valerie bei der Geburt nicht von ihrer eigenen Nabelschnur stranguliert wurde. Sie dankte Gott jeden Tag für ihre Tochter. Ihr Mann liebte die Letztgeborene intensiv, aber nach außen verhielt er sich ihr gegenüber hart, um zu beschützen, anzuleiten und zu fordern. Tomas Padilla war erst vor drei Monaten umgekommen. Es erschien dem Vater mehr als respektlos, dass Valerie wieder einen Boyfriend hatte. Es ging ihm zu schnell und der Foreigner hatte sich in seinen Augen nicht als ein in Frage kommender Ehepartner bewährt. Rodrigo, der Anthony als Kamerad mochte, hatte seine eigenen Ansichten gewonnen. Seine in seinen Augen gescheiterte Ehe, der Hass auf seine Schwester, nachdem sie ihn mit der Machete bedrohte und in der Öffentlichkeit bloßstellte, wirkten tief. Rodrigos Herz war einfach verwundet.

»Woher weiß ich denn, was ihr am Strand getrieben habt?«

»Wenn du meinst, ich hätte herumgehurt, dann verstoß mich doch einfach und ich kann ihn dann nehmen.«

»Werd' jetzt nicht frech. Vater, was sagst du dazu?«

»Rodrigo! Mäßige dich. Du hast kein Recht, deiner Schwester so etwas zu unterstellen. Du hast Valerie beleidigt!«

Keine erbarmende Reaktion kam aus dem Mund ihres aufgebrachten Bruders. Fernando Tolentino forderte seinen Sohn auf, ruhig zu bleiben und begann, Valerie sanft auszufragen.

»Bitte, Kind. Was ist das für eine Geschichte?«

Valerie versuchte schonend, ihm ihre Gefühle für den Mann aus Deutschland zu beschreiben, dabei zitterte sie innerlich.

»Ich kenne ihn kaum. Er scheint charakterlich in Ordnung zu sein. Aber kann er dich überhaupt ernähren? Was arbeitet er eigentlich? Ich meine, er gibt sein Geld für sein Schiff aus und... woher hat er denn sein Einkommen?«

»Er ist Fotograf und schreibt Bücher, die er über das Internet verlegt.«

Rodrigo kannte nur die harte Arbeit als Fischer und alles, mit dem seine Nachbarn das Geld schwer verdienen mussten. Ein Fotograf? Was für Bücher schrieb Valeries Auserwählter? Am liebsten wollte er nicht fragen, aber die Neugier war groß. Der Vater fragte, ob es Fotobände seien, die mit seiner Arbeit zu tun hätten. Valerie erklärte es ehrlich.

»Liebesromane.«

Nur ein leises »Hmmh« kam aus dem Mund des Vaters, der zu Nanay Lorna und Arnel hinüberblickte. Ein Familienrat zweier

Clans wurde in diesem Augenblick zu einem der entscheidenden Treffen um die Zukunft zweier Menschen, die eine unbändige Zuneigung zueinander trieb.

»Konnte er damals deine Erstgeborene ernähren?«

»Natürlich, das konnte er. Er hat einen Fotoladen in Iloilo. Sogar die Lokalpolitiker und eine Schauspielerin kamen, um sich bei ihm professionelle Bilder für sich und ihre Familien machen zu lassen. Außerdem hat er für einen lokalen Sender gearbeitet, um Naturfotos zu machen. Meine Tochter hatte nie Mangel an etwas Nötigem. Und noch was, Fernando. Er hat die Modenschau der Kleider in Szene gesetzt, von denen deine Tochter eines besitzt. Elsa ist Kundin bei ihm, genügt das nicht als Reputation?«

»Wie ist eure Meinung dazu, dass er eure Familie verlässt, wenn wir ihm Valerie geben würden?«

»Wir werden das natürlich akzeptieren. Seine Entscheidung muss er alleine treffen, wenn er jemanden findet, den er liebt. Er ist doch ein freier Mann. Was soll die Frage?«

»Warum stellt er sich nicht bei uns vor?«

Rodrigo war keinesfalls überzeugt und belustigte sich über die Romane, die der Werber um seine Schwester schreiben würde. Anthonys Reaktion auf dem Tanzfest hatte dem Vater imponiert, ebenso dieses Schiffsprojekt. Im Augenwinkel hatte Fernando Tolentino beobachtet, wie Anthony um die Reputation seiner Tochter vor den Augen der erzürnten Eltern von Tomas Padilla kämpfte. Sie durfte daraufhin ihr Filipiniana behalten. Das war ein echter Erfolg. Es zeugte von Beharrlichkeit und der Fähigkeit zu leiden. Aber überzeugt davon, dass er doch der Richtige für Valerie sein könnte?

»Vater, was sagst du dazu?«

»Ich gebe zu, dass er gute Eigenschaften besitzt. Er ist nicht faul, und ist höflich, nur keck in seiner Wortwahl und das ›Hiya‹ versteht er wahrlich nicht gut.«

Rodrigo wollte das nicht akzeptieren.

»Liebesromane. Was schreibt er denn da?«

»Du kannst ihn ja fragen, was er schreibt. Deine Gedanken sind voller Vorurteile. Du bist ein blöder Heuchler, Rodrigo! Außerdem kannst du doch niemanden verurteilen für das, was er tut, wenn du es nicht selbst gesehen hast. Und du liest doch diese Geschichten, in denen es jeder mit jedem treibt.«

Rodrigo winkte lässig und unbeteiligt ab, eine Breitseite gegen seine Doppelmoral. Er windete sich im Moment ziemlich.

»Oh doch! Du solltest endlich mal netter und zärtlicher zu Joy sein. Anthony ist ein feiner Mann. Ich muss mit ihm sicher nicht das erleben, was sie mit dir durchmachen muss.«

»Halt du dich aus meiner Ehe raus!«

Fernando Tolentino wollte die Unterhaltung beenden. Für ihn waren die Dinge gesagt, die er für seine Entscheidung haben wollte. Man verabschiedete sich höflich und Valeries Vater bedankte sich bei Nanay Lorna dafür, dass sie ihm ein Hort des Zuhörens und Klarstellens war. Zudem versicherte er ihr, dass sie als Familien weiterhin füreinander da sein würden, falls es die Situation erforderte. Valerie wirkte nach außen hin so stark und gefasst, doch das alles zerriss ihr das Herz.

»Du bekommst ihn nicht. Ich lehne eine Beziehung zwischen euch ab. Klar könnt ihr abhauen und heiraten, ist nicht gegen unsere Gesetze. Aber ohne meinen Segen wirst du das nie tun. Nicht wahr, Schwesterherz? Du bist die ›Bunso‹ und stehst unter meiner Autorität. Kannst ja mit ihm durchbrennen, aber unsere Eltern noch einmal öffentlich bloßzustellen wirst du dich nicht wagen. Und mich schlägst du nie wieder vor anderen Leuten.«

Sie blickte ihren Vater an, der stumm mit gesenktem Kopf am Tisch saß. Seine Untätigkeit begann Hass in ihr zu erzeugen.

»Vater?«

»Ich bin mir nicht ganz sicher, dir den Segen zu geben.«

Ihre Mutter bot mit ihrem Lächeln alles im Arsenal auf, nur um etwas Beruhigung in den Raum zu zaubern. Valerie erkannte die wahren Hintergründe der Reaktionen ihres Bruders. Diese Fehde war eine Rache, die er zu genießen schien. Wie er die Rolle des ›Panganay‹ gerade missbrauchte, machte sie wütend. Valerie musste sich fügen, wagte sich aber dennoch.

»Was hast du plötzlich gegen Anthony?«

»Ein Foreigner ist für dich nicht die beste Wahl. Ich will nicht, dass du ins Ausland abhaust und die Eltern hier alleine lässt. Denk doch mal an Isidoro, den Sohn des Rechtsanwalts. Diesen Mann würde ich sofort akzeptieren. Er mag dich übrigens.«

Es zitterte in ihr. Sicher, dieser Isidoro, ein gebildeter Kerl mit mangelhaften Tischmanieren und einer schleimigen Art schlich ihr seit dem letzten Festival immer hinterher, besuchte das Haus der Tolentinos merkwürdig oft und brachte kleine Geschenke, die seinen eigentlichen Wohlstand mehr geizig reflektierten. Einmal tranken ihr Bruder und er zusammen in der Resto-Bar am Strand mehr als vernünftig war. Sie konnte danach Worte aufschnappen, die sie am liebsten zum Wegrennen veranlasst hätten. Heimliche Deals sollten das werden. Das Gelalle dieses hochnäsigen Isidoro, dass er sie so umwerfend hübsch fände, machten ihr Angst. Valerie rannte, was das Beste war, zu ihrer Mutter, die den Umgang ihres Mannes mit dem ungehobelten Sohn des Anwalts alsbald einzuschränken versuchte. Glücklicherweise war er nicht gerade überzeugend im Werben, Gitarre spielen konnte er nicht, und das ›Hiya‹ hinderte mehr als es nutzte. Geld hatte er reichlich, ohne Zweifel, aber Valerie graute es bei der Vorstellung, dass er auf ihr liegen würde, um ihren Körper als seine Frau zu begrabschen.

»Dein Pech. Diesen Foreigner akzeptiere ich nicht.«

»Aber sein Schiff willst du steuern.«

»Das eine hat mit dem anderen nichts zu tun.«

»Heuchler!«

»Du hörst mir jetzt zu, Schwesterherz. Ich habe da eine andere Frage. Ihr wart zusammen baden, ohne ›Chaperon‹ (Aufpasser).

Hast du mit dem Typen am Strand rumgemacht? Wenn ja, versenke ich eigenhändig sein Schiff. Das schwöre ich dir.«

Fernando Tolentino sprang erzürnt auf, packte seinen Sohn. Was ihm einfiele, so zu reden. Der Vater verstand es genau, hasste aber alles um sich herum in jenem Moment. Valerie riss sich ihr Taschentuch vors Gesicht und rannte schreiend durch die Tür in ihr Zimmer. Vergeblich versuchte Pilar Tolentino Einlass zu bekommen. Nanay Lorna und Arnel wollten im Angesicht dieser ganzen Peinlichkeiten am liebsten im Boden versinken. Ihnen erschien dieses Familiendrama nur widerlich und rücksichtslos gegenüber ihrer Anwesenheit. Doch der Respekt des Besuchers gebot, dass auch in dieser Situation geschwiegen werden musste.

»Wie kannst du deine Schwester so furchtbar behandeln?«

»Ich habe meine Meinung. Ich muss euch alle ernähren. Lob habe ich nie bekommen, Vater! Meine Frau kann keine Kinder kriegen und sie hat Schulden wegen diesem verfluchten Kleid! Außerdem! Niemand wird dich und mich vor der Gemeinde in Lawigan öffentlich bloßstellen. Niemand! Deshalb wird sie mir das büßen.«

»Sohn! Wie kannst du nur so furchtbar daherreden!? Du benimmst dich, als wäre Satan in dich eingedrungen.«

Showdown an der Straße

Es war unmöglich gewesen, lange in ihrem Zimmer zu hocken und die lautstarken Diskussionen der Eltern mit Rodrigo, die durch die Tür bruchstückhaft hindurchdrangen, zu ertragen. Valerie ging einfach wortlos an den Anwesenden vorbei, die sie mit beleidigten Gesichtern musterten. Nur Joy hatte wieder diesen Ehrgeiz voller Liebe, sie mit einem Lächeln zu ermuntern. Das bekam Valerie im Augenwinkel mit, konnte und wollte aber nicht darauf reagieren. Joy fasste Mut und ging ihr einige Meter flehentlich hinterher in die dunkle Nacht, die von der Südseite

durch die Meeresgeräusche akustisch begleitet wurde. Ihre Bitten klangen wohltuend, doch erfolglos für den Augenblick.
»Lass mich bitte allein, Joy.«
»Ich will dir doch nur helfen.«
»Das kannst du jetzt nicht. Joy, bitte! Ich möchte alleine sein.«
Stumm blickte die Schwägerin, eine Meisterin im Erleiden von persönlichen Tragödien, ihr hinterher. Sie ahnte, dass Valerie wieder Schutz bei ihm suchen würde. Es waren nur einige hundert Meter die Straße entlang, die sie zunächst beschritt. Dort stand ein sehr alter Mangobaum, knorrig und vom Meereswind geformt. Der Besitzer des Grundstücks hatte eine schön geschnitzte Bank für all die vorbeikommenden Spaziergänger zimmern lassen, die sich eine Pause unter diesem schattenspendenden Baum wünschten. Tagsüber gab es eine gute Sicht aufs Meer vorbei an Hausecken auf der gegenüberliegenden Seite. Hier genoss Valerie die frische Luft, die Dunkelheit und die Naturgeräusche, melodisch wie sie immer klangen. Das Nachdenken fiel leicht, es kamen kaum Menschen vorbei, die sie dabei unterbrechen konnten. So wie ihre Gedanken die Puzzleteile ihrer einerseits schönen und für sie andererseits furchtbaren Elemente aus den Wochen zuvor zusammenfügten. Ihre ungeschickte Reaktion auf Anthonys Griff nach ihrem Arm, der sie doch nur dazu bringen sollte, eine edelmütige Einladung anzunehmen. Seine Sensibilität ähnelte ihrer eigenen sehr. Was würde es für ihr Zusammenleben bedeuten? Führung auszuüben schien er zu kennen. Prinzipien wohnten in ihm, obwohl er augenscheinlich kaum religiöse Ambitionen zu haben schien. Doch er suchte die Wahrheit, so wie ihre Liebe, die er zweifellos in vollstem Maße erfahren wollte. Er hatte ein unglaubliches Zärtlichkeitsbedürfnis gepaart mit Beherrschung seiner selbst, all das fühlte sie nicht nur, sie wusste es bereits. So intensiv schön und intellektuell waren seine wohltuenden Worte trotz der anfänglichen Missverständnisse, die irgendwie auch ulkig

heiter waren. Dieser Mann mit seinem Schiff vergab gerne und er liebte sein Umfeld in eigenartiger Art. Er lief unwiderlegbar vor etwas davon. Valerie war sich sicher, dass sein Geheimnis nicht anrüchig war. Sie wollte ihn fordern und empfand das Verlangen, ihn zu haben, so sehr. Die Familienbande aber war ihr Fundament, ihre Tradition. Ohne Rodrigos Zustimmung und die Einwilligung der Großeltern aus Davao konnte sie ihrer Sehnsucht nicht nachgeben. Diese würden sich freuen, das letzte Hindernis jedoch stand wie eine Mauer. Nun begann Valerie nachzudenken, wie sie Rodrigo wieder vereinnahmen könnte. Andererseits fühlte sie, dass sie es damit nicht eilig hatte. Sie fühlte keinen Drang dazu. Der Schock über seinen Verdacht, dass sie mit Anthony am Strand mitten im Sand ohne Skrupel vor der Öffentlichkeit geschlafen haben könnte, traf sie beleidigend tief. Sie begann ein wenig zu zittern, fing sich aber wieder. Das Leben zuhause musste weitergehen, auch wenn sich alle in einer Weise mit einer Mauer ums Herz an ihre zugeteilten Aufgaben begeben würden, um den Tagesablauf zu bewältigen. Die arme Joy war gezwungenermaßen wieder Mediator, was Valerie leidtat. Die Zeit musste einhergehen mit taktischen Schritten, die ihr und Anthony enorme Beherrschung abverlangen würden. Sie konnte sich an einen Mann aus der Bibel erinnern, der sieben Jahre um seine zukünftige Frau bei ihrem Vater dienen musste. Er tat es mit ganzer Liebe und Hoffnung auf das zu erreichende Ziel. Wie kurz dann doch die Zeit wäre, bis sie Anthony lieben und in allem kennenlernen könnte.

Valerie wollte nun lieber spazieren gehen und stand auf, um den Rock zurecht zu zupfen und die halbrunden ›Butterfly-Sleeves‹ zu kontrollieren, so wie in einem Ritual. Ihre langsamen Schritte gingen einher mit den Bewegungen der Flügelärmel im Wind. Ein kleines Bambusrohr in der Hand, versuchte sie mit Herumspielen daran, Erleichterung beim Nachdenken zu finden. Die Brandung hörte sich eintönig an, doch oben an der Hauptstraße war lebendiges Treiben lautstark zu hören. Es war bereits 10 Uhr. Der nicht mit der Melodie aus der Karaoke-Maschine übereinstimmende, lallende Gesang eines Mannes dröhnte aus den übersteuerten Lautsprechern. Die Bar mit der Außenterrasse war gut besucht, zudem war es Monatsanfang. Für viele Kerle gab es die Möglichkeit, einige Pesos mehr zum Fenster hinaus zu werfen, um am Monatsende ›Utang‹ zu haben und durch Leihen bei jemand anderem diese Spirale des Kreislaufs von Schulden machen und Bezahlen in Gang zu setzen, der hier manchen wie im Fall des Geldverleihers Geraldo reich machte. Als Valerie langsam an dem Treiben unter den blinkenden Neonlichtern vorbeiging, interessierte sich kaum ein Gast für sie. Die Leute hatten in ihrer Feierlaune kein Auge für einsame Spaziergänger. Wäre es nicht ihr Kleid, hätte sie unbemerkt an dem Getümmel und den schiefen Gesangsversuchen des angeheiterten Karaoke-Gastes vorbeikommen können. Doch sie zog die Blicke einiger Frauen auf sich, in deren Begleitung sich zwei Einheimische und ein kräftiger Foreigner auf Englisch unterhielten. Die Finger des Mannes rieben an ihren Schultern und den dünnen Spaghettiträgern von Charlottes Top herum. Sie hatte wie meistens keinen BH an. Dass der Typ nicht weiter heruntergrabschte, wunderte Valerie sogar, so wie der Kerl mit sonnenverbrannter Haut sich schamlos gab in seinem Slang, mit dem er auf die beiden Filipinos einredete. Die Haare waren vorne bereits licht und der Altersunterschied mehr als deutlich. Valerie versuchte, beurteilende Gedanken zu vermeiden, weil es sie anstrengte, über diese basislosen Romanzen ihrer Nachbarinnen nachzudenken, die in ihren Augen ohne Verstand handelten. Valerie sah einen berghohen Unterschied in dem Wesen dieses Typen in der Bar und dem Mann, der sicher auf seinem Schiff die Nacht verbrachte. Es war weise, als ihr Manong Manu riet, niemals Verallgemeinerungen Fremden gegenüber zu artikulieren. Sie sah es doch in diesen Augenblicken deutlich. Anthony konnte sogar

Tagalog, und das schon fein und gewählt. Valerie wollte nur weitergehen und alleine sein. Das Lied aus der Karaoke-Box aber ging zu Ende, so dass sie diese rufende Stimme unweigerlich mitbekam.

»Hey, Miss Universe!«

Valerie drehte sich um und betrachtete Charlottes grinsende Fresse, in der man sah, dass sie schon deutlich angeheitert war. Leise schüttelte Valerie den Kopf, wollte sich wieder umdrehen, doch Charlottes Gerede ließ sie nicht los.

»Wer ist das?«

»Eine Nachbarin von mir. Valerie heißt sie. So eine Heilige.«

»Was trägt die denn da für ein Kleid? Aber tolle Augen, echt.«

»Goldig, nicht? ... Ey, hallo?!«

»Die kann doch nichts dafür, dass ihre Augen so schön sind.«

Der Mann konnte nur dieser Typ aus Übersee sein, der Charlotte diese billigen Glitzer-Ohrringe geschenkt hatte, die nun an ihren Ohren herunterbaumelten. Er kannte die Philippinen scheinbar kaum oder nur in den Aspekten der Vergnügungsviertel mit den Miniröcken, den Hemdchen, die alles darunter sichtbar ließen, den mit Alkohol übersäten Tischen und Genüssen, um sich den Bauch vollzustopfen. Das zu erkennen war für Valerie nur eine Sache von kombinierenden Sekunden.

»Das sind solche Fummel, die meine Großmutter auch getragen hat. Das nennt man Tradition bei uns. Was glaubst du, was die kosten.«

Charlottes Boyfriend grinste breit und machte eine ungelenke Bewegung mit der Hand. Der Mann schien etwas Verständnis zu besitzen und meinte, dass er sähe, wie aufwendig Valeries Kleid verarbeitet sei. Nur würde so etwas nicht hierhergehören in die Stimmung mit den auf der Bühne performenden Tanzgirls.

»Wenn sie das mag, lass sie doch. Ich mag aber deine Tops, Charlotte. Hey, hübsche Tradition! Komm zu uns, Ich spendiere einen Cocktail und schau mir gerne mal dein Kleid an.«

Charlotte reagierte unwirsch, dabei schubste sie ihren Boyfriend von sich weg.

»Ich will nicht, dass die hier bei uns sitzt. Eine Zicke ist das. Jungfräulein selbstgerecht.«

Mit einem beschwichtigend klingenden »Okay, okay« versuchte der verknallte Typ Charlotte zu umarmen und zu küssen, ohne die Gäste zu beachten, die jene Gesten in der Öffentlichkeit unschicklich fanden. Die beiden Filipinos am Tisch mussten sich zu Tode schämen, während Charlottes Freundinnen mit ablenkendem Gekicher die Situation zu retten versuchten. Valerie hatte keine Lust mehr, nur eine Minute hier zu verschwenden. Während sie sich umdrehte, meckerte Charlotte ihr noch hinterher: »Geh ins Kloster, du Nonne!«

Valerie lief hastig in Richtung Strand. Sie wollte dem Geschwätz Charlottes über ihre Moralvorstellungen entgehen, denn wie lange könnte sie so selbstbeherrscht bleiben und dieser Frau nicht doch eine reinhauen, falls es abermals zu einer Konfrontation käme? Für sie war Charlotte eine Mobberin, die verloren hatte, was Valerie noch besaß und ihren Frust mit immer neuen Vergnügungen zu vertreiben suchte. Dabei benahmen sich Ihre Freundinnen Vina und Wilma kaum besser, eine Clique eben, die sich benahm wie eine Horde auf dem Schulhof, welche um die Vorherrschaft im Territorium kämpfte.

Das Meeresrauschen schwoll an und der böige Wind erfrischte mehr und mehr, je näher sie der Wasserkante kam. Endlich könnte sie alleine mit ihren bohrenden Gedanken sein, nicht ahnend, dass ihr ein Mann folgte. Sie erschrak, als die lachende Stimme des Anwaltssohnes hinter ihr ertönte.

»Inday Valerie!«

»Oh! Kuya Isidoro?«

»Warte!«

Valerie bemühte sich mit einem gequetschten Lächeln um Höflichkeit. Diesen Bewerber um ihre Gunst hatte sie weder im

Sinn, noch war es angenehm, dass er plötzlich hier auftauchte. Bisher hatte er mit ihrem Vater über sein Interesse an ihr getuschelt und versucht, sich bei Rodrigo als idealer Schwager darzustellen, der seine Schwester glücklich machen würde. Valerie wusste mehr über den Typen, als er selbst ahnte. Dass er bereits Skandale mit anderen Mädchen vertuscht hatte und sich dafür nicht scheute, den Einfluss seines Vaters und sein Geld als Ass aus dem Ärmel zu ziehen. Valerie schwieg verbissen, als Isidoro begann, sie in eine Konversation zu verwickeln.

»Warum läufst du hier alleine herum? Ich begleite dich. Es ist zu gefährlich hier draußen.«

Mit erklärenden Handbewegungen erwiderte Valerie nur, dass sie sich sicher fühle.

»Gehen wir doch ein Stück, Inday. Ich wollte dir doch etwas sagen, ganz unter uns...«

Sie ahnte natürlich schon, um was es ging. Seine zögerliche, nicht eben eloquente Art wunderte sie nicht einmal. Mochte er als Plädoyer-Redner seinen Vater vor Gericht gut nacheifern können, bei einem Mädchen schien dieser Schürzenjäger eher die holprige Weise zu verstehen, die er sich scheinbar aus Filmkomödien angeeignet hatte.

»Inday, lass dich nicht von den anderen Frauen verulken. Ich finde dein Kleid bezaubernd.«

»Es hat mir auch ein Mann geschenkt, der echte Wertschätzung für mich hatte.«

Sie fühlte, dass dieses Lob oberflächliches um den Busch Gerede war. Diese Familie hatte kein Gespür für die Tradition, redete ein merkwürdiges Englisch, um aufzufallen, weil der Vater es mit seiner Kanzlei zu Geld brachte und meinte, stets mit Krawatten herumlaufen zu müssen, und sei es 40 Grad draußen. Sein Sohn trug Shirts mit Slogans oder zu enge Barongs über seinem Wohlstandsbauch, für sie furchtbar. Darüber amüsierte sie sich, ließ sich aber in jenem Moment nichts anmerken.

»Inday Valerie, ich möchte dir sagen, dass ich Wertschätzung für deine Familie habe... und besonders für dich.«

»Sag doch einfach, was du von mir willst.«

Isidoro lächelte breit und erwiderte: »Ich habe dich unheimlich gern, Inday und denke, dass wir beide...«

»Wir beide?«

»Valerie, ich mag dich doch und wir zusammen könnten uns ein Leben aufbauen, das dich aus dieser perspektivlosen Zukunft holt. Willst du dein ganzes Leben lang Fische zerlegen und Körbe durch die Gegend schleppen? Ich will nämlich in Iloilo eine eigene Kanzlei eröffnen und du bist doch klug...«

»Stop, Kuya Isidoro!«

Seine Augensprache wirkte wie verwandelt, eher flehend als souverän.

»Ich habe längst noch nicht darüber nachgedacht, wieder eine Beziehung zu haben. Bitte verstehe das. Du könntest taktvoller sein, Kuya Isidoro. Dass ich in Trauer bin, dürftest du ja wohl wissen, okay?«

Ihre Antwort wirkte wie eine Geschützsalve vor den Bug.

»Natürlich, aber wenn ein Mann dich liebt, könnte es nicht leichter sein für dich, es zu überwinden?«

»Du liebst mich? Die wievielte bin ich denn?«

Nun wurde der Kerl etwas blasser und stotterte etwas herum.

»Was heißt denn das, Inday?«

»Es war nur eine Frage, keine Unterstellung.«

Isidoros Augen zogen sich zusammen. Er wirkte fuchsig. Doch erstaunlich rasch fing er sich. Valerie hatte den Alkoholgeruch bereits wahrgenommen, der aus seinem Mund waberte. Langsam bekam sie etwas Angst und versuchte den Abstand zu ihm zu vergrößern, doch er folgte jedem Schritt, den sie machte.

»Ich bin sauber, wirklich. Dein Bruder findet mich geeignet. Du weißt ja, wie wählerisch er ist, wenn es um dich geht.«

»Ach ja?«

Valerie hatte genug von solchen Deals und wollte diesen Mann nur loswerden.

»Hör zu. Kuya Isidoro. Bei allem Respekt, hör auf, mit meinem Bruder Abmachungen über mich auszuhandeln. Ich bin eine Frau, die selbst entscheidet und kein Korb Bananen, den du einfach von der Ladentheke nimmst. Lass mich jetzt bitte allein!«

»Inday, sieh dass nicht so. Ich liebe dich wirklich.«

»Oh! Das hast du Belinda doch auch versprochen. Komisch, wo ist sie eigentlich?«

»Sie ist nach Leyte zurückgegangen. Wieso fragst du?«

»Belinda war schwanger! Von wem wohl?«

Nun wurde es lbrenzlig für ihn. Es war also durchgesickert. Sein Vater musste nach diesem One-Night-Stand einspringen und es kostete eine Menge, jenes Schweigen zu bezahlen. Valeries Gabe, zu kombinieren, hatte ihn auf dem Festival schon beeindruckt, doch nun traf es ihn selbst.

Gerne hätte Valerie einen Begleiter neben sich gehabt, aber am Strand war sonst niemand zu sehen. Einige Fischerboote lagen weit draußen, an den kleinen Lichtpunkten am Horizont zu erkennen. Ganz allein waren sie nicht, und doch konnte ihr niemand zu Hilfe kommen. Mit Anthony als Begleiter hätte sie sich um schnelle Hilfe nicht sorgen müssen. Er, der ihr so viel Geborgenheit und Halt schenkte, den sie gerne lieben würde, zementiert in der Entscheidung ihres Herzens und des Sinnes in mittlerweile tiefer Überzeugung. Dieser Mann mit Respekt und Würde, Freude an ihr und ihrem Volk, seiner Art zu kommunizieren und der Fähigkeit, zu berauschen mit Worten ganzer Liebe und Sehnsucht. Doch hier wurde es bereits gefährlich. Isidoro gingen merklich die Taktiken aus. Eine Einladung könnte sie umstimmen, oder?

»Inday, an der Geschichte ist nichts dran. Schau, ich gehe für zwei Wochen auf ein Seminar nach Manila. Komm doch mit mir. Ein schönes 4-Sterne Hotel. Du brauchst Abwechslung, wegen der Sache mit deinem Verlobten. Und den Foreigner solltest du doch lieber vergessen, oder?«

»Wieso? Hast du was gegen ihn?«

»Nein, natürlich nicht.«

»Was soll das heißen? Ich gehe mit dir doch nicht in ein Hotelzimmer, Kuya Isidoro! Jetzt reicht es! Lass mich endlich allein!«

»Inday, bitte!«

Sofort begann sie schneller zu gehen, um aus dem Schussfeld zu kommen, als eine Hand sie am Arm packte.

»Lass meinen Arm los!«

Valerie bekam Angst, die ihr die Kehle zuschnürte. Sie hatte ihre Machete zu Hause gelassen und hätte sich nur mit Händen und Füßen gegen diesen Kerl zur Wehr setzen können. Zudem waren sie mitten in einen der langen, leeren Strandabschnitte zwischen Lawigan und Katikpan geraten. Hier wohnte kaum jemand. Sie musste handeln.

»Huwag!! (Nicht) Ayaw ko!! (Ich will nicht) Hilfe!!«

Ein kleines Licht tauchte auf und zwei flinke Schatten näherten sich. Augenblicklich ließ Isidoro die junge Frau los, atmete schwer und blickte nach unten. Die Männer aber zeigten keine beschwichtigende Reaktion. Einer von ihnen hatte ein Fischermesser dabei und griff danach.

»Hat er dir was antun wollen, Inday?«

»Ich kenn den Affen. Das ist der Sohn von dem Anwalt.«

»Und? Den mach ich fertig, wenn er Inday Valerie etwas angetan hat. Los! Rede!!«

Valerie zitterte noch und bedankte sich überschwänglich bei den Männern, die wegen einer erfolglosen Fangfahrt keine Lust mehr verspürt hatten und sich entschlossen, umzukehren und einen über den Durst zu trinken.

»Es ist nichts gewesen, Jungs. Kuya Isidoro und ich hatten nur einen Disput.«

»Wirklich?«

Mit wachsamer Regung hielt der Mann mit dem Fischermesser ihren Angreifer mit seinen Blicken gefangen.

»Geht es, Tita?«

» Ja..., es ist wieder gut. Ich bin froh, dass ihr aufgetaucht seid.«
Isidoro grinste, dabei sah man, wie seine glasigen Augen Valerie frech fokussierten.

»Ich habe Beziehungen und könnte den Pass deines Foreigner-Boyfriends einziehen lassen oder seine Schiffspapiere. Einen Grund finden wir bestimmt dafür.«
Dass Valerie nicht auf den Boden spuckte, wunderte sie selbst. Sie blieb sogar in jener Situation respektvoll.

»Kuya Isidoro, geh bitte. Verschwinde besser und renn nicht mehr hinter mir her. Übrigens, ich habe Zeugen, die bestätigen können, dass dein Vater Schmiergeld an Belindas Eltern gezahlt hat, nachdem du sie geschwängert hast. Du und sauber? Einfach nur widerlich.«
Isidoro fuhr mit der Hand über den Mund, an dem sein Speichel heruntertropfte. Seine Augensprache war der eines verschreckten Kindes gleich.

»Die beiden haben auch gesehen, dass du mich vielleicht vergewaltigen wolltest. Nähere dich noch einmal unserem Haus und ganz Lawigan erfährt das hier.«
Einer der Fischer raunte noch: »Hau besser gleich ab.«

Bleich und konsterniert schlich sich der Anwaltssohn davon. Er würde sich an jenem Abend betrinken und nach zwei Tagen in die Hauptstadt gehen, in sein Hotelzimmer, allein oder mit einem bestellten Mädchen. Valerie war in diesem Augenblick brachial dankbar und ließ ein Stoßgebet los, um zu danken, dass ihr nichts geschehen war. Einer der Fischer reichte ihr einen Schluck Wasser aus seiner Trinkflasche.

»Alles okay? Wir gehen mit dir nach Hause zu deinen Eltern.«

»Ich kenne dich doch.«

»Ich bin der jüngste Sohn von den Veneracions aus Miagao.«

»Oh! Dann bist du Jeremy. Wie alt bist du jetzt?«

»18, Tita. Ich fahre schon fast zwei Jahre zum Fischen raus.«

»Warum studierst du nicht was Ordentliches? Fischer sein ist doch elendig hart.«

»Mir gefällt es aber. Zusammen mit Kuya und Vater sind wir schon sehr erfolgreich. Wir haben alles, was wir brauchen.«

Der andere Mann stellte sich als ein Cousin Jeremys vor und reichte Valerie fest die Hand. Er verlangte, sie zu begleiten. Die drei gingen ohne Umweg in Richtung von Valeries Elternhaus. So viel schwirrte in ihrem jungen Kopf herum. So gerne würde sie jetzt in Anthonys beschützenden Armen liegen. Alles in ihr war auffressend in jenem Moment. Am liebsten würde sie wieder wegrennen, doch es wäre so sinnlos.

Als sie am Haus eintrafen, schliefen alle schon. Sie konnte ihren beiden Rettern nicht mit einer Einladung danken, doch Joy kam unverhofft aus der Tür.

»Kommt doch rein. Was ist los, Valerie?«

»Die beiden haben mir geholfen, weil mir... etwas passiert ist.«

»Was ist los? Soll ich Vater holen?«

»Nein! Mir geht es wieder gut.«

Joy wandte sich an die beiden Männer. Der ältere von ihnen druckste zunächst herum, bis er schließlich schilderte, was er am Strand beobachtet hatte.

»Um Himmels Willen, Valerie!«

»Es ist okay, Joy! Mir ist nichts passiert.«

»Wir müssen das deinen Eltern erzählen.«

Valerie wollte nicht, dass über die Sache geredet wurde, es sei denn, Isidoro wäre aufgetaucht, um sie erneut treffen zu wollen.

»Ich weiß nicht, Valerie.«

»Er wird mir nicht mehr hinterherhecheln und weiß, dass er der letzte Mann auf diesem Planeten ist, den ich nehmen würde.«

Joy atmete hektisch ein und bat die beiden Fischer, am Esstisch Platz zu nehmen. Leise genossen die beiden Frauen mit Jeremy und seinem Cousin den aufgetischten Snack und einige Drinks, während Rodrigo und Valeries Eltern beim wohltuenden Schlaf neue Kraft für den nächsten Tag tankten.

◊ Jungfernfahrt ◊

Wer wieder der Neuheitenverbreiter im Ort gewesen war, wusste keiner der Männer, die sich über den Behelfssteg zur rechten Seite der ›Kaibigan of Panay‹ aufgemacht hatten. Langschläfer Delgado war erstaunlich früh aufgetaucht und arbeitete bereits seit über zwei Stunden an dem Batteriekasten, weil er etwas an einem Regler austauschen musste. Der Proviant war in Kisten verstaut, und an kühlem Nass für gesellige Stunden fehlte es in der Männergruppe nicht. Der unbekannte Whistleblower hatte für eine Menschentraube gesorgt, unter die sich Kinder und Jugendliche mischten. Heute sollte die erste Reise dieser Motorsegel-Bangka stattfinden. Wie bei jedem Test würden Schwächen an der Konstruktion zum Vorschein kommen. Anthony witzelte schon, warum kein Reporter anwesend sei. An jeder Stelle des Schiffs wurde mit irgendwas hantiert. Kaloy war zusammen mit Sid dabei, den Proviant in der Bugsektion zu verstauen. Der Junge freute sich wahnsinnig und träumte von den Abenteuern eines großen Seefahrers. Anthony blickte zur Stegbrücke. Den mit ungewöhnlich aggressiven Schritten gehenden Mann beobachtete er schon, seit er vom Strand herunterkam. Rodrigo ging wortlos an Bord. Diese Patzigkeit verwunderte die Männer merklich. Durchaus war Rodrigo Tolentino der eher harte Typ, eine grundlegende Freundlichkeit jedoch hatte er im Umgang mit anderen sonst nie vermissen lassen.

»Foreigner!«

Anthony blieb freundlich und ahnte noch nichts.

»Ist alles okay mit dir?«

»Komm mit ans Heck. Ich habe mit dir zu reden.«

Jene Angriffslust konnte Anthony merklich fühlen und folgte Rodrigo bis zur Heck-Reling. Roel aber folgte wie ein Bodyguard. Er stand rund zehn Meter weit weg in der Mitte des Schiffes und stierte die beiden Männer an.

»Bevor wir losfahren, stelle ich eines klar!«

»Was meinst du?«

»Ich halte meine Versprechen und weise euch in den Gebrauch dieser Bangka ein. Lerne gut, es ist nur dieses eine Mal.«

Anthony verstand den aggressiven Unterton in dieser Stimme nicht, blickte diesem Mann fragend ins Gesicht.

»Du lässt die Finger von meiner Schwester! Ist das klar?«

»Das also ist es?«

»Wenn ich dich und Valerie zusammen erwischen sollte, vor allem allein, dann erlebst du mal meine andere Seite.«

Anthony hätte es doch ahnen müssen. Valerie war so konservativ erzogen worden. Geheimnisse vor ihrer Familie zu horten hätte ihm als das Unmöglichste erscheinen sollen. Diese Reaktion Rodrigos aber überraschte ihn mit voller Breitseite. Er dachte nun, man sollte sich als Ehrenmann wehren.

»Hör zu, Rodrigo. Deine Schwester ist kein kleines Mädchen, das unter deinem Vormund steht.«

»Du hörst auf, dich mit ihr zu treffen! Ich lehne eine Beziehung zwischen euch ab. Hier hat der Erstgeborene Vetorecht, merke dir das. Im Übrigen, was hast du mit ihr am Strand getrieben?«

Rodrigo musste erschreckt innehalten. Die versteinerten Augen Roels starrten ihn an. Er gebot eilig, nun endlich loszufahren. Rodrigo konnte jene beiden Dinge klar voneinander trennen. Doch Roel ließ eine zischende Warnung los.

»Mich geht es nichts an, was Anthony und deine Schwester miteinander haben. Aber ich warne dich. Fang keinen Streit an, sonst wirst du sehen, was ich mit dir mache.«

Bleich musste Rodrigo diese Worte schlucken, er hatte von der Vergangenheit dieses Mannes eine Menge gehört. Roel Lopez wurde im Nahkampf ausgebildet und hatte Militäreinsätze im Süden hinter sich. Er wirkte nach außen stets friedlich, aber innerlich war er eine Bombe, die ohne Vorwarnung hochgehen konnte. Hinzu kam dieser ›Tagabagbantay‹-Eid, den er ohne mit der Wimper zu zucken durchzog. Anthony tat wahrlich Großes, als er beherrscht blieb, sich auf die Ausfahrt konzentrierte und bat, das brisante Thema beiseite zu lassen. Eine in der Ferne am Strand stehende Erscheinung aber machte das nicht leichter. Unter den vielen neugierigen Menschen war ein orangefarbenes Flügelärmelkleid auszumachen, darüber ein stummes Gesicht mit wehenden Haaren im Hauch der Brise. Anthonys Herz schnürte sich zusammen und er hätte am liebsten energisch winken wollen, doch er musste still bleiben und durfte Rodrigo nicht reizen.

Jerome schien dem neu ernannten Kapitän Tolentino die Gashebel zu erklären und ein Pult mit einem dicken roten Hebel und schwarzen Druckschaltern. Eine primitive Benzinuhr und zwei Drehzahlmesser schienen den Fischer, der noch nie ein Boot mit solchen, in seinen Augen unnützen Dingen gesteuert hatte, irgendwie zu interessieren. Immer wieder prüfte er das große Steuerrad, indem er es andächtig jeweils nach links und rechts drehend begutachtete und dabei seinen Blick nach hinten zum Heck schweifen ließ. Die beiden Ruder konnte er von seinem Platz aus nicht sehen. Am Bug hatte sich Kaloy zusammen mit Sid einen Platz gesucht und beide schauten ungeduldig in die Ferne. Sicher brannte besonders das Herz des Jungen bei seiner ersten Fahrt mit einem für ihn so riesigem Wasserfahrzeug.

»Ich bin nervös.«

»Verstehe ich, Rodrigo macht Stress, weil du seine Schwester haben willst. Na dann Mahlzeit.«

»Ich bleib cool, okay? Aber die ›Kaibigan‹?«

»Warum? Glaubst du plötzlich nicht mehr an den Erfolg?«

»Kommt doch irgendwo Wasser rein?«

»Bis jetzt nichts gesehen.«

Anthony musste schmunzeln. Es war nicht so sehr die Angst um einen Misserfolg, sondern vielmehr die Angst vor der Erkenntnis, ob oder wie lange dieses Schiff Sinnhaftigkeit machen oder ob es nicht ein gigantischer geldfressender Flop werden würde. Heute könnte es nur mit Motorkraft getestet werden, doch das war in den Augen aller ohnehin das Wichtigste. Treibstoff hatten die Männer randvoll getankt und jeder hatte eine Schwimmweste. Mochten sich auch einige zunächst dagegen gesträubt haben, Anthony verlangte es mit Nachdruck. Delgado fühlte sich zwar mit einer solchen Weste wie ein Clown, gehorchte dennoch, zumal er wusste, dass er wegen des ersten Misserfolges mit der komplizierten Umschaltung der vier auf dem Schiff eingesetzten Batterien noch Schulden in den Augen der Männer hatte und alles daransetzte, nicht wieder zu enttäuschen. Sogar er besaß etwas Ehrgefühl und Ehrgeiz.

Anthonys Herz vibrierte vor Freude. Er ließ seinen Blick hin und her schweifen, dann blickte er oben zur Spitze des Hauptmastes. Roel, der gütige, aber harte Freund, streichelte seine Schulter und lächelte. Anthony hob nun die Hand. Die Männer würden nicht einfach Kommandos selbst in die Hand nehmen, auch Rodrigo nicht.

»Taue lösen!«

Die still am Strand stehenden Männer, die offensichtlich von Rodrigo dazu angeleitet worden waren, die Schlingen der Taue an den eingepfropften Hölzern zu lösen, gehorchten ohne große Erklärungen, was Anthony hier schon so oft aufgefallen war. Die Art der Gestik, mit denen hier scheinbar komplexe Vorgänge kommuniziert wurden, beeindruckte immer wieder, wie auch in jenem Moment. Die ›Kaibigan of Panay‹ schwamm nun frei. Im Leerlauf drückte Rodrigo zweimal auf den linken schwarzen Knopf, doch es herrschte gähnende Stille. Rodrigos harscher Blick traf auf den Motorenkonstrukteur Delgado.

»Hallo? Ich denke, die Dinger starten jetzt!«

»Erst den roten Hebel nach rechts drehen! Sonst ist kein Strom da und die Benzinpumpen laufen dann nicht. Dein Auto hat doch auch einen Zündschlüssel.«

»Das ist kein Auto!«

Jerome zeigte auf den roten Knauf, drehte ihn und nickte bestätigend, als eine kleine rote Lampe anzeigte, dass Strom vorhanden zu sein schien. Der erneute Druck auf den schwarzen Anlasserknopf zeigte Wirkung. Nach einigen hustenden Umdrehungen startete der linke Sechszylinder, eine dunkelgraue Wolke aus dem Auspuffrohr ausspuckend. Nun grinste Delgado wie ein aufgeregter Schuljunge.

»Rechter Knopf. Wird funktionieren, da verwette ich meine Großmutter!«

Rodrigo drückte auf den rechten der beiden schwarzen Knöpfe, auch hier dauerte es nur ein paar Umdrehungen, bis der rechte Motor hustend ansprang.

»Haha! Läuft doch gut, nicht? Jetzt unten links den Doppel-Hebel nach vorn schieben, das rückt die Kupplungen ein!«

Rodrigo blickte unsicherer wie sonst. Was nützte Erfahrung, wenn die Technik wie in diesem Fall doch zu neu, komplex und die Größe so viel gewaltiger war? Nun zeigte die Bewegung des Gashebels die erhoffte Wirkung. Die ›Kaibigan of Panay‹ setzte sich in Bewegung. Roel war immer noch wegen der Kraft des Antriebes beunruhigt und mahnte den steuernden Rodrigo mit lauten Rufen, den Hebel behutsam zu bewegen, doch der konzentrierte sich zunächst darauf, dass der rechte Seitenrumpf nicht zurück gegen den Behelfssteg schlug. Nach einigen Metern traute er sich doch, Gas zu geben. Mit röhrendem Dröhnen und dem schäumenden Geräusch der beiden Schrauben zog das Schiff merklich an. Aus den Auspuffrohren pufften hellgraue Wolkenstöße in die Luft, als die Drehzahl stieg. Kaloy war außer sich vor Freude und hielt sich an der Bugreling fest. Fischer in ihren kleinen Booten schauten mit merklicher Faszination auf das große Gefährt mit dem orange-weißen Rumpf. Wirbelnde Strudel an den Spitzen der langen Seitenrümpfe zeigten die Geschwindigkeit deutlich an. Arnel gesellte sich zu seinem Schwager. Durch seine Erfahrung auf einem Küstenfrachter hatte er ein wenig Gespür für die Seefahrt gewonnen, auch wenn er damals die meiste Zeit in der Kombüse verbringen musste.

»Kuya, ich denke, 20 Knoten wird sie schaffen, schwer zu sagen. Das ist beachtlich für ein Auslegerschiff.«

Anthony blickte zum Heck, beobachtete die beiden Männer auf dem Steuerstand und fühlte sich bewogen zu ihnen zu gehen.

»Rodrigo? Wie findest du sie?«

»Unhandlich. Klar bei der Größe.«

Delgado hatte diese Worte mitbekommen und lief die Stufen zur Steuerplattform hoch.

»Du kannst den Gashebel hier trennen und jede Maschine einzeln regeln. Was denkst du, wie wendig sie dann wird.«

Der Ausblick von der erhöhten Plattform ließ bei den Männern ein erhabenes Gefühl aufkommen. Stumm starrten sie in die Ferne, beobachteten angestrengt den Fahrweg vor ihnen. Leute auf kleinen Fischerbooten winkten ihnen zu. Die ›Kaibigan of Panay‹ hatte westlichen Kurs Richtung Nugas Island genommen, eine geschützte Insel vor dem Landzipfel mit der Stadt Anini-Y. Nach einer Fahrt von rund einer Stunde drosselte Rodrigo das Tempo, der Verkehr auf dem Wasser wurde immer dichter, denn der späte Nachmittag zog immer mehr Fischerboote hinaus und es tummelten sich auch Ausflugsboote mit Touristen in diesen Gewässern. Teilweise entgeistert starrten die Bangkafahrer auf das Auslegerschiff mit der Nummer S 405 / 660 und den für sie deplatziert wirkenden Masten. Einige erkannten die Maschinen und das allein erzeugte in Ihnen Erstaunen erster Güte. Die Geschwindigkeit wurde etwas reduziert und eine 90 Grad-Kurve eingeleitet. Die Männer beschlossen, etwa 400 Meter vom Ufer den Anker fallen zu lassen. Sid hatte in der Zwischenzeit Essen auf dem mitgeführten Gaskocher zubereitet und breitete auf einem klappbaren Tisch die Teller aus. Roel war begeistert, denn der junge Mann war ein bemerkenswert guter Koch.

»Es gibt Fleisch. An der Küste leben ist ja nicht schlecht, aber nach einem Stück Schweinefleisch habe ich mich gesehnt.«

Die Männer nahmen sich ihre Portionen, wobei Reis nicht fehlen durfte und genossen die Mahlzeit, jeder an irgendeinem Platz auf dem Schiff. Kaloy rückte nicht von Anthonys Seite. Nach der Frage, ob es denn schmeckt, nickte der Junge fröhlich.

»Nach dem Essen bekommst du eine Limonade. Nur für dich.«

»Kuya?«

Anthony sah den Freund und Schwager fragend an. Es ging darum, wann zurückgefahren werden sollte. Nach einer kurzen Gesprächsrunde kamen alle überein, die Rückfahrt nicht nachts zu versuchen, sondern früh am nächsten Morgen nach Sonnenaufgang aufzubrechen, zumal die Frauen auf diese Eventualität bereits vorbereitet worden waren. Schlafmatten waren genug an Bord und Trinkwasser ebenfalls. Zum Feiern der gelungenen Jungfernfahrt gab es als krönenden Abschluss eine von Jerome ans Licht geholte Überraschung, einen Kasten ›Rotes Pferd‹-Bier, in einer Styroporkiste mit Eis eingepackt. Da es bereits geschmolzen war, hatte jeder die ersehnte Begründung parat, das Bier sofort in die durstige Kehle zu schütten. Kaloy war zu seinem Schlafplatz gegangen, während Rodrigo Delgado beiseite nahm und ein für ihn wichtiges Anliegen besprach.

»Haben deine Batterien genug Strom für die Positionslichter?«

»Die könnten bis zu acht Stunden an bleiben, Mann. Auf diesem Schiff gibt es ganze vier LKW-Batterien.«

»Das hoffe ich für dich. Schalte sie gleich nach Einbruch der Dunkelheit ein. Ich kannte mal jemanden, der keine Lichter an seinem Boot hatte. Er ist deshalb tot und ich habe jetzt jede Menge Probleme in meiner Familie.«

Rodrigo hatte nicht unrecht. Die Sonne würde in Kürze vollends untergegangen sein. Anthony begann nachzudenken. Scheinbar war die ›Kaibigan of Panay‹ ein Erfolg geworden, doch er wusste, wem er es in erster Linie zu verdanken hatte. Delgado schaltete die Positionslichter an. Das grüne Steuerbordlicht sowie sein rotes Pendant auf der anderen Seite strahlten in die Nacht, unterstützt von den weißen Signalen an Bug und Heck. Vorn saß Roel, still in sich versunken, als sich Rodrigo ihm näherte.

»Darf ich mich zu dir setzen?«

»Wenn es sein muss.«

Rodrigo spürte die Distanz zwischen den beiden. Jähzornig war er, aber nicht unberechenbar, und meist auch auf Harmonie bedacht.

»Ich wollte sagen, dass es mir leidtut, wie ich mich heute Mittag benommen habe.«

»Ich brauche deine Entschuldigung nicht.«

»Es ist mir aber wichtig, Lopez.«

»Es wäre für deine Schwester wichtiger. Du scheinst nicht zu verstehen, was du ihr eigentlich antust. Sie hat garantiert nichts getan, nur weil sie mit meinem Freund gebadet hat. Baden könnte dir auch nicht schaden. Ich finde, sie ist ein wirklich feines Mädchen, das Gottes Aufmerksamkeit hat.«

»Und der Foreigner? Wie ist er denn? Wer weiß, ob er sich nicht gerne eine Frau mal kurzerhand für einen One-Night-Stand greift.«

Roel stand auf und blickte dem Fischer widerwillig in die Augen.

»Du hältst jetzt besser den Mund.«

Er ging wortlos in die Mitte des Schiffes, griff nach einer weiteren Flasche und setzte sich zu den anderen Männern. Rodrigo beschloss, erst einmal zu schweigen und starrte in die sternenklare Nacht hinaus, traute sich nicht, zu den anderen zu gehen, um den Zorn dieses Roel Lopez nicht erneut zu erregen. Seine Gedanken kreisten aber um das, was dieser Mann in der derart drastischen Wortwahl von Mann zu Mann artikulierte. Tiefe Schamgefühle erregten den sonst souverän wirkenden Fischer, der plötzlich die großen, gebrochenen Augen seiner Schwester vor sich sah und sich über seine damals so furchtbar ausgebrochene Wut nun tatsächlich schämte. Stumm schaute Rodrigo auf das grüne Licht am Ende des rechten mittleren Auslegers, als würde es ihm antworten wollen, dass es keine Gefahr gäbe. Aber Trost konnte er in jener ruhigen Nacht nicht bekommen. Seine Gedanken bohrten sich an der Frage fest, ob er einer Heirat Anthonys mit seiner Schwester nicht doch zustimmen sollte, aber es sträubte sich in ihm brachial. Valeries Verrat an der Familie auf dem Fest schüttelte ihn, auch wenn er daran denken musste, dass ihre Aufrichtigkeit in Wirklichkeit ein kostbares Gut war, Valeries Ehrbarkeit war ausdrucksstark, charakterfest und stolz. Das war es doch, was er an seiner Schwester liebte, bis es ihn selbst traf. Er blickte zu den Männern, die sich um den Bierkasten lachend versammelt hatten. Auch wenn er das Positive der Verbindung zwischen Valerie und Anthony erwog, zögerte er. Nein, dieser Foreigner würde sie nicht bekommen. Aber ihre Vergebung zu erhaschen, das wollte er sich zum Ziel für den morgigen Tag machen.

☿ Rat unter Palmen ☿

Rauch vom Holzfeuer mischte sich mit den Gerüchen aus den Töpfen. Die Frauen erfreuten sich neben der Küche an ihren Gesprächen, nachdem die Kinder längst zu Bett gegangen waren. Viel zu palavern gab es immer. Es war auch eine Wohltat, einmal ohne Männer Dinge zu besprechen, die in der Seele einer Frau schlummerten. Natürlich wurde auch über den vermeintlichen Spaß der Kerle auf dem Schiff diskutiert. In einer Ecke auf einem Sessel las Lorna Velasquez in ihrer Bibel, für sie eine absolute Tradition jeden Abend. Pregnant war, dass sie sich gar nicht von den Gesprächen der anderen im Lesen und Nachdenken stören ließ.

»Wo sie wohl übernachten werden?«

»Sie ankern sicher vor Nugas Island. Arnel erwähnte so was.«

Die Gespräche drehten sich erneut. Über familiäre Dinge wurde diskutiert.

»Ich erwarte wohl wieder ein Kind. Ich habe seit zwei Monaten keine Regel mehr.«

»Das Vierte? Schafft ihr das?«

»Sicher, Nanay. Gott wird uns beistehen. Und Arnel ist fleißig genug.«

Das leise Klopfen an der Tür überraschte zu jenem Zeitpunkt ein wenig. Conchita öffnete und blickte enttäuscht auf die in der Dunkelheit vor ihr stehende Besucherin. Ihr Blick wandte sich zurück zu den anderen.

»Valerie Tolentino. Was will die hier bei uns?«

»Conchita!«

Ohne eine freundliche Geste zu der jungen Frau ging Conchita wieder Richtung Küche und begann, ihr Geschirr abzuspülen. Marie Claire war über das Verhalten Conchitas empört und suchte nach einer Möglichkeit, die Wogen zu glätten. Sie sah einladend, aber auch verwundert auf die schüchterne Gestalt, die sie mehr an den Umrissen ihres Flügelärmelkleides erkannte als an ihrem Gesicht, welches die Dunkelheit verschluckte. Valerie traute sich nicht, einen Schritt weiter zu gehen und blieb ruhig vor der geöffneten Tür stehen. Nanay Lorna musste nun eingreifen und die Situation erleichtern.

»Komm doch rein, Kind. Setz dich zu uns.«

Rasch brachte Marie Claire der jungen Frau ein Glas Calamansisaft, die einige Zeit brauchte, um ihren Wunsch auszudrücken.

»Manang, ich möchte gerne mit dir reden, wenn ich darf.«

Nanay Lorna verstand die Situation geschickt zu lenken und signalisierte ihr, dass ein günstiger Ort das Holzhaus wäre, in dem Anthony wohnte. Die ruhige Nacht lag in einem warmen Lufthauch vermischt bei klarem Sternenhimmel wie eine schützende Decke auf den beiden Frauen. Still setzten sich die beiden auf die Veranda des kleinen Gebäudes.

»Du weißt, wie spät es ist?«

Lorna Velasquez schwieg jetzt, wollte einfach die im Herzen brennenden Sehnsüchte herausfordern, die Valerie zweifelsohne mitteilen wollte. Und das funktionierte mit der üblichen Wartetaktik recht gut. Bald musste die junge Frau ja etwas zum Ausdruck bringen, welches jene Mühe erklären würde, die sie auf sich nahm, um bei Mitternacht hierher zu kommen.

»Sind die Männer wohlauf?«

»Ich glaube schon.«

»Wo mögen sie hingefahren sein?«

»Sie ankern mit ihrem Spielzeug bei Anini-Y. Du möchtest mit mir sprechen?«

Valerie wirkte sicherer im Beisein Ihresgleichen, musste aber ihren Mut trotzdem zusammennehmen. Lorna Velasquez hatte einen ausgezeichneten Ruf in der Gemeinde. Ihr Glaube und Integrität zeigten lebendige Zeugnisse einer starken Frau, die in der vierten Generation eine ›Datu‹-Stammesführerin in Capiz war. Jener Vertrauensbonus konnte doch einem hilfesuchenden jungen Mädchen nur helfen.

»Ich bitte dich, mich nicht zu verurteilen.«

Mutter Lorna hob erstaunt die Augenbrauen.

»Wieso sollte ich dich verurteilen?«

»Aber du weißt es doch schon.«

»Ah... Das also.«

»Ich kann Anthony nicht vergessen, Manang. Ich kann nicht.«

Valerie dachte sich zweifellos, dass sich diese Mutter über eine Liebesbeziehung nicht sonderlich freuen würde. Zu tief saß der Schock über den Tod ihrer erstgeborenen Tochter, die dieser Mann viele Jahre liebte und ihr das eheliche Glück schenkte. Sie würde diese intelligente Frau aber in jenen Stunden noch besser kennenlernen.

»Wer hat dir gesagt, dass du ihn vergessen sollst?«

Diese umwebende Stimmung machte Valerie nun sicherer. Sie griff nach der Hand der älteren Frau und dankte ihr. Das junge Herz aber war entbrannt in Leidenschaft und Sehnsucht. Die Angst, alles erneut zu verlieren, wog schwer. Vor ihr saß eine lebenserfahrene Frau mit Ansehen und Intelligenz. Valerie brannte schon darauf, ihre Ratschläge erhaschen zu können, Ermutigungen, die ihr momentan zuhause verwehrt wurden.

»Wie soll ich denn an meiner Hoffnung festhalten? Außer ich setze mich über meine Familie hinweg.«

»Ich möchte dir nicht empfehlen, den Kodex so zu verletzen.«

»Ich weiß. Vater ist sich nicht sicher, Rodrigo weigert sich, den Segen zu geben. Er scheint Anthony plötzlich zu hassen.«

»Ich rate dir, dich niemals über deinen Bruder hinweg zu setzen. Und wenn es ihm schwerfällt, Anthony verlangt es auch nicht.«

Valerie begann zu zittern und verschränkte ihre Arme. Sie war mit diesen mitteilsamen Augen gesegnet und wer aufmerksam zuschaute, konnte ganze Dramen sehen, wenn sie so blickten wie jetzt. Wütend sprang das Mädchen auf und sah Nanay Lorna mit Tränen im Gesicht direkt in die Augen.

»Rodrigo will sich doch nur an mir rächen, weil ich auf dem ›Kaligayahan‹ die Wahrheit gesagt habe. Ich decke den Skandal meiner Familie aber nicht zu. Das ist ungerecht! Warum muss ich deshalb leiden? Ich war ehrlich, basta!«

Lorna Velasquez blieb die Ruhe in Person. Lebenserfahrung, ein Dasein als Mutter und Weisheit aus dem Heiligen Wort ließen sie souverän wirken. Und die alte Frau holte die verbale Peitsche aus dem Repertoire.

»Du setzt dich sofort wieder hin, Mädchen!«

Valerie reagierte nicht darauf, versuchte aber in einer verkrampften Weise ihr Weinen zu unterdrücken.

»Ich rede erst weiter, wenn du dich hinsetzt.«

Valerie blieb stocksteif und drückte ihre verschränkten Arme fester zusammen.

»Du warst respektlos auf dem Festival, Kindchen. Auch wenn du meinst, Gerechtigkeit fordern zu dürfen.«

Tränen liefen an Valeries Wangen entlang, lösten sich von ihrem Kinn und tropften zu Boden.

»Erst lügt er, zerstört meinen Ruf und stellt sich gegen meine Liebe zu Anthony!«

»Deine Familie hat Fehler gemacht, okay. Aber du kannst mit einem öffentlichen Skandal gegen deinen Bruder keinen Erfolg haben.«

»Das lasse ich mir nicht gefallen.«

»Anthony wird mit dir noch seine Freude haben.«

Valeries Augenbrauen senkten sich leicht. Sie begann sich zu schämen. Jenen Sarkasmus hatte sie leidlich verstanden.

»Setz dich endlich hin! Du wildgewordener Taifun.«

Still nahm sie wieder Platz und nahm das Stofftaschentuch aus der Hand der Frau, die ja ebenso ihre eigene Mutter sein konnte.

»Hast du mal die Seite deines Bruders gesehen?«

Valerie schüttelte heftig den Kopf, drehte ihr Gesicht zur Seite.

»Er muss jeden Tag hart seinen Lebensunterhalt verdienen. Ich habe eine Farm auf trockenem Land und meine Besitztümer sind nicht gerade klein. Er dagegen fährt mit so einer Nussschale nachts raus, um eure Eltern zu unterstützen und dein Studium sicher mit zu finanzieren. Und wenn Kinder kommen sollten?«

»Es werden keine kommen.«

Lorna Velasquez stutzte. Ihre fragenden Bewegungen mit dem Mund wollten eine Erklärung als Antwort haben.

»Joy ist unfruchtbar. Ihre Eierstöcke. Die Operation kostet über eine Million Pesos und sie garantieren nicht einmal, ob es dann klappt.«

»Jetzt verstehe ich ihn irgendwie...«

Sie verstand nun so vieles, obwohl sie auch nur ein Gast hier in San Joaquin war und die Tolentinos erst seit kurzem kannte. Die Härte und die Gefühle Rodrigos begann sie gut zu begreifen.

»Weißt du denn, wie ihm das wehtut? Dass er dann das beste Familienleben für dich möchte, kann ich nachvollziehen.«

»Aber doch nicht so. Was hat er denn gegen Anthony?«

»Anthony ist ein lieber Kerl. Gott hat mich etwas gelehrt. Es gibt keine wirklichen ›Foreigner‹ und warum sollte ich gegen ihn etwas haben sollen? Aber er ist in einer anderen Kultur aufgewachsen, redet offen über alles und trotz feiner Absichten trifft er sich mit dir alleine, ohne darüber nachzudenken, was andere Leute hier empfinden mögen.«

Valerie begann zu lächeln. Ihre Augen sprühten vor Freude.

»Das stimmt, Manang. Er ist so offenherzig. Aber ich möchte dir etwas sagen. Ich habe dich unheimlich gern. Als du damals kamst, um mich zu trösten an dem Abend, als Tomas... Du bist prima, Manang Lorna. Ich fühlte einfach, dass ich heute zu dir kommen musste.«

»Danke, Kind.«

»Aber er ist wirklich so ungestüm in seinen Fragen und Worten. Anthony meine ich. Er redet über alles und solche... Sachen auch..., obwohl wir noch gar nicht verlobt sind.«

»Sex? Für Anthony ist das natürlich. Er möchte nicht, dass ihr beide später Differenzen habt, die unüberbrückbar sind.«

Lorna Velasquez begann innerlich vergnügt zu werden. Dass Valerie ihre Moral vertrat, empfand sie als beruhigend. Ihre Neugier aber ließ sie ungemein wirklichkeitsnah erscheinen. Dass sie voller Leidenschaft daran dachte, ihn heiraten zu können, war deutlich zu erkennen. Doch die lieblichen Zweifel in ihr mussten beseitigt werden.

»Aber er badete ganz... nackt.«

Ein erstaunter Augenaufschlag folgte prompt.

»Bitte?«

»Sorry, Manang..., ich hatte meine Unterwäsche an.«
Nanay Lorna pustete, dabei rang sie ein wenig um Fassung.

»Das war wirklich nicht klug. Gut, dass es Nacht war. Er ist unübertroffen, doch manchmal geht seine Sensibilität mit ihm durch. Woher weißt du denn, dass er nichts anhatte?«

»Ich habe ihn... gesehen, als er aus dem Wasser kam und sich anzog. Er sieht gar nicht aus wie 33. Anthony sieht echt jung aus.«
So entstanden Frauengespräche zweier völlig verschiedener Generationen. Aufklärung zur Vorbereitung fulminanter Ehen, hier in jener konservativen, aber liebreizenden Stadt an dieser Bilderbuchküste, wo zarte Liebe oder auch leidenschaftlich wilde Geschlechtsakte in Bambushäusern zelebriert wurden, deshalb Kinder zur Welt kamen, die Menschen feierten und miteinander scherzten, am Tag in der Sonne hart arbeiteten, abends ausruhten und ihr Leben vom Rhythmus des Tageslichts bestimmen ließen.

»Ich freue mich, dass er dir gefällt. Was magst du eigentlich an ihm?«

»Seinen Respekt zu unserem Volk und mir gegenüber, weil ich ihm klare Grenzen aufzeigte. Er darf mich nämlich nicht vorher berühren.«

»Und was noch?«

Valeries Augen begannen zu strahlen.

»Ich finde, er ist so unheimlich einfühlsam.«

Lorna Velasquez nickte leise dazu und lächelte.

»Ja, das hatte meine Tochter auch gesagt.«

»Manang, darf ich dir etwas sagen? Ich trau mich nicht, ihn darauf anzusprechen... Sein ›Pitoy‹ ist... gar nicht beschnitten.«

»Valerie!«

Valerie begann zu lachen und auch Nanay Lorna konnte nicht anders, als mit einem Kichern die Stimmung zu erleichtern.

»Na ja..., und in meiner Hochzeitsnacht? Man muss doch vorbereitet sein. Ich finde, er sollte das noch vorher machen lassen.«

»Kind, das geht nicht. Er ist über 30.«
»Ich denke, er würde sogar das für mich tun.«
»Du verlangst eine ganze Menge und bist sehr affektiv.
»Affektiv?«
»Gefühlsausbrüche, anstatt mal ruhig zu bleiben.«
»Ist meine Art.«
»Das gefällt ihm. So wie du bist, meine ich. Er bewundert dein emotionsgeladenes Wesen ziemlich. Du bist für ihn nicht langweilig. Ich höre Hoffnung aus deinen Worten. Also glaubst du doch, dass ihr heiraten könnt.«
»Ich kann heiraten, wen ich will. Bin schließlich erwachsen.«
»Du wirst es aber nicht ohne seinen Segen tun, nicht wahr?«
»Ich..., oh Mann! Ich kann nicht.«
»Überlass das einfach Anthony. Er ist in der Situation, deine Familie zu überzeugen. Du aber darfst nicht durch Aktionen gegen deinen Bruder seine Bemühungen um dich torpedieren. Damit hilfst du Anthony überhaupt nicht. Hör mit dem kindlichen Geschmolle auf, sei kooperativ und versöhne dich mit deinem Bruder. Lass Anthony den Rest machen.«
»Das fällt mir schwer.«
»Trotzdem.«
»Bei euch damals hatte er es sicher leichter.«
»Wir hatten ihn eine Zeit lang gut beobachtet. Er musste aufrichtig um meine Tochter werben und kämpfen. Ynez war nicht leichtgläubig und vor allem wollte sie nie um die anscheinenden Vorteile im Ausland willen heiraten. Sie wollte so eine Ehe nicht, nur Liebe war ausschlaggebend. Verstehst du das eigentlich?«
»Ich glaube schon. Hat er gut... gekämpft?«
»Gekämpft? Na ja. Ich habe Anthonys Liebe zu unserem Land immer bewundert und auch seine Verrücktheiten. Aber als Mutter durfte ich sagen, er hat Ynez sehr glücklich gemacht. Das kann er wiederholen. Bitte sei ihm eine liebe, zärtliche Frau.

Noch etwas. Weißt du eigentlich, wie sehr deine Eltern dich lieben?«
Valerie hörte aufmerksam und interessiert zu, andächtig und sichtlich ruhiger. Dabei kam wieder das zum Vorschein, was viele hier zu übertrieben fanden, ihre süßen Tränen. Gerne hätte sie Ynez einmal gesehen, so interessant fand sie die Beschreibungen der Mutter jener Frau, die denjenigen so glücklich machte, den sie selbst jetzt gerne lieben wollte. Nun wollte Valerie wissen, wie Ynez denn so gewesen sei, und ließ sanft diese Frage raus. Lorna Velasquez aber blickte ihr plötzlich harsch ins Gesicht, presste die Hände vors Gesicht und fing an, leise, aber heftig zu weinen. Valerie reagierte ohne Zögern und nahm diese einfühlsame Frau in den Arm, doch es dauerte lange Minuten, bis sich Nanay Lorna wieder einigermaßen beruhigen konnte. Diese Mutter erlebte Gefühle der Verbitterung, ein Auf und Ab immenser Trauer und ein zerbrochenes Herz, sie, die ihren Mann verlieren musste und dann ihre starke und unbändige Erstgeborene, die anmutig und geradeaus war, den Kodex verteidigte und eine Vorzeigeehe führte, welche Respekt in der Dorfgemeinschaft erntete. Ihre Ynez hätte die Ländereien des Familienanwesens geerbt und deren Verwaltung, in der Tradition der Weitergabe des Rechts auf die Führung innerhalb des Familienclans. Ein wenig hatte Valerie es bereits mitbekommen und musste dabei an Anthony denken. Wie hätte er seine Rolle trotz der Tatsache, kein Filipino zu sein, akzeptiert und assimiliert?

»Du wirst hier bei uns übernachten. Ich habe deiner Mutter schon Bescheid sagen lassen. Ist das recht für dich?«
Valerie nahm das Angebot aufrichtiger Gastfreundschaft nach einigem Zögern dankbar an. Marie Claire kam aus dem Haus und begann, ihr ein Bett in ihrem Bambus-Cottage zu bereiten. Beim Zurechtmachen der Lagerstätte beobachteten die beiden das nun in sich gekehrte junge Geschöpf. Marie Claire Velasquez und ihre Schwiegermutter verstanden sich nur durch Gesten derart,

dass ganze Geschichten voller Schlussfolgerungen daraus hervorkamen.

»Kind, meinst du nicht, dass ich dein wunderbares Kleid mal nehmen und waschen sollte? Am Rock unten ist bereits viel vom Sand und der Straße zu sehen.«

Valeries Augen begannen sie in einer beängstigenden Weise zu fokussieren. Die beiden Frauen merkten, dass sie auf Abwehr schaltete. Sie wollten das Mädchen sofort beruhigen.

»Dieses Kleid fasst niemand an, Manang. Niemand! Ich weiß, wann ich es abzulegen habe und waschen muss. Ich muss dieses Kleid beschützen, verstehst du?«

Valerie ließ sich gegen die hölzerne Wand gleiten und kauerte sich zusammen. Sie hatte erkennbar Furcht.

»Dass es teuer war, weiß ich. Von Elsa Geronimo, nicht wahr?«

»Es ist von Elsa Geronimo, ja. Tomas konnte sich das doch gar nicht leisten, und trotzdem...«

Das Angesicht Valeries begann sich wieder in den schämenden Modus zu verwandeln.

»Es ist noch nicht einmal vollständig bezahlt.«

Die junge Frau hing an diesem Kleidungsstück voller Besessenheit und konnte sich nicht vorstellen, es preiszugeben.

»Es sind noch Schulden darauf? Bei wem?«

»Manong Geraldo in Lawigan. Er hat einen Laden und ist auch Geldverleiher.«

»Wieviel müsst ihr noch bezahlen?«

»26000. Tomas verdiente eben nicht so viel als Fischer.«

»Ihr zahlt ihm das in Raten ab?«

» Ja. 1000 Pesos jeden Monat.«

»Plus Zinsen?«

»Sicher. 5 zu 4, wie üblich.«

»Ziemlich hart.«

Valerie zitterte bei diesen Worten, denn sie wusste, wie sehr diese Schulden ihrem Bruder Sorgen zufügten. Die beiden Frauen verabschiedeten sich leise und gingen ins Haus zurück, nachdem sie die Tür zum Cottage geschlossen hatten. Marie Claire wollte horchen, ob Valerie wirklich zu Bett ging, aber ihre Schwiegermutter zog sie am Arm. Sie wirkte erschüttert. Marie Claire fand es schwierig, eine gefestigte Meinung über Valerie wegen ihrer unglaublich anstrengenden Sensibilität zu entwickeln, musste aber zugeben, sie nicht gut genug zu kennen.

»Die hat ein Trauma. Wie sie sich verhält, wenn jemand ihr Kleid anfassen will. Das ist doch nicht normal.«

»Marie Claire, er hätte nie hierherkommen sollen, auch wenn ich meinen Schwiegersohn sehr liebe. Es ist grausam, was er ihr antut. Sie hat ihren Fischer immer noch im Herzen und er will sie haben. Sofort und ohne Widerrede. Aber irgendwie denke ich, dass sie beide wahnsinnig gut zusammenpassen werden.«

Marie Claire senkte den Kopf und wusste nur schwer etwas zu ergänzen. Dass es in ihrer Trauer um Tomas Padilla und der neu entfachten Liebe zu Anthony Fettermann in ihr zu Zweifeln und Gefühlsschwankungen gekommen war, konnte dem Mädchen niemand verdenken. Es war berauschend, wie es Anthony geschafft hatte, die Liebe zu ihm überhaupt so früh zu erregen. War es Mut oder Tollpatschigkeit? So oder so gab es zweierlei Erfolg. Ein auf den Philippinen durch die Witwerschaft geprüfter Fremder hatte die größte Ausleger-Bangka, die auf dieser Insel erbaut worden war, zum Schwimmen gebracht und das Herz einer jungen Schönheit zum Schmelzen. Und dabei noch eine ganze Gruppe neuer Freunde gewonnen. Aber das war hier kein Abenteuerroman, sondern blanke Realität. Dass Anthony zudem nun finanziell ziemlich am Ende war, konnte sie nicht ahnen.

»Ich möchte schlafen gehen.«

Conchita warf sich ihr Lieblingshandtuch über die Schultern. Die kühle Dusche vor dem Zubettgehen war für sie alltägliches Ritual. Teilnahmslos hatte sie die ganze Zeit alles über sich ergehen lassen. Dass Valerie hier übernachten sollte, fand sie einfach nur belästigend. Sie war diejenige, die ihr den Ersehnten wegnehmen wollte. Die Erfrischung in Form der Güsse über ihren Kopf machten sie nicht fröhlicher. Verstohlen blickte sie sich beim Abtrocknen mit diesem übergroßen Tuch in Richtung des kleinen Gitterfensters um. Sie erschrak etwas. Valerie saß auf der winzigen Terrasse der Bambushütte und kämmte sich die Haare. Dass diese Frau wie eine Puppe aus alter Zeit in ihrem Trachtenkleid dasaß und sehnsuchtsvolle Blicke in den Himmel gehen ließ, machte Conchita rasend. Starre Blicke durch die Spalten des Fensters visierten Valerie förmlich wie bei einem Lasergewehr an. Conchitas Zimmer lag oben, über die schmale Außentreppe erreichbar. Sie hätte durchaus umständlich um das ganze Haus gehen können, doch ihr Moment war gekommen. Valerie schreckte auf. Wie eine lautlos daherkommende Katze war Conchita vor ihr erschienen. Ihre bohrenden Blicke konnte jedes Mädchen sofort einschätzen. Auf dem Inselreich wurden ganze Konversationen gelegentlich ohne Worte gesprochen, die Dramen, Leidenschaften oder helle Begeisterung gleichsam hervorbrechen lassen konnten, aber auch Hass und Rachedurst.

»Inday?«

»Ich bin ein halbes Jahr älter als du, merke dir das.«

»Entschuldige.«

»Was willst du hier?«

Zwei Augenpaare wanderten nervös hin und her. Valerie fühlte sich kaum stark genug in diesem Moment, musste aber den Anfang wagen. Nicht nur wagen, sondern angreifen.

»Tita Conchita, ich weiß, dass du mich nicht magst.«

»Allerdings.«

»Du hasst mich wegen Anthony.«

»Dann weißt du ja, warum ich dich hier nicht haben will.«

Valerie nickte still und wandte ihren Blick Richtung Meer. Sie fühlte sich missverstanden, brutal misshandelt von purer Eifersucht. Dass sie Anthony liebte und er sie, war kein Verbrechen im

Angesicht des Himmels. Was sie fühlte, war Verblendung und Missachtung. Doch Conchita hatte ihre Sichtweise der Dinge, schmetterte Valerie förmlich entgegen, wie unpassend ihre Beziehung wäre, völlig im Wahn des Liebeskummers vergessend, dass sie gleichsam Rücksicht vermissen ließ. Besonders Valerie hatte sie dabei im Visier. Conchita fand es wie viele im Ort unerklärlich, warum sie überhaupt in dieser Trauerperiode zulassen konnte, sich in einen Mann zu verlieben.

»Weil er und ich unsere Liebsten erst vor so kurzer Zeit verlieren mussten, bin ich vielleicht ein Flittchen in deinen Augen?«

Conchita mochte diese Frage nicht, denn sie schmerzte stechend.

»Du nimmst dir wohl gerne, was immer du willst!«

»Ich verstehe dich, Tita. Aber du kannst damit seine Gefühle nicht verdrehen. Wenn wir es sind, die füreinander gemacht sind, kannst du es mit Gewalt nicht ändern. Tita Conchita! Ich will nicht, dass du mich deswegen anfeindest.«

Nun musste die Jüngste der Velasquez-Familie kapitulieren. Valeries Augen hatten eine enorme Ausdrucksstärke, auch sie wurde davon berührt. Langsam griff Valerie wieder an, mit Liebe. Ihre Hände griffen nach Conchitas Fingern, über ihnen der sichelförmige Mond am klaren Sternenhimmel.

»Bitte hab doch auch Gefühl für mich. Nachdem es in dieser Nacht geschah, als drei Männer nicht mehr heimkamen...«

»Ey, Heulsuse. Bist echt nur am Flennen.«

Valeries Tränen bahnten sich einen Weg zwischen ihren Fingern hindurch und tropften auf den bestickten Stoff ihres Filipiniana. Ein Hauch Versöhnlichkeit schwebte im Gesicht Conchitas ein, auch wenn sie mit sich kämpfte. Sie hatte die brennende Frage im Herzen, mit der sie ihre Kontrahentin konfrontieren wollte.

»Findest du ihn nicht zu fordernd, zu schnell?«

»Wer kann denn sagen, wann Liebe unpassend ist? Und bist du nicht genauso? Wenn du ihn auch so rasch haben willst?«

»Jetzt mal ernst. Liebst du ihn?«

Das Nicken Valeries war wie eine ellenlange Antwort. Alles wurde offenbart. Nun flossen auch bei Conchita die Tränen zusammen mit heftigem Herzpochen. Ein wenig hatte sie die Güte ihrer Mutter verinnerlicht. Dann kam diese unbezwingbare Logik hinzu, die ihr sagte, dass Valerie Tolentino keine Schuld daran trug, die Liebe eines Mannes erregt zu haben, der ihr Wesen so wunderbar gleichsam reflektierte. Conchita musste verlieren, obgleich sie keine Versagerin war. Die beiden Frauen hatten sich auf die obere Stufe zur hölzernen Veranda der Hütte gesetzt, die sonst der Mann bewohnte, um den beide kämpften, die eine sehnsuchtsvoll, die andere unbewusst erfolgreich. Feine Annäherungen nahmen den Platz ein, den vorher Abneigung bewohnte. Auch wenn es der Jüngsten in der Velasquez-Familie noch im Herzen unglaublich schwerfiel, sie ergriff die Initiative. Lange redeten die beiden bis nach Mitternacht miteinander unter dem Teppich des Schwarzblaus mit den Sternen darin.

☉ Die letzte Rückfahrt ☉

Anthony schlug die Augen auf, atmete tief ein und aus, während er den zartblauen Himmel betrachtete und das Meeresgeräusch durch seine Ohren dringen hörte. Geklopfe und trippelnde Schritte um ihn herum zeigten an, dass er sicher einer der Letzten war, der wach war.

»Kaffee, Kuya?«

»Wie spät ist es?«

Die in die Höhe gehaltene Tasse aus der Hand Jeromes nahm der neue Hobbykapitän gerne an. Sein Blick schweifte zu dem Teller mit den Spiegeleiern und Longanisa-Würstchen. Manong Pedro, der langsame Genießer, und Rodrigo speisten noch.

»Der Herr Eigner schläft und die Matrosen schuften.«

»Komme schon...«

»Die Eier sind aber schon kalt.«

Ein Frühstück im Freien war generell etwas Schönes, aber auf dem neuen Schiff zweifellos überwältigend. Selbst Rodrigo gab zu, niemals auf einer Bangka so gut gefrühstückt zu haben, denn sein Boot war immer nur ein Platz für harte Arbeit bei täglichem Kampf um ein volles Netz und keinesfalls romantisch oder groß genug für ein solches Picknick.

»Das Wetter ist noch prächtig, aber wir sollten bald los. Diese Wolken von Osten. Es sieht nach Regen und höherem Seegang aus.«

Manong Pedro meinte dazu, dass es die Stabilität der ›Kaibigan‹ zu testen gäbe. Kräftigere Wellen wären zweifellos dafür geeignet. Rodrigo fand die Idee gut, machte sich aus Respekt vor den anderen, deren Seetauglichkeit er nicht kannte, doch ein wenig Sorgen um deren Wohlbefinden.

»Kannst du eigentlich Wellengang vertragen?«

Anthony nickte ohne Zögern. Tatsächlich war er recht geübt auf Wasserfahrzeugen und schlecht wurde ihm schon lange nicht mehr.

»Ich war schon auf Passagierschiffen und in Deutschland auch auf einem Schiff, das in einen ziemlichen Nordseesturm geriet. Und auf der ›Santa Anna‹ auch einmal. Ging nach Iloilo.«

Sid witzelte, dass es sicher eine Erste Klasse Kabine gewesen war, in der man kaum was merken würde. Eine Orkanbrise zusammen mit hohen Wellen auf einer Zehn-Meter-Bangka müsste man mal erleben, um mitreden zu können. Rodrigo kaute an seiner Longanisa und schüttelte den Kopf. Er grinste nur über die seemännischen Geschichten um eine Gruppe Typen, von denen nur die Hälfte überhaupt etwas Ahnung hatte.

»Die ›Santa Anna‹ ist letztes Jahr vor Mindanao gestrandet.«

Anthony begann zu analysieren, unwissend welche Wunde er damit auftun würde.

»Ich denke auch an die Sache mit der ›Dona Paz‹ damals. Bei euch passieren viele Havarien, oder?«

Rodrigo erschrak, als der gerade vorbeigehende Jerome den Teller mit neuen Spiegeleiern beinahe fallen ließ und sich wegdrehte. Er schaffte es, den Teller schwankend auf die Kante des Holztisches zu stellen und setzte sich zitternd auf die Holzbank davor. Es dauerte Minuten, bis der junge Mann imstande war, zu reden.

»Lasst bitte die ›Dona Paz‹ aus dem Spiel. Mein Onkel zieht nur langärmelige Kleidung an. Er war Seemann. Die Narben seiner Brandwunden auf dem ganzen Rücken soll niemand sehen.«

Jerome stand auf, blickte wie in einer Art Trance in Anthonys Gesicht und ergänzte auf eine unheimlich klingende Weise: »Er gehörte zu den ganz wenigen Überlebenden. Es waren nicht einmal 30 Menschen damals von über 4500. Wenn er nicht so gut und lange hätte tauchen können, wäre er auf dem brennenden Wasser gegrillt worden wie ein Thunfisch. Bitte hört damit auf.«

Rodrigo ging zum Steuerstand und startete die Sechszylinder. Ein kleines Fischerboot tuckerte langsam an der ›Kaibigan of Panay‹ vorbei. Erstaunte Gesichter der beiden Insassen waren die Erwiderung auf den aufsteigenden Auspuffqualm und das sonore Geräusch der kräftigen Diesel. Nun ereignete sich der erste Lapsus dieser Jungfernfahrt. Ohne Unterstützung durch eine Winde bekamen die Männer den Anker nicht frei, selbst das langsame Vorschieben um einige Meter erwies sich als nutzlos. Roel sprang ins Wasser und tauchte am Ankerseil entlang nach unten. Mit Hilfe von Sid, der sehr lange unter Wasser bleiben konnte, gelang es, das Blechgebilde vom Meeresboden zu lösen. Nach dem Einholen des Ankerseiles wandte Rodrigo das Schiff, austestend um den kleinstmöglichen Wendekreis. Sein Gesichtsausdruck sprach Bände.

»Die ist schwer zu wenden, Leute. Aber ich muss mich auch an die Größe gewöhnen.«

Menschen am Strand und in Ufernähe im Wasser planschende Kinder schauten dem Auslegerschiff hinterher. Aus Freundlichkeit winkte deren Besatzung, um den Leuten aus Anini-Y die gebührende Höflichkeit zuteilwerden zu lassen. Die Männer beschlossen, eine höhere Geschwindigkeit auszutesten. Langsam betätigte Anthony selbst den Gashebel, während Delgado bei den Maschinen Wache hielt und andächtig den Lauten aus dem Inneren zu lauschen schien. Jene Geräusche schienen für ihn wie eine Melodie klassischer Musik zu sein. Rodrigo schielte zu Anthony hinüber.

»Pass auf was du tust, Foreigner.«

Anthony drückte den Gashebel ganz nach vorn. Der graue Auspuffqualm schoss aus den nach oben zeigenden Rohren. Das Schiff beschleunigte merklich. Doch dem Heck schien der Druck durch die Umdrehungen der Schrauben nichts auszumachen. Die ›Kaibigan of Panay‹ begann dabei in Längsrichtung auf und ab zu nicken und die seitlichen Vibrationen nahmen zu.

»Bei der Geschwindigkeit habe ich das irgendwie erwartet. Du steuerst jetzt. Es ist ja dein Schiff.«

Anthony fröstelte innerlich, nahm aber ohne Zögern das Steuerrad in seine Hände und versuchte zunächst um einige Grad nach links, und dann wieder nach rechts zu steuern. Natürlich fühlte Anthony enorme Freude in jenen Augenblicken. Nach all den Mühen, Opfern und auch Rückschlägen beim Bau überkam ihn der kindliche Stolz. Immer wieder schweiften seine Augen umher, nach oben zu den Mastspitzen, dann wieder zum Mitteldeck. Er wollte alles das betrachten, was sie geschafft hatten. Rodrigo übernahm wieder das Ruder. Anthony lief zur Steuerbordseite, um sich die feinen Bewegungen der Stoßdämpfer anzusehen. Tatsächlich schienen die in den Auslegern angebrachten Vorrichtungen die Schläge gegen den Rumpf abzumildern. Rodrigo rief ihm zu, dass die Eigenart des seitlichen Zitterns ein Charaktermerkmal dieses Schiffes bleiben würde.

»Deine Stoßdämpfer sind an sich eine coole Idee. Aber ihre Bewegungen schaukeln sich gegenseitig auf.«

Mit runzelnder Stirn wollte Anthony eine Antwort erhaschen. Dabei musste er an Valeries amüsantes Gekicher denken, damals, als sie beide das erste Mal miteinander redeten.

»Der Bug teilt das Wasser und es trifft auf die Seitenrümpfe und gegen diese Stoßdämpfer. Übrigens, mein Schwesterherz wird Schiffsbau studieren. Dann zeigt sie dir, wie man es richtig macht. Aber als Single.«

Rodrigos Augen musterten Anthony mit einem sarkastischen Unterton.

»Rodrigo, lass uns doch über die Sache vernünftig...«

»Ich diskutiere mit dir nicht über Valerie. Ich habe hier nur eine Aufgabe zu tun und sonst nichts.«

Lachen konnte Anthony nicht über dieses Statement. Er beobachtete den Mann am Steuer durchdringend, um ihn verstehen zu können, aber es gelang nicht. Gedanken absonderlichster Art und Kombinationen darüber, was die Ursache für seinen Hass auf die aufkeimende Liebe zwischen ihm und seiner Schwester sein konnte, rotierten förmlich in seinem Kopf herum. Die Bloßstellung auf dem Tanzfestival schien die naheliegendste Ursache zu sein. Dann wäre es Rache ihr gegenüber, die er auskosten würde. Konnte sich ein edelgesinnter Erstgeborener so benehmen? Anthony waren in jenem Augenblick alle Hände gebunden, auch wenn er der Herr dieses Schiffes war. Er war eine Art Herrscher, der wegen der Unfähigkeit, dieses Wasserfahrzeug alleine zu lenken, nicht ein Gramm Herrschaft besaß, obwohl die Männer es aufgrund ihrer Tradition anders sehen wollten. Das Tempo war im Gegensatz zu den üblichen Bangkas atemberaubend. Ein Fischer versuchte mit Höchstgeschwindigkeit parallel zum Kurs der ›Kaibigan of Panay‹ mitzuhalten. Sein Boot erreichte nicht einmal die Hälfte des Tempos. Staunend schaute der Mann dem voraus preschenden Schiff hinterher. Plötzlich riss Rodrigo den Schubhebel auf Leerlauf und schaltete die Maschinen gänzlich ab. Delgado glaubte in jener Sekunde, dass sich etwas ereignet haben könnte, was einem Totalschaden gleichkäme.

»Ey!! Was ist denn los? Was machst du!?«

»Dort!«

Andächtig zeigte Rodrigo in die Ferne Richtung Steuerbord und gebot den Männern, still zu sein. Nach und nach konnten alle es sehen. Zunächst kamen kleine Fontänen stoßweise aus der Tiefe, untermalt mit zischendem Platschen. Dann konnten alle die grauen Rücken erkennen. Kurz verschwanden sie in den Fluten, um dann wie im Rhythmus wiederaufzutauchen. Ehrfurchtsvoll hoben sie sich auf und ab, immer wieder neue Meereskreaturen, Luft aus ihrem Atemloch auf dem Rücken ausspeiend, in würdiger Bewegung in den sie umgebenden Wassermassen. Anthony konnte bei einem der großen Tiere kurz die Augen erkennen. Sie schienen nach der Seite zu schielen, um das Schiff zu beobachten. Mit Andacht schaute Rodrigo durch das Fernglas. Das Schiff trieb langsam weiter, drehte sich dabei leicht nach links. Die Wale kamen näher, flankiert von springenden Delphinen.

»Es sind Seiwale, dazu ein Haufen Delphine.«

»Können sie dem Schiff gefährlich werden?«

»Die großen Tiere wiegen um die 15 Tonnen. Imposant, was? Wenn wir schön ruhig bleiben, tun sie nichts. Lasst sie nur friedlich weiterziehen. Der schlimmste Feind sind doch wir. Gott hat sie erschaffen, damit wir Freude an ihnen haben sollen, aber ich schäme mich darüber, was wir ihnen oft antun.«

Roel stand neben diesem Mann und war eher entsetzt als berührt über die philosophischen Ergüsse. Leise zischte er Rodrigo an.

»Den Menschen tun wir noch Schlimmeres an. Schön ist aber, wenn deine Schwester hören könnte, wenn du sie um Vergebung bittest. Aber nicht so ein Delphin, der dich nicht versteht.«

Anthony erinnerte sich daran, dass es für den Menschen fatal wäre, nicht die Weisheit und Macht des Schöpfers zu achten und sich stets vor Augen zu führen, wie klein doch jeder im Universum war.

»Wir sollten immer dankbar zu Gott sein, allein schon, weil wir so etwas sehen dürfen, Rodrigo.«

Staunend beobachteten die Männer die vorbeiziehende, in geordneter Weise organisierte Schar. Jungtiere schwammen zwischen den älteren behutsam geschützt, die kleinen Delphine schienen dabei die Flanken zu sichern. Minuten noch nachdem die gesamte Herde längst vorbei in das philippinische Meer hinausgeschwommen war, blickten alle gebannt in die Ferne. Rodrigo startete die Maschinen und steuerte das Schiff mit mittlerem Tempo in einem weiten Bogen südlich Richtung Lawigan, das nach einer Stunde schließlich erreicht wurde. Viele hatten die Rückkehr der größten Ausleger-Bangka im Ort kommen sehen. Durch die Hilfsbereitschaft einiger Männer am Strand gelang das Anlegemanöver schnell, obwohl es das erste Mal war, die ›Kaibigan‹ an den Steg zu steuern, ohne dabei mit zu hoher Geschwindigkeit am flach ansteigenden Ufer aufzulaufen. Anthony überließ diese Manöver den erfahrenen Männern und schaute Richtung Ufer um auszumachen, wen er wohl in der Menschentraube erkennen könnte. Tatsächlich konnte er rasch Conchita und Marie Claire sehen, die auch von Kaloy bereits entdeckt und händewedelnd begrüßt wurden. Das orangefarbene Kleid mit den Butterfly-Flügelärmeln war unweigerlich in der Menge der Leute auszumachen. Deren Trägerin hatte sich von der Hauptgruppe abgesondert und blickte starr in Richtung des anlegenden Schiffes. Rodrigo hatte es ungewohnt eilig, sprang ins seichte Wasser und watete geradeaus auf Valerie zu. Von Bord aus konnte Anthony nichts verstehen, doch die Körpersprache verriet die ganze Art der Tragödie. Der Versuch Rodrigos, die Hände seiner Schwester zu packen, um sie dabei sicherlich um Verzeihung zu bitten, endete ihrerseits mit einer abrupten und missmutigen Reaktion. Heftig stieß Valerie ihren

Bruder weg und drehte sich um. Sie lief hastig den Strand entlang, nur weg vom Geschehen. Es berührte Anthony innerlich so sehr, dass es ihn schüttelte und er Krämpfe spürte.

»Warum verdirbst du uns wieder alles, du dummes...?«

Er bemühte sich, freundlich und taktvoll gegenüber Rodrigo zu sein, und musste zusehen, dass durch jede dieser nur von Gefühlsbewegungen geprägten Reaktionen dieses unverschämt impulsiven Mädchens wieder einmal alles einen Dämpfer bekam. Die Fahrt der ›Kaibigan of Panay‹ selbst war nicht unerfolgreich, doch nachdenklich kreisten die Gedanken Anthonys um die Frage, wie sie in Zukunft sinnvoll verwendet werden könnte, anstatt nur ein fertig gestelltes Schauspiel ausgefeilter Konstruktionskunst zu sein, dass alle hier imponieren sollte.

»Hey Anthony! Hilf uns bei den Tauen!«

Roels Befehle ermahnten Anthony, konzentriert bei der Sache zu sein, anstatt in Liebesgefühlen zu schwelgen. Aufgeschreckt begann er, Sid und zwei Männern, die am Strand gewartet hatten, beim Festmachen der Seile an den in den Sand getriebenen Pflöcken zu helfen. Es war kräftezehrend und Anthony atmete nach getaner Arbeit tief ein und aus. Stumm standen er und sein mahnender Freund da und betrachteten das im Wasser ruhig liegende Schiff.

»Hat es dir Spaß gemacht?«

»Ihr seid so feine Mitstreiter. Aber mit Ynez wäre eine Fahrt sicher eine Erfüllung gewesen.«

»Oder mit der Grazie in dem orangefarbenen Filipiniana?«

Diese Worte trafen Anthony ins Mark. Nach außen gab sich dieser gebrandmarkte Roel kalt und berechnend, aber in seinem Herzen war er feinfühliger als man denken mochte. Er hatte nicht viele gute Freunde, und mancher dachte sich, warum gerade ein Ausländer wie Anthony seine Freundschaft so genießen durfte. Für Roel war es Ehre. Auch er hatte insgeheim ein Mädchen geliebt, die aber die Signale nicht erkannte, weil der

Mann neben ihm vor über sieben Jahren direkter und intensiver gewesen war im Werben und Flehen. Anthony liebte gefühlvoll und intensiv. Das war mit Valerie jetzt auch nicht anders, nur dass sie sich von diesem ungestümen Liebhaber in ihrer zarten Jugend sicher überrannt fühlte.

»Sie haben beide immer noch Krieg miteinander.«

»Der Schmetterling da ist nicht dumm, aber noch ganz schön unreif.«

»Sie... Mist! Anstatt ihrem Bruder die Hand zu reichen, rastet sie immer gleich aus.«

»Viel Spaß.«

»Sie hat auch Gefühle.«

»Sieht man. Die ist impulsiv, lass dir das gesagt sein.«

»Finde ich nicht unbedingt schlecht.«

»Kommt auf die Situation an, Freund.«

»Was sie mit ihr und der Familie Padilla gemacht haben, und jetzt seinen Widerstand gegen unsere Liebe.«

»Ich wette übrigens, es geht dabei um etwas anderes. Er ist nicht gegen euch beide und eure Beziehung.«

»Wie kommst du darauf?«

»Sie hat ›Utang‹ bei ihm. Irgendwas hat sie angestellt, was ihn entweder beleidigte oder brüskierte. Oder es geht um eine innere Familienangelegenheit.«

»Auf dem Festival. Ich weiß. Ihre Familie hat sie nach Manila geschickt, um sie aus der Schusslinie zu bringen. Schön gedacht. Anstatt sie zu schonen, haben sie Valerie damit gedemütigt.«

»Wie meinst du das?«

»Sie wusste nicht, dass wir seine Leiche gefunden hatten. Der Vater ihres Verlobten hat sie auf dem Festival verurteilt, weil sie nicht kondoliert hatte. Aber Rodrigo und ihr Vater haben es ihr doch die ganze Zeit verschwiegen. Valerie hat diese Vertuschung aufgedeckt und Rodrigo vor allen Leuten eine reingehauen.«

Roel runzelte die Stirn und griff sich nachdenklich ans Kinn.

»Die Krönung ist, dass Rodrigo dem Vater von Tomas eine erfundene Geschichte aufgetischt und Valerie steht jetzt bei den Padillas als undankbares Girlie da, die sich nicht mal darum schert, dass ihr Verlobter ums Leben kam.«

»Jetzt verstehst du, warum ich diesen Typen nicht leiden kann. Der Schmetterling hat viel Mut.«

»Ein Bumerang war das. Jetzt wissen Tomas' Eltern, dass er ein Lügner ist. Verstehst du, warum er gegen uns agiert?«

»Ein cooles Mädchen. Mutig und stolz.«

»Du glaubst gar nicht, wie sehr ich sie dafür bewundere.«

»Jetzt ist mir alles klar. Warum liebst du dieses Mädchen überhaupt? Brauchst du so schnell wieder eine Frau? Weil sie so umwerfend schöne Augen hat? Ich als dein Freund bin offen zu dir.«

»Offenheit schätze ich.«

»Denke nicht, dass wir alle vom ›Hiya‹ beherrscht werden wie willenlose Roboter.«

»Verlieben kann man rational nur teilweise beschreiben.«

»Quatsch nicht Drumherum.«

»Was willst du von mir?«

»Du denkst ständig an Ynez, was ich nur zu gut verstehen kann. Man vergisst die Liebe seines Lebens nicht, Freund.«

Anthony musste zugeben, wie hart, aber ehrlich diese Worte waren. Er wurde in jenen Augenblicken analysiert, schonungslos aufgedeckt, und er wusste es.

»Soll ich denn jetzt ewig ein Witwer bleiben?«

»Nein. Aber wenn du dieses Mädchen dort glücklich machen willst, dann musst du endgültig mit Ynez abgeschlossen haben.«

»Das ist brutal. Wie kannst du so etwas sagen? Ynez war ein Edelstein in meinem Leben.«

»Dein Edelstein. Toll, denn wenn du eines Tages mit deiner Valerie zusammen bist, sie streichelst, liebst und sie in deinen Armen ihr Glück erleben möchte, und du dabei das Gesicht von Ynez vor dir hast, wirst du verdammt vielen Menschen weh tun.«

»Du meinst...? Ich verstehe, was du sagen willst.«

»Die zweite Frau wird sich messen lassen müssen. Ich hoffe, du bereitest deine Valerie darauf vor. Du bist brutal, mein Lieber.«

»Ich rudere aber nicht mehr zurück.«

»Das kannst du auch nicht mehr. Du bist die ersten Schritte gegangen und musst es jetzt durchziehen. In deiner Haut will ich nicht stecken.«

Roel hatte so Recht. Zweierlei Gefühle konnten nicht gut gehen. Es würde nur schmerzen. Warum empfand er eine so brennende Liebe zu Valerie Tolentino? Manche sagten, der neue Partner würde dem ersten ähneln. Hier stimmte es nur teilweise. Die Erstgeborene würde nun gegen ein Nesthäkchen getauscht, die kleine charakterstarke Kämpferin musste einer emotionell aufblühenden Grazie weichen. Aber eines hatten sie beide. Eine reife Intelligenz, die sich formen ließe. Zärtlichkeit in hohem Maß dazu. Hier war er sich sicher, wenn er an eine Zukunft mit diesem fantastischen Fischermädchen dachte.

»Gehen wir nach Hause. Ich habe Durst.«

Die Gruppe der Männer löste sich auf. Rodrigo hatte sich nicht einmal verabschiedet. Für ihn war es nur noch ein Geschäft inmitten der Dramen in seiner Familie und dem gegebenen Versprechen. Sid und Gerome verspürten Lust, in einem Straßenrestaurant Muscheln mit Reis zu essen und wanderten langsam in der Gegenrichtung ins nächste Dorf. Fest vertäut lag die ›Kaibigan of Panay‹ in der leichten Brandung. Zwei Fischer in einem dagegen winzigen Boot fuhren neben ihr ans Ufer und staunten komplett, als sie das Schiff betrachteten.

Attacke der Liebe

An jenem Abend saßen alle beschwingt rund um Grill und Holztischen zusammen. Sie kollabierten bald unter der Last der Fleischteller und Bierflaschen. Die schweren Reistöpfe taten ein

Übriges. Farbige Lampions machten die Umgebung zu einem Möchtegern-Strandresort, an dem die Kinder den meisten Spaß hatten. Manong Pedro entpuppte sich als echter Komödiant mit witzigen Geschichten. Anthony konnte das Hiligaynon kaum, verstand keinen der Jokes, musste dennoch bei jeder Lachsalve seiner Freunde mitgehen, weil sie alle in ihrer Ausgelassenheit so ansteckend wirkten. Anthonys Lachen wirkte trotzdem gelegentlich künstlich. Roel ahnte es, die anderen nicht. Er war innerlich nicht so ausgelassen wie es eigentlich bei diesem Zusammensein hätte sein können. Abseits des Treibens wollte Anthony sich mit seinen unruhigen Gedankenspielen alleine auseinandersetzen. Der alte Bootskonstrukteur Pedro kam auf ihn zu. Die Zeiten des Misstrauens und der Feindschaft waren spätestens nach dieser erfolgreichen Fahrt der ›Kaibigan of Panay‹ längst Vertrauen und einer Freundschaft gewichen.

»Na, Foreigner. Hast du was auf dem Herzen?«

»Nein.«

»Kann ich nicht glauben. Bin zu alt für solche Versteckspiele.«

Manong Pedro forderte Anthony auf, zur Landstraße hinunter zu gehen und ihn zur sichelförmigen Bucht zu begleiten. Er tat es so bestimmend mit dem entschiedenen Unterton.

»So kann ich mir dein Schiff noch einmal ansehen.«

Nach zehn Minuten langsamen Spazierengehens fragte Manong Pedro wieder penetrant.

»Möchtest du nun darüber reden?«

Anthony benötigte einige Zeit, um die erste Silbe seiner tiefgründigen Zerrissenheit auszudrücken. Als er gerade ansetzte, tauchte in den Lichtschatten der kleinen Laternen der an der Straße stehenden Häuser in der Ferne eine schlanke Gestalt vor den beiden Männern auf. Ein wehender, langer Rock und die auskragenden, scheibenförmigen Schulterteile wirkten in der Dämmerung schon außergewöhnlich und ein wenig mystisch. Die Frau kam immer näher und die Farben ihres Kleides begannen im Licht der Laterne zu leuchten. Diese mit handgestickten Blüten verzierten Flügelärmel auf Organza. Ihre Taille war mit einem breiten Streifen aus blau eingefasstem Perlmuttbesatz verziert. Und sie trug eine Machete an einem Schmuckledergürtel bei sich. Anthony fror innerlich zusammen.

»Miss Tolentino! Sie sind ja so spät alleine unterwegs.«

»Guten Abend, Manong Pedro. Ich bin gerade auf dem Weg nach Hause.«

Ihre Blicke schweiften dorthin, wo Anthony es sich so wünschte, nämlich in sein Gesicht. Still, unergründlich, diese in Vollendung gezeichnete, jugendliche Filipina mit großen leidenden Augen, in die er mittlerweile unsterblich verliebt war.

»Miss, ich weiß, dass Sie hier aus dem Ort sind, aber es ist doch recht unsicher als Frau alleine hier lang zu gehen um diese Zeit.«

»Ich kann mir denken, Manong Pedro, dass ich sehr bekannt bin. Besonders jetzt. Es könnten ja ein paar Nichtsnutze denken, sie hätten es nun leicht bei mir, weil ich mal draußen bade. Wer sollte mir etwas antun, was schlimmer ist als bisher? Getuschel, Getuschel... Außerdem kann ich mich wehren.«

Ihre Hand glitt an den Knauf der Machete, dabei versprühte sie zarten Sarkasmus. Was für einen variantenreichen Charakter dieses Mädchen doch zum Vorschein bringen konnte.

»Ich habe mich nur bemüht, besorgt und höflich zu sein, Miss. Es sind eben nicht alle so wie ich friedlicher alter Mann.«

»Selbstverständlich, Manong Pedro. Na, Anthony? Wie geht es dir? Schön mit euch geredet zu haben. Entschuldigt mich jetzt bitte. Ich möchte gerne nach Hause. Es wird doch sonst noch später, nicht wahr?«

Valerie begann ihren Weg fortzusetzen, stoppte aber erneut, wieder in die Augen Anthonys blickend, leicht vorwurfsvoll, dann aber irgendwie liebreizend, untermalt von einem Lächeln. Sie litt und kämpfte mit sich. Ihr Kopf konnte nicht anders als keusch und vernünftig handeln. Der Kodex hielt sie unbarmherzig fest. Sie verschwand nun langsam in der Nacht. Anthony meinte das Rascheln des Windes in den Ärmeln dieses wunderbaren Kleides zu hören. Manong Pedro wunderte sich, massierte sein Kinn nachdenklich und schüttelte den Kopf.

»Sag mal, Foreigner. Sie hat dich ziemlich vertraut angeschaut. Und was war denn das für eine merkwürdige Antwort? Hör mal, ich bekomme das Gerede mit. Leider meistens zuerst über unnützen Kram und was für Skandale im Ort passiert sein sollen. Ihr habt doch was zusammen, oder? Ich will es aber aus deinem Mund hören. Magst du sie?«

»Manong! Mögen? Himmel! Ich liebe sie.«

»Du liebst sie? Gratulation, junger Mann. Aber was sollte dann diese kühle Begegnung? Wenn ihr euch hättet mal umarmen wollen, hätte ich gerne weggeschaut. Ich wundere mich, dass sie alleine nachts unterwegs ist. Mich erstaunt außerdem, wieso sie ständig ein pompöses Festkleid wie unsere ›Miss Universe‹ trägt. Zudem, hast du gesehen, dass es schon schmutzig war.«

»Sie trägt es dauernd und geht immer am Strand lang. Sie wird es wohl nicht waschen. Sie zieht es offenbar jeden Tag an. Es ist ihr von ihrem Verlobten geschenkt worden. Sie hängt an diesem Kleid wie an einem Erinnerungsstück oder einem Götzenbild.«

Die Männer waren schon so weit gegangen, dass sie bereits die Bucht erreicht hatten, wo die ›Kaibigan of Panay‹ im schwachen Schein des Mondes vor Anker lag, ruhig und sicher.

»Da schau. Dein Schiff.«

»Sie gefällt mir, diese Bangka. Aber das ist nicht der Grund.«

»Was ist es sonst?«

»Ein Problem mit Miss Tolentino.«

»Sie möchte dich doch nicht? Quatsch! Die liebt dich doch. Ihre Augen eben sagten mir alles, Junge.«

»Doch. Sie schon...«

»Mir scheint, jemand aus der Familie ist gegen eure Beziehung.«

»Richtig erkannt.«

»Ich wette, es ist Rodrigo, dieser Fiesling. Ihr hattet doch auf dem Schiff eine Meinungsverschiedenheit. Ich kenne das auch. Vor 45 Jahren liebte ich ein Mädchen. Meine Eltern akzeptierten sie aber wegen verschiedener Gründe nicht.«

»Hast du verzichtet?«

»Ja, das habe ich tatsächlich.«

»Warst du mit deiner späteren Frau glücklich?«

»Natürlich. Weißt du, Anthony, es gibt bei uns viele schöne Diamanten. Und so einen hatte ich dann doch gefunden. Unsere Inseln kennen tausende Perlen, schwarzhaarige, anschmiegsame Schönheiten mit Gefühl und Leidenschaft, die einen Mann in Ekstase versetzen können.«

»Willst du mir also sagen, ich soll sie vergessen und auf den nächsten schönen Diamanten warten?«

»Das kann ich dir nicht beantworten.«

»Ist meine Sache, schon klar.«

»Warum stellt sich Rodrigo eigentlich quer?«

Langsam gingen die beiden Männer hinunter an die Kante des Meeres und betrachteten die ›Kaibigan of Panay‹, die ruhig im Wasser lag. Zunächst überlegte Anthony vorsichtig, ob der alte Mann überhaupt vertrauenswürdig für solche Wahrheiten wäre, denn lange war es nicht her, als sie sich nicht mochten und mit Vorwürfen überschütteten. Aber wenn schon halb Lawigan dachte, dass er an irgendeinem Skandal mit einer Einheimischen schuldig wäre, konnte er einen Mitstreiter jetzt gut gebrauchen.

»Möchtest du mir erzählen, was passiert ist?«

»Es gibt eine ziemlich dumme Geschichte in ihrer Familie. Ich möchte die Details nicht ausplaudern, aber deswegen sind sie und ihr Bruder zurzeit verfeindet.«

Der alte, erfahrene Mann nickte leise. Als Ansässiger mit Lebenserfahrung konnte er sich natürlicherweise in solche Geschichten hineinversetzen. Warum aber mischte der Erstgeborene der Tolentinos seine eigenen Probleme mit seiner Schwester und eine so zärtlich schöne Liebe zwischen ihr und Anthony derart zusammen, dass alle leiden mussten? Verletzte Gefühle, Rachedurst oder Ängste, dass Valeries Integrität beschädigt worden sein könnte? Anthony hatte das Gefühl, einen Vater neben sich zu haben.

»Wie weit ist das schon mit euch?«

»Ich ging nach dem Festival auf das Schiff und dann im Meer schwimmen. Plötzlich stand sie am Ufer. Ich lud sie ein, mit mir zu baden.«

»Und sie kam echt ins Wasser zu dir? Valerie Tolentino? Geht mich wohl jetzt nichts mehr an.«

»Was ist jetzt so verwunderlich daran?«

»Sie geht mit dir baden? In unserem konservativen Nest? Oh…, ›Skandalo‹. Keine Angst, Valerie gehört nicht zu der Sorte, die sich einfach um den Finger wickeln lassen. Sie hat zwar eine ziemlich energische Art, ihre Gefühle loszulassen, aber sonst hat sie Moral. Dabei gibt es genug Kerle, die sie haben wollen und Erste sein möchten, um die Büchse zu öffnen. Das Mädchen begeistert hier einige Kerle, weil sie reif ist und sich nicht billig irgendwem hingeben will. Und das reizt die Boys.«

»Mich auch. Du hast so recht. Wir saßen zusammen auf dem Deck und unterhielten uns. Wir redeten, redeten und redeten… Sie ist so ein feiner Mensch, Manong. Unsere Erlebnisse haben Gemeinsamkeiten. Valerie ist eines der wenigen Mädchen, die meine Passionen versteht, als Fotograf, als Autor. Sie schafft es, mich zu fesseln mit ihrem zarten und gelehrigen Geist. Ich sagte dann etwas, was sie störte. Sie wollte davonrennen. Ich sprang hinterher, weil sie mir eine brennende Frage nicht beantworten wollte und… packte sie bei den Schultern. Das war ziemlich im Affekt…, nicht gut.«

»Du hast sie festgehalten?«

»Ja, aber…«

»Nicht gut. Hat sie geschrien oder so?«

»Aber sie musste doch keine Angst haben.«

»Das war das Blödeste, was du hättest machen können. Wäre ein Verwandter dort gewesen, hätte der dich mit einem Bambusrohr zerteilt, wenn er so jähzornig gewesen wäre wie ihr Bruder. Aber ich frage nicht weiter, der Himmel sieht alles. Sag schon..., habt ihr euch geküsst?«

»Danke fürs Zuhören, Manong Pedro.«

»Gern geschehen.«

»Geküsst...«

»Hättest du bestimmt gerne.«

»Klar...«

Manong Pedros Antlitz schien urplötzlich verändert, überaus ernst und belehrend.

»Du kennst Valerie Tolentino nicht wirklich. Hatte sie übrigens ihr Bolo dabei, als du sie angefasst hast?«

Anthony verstand nicht, was der Grund für diese Frage sein konnte. Er verneinte es.

»Glück gehabt.«

»Was soll das? Ich verstehe ohnehin nicht, warum sie mit dem Ding immer herumhantiert, als wäre sie eine Fernsehheldin aus einer Fantasy-Serie. Nervt mich schon manchmal, obwohl sie zweifellos gut damit umgehen kann.«

»Ich werde dir nicht erzählen, was im Ort herumgetratscht wird. Doch es gibt jemanden, der genau weiß, warum sie so ist. Manong Manu, der Bildhauer. Ein bisschen schräg der Typ. Aber ihm und seiner Frau vertraut sie mehr als irgendjemand anderem.«

»Das weiß ich übrigens. Dieser seltsame Kerl bringt ihr nachts bei, wie man mit dieser Machete Strohpuppen massakriert und Püppchen von Bambusstangen schlägt. Es sieht wie ein Selbstverteidigungskurs aus. Vor wem oder was hat sie Angst?«

»Du gehst am Besten in die Schreinerei von Theodoro am Ortsrand. Dort ist jemand, den du dir ansehen solltest. Dann magst du verstehen, vor wem sie Furcht hat.«

Anthonys Tonfall klang sarkastisch, aber dankbar war er über das hörende Ohr und tröstende Wort des Alten.

»Passt Rodrigo deshalb so penetrant auf sie auf?«

Manong Pedro lächelte so erklärend, dass es Anthony sofort verstand. Er musste also ein Geheimnis lüften, welches Valerie so festhielt wie eine ums Handgelenk geschmiedete Kette.

Die beiden Männer gingen zurück in Richtung der kleinen Stadt. Manong Pedros Haus lag etwa zwei Kilometer vor Arnels Haus, wenn man den geknickten Umweg hinzunahm, aber Anthony fühlte sich sicher unter den Bewohnern hier an der Küste. Der gute Leumund der Familie und sein ordentliches Benehmen in der ganzen Zeit, in der er hier wohnte, boten Sicherheit und die ihm entgegengebrachte Freundlichkeit. So hatte er keine Angst, den zweiten Teil an der Hauptstraße bis Katikpan alleine zu gehen.

»Du kannst ruhig den direkten Weg gehen.«

»Nein. Ich begleite dich zu deinem Haus.«

Die Dankbarkeit äußerte sich direkt dadurch, dass der alte Mann seinen Begleiter auf ein Glas Rum einlud. Dann würde diese nächtliche Spaziergangorgie doch einen Sinn machen. Kleine Geschichten wurden auf dem Weg erzählt und auch der Stopp bei einem Glas alten Tanduay Rum tat in der Seele gut.

Vor etwa fünfzehn Minuten hatte Anthony Pedros Haus verlassen und wanderte langsam am Rand der Straße entlang. In manchen Häusern brannte noch schwaches Licht, die meisten Fenster waren jedoch nur dunkel. Von der Ferne konnte er wie immer die Brandung des Meeres hören. Ein Motorrad mit zwei Männern sauste vorbei, der Fahrer beachtete den einsamen Wanderer nicht. Ein großer Gecko machte seine stoßenden Laute, ein Geräusch, das Anthony schon aus Capiz kannte, wo es diese Tiere zuhauf gab. Die kleine Taschenlampe war Anthonys ständiger Begleiter, genauso wie das Multifunktionsmesser aus der Schweiz, das Valerie bei ihrer überstürzten Flucht vergaß. Anthony ließ seine Gedanken wandern, denn eine neugierige Lethargie hatte ihn erfasst. Eine Anhöhe lag links von ihm auf seinem Weg. Ein schmaler Zickzackpfad begann hier. In der Nähe musste doch das Anwesen des Bildhauers Manu Mahusay sein, dass zwischen der San Carlos Bucht und Katikpan lag. Oder war es der Weg zur Methodistenkirche? Diese Dunkelheit machte in jenem Moment nichts offensichtlich. Leise ging Anthony den schmalen Weg entlang wie ein Junge auf Abenteuersuche. Die Aktion war sinnfrei, aber er wollte nicht vernünftig sein, nicht jetzt. Würde er diese gewaltigen Steinfiguren finden, wäre es sicherlich unheimlich, zwischen ihnen die Nacht zu verbringen. Einige Häuser standen auch hier neben diesem Pfad. Manche Bewohner mussten gemäß dem Erbe ihrer Vorväter auf den Anhöhen leben, um die Felder bis zum Gipfel der Hügel hoch über der Küste zu bewirtschaften. Der sandige Weg führte recht dicht an einem dieser Häuser vorbei. Anthony überlegte erst, ob sich das Passieren ziemen würde, denn das Licht brannte schal hinter einem aufgeklappten Lamellenfenster. Das Benutzen solcher Wege galt hier nie als ein nachbarschaftliches Problem. Es gehörte einfach dazu, Passanten freien Weg über sein Land zu gewähren. Vorsichtig schlenderte Anthony weiter. Die Umrisse von Menschenhand gemachter Köpfe und Figuren tauchten in einigen Metern Entfernung auf. Anthony leuchtete direkt auf das Abbild eines der bedeutendsten Häuptlinge des Inselreiches aus der Zeit Magellans. Lapu Lapu, der alte Krieger. Er würde sich über die Verlotterung der Traditionen auf den Inseln zu Tode ärgern, wenn er auferstehen und es mit ansehen müsste. An einem Smartphone aber wäre auch er begeistert interessiert, dessen war sich dieser Europäer in der Dunkelheit sicher. Nun hatte er die Ansammlung der Statuen und Bildnisse fast erreicht und suchte nach einer Stelle mit weichem, trocknem Gras zum Ausruhen. Die Umrisse eines Menschen in der Dunkelheit vor ihm erschienen in der Dunkelheit. Es war beileibe keine Statue. Er wunderte sich, dass die zweifellos weibliche Gestalt nur dort stand und sich keinen Meter in seine Richtung bewegte. Der lange Rock, die Scheibenform der Flügelärmel. Anthony blieb abrupt stehen und überlegte, warum sie ihn kommen sah und keine Reaktion zeigte. Seine Lampe in ihr Gesicht richten wollte er nicht, also ging er weiter. Valerie blieb stumm, einfach nur unbeweglich. Ihre Blicke trafen sich endlich.

»Wird das wieder eines unserer konspirativen Treffen? Warum treibst du dich hier draußen alleine herum?«

»Ich will eben.«

Ihr Blick zeugte von Verunsicherung einerseits, aber auch von einem Wunsch, der sich darin zeigte, dass sie hier gewartet hatte. Anthony legte in seiner Frage nach.

»Warum bist du hier?«

»Freust du dich nicht?«

»Ich bringe dich nach Hause.«

»Besser nicht. Das legt dir Rodrigo wieder falsch aus.«

»Möglich.«

»Freust du dich nicht, mich zu sehen?«

»Valerie bitte! Du weißt das ganz genau.«

Ihr Lächeln und das Augenblinzeln wirkten unergründlich, dann wieder keck und fröhlich, so als wollte sie nur eine erneute Bestätigung haben. Ihr Gesichtsausdruck erinnerte ihn sofort an ihren glücklichen Geist, den sie beim Tinikling-Tanz so anmutig ausstrahlte.

»Was denn?«

»Warum hast du hier auf mich gewartet? Ich hätte doch auch unten an der Hauptstraße weitergehen können.«

»Na und? Dann wäre ich dir gefolgt.«

Ihre Finger griffen seine Hand und fordernd zog sie ihn in einen schmalen Zwischenraum zwischen zwei dieser Statuen.

»Komm, setzen wir uns hier hin.«

Am Fuß des Lapu Lapu-Kopfes nahmen sie auf einen umgestürzten Palmenstamm Platz, der schön trocken war. Valerie lächelte zart. Ein herrlicher Platz hier in der Dunkelheit für zwei Verliebte.

»Pass auf dein Designer-Kleid auf.«

Sie erwiderte, dass sie genau wüsste, wie sie auf ihr Kleid aufzupassen hätte. Anthony meinte nur trocken, dass man nicht zu selbstsicher sein sollte. Dass er dieses Mädchen umarmen und leidenschaftlich küssen wollte, sagte das Herz pochend und ungestüm, aber dazu war er zu erfahren. Er wollte diese Frau einmal in einer mehrtägigen Hochzeitsnacht in die Welt der hingebungsvollen Liebe durch die Vereinigungen mit ihm führen und sich nicht alles vorher zerstören. So wie damals bei Ynez auch, es war erfüllend, herrlich offenbarend gewesen, eben auch wegen dieses selbstlosen Wartens vorher. Valeries Augen waren jedoch eine Waffe, er musste sich enorm beherrschen. Ihr Lächeln und diese leuchtenden, dunkelbraunen Perlen hätten manch anderen Mann jede Enthaltsamkeit vergessen lassen. Diese Unschuld von Mädchen. Valerie wollte etwas artikulieren. Nur Liebe konnte sie veranlasst haben, hier in der Dunkelheit auf ihn zu warten oder ein dunkles Geheimnis. Es brannte in ihm, es herauszufinden. Tagalog sprechen zu können war schön, aber wenn man es nicht im angemessenen Ton zum Ausdruck bringen konnte, hätte man es lassen sollen, vor allem in jenem Augenblick bei dem, was er wieder von sich gab.

»Warum wartest du hier auf mich? Du gehorchst doch so gerne deiner Tradition als eine ›Bunso‹, oder?«

»Hör mit dem Sarkasmus auf. Kannst du nicht begreifen, dass ich dich verliebt bin, Anthony? Das eine hat aber nichts mit dem anderen zu tun.«

»Du spürst echte Liebe? Haben wir eine Mauer vor uns, die uns an unserer Zukunft hindert?«

»Es nutzt nichts mehr, es zu verleugnen. Ja, ich... liebe dich.«

Valerie biss sich auf die Lippen, blickte sehnsuchtsvoll in die Ferne. Diese Frage tat weh und sie hatte sie sich tausendmal gestellt. Immer wieder. Sie wusste, dass der Krieg mit ihrem Bruder die Hauptschwierigkeit war. Wenn sie nicht imstande wäre, ihn wieder für sich zu gewinnen, konnte sie nur zwei Dinge wählen. Entweder müsste sie mit diesem Mann ausreißen, ihre Reputation zerstörend, oder sie würde verzichten, was ein Zerschmettern ihres sehnsuchtsvollen Herzens bedeuten musste. Erst raubte ihr das Meer den Geliebten, jetzt war es der Kodex der Familienstruktur. Es waren Dinge, mit denen die Menschen hier tagtäglich zu tun hatten auf dem Inselreich. Die ›Kaibigan of Panay‹ war doch fertig. Warum sollte sie nicht mit Anthony einfach die Segel setzen, die Motoren starten und davonfahren? Nach Bacolod, Cebu oder in den Norden? Valerie wurde in jenem Moment zu einem fünfzehnjährigen träumenden Teenager. Sie sah hinter sich in die Augen der Lapu Lapu-Statue. Siedend heiß fielen ihr die Worte des alten Bildhauers ein. Nun blickte sie erschrocken auf den Mann, der neben ihr saß.

»Manong Manu hat mir etwas erklärt, was mich beschäftigt. Es geht um uns.«

»So? Was haben eure Alten zu meiner schwachsinnigen Liebe zu dir und deinem Land zu sagen?«

»Anthony! Sag nie wieder, dass deine Gefühle für mich dumm sind!«

Sofort nahm er ihre Hand, rieb an ihren Fingern. Die kleinen Tränen kullerten zwischen ihren Augenwinkeln hervor, aus diesen Augen in großer Mandelform, die mit geschwungenen, pechschwarzen Augenbrauen verziert waren, und wanderten über ihre fein gerundeten Wangen.

»Willst du es denn nicht hören?«

Anthony nickte höflich, glaubte aber nicht an die Erkenntnis anderer Leute, die ihm den Weg zeigen würde zu Valerie, in der Weise der Liebenden für ihr ganzes Leben.

»Manong sagte mir, dass ich dich erforschen soll. Das macht aber nur Sinn, wenn wir auch beide eine Zukunft haben, nicht?«

»Valerie! Wir haben eine Zukunft. Mahal na mahal kita!« (Ich liebe, ja liebe dich so)

»Alam ko.« (Ich weiß)

»Ich will dich nicht aufgeben! Hörst du! Ich liebe dich! Du fühlst das ganz genau. Ich bitte dich, meine Frau zu werden!«

»Anthony...«

Die Tränen in ihrem Gesicht wichen kleinen Rinnsalen. Sie blieb dabei bemerkenswert ruhig.

»Sag schon! Ich weiß, dass du das willst.«

»Woher weißt du, dass ich nicht doch nur jemanden brauchte, der mich versteht, als ich meine Sorgen loswerden wollte?«

»Teste mich nicht, Valerie, und veralbre mich nicht. Wenn ich nur dein Ohr für Probleme gewesen wäre, wärest du mir nicht nach dem Fest hinterhergeschlichen und hättest mit mir gebadet. Stimmt es?«

Ihre Blicke wanderten hin und her.

»Sei doch nicht so laut.«

»Sie können es ruhig hören. Alle hier in der Umgebung! Alle!!«

»Nein!«

»Wenn ich dir nichts bedeuten würde, wärest du damals gleich abgehauen. Oh nein. Das neugierige Mädchen muss sich heimlich ansehen, wie ein Mann aussieht, den man vielleicht interessant findet? Du hast gedacht, dass ich dein Gesicht hinter dem Kajütenfenster nicht gesehen hätte? Tja, die Leuchte war aber weiter oben, Frau Ingenieurin. Ich habe dich genau gesehen.«

Ihre Hände wedelten auf und ab und ihr Gesichtsausdruck verriet, wie sehr sie sich schämte.

»Sei still. Und... du hast dich natürlich langsam abgetrocknet.«

»Du hast mich viel länger angeglotzt als ich dich sehen konnte.«

»Ich suche mir meinen Ehemann doch nicht danach aus, wie schön er aussieht oder wie weiß seine Haut ist. Wenn du ein unreifer Nichtsnutz bist, will ich dich gar nicht haben. Okay? Bilde dir nicht ein, Anthony Fettermann, dass ich auf deine Exotik stehe.«

»Bin ich denn ein unreifer Charakter?«

»Es war nur eine Veranschaulichung.«

Sie hielt ihre Hände vor den Mund und blickte in sein Gesicht. Nach einer für ihn endlos langen Weile nahm sie die Arme wieder runter. Diese blitzenden Augen waren eine Offenbarung trotz der Nässe dieser Tränen in ihnen.

»Nein, du bist kein untauglicher Kerl. Ich weiß, dass du mich... aufrichtig liebst.«

»Willst du meine Frau werden?«

Es bereitete sichtlich enorme Überwindung, sofort zu antworten. Voller Emotion eröffnete ihr ganzer Ausdruck ihre Antwort, nicht nur diese dramatisch aussehenden Augen.

»Nein.«

»Was?!«

»Nein.«

»Jetzt reicht es.«

»Nicht, bevor ich mit ihren Segen habe.«

»Hör doch mit diesem Traditionsgewäsch auf.«

»Du weißt wohl nicht, wie unser Familienkodex funktioniert, ob ich 22 bin oder 18. Ich bin eine Filipina! Ich setze mich nicht über meine Eltern und meinen Bruder hinweg, wenn sie dich nicht wollen.«

»Valerie! Wir leben in modernen Zeiten.«

»Nein.«

»Du würdest mich also ablehnen, weil andere in deiner Familie sagen, sie mögen mich nicht als deinen Ehemann?«

»Ich kann nicht anders. Hat Ynez nicht auch so gehandelt?«

»Doch, hat sie. Aber du siehst, dass mich ihre Familie akzeptiert. Arnel hatte damals keinen Stress gemacht. Bis heute stehen wir loyal zusammen.«

»Arnel stand in der Hierarchie hinter ihr. Sie war eine ›Datu‹. Ich werde nie eine sein. Und wenn ich dich nehme, musst du den Clan wechseln. Ist dir das eigentlich klar? Du wirst gegenüber uns Verantwortung haben. Wenn meine Eltern alt sind und Hilfe brauchen. Du heiratest mit mir auch mein Wesen als eine Frau, die fest zu ihrem Volk steht.«

»Das habe ich schon längst kapiert!«

»Dann musst du auch verstehen, warum ich so entscheide. Ich kann mich dir nur für mein ganzes Leben hingeben, wenn ich meine Wurzel, meine Familie, nie verliere und sie im Kodex respektiere.«

Anthony sah die Reaktionen ihres Bruders als Widerwärtigkeit an, die es nicht verdienen würde, ihn in der Entscheidung für die ewige Liebe zwischen ihm und Valerie einzubeziehen. Man sei frei in seiner Wahl. Respektlose Feinde hätten kein Recht, einen Keil zwischen solch eine fundamentale Liebe zu treiben. Sie packte seine Schultern und schaute ihn nur energisch an. Mit diesen prachtvollen Augen, die ganze Geschichten erzählten.

»Ich habe mit Rodrigo meine eigene Auseinandersetzung, ja. Aber er ist mein Bruder. Du weißt doch nicht, was er durchmachen muss. Ich schulde ihm vor Gott und meinen Eltern Respekt als einen ›Panganay‹, auch wenn ich wegen uns vielleicht wieder einen Verlust erleiden werde. Aber ich schulde es mir ebenfalls, als eine Filipina, die ihre Familie nie zerstört.«

Anthony hörte zu, mit Ergriffenheit. Er verstand es rational sogar genau, wie damals bei Ynez. Doch wie lange würde die Zeit sein, bis sie eine Anerkennung erhaschen konnten, die ihnen den Weg einer fulminanten Liebe öffnen würde? Und diese Augen redeten weiter, ohne viele Worte.

»Bitte verstehe das. Eine andere Antwort kannst du nicht von mir bekommen.«

Ihre Lippen zitterten. Anthony überlegte nervös. Ihm war im Herzen furchtbar schlecht in jenem Augenblick. Auf was sollte er denn warten? Dieses aufgezwungene Warten könnte dauern, bis sie beide sterben. Keinesfalls wollte er sich deshalb beugen. Aber alle Argumente logischer oder gefühlvoller Art würden bei ihr nichts nützen. Keiner schien ihn zu verstehen. Doch er merkte gar nicht, welche Akzeptanz er bereits hier erfuhr, ohne es ergründen zu können. Diese ganze Situation ließ ihn für die feinen Details in den Reaktionen der Menschen um ihn herum blind werden. Dazu kam, dass sie die Jüngste war, alle vor ihr respektieren musste und deren höhergestellte Rolle in der Familie. Ynez war eine ›Panganay‹ und benötigte nur die Erlaubnis der Eltern und Großeltern. Hier war der Fall anders. Valerie war die Letztgeborene, eine ›Bunso‹.

»Ich liebe dich, du verrückter, halber Filipino.«

Anthony biss sich auf die Lippen. Etwas unwirsch schlug er mit den Händen gegen die Statue, entschuldigte sich aber dann ganz sanft.

»Anthony, da ist noch etwas, was mich wundert. Manong Manu sagte, die ›Kaibigan of Panay‹ würde nur einmal erfolgreich sein. Ich verstehe ihn nicht.«

Anthony dachte sich seine eigene Erklärung dazu aus. Könnte der Bildhauer, der als hochintelligent und beherrscht galt, die Existenz des Schiffes als Ganzes gemeint haben? Es würde ja nur einmal existieren. Ein wenig erschreckte ihn die Idee, dass es nach der Jungfernfahrt untergehen, von kriminellen Leuten gestohlen oder versenkt werden könnte.

»Hallo... Inday...? Hallo...!?«

Die wie aus dem Nichts neben ihnen aufgetauchte, hin und her pendelnde Laterne ließ Valerie urplötzlich aufmerken.

»Das ist Manang Magdalena.«

»Die Frau des Bildhauers?«

Valerie stand sofort auf und ging auf den Schein des Laternenlichts zu. Die alte Frau musste nur zur Toilette. Ihr Mann vertrat die Ansicht, dass sie niemals beim Wohnhaus zu sein hätte. Er hatte für sich und seine Frau je ein Toiletten- und Waschhaus im Abstand von zwanzig Metern vom eigentlichen Wohndomizil errichten lassen.

»Oh! Valerie?! Hast du gerade was mit deinem Boyfriend zu besprechen?«

Valerie kniete sich vor die ältere Dame hin, nahm ihre rechte Hand und führte sie gegen die Stirn. Sie wusste, dass diese Frau ihr Leben schon bei ihrer Geburt rettete, was sie als immerwährenden Eid des Verbunden Seins mit höchster Zuneigung und Respekt quittierte.

»Warum sitzt ihr um 3 Uhr nachts hier herum? Kommt jetzt bitte in unser Haus. Kommt!«

Anthony wollte es Valerie gleichtun, begrüßte in fein formuliertem Tagalog die angesehene Frau und machte einen entzückenden Diener. Hoffentlich malte sich die Alte nicht bereits schon die pikantesten Geschichten wegen jenes Treffens hier draußen aus. Er beschloss, sich enorm höflich und rücksichtsvoll zu verhalten, ein lang erlerntes Ritual und eine seiner Erfolgsmethoden, die ihm in der Stadt hohes Ansehen verschafften. Er, der angepasste, zurückhaltende Ausländer mit dem Schuss Respekt und Humor, welcher die Einheimischen ihn leicht integrieren ließ. Verwundert blickte er sich auf dem steinernen Vorhof des Hauses aus Felsmauerwerk und Mahagoniholz um. Eine Staffelei stand dort, daneben eine Unmenge Tontöpfe und Krüge, aus denen junge Blattpflanzen und Blumengewächse hervorschauten.

»Nong!«

»Ja? Magda?«

»Mach bitte auf. Wir haben Gäste bekommen.«

»Um diese Zeit?«

Die Eingangstür knarrte ein bisschen. Das freundliche Gesicht des alten Mannes erschien. Er trug einen bunten Überwurf wie für die Nachtruhe und hatte eine Öllampe in der Hand.

»Oh. Valerie? Guten Abend, Mister Anthony. Kommen Sie doch bitte herein.«

Mit langsamen Schritten auf ledernen Sandalen ging der alte Herr voraus und drehte an einem schwarzen, dicken Schalter.

»Wir haben auch elektrisches Licht. Magda, wir kochen Reis.«

»Sicher, alter Nörgler. Hol mal den getrockneten Fisch von oben runter.«

Dass ihr Gastgeber denken mochte, der fremde Europäer fände die Menschen hier seltsam, entschuldigte Anthony gern. Er kannte das schon von vielen kleineren Begebenheiten. Valerie ging Manang Magdalena sofort mit dem schweren Wasserkrug zur Hand. Anthony staunte richtig, als sie begann, Feuerholz auf dem Kamin zu platzieren, um zu kochen. Valerie fing an, den Reis zu waschen und gebot Anthony mit großen Augen, durch keinerlei Kommentare die Gastfreundschaft der beiden in Frage zu stellen. Der Reis würde ohnehin gekocht werden und niemand durfte Manong Manu und seine Frau brüskieren.

»Du trinkst sicher einen Rum mit mir, oder?«

Anthony gab sich zunächst schüchtern, stimmte dann doch zu.

»Nimm bitte hier Platz.«

�; Des Bildhauers Ahnung �"

»Ihr möchtet bald gehen? Das ist aber schade.«

Das gütige Gesicht des alten Künstlers hatte Anthony sofort wie ein Lasso gefesselt, welches ihn nicht loslassen wollte. Es hatte zudem gut geschmeckt, wenn auch der Trockenfisch für Anthony zu salzig war. Das frische Gemüse zu dem Gericht hatte Manang Magdalena hinter dem Haus hervorgeholt. Das alte Ehepaar lebte als Selbstversorger und Manu Mahusay lehnte jede Art Fastfood und Knabber-Chips ab, trank sehr beherrscht nur kleine Mengen Alkohol, ließ sich von seiner Frau regelmäßig massieren und mit Pfefferminzöl einreiben, umgekehrt tat er es bei ihr. Es wunderte Anthony, dass sie zwei Häuser bewohnten, die nebeneinanderstanden. Er lehnte das Rauchen ebenfalls strikt ab und erlaubte keinem Raucher, sein Grundstück zu betreten. Seine Zeichnungen hingen überall, oft waren es nur Skizzen, die halbfertig zu sein scheinen, Manifestationen angefangener Ideen. Anthony blickte sich verstohlen um und stutzte merklich, als er auf ein Gemälde in braungelben Farben blickte. Die entrückten Gesichter mit geschlossenen Augen hatten noch rein gar nichts an Brisanz, wenn man das darunter gemalte Geschehen in der Szene weggelassen hätte. Die unbekleidete Frau hockte mit gespreizten Beinen auf dem Unterleib der männlichen, ebenfalls nackten Figur. Anthony schaute Valerie an und spitzte seinen Mund in Richtung des Bildes. Diese Gesten beherrschte er vortrefflich. Laute »Guck mal« - Artikulationen waren in diesem Land fehl am Platz. Unhöflichkeit wäre das, besonders als Gast.

Valerie zeigte mit dem Finger vor den Lippen an, dass dies kein Thema zu sein hätte, doch der alte Mahusay hatte schon grinsend erkannt, dass jenes Gemälde für den Foreigner sehr explizit zu sein schien.

Die Gespräche gingen weiter und drehten sich um Deutschland, die Lebensart des alten Bildhauers, die so besonders anders erschien. Als Anthony erfuhr, dass Magdalena in einem eigenen Haus wohnte, fragte er vorsichtig, warum. Die beiden waren seit 46 Jahren verheiratet.

»Wir haben unseren Rückzugsort für unsere Meditationen, und wenn meine Frau ihre weiblichen Gäste hat, während ich male, ist es wohltuend für uns beide. Übrigens, du scheinst diese Szene unartig zu finden. Ich hörte jedoch, dass Menschen aus deinem Land offener wären, über alles zu reden, so direkt ins Gesicht anderer. Wie darf ich deine Meinung verstehen? Sei doch natürlich und rede respektvoll über diese Dinge, ohne Schmutz, ohne lüsterne Gedanken.«

Manong Manus Blick schweifte zu dem Bild mit dem Paar und wieder zurück. Anthony kaute etwas verlegen auf seiner Lippe, blieb aber neugierig und schaute wieder an die Wand.

»Du schämst dich? Das müsstest du, wenn du und Inday Valerie euer Geschenk vor der Hochzeit ausgepackt hättet. Dann würde ich dich bitten zu gehen. Aber natürliche Dinge zeigen?«

»Bei uns würde man das unpassend finden.«

»Heuchelei, junger Mann. Sieh, ich habe keinen Fernseher. Dort findet Schmutz und Gewalt statt, auf lebendigen Bildern. Alle Tabus werden mittlerweile gebrochen, die Sinne vergiftet. Ich bin alt, aber möchte lebendig bleiben. Die Leute konsumieren passiv, anstatt aktiv zu sein für ihren Geist.«

Valerie dachte sich, das Thema rasch zu wechseln, sei das Beste und erwähnte ihre Begegnung mit dem Maler Juan Montez in Iloilo.

»Ach? Du hast Manong Juan getroffen?«

»Er hat Sachen in unserem Laden gekauft.«

»Wollte er dich malen? Sag schon.«

»Manong!«

»Warum nicht? Ich durfte es.«

»Ich habe abgelehnt.«

»Sicher. Artiges Mädchen. Aber warum?«

»Ich fühlte, dass er mich nackt malen wollte.«

»Na und? Er verehrt die Frauen sehr und drückt es auch so aus, auch wenn es ein Akt ist.«

Nun wurde Anthony redseliger und eine süße Ungeschicktheit entfuhr seinen Lippen. Als er fragte, wie sich getrennte Betten auf die Beziehung auswirken würden, musste der Bildhauer Manu schelmisch grinsen.

»Meine liebe Frau hat immer Zugang zu meinem Ehebett, und ich zu ihrem. Wir haben sogar zwei. Hast du das?«

Valerie fing an zu kichern. Sie sah zu Anthony rüber und war gespannt, welche Antwort er aus dem Ärmel zaubern würde.

»Eigentlich schon. In meiner Hütte und das andere in der Kajüte auf meinem Schiff.«

Das Kichern hatte schlagartig aufgehört und wechselte in einen pikierten Modus im Gesicht einer Frau, welche die schönsten Augen in ganz Lawigan hatte. Manong Manus erfahrenes Lächeln war für einen Mann sofort zu verstehen.

»Dein Boyfriend ist richtig clever, Inday.«

Manu Mahusay lachte herzlich auf und bot Anthony noch ein Glas Rum an.

»Ich will euch etwas sagen. Ihr werdet euer Glück zusammen gehen können, wenn ihr beide an den Kodex glaubt, du, junger Mann, Valerie liebst wie deinen eigenen Leib, und du, Valerie, diesen Mann immer respektierst. Es ist eure jeweilige Rolle.«

Anthony bedankte sich mehrmals. Diese Worte saßen eben tief. Dass sie aus der Heiligen Schrift entnommen waren, wusste Valerie genau und sie glaubte daran, dass es so ewiges Glück in der Liebe geben konnte. Manong Manu beherrschte ein tadelloses Englisch und sein Tagalog war fein und exakt, als wäre er in Luzon aufgewachsen. Ein hochgebildeter Mann mit scharfem Verstand war das. Nun aber stand er auf, ging langsam zum Fenster, durch das alle die schon aufgehende Sonne über dem Meer sehen konnten.

»Dein Schiff wird keine Zukunft haben. Du hast Anmaßendes getan. Du wolltest vielleicht nichts Schlechtes tun. Doch war es anmaßend. Valerie! Ich fühle, dass Unheil über San Joaquin kommen wird. Die Vögel und die kleinen Feldtiere benehmen sich so merkwürdig seit gestern früh. Kein Gecko war hier letzte Nacht. Kein einziger. Das gab es schon einmal. 1974.«

»Manong?«

»Lassen wir das. Ich bin ein alter, irrender Mann. Ich habe mich sehr gefreut, dass ihr bei mir zu Gast wart. Grüße bitte deine Eltern ganz herzlich. Kommt mit mir. Ich begleite euch bis unten zur Straße.«

Freundlich verabschiedete sich Anthony von der so fürsorglich freundlichen alten Dame des Hauses. Das Essen war gehaltvoll wohlschmeckend gewesen, auch wenn die Uhrzeit für einen Überraschungsbesuch recht ungewöhnlich erschien. Valerie indes hatte sich wieder in der hohen Schule respektvoll gezeigt, indem sie die Hand Manang Magdalenas an ihre Stirn führte. Anthony verstand sehr wohl, welche Dankbarkeit Valerie für diese Frau empfand. Als Manu Mahusay mit den beiden vor die Tür trat, holte er tief Luft. Die Sonne war bereits merklich über dem Horizont emporgestiegen. Dieser Morgen sah frisch aus, doch eine ungewöhnliche Ruhe hatte der Tag untrüglich an sich. Langsam ging es die Steintreppe hinunter, vorbei an den Bildnissen aus Felsgestein, an Töpfen und Vasen inmitten der vollgrünen Pflanzenpracht. Immer wieder stoppte der alte Mann seinen Gang und musterte die Umgebung misstrauisch. Valerie war einige Meter vor den beiden Männern unbeirrt ihren Weg weitergegangen, was der Meister der Statuen nun nutzen wollte.

»Junger Freund, ich möchte dir etwas sagen.«

»Ich bin gespannt, Manong Manu.«

»Du hast eine sehr gute Wahl getroffen. Enttäusche uns nicht.«

Anthony wollte schmunzeln. Rasch hatte er den Hinweis auf die auserkorene junge Frau verstanden, der die beiden Männer friedlich mit ihren Augen folgten. Dabei stach auch die feinfühlige Warnbotschaft in jenem Satz gleichsam im Herzen des Mannes aus Europa, auch wenn er sie einhundertprozentig akzeptierte. Valerie und ihre Kultur zu verletzen war das Letzte in seinem Leben, was er sich wünschen würde.

»Ich denke, ich muss viel lernen. Sie ist wunderbar reizend.«

»Ja, das ist sie. Valerie ist eine der besonderen jungen Frauen in Lawigan. Ihr Geist, ihre Moral, ihre Spiritualität und ihre Schönheit sind wie eine Komposition leuchtender Farben. Respektiere sie stets, junger Freund. Sie wird dich dann berauschen, immer wieder. Und sie braucht deinen Schutz. Kannst du das?«

»Ich fühle mich geehrt. Manchmal denke ich aber, ich schaffe es nicht, ein ganzer Filipino zu werden.«

»Das verlangt doch niemand. Du musst ein Mensch bleiben, der Kodex hat, feste Grundsätze und Liebe. Vor allem das. Liebe. Denn wir lieben dich.«

»Manong... ich...«

»Es ist schon gut. Aber ich mache mir Sorgen. Ich fühle, dass Furchtbares auf unseren Ort zusteuert. Die Natur warnt uns. Ich hoffe nicht, dass es so wird wie damals in Masbate.«

Anthony verstand nichts von alldem und fragte dezent weiter. Masbate? Was könnte dort geschehen sein? Er war noch gar nicht auf der Welt, als dieses Ominöse 1974 geschah. Der alte Künstler jedoch verharrte kurz in einer unheimlichen Stille.

»Schau hin. Sie wartet auf dich.«

Anthony wollte schon gehen und sich verabschieden, blieb aber nachdenklich mit gesenktem Kopf stehen.

»Ich habe aber noch etwas auf dem Herzen, Manong Manu. Du scheinst Valerie seit ihrer Geburt in und auswendig zu kennen.«

Manu Mahusay grinste scheu. Anthony wunderte das, glaubte er doch, dieser hochintelligente Mann könnte kaum Gründe für eine Situation haben, welche ihn in Verlegenheit bringen würde. Magdalena Mahusay hatte das Gespräch ihres Mannes mit dem Foreigner an der Haustür wartend mitangehört. Lächelnd kam sie näher, was Anthony ein wohliges Gefühl gab, weil er sich über zwei Verbündete freuen durfte.

»Du solltest sie besser selbst kennenlernen, junger Freund.«

Der alte Mahusay schien sich unwohl zu fühlen, über Valerie zu viel zu offenbaren. Nicht, dass sie schlechte Eigenschaften gehabt hätte, es bestand vielmehr der Kodex des ›Hiya‹ im Herzen des lebenserfahrenen Künstlers, der ihn bewog, diesem verliebten Mann den Vortritt beim Erkunden seiner Angebeteten zu lassen. Anthonys Selbstbeherrschung wurde in jenen Augenblicken auf die Probe gestellt, weil er brennende Fragen hatte.

»Ich möchte nicht wissen, ob sie Leichen im Keller versteckt oder Fehler im Leben begangen hat. Warum wird sie von einigen ›Bagyong Puso‹ genannt? Wieso ›Taifunherz‹?«

Magdalena Mahusay nahm sanft seine Hand und rieb mit ihren Fingern an seinen.

»Valerie ist eine Kämpferin, seit sie geboren wurde. Wenn ein Mädchen so anmutig ist, hat sie auch Feinde.«

Anthony begann sich zu wundern. Erst langsam begriff er, was die alte Hebamme meinen konnte. Männer mit Respekt vor einer Frau mochten nicht begreifen, was dieser Satz von eben ausdrücken sollte. Anders war es jedoch bei Kerlen, die sich wegen ihrer Gier, einen solch schönen Körper für ein billiges Vergnügen zu nehmen, nicht scheuten, hinter dieser jungen Frau herzurennen, um sie mit schmeichelndem Gelaber, aufdringlichem Gehabe oder gar mit Hilfe von Alkohol rumzukriegen.

»Warum zeigst du ihr, mit dem Bolo Menschen anzugreifen und bildest eine junge Frau aus, dieses Ding als Waffe einzusetzen?«

Anthony dachte, der alte Mann würde peinlich berührt zurückschrecken oder versuchen, alles abzustreiten, doch er verhielt sich unglaublich selbstbeherrscht.

»Hör mir zu, junger Mann.«

Manong Manus Blick wurde ernst, auch wenn sein Lächeln dies untermalte.

»Bitte, Manong! Deshalb ein Name wie dieser? Auch Spitznamen haben eine Bedeutung. Was bedeutet er bei ihr?«

Valerie stand längst unten an der steinernen Treppe am Rand der Landstraße und beobachtete die drei mit aufkeimender Ungeduld.

»Sie musste sich, als sie sechzehn Jahre alt war, mit allem verteidigen, was sie besaß.«

»Was? Warum?«

»Es war Nacht. Sie war alleine unterwegs. Zwei Männer, betrunken. Sie fingen an, sie zu belästigen. Doch sie haben Valerie nicht entwürdigen können. Sie hatte den Umgang mit dem Bolo durch ihren Vater gelernt. Die Tolentinos sind einfache, hart arbeitende Menschen, die sich nie haben etwas zuschulden kommen lassen. Valerie konnte nicht verzärtelt werden, weil es unser Kampf um das Leben ist. Sie muss das Fischermesser und andere Werkzeuge beherrschen wie ein Mann.«

»Und du tust noch einen drauf und willst eine Kriegerin aus ihr machen? Aber ich verstehe jetzt, warum sie dieses Ding immer mit sich herumschleppt. Sie hat Angst, nicht wahr?«

»Einer der Männer macht seitdem einen großen Bogen um sie. Drei Finger zu verlieren ist nicht spaßig. Aber er wird sich fortan hüten, ein Mädchen anzumachen. Valerie selbst bat mich, ihr beizubringen, sich zu wehren. Aber ich bringe ihr nicht bei, gewalttätig zu sein, den Unterschied verstehst du sicher.«

Anthony musste schlucken, und erinnerte sich augenblicklich an jenen Satz aus ihrem Mund: »*Schon möglich, oder Sie könnten mir ja zu Hilfe kommen.*«

»Es war reine Notwehr. Sie hat eben das Herz eines Wirbelsturms, besonders wenn sie den Tinikling tanzt. Sie hat ferner einen Kodex, der heutzutage am Aussterben ist. Doch sie wird dir zeigen, was es heißt, eins zu werden mit jeder Pore deiner hellen Haut, wenn die Stunde gekommen ist, sich dir hinzugeben.«

Nichts sehnlicher wünschte sich Anthony in jenen Tagen. Der Zeitpunkt, wenn sie endlich ›Ja‹ sagen würde und könnte.

Magdalena Mahusay sah ihn nun an wie eine Mutter, die ihren Jungen trösten wollte, der sich das Knie blutig geschlagen hatte.

»Wenn sie dich liebt und dir völlig vertraut, wird sie dir alles geben, sogar ihr Leben, aber Intrigen bestraft sie ebenso hingebungsvoll. Lass dir das gesagt sein.«

Valerie hatte bemerkt, dass sich die beiden Männer noch unterhielten. Respektvoll wartete sie, insgeheim hoffend, dass der alte Mahusay ihrem Verehrer weise Worte zustecken würde, die für ihre beider Zukunft nützlich sein mussten.

Endlich gingen sie beide nebeneinander in der Morgensonne an der wichtigsten Straße entlang in den schon längst erwachten Ort. Das Meer sah nicht ungewöhnlich aus und die ›Kaibigan of Panay‹ lag normal vor Anker. Doch Valerie blieb plötzlich stehen und schaute sich nachdenklich mit zusammengezogenen Augen fragend um.

»Wo sind die Vögel?«

»Fressen suchen sicher.«

Valerie begann sich nervös umher zu bewegen. Ständig versuchte sie nach irgendetwas Ausschau zu halten. Ihre Augen suchten den Himmel ab, aber außer einem Flugzeug, das sich im Steigflug von Iloilo herkommend befand, war nichts zu sehen.

»Du bist noch lange kein ganzer Filipino. Hier sind morgens immer Vögel gewesen. Komisch ist das schon.«

»Was könnte das bedeuten?«

»Vielleicht ein Unwetter. Ich weiß es nicht.«

»Lass uns weitergehen.«

Etwa 500 Meter vor ihrem Elternhaus küssten sie sich zum allerersten Mal in einem unbeobachteten Seitengang zwischen zwei Gebäuden. Valerie erlebte die Lippen dieses Mannes und es begeisterte sie so tief und erregend. Nachdem sie sich leise verabschiedet hatten, bat sie ihn, sofort zu gehen. Es war später Morgen und Rodrigo unweigerlich zu Hause. Lautlos schlich sich Valerie zur Tür und klopfte an. Schwägerin Joy öffnete.

»Valerie! Wo warst du? Rodrigo ist außer sich. Warst du mit dem Foreigner zusammen?«

Valerie sagte nichts und betrat die Küche. Die fragenden Augen ihrer Eltern wirkten sanft, aber zitternd. Dass ihre Tochter eine ganze Nacht nicht nach Hause kam, ohne zu sagen, wohin sie gegangen war, hatte es im Haus der Tolentino-Familie so nie gegeben. Sie hatte sogar ein Mobiltelefon. Genau das war es, was ihren Vater besonders besorgt werden ließ. Was verheimlichte Valerie ihnen allen?

»Hallo Nay. Hallo Tay. Ich..."«

»Hast du keinen ›Load‹ mehr? Wo warst du die ganze Nacht?«

Sie sah ihren Bruder in der Zimmerecke beim Eingang vom Hinterhof stehen. Rodrigos Augen sprühten ganze Verärgerung in den Raum. Für ihn schienen alle Beweise klar sichtbar zu sein. Sich auf Indizien zu verlassen mochte töricht sein. Wenn Gefühle aber unbändig waren, erschien jeder noch so kleine Strohhalm für den eigenen Standpunkt willkommen. Zusammen mit dem Hang zur Vergeltung blieb kein Raum für Vernunft. Der Vater fragte erneut, wo sie herkäme.

»Ich war bei Manong Manu und Manang Magdalena.«

»Alleine?«

»Und wenn nicht?«

»Schwesterherz? Sag nicht, du warst bei dem Typen.«

Rodrigos Augen blitzten, als er auf sie zuging. Seine stampfenden Schritte wurden jäh unterbrochen, als eine laute Stimme in Tagalog die Antwort förmlich herausschrie.

»Sie war mit mir zusammen!«

Alle blickten zur offenen Eingangstür, in der Anthony stand. Die Stimmung war jetzt am Knistern. Pilar Tolentino ergriff die einzig richtige Methode, um Grauenhaftes abzuwehren. Joy reagierte ebenfalls und bot dem unangemeldeten Gast eine Erfrischung an. Doch Rodrigo schob sie beiseite und wollte auf Anthony losgehen, als er jäh aus seiner Rage geholt wurde.

»Rodrigo! Fass diesen Mann nicht an!«

Er musste gehorchen, einen neuen Akt der Ungezogenheit im Beisein seiner Eltern konnte er sich nicht leisten. Stumm drehte Rodrigo sich um und wollte durch den Seiteneingang das Haus verlassen. Er stoppte aber doch und zischte nur: »Ich rate dir, nimm ab jetzt deinen Freund Lopez immer mit.«

Die anderen im Raum warteten ab. Besonders Fernando, Valeries Vater, schien die Reaktionen des fremden Mannes austesten zu wollen. Etwas imponierte ihm zweifellos an diesem Menschen.

»Rodrigo! Du weißt genau, dass Valerie integer ist. Es geht nicht gegen unsere Beziehung, sag schon!«

Rodrigo biss sich mahlend auf die Lippen und zitterte etwas. Es schien sogar, dass er ein Weinen unterdrücken wollte. Nun sprach er es aus, gegen sie, wegen ihrer Tat mit dem Bolo in der betreffenden Nacht. Die Schmach, die sie ihm vor den ganzen Festbesuchern in Lawigan antat. Dann begann er den Vater zu kritisieren, der sein Nesthäkchen liebte, mehr wie ihn. Ihn immer als den Brotbeschaffer ansah, in Härte erzog, eben als Mann, der Führung zeigen sollte. Dann kamen die ersehnten Zärtlichkeiten mit Joy, aber kein Segen. Anthony erkannte nun tief im Herzen, wie einsam dieser Erstgeborene der Tolentino-Familie in Wirklichkeit war.

»Du wirst mich nie mehr mit einem Bolo bedrohen und mich bloßstellen, Schwester. Wage dich das kein zweites Mal, Valerie.«

»Nein, Rodrigo! Du und Vater! Ihr habt unsere Ehre beschmutzt in ganz Lemery, nicht nur bei Tomas' Familie!«

»Hör zu Rodrigo! Es ist Rache gegen sie! Nichts weiter. Du hast sie missbraucht und gedemütigt mit deiner Lügerei. Die Ohrfeigen waren verdient. Du bist doch ihr Bruder, wie kannst du so mit ihr umgehen?«

»Halt deinen Mund, Foreigner!«

»Nein. Du bist kein echter ›Panganay‹. Deine Rache ist nur beschämend. Du denkst, unsere Liebe zu zerstören? Das schaffst du nicht.«

Anthony wollte sich nicht hinsetzen, sondern postierte sich mit leicht gespreizten Beinen in der Eingangstür. Ein unglaublich souveränes Lächeln hatte ihn ergriffen.

»Manong Fernando. Manang Pilar! Hört bitte! Eure Tochter ist eine wunderbare junge Frau, die sich mir gegenüber ebenso ordentlich verhalten hat wie es hier im Ort bei anderen bekannt ist. Seid bitte stolz auf sie. Ich will nichts verbergen. Es wäre respektlos gegen Valerie und gegen euch. Wir haben in der Tat zusammen gebadet, aber in einiger Entfernung zueinander und miteinander geredet, sonst nichts. Sie macht mich so glücklich... Ihr Verstand... Ihr liebreizendes Wesen. Ich... Es ist mein tiefer Ernst. Ich möchte Valerie heiraten.«

Vater Fernando blickte so, als hätte er nicht richtig verstanden. Valerie selbst wollte am liebsten in den Boden versinken und riss ihre Augen auf. Anthony hatte das, was jetzt folgen sollte, schon vor über sechs Jahren vor Nanay Lorna und ihrem Mann getan. Mit Routine hatte es nichts zu tun. Er brauchte einen Moment, um auszudrücken, was in ihm brannte.

»Manong Fernando. Ich liebe Valerie und bitte dich um ihre Hand.«

Die Augen des Vaters wandten sich an seine Tochter, die in Anthonys Augen starrte. Ein Gesicht voller Unbeweglichkeit in entzückender Unschuld, dass sich gerade fragte, ob diese Worte wirklich wahr waren oder nur eine Illusion aus einem dramatischen Roman. Valeries Blicke wanderten abwechselnd zu ihrem Vater und zu Anthony. Ehrlichkeit mochte dieser ausländische Mann ja ungemein aufrichtig ausleben, aber so um ihre Hand anzuhalten war ihr doch zu viel Eroberung und Forschheit. War er unverschämt, liebestoll oder nur verwirrt? Ihre Mutter überlegte krampfhaft, sich um eine angemessene Reaktion bemühend.

»Kind, liebst du diesen Mann wirklich?«

In Valeries Kopf drehte sich alles, während sie krampfhaft versuchte, ihre eigentliche Freude zu offenbaren. Es gelang ihr nicht wirklich, auf diese ergreifende Bitte um ihre Hand mit überzeugter Zustimmung zu reagieren. Sie fand es in jener Sekunde eigentlich rotzfrech und übertölpelnd.

»Vater, ich muss mit ihm vor dem Haus erst einmal reden.«

»Gut... Wir warten hier.«

Dieser Satz kam ein wenig stotternd aus Fernando Tolentinos Mund. Valerie packte Anthonys Hand und zerrte ihn förmlich aus dem Haus. Sie eilten hektisch unter den Blicken der Familie aus der Tür ins Freie.

»Anthony! Was sollte das denn eben? Ich habe dir gesagt, dass ich noch nicht bereit bin für so eine Beziehung...«

»Was heißt ›so eine Beziehung‹? Bist du bereit für uns? Ach so! Einen Rückzieher machen?«

»Ich... Du könntest mich mal vorher fragen, ob du um meine Hand anhalten darfst.«

»Ich dachte, es sei alles gesagt.«

»Ich bin doch keine Ananas, die man einfach beim Sari Sari Store der Tolentinos einkauft.«

»Ich drucke nicht herum wie eure Männer, mit Mundverziehen und Geflüster über Dritte. Ich kann dir kein Liebeslied auf der Gitarre vortragen, aber ich sage, was ich will. Also jetzt! Ich will dich heiraten!«

»Die Methoden unserer Männer funktionieren aber.«

»Meine auch.«

Valerie drehte ihr Gesicht zur Seite, blickte unsicher hin und her. Ihr Kopf arbeitete gegen die wirbelnden Gemütsbewegungen ihres Herzens, besonders nach jener schauspielreifen Einlage, die Anthony direkt vor ihren Eltern hinlegte und die ihr mehr als absurd komisch vorkam, so ehrlich sie auch gemeint gewesen war. Kannte sie ihn jetzt gut genug? Sicher, die anerkannten Seiten aus seiner Zeit in der Ehe mit Ynez Velasquez, sein guter Leumund aus dem Mund vieler Nachbarn, seine Beharrlichkeit beim Bau seines Auslegerschiffes, den Respekt, den er uneingeschränkt ihrem Volk entgegenbrachte. Es waren Attribute für ihn. Das er zärtlich sein und sie niemals missbrauchen würde, dessen war sie sich gewiss. Eine Verunsicherung jedoch blieb und dabei liebte sie bereits ihn so tief. Anthony konnte deutlich in ihrem Augenspiel sehen, wie sehr sie hin und hergerissen war. Aufgeben würde er nicht, denn seine Liebe zu ihr brannte nun lodernd heftig.

⏱ Signal 4! ⏱

»Na Kaloy, möchtest du dich hersetzen?«

Lächelnd setzte sich der Junge neben seinen Vater und begann mit einem Klappmesser an einem Stück Mahagoniholz zu schnitzen. Arnel fühlte sich an seine eigene Jugend erinnert, an die Spiele mit anderen Kindern aus der Nachbarschaft im Wald, dem Erklettern von Bäumen oder dem Ausleihen von Hammer und Nägeln aus der Werkstatt des Vaters, um Baumhäuser zu konstruieren. Er empfand die Natürlichkeit dieses kindlichen Spiels als etwas Wohltuendes, lächelte und schaute auf seinen Erstgeborenen hinab.

»Gefällt dir dein Taschenmesser?«

»Ja, Tatay.«

»Ein Junge sollte wissen, wie man es gebraucht. Du weißt, wofür du es niemals verwenden darfst?«

»Natürlich. Man darf niemandem mit so einem Messer wehtun. Hast du als Junge auch ein Messer gehabt?«

»Sicher. Wir haben auch Holzsachen geschnitzt.«

Kaloy war ein intelligenter Junge, wissbegierig und frei heraus. Seine handwerkliche Kreativität offenbarte sich mehr und mehr.

»Spielen die Kinder bei Tito ›Big Man‹ in Deutschland auch draußen und angeln, oder gehen schwimmen wie wir?‹

Arnel versuchte es plastisch zu erklären, denn so andersartig war die Situation in der für diese Menschen weit entfernten Fremde. Es gab Gleichheiten, wenn ein Kind in Europa auf dem Land groß wurde, in der Stadt war es eingeschränkt, beengt und zu belastend, als hätte man von einer unbeschwerten Jugend sprechen können. Außerdem mangelte es in Deutschland an Küsten außer im Norden. Das war für ein Kind hier schwer zu verstehen.

»Die haben nur oben eine Küste und da kann man nicht mit kleinen Booten so einfach rausfahren. Das soll ein wildes Meer sein. Aber dort würden Motorschiffe fahren, mit denen man

Fische und kleine Krabben fängt. Das nennt man bei deinem Tito ›Nordsee‹. Da leben auch Seehunde.«

Kaloy wusste nicht, was ein Seehund war, und so musste sein Vater versprechen, ihm einen im Internet zu zeigen, wenn sie mal wieder in einer größeren Stadt wären, die irgendwo WLAN hatte. Er spürte, wie wichtig es war, den Kindern nichts vorzuenthalten, was ihren Wissensdurst befriedigen mochte. Könnte sich dies auszahlen, falls sein Sohn als Erwachsener die Entscheidung treffen sollte, in ein anderes Land zu gehen, um sich ein scheinbar besseres Leben durch harte, gar ausbeuterische Arbeit zu ermöglichen? Anthony sagte oft, dass es lohnenswerter sei, sein eigenes Land mit Tugendhaftigkeit und Beharrlichkeit aufzubauen anstatt sich zu verkaufen, doch war diese Überlegung zu simpel überlegt in der Unwissenheit über die Probleme jener überbevölkerten Nation. Kaloy schien genug gehört zu haben und gesellte sich zu seinen Geschwistern, die laut zu lachen begannen, als er anfing, von diesen komischen Seehunden zu erzählen.

Die Familie verfolgte die aktuellen Nachrichten im TV. Wieder wurde über eine Verhaftung von Kriminellen in Manila berichtet, von Verkehrsunfällen oder der zerbrochenen Beziehung einer Schauspielerin. Roel saß ebenfalls bei den Frauen, denn seit der Fertigstellung der ›Kaibigan of Panay‹ war es alltäglich banal geworden und er überlegte schon, nach Capiz zurückzukehren. Nun stand auch Arnel auf, schickte sich an, ins Haus zu gehen. Gebannt blickten alle auf die Mattscheibe, dann wurde es für die Erwachsenen langweilig, als eine Kindersendung begann, über den Bildschirm zu flimmern.

Arnel nahm sein Handy hoch und musste schmunzeln. Anthony war also bei den Tolentinos zum Essen gestrandet. Die SMS enthielt eine Zusatzbotschaft, die kurz, aber hoffnungsvoll genug war. Ein Schritt weiter zur Zukunft mit dem schönsten Fischermädchen im Ort.

Marie Claire musste in der Küche arbeiten und hatte die Nachrichten nicht verfolgen können. Sie rief ihrem Mann zu: »Was ist mit diesem Taifun im Süden? Noch keine Warnung?«

Die Sorglosigkeit der Leute in San Joaquin fand Marie Claire erstaunlich. Doch es wäre kein Problem, wie viele meinten. Jener Wirbelsturm hätte den Südwestzipfel Australiens passiert und sich angeschickt, im weiten Pazifik seine Energie auszuhauchen. Außerdem würde einmal am Tag darüber berichtet und selbst in Mindanao machten sich die Menschen kaum große Gedanken darüber.

»Ich weiß nicht, Arnel.«

Es war bereits Nachmittag. Nach dem Auswringen der Wäsche hatte Conchita die schwere Schüssel gepackt und brachte sie ins Haus. Der Fernseher lief immer noch, doch die Comicsendung war zu Ende. Jetzt spielten die Kinder mit einem geschnitzten Auslegerboot in einem Bottich, das Kaloy aus einem Holzstück und Bambusstreifen zusammengebastelt hatte.

Conchita indes war nicht fähig, weiterzugehen, starrte auf den Bildschirm. Die Begleitmusik der Nachrichten deutete auf eine Sondersendung hin. Der bekannte Sprecher wirkte ernst wie bei einem Ausnahmezustand. Diese Grafik war es. Immer wieder.

»Yoyleen? Das kann nicht sein...«

Ein kreisender Wirbel, der immer eine gerade Linie beschrieb, bis er diese Schwenkbewegung vollführte. Nach Norden! Seit Tagen wurde über ihn berichtet, jedoch war er 3000 Kilometer südlich der Philippinen nach Westen unterwegs.

»Das Ungeheuer hat sich gedreht? Nein... Nein!«

Immer wieder wiederholten sich die Worte des Nachrichtenmoderators. Eine Wetterexpertin kam ins Bild, der man in ihrem Gesichtsausdruck eine Ernsthaftigkeit ansah, die mehr war als die übliche Konzentriertheit.

»Wir können nicht erklären, warum dieses Phänomen aufgetreten ist.«

»Konnte man das nicht vorher erkennen?«
Der Sprecher hakte mutig nach. Die Wetterexpertin indes schien sich ein wenig abzumühen, eine plausible Erklärung zum Besten zu geben. Vielmehr begann sie einen Appell zu verkünden, der einem Horror gleichkam.

»Es herrscht ab sofort Gefahrenklasse 4. Die Regierung hat Signal 4 ausgegeben, für die Küste von Panay, dann Mindoro… Wir wiederholen! ›Yoyleen‹ wird Panay überqueren… Die ersten Evakuierungsaktionen sollen in die Wege geleitet werden. Wir warnen alle Bewohner dringendst, Maßnahmen zu ergreifen.«
Conchita fühlte ein Wegbrechen ihres Kreislaufs. Dabei atmete sie heftig ein und aus. Die Kraft verließ sie und die Schüssel mit der Wäsche krachte auf den Boden.

»Nanay!!« … Roel!!«

»Hat es geschmeckt, Mister Anthony?«

»Ich möchte Ihnen danken, Manang Pilar. Ich bedaure, Sie vorher nicht besser kennengelernt zu haben. Außer Ihren Sohn und er hält seine Versprechen ein, obwohl wir einen heftigen Disput miteinander hatten. Er hat mein Schiff hervorragend gefahren. Und Valerie…, Sie verstehen ja.«

»Sie haben uns in der Tat ziemlich überrumpelt.«
Rodrigo schaute beschämt auf seinen Teller. Valerie wunderte es jetzt total, dass er mit seiner Hand zärtlich an der Hüfte seiner Joy streichelte, die ihm einen sanften Blick entgegenwarf. Das waren ›Highlights‹ in ihrer gezeichneten Ehe, die sie auskostete wie eine Verdurstende. Nun schaute Rodrigo Anthony an.

»Wann darf ich wieder ans Steuer?«

»Wir fahren morgen Abend zusammen fischen. Abgemacht?«

»Würdest du mitkommen, Vater?«

»Ich würde mir jetzt gerne dein Schiff genauer anschauen.«
Mit Beschwingtheit wollte Anthony Valeries Vater so ziemlich alles über die ›Kaibigan of Panay‹ erläutern. Die fachwerkartigen

Ausleger erschienen Fernando Tolentino wie ein Gebilde, das eher in einen Science-Fiction-Film gehörte. Die Erklärungen über den Sinn jener Konstruktion überzeugten ihn dann aber doch. Nur die beiden Segel fand er in der Weise fehl am Platz, weil es kaum einen Menschen hier gäbe, der mit einem so großen Segler umgehen könnte.

»Hauptsache, euer Motor ist gut.«

»Zwei Sechszylinder.«

Valerie und ihre Schwägerin hantierten an der Küchenarbeitsplatte, lachend und scherzend. Die süße Nachspeise ›Leche Flan‹, sollte zubereitet werden. Bei Valerie fiel die angedickte Milchspeise immer zusammen, aber Joy war Meisterin und erlaubte ihr nur das Auftragen der Karamellsauce.

Die plötzlichen »Manong, Manang!« - Rufe von draußen unterbrachen die beschwingte Runde sofort. Das Geschrei der Nachbarin klang beängstigend. Rodrigo stand sofort auf, wurde aber von der hereinstürmenden Frau an der Tür fast umgerannt.

»Nang Pilar!!«

»Was ist denn los?«

»Warum ist euer Radio nicht an?«

»Unser Radio? Wir haben einen Gast hier.«

»Yoyleen! Das verfluchte Ding ist nicht weitergezogen und hat sich gedreht. Er wird kommen!! Er wird... kommen..., unsere Stadt treffen! Wir werden alle sterben...«

Die Frau sackte langsam zusammen. Rodrigos Hände schafften es, ihren Kopf vor dem Aufschlag auf den Steinboden zu bewahren. Joy verabreichte ihr sofort ein paar patschende leichte Ohrfeigen zusammen mit einem nassen Tuch, das sie ihr fest auf die Stirn drückte. Einen Fernseher besaß die Familie nicht. Zum Filmeschauen ging es immer zum Nachbarn, der das Geld aus dem Ausland von seinem Sohn bekam und es gleich in einen Riesen-Flatscreen investierte. Auch dieser Mann war kreidebleich in der Eingangstür erschienen.

»Kommt zu mir rüber. Ihr müsst die Nachrichten sehen. Er hat bereits Signalstufe 4. Er kommt wirklich.«

Anthony war perplex, packte Valerie am Arm und wollte wissen, was los wäre.

»Liebster. Signal 4... Ich... weiß nicht, was wir... machen sollen.«
»Dieser ›Yoyleen‹?«
»Ein Signal 4 - Taifun, Anthony!«
»Er war doch weit draußen im Pazifik, bewegte sich westwärts ins Leere.«

Anthony erinnerte sich an Bildfetzen aus den Nachrichten, die den Sturm erwähnten. Es hieß dauernd, er wäre im unbewohnten Pazifik unterwegs und könnte die Inseln nicht berühren. Manong Manu! Er war einer der wenigen Menschen, die sich über dieses Ding Gedanken machten. Seine Lebenserfahrung, sein Umgang mit den Zeichen der Natur und die Vorsicht des Alters ließen ihn offensichtlich so vordenken, wie er es Anthony gegenüber artikulierte. Doch irgendwie gab es auch bei ihm Zweifel, ob ›Yoyleen‹ tatsächlich käme.

»Die ›Kaibigan‹. Es kommen doch sicher Flutwellen. Was mache ich denn mit ihr?«

Valerie glotzte ihn entgeistert an.

»Anthony? Hallo?«

Anthony begann wie ein kleiner verängstigter Junge zu wirken. Ideen überschlugen sich in seinem Kopf. Man müsste das Schiff sofort in Gang setzen und es in eine Region bringen, wo der Sturm sich nicht austoben würde. Er beschwor Rodrigo förmlich, ihm sofort zur Hand zu gehen, während Valeries Augen weit aufgerissen zu ihm hinüberblickten. Rodrigo grinste ein wenig unbeholfen. Mutter Pilars Hände packten seine augenblicklich. Diese Blicke sagten alles. Nun sah Anthony sogar, dass Valerie einige Merkmale bei ihren Augen von der Mutter mitbekommen hatte. Ihre Mandelform war sehr ähnlich, nur waren sie flacher und zierlicher.

»Wenn dieser Taifun auf uns einschlägt, wie sie es vorhersagen, werden Menschen hier sterben. Du kannst dich nicht mehr um ein Boot kümmern.«

Rodrigo grunzte nur: »Vielleicht schleudert eine Welle das Ding auf den Strand, dann ist sie nicht ganz verloren, sondern nur beschädigt. Du kannst es dann reparieren.«

»Anthony, hör zu. Wir schaffen das nie.«

»Wieso?«

»Wir müssten mindestens bis nach Negros, wenn nicht bis nach Dumaguete. Deine Geschwindigkeit macht es nicht.«

»Wir könnten mindestens 50 Menschen mitnehmen.«

»Liebster! Wach auf!! Das ist kein Spiel!«

Aufgrund seiner Erkenntnis wusste Anthony und auch Valerie nur zu gut, dass die Mutter recht hatte, wenn da nicht diese jetzt so hinderliche emotionelle Bindung an dieses Schiff wäre, für das sich Männer abgerackert hatten und für das Anthony sein ganzes Erspartes aufzehrte. Er musste sich nun vielmehr um Valerie kümmern, die er einmal in seinen Armen lieben wollte. Es würde noch möglich sein, mit einem öffentlichen Transportmittel nach Katikpan zu kommen. Valerie sah ihre Mutter voller Entschlossenheit an. Ihre Entscheidung lautete, dass sie jetzt nur bei einem Menschen sein konnte.

»Ich werde mit Anthony gehen. Ich will bei ihm bleiben. Ihr habt euren Segen gegeben. Halte mich nicht zurück, Mutter!«

»Kind. Ich weiß nicht, was dein Vater...«

Valerie zerrte am Arm ihrer Mutter, signalisierte Anthony, dass sie nicht wollte, dass er weiteres mithört und ging mit ihr einige Meter weit hinter das Haus.

»Mutter! Anthony wird mein Ehemann werden! Ich will bei ihm sein. Das habe ich jetzt entschieden.«

Pilar Tolentino konnte nichts erwidern oder protestieren. Ihre volljährige Tochter war nun richtig erwachsen. Rasch gingen die beiden zurück zu dem sich ziemlich zittrig fühlenden Mann. Sie packte Anthony bei den Händen. Eine Art Flehen kam über ihr gesamtes Antlitz.

»Pass bitte auf meine Tochter auf. Sie ist doch unsere Einzige.«
»Ich werde Valerie beschützen. Ich werde es Ihnen beweisen!«
Er fragte sich in seinen Kopf nur, wie, denn er fühlte sich wie ein Sprücheklopfer, der versuchte, Menschen zu beruhigen, als wäre alles halb so schlimm. Aber ›Stufe 4‹ war alles andere als ›halb so schlimm‹.

»Wir müssen los, Valerie.«

Leise klopfte es an der Tür des Bambus-Cottage, in dem Nils Becker die ganze Nacht lesend und zugleich schwitzend zugebracht hatte. Es war längst taghell.

»Frühstück, Sir?«
Völlig vor Müdigkeit verspannt mit dem zerlesenen Buch in der Hand raffte sich der Psychologe auf, öffnete der Resort-Angestellten die Tür. Ihr Rock war orange mit blauen Stickereien und ihr hübsches Bein schaute aus dem Schlitz hervor. Das Lächeln wirkte natürlich, einfach entzückend. Nils Becker fühlte sich bei diesem Smile im Ansatz schon wohler als eben noch.

»Ich werde frühstücken kommen. Darf ich bitte einen ganz heißen Kaffee haben? Haben Sie vielleicht auch einen Energy-Drink?«

»Einen Energy-Drink?«
»Bitte wundern Sie sich nicht. Ich habe nachts gearbeitet.«
»Sicher, Sir. Wir haben ›Sting‹-Energy-Drink. An dem Tisch drüben wartet Ihr junger Fremdenführer von gestern. Soll ich ihm sagen, dass Sie verhindert sind.«

»Bitte nicht! Sagen Sie ihm, dass ich in zehn Minuten da bin.«
Becker schaute traurig auf das zerlesene Buch, so berührt von den Dingen, berührt von den Hoffnungen der Personen darin, von den Leistungen, Freuden, Leidenschaften, Erniedrigungen und der herrlichen Liebe zweier sich Gefundenen, die selbst

›Stufe 4‹ anscheinend nicht zerstören konnte. Oder doch? Weiter war er ja nicht gekommen. Kaloy müsste ihm das Buch einen weiteren Tag überlassen, sonst würde er nie die ganzen Details zusammenfügen können.

»Entschuldigen Sie noch bitte.«

» Ja, Sir.«

»Ich würde gerne sehen, wie diese Kleider hier aussehen, die man ›Filipiniana‹-Kleider nennt. Wo könnte ich jemanden sehen, der so etwas trägt?«

»Normalerweise auf Hochzeiten oder unseren Volksfesten. Aber ich habe Fotos von Frauen hier, die solche Kleider besessen haben. Haben Sie denn so etwas in Europa nicht?«

»Wir haben andere Trachten in meinem Land.«

Die junge Frau beschrieb mit ihrer Hand noch den Weg zum Frühstücksbuffet und ging schweigend davon. Dieses Resort war das einzige im Ort, das Buffet-Style anbot. Nils Becker begrüßte erst einmal Kaloy.

»Guten Morgen, junger Mann. Möchtest du zusammen mit mir frühstücken?«

»Klar.«

Das ließ sich der junge Kerl nicht zweimal sagen. Es war schon lange her, nämlich vier Jahre, dass er von einem Foreigner zum Essen eingeladen wurde. Ruhig aßen die beiden, obwohl Becker wegen seiner völligen Erschöpfung kaum Hunger verspürte. Kaloy hatte richtigen Appetit, seine Ausflüge zum Buffet mit all den Delikatessen förderten mit jedem Teller Neues ans Tageslicht. Gegrillter Seefisch, gebratener Reis mit Knoblauch, Hähnchen in Marinade, amerikanische Pfannkuchen, die grottensüß waren. Nils Becker bestellte sich noch einen Kaffee, als die junge Angestellte vom Resort dem neugierigen Arzt ein buntes Fotoalbum in den Händen haltend hinstreckte.

»Wollten Sie das nicht sehen?«

»Gerne.«

»Hier Sir, sehen Sie bitte diese beiden Frauen. Die flügelartigen Ärmel, der schmale Taillensaum und der Organza-Stoff mit den Stickereien oder Blumen, daran erkennt man so ein Kleid aus unserer Gegend. Sie hier trägt ein Filipiniana mit ›Butterfly-Sleeves‹. In unserer Region sind die Kleider zweiteilig, ähnlich wie bei den spanischen Frauen mit dem Bolero-Oberteil und dem verzierten, langen Rockteil, dem ›Patadjong‹. Die Tradition aber ist nicht spanisch, dies möchte ich betonen. Wir sind seit 1898 eine freie Nation. Unsere ›Datu‹-Frauen waren einst stolz, solche prächtigen Kleider zu tragen.«

»Datu?«

»Stammesführerinnen.«

»Es sieht sehr hübsch aus. Sind die Kleider immer so lang und weit gestaltet? Ich meine, wegen der Hitze.«

»Bei uns zeigen aufrichtige Frauen nicht so viel nackte Haut. Aber ihr ganzes Ich und ihre Hingabe gehört ihrem Liebsten dann in ihrem eigenen Haus, wo kein anderer hinschaut.«

Nils Becker betrachtete die Form der Kleider analysierend, während Kaloy verwundert darüber sinnierte, warum dieser fremde Mann sich für so etwas interessierte. Schmunzeln über den historischen Erguss während der Erklärung, wie zurückhaltend die hiesige Frau sei, musste er beim Anblick der jungen Mädchen vom Strand schon. Knappe Bikinis hatten die züchtige T-Shirt Bademode abgelöst und manche Filme zeigten ziemlich deutlich, was ›Hingabe in den eigenen vier Wänden‹ hieß. Die Farbfotos waren gut erhalten, vom Einband des Foto-Buches schützend vor der tropischen Witterung im Verborgenen gehalten. Das Kleid war orangefarben, ein geschichtetes Taillenband mit blau eingefassten, perlmuttartigen Applikationen. Die scheibenförmigen Ärmel waren weit nach oben gezogen und die Augen der Frau sahen in ihrer Größe und Ausstrahlung einfach beeindruckend aus.

»Wer ist diese Frau?«

Sehr direkt kam eine ausweichende Antwort. Es war ein wenig Scheu im Raum zu spüren.

»Sie lebt heute in Deutschland. Eine Fischerstochter, hat einen Mann von dort geheiratet.«

»Ihm gehörte das gekenterte Schiff da unten, oder?«

»Sie wissen es also schon. Darf ich bitte das Album wiederhaben? Gekentert.«

»Entschuldigen Sie, Miss. Habe ich etwas Falsches gesagt?«

Die Augen der Resort-Angestellten wirkten starr und unheimlich in jenem Moment. Der feinfühlige Arzt spürte Unbehagen.

»Für uns war das damals nicht schön, Sir. Ich habe drei Angehörige verloren, als diese Stadt dem Erdboden gleichgemacht wurde.«

»Verzeihen Sie bitte vielmals.«

»Schon gut. Sie sind ein Reisender, der es nicht besser weiß.«

Nachdenklich pickelte Nils Becker mit seiner Gabel in den lauwarmen Rühreiern und versuchte sich an den Bissen zu erfreuen, es gelang aber nicht wirklich. Kaloy indes interessierte sich für seine heutige Arbeit.

»Sir, wo möchten Sie heute mit mir hingehen? Sagen Sie mal, haben Sie eigentlich gut geschlafen?«

»Nein.«

»Warum? War es zu heiß?«

»Ich habe doch in deinem Buch gelesen.«

»Haben Sie es geschafft?«

»Nein. Ich brauche es noch einen weiteren Tag.«

»Kostet jetzt extra.«

Becker versuchte nun, die Tiefgründigkeit in dem Lebensbericht Anthony Fettermanns zu erklären, dass Kaloy erkennen mochte, was ihm so wichtig war zu verstehen. Aber er schien es trotzdem nicht zu begreifen. Kaloy sah keinen Grund, sich mit Psychologie zu beschäftigen. Das sei doch nur etwas für ›Verrückte‹, eine Meinung, die von der Gesellschaft hier geformt wurde.

»Ist dein Vater Arnel Velasquez?«

» Ja, aber woher wissen Sie das?«

»Aus dem Buch natürlich. Ich möchte gerne mit deinem Vater sprechen.«

»Warum?«

»Ich muss deinem Kuya Anthony aus Deutschland helfen.«

Stumm blickte Anthony in dem Überlandjeep auf den Boden. Er war wie meistens überfüllt. Die Menschen waren ruhig, doch heute wirkte diese Ruhe sogar gespenstisch. Zwei Männer, die im Gegensatz zu den anderen Passagieren offensiver, sogar angriffslustiger in ihrem Gesichtsausdruck zu Anthony hinübersahen, hatten irgendwann den unverschämten Mut, ihn anzumachen.

»Hey Joe. Ist das da deine Frau neben dir? Dein Girlfriend? Ich hoffe, dein Haus ist schön stabil. Hast du überhaupt gehört, was los ist? In den Nachrichten?«

Zu Valerie gewandt meinte der andere: »Du musst deinen Boyfriend Foreigner da mal warnen. Hier ist es vorbei mit Strandbar und Baden. Da werden wir alle mal richtig kräftig zusammengewirbelt.«

Valerie sah angewidert weg, spürte, dass die beiden nach Alkohol riechenden Kerle es mit dem Mitgefühl kaum ernster meinten als vielmehr mit ihrem Sarkasmus. Kurz und knapp war ihre Antwort, wie eine Aufforderung, besser den Mund zu halten.

»Hey, Foreigner. Hör mal. Wenn der Taifun kommt, dann kannst du zu Gott beten, empfehle ich dir. Dann such dir ein stabiles Loch, und pack warme Socken ein... Das wird nämlich furchtbar lustig. Ganz sicher wird es das... Haha...«

Eine ältere Frau neben Anthony mischte sich jetzt ein.

»Haltet den Mund, ihr Nichtsnutze. Ihr habt kein Benehmen.«

Sie lächelte Valerie jetzt liebevoll an.

»Ich habe schon von euch beiden gehört. Wie goldig. Das wird schon, Mädchen. Du musst ihm helfen. Ihr seid noch nicht verheiratet? Egal. Du weißt ja, wie das ist, er nicht. Du bist eine Filipina. Zeig ihm, dass wir Frauen hier stark sind und halte den Kodex! Dann wird der Herr Jesus euch segnen.«

Valerie hätte gerne zurückgelächelt, sie konnte es im Moment einfach nicht. Der Fahrer des Jeeps war verärgert und hielt an, obwohl sein Beimann nicht angezeigt hatte, dass jemand aussteigen wollte. Sein Kopf drehte sich um, in den Fahrgastraum schauend.

»Ihr zwei haltet jetzt euer Maul. Sonst geht ihr zu Fuß nach San Joaquin.«

Die Beschämung der beiden Männer war im ganzen Fahrzeug zu spüren. Sie sagten kein einziges Wort mehr.

»Darling, hast du schon mal einen ›Stufe 4‹ durchgestanden?«

»Nein. Ich habe nur darüber gelesen.«

Ihre Augensprache sagte alles. Verzweiflung und Unwissenheit in einem, doch dieses Wort ›Darling‹ ließ ihr Herz vor Freude überströmen. Ein Weiterer Schritt für sie beide. Die nette Mitpassagierin grinste vergnügt und zeigte mit dem Daumen nach oben. Katikpan war nach etwa zehn Minuten erreicht. Hektisch quetschten sich Valerie und Anthony aus dem Jeep. Der Fahrer hob noch seine Hand zu einem Gruß und fuhr sofort weiter.

»Arnel!«

»Gut, dass ihr hier seid.«

Roel kam aus einer der drei Hütten heraus, sagte kein Wort. Anthony konnte erkennen, dass sein Freund ein randvoll besorgtes Herz hatte. Schrecken und Angst um seinen ausländischen Freund, eine Situation erkennend, in der er ihm nicht beistehen konnte. Was nutzte denn ein ›Tagapagbantay-Eid‹ gegen Windgeschwindigkeiten von 200 km/h? Bei einem Angriff von Kidnappern hätte er Anthony mit dem Leben verteidigt, aber gegen ›Yoyleen‹? Er war ziemlich machtlos und wusste es. Auch seine Eltern hatten ihm von 1974 erzählt. Welchen Erfahrungsschatz konnte er hier einbringen? Es war dürftig. Arnel erklärte die

Situation in hektischen, monologartigen Sätzen wie ein Offizier, der seine Männer vor einem Kampfeinsatz zu instruieren beabsichtigte. Die Angst hatte auch ihn im Wesentlichen ergriffen.

»Delgado ist abgehauen. Jerome habe ich zu seinen Eltern nach San José geschickt. Sid will bei uns bleiben, er hat hier im Ort keine Verwandten.«

Anthony beobachtete vor allem die Kinder und blickte sich auf die Lippen beißend nun zu Marie Claire um.

»Was ist mit den Frauen und den Kindern?«

»Ich werde sie im stabilsten Raum verstecken.«

Anthony sah hinüber zum Badezimmer. Er hatte bisher nicht verstanden, warum gerade dort 15cm dicke Hollowblocks vermauert worden waren, nun schien er den Sinn zu verstehen.

»Hilf mir das Bad leer zu räumen. Alle losen Sachen müssen dort raus. Aber ich muss erst Mauring aus der Schule holen.«

Arnel war zehn Minuten später mit seiner Maschine unterwegs Richtung der S. J. Elementary School. Sie lag neben der großen Abbiegung, wo die ›Kaibigan of Panay‹ gebaut wurde. Rasch hatte er die Schule erreicht. Als er durch eines der Fenster sah, fror sein Blick fast ein. Lehrerinnen versuchten die Kinder in Gruppen einzuteilen, hektisch ihre Bewegungen, aber immer jenes Lächeln gepaart mit dem hintergründig ernsten, furchtsamen Schein in ihren Augen. Währenddessen trieb des Nachbarn Geschichte Arnel Tränen in die Augen. War es nicht eine Schule gewesen, die 1974 dem Angriff von ›Kajena‹ nicht standgehalten hatte? Arnel verscheuchte jene Gedanken, er hatte eine Aufgabe zu erfüllen. Er war Familienvater, seine Verantwortung machte stählern.

Währenddessen erläuterte Anthony inmitten der zusammengekommenen Gruppe der Familie die Maßnahmen. Erstaunlicherweise hörte Valerie nur leise zu. Als er zu ihr hinübersah, begann er im Schein der grässlich neuen Lebenserfahrung schwach zu werden. Beschützer sein im Sog eines Versprechens und die unbändige, neue Liebe zu dieser jungen Grazie sollten mehr als Grund genug sein, die Haltung zu bewahren. Doch ein Signal 4 - Tropensturm war etwas, dass jede Tugend wie ein Kartenhaus zusammenbrechen lassen musste.

»Du hättest lieber im Haus deiner Eltern bleiben sollen.«

Anstelle einer verständnisvollen Reaktion erntete er eine Breitseite, die ihm in Erinnerung bleiben würde. Valeries Augen erzählten wieder Geschichten voller Kraft, gekrönt von einem in der Tat bizarrem Erstaunen. Innerlich brannte sie vor echter Enttäuschung.

»Du denkst doch nicht im Ernst, dass ich dich verlassen soll. Was hast du denn für eine Auffassung von unserer Beziehung? Ach so! Mein zukünftiger Mann, der mich beschützen soll, delegiert seine Frau an die Eltern zurück. Du Schwächling!«

»Valerie, ich meinte das nicht...«

»Wir stehen das zusammen durch. Überleben wir? Sterben wir? Meinetwegen. Aber nicht getrennt, hörst du?«

»Liebes, ich habe Angst um dich. Arnels Haus ist... möglicherweise sehr gut. Aber wenn nicht...?«

»Du weißt gar nicht, wie du mich verletzt hast, Anthony. Gibst du mich bereits auf? Du bist mir vielleicht ein tapferer Kerl. Wir dichten hier jetzt keine Lyrik oder schreiben Liebesgeschichten, sondern beweise mir jetzt bitte, dass du uns beschützen kannst.«

Valerie war aufgelöst, fand sein Gerede taktlos und feige. Es war nur ein Satz, den sie mit gewaltigen Argumenten fantastisch konterte. Roel malte sich in jenem Augenblick schon manchen Ehekrach bei den beiden aus. Die junge Schönheit war schlagfertig und klug. Dass sie aber auch zurückhaltend sein konnte, wenn sie lernen wollte, war dem Mann aus Capiz und bestem Freund Anthonys schon seit einiger Zeit bewusst. Valerie ließ ihrer Enttäuschung freien Lauf, wusste als Einheimische jedoch, dass Mut gegen die brachialen Naturkräfte völlig sinnlos wäre.

Ihr ging es um seine Einstellung ihrer Liebe gegenüber. Er konnte es endlich beweisen, nicht nur im Bauen eines Schiffes, dessen Überleben sie als sinnlos und abgehakt betrachtete.

»Sie hat recht, Freund.«

Nanay Lorna pflichtete dem bei: »Wenn du sie liebst, bleibt sie bei dir.«

Anthony wandte sich an Roel, fasste den Freund sanft am Arm und bat ihn, mit nach draußen zu gehen. Schweigend schauten sich die Männer zunächst an. Geschichten aus früheren Zeiten wurden rezitiert in den Blicken dieser beiden Individuen, ganze Erfahrungen, ganze Schmerzen, ganze Abenteuer.

»Ich bin dir sehr dankbar, dass du mich nie im Stich gelassen hast. Ich kam einst hierher auf die Inseln und war Fremder. Ich bin es schon lange nicht mehr. Dank Menschen wie dir.«

Der Freund war sprachlos, unbeschreiblich berührt, unfähig, etwas Professionelles hervorzubringen. Er wechselte lieber das Thema, antrainiert.

»Wir müssen den Raum sichern. Dort sind die Mauern recht gut.«

»Freund. Sollten wir noch etwas bereinigen?«

Roel Lopez hob andächtig seinen Arm. Anthony war wie erstarrt. Er schlug ein, griff in die Hand dieses treuen, traurigen Mannes.

»Nein. Du bist loyal, Foreigner. Ynez schläft. Es gibt nichts mehr zwischen uns. Aber vielleicht wird dieser Taifun mich endlich erlösen. Für das, was ich getan habe...«

»Roel, bitte! Was redest du für einen Scheiß? Ich verstehe nicht! Ständig grübelst du. Deine Flucht in den Alkohol, was soll das?«

»Hör zu! In einem Satz. Ich habe in Manila auf dem Bau Schuld auf mich geladen, weil mein Kollege abstürzte. Weil ich die Sicherungsbolzen am Gerüst nicht eingesteckt hatte. Ich höre noch seine Schreie und diese Augen, die mich anflehten. Seine Frau schrie es mir ins Gesicht. »Du Mörder«. Das ist meine eigene Sache. Konzentriere dich jetzt auf morgen, okay?«

»Warum hast du die Bolzen vergessen?«

Lange Sekunden blickten ihn Augen an, die von Nässe umkleidet waren.

»Ich hatte getrunken...«

Keinen Satz konnte Anthony aus seiner Kehle hervorbringen. Er wollte die Schultern Roels packen, er aber entwand sich dieser Geste.

»Die Dämmerung kommt bald.«

»Stimmt, Wir dürfen keine Zeit mehr verlieren.«

Es gab noch etwas. Anthony bat Valerie energisch, mit ihm an den Strand zu gehen. Augenblicklich folgte sie ihm händchenhaltend. Auch sie war überimpulsiv gewesen und schämte sich. Sie wollten jetzt noch vieles klarstellen. Beim Überqueren der Hauptstraße trafen sie unweigerlich auf umherschwirrende Menschen von überall. Frauen mit Habseligkeiten, die hektisch und ängstlich herumschauten, Männer in aggressivem Befehlston, hinter dem pure Verzweiflung steckte.

»Hallo Valerie! Er ist morgen früh hier! Er dreht sich nicht nochmal.«

»Nong Benvinedo... Passt auf euch auf.«

»Betet für uns!«

»Sicher, Nong!«

»Sir! Achten Sie auf sie!«

»Äh... ja...«

Das Meer sah noch glatt und still aus. Wolken waren keine zu sehen. Anthony, der von Wetterphänomenen nichts verstand, blickte zu dem Behelfssteg. Die Brandungswellen beim Eintreffen ›Yoyleens‹ würden ihn sofort zusammenstürzen lassen wie ein Kartenhaus. Daneben lag sein erbauter Traum, ganz ruhig und souverän.

»Sie weiß nicht, dass sie sterben wird.«

Valeries Hand griff nach seiner Hüfte, Zart legte sie ihr Gesicht gegen seinen Arm, der so schön durchtrainiert war. Nun betrachtete sie die ›Kaibigan of Panay‹ genauer, prägte sich viele Details ein. Die Kabine in der Mitte, das Steuerrad, die lustigen, Dreieckssegel, die kein einziges Mal an ihren Rahen losgebunden worden waren. Nun sah sie die Metallhauben mit den Luftschlitzen über den 2,8-Liter Dieselmotoren, die zusammen 360 PS hatten und nichts, rein gar nichts gegen einen Sturm mit über 200 km/h schnellen Winden ausrichten konnten.

»Eigentlich wollte ich jetzt mit Rodrigo fischen gehen.« Valeries Tränen liefen an ihrer süßen Nase beidseitig entlang. Sie presste die Lippen aufeinander und verkrampfte die Finger. Er musste es verstehen. Verstehen, dass es erneut einen Verlust geben würde, außer ›Yoyleen‹ würde sich erbarmen.

»Ich habe Ynez verloren. Jetzt nimmt man mir die ›Kaibigan‹ weg. Ich hätte die Menschen so gerne eingeladen, mit mir auf ihr zu fahren. Meine Liebe zu den Philippinen und deinem Volk. Ich wollte euch damit meine Wertschätzung beweisen und den armen Fischern mit diesem Boot helfen. Das war der Grund! Ich wollte mich nicht damit verherrlichen.«

»Du wolltest dein Schiff für uns bauen?«

»Ja! Ich kann es doch gar nicht alleine steuern. Ich habe manche der Fischersfamilien hier gesehen. Wie sie sich abmühen in viel zu kleinen Booten. Tomas kam auf so einer Nussschale um. Die ›Kaibigan‹ sollte größer und sicherer sein.«

Zwei fest zupackende Hände rissen ihn jäh herum. Diese herrlichen Augen mit den geschwungenen Augenbrauen in der anmutigen Linie flehten ihn an. Er wirkte fest, wollte sich nicht vor ihr blamieren. Tapfer sein im Anblick größten Schmerzes.

»Und was hast du noch?«

»Nichts mehr.«

»Doch! Anthony!«

»Nein.«

»Anthony!! Hör auf zu jammern!«

»Du Inselperle. Oh Mädchen!«

Langsam kamen alle Worte hoch, er verstand nun tiefe Herzensfreude in sich. Das nun aus ihm pressende Weinen wollte er nicht unterdrücken. Es reichte ihm bei all jenen Konventionen und dem Kodex, auch wenn er als assimilierter Mann ihn im Grunde doch schätzte.

»Valerie! Willst du mich endlich heiraten?«

Kurzzeitig wichen ihre Tränen einem unbeschreiblichen Glanz in ihrem Gesicht mit diesen ungewöhnlichen Augen. Er konnte ihre Fingerspitzen an seinem Hals spüren. Ihre Nasen streiften aneinander vorbei, ein Startschuss. Valeries Leib vibrierte innerlich vor Erregung beim Spüren seiner sie so fulminant liebkosenden Lippen, die sich leidenschaftlich massierend an ihre schmiegten. Ihre Finger wanderten nach oben und krallten sich in sein Hemd, während er sie an ihren Hüften wild streichelte.

»Skandalo. Nicht in aller Öffentlichkeit.«

Die ältere Frau wirkte pikiert. Der Mann in ihrer Begleitung dachte praktischer.

»Wer weiß denn, ob es nicht das letzte Mal ist, dass die beiden sich küssen können. Das ist doch der nette Foreigner. Schade um sein Schiff da draußen.«

Im Augenwinkel hatte Valerie mitbekommen, dass sie in jenem Moment eine kleine Revolution entfachten. Sanft drückte sie ihn von sich weg.

»Wir werden sehr gefühlvoll, Mister Anthony... Das ist nicht gut. Ich kann auch mit einem... Paddel umgehen.«

»Wo ist hier ein Offizieller? Ihr habt doch einen Bürgermeister oder einen Geistlichen hier. Lass es uns jetzt tun.«

»Hör auf zu träumen. Du und ich haben doch keine Papiere zum Heiraten in der Schublade, oder?«

»Ich habe meinen Pass und eine Urkunde, dass ich Witwer bin.«

»Toll...«

Bei dieser Antwort konnte der verliebte Mann nur kapitulieren. Valerie blickte erneut in die Ferne auf das noch ungewöhnlich ruhige Wasser. Nichts ließ einen Hauch von Gefahr erkennen. Ihre Blicke fokussierten das etwa 80 Meter entfernt liegende Auslegerschiff.

»Komm!«

Fest packte sie Anthonys Hand und zerrte ihn zu einer der kleinen Bangkas, die in einer Reihe im Sand ruhten.

»Hilf mir!«

Ein zufällig vorbeikommender Mann war augenblicklich bei den beiden und griff beherzt zu, um das Ruderboot in die anlandende Brandung zu schieben. Valerie bedankte sich und ließ ihr Paddel gekonnt ins Wasser tauchen. Sie raunte Anthony an, dass er gleichmäßig mitrudern solle. Es gelang ihnen, die ›Kaibigan of Panay‹ rasch zu erreichen. An der Seitenstiege am Rumpf kletterten sie hoch, nachdem sie unter der hintersten Auslegerstrebe mit geduckten Köpfen hindurchgefahren waren. Valerie sah zu dem Steuerstand mit dem großen Speichenrad und ging nach hinten zum Heck. Anthony konnte kein Wort herausbringen, sondern nur in ihre leidenschaftlich anmutenden Augen blicken.

»Lass uns Leute holen und abfahren.«

»Valerie?«

»Was?!«

»Das wird nichts.«

»Warum!? Du wolltest meinem Volk doch helfen. Und jetzt? Mach endlich was!«

»Wer gibt mir das Recht zu entscheiden, wen wir mitnehmen? Ich bekomme vielleicht 200 Leute hier zusammengequetscht und dann? Wen nehmen wir mit? Rodrigo, Joy, deine Eltern? Manong Manu und seine Frau, der du ewigen ›Utang‹ schuldest?«

»Oh ja! Sie hat mir mein Leben gerettet, vergiss das nicht.«

»Ich verstehe dich ja! Sollen wir die Nachbarn auswählen? Die Leute, die nett sind? Lisa, deine Freundin? Die Kinder? Wenn wir zurückkommen sollten, was können wir mit ihnen denn machen, wenn ihre Eltern das nicht überlebt haben? Die Geschwindigkeit reicht höchstens bis Negros Oriental, bestenfalls bis Mindoro. Dieser › Yoyleen ‹ wird uns mitten auf dem Meer einholen.«

Valerie musste kapitulieren, blickte zur Kajüte in der Schiffsmitte. Seine Worte waren schneidend gewesen, brachial wahr. Sie ließ ihren Seufzer in dem schweren Herzen fallen, das sie gerade zusammenschnürte. Diese Evakuierungsidee kam ihr bereits absurd vor. Andere Gedanken stiegen kribbelnd in ihr hoch. Würden sie überhaupt überleben, um ihre gemeinsame Zukunft wunderbar erfahren zu können? Innere Verzweiflung schlich sich durch ihre ganze Seele und ihren Körper, ihre Angst und die Unerfahrenheit gegen die herannahende Katastrophe.

»Wir haben auch nicht mehr genug Treibstoff an Bord.«

»Was?«

»Die Motoren verbrauchen zu viel. Delgado konnte das nicht wissen und ich hatte vergessen, es zu berechnen. Wir können nur ›Bayanis‹ sein, wenn wir es zusammen durchstehen und hoffen, das zu überleben.«

»Du kennst diese Bedeutung?«

»Sehr sogar. Eure Bayanis sind wichtig für euer Volk, weil es ›Helden‹ bedeutet.

Sie sah ihn wieder an, so mitteilsam würdig, erleuchtet durch die herrlichen Augen, die sie als Geschenk seit ihrer Geburt mitbekam.

»Ich will aber etwas wissen. Wir haben eine Sache klarzustellen, Valerie Tolentino! Ich verlange von dir eine Antwort.«

Sie zuckte mit den Schultern und wollte sich abwenden.

»Bitte antworte mir! Wer ist dieser Santiago?«

»Du kennst ihn nicht. Warum musst du das wissen?«

Anthony sah sofort, wie unsicher Valerie herumdruckste.

»Ich denke nicht, dass er ein Lover von dir war, Jungfrau. Ich glaube dir, dass du unberührt bist. Und wenn nicht, liebe ich dich trotzdem, Mädchen. Man sagte mir, dass dieser Mann Narben an seinem rechten Arm hat und ihm drei Finger fehlen. Außerdem hat kein Mädchen hier eine solche Machete wie du und rennt damit herum, als hätte sie Angst, entführt zu werden. Valerie! Rede jetzt! Warst du das?«

»Ich war sechzehn! Hörst du? Er und dieser Eli wollten mich vergewaltigen. Ich bin unberührt, dass schwöre ich dir. Sie haben es nicht geschafft! Hörst du das?«

Anthony begann innerlich zu frieren und wollte sie umarmen, doch Valerie entriss sich seinem Griff.

»Ich hatte das Bolo von meinem Vater dabei, weil ich für ihn Rambutan-Früchte holen wollte. Ich musste mich wehren, mit allem, was ich besaß.«

»Valerie...«

»Niemand kam mir damals zu Hilfe! Danach habe ich geschworen, dass ich mich und andere Mädchen verteidigen werde, wenn jemals wieder so etwas geschieht.«

»Deshalb ›Taifunherz‹?«

Er nahm ihre Hand sanft und führte sie auf die Empore des Steuerstands. Von hier konnte man alles überblicken, weit bis nach vorne an den beiden Masten vorbei bis zur Spitze des Bugs und den beiden Seitenrümpfen mit den windschnittigen Kanten. Valerie legte ihre Hände an die Speichen des Ruders und hatte nun etwas wie eine echte Heldin, eine ›Bayani‹, an sich. Anthony hätte gerne seine Kamera im Anschlag gehabt, um ihr wundervoll mutig illuminierendes Gesicht für immer auf ein Bild zu bannen. Der laue Wind ließ ihre rabenschwarzen Haare leicht wehen. Ihm wurde es kristallklar bewusst. Sie mussten nun ›Bayanis‹ sein, philippinische Helden im Durchstehen dieser Prüfung. Morgen, wenn er die Küste erreicht haben würde. Sie würden viel verlieren, aber nicht alles. Anthony war sich sicherer denn je. Ein ihn durchdringender Mut durchfloss ihn fest. Sanft umarmte er Valerie von hinten, schob seine Hände an ihren festen Armen entlang, um die Speichen des Steuerrades zu umgreifen und dabei die Feinheit dieser soften Haut zu spüren. Tatsächlich fühlte er ihre zarten Armmuskeln und konnte sich bereits vorstellen, wie ihre Hände mit der Energie dieser Arme genährt über seine Haut streicheln und ihn massieren würden.

»Valerie, ich liebe dich!«

»Ich dich auch, Anthony Fettermann. Halt mich bitte fest.«

»Wir werden nicht fliehen! Dafür habe ich sie nicht gebaut. Ich werde dich festhalten, Valerie, bis dieser Taifun vorbei ist.«

»Darling?«

»Was?«

»Lass uns nur einmal hören, wie sie klingt.«

Seine Finger griffen nach dem roten Hebel auf der rechten Seite der Konsole. Ein Kontrolllicht leuchtete auf. Mit einem Schalter daneben brachte er die vier Positionslichter zum Leuchten. Still wartete er ein paar Sekunden, bis er einen schwarzen Knopf betätigte. Das leise Raunen in der Mitte hinter der Kabine und der leise hervorspuckende Qualm eröffneten den Klang, welchen sie gerne einmal entdecken wollte. Anthony berührte den Schubhebel nicht. Sie konnten dieses Schiff alleine doch nicht abtäuen. Nur der Klang des Sechszylinders auf der rechten Seite musste als Untermalung für ihre Traumfahrt, die sie nirgendwo mehr hinbringen würde, reichen.

»Und der andere?«

Anthony betätigte nun den linken Anlasser. Auch dieser Motor sprang sofort an. Wie ein monotones Duett in stoischer Tonlage klang es. Nach einigen Minuten schaltete er die beiden Diesel wieder ab.

»Manong Manu hatte gesagt, ich solle mich von ihr fernhalten. Aber jetzt weiß ich, dass sie nicht nutzlos gewesen wäre.«

Über eine Stunde lang standen sie umschlungen am Steuerrad und genossen die Farben des Sonnenuntergangs, dabei ihre Hände zärtlich aneinanderreibend. Seine Nase glitt durch ihre schwarzen Haarsträhnen. Dass er enorme Beherrschung an den

Tag legen musste, war ihr klar bewusst. Um sie einfach zu packen und in der Kajüte heftig zu lieben, dazu würde nur ein Funken genügen. Es durfte dennoch nicht sein. Sie wollten es gemeinsam tun, den Schritt gehen, der sie befähigen würde, sich nach dem vermählenden Schritt nächtelang in ekstatischer Liebe ihren Leidenschaften hinzugeben, um wahre Erfüllung zu erlangen im Erleben solch fulminanter Vereinigungen, einem Sex, der nur ihnen beiden gehören würde. Sie wollte es so und ganze Ehre war es, die er ihr dafür schenken wollte in dieser ihn fast zerfetzenden Selbstbeherrschung, die dazu diente, dieser Frau vor ihm alles an Dankbarkeit und Respekt zu geben, den sie verdiente. Ihre Zeit für die Liebe in ganzer Verbindung ihrer umschlingenden, sich leidenschaftlich bewegenden Körper würde kommen, denn Uhren drehen sich niemals rückwärts.

»Wir werden nicht weichen. Wenn er die Küste trifft, wird die Liebe ihn besiegen.«

Die Realität im Einsetzen der Dunkelheit ließ die brutale Wahrheit wieder in den Fokus rücken, auch wenn Valerie ihn nach solch theatralischer Art der Worte mit Faszination ansah. Sie mussten jetzt unbedingt zurück an Land. Noch einmal grüßte Anthony sein Schiff mit einem militärischen Gruß. Leise bestiegen sie die kleine Ruderbangka und machten sich eilig auf den Weg ans Ufer. Anthony hatte die Positionslichter angelassen. Sollte das eine winzige Resthoffnung sein oder groteske Show, die beruhigen sollte?

So rasch, wie sie auf die ›Kaibigan‹ fuhren, so war gleichsam das Ufer wieder erreicht. Die Sonne war fast vollends am Horizont verschwunden, nur das orangefarbene Leuchten ihres oberen Kranzes erleuchtete die gesamte Szene noch gemeinsam mit den vielen Lichtpunkten am Himmel. Vergebens suchte Anthony nach solchen Lichtern auf dem Wasser. Heute fischte garantiert niemand. Der Schrecken hatte sich angekündigt, wegen dem die Menschen hektische Vorbereitungen trafen, sich verängstigt fragten, wie sie dieser Naturgewalt begegnen sollten und dabei nur ihre Liebsten im Sinn hatten. Was Anthony nicht wissen konnte, dass nur wenige eine Flucht in eine weiter entfernte Stadt möglich machen konnten, weil sie kein eigenes Fahrzeug besaßen oder nur ein Motorrad, mit dem man eine ganze Familie einfach nicht transportieren konnte.

Langsam ging Valerie ein paar Meter vor ihm geradeaus im feinen Sand. Nun blieb sie kurz stehen und entledigte sich ihrer Sandalen. Anthony wollte sie aufheben und ihr deswegen zurufen, aber ein unbeschreibliches Gefühl ließ ihn in Stille verstockt werden. Valeries schreitender Gang war in diesem Kleid immer faszinierend gewesen. Ihre herrlich geschwungenen Hüften zusammen mit den tanzerprobten festen Waden untermalten die Bewegungen des Seidenstoffs in harmonischer Übereinstimmung. Es kam ihm diesmal anders vor, würdiger und melancholischer. Dass sie sogar von hinten ihre bedrückte Stimmung so sichtbar werden ließ, wunderte ihn nicht. Wie ging es ihm denn in jenem Moment? Wirbelnde Gedankensprünge in Anthonys Kopf malten sich schon ganze Dramen im Ausharren unter einstürzenden Mauern aus. Ermunternd waren solche Gedankenspiele freilich nicht. Valerie blieb stehen und blickte nach oben.

»Deine Sandalen.«

Valerie antwortete nicht. Sanft wandte sie ihr Gesicht hin und her. Wie prüfend schien sie die Luft und die leisen Geräusche hinter ihnen abzuscannen. Langsam ließ sie sich auf die Knie fallen. Anthony beobachtete stumm die Szene. Er fühlte, nichts dazu sagen zu können. Sanft faltete sie nun ihre Hände. Es waren winzige Lippenbewegungen in ihrem in dieser Dämmerung strahlenden Antlitz, die er sehen konnte. Dass sie etwas dem Allmächtigen zu sagen hatte, erschien ihm so klar, dass er keinesfalls stören wollte. Anthony ging einige Schritte rückwärts, um an ihr vorbei zu gehen, seinen Blick in ihr Gesicht richtend. Sie hatte ihre Augen geschlossen. Valerie lebte Kodex, Ehrfurcht vor Gott und es war klar zu sehen, wie gefühlvoll sie betete. Lange Minuten waren es, in der er in ihrem Mund die Worte zu hören glaubte, die um Schutz flehten. Leise sank auch er auf die Knie, nur um respektvoll dem Schauspiel beizuwohnen. Der Wind hatte sich unverhofft etwas beschleunigt. Seltsam muteten die sich steigernden Luftbewegungen an. Valeries schwarzen Strähnen hatten angefangen, sich zu bewegen, sanft schwingend inmitten der lauen Luft. Ihre schönen Augen waren noch geschlossen. Das Gebet erschien ihm wie eine strömende Verbindung zu Gott selbst zu sein. Kein Mensch war sonst am Strand zu sehen. Kleine Lichtpunkte in den Häusern glimmerten als einziges Deko-Element inmitten der nun vollen Dunkelheit. Und doch konnte er sie ganz sehen, als würde sich der Mondschein in dem Stoff der Butterfly-Flügelärmel an diesem Filipiniana reflektieren. Valerie schlug plötzlich ihre Augen auf, wie ein Blitz, voller Zuversicht und dem Wissen, das gar nichts mehr kommen würde, was ihnen etwas anhaben könnte. Langsam gingen ihre Hände nach oben. Es wäre nichts Besonderes gewesen, wenn nicht der Wind merklich zugelegt hätte. Sogar das schwappende Wellengeräusch an der Wasserkante hatte in der Lautstärke angezogen. Anthony blickte zu den Positionslichtern der ›Kaibigan of Panay‹ und sah sie auf und nieder gehen. Es konnte unmöglich der Sturm sein. Oder kam er bereits auf die Küste zu? Seine Blicke hatten Valerie wieder erfasst. Mit zurückgeneigtem Kopf nach hinten und weit nach oben gestreckten Armen sah sie wie ein Bollwerk gegen eine Wand aus Wind und Regen aus. Sie, ein unscheinbarer Mensch, war es doch nur, so wie er selbst. Ihre Haare peitschten nun in dieser Brise. Die Enden ihrer Ärmel vibrierten im Takt mit. Mit jetzt weit geöffneten Augen blickte sie in den Himmel. Ihre Augensprache hatte etwas von Sorge an sich, so wie sie in diesem Augenblick anmutete. Anthony war überwältigt. Er erinnerte sich sofort an eine Szene aus einem alten Spielfilm. Ein zunächst unscheinbarer Streifen war es, aus den 80ern. Doch eine solche Szene verhalf der Darstellerin zu höchster Bekanntheit und der Film wurde in Asien berühmt. Es sah so ähnlich aus. Nun hatten die Windstöße sie beide gefangengenommen, während sie im Sand knieten. Eine merkwürdige Ruhe überkam ihn. Valerie in ihrer versteinerten Haltung, die Arme weit nach oben gestreckt, bewegte sich keinen Zentimeter, als wollte sie dem Wind trotzen mit ihrem Glauben und dem Mut, den er ihr in diesem Moment zu geben schien. Nun ließ sie langsam ihre Arme sinken. Ihr Kopf hatte sich ihm zugewandt, was ihn einlud. Sofort kniete Anthony sich wieder hin, nur Zentimeter vor sie. Ihrer beider Atem vermischte sich zu einer feinen Wolke zwischen ihren Lippen. Das Augenpaar zweier Menschen fand sich vereint zueinander wie in einem Kokon gewebt, geschützt vor dem Eindringen von Störenfrieden. Sie wussten es beide ganz genau. Es war das Gefühl für ihre gemeinsame Zukunft. Er konnte sich nicht zurückhalten, nun die wenigen Zentimeter nach vorne zu gehen. So berührten sich die Oberflächen ihrer Lippen erneut, sanft und zitternd. Zarte Hände streichelten Anthonys Haar am Hinterkopf. Er hatte seine Fäuste in den Sand gestützt, nur das Empfinden in ihren zarten Küssen war die Untermalung mitten in der Brandung und dem Wind, der sich langsam wieder beruhigte. So plötzlich, wie diese Beschleunigung der Meeresbrise eintraf, so unmerklich plötzlich verschwand sie wieder. Sie sahen sich beide an, den Anblick des jeweils anderen genießend. Valeries Haare bewegten sich nicht mehr, so wie sie über den weiten Schulterstücken ihres Kleides lagen.

»Danke, Valerie.«

»Du solltest auch lernen, zu beten.«

»Es wird Zeit, dass wir gehen.«

Sie mussten jetzt zurück zum Haus. Die Freunde benötigten jede Hand zur Hilfe.

»Wo kommt ihr denn her?«

»Wir waren auf der ›Kaibigan‹. Ich musste mich doch von ihr verabschieden.«

Roel wirkte ungewöhnlich hektisch und zeigte auf den bereits leergeräumten Raum, in dem sich alle verschanzen wollten. Matratzen, Banig-Matten und Kissen wurden verteilt. Conchita und Marie Claire umarmten sich weinend. Groß vor Ungewissheit sahen die Augen der Kinder aus, die nun verstanden haben mussten, was sie erwartete. Bis jetzt war immer noch alles ruhig, der Himmel hatte kaum Wolken am Horizont gezeigt. Nichts deutete auf die Schrecklichkeit hin, die auf die Menschen hier hineinbrechen würde. Die Dunkelheit hatte das Land jetzt vollständig eingehüllt. Fahrzeuge hörten die Verbarrikadierten im Haus kaum noch. Die Menschen hatten verstanden, dass es das Letzte wäre, draußen unterwegs zu sein. Arnel hatte das Radio eingeschaltet. Die Nachrichten drehten sich nur monologartig um das Eine.

»Vielleicht dreht er sich wieder oder entlädt sich vorher.«

Anthony glaubte selbst nicht an seine ungelenke Ermunterung. Ebenso wirkungslos wie sie war, wurde sie von den anderen aufgefasst. Arnel wirkte vielmehr nach dem Radiobericht erstarrt.

»Er wird morgen früh hier sein. Sie haben Windgeschwindigkeiten bis zu 250 km/h angedeutet. Ich habe grauenhafte Angst.«

Sein Blick schweifte zu seiner Mutter, die ruhig in der Ecke saß und sich in den letzten Stunden mit dem Lesen ihrer Bibel befasst hatte. Ruhig nahm sie ihre Brille ab. Kaloy und die kleine Mauring schliefen fest. Ronnie spielte mit seinen Bauklötzen. Die Erwachsenen konnten nicht schlafen. Es war einfach unmöglich.

»Nanay, Manong Manu erzählte irgendwas vom Jahr 1974. Was war das überhaupt?«

»›Kajena‹. Dieser Taifun hat damals eine ganze Insel verwüstet. Aber ich kenne Gottes heiligen Namen jetzt. Ich vertraue auf ihn, Kinder.«

Alle spürten so eine beruhigende Kraft in ihren Worten, aufmunternd und entspannend zugleich. Arnel musste innehalten. Seit Monaten schon beschäftigte sich seine Mutter zusammen mit zwei Frauen mit der Schrift tiefer und genauer. Sie litt über den Tod ihrer Erstgeborenen, suchte nicht nur Trost, sondern Fragen tauchten auf, die sie beantwortet haben wollte. Anthony kam es blitzartig in den Sinn. Damals auf dem Friedhof in dem kleinen Dorf. Auch er hatte jenes Zusammentreffen mit zwei Männern, die ihm Gleiches erklärten.

»Wir bleiben zusammen im Badezimmer. Die Fenster bleiben auf, so dass er mitten durch das Haus zieht. Vergesst die Möbel und euer Zeug. Die Kinder kommen zwischen die Matratzen. Packt eure wichtigsten Sachen in eine Tasche. Die lassen wir nicht los, bis er vorbei ist.«

Anthony staunte über diese praktischen Ideen. Er wäre allein gar nicht darauf gekommen, dass es ratsam wäre, die Fenster zu öffnen und den Taifun durchs Haus ziehen zu lassen, anstatt dass er auf die Wände trifft und das Gebäude eindrückt. Zudem würden die Glaslamellen ohnehin aus ihren Verankerungen reißen, durch das Zimmer fliegen und jemanden möglicherweise verletzen. So logisch und für einen Europäer trotzdem so unwirklich. Roel schüttelte den Kopf.

»Dort passen wir alle gar nicht rein. Ich bleibe hier vorne.«

»Nanay, weißt du, wie das damals auf Masbate gewesen war?«

»Ich möchte eigentlich nicht darüber sprechen.«

Tränen aus einem gütigen Gesicht voller Lebenserfahrung und Ernsthaftigkeit ließen Anthony frieren.

»Manong René und seine Frau, die vor Jahren aus Masbate zu uns nach Capiz kamen. Sie macht sich bis heute Vorwürfe, weil sie ihre beiden Kinder damals in die Schule brachte und dann zu ihrem Mann zurückgegangen war. Sie dachte, dieses Gebäude würde standhalten. Wie eine Mutter hatte sie gedacht. Ein massives Schulgebäude gegen ihr eigenes Haus, welches nur aus

Holz bestand. Hätte ich es in diesem Fall anders gemacht? Ich weiß es nicht.«

»Aber was...«

Lorna Velasquez blickte ihn an, dabei wirkte ihr Augenausdruck grausig.

»Die Schule stürzte ein. Bitte seid jetzt still. Ich will mich mit guten Gedanken beschäftigen.«

Anthonys ganzer Leib begann zu frieren, als er das hörte. Indes sah Valerie jenes Entsetzen im Gesicht dieser lebenserfahrenen Frau und wollte etwas tun. Sie setzte sich neben sie und umarmte Nanay Lorna zärtlich.

»Manang Lorna, ich bin doch bei dir.«

»Weißt du eigentlich, was auf uns zukommen wird?«

Valerie war unfähig, darauf etwas zu antworten und drückte sich fester an sie wie ein Kind, das bei seiner Mutter Schutz suchen wollte. Anthony blickte nach unten und sagte leise zu seinem Freund.

»Roel, du hast mal losgelassen, wir müssten die ›Kaibigan‹ fertig bauen, außer irgendetwas sagt uns, dass Schluss wäre. Wir haben beides geschafft. Sie ist fertig, wir haben uns abgerackert und mein ganzes Geld ist dafür draufgegangen. Und der Taifun sagt uns jetzt wohl, dass es sinnlos war.«

»Sie kann einen ›Signal 4‹ nicht überstehen. Wenn wir auflaufende Wellen bekommen, treiben die sie auf den Sand. Dann wird sie von den nächsten Wellen zertrümmert.«

Als Anthony zur Seite sah und seine Enttäuschung im Gesicht in jenen Minuten so grotesk anmutete, schaltete sich Mutter Lorna nun doch energischer ein. Sie wurde sogar fuchsteufelswild.

»Ihr seid Kinder! Euer Leben ist kostbarer als ein blödes Boot.«

Anthony hatte diesen Worten nicht aufmerksam zugehört. Etwas anderes war ihm blitzartig in den Sinn gekommen. Seine Kamera und die EDV-Ausrüstung waren in Gefahr. Wenn sie verloren gingen, hätte er kaum noch eine Chance, in diesem Land seinen

Lebensunterhalt zu bestreiten. Hastig verließ er das Haus und rannte zu seinem Bambuscottage. Eilig verstaute er den Laptop, die Ladegeräte und seine gesamte Fotoausrüstung in zwei Alukoffern, den er für all diese Utensilien anschaffte, um alles bei Reisen im Land zu schützen. Rasch war Roel bei ihm, um einen der Koffer zu tragen. Die Männer beschlossen, ihn im Toilettenraum in der massiver gemauerten Duschecke unterzubringen. Schnell waren Holzbretter und Nägel besorgt. Die Freunde zimmerten in jener Nacht einen schützenden Sarkophag aus Brettern über diese Kisten mit dem letzten materiellen Schatz, den Anthony noch besaß. Der Holzkasten sollte zumindest den Aufschlag herunterfallender Mauerbrocken überstehen können. Sein Überleben konnte essentiell für Anthonys Lebensunterhalt sein, wenn er jene herannahende Katastrophe überleben würde.

☯ Der Morgen der Entscheidung ☯

Langsam wurde es heller an jenem aufziehenden Morgen, nur vieles war wirklich anders. Nicht wie sonst glänzte das helle, orangefarbene, ins Weiß gehende Licht klar wie immer, wenn das Wetter normal und schön war. Es wurde nur schwerfällig lichter, blieb bedrückend hellgrau, irgendwie unwirklich. Die Männer schauten aus dem Fenster, Kaloy kam angelaufen und umarmte Anthony, als wollte er Schutz suchen. Der Strand sah matt aus, schäbig grau von der Reflexion von dem was über dem Horizont zu sehen war. Eine Masse, marmoriert, grau-anthrazit. Kleinere hellere Streifen versuchten in dieser Wand aus Wolkengebilden umsonst ein wenig Ermunterung zu schaffen. Es war aber kein einziges Loch zu sehen, durch das irgendetwas Blaues hätte scheinen können. Nur diese grauenhafte schwere Wand aus Grau. Es regnete nicht, doch der Wind blies in einer erregten Wallung beschleunigt. Die Palmen zeigten in ihren peitschenden Bewegungen schon an, dass etwas ganz und gar nicht in Ordnung war. Selbst der Foreigner Anthony musste nicht mehr hinterfragen, was das bereits bedeutete. Er ging in den Nebenraum, wo Valerie tatsächlich noch schlief. Das Meer gebärdete sich noch nicht merklich wilder, doch alle in Arnels Haus wussten, dass dies sich schlagartig ändern würde. Starker Regen hatte jetzt ohne Zögern eingesetzt, erstaunlich rasant nach einer so kurzen Zeit.

»Der Wind wird schon stärker.«

Arnel schüttelte den Kopf und lächelte gequält dabei.

»Das ist noch nicht mal die Einleitung, Kuya.«

Die Anwesenden beschlossen etwas zu essen, denn das ging in jenem Moment sogar einigermaßen normal. Im Topf war noch genügend Reis von gestern und eilig geöffnete Konservendosen mit Sardinen in Tomatensauce bildeten das in Hektik verspeiste Frühstück. Den Reis kalt essen zu müssen, war besonders für die Frauen eine Überwindung. Immer wieder beobachtete Nanay Lorna durchs Fenster die grau verschleierte Wolkenwand, und man konnte sehen, dass sie Angst hatte. Plötzlich hämmerte jemand mehrmals heftig gegen die Eingangstür.

»Hey?! Was will denn Rodrigo da draußen?«

Anthony öffnete die Tür vorsichtig. Die Windböen drückten bereits so sehr, dass er mit seinem Körper gegenhalten musste.

»Lasst mich bitte rein! Meine Schwester!«

Valerie war erst vor ein paar Minuten wach geworden, kam aus dem Nebenraum und blickte Rodrigo emotionslos an. Sie schien sich sogar jetzt nicht über ihn zu freuen.

»Bruder? Was willst du hier?«

»Ich musste dich sehen!«

Anthony drängte den Fischer, sofort ins Haus zu kommen. Er zitterte dabei. Unübersehbar konnten alle die Angst eines sonst starken Typen sehen, der die Unbilden des Meeres seit seiner Jugend zwar kannte, aber jetzt wie ein verschreckter kleiner Junge aussah.

»Du musst jetzt bei uns bleiben, Rodrigo. Du kannst nicht mehr zurückgehen.«

Rodrigo schaute sich um und nickte freundlich zu Roel. Valerie riss die Konversation sogleich an sich, interessierte sich in erster Linie für ihre Schwägerin. Sie fand es unmöglich, dass ihr Bruder nicht bei ihr war.

»Wo ist Joy?«

Die trotzige Geste mit verschränkten Armen signalisierte wieder herausbrechende Gefühle, die verletzt worden waren. Ihr schien es im Moment gleichgültig, ob ein Taifun gerade am Anrollen war, um eine ganze Stadt platt zu walzen.

»Bei unseren Eltern.«

»Typisch. Du lässt sie allein. Tolles Beispiel.«

»Schwesterherz! Ich habe es bis jetzt nicht geschafft, dich um Verzeihung zu bitten. Ich will nicht, dass wir so auseinandergehen, jetzt wo einer von uns umkommen könnte. Ist dir überhaupt klar, was auf uns zurollt? Bitte vergib mir!«

»Deshalb kommst du her? Du hast mich angelogen und meinen Ruf beschädigt! Und lern endlich mal, Joy wirklich zu lieben!«

Anthony platzte nun der sprichwörtlich der Kragen.

»Valerie!! Könnt ihr das jetzt mal beiseitelassen?«

Valerie beachtete Anthonys Einwand nicht und sie fixierte nur ihren Bruder, um ihm eine Breitseite mehr zu verpassen.

»Du hast mir so furchtbar wehgetan.«

»Valerie bitte! Ich hab' dich doch lieb. Du bist meine einzige Schwester.«

Valerie blieb stumm, als wollte sie Rodrigos Worte als reine Makulatur abtun. Anthony konnte nichts antworten, er wollte in jenem Moment auch nicht mehr. Kälte als innerer Schutz? Er versuchte nur, Valerie mit seinen Augen verstehen zu geben, dass sie doch endlich das Kriegsbeil begraben müsse. Grund hatten alle, sich gegenseitig zu helfen.

»Das ist eine interne Familiensache.«

»Valerie, nein!«

Anthony griff nach Valeries Hand und seine bittenden Blicke hätten die Kraft gehabt, eine Mauer einstürzen zu lassen. Wieder zögerte sie, doch langsam bröckelte der Widerstand. Mehrere Male schielte sie hinüber zu ihrem Bruder, dessen ausgestreckte Hände alles an Flehen um Gunst zum Ausdruck brachten. Valerie ging auf ihn zu und ließ sich in seine Arme fallen. Rodrigo fing an zu schluchzen, umschlang seine Schwester, drückte ihren Kopf gegen seine Schulter. Dieser Mann mit sensiblem Innersten zeigte ganz öffentlich enorme Stärke. Keine dramatischen Worte, doch große Gesten. Hier war ohnehin niemandem zum Reden zumute. Dann geschah es. Es war ein kurzer Satz aus ihrem Mund, doch der Bedeutendste jenes Morgens.

»Es ist gut, Bruder…, es wird alles gut.«

Mutter Lorna stand die ganze Zeit über noch am Fenster, hatte wirklich keine Lust verspürt, diesem Vergebungsdrama beizuwohnen, doch in jenem Moment wankte sie zurück und wirkte erstarrt.

»Er kommt! 1974 war nichts gegen das, was ich dort draußen sehe.«

Arnel Velasquez schaute durch die Glaslamellen, wurde bleich, rief hektisch umher und bekam einen Augenausdruck der reinen Angst.

»Alle hinlegen! Marie Claire! Die Kinder ins Badezimmer!!«

Anthony fühlte eine Art Blackout. Der Wind hatte sich nicht nur merklich weiter beschleunigt, sondern auch die Temperatur der Luft war schneidend kalt geworden. Ein abartig heftiger Regen hatte gleichfalls eingesetzt, er zeigte sich jedoch nicht wie ein gewöhnlicher, starker Regenguss, sondern wahrhaftig als eine kaskadenartige Masse aus massivem Wasser in einem hochjaulenden Geräuschchaos. Aber der Anblick am Horizont war der eigentliche Schrecken. Die graue, mit den weißen Streifen durchzogene Wolkenmasse schien sich in eine pulsierende

Rollbewegung gesetzt zu haben wie eine horizontale Shredder-Walze. Grün-blaue Farben hatten sich in dieses Grau gemischt, untermalt von einem Klangkörper aus schrecklichen Tönen, die wie Zischen, Grollen und Krachen klangen.

Jeder im Raum glaubte die richtige Position im Raum zu kennen. Roel, Valerie und Rodrigo hatten sich im Anbau auf den Boden gelegt, weil kein Platz für alle im Badezimmer vorhanden war. Kaloy indes hatte die Holzbank aus der Küche entdeckt und sich unter ihr verkrochen. Dumpfe Schläge trafen die Wand bereits. Berstende Geräusche von draußen waren zu vernehmen. Der Winddruck ließ bereits die Mauer vor ihnen zittern, und eine eigentlich in den Tropen unbekannte Eiseskälte raste durch den Raum. Welche Gegenstände vor dem Haus herumgeschleudert wurden oder ihrer Zerstörung nahe waren, wollte niemand wirklich wissen. Die Geräusche von draußen ließen es ohnehin erahnen. Den Kopf einmal neugierig zu strecken, um nach draußen zu blicken, wäre das letzte, was jeder normal denkende Mensch jetzt in Erwägung gezogen hätte.

Die Älteren konnten den Ernst verstehen und sich beherrschen, aber nicht die schreienden Kinder. Marie Claire, selbst panisch umherblickend, hatte alle Hände voll zu tun, ihre kleine Mauring zu beruhigen. Roel lugte gelegentlich doch aus dem Fenster, jedoch wurde sein Kopf von diesem messerscharfen Wind getroffen, der ihn sofort zurückwarf. Er resümierte über sein bisheriges Leben, über seine Freundschaft mit Anthony und den sicheren Tod der ›Kaibigan of Panay‹, die unten in den tosenden Wellen, ohne dass er es ahnte, immer noch aufrecht kämpfend auf und ab stampfte und den Brechern standhielt. Die Männer hatten die zwei Taue durch zwei weitere 40 Meter lange Seile ergänzt und dafür nochmals zwei Pfähle in den tiefen Sand getrieben. Doch sie fing schon an aufzugeben. Ihre beiden Rahen hatten schon buchstäblich die Segel gestreckt und waren an den Masten ächzend hinunter auf das Deck gerutscht.

Roel blickte hinüber zu Valerie. Diese ständigen, vibrierenden Schläge in der Hauswand und das Zittern des ganzen Gebäudes ließen auch ihn, den Exsoldaten, frösteln. Die krachenden Laute machten mehr als deutlich klar, was hier geschah. Er musste gellende Schreie und Hilferufe in der Nachbarschaft hören, daraufhin ein kollabierendes Etwas. In jenem Augenblick beunruhigte ihn besonders ein Knacken in der Dachkonstruktion. Er blickte hoch, denn ein reißendes Geräusch hatte eingesetzt. Das schneidende Ächzen wurde immer lauter. Instinktiv schrie er zu Rodrigo hinüber.

»Shit!! Das Dach!«

Auch Valerie sah nach oben in Richtung des ekligen Geräusches und zeigte mit aufgeregter Geste ihrer Hand zu der Stelle, an der sich das Metallblech abzulösen begann. Rodrigo gehorchte und sprang durch den offenen Durchgang in den Wohnraum. Valerie verharrte starr vor Schock und bewegte sich keinen Millimeter von der Stelle. Roel begann zu schreien.

»Inday! Weg da! Schnell!«

Sie reagierte jedoch nicht. Roel sah nur in diese riesigen und doch so wunderbaren Augen, die alles an Panik zum Besten gaben, was ein Mädchen überhaupt zum Ausdruck bringen konnte. In jenem Moment riss das Dachblech mit flatternden Geräuschen nach und nach von den Balken ab. Wie bei einem Synchronsprung packte Roel zu und warf Valerie förmlich in den ›Sala‹. Sie schrie auf, während jetzt das Dach des Nebenraumes kreischend weggerissen und in den graubunten, wirbelnden Himmel gezogen wurde. Ein ächzendes Knacken hatte eingesetzt. Er konnte jetzt nicht mehr so schnell reagieren. Der dunkle Schatten über ihm war das Letzte, was er bemerkte. Roel sprang zwar, doch die nach unten brechenden Holzteile wichen ihm nicht aus. Dieser Schatten in Form von herabstürzenden Holzbalken war das, was er als Letztes sah. Die Frauen schrien hysterisch. Roel lag friedlich da, als würde er schlafen, daneben dieses aus seiner Schulter über den Boden sickernde Blut. Die Dachteile hingen jetzt quer in dem Durchgang. Grotesk mutete es an, dass sie so einen Teil des brutalen Windes ablenkten. Anthony schrie nach Rodrigo und ohne auf sich zu achten, packte er zu und zog an den verknäulten Balken. Es gelang den beiden Männern, den bewusstlosen Mann unter dem Gewirr aus hinabgefallenen Bauteilen herauszuziehen. Dass Anthony in jenem Augenblick nicht wahnsinnig wurde, verstand er selbst nicht, aber es musste der emotionale Schockzustand sein, der seinen Zusammenbruch verhinderte. Arnel riss sich das Shirt vom Leib und presste es auf die stark blutende Verletzung des Freundes.

»Das Hauptdach wird halten, glaubt mir.«

Wenn sich die anderen inmitten jener apokalyptischen Geräusche, die das ganze Haus nur noch schüttelten, nur so sicher sein konnten. Valeries Verhalten bereitete Anthony nun die größte Sorge, während er sie beobachtete. Seit dem Einsturz des Daches hatte sie zu zittern begonnen und ihre aufgerissenen Augen zeugten davon, dass sie Todesangst hatte. Anthony robbte auf dem Boden wieder in ihre Richtung. Ihr Atem hörte sich schwer und tief an. Er wollte sie ansprechen und berührte ihre Schulter. Zunächst riss sie nur ihren Kopf herum und starrte Anthony in die Augen. Doch dann fing das Mädchen in totaler Auflösung zu schreien an.

»Valerie?«

Valerie stammelte nur hektische, zusammenhanglose Worte und reagierte auf sein Rufen nicht. Ihr ganzer Körper bebte und sie blickte nur auf das Dach über ihr. Ihre Schreie gellten durch den ganzen Raum. Anthony packte ihre Oberarme inmitten der todesbringenden Geräusche, die jener fürchterlich schneidende Wind erzeugte.

»Taifunherz! Bleib ruhig!!«

»Nein!... Nein!!«

Er umklammerte beidhändig ihr Gesicht und schüttelte sie. Ihre großen Augen schienen ihn vor lauter Panik gar nicht zu wahrnehmen zu können, auch wenn er nur Zentimeter entfernt vor ihr kniete. Dieses Geschöpf erbrach sich jetzt hilflos in einem katastrophalen Weinkrampf.

»Ich will nicht... Ich will nicht sterben!!«

»Valerie!! Ruhig! Du wirst nicht sterben!«

Anthony zermarterte sich den Kopf um eine Reaktion, welche irgendwie helfen mochte und wollte nicht wie in diesen albernen Katastrophenfilmen reagieren und wagen, ihr ins Gesicht zu patschen. Selbst in jener Situation hätte Rodrigo ihm dafür eine reingehauen. Was er jetzt tat, wollte er nicht analysieren. Blitzschnell drückte er sie auf den Boden, warf sich schützend auf sie und presste, ohne auf die um ihn herum Schauenden zu achten, seinen Mund fest auf ihre Lippen.

Ihre Abwehr setzte unvermittelt ein, was ihn nicht überraschte. Valerie bäumte sich auf und wollte seine Schultern wegdrücken. Immer wieder versuchte sie ihn in seiner verzweifelten Dreistigkeit von sich wegzuschieben. Er vernahm nur ihre wimmernden Laute, spürte ihre zappelnden Beine und zarte Fäuste, die gegen seinen Körper hämmerten, doch so konnte sie immerhin nicht mehr herumschreien. Langsam ließ er von ihr ab und fühlte sogar etwas Heroisches, nachdem er sie so dreist geküsst hatte. Sie atmete nur schwer und blickte ihn starr an. Eine von ihm jetzt erwartete Ohrfeige kam aber nicht. Windgeschwindigkeiten unerreichter Größe rasten um ihn herum und unter ihm lag eine Liebe seines Lebens, die ihn mit ihren Augen fast aufzufressen schien. ›Yoyleen‹ schien den Höhepunkt eingeleitet zu haben. Konnte es eine Steigerung geben? Aber was sollte Anthony auch darüber wissen? Wirbelstürme kannte er aus Büchern und Erzählungen. Ein armseliger Theoretiker, sonst nichts, das war er in jenem Moment auf diesem Inselreich. Wieder hörten alle ein schneidendes, krachendes Geräusch in der Nachbarschaft, das davon zeugte, dass jemand in jenem Augenblick sein Haus verlor. Immer wieder donnerte dieses furchtbare Brüllen des Orkans, das Prasseln der Regenwassermassen auf das Metalldach, das Krachen der umherfliegenden Gegenstände. Kaum ein Keramikgefäß von Marie Claire war heil geblieben, darüber aber nachzudenken galt in diesem Augenblick so sinnlos wie die Idee, jetzt am Strand schwimmen gehen zu wollen. Klirrend riss eines der Glasteile des Lamellenfensters heraus. Es wirbelte unkontrolliert durch den Raum und traf Arnels Schulter. Anthony schrie, es mutete wie eine sarkastische Eigenmotivation an.

»Die Wand wird halten. vergesst das Fenster.«

Anthony sah Kaloy unter der Holzbank, mit weit aufgerissenen Augen. Langsam robbte er auf den Jungen zu. Es war kein Platz für zwei Leute unter der schmalen Bank, doch Anthony wollte jetzt in Kaloys Nähe sein

»Tito Big Man! Ich hab' Angst. Muss ich jetzt sterben?«

»Nein, großer Freund. Du beschützt mich und ich beschütze dich. Okay?!«

»Ja, Tito.«

»Gott beschützt uns beide, das ist kein Problem. Das hat Nanay Lorna auch gesagt. Wir müssen ihm nur gehorchen und liegen bleiben. Hörst du?«

Warum Anthony urplötzlich so geistige Gedanken aufbrachte, führte er mehr auf seine Angst zurück als auf echte Überzeugung. Es mochte eben jener Moment gekommen zu sein, einmal über solche Dinge nachzudenken. Kaloy blickte ihn an, hielt seinen Daumen hoch.

Der Zwölfjährige faltete die Hände, und er tat es wahrlich, leise beten. Anthony imponierte das in jenem Augenblick. Er versuchte zu lächeln, wollte den Jungen keinesfalls stören, schaute in die Ecke, wo der stoisch dreinblickende Rodrigo still und apathisch ausharrte. Er war sicher in Gedanken nicht nur bei sich, sondern bei seiner Schwester, die jetzt in seinen Armen gebettet dasaß und stumm in Anthonys Richtung schaute. Die Art, wie er sie vorhin beruhigte, war dreist, aber ohne Zweifel weitaus besser gewesen, als sie zu ohrfeigen. Erneut krachten Gegenstände zu Boden, als im halb eingestürzten Nebenraum einige Balken umfielen und Einrichtungsgegenstände mit sich rissen. Fast hätte ein herabfallender Holzkasten mit Essbesteck aus Marie Claires Küche Rodrigo am Kopf getroffen, doch er schien es gar nicht zu bemerken wollen. Die Männer hörten das Weinen der Kinder aus dem Badezimmer und die erbitterten Versuche ihrer Mutter, sie zu beruhigen. Anthony selbst kämpfte nun mit einer einsetzenden Panikattacke, weil ihm immer mehr bewusstwurde, dass jede Minute die letzte in ihrer aller Leben hätte sein können, wenn das Haus vollends kollabieren würde.

Es vergingen vierzig weitere Minuten, die sich anfühlten wie sieben Stunden. Doch die Männer konnten aufatmen, denn das Hauptgebäude stand noch trotz immenser Beschädigungen. Der Wind war auf ein erträgliches Maß heruntergebrochen und der Regen hatte sich merklich abgeschwächt.

»Arnel? Geht es dir gut? Deine Schulter.«

Der Schwager winkte ab und hatte sich bereits ein Shirt als Notverband angelegt. Er war mehr daran interessiert, wie es seiner Frau und den Kindern ging. Kaloy hielt Ronnie im Arm und tat alles, um dem weinenden kleinen Bruder zu helfen. Nanay Lorna zeigte eine bemerkenswerte Gelassenheit und klopfte sich den hineingewehten Sand von ihrer Kleidung.

»Wir haben es wohl überstanden.«

Rodrigo sprang ohne Kommentar auf und rannte zur Tür, die den Sturm auf unglaubliche Weise überstanden hatte.

»Ich muss zu Joy!«

Anthony wollte ihn zurückhalten, doch es überkam ihn gleichsam wie diesen Fischer. Er musste nachsehen, ob es die ›Kaibigan of Panay‹ noch gab. Conchita rief ihm zu, er solle hierbleiben. Während Rodrigo Richtung Strand davonrannte, um nach Hause zu seiner Frau und seinen Eltern zu kommen, bog Anthony hetzend in die Richtung der sichelförmigen Bucht ab.

☿ Der Untergang ☿

Menschen standen verzweifelt auf der Straße, die sich aus ihren mehr oder weniger zerschlagenen Behausungen nach draußen gewagt hatten und sehen dem Fremden, der sich so verrückt verhielt, staunend nach. Immer noch blies der Wind böig und kräftig, der sarkastische Abgang eines Naturereignisses, dass soeben jeden für sein Leben zeichnete. Je näher Anthony zur Bucht kam, desto gewisser entblößte sich die Wahrheit, die er immer hoffnungsvoll zu verdrängen versuchte. Er konnte die ›Kaibigan of Panay‹ nicht mehr an dem angestammten Platz ausmachen. Der Steg war völlig verschwunden. Anthony blickte hektisch atmend auf das wühlende Meer. Hatten sie denn nicht Delgados Ankerwinde montiert? Hätte dieser Anker überhaupt noch etwas ausrichten können? Bei den drei kugelkopfförmigen Felsen, dort in der San Carlos Bucht, musste er unausweichlich ein Drama mit ansehen, dessen Vorbereiter er selbst gewesen war. Das verwundete Schiff trieb mit Schlagseite hinter diesen drei Felsen, den ablaufenden Brechern hatten die Taue und die Pfähle im Sand nichts mehr entgegenzusetzen gehabt. Das Meer hatte die ›Kaibigan of Panay‹ erfasst und sie wie einen Gummiball umschlossen, bereit zum letzten Gnadenstoß.

Anthony konnte es erkennen. Die links angebrachten Ausleger waren alle gebrochen, es konnte sich nur noch um Augenblicke handeln, bis der Seitenrumpf abreißen würde. Ein Auslegerboot dieser Art wäre dann erbarmungslos zum Kentern verurteilt, Zu hoch die Masten, zu schmal der mittlere Rumpf, zu instabil der Schwerpunkt ohne diese rettenden Stützen. Es war eben die Konstruktion. Die Rahe vom Vormast fehlte ganz, und diejenige am Hauptmast lag grotesk quer über dem schmalen Deck. Er konnte sich nur noch in den nassen Sand fallen lassen und den Todeskampf seines Schiffes beobachten. Aber er wollte es nicht, weglaufen. Den Mann neben sich, der irgendwo aus dem Dorf kommend als Schaulustiger sich hinkniend in den Sand hatte fallen lassen, bemerkte er jetzt erst. Mit merkwürdig verzerrten Augen und einem schaurigen Grinsen grunzte ihn dieser Dorfbewohner an: »Ihr habt sie ins Wasser gelassen, wo der Tote angeschwemmt wurde.«

Anthony ballte die Faust, rang um Selbstbeherrschung. Der Mann neben ihm grinste dabei in einer befremdlichen Weise. Anthony begann zu frieren, als er in dieses verzerrte Gesicht schauen musste.

»Ein Fluch liegt auf deinem Schiff. Siehst du, Foreigner?«

Noch zweimal schaukelte die ›Kaibigan of Panay‹, von den Brechern getrieben, mit der angebrochenen Seite gegen die Felsen. Fast wie mit einem riesigen Beil geschnitten brachen alle Ausleger durch und der linke Seitenrumpf riss ab, dabei brachen Planken an der Schiffsseite heraus. Die nächsten Wellen leiteten das Unausweichliche ein. Immer wieder hob sich der rechte Seitenrumpf an seinen Auslegern hoch aus dem Wasser hüpfend während links das Wasser rasch eindrang. Nun war jene letzte Bewegung zu viel, das unheimliche Knacken ließ den einsamen Mann am Strand zaudern. Das Geräusch des beginnenden Kenterns. Langsam drehte sich der lange Rumpf auf die Seite, dabei gaben die Masten den unheilvollen Schwung an, den letzten tödlichen Salto. Diese Rolle mutete irgendwie gekonnt an, doch sie war alles andere als schön. Klatschend schlugen die Masten auf das Wasser. Doch der Hauptmast war zu lang und scherte mit einem peitschenden Geräusch ab, als die Spitze auf den mittleren der drei Felsen schlug. Gleichsam folgte das Sinken des Rumpfes mit einem schäumenden, brodelnden Gurgeln. Lange kämpfte die ›Kaibigan of Panay‹ nicht dagegen an, sie gab einfach würdevoll auf. Das Wasser war aber an dieser

Stelle nicht tief. Anthony meinte, diesen letzten Schrei inmitten der wogenden Brandung vernehmen zu können, als der Rumpf mit seiner verwundeten Seite auf den Grund des Meeres aufschlug. Es sollte wohl ein Mahnmal der Unvernunft und der Unausweichlichkeit des Seins sein, dass sie nicht in tieferem Gewässer starb. Der rechte Seitenrumpf wollte nämlich nicht untergehen, als würde er den Zuschauern zuwinken. Es war grauenhaft real! Er blieb aus dem Wasser ragend, an seinen fünf Trapezstützen befestigt in fester Lage horizontal zur Wasserlinie stehen. Das brachte Anthony noch mehr zum Weinen. Er musste diesen Ort verlassen, einfach nur wegrennen, hoffend dass er damit der Trauer schneller entrinnen könnte.

Völlig erschöpft wankte er langsam weiter, sah immer wieder den ganzen Unrat, der durch den Orkan verteilt worden war, Holzteile, Fischernetze, Reste zerschmetterter Auslegerboote, zertrümmerte Hütten, in denen sich Paare einmal geliebt haben mochten. Er richtete sich auf, blickte dem weiterziehenden Winden hinterher. Selbstbeherrschung haben, ruhig bleiben? Er ging ein paar Schritte weiter, fiel hin, erhob sich wieder und stampfte seine Füße in den Sand. Sein Magen drehte sich Kapriolen schlagend in ihm um. Anthony fiel wieder hin, griff mit den Händen krampfend in den Sand und bäumte sich wieder auf. Dass Valerie herbeigerannt kam und schon in Sichtweite war, merkte er nicht. Anthony schrie gellend in den grau verschleierten Himmel.

»Du Bestie! Du hast mein Schiff zerstört! Rede endlich!«
Er konnte nur noch schreien.
»Yoyleen!!«
»Anthony!!«
Valerie war sichtlich konsterniert, doch wollte nur noch eines, diesen Mann umarmen, dabei stammelte Anthony nur herum. Sie versuchte ihr Bestes, ihn in die Realität der Überlebenden zurück zu holen. Sie sah zu dem im Sand sitzenden, vor sich hin

kicherndem Kerl aus der Nachbarschaft und drehte angewidert ihren Kopf zurück.

»Wir haben es geschafft, hörst du? Was ist mit dem Schiff?«

Anthony bewegte den Kopf in der unmissverständlichen Geste hin und her. Die ›Kaibigan of Panay‹ sank schon nach ihrer ersten und einzigen Fahrt. Ob Eisberg oder Taifun, das machte in jenem Moment keinen Unterschied mehr. Valerie blickte zu den drei kugelkopfförmigen Felsen und sah den Seitenrumpf aus dem Wasser ragen, horizontal zu der schäumenden Flut.

»Manong Manu hatte es gewusst! Nur ein einziges Mal.«

Sie hockten umschlungen im nassen Sand, dabei kamen grotesk süße Gedanken hoch. Als die ›Kaibigan of Panay‹ noch hier auf dem Trockendock lag, hatte sie ihre nassen Dessous vergessen, die er in einer Tüte verbarg. Nach jenem Moment, als er sie zum ersten Mal erblickte, so wie sie erschaffen war.

»Du hast noch was hier liegen lassen. Ich habe es aber für dich in der Kajüte aufbewahrt.«

»Was denn?... Oh, Anthony..., du Idiot...«

Stumm sannen sie jeder für sich über all das Geschehene nach. Als Anthony einen sich bewegenden Schatten im Sand erblickte, hob er seinen Kopf. Das Gesicht des vor ihm stehengebliebenen Kindes ließ ihn sofort hellwach werden. Das kleine Mädchen blickte ihn mit großen Augen unter sandverschmierter Haut an. Kein Laut kam aus ihrem Mund. Hinter dieser Fassade eines unschuldigen Antlitzes war Zuversicht zu erkennen, schüchtern und doch so groß. Valerie wollte sie in den Arm nehmen, doch die Kleine war schneller. Hastig umgriff sie mit den Ärmchen den im Sand kauernden Mann. Sanft streichelte Anthony ihr feines, schwarzes Haar. Das Kind weinte nicht, sondern umarmte ihn nur stumm.

»Es ist alles gut. Wie heißt du denn?«

Aus dem Mund des Mädchens kam weiterhin kein Laut. Valerie kannte sie natürlich. Anthony stand mit der Kleinen in den

Armen auf. Immer noch betrachtete das Kind den Mann, dessen blonde Haare völlig mit Staub und Sand verschmiert waren. Nun grub sie mit ihrer kleinen Hand in einer ihrer Hosentaschen und zog etwas unscheinbar Kleines heraus. Anthony musste innerlich schreien vor Ergriffenheit, als er das Fruchtbonbon in ihrer hohlen Handfläche erblickte. Das Lächeln des Kindes war die Einladung, das kleine Geschenk zu nehmen.

»Sie heißt Chin-Chin und gehört zur Fernandez-Familie.«

»Komm, wir gehen ins Haus und du bekommst was zu trinken.« Langsam gingen die beiden mit dem Mädchen zurück zu Arnels schwer in Mitleidenschaft gezogenem Haus. Die Eltern der Kleinen waren unversehrt und hatten Anthony erkannt. Es fiel ihm ein Stein vom Herzen, als er ihnen ihre Tochter wiedergeben konnte. Nun erfasste er die ganze Tragödie, als er sich umsah. Männer hatten sich versammelt, als sie sahen, dass Roel zu Bewusstsein kam. Die ganze Zeit über hatte Conchita den schwer verletzten Mann bewacht.

»War haarscharf, was?«

»Du wärst fast von dem Zeug da erschlagen worden.«

»Ich konnte doch nicht zulassen, dass du das ein zweites Mal durchmachen musstest.«

Bleich beobachtete Valerie die Szene, kniete sich neben den auf einer Banig-Matte gelagerten Mann. Seine offene Schulterwunde war verbunden, doch jeder sah, dass Roel unbedingt in eine Klinik musste. Wieder war ein Mensch in ihr Leben eingedrungen, dem sie bis an ihr Lebensende gemäß dem Kodex unbedingte Schuld wiedergutmachen musste. Valerie griff nach Roels linker Hand. Seine rechte Schulter war so furchtbar in Mitleidenschaft gezogen, dass sie diese Hand nicht bewegen konnte, ohne ihm höllische Schmerzen anzutun.

»Kuya Roel! Ich stehe ewig in deiner Schuld.«

Sie führte seine linke Hand gegen ihre Stirn, verneigte sich dabei.

»Ist doch Ehrensache, Mädchen. Wann heiratet ihr endlich?«
Anthony konnte nur noch den Kopf schütteln über so einen ausgeflippten Humor. Er ging nach draußen und sah sein Motorrad halb umgekippt an der Hauswand stehen, übersät von Brocken und Staub. Es gelang, den Motor in Gang zu bringen, nachdem der Unrat von der Maschine weggeräumt war und der Kickstarter unzählige Male betätigt werden musste.

»Wir müssen zu deinen Eltern.«

»Schaffst du das?«

»Ich kann fahren. Verlass dich drauf.«

»Ich dachte, wegen der fast unpassierbaren Straße.«

»Bin ich jetzt Familienmitglied oder nicht? Wir müssen nach deinen Eltern sehen. Sie werden meine Familie werden, oder?«
Sie antwortete ihm nicht und lächelte. Ihre Finger streichelten in zarter Weise über seinen Rücken. Ihre Zärtlichkeit gab ihm in jenem Augenblick so viel, auch wenn ihre Gesichter schmutzverschmiert waren und völlig fertig aussahen.

»Dann lass uns fahren.«

Nach einer vorsichtigen Fahrt über die mit allerlei gefährlichem Unrat übersäte Straße erreichten sie Lawigan. Viele Häuser am Ortsrand waren einfach nur dem Erdboden gleich gemacht worden oder zumindest halb eingestürzt. Ungläubig blickten die Menschen zu dem seltsamen Paar auf dem verdreckten Geländemotorrad. Sie mussten anhalten. Während Valerie, ohne abzusteigen, mit drei Nachbarinnen redete, betrachtete Anthony die Gesichter der mit ängstlichen Augen traumatisch blickenden Kinder, die den neuartig aussehenden Mann mit der weißen, aber vom Sand verschmutzten Haut beobachteten. Er konnte nichts für diese kleinen Geschöpfe tun und es schauderte ihn. Valerie signalisierte ihm, dass sie den Weg finden würde und rasch setzten die beiden die Fahrt fort, immer wieder Gegenständen und Menschen ausweichend, die wie in Trance über die Straße taumelten. Tatsächlich erreichten sie das Haus der

Tolentinos. Valerie begann zu schreien. Das halb eingestürzte Dach verriet Furchtbares. Stimmen, die von ihrem Bruder und anderen Männern herrührten, waberten als Wortfetzen aus dem Gebäude. Jene Stimmen klangen ängstlich und nervös. Scheu blickte Valeries Mutter aus der Türöffnung.

»Fernando, sieh mal! Mister Anthony und Valerie!«

Erstaunt musterte der alte Mann die beiden Ankömmlinge.

»Tochter! Joy! Sie ist eingeklemmt!!«

Valerie rannte zu ihrer Mutter. Die beiden Frauen umschlangen sich wie wahnsinnig in ihrer Erleichterung darüber, dass sie nicht einmal einen Kratzer abbekommen hatten. Anthony sprang buchstäblich von seiner Maschine und ließ sie einfach in den Sand kippen. Bleich musste er Rodrigo und zwei Männern bei dem Versuch zusehen, Joy freizugraben, die unter Balken eingeklemmt lag. Sie hatte ihre Augen offen, atmete schwach und wimmerte vor Schmerzen. Die Balkenteile waren ineinander verkeilt. Welcher plötzlich nachrutschen würde, während die Männer verzweifelt versuchten, diese Frau zu befreien, blieb ständig eine Ungewissheit. Ob seine Kommandos richtig waren oder nicht, war ihm in der Verwirrung egal. Rodrigo starrte in die Augen eines Mannes, den er bisher verurteilte und wegen seiner Schwester brandmarkte. Er kämpfte mit den Tränen, besann sich aber wieder und kniete sich neben das aus den Trümmern hervorschauende Gesicht seiner Ehefrau, die er flehend zu beruhigen versuchte.

»Joy. Bitte! Ich hol dich da raus!«

Es gelang ihr leise »Rodrigo, Rodrigo« zu sagen. Schwach streckte sie ihre Hand hervor, die er augenblicklich packte und liebevoll zu reiben begann. Er war zu stolz, sie öffentlich und lauthals um Vergebung zu bitten, aber Anthony fühlte es genau. Er hatte brutal gelernt und würde Vieles wiedergutmachen. Im Grunde war er hart durch das Erlebte und durch die Enttäuschungen, erkannte aber nun den Wert jenes Menschen, den er geheiratet hatte, im Angesicht dieser Gefahr und im Beisein anderer, die ihn bei dem Versuch beobachteten, diese Trümmer über seiner schwer verletzten Frau wegzuheben.

»Helft mir doch!«

Langsam gelang es unter angestrengtem Wuchten und millimetergenauer Entfernung jener Teile aus gesplittertem Holz, Beton und Bewehrungseisen, Joy Tolentino zu befreien. Das blutüberströmte Bein sah übel aus und war augenscheinlich gebrochen. Liebevoll streichelte Rodrigo über das Gesicht seiner Joy. Es strahlte eine wundersame Kombination aus Zuversicht und Hoffnung aus, gepaart mit einem verzerrten Antlitz.

»Liebes, ich kann dir das nicht ersparen, aber wir müssen dich jetzt hochheben.«

Sanft griff er unter ihren Leib und hob sie behutsam an. Dabei musste ihr Bein unweigerlich herunterfallen. Ihre Schmerzensschreie durchzogen den ganzen Raum. Die Qual war für sie kaum erträglich. Rodrigo durfte nicht nachgeben und trug sie unbeirrt aus dem Haus. Ein Pritschenlastwagen stand dort. Er sollte Verletzte in eine größere Stadt bringen, doch die Hauptstraße war durch umgestürzte Bäume und einen Strommast blockiert. Valerie hatte indes die Situation erkannt und schrie: »Joy! Joy!!«

»Ich will zu dem Lastwagen. Sie muss nach Iloilo!«

Währenddessen beeilten sich die anderen Retter, das Gebäude zu verlassen. Anthony war vor Schwäche unkonzentriert und langte irgendwohin, um sich abzustützen, als er die Eingangsöffnung gerade erreichte. Etwas löste sich aus der Wand und ein Mann hinter ihm rief ihm laut zu: »Pass auf, Mann!«

Der mit einem Stück Stahl verbundene Mauerwerksbrocken fiel ihm unversehens gegen den Kopf. Das Eisenteil traf ihn direkt, während augenblicklich Blut aus der Wunde schoss. Fast wurde er ohnmächtig, stand aber wie in einem Schockeffekt wieder auf. Alle sahen das tiefrote Rinnsal, das über die rechte Hälfte seines Gesichts lief. Valerie rannte auf die Männer zu. Helfend riss ein

Mann sein Shirt von sich und presste es auf Anthonys Kopf, ein anderer Filipino stützte ihn sofort und begann, beruhigende Worte in Tagalog zu ihm zu reden. Er musste gewusst haben, dass dieser Fremde diese Sprache beherrschte. Hier kam in jenem Augenblick eine unbändige Liebe der Menschen zu diesem Fremden zum Ausdruck.

Erregt verhandelte Rodrigo mit dem Fahrer des Lastwagens, der bereits andere Verletzte auf seiner Ladefläche mitnehmen sollte und meinte, dass San José näher sei. Augenblicklich sprang Rodrigo auf das Fahrzeug, nachdem er seine Frau auf die Pritsche gelegt und einige zusammengerollte Reissäcke als verzweifeltes Polster unter ihren Kopf gestopft hatte. Anthony wurde zu dem Fahrzeug geführt und die Männer, die ihm halfen, gaben laute Kommandos an den Fahrer, dessen Augen schreckerfüllt groß erschienen, als er den blutenden Mann sah.

»Du musst den Foreigner auch ins Krankenhaus bringen. Los!«
»Geht noch nicht. Die Straße ist zu!«

Alle beeilten sich und schafften es mit vereinten Kräften, sich auf die Ladefläche zu hangeln. Anthony sah Joy's verletztes Bein und redete beruhigend auf sie ein, wobei er sein schönstes Tagalog benutzte. Dass er nahe daran war, ohnmächtig zu werden, wollte er überspielen. Der Gesichtsverlust hätte ihm schließlich nicht gefallen. Joy lächelte nur schwach zurück.

»Sie sind ja schwer verletzt.«
»Das ist nur ein Kratzer.«
»Valerie, kümmere dich doch um ihn.«

Valerie pochte das Herz dramatisch, auch wenn sie für andere so beherrscht wirkte. Ihre Blicke streiften hin und her, weil sie Schwierigkeiten hatte, manche der eingestürzten Häuser noch zu identifizieren. Sie ging einige Schritte weiter in Richtung einer kollabierten Mauer, vor der einige Leute standen. Als sie an der Gruppe Schaulustiger vorbeikam, traf sie auf jemanden, den sie aus unangenehmen Begegnungen kannte. Die Frau hockte stumm da und ihre Augen starrten auf einen großen Turnschuh. Sie hatte ihre Pumps nicht mehr, aber diese Ohrringe, doch ohne den Glitzerglanz im Licht einer Karaoke-Bar. Valerie biss sich auf die Lippen. Sie verscheuchte augenblicklich jedes Gefühl von Abscheu, kniete sich neben die zitternde Frau mit ihren zementverschmierten Haaren. Charlotte schien sie nicht zu bemerken. Ihre Lippen bebten nur bei ihren wimmernden Tönen. Valerie umarmte diese Frau zärtlich. Hier waren Moralgefühl und jede Beurteilung eines Menschen vergessen im Angesicht dieser Schreckensbilder.

»Ich wollte... wollte... doch mit ihm nach New... York.«

Valerie sah den Turnschuh und nun das aus den Trümmern herausschauende Bein eines Mannes, der kein Filipino sein konnte. Der heruntergekrachte Ringanker war fast komplett zusammengeblieben, doch er wog immens viele Tonnen und lag als furchterregender Grabstein auf denen, die ihm nicht mehr ausweichen konnten, als die Mauern wegbrachen.

»Komm mit, Tita Charlotte. Unser Haus ist noch ganz okay.«

»Tolentino? Hast du wieder dein Kleid an? Du Kostüm... puppe. George?... George!! Aber...«

Valerie versuchte krampfhaft, ein Lächeln zu erzeugen.

»Es ist gut. Komm. Ich helf dir.«

Charlotte stand langsam auf und schob Valeries Hand beiseite. Ihre zeitlupenhaften Schritte ließen sie frieren. Ohne Schuhe mitten durch die Steinbrocken und den Staub auf der Straße humpelte sie nur stoisch weiter.

»Amerika... Ich wollte doch... nach Amerika. Da hätte ich es doch gut gehabt... Ja... Amerika.«

Bleich schaute Valerie diesem traumatisierten Wesen hinterher.

»Tita Charlotte! Bleib hier!!«

»Mein... Baby. Ich wollte doch, dass wir... es guthaben...«

Anthony auf der Ladefläche blickte sich um. Mühsam konnte er aufstehen. Neben einem zertrümmerten Ladengebäude stand ein langgestrecktes Wohnhaus, dessen Dach völlig zusammengedrückt worden war. Die Menschen dort blicken sich nur entsetzt um und redeten wirr durcheinander. Einige packten an und räumten Trümmerteile beiseite. Andere versuchten, Trinkbares aufzutreiben. Viele suchten nach Angehörigen. Einer der Nachbarn kam an den Lastwagen. Anthony ließ sich von der Kante der Ladefläche herabgleiten.

»Der verfluchte Sturm hat uns beiden etwas genommen. Wie sieht denn dein Kopf aus? Deine Bangka ist futsch, oder?«

»Gekentert.«

Das Blut presste sich bereits langsam durch das um seine Stirn gebundene Shirt. Anthony fühlte dieses ungehemmte Pochen und heftige Schmerzen.

»Wie heißt du?«

» Jason... Jason Sermiento.«

»Was macht dein Haus?«

»Na ja.«

»Wie geht es deinen Kindern? Ist jemand verletzt?«

»Meinen Kindern ist nichts passiert.«

»Wir bauen dein Haus wieder auf... Ich komme morgen vorbei... und helfe dir...«

Anthony wirkte jetzt wie in einem Delirium und andere meinten zu sehen, dass er wegen des Schlages gegen seinen Kopf nicht wirklich präsent war. Das ganze Ausmaß des Dramas bekam er nicht wirklich mehr mit, es stumpfte alles in ihm ab. Manche Leute saßen nur stumm auf dem Boden, eine Frau betete laut. Herumgestikulierende Männer standen vor dem Ladengebäude, das einmal ein Restaurant und einige Shops beherbergte. Verzweifelt versuchten einige, mit ihren bloßen Händen Steinbrocken zur Seite zu räumen. Anthony ging auf diese Gruppe zu. Er griff ohne zu überlegen nach einigen kleineren Trümmern. Dabei rutschten ihm die Steinbrocken wegen seiner völligen Schwäche immer wieder aus der Hand.

»Sie sind verletzt, Mann. Gehen Sie zu dem Lastwagen zurück.« Der Mann winkte in die Richtung, wo Valerie und ihr Bruder standen. Ihm war bewusst, dass diesem fremden Typen mehr geholfen werden musste als dieser überhaupt etwas Sinnvolles bei der Suche beitragen konnte. Ein Aufschrei erklang, als unter einer Deckenplatte ein Wimmern zu hören war. Mit überwältigender Willenskraft schafften es die sieben Männer, das Bauteil wegzuheben. Einer der kräftigen Kerle hob tränenüberströmt das mit Staub bedeckte kleine Mädchen aus dem Hohlraum heraus, dessen Augen angsterfüllt schauten.

Anthony wankte nun und ging taumelnd einige Schritte zurück, während Valerie ihn entsetzt beobachtete. Zwei Kinder schauten mit starren Augen in seine Richtung. Als sie einige Schritte weiter gingen, bedeckten zwei Männer gerade einen leblosen Körper mit einer Banig-Matte. Anthony sah hin, musste würgen und konnte es nicht mehr aufhalten. Er fiel auf die Knie. Sein Magen schaffte es nicht mehr, etwas zu behalten. Valerie musste nun brutal zu ihm sein, auch wenn ihr sein Anblick zutiefst Schmerzen bereitete. Ihre Stärke in Reinkultur wurde mehr als grandios offenbar.

»Du musst zum LKW zurückgehen, bitte! Denk daran, dass wir ins Krankenhaus fahren müssen. Ich brauche dich jetzt! Verdammt, Anthony!!«

»Ich will... nicht.«

»Steh auf!!«

Anthony durfte hier nicht einfach liegenbleiben. Mit robbenden Bewegungen und den helfenden Händen zweier auf der Ladefläche stehenden Fischern gelang ihm das Aufsteigen auf den endlich abfahrbereiten Wagen. Es drehte sich vor seinen Augen, bis er eine Dunkelheit wahrnahm und seinen Körper zusammensacken fühlte. Dauernd blickte Rodrigo ihn und Valerie an, schämte sich wiederholt. In seinem Kopf spulten sich Ereignisse ab, die ihn schüttelten. Wie ungerecht er war, die Wertschätzung für die Gefühle anderer musste er lernen, leider durch diesen grauenhaften Wirbelsturm, den sie hier ›Yoyleen‹ nannten.

Der Fahrer des LKW mühte sich um ein rasches Vorankommen, doch hatte er oft irgendwelchen Gegenständen auf der Straße auszuweichen. Einmal mussten die noch fähigen Männer auf der Ladefläche absteigen, um eine umgestürzte Palme wegzuheben. Es kostete diese Leute immense Überwindung zusammen mit harter Leidensfähigkeit. Endlich, nach über anderthalb Stunden erreichten sie San José und das kleine Krankenhaus. Scharen von Menschen blockierten den Haupteingang. Rodrigo schrie in die Menge, sie sollten aus dem Weg gehen. Das Gebäude hatte es unbeschädigt überstanden, aber die Ärzte waren hoffnungslos überfordert. Joy's Unterschenkelknochen war mehrfach gesplittert, Anthonys Platzwunde am Kopf ziemlich tief. Ein Arzt sprach leise mit Valerie.
»Bist du seine Frau?«
Valerie verschränkte demonstrativ ihre Arme und blickte in Rodrigos Richtung. Welches Strahlen diese Augen doch ausdrücken konnten.
»Ja.«
Konnte er da noch Widerstand leisten? Ihm tat der Foreigner auf der Liege leid, der dort schwer atmend, halb im Delirium, auf Hilfe wartete.
»Ich habe kein Desinfekt mehr. Wir müssen eine Alternative nehmen.«
»Doktor!?«
»Alkohol. Was soll ich machen?«
Valerie blickte hinüber zu der Liege. Die Schmerzen, die ihm nun angetan werden mussten, stellte sie sich in Gedanken vor, was sie zum Frieren brachte.
»Es muss sein, Doktor.«
»Allerdings. Wenn wir die Wunde jetzt nicht säubern...«

Mehrfach entschuldigte sich der gehetzte Arzt bei ihm und bereitete die Tupfer vor. »Anfangen.«, meinte er nur. Anthony wunderte sich, dass zwei Helferinnen seinen Körper festhielten. Valerie streichelte durch sein Haar. Nun packte sie zu, seinen Kopf oben und am Kinn sanft umklammernd. Er schrie auf wie wahnsinnig. Valerie warf sich auf ihn, um seine aufbäumenden Bewegungen auf der Krankenliege zu bändigen. Sie weinte dabei. Doch der Schock in allen Beteiligten musste sich langsam wieder in den Zustand der Hoffnung und des Willens zum Neuanfang verwandeln, weil es das Einzige war, ob es nun leichtfiel oder nicht.

Der Lastwagenfahrer musste zurück nach Lawigan. Anthony und Valerie wollten mitfahren, während Rodrigo bei seiner Frau weiter ausharren wollte. Dieser Wunsch erschien grotesk. Der Kopfverband zierte Anthony jetzt in einer eher bemitleidenswerten Weise. Eine einzige Schmerztablette hatten sie ihm geben können. Alles in der kleinen Klinik musste rationiert werden. Joy Tolentinos Operation erwies sich als Routine, wenn auch unter den Umständen schwierig. Was sie dabei für Qualen aushalten musste, hatten sich die Zuschauer nicht ausmalen wollen.

»Sie können nicht zurückfahren, Sir.«

»Aber...«

»Sie bleiben hier. Sie können ihn in zwei Tagen abholen lassen, Mam.«

»Nein! Ich bleibe bei ihm!«

Rodrigo indes hatte seiner Frau beruhigend ins Ohr geflüstert und ihr die ganze Zeit liebevoll die Hand gedrückt. Leise näherte er sich der Liege, auf der ein Mann lag, für den seine Schwester so vehement kämpfte.

»Tut's sehr weh? Du Kapitän.«

»Geht so.«

»Ey. Ich möchte dir danken, dass du mir geholfen hast mit Joy.«

»Ehrensache unter Männern.«

»Habe mich blöde benommen. Sorry, Anthony.«
»Spielt das noch eine Rolle?«
Rodrigo sah Valerie wieder an und begann, sanft über ihre schwarzen Haare zu streicheln. Anthony lernte die tiefe, weiche Seele dieses Fischers nun in Aktion kennen. Sein Lächeln war kaum wahrnehmbar, doch in seinem aufblühenden Herzen lachte er grandios laut. Rodrigos war aufgewühlt vor Erleichterung, weil er wusste, dass er seiner Schwester nun Grandioses schenkte. Ihre großen Augen leuchteten in dem ganzen Satz, der aus ihnen herausschoss. Dass sie ihm vergab und er ihr. Alles an Tragödien, genährt durch Missverständnisse und Fehlentscheidungen, wurden in jenem Augenblick ausgelöscht.
»Mach sie bitte glücklich. Du Schwager.«
Valerie und Rodrigo umarmten sich wieder heftig. Hören konnte Anthony ihre Freudentränen nicht, aber Rodrigo spürte sie auf seinem Shirt.
Nach zwei Tagen verließ Anthony mit seiner zukünftigen Frau das Krankenhaus und schlug sich bis Katikpan durch. Sie schlossen sich einem Hilfstrupp an, der von der Hauptstadt aus gesandt worden war. Anthonys handwerkliche Erfahrung hatte nun ein ehernes Ziel und keines, um seinen Schmerz und die Erinnerungen zu vertilgen. Valerie tat Großartiges während der 10-Stunden-Schichten, in denen sie ältere Menschen versorgte und sich beim Trinkwasserausgeben unermüdlich verausgabte. Manong Manu und seine Frau Magdalena hatte es nicht so schlimm getroffen, waren ihre beiden Häuser äußerst massiv errichtet worden. Der alte Künstler trauerte jedoch über den Verlust vieler seiner Zeichnungen und Gemälde, die vom Wind und eingedrungenem Wasser zerstört worden waren. Darunter war auch jenes Gemälde, dass ein Paar während eines Liebesaktes zeigte und welches er heimlich als Geschenk für Valerie und Anthony auserkoren hatte. Auch mehrere seiner Statuen waren umgestürzt und der Gemüsegarten verwüstet. Doch seine

unbändige Zuversicht strahlte auch hier ungebremst. Seine Frau nahm einige Kinder bei sich auf, deren Zuhause zerstört worden war und die Leute im Ort schmunzelten über das neue ›Kinderheim‹, in dem Manong Manu sogar Zeichenkurse für die Kleinen abhielt. Erfahrung als Vater hatte er reichlich und sah wieder eine neue Bestätigung für sein Dasein, welche ihn unermüdlich vorantrieb.

Gehende Erinnerungen

»Warte bitte. Ich komme gleich zurück.«

Als Lorna Velasquez wieder auf die Veranda trat, hatte Anthony es sich in einem der Bambussessel gemütlich gemacht. Ein Bus kam gerade auf der Landstraße vorbeigerauscht, danach ein Jeep, auf dem hinten auf der Stoßstange fünf Halbstarke standen und johlend ihre Freudenrufe in den Himmel schrien. Diese jungen Kerle hatten bereits vergessen, was vor genau 12 Tagen hier über die Menschen hereinbrach.

»Wie war die Arbeit heute?«

»Wir haben an Kuya Jasons neuem Haus gezimmert. Er ist ein feiner Kerl. Seine kleine Tochter Bing-Bing ist so entzückend und hat uns allen Saft herumgereicht. Dabei ist sie erst fünf.«

»Deine Wunde ist gerade am Verheilen. Schone dich lieber.«

»Es geht schon. Ich arbeite, solange ich Kraft habe. Die Leute brauchen uns jetzt. Ich gehe nachher zur Familie Ramos.«

Nanay Lorna schwieg und reichte ihm eine hölzerne Schatulle. Anthony zuckte auf, als er den Inhalt sah. Es waren der Ehering von Ynez und sein eigener. Er konnte es nicht verstehen, ahnte aber, was sie damit vorhatte.

»Nanay, wir sollen die doch nicht etwa versetzen?«

»Doch, das wirst du. Du musst Valeries Kleid bezahlen. Es gibt noch Schulden darauf.«

»Aber sie gehören jetzt der Familie. Ich hatte das so bestimmt.«

»Sie waren ein Siegel für den Bund zwischen dir und meiner Tochter. Ich kann nicht dulden, dass Valerie ihren Ring trägt. Sie und du werden neue Siegel eurer Verbindung anfertigen lassen. Dafür musst du aber nun kämpfen.«

»Ich möchte nicht, dass du das tust.«

»Darf ich dir kein Geschenk machen für eure Zukunft?«

Ruhig setzte sich die alte Frau neben ihm in den anderen Sessel. Sie hatte damals mit ansehen müssen, wie eine Angestellte im Aufbahrungsraum den Ring von Ynez's Finger zog, ihn in einen Korb legte und ihr alles wortlos kondolierend auf eine Theke vor die Nase stellte. Danach wurden die gefühllosen Formalitäten wegen der Überführung nach Capiz zum Friedhof erledigt, wo schon ihr Vater, die Mutter und der geliebte Mann in einem Kasten aus weißgetünchtem Beton und Ziegeln ihre letzte Ruhe fanden. Anthony war damals völlig in sich gekehrt und teilnahmslos gewesen, er, der Fremde in der Fremde. Jetzt kamen solche Erinnerungen angesichts des seltsamen Wunsches seiner Schwiegermutter wieder hoch. Wollte sie damit unter jene Vergangenheit einen Strich ziehen?

»Du tust, was ich dir sage. Du hast kaum noch Geld, nicht wahr?« Anthony nickte nur leise. Er schämte sich deshalb ziemlich.

»Ich kaufe Valerie doch nicht!«

»Du siehst das falsch. Die Tolentinos würden niemanden fragen, ihnen zu helfen. Ihr Haus ist ruiniert, Rodrigos Bangka erst seit einigen Tagen wieder repariert. Aber jemanden fragen? Lieber opfern sie sich, schicken Valerie nach Iloilo wegen einer Arbeit oder Rodrigo fährt 24 Stunden herum, um Fisch zu fangen. Wenn du es aber selbst tust, ist das etwas anderes.«

»Es kommt mir so vor, als würde ich etwas Bedeutendes stehlen, um etwas anderes zu bekommen.«

»Du liebst doch dieses Mädchen! Dass du mit ihr so manches Mal deinen Spaß haben wirst, wenn sie mal wieder ihr Schmollen und Weinen zum Besten gibt, ist mir klar. Aber es war deine

Wahl. Steh jetzt dazu! Ich finde sie übrigens sehr klug. Deine ›Taifunherz‹ ist ein standhaftes Girl.«

»Nanay Lorna, ich weiß nicht...«

»Ich werde morgen in Iloilo die Ringe versetzen. Du bleibst hier, damit ich einen besseren Preis herausschlage.«

Mutter Lorna atmete tief ein und stand auf.

»Ich gehe jetzt schlafen.«

Anthony sah ihr hinterher. Unbegreifliches formierte sich vor seinen Augen. Das Kleid. Enorme Schulden lasteten auf der Tolentino-Familie. Tapfer hielten sie vor anderen ihr Gesicht sauber. Valerie wusste es. Der Tod von Tomas, der Wirbelsturm und nun Anthonys finanzielle Misere, der sein ganzes Erspartes für den Bau des vor der San Carlos Bucht gekenterten Schiffes aufbrauchte, waren die einschneidenden Unwirklichkeiten, die alle Pläne für ihr Leben zunichte zu machen schienen. Sie würde in Kürze wieder nach Iloilo gehen, um zu arbeiten. Sie hatte Anthony das Ja-Wort gegeben, aber die Hochzeit musste opfervoll warten. Die Idee, mit ihm zusammen in seinem Metier zu arbeiten, verwarf sie zunächst, denn Fotografie war ihr etwas völlig Unbekanntes.

Der Wochenmarkt platzte wieder einmal vor lauter Menschen aus allen Nähten. Kunden hatte der alte Geraldo genug. Sein zweites Standbein als Geldverleiher brachte ihm so viel ein wie das Kerngeschäft, sein Laden. Zwei Angestellte beschäftigte er und hatte jede Menge zu tun an jenen Tagen. Bekannte Gesichter grüßte er seit 6 Uhr morgens schon. Das Wetter war etwas grau und bewölkt, aber unter den Planen seines Marktstandes fühlte er sich bei jedem Wetter wohl. Er managte das Geschäft fast alleine, seine Frau blieb lieber zu Hause und machte Handarbeiten oder verwaltete die Bücher, so dass die Berechnungen der Steuern immer passten. Der Wochenmarkt war sein Metier. Den ganzen Tag reden, lachen, amüsante Geschichten erzählen und dabei gutes Geld verdienen. Das war das Leben eines alten Kaufmanns. Ein bekanntes Gesicht erschien in seinem Laden.

»Guten Morgen, Geraldo.«

»Na, Pilar. Was darf es sein heute?«

»Ein Kilo Kankong und ein Pfund Zwiebeln.«

Eines der Mädchen, die bei Manong Geraldo arbeiteten, packte die Sachen ein. Schüchtern reichte Pilar Tolentino das Geld. Nachdem sie die Einkäufe in ihre Basttasche gepackt hatte, holte sie einen Umschlag heraus und hielt ihn dem Ladenbesitzer hin.

»Hier. 500 Pesos als Rate. Du weißt, unser Haus muss noch fertiggestellt werden. Wir können einfach nicht mehr.«

»Warum habt ihr mir das Kleid nicht dafür gegeben?«

»Nein, Geraldo.«

»Ich hätte es an die reiche Tochter eines Politikers verkaufen können und euch 50% von dem gegeben, was ihr schon bezahlt habt.«

»Wir lieben unsere Tochter und halten ihr Filipiniana-Kleid in Ehren.«

»Bis zum Verhungern? Hör zu, Pilar. Von Ehre allein wird keiner satt.«

»Wir werden unsere Schulden begleichen!«

»Steck dein Geld wieder ein. Weißt du das denn nicht?«

»Was weiß ich nicht?«

»Diese Schulden sind bezahlt worden. Vorgestern. Schade. Hat mich ein wenig von den Zinsen gekostet, aber ich hatte trotzdem eingewilligt, dass der Foreigner das begleicht. Man weiß ja nicht, ob ihr das noch geschafft hättet.«

Pilar Tolentino war mehr als perplex und stammelte ein wenig.

»Na, der mit der Riesenbangka in Katikpan. Schade, dass das Boot gesunken ist. Ein standhafter Typ ist das aber. Er verlangte von mir partout ein Schriftstück, wo ich haarklein aufführen musste, dass es die Schulden für das Kleid deiner Tochter waren, die er nun bezahlt hat. Das wäre in seinem Land so üblich.«

Geraldo grinste Pilar Tolentino mit breitem Mund an.

»Der Foreigner hat eure Valerie auserkoren, stimmt's?«

Pilar schaute den älteren Mann pikiert an und verstand im Moment nicht, was sich hier eigentlich abspielte. Niemand in der Velasquez-Familie konnte von den Schulden wegen dem Kleid ihrer Tochter gewusst haben, außer Valerie hätte es ihnen erzählt. Verstört stieg sie in einen Jeep und fuhr nach Hause.

»Fernando!«

»Was gibt es? Hat Geraldo die Rate eingetragen, die du ihm gebracht hast?«

»Nein. Die Schulden sind bezahlt worden..., von Anthony.«

»Was?«

»Woher wusste er denn, dass Valeries Kleid noch nicht bezahlt ist? Fernando!«

»Er tut es, weil er unsere Tochter wirklich liebt.«

Fernando Tolentino ging nach draußen, bog ab zum Waschplatz vor seinem kleinen Haus. Joy und Valerie mühten sich zusammen, das Filipiniana in der milden Waschlauge zu reinigen. Vorsichtig kneteten und zogen sie an dem Kleiderstoff und wrangen ihn bedächtig. Sie hielten ein Kleid in den Händen, dass einmal 58000 Pesos gekostet hatte. Dafür bekam man ein 125 cm^3 Motorrad in Iloilo. Was für ein überaus großzügiges Geschenk, welches groteskerweise von zwei Männern gemeinsam bezahlt wurde, die jenes edle und gleiche Ziel hatten, eine junge Frau zu ehelichen.

»Joy, ich möchte mit Valerie alleine reden.«

Gehorsam ging die schüchterne Frau an ihrer Krücke ins Haus. Sie, die unbemerkt von anderen so viel ertrug. Valerie wusch konzentriert weiter am Rockteil ihres Kleides.

»Vater?«

»Setz dich bitte mit mir auf die Bank, Kind.«

Nachdem sie sich auf die geschnitzte Holzbank vor dem Eingang des Hauses niedergelassen hatten, griff der Vater nach den

Händen seiner geliebten Tochter, die ihn ohne eine Regung ansah. Gelacht hatte Valerie in der letzten Zeit wenig und litt mit Worten und Tränen zusammen mit Schwägerin Joy, die sich nichts sehnlicher wünschte als Fruchtbarkeit, um ihrem Mann Kinder zu geben.

»Anthony hat deine Schulden bezahlt.«
»Er hat was? Vater, ich hatte keine Ahnung davon.«
»Woher wusste er dann, dass dein Kleid nicht abbezahlt war?«
»Ich war mal bei Nanay Lorna und habe mich ausgesprochen..., und es kurz erwähnt.«
»Hast du etwa bei der Velasquez-Familie gebettelt?«
»Nein, Vater. Ich habe unseren Familienstolz. Niemals hätte ich sie um Geld gebeten. Wirklich nicht, Tatay!«
»Aber sie hat es ihm erzählt. Sicher. Komm, Kind.«
Fernando Tolentino war berührt vom Verhalten seiner Tochter. Leicht hätte sie Anthony bitten können ihr zu helfen. Ihn austesten oder herausfinden, wie spendabel er wäre, um sich materielle Segnungen in der späteren Ehe vorzustellen. Das war hier bei vielen ihrer Freundinnen so. Sie lebte anders. Affektiv, jedoch intelligent. Weinerlich emotionell, aber standhaft im Kodex, niemals gierig zu sein. Opferbereit, jedoch zärtlich. Anthony wusste es noch nicht, aber seine Stunde mit ihr würde kommen, wenn sie sich entrückt von diesen Geschehnissen leidenschaftlich lieben würden. Der Vater wusste es auch. Sein Herz sprang vor Freude über diese Art Selbstlosigkeit.

»Du hast Anthony also nie gefragt, ob er deine Schulden bezahlen könnte? Du bist so stolz, Valerie. Kind.«
»Ich liebe Anthony nicht wegen seinem Geld.«
Zärtlich umarmte Fernando Tolentino seine Tochter und streichelte ihren Rücken. Ihre Finger umgriffen den Stoff seines Hemdes. Geborgenheit fühlte sie schon, wie seit ihren Kindertagen unter der Obhut solch liebender Eltern. Sie, die Letztgeborene von Dreien. Der zweite Junge nach Rodrigo verstarb

tragischerweise an einer Krankheit, als er sieben Jahre alt war. Auch Valerie hätte der Tod fast schon ereilt, bevor sie aus dem Schoß ihrer Mutter vollständig in die Welt kam. Die überaus große Verzärtelung ihr gegenüber mochte aus der Angst vor dem Verlust gekommen sein, diese allgegenwärtige Beschützung und Verwöhnung durch die Eltern und auch durch ihren Bruder, der wie ein Wachhund stets hinter ihr herrannte.

»Tatay, ich möchte etwas fragen. Wegen ›Yoyleen‹ muss ich Opfer bringen, ich weiß doch. Die Arbeit in Iloilo. Und dass ich jetzt nicht heiraten kann. Das ist für Anthony auch schwer. Er muss sein letztes Geld ausgegeben haben. Er geht aber auch zurück, um seinen Fotoladen wieder aufzumachen. Meinst du nicht, ich könnte seine Arbeit lernen und mit ihm gemeinsam eine Existenz aufbauen? Das Schiffsbau-Studium hat doch gar keinen Sinn.«

»Das hat es auch nicht mehr. Du hast dich für ihn entschieden.« Fernando Tolentino wirkte traurig. Gerne würde er seiner Tochter eine rauschende Hochzeit schenken. Sicher, Anthony Fettermann wäre nicht geizig, würde die Eltern unterstützen, doch er tat Anmaßendes, was ihn Bankrott machte und als Mahnmal im Meer zeigte, dass ein Mann immer Wichtigerem den Vortritt lassen musste. Valeries Vater hütete sich aber noch vor Kritik an dem Mann aus Europa, um seine Tochter nicht zu verletzen.

»Er ist sehr einfühlend im Vergleich zu anderen Männern. Ich hatte Elisha in Iloilo getroffen. Ihr Mann..., schlägt sie manchmal. Das ist schlimm. Aber Anthony würde so was nie tun, er ist ungemein selbstbeherrscht und respektvoll. Vater, da ist noch was... Er hat doch auch intime Erfahrungen... mit einer Frau. Ich glaube, er kann wahnsinnig gut lieben.«

»Das Warten fällt ihm sicher nicht leicht.«

Es brachte sie ins Grübeln darüber, ob Anthonys bisheriges Leben ihr vermehrt leidenschaftliche Erlebnisse schöner Art ermöglichen würde. Seine sexuelle Erfahrung schien ihr nun etwas Erstrebenswertes über ihre brennende Liebe zu ihm hinaus zu sein.

»Hör auf deinen alten Vater. Warten kann sehr anstrengen. Ich war auch jung und heiß, als ich deine Mutter kennenlernte.«

»Er schenkt mir so unglaublich viel Respekt, weil ich es so will.« Fernando Tolentino hatte diesen Mann längst analysiert. Er glaubte an einen Schöpfer und wusste, dass Warten bis zur Hochzeitsnacht weit grandiosere Offenbarungen auftun würde. Valeries Integrität wegen ein paar Monaten Warterei brechen zu wollen wäre Anthony tatsächlich als etwas Grauenhaftes vorgekommen, weil er sie für immer lieben wollte.

»Der Verlust seiner Bangka muss ihm auch sehr wehtun.«

» Ja, Daddy. Er weint manchmal deshalb.«

»Ein Mann wird nur schwer mit sowas fertig.«

Ihr Vater nahm sie bei der Hand und wollte mit ihr ins Haus gehen, um eine Erfrischung zu sich zu nehmen, doch Valerie wandte ein, dass sie erst ihr Kleid fertigwaschen wolle.

☼ Die Ruhe nach dem Sturm ☼

»Ist das Ihre neue Frau?«

Es war für die älteren Menschen in jener Provinz schwer zu verstehen, nach dem Ableben der treuen Ehefrau nach einer kurzen Zeit eine neue Liebe zu haben. Roel wollte es seiner Mutter erklären und schaffte es sogar recht anschaulich und logisch. Der Erfolg blieb aber mäßig.

»Wir heiraten in Iloilo. Ganz einfach und ohne viele Gäste. Mit ihrer Familie aus Antique. Natürlich ist Roel dabei.«

»Kommen Sie bald wieder zu uns?«

»Ich weiß es momentan nicht, Mrs. Lopez. Außerdem muss ich noch ein paar Nachbarn beim Hausbau helfen. Und wir wollen vielleicht nach Manila gehen.«

Herr Lopez bat die beiden herein und kredenzte einen selbst komponierten Cocktail aus Calamansifrüchten, Ananassaft und Rohrzucker.

»Bitte, Inday. Wie ist denn dein Name?«

»Ich heiße Valerie Tolentino.«

»Sehr erfreut. Du bist sehr hübsch.«

Herr Lopez war für sein Alter modern freidenkend und fand Anthonys Liebe zu der jungen Frau ganz in Ordnung. Der Tod wäre grausam, aber das Leben ginge weiter und der Strom der Zeit in der Liebe und den Leidenschaften gehörten seiner Ansicht nach zu den elementaren Dingen im Dasein eines Mannes.

»Deine Bangka wurde fertig, hat mir Roel erzählt?«

» Ja, Mister Lopez. Ich schätze es jeden Tag, was Ihr Sohn für mich tat. Ich weiß nicht, ob ich das überhaupt verdiene.«

»Unser Land ist deine neue Familie. Lorna Velasquez und ich wissen es schon lange. Ihr redet in euren Nachrichten von Integration und Fremdenliebe. Du hast es sofort richtig gemacht und uns respektiert, in deinen Handlungen und Gesten, deiner Liebe zu Ynez und uns. Du bekommst einfach nur zurück, was der Filipino mit Verstand und Herz jemandem zurückgibt, den er schätzt. Nur du merkst es immer etwas spät.«

Anthony war berührt, als er dies hörte. Valerie weinte leise. Sie selbst fühlte immense Liebe zu ihm, verstand diese Worte sehr genau. Die älteren Generationen hatten diesen Lebensstil und den Kodex, den sie vertraten und lebten.

»Was wollt ihr hier tun?«

»Ich möchte Valerie morgen das Grab zeigen.«

Der nächste Tag war so sonnig, als wäre die Gegend seit Jahren von keinerlei Regen heimgesucht worden. Langsam gingen die beiden zu den Grabreihen. Vor dem weißen Steinsarkophag blieben sie stehen. Hier ruhten vier Mitglieder der Velasquez-Familie. Oben standen die Namen der Großeltern, und links unten der Name Emilio Velasquez. Unten rechts konnte Valerie den Namen sofort erkennen, um den es hier am meisten gehen würde.

»Sie wird eines Tages im Reich Gottes auferstehen.«

Valerie schaute ihn etwas erstaunt an und zerbrach sich über diesen Satz den Kopf. Er weinte nicht, schien tief nachzudenken.

»Glaubst du das?«

»Es macht Sinn. Ich habe mal mit zwei jungen Männern geredet, die nach der Beerdigung zu uns kamen. Es macht Sinn, Valerie. Der Tod nicht. Ich könnte die ›Kaibigan‹ wieder neu ausführen. Meine Zeichnung ist doch noch da. Warum sollte Gott Ynez nicht wieder auferstehen lassen? Als Allmächtiger weiß er genau, wie jeder Mensch aussah. Er benötigt schließlich keine Zeichnung.«

Still begann Valerie zu grübeln, sie musste es akzeptieren. Er dachte noch tief über seine Ehe mit der Frau nach, die hier still ruhte. Würde Anthony sie in ihrer Verbindung immer mit Ynez vergleichen? Es war unmöglich für sie, das vorausschauend zu ergründen, es ging einfach noch nicht. Doch sie würde gemessen werden, dessen war sie sich bewusst.

Am Abend auf der Veranda starrte Anthony in den funkelnden Sternenhimmel. Die Insekten summten, ein Vogel hinter dem Haus sang in seinem Zweitongezwitscher. Schien es so, dass einer dieser Sternenhaufen in seiner Fantasie sich zu einem langgestreckten Rumpf formte, verziert mit einem aufrechtstehenden Mast? Sein Blick wanderte umher. Wie zwei Vogelflügel in einer Art Dreieck nebeneinander mit einem nach unten gehendem Schweif meinte Anthony in seinen Gedanken in diesen Himmelskörpern vor sich ein Filipiniana-Kleid gesehen zu haben, ohne Blumen, ohne handgemachte Stickereien.

»Darling. Komm doch jetzt schlafen.«

Anthony hob seine Hand, streckte seinen Finger an eine bestimmte Stelle in den Himmel zeigend.

»Schau, Valerie. Die ›Kaibigan of Panay‹. Ich sehe sie dort oben.«

»Kuya?«

Anthony drehte sich zu seinem Schwager um. Er war manchmal so, seit sie San Joaquin verlassen hatten. Nach der Schufterei an den Häusern der Nachbarn hatte sich sein emotionaler Zustand verschlechtert. Diese Erschöpfung machte schwere Handarbeit kaum noch möglich. Die Ruhe und Erholung in Capiz begannen ihm aber langsam gutzutun.

»Ich habe Schweinefleisch für uns gegrillt, mit Chilisauce.«

Still ging er ins Haus, wie gehorsam seinen Pflegern folgend. Kaloy erwartete ihn schon, um die Geschichte zweier Kinder aus einer Animationsfilmreihe zu sehen. Das ermunterte alle zusammen, auch die Erwachsenen. Das Essen inmitten der grünen Plantagen erfrischte und beruhigte, weil kein Meeresrauschen ans Ohr drang. Die Insekten draußen gaben wieder nur ihr stoisches Geräusch in die Luft und auf der Feuerstelle knisterte noch die letzte Glut. Morgen wollte Onkel Sam zu Besuch kommen. Jeder im Ort meinte, Anthony trösten zu müssen. So feinfühlig waren sie hier zu ihm, Dankbarkeit für seine Opfer, die er doch nicht als welche ansah. Als die Kinder längst schliefen, ging Anthony in seine Hütte. Er setzte sich stumm auf das Bett, über ihm dieses seidige Gebilde und begann nachzudenken. Das Moskitonetz schützte vor den Mücken, aber vor einem Wirbelsturm? Valerie saß auf dem Stuhl neben seiner Schlafstatt, hielt seine Hand und streichelte sie.

»Ich gehe dann in mein Zimmer.«

»Natürlich.«

»Woran denkst du?«

»Er war zufälligerweise am richtigen Platz. Der Teil, wo ich mich befand, hätte Arnel und uns unter sich begraben können. Vergiss daher bitte nie, was Roel für dich getan hat. Und sei ewig dankbar dafür.«

Ausdrucksstarke, wieder so dramatische Mandelaugen sahen Anthony wegen dieser doch etwas harsch gesprochenen Worte an. Anthony dachte, dass jene einschneidenden Erfahrungen ihn stählern und er beim nächsten Mal besser handeln, reagieren, trösten und beschützen könnte. Aber schnell verpuffte dieser Gedanke wieder. Er hatte ja nicht einmal sein Schiff retten können. Anthony fand Capiz früher etwas langweilig, heute fantastisch erholsam. Anstelle des weiten Sandstrandes Reisfelder, anstelle der Korallenriffe kleine Kanäle mit Fischen, die Kaloy gerne mit einer Hakenschnur fing und überall volle Fruchtbäume. Nanay Lorna war überaus froh, wieder in ihrem Elternhaus zu sein. Anthony spürte, welche enormen menschlichen Schulden er gegenüber ihr hatte. Sie hätte gar nicht in Antique sein brauchen, doch sie wollte Erinnerungen an die verlorene Tochter aus ihrem Herzen entfernen. Die Gefahr, in die sie sich damit brachte, ließ Anthony erschaudern, denn letztlich war es für ihn, dieses Opfer.

Irgendwann in der Nacht begann Anthony plötzlich schweißgebadet unruhig zu werden. Die letzten Bilder eines Traumes hatten ihn nur in einen ungelenken Halbschlaf fallen lassen. Er schlug seinen Kopf ängstlich hin und her. Ein weibliches Gesicht mit großen braunen Augen hatte ihn starr angeblickt, in jenem Traum. Ein wabernder Alptraum. Er verstand nicht, ob diese Augen lebten oder nur apathisch blickten. Anthony träumte jetzt deutlicher. Er sah, dass seine Hand sich ausstreckte und über diese Augen fuhr, um sie zu bedecken, bis plötzlich die Finger jener weiblichen Gestalt seine Hand packten. Er hörte vielmehr eine Stimme, die schrie: »Bitte nicht«. Ein Schrei entfuhr ihm. Schweißüberströmt schreckte Anthony hoch und saß auf dem Bett, unter diesem feinen Netz gegen die Mücken. Es war heiß, aber er wurde erneut so müde und schlief wieder ein. Doch etwas kam bald wieder, zuerst die Unruhe und erneut Bilder vor seinen Augen. Ein grauer Schleier und Wasser, das sich wirbelnd bewegte. In diesem Gebilde aus Grau und Wasser eine Gestalt, die aus dem Nichts auftauchte und langsam den Strand entlanglief, schlank und auf den Schultern diese halbrunden Erhebungen, wie sie für diese Kleider üblich waren. Die Augen der hageren Gestalt, einer jungen Frau, glänzten, blickten aber starr. Anthony wälzte sich mehr und mehr unruhig hin und her, begann hastig zu atmen. Ein Satz war in diesem Traum zu hören: »Lebt wohl…« Wie ein Blitz flog ein undefinierbarer Gegenstand gegen den Kopf der Frau, die augenblicklich umfiel. Und wieder wachte Anthony zitternd auf. Sollten jene Traumsequenzen eine furchtbare Erinnerung an Ynez gewesen sein?

Der Tag begann wie üblich früh. Hähne krähten ihren Morgenruf, die Sonne hob sich wieder pünktlich am Horizont empor. Irgendwie zäh wirkte aber das Anschwellen des Morgenlichtes. Anthony bekam Angst und sprang erschrocken auf. Die Nacht war furchtbar gewesen. Unbekleidet wie er eingeschlafen war, schaute er aus dem Lamellenfenster. Wie grau war der Himmel? Rotierten gar einige Wolkengebilde? Bewegten sich die Kokospalmen peitschend hin und her? Es musste unverzüglich etwas unternommen werden! Hastig griff er nach seinen Sachen und zog sich an. Er musste die Familie warnen.
Es klopfte leise an der Tür. Valerie war schon längst auf dem weiten Gelände der Farm der Velasquez-Familie unterwegs gewesen. Sie hatte einen Becher mit dampfend heißem Kaffee in der Hand, als Anthony die Tür aufriss und sie entgeistert ansah.
 »Es zieht ein Sturm auf! Macht euch doch um Himmels Willen bereit.«
Valerie stellte die Tasse rasch ab und umarmte ihn beruhigend.
 »Es ist nichts. Nur etwas Regen.«
 »Nur Regen?«
 » Ja, Schatz.«
 »Aber…«
 »Es ist nichts, Liebster. Wir haben kein Signal.«

Anthony nickte, zog sich apathisch seine Arbeitshose über und ging ins Haus. Die ganze Familie bemühte sich, ihn mit freundlichen Begrüßungen und kleinen Gesten zu erfreuen. Er verstand es und befleißigte sich um eine positive Ausstrahlung. Es gelang meist, wenn nicht immer diese Bilder vor ihm auftauchen würden, die Bilder jener schrecklichen Momente, die ihn nun gezeichnet hatten. Diese Visionen loszuwerden könnte noch eine Ewigkeit dauern, wer würde es wissen? Es herrschte nun dieser Wirrwarr von Gedanken an die bevorstehende Hochzeit einerseits mit diesem Mädchen, dass er so liebte und andererseits der mögliche Verlust der Bindungen mit allen, die ihn hier so liebgewonnen hatten im Clan der Velasquez-Familie. Ynez gänzlich zu vergessen kam ihm wie ein Affront gegen alle vor. Der Tod machte seine Runden und die Lebenden kämpften weiter ihren Kampf mit ihrem Glück, mit der Suche nach dem Erfüllenden und ihren täglichen Gefühlen und Verlusten. Seine angeschlagenen Gedanken und Empfindungen wegen jener traumatischen Szenen, während ›Yoyleen‹ die Küste verwüstete, raubten ihm im Grunde jede tiefe Freude. Anthony musste seine neue Taktik gegen diese emotionalen Flashbacks finden. Er versuchte, sich die schöne Zeit nach der Hochzeit auszumalen, um Trost zu finden. Iloilo und der Wiederanfang mit seiner bisherigen Arbeit sollten es werden.

Das Schloss machte diese typischen Geräusche, als sie seinen kleinen Fotoladen betraten. Die Nachbarn in der Straße hatten bereits alles mitbekommen, freuten sich, beglückwünschten ihn, dass er den Sturm überstanden hatte und fragten natürlich alles Mögliche. Man würde es schon staunend erfahren, das mit der neuen Frau an seiner Seite. Ein Bündel Briefe wurde ihm hingereicht, und Anthony betrachtete zunächst stirnrunzelnd den Staub in seinem Atelier.

»Werden Sie nun wieder hierbleiben, Sir?«

Seine Vermieterin Frau Veloso, eine unbändig lustige, etwas füllige Mitvierzigerin, freute sich in ihrer immerwährenden Neugier. Sie begrüßte Valerie und grinste fröhlich.

»Das muss ich, Mrs. Veloso. Ich muss wieder Geld verdienen. Habe in San Joaquin viel verloren..., sehr viel.«

»Brauchen Sie nicht eine Angestellte? Ich kenne jemanden, der sich auskennt und würde die junge Dame empfehlen...«

»Nicht nötig. Meine neue Hilfe ist hier. Darf ich vorstellen? Miss Valerie Tolentino aus Lawigan.«

«Hallo, Mädchen. Aus Antique? Wie ist es deiner Familie ergangen, als ›Yoyleen‹ kam?«

Valerie mochte nicht gleich alles herumplaudern, blieb höflich zurückhaltend. Anthony ging von Regal zu Regal und grübelte, wie er alles wieder sauberbekommen sollte.

»Ich bin froh, dass euch nichts passiert ist.«

»Danke, Mam.«

»Und Ihr Visum, Mister Fettermann?«

»Das habe ich schon verlängert. Keine Sorge. Dazu kommt, dass ich noch andere Papiere besorgen muss.«

»Papiere? Oh? Gewerbepapiere?«

»Heiratspapiere. Miss Tolentino und ich werden heiraten.«

☉ Unvergesslich ☉
(enthält Beschreibungen intimer Liebe)

»Ich erkläre euch beide, Anthony und Valerie Fettermann, zu Mann und Frau.«

Der Standesbeamte lächelte und applaudierte dabei leise mit der schüchternen Aufforderung, sich nun küssen zu dürfen. Ein tupfendes Küsschen gab es dafür. Valerie scheute die Öffentlichkeit in jenem Moment. Sofort kamen Rodrigo und ihre Eltern auf die beiden zu. Anthony freute es besonders, als Rodrigo ihm die Hand reichte und ihn umarmte. Pilar Tolentino weinte bitterlich, eine Mischung aus Abschiedsschmerz und gelöster Freude über ihre einzige Tochter. Sie fühlte wie eine Mutter, wie überall auf diesem Planeten. Die Anwesenden hatten sich fröhlich oder gelegentlich auch gequält in ihrer Freude der kleinen, einfachen Feier beigesellt und die Tolentinos verspürten zusammen mit allen aus der Velasquez-Familie tief empfundene Gelöstheit. Conchita hatte Valerie umarmt, ihr viel Glück gewünscht und dabei Anthony ein selbstgemachtes Geschenk überreicht. Der Wirbelsturm hatte Leben zerstört, Habseligkeiten vernichtet und Menschen getroffen, aber er konnte Hoffnungen und neue Projekte nicht zertrümmern. Die Zeremonien waren für Anthony nicht überraschend um 5 Uhr Nachmittag zu Ende gegangen. Er wusste bereits, warum dies im Gegensatz zu Hochzeiten in anderen Ländern so gehandhabt wurde. Das Brautpaar hatte mit dem Besiegeln ihres Bundes ein Vorrecht bekommen. Jeder war sich im Klaren, was im Hotelzimmer der beiden warten würde. Roel nahm Anthony beiseite. Er wirkte etwas neunmalklug, doch Anthony fand es begeisternd.

»Ey, ich muss dir nichts erklären. Aber denke nie dabei an sie zurück. Der Schmetterling gehört jetzt dir. Mach's gut, Soldat!«
Anthony hatte die Entjungferung einer Frau durch seine Hände vor mehr als sechseinhalb Jahren gleichsam erlebt und doch taten die Worte des Freundes gut.
Lächelnd begrüßte sie der freundliche Room-Boy, der in jenem Stockwerk Dienst tat, in dem Anthony und Valerie ihr Zimmer hatten. Premium mit Blick auf den Hafen Iloilos.

»Ich möchte Ihnen zur Hochzeit gratulieren, Sir..., Mam.«
Dankbar reichte Anthony dem Mann die Hand und das Trinkgeld. Er hatte jenen Deal mit dem jungen Kerl vereinbart. Die Rosen vom Markt in Villa, dem Stadtteil der Frischblumen. Rot und voll in der Blüte. Zärtlich händchenhaltend schlenderten die beiden den Flur entlang. Das Zimmer lag ganz am Ende des Ganges. Anthony dachte oft traditionell, beinahe sentimental. Valerie erschrak, als er sie urplötzlich hochhob und durch die

geöffnete Tür auf seinen Armen trug. Sie hatte ein großes Opfer gebracht, denn anstatt in einem rauschenden Hochzeitskleid zu heiraten, trug sie ein geliehenes, schlichtes, weißes Filipiniana. Sie hatte den Traum, in einem teuren Edelkleid zu heiraten, gegen eine einfache Hochzeit im Rahmen ihrer engsten Freunde und der Familie getauscht, Anthony vertrauend, der zurzeit finanziell brutale Zeiten erlebte, aber wie immer fest zu seinem Projekt stand. Projekt? Ein für diesen Augenblick seltsames Wort. Valerie liebte diesen Kerl unbändig, sehnte sich nach dem ersten Mal und wollte eine Zukunft mit ihm für immer. Es war schriftlich besiegelt und im Herzen schon längst, fest und zuversichtlich.

»Darling! So schöne Rosen!«

»Magst du sie?«

Lachend ließen beide sich auf das breite Bett fallen, das mit einer bunten Ornamentdecke geschmückt war. Die Suite beherbergte eine Sofagruppe und einen Mahagoniholz-Schreibtisch mit einem großen Spiegel gegenüber dem Bett. Leise schloss sie die Tür und hatte nicht vergessen, dass ›Bitte nicht stören‹-Schild an die Außenklinke zu hängen. Valerie war prickelnd nervös. Sie hatte nun einen Ehemann, nicht einen Bekannten, einen Freund, den auch ihre Familie kannte oder einen Klassenkameraden von der Universität. Alles würde tiefer, immenser und berauschender werden, und wunderbar anders, in dieser Nacht. Sie war bereit, im Herzen, gesegnet mit dem Kodex, dass er ihren Körper heute in Besitz nehmen sollte. Sie hatte gewartet. Es gab Nächte zuvor, in denen sie träumen musste. Keines dieser Gedankenspiele konnte sie abschütteln. Gedanken über sein Lächeln, seine Liebe, seine Hände auf ihrer Haut spürend. Die kritischen Tage nach der Taifun-Katastrophe ließen für mehr keinen Raum. Dann kamen die Gespräche nachts mit den Eltern. Vater Fernando dosierte die Aufklärung stets liebevoll gemäß ihrer Stellung als ledige, jüngste Tochter. Er musste direkter werden, nicht so wie ihr Arzt, der mehr beim Medizinischen bleiben musste. Sie kicherte amüsiert über die Ratschläge, die sie bekam, während Mutter Pilar still beschämt dabeisaß. Es gäbe verschiedene Spielarten im Umschlingen zweier verliebter Körper, das Tempo, die Steigerungen und die Variationen, die ein Mann spüren und geben wolle. Valerie war zunächst schockiert, solch explizite Beschreibungen aus dem Mund ihres Vaters zu hören, fing sich aber rasch. Es war doch keine Aufforderung zur Sünde, es erschien ihr als rein, Erkenntnis zu bekommen. Ihre Eltern liebte sie dafür, weil sie so großzügig waren in ihrer Liebe zu ihr und Rodrigo, trotz seiner Härte und manchem Fehler. Also sog sie diese Ratschläge ein wenig nervös in sich auf. Wie würde er es mit ihr beim ersten Mal tun wollen? Sie wollte Anthony vertrauen, ihm, der älter war und erfahren. Valerie wusste nicht wirklich, ob dies ein Privileg war. Millionen junger Ehepaare auf der ganzen Welt taten es ja schließlich auch das erste Mal. Sie wollte aber glücklich sein und es nicht so erleben müssen wie eine Freundin aus Molo, die in der Hochzeitsnacht von einem mit wenig Selbstbeherrschung begnadeten Kerl in roher Weise behandelt wurde und von dem sie dachte, er wäre zärtlich. Es stellte sich danach heraus, dass er sein grauenhaftes Wissen heimlich durch Hardcorefilme genährt hatte.

Valerie betrachtete Anthony durch die offene Tür zum Bad, während er seinen vanillefarbenen Barong vom Körper nahm und sich gründlich rasierte. Es mutete komisch an, denn er hatte sich doch bereits am Morgen rasiert. Der Liebesroman, den sie sich von Lisa geliehen hatte, kam ihr in den Sinn. Sehr zärtlich war die Geschichte gewesen. Über die Beschreibungen einer erotischen Liebesszene war sie am Anfang ungewohnt berührt, las aber mehrmals die eigentlich eher poetisch umschriebene Passage, um ihre eigene Erfahrung mit ein wenig Kenntnis zu füllen, wissend um die Eheschließung mit Anthony. Valerie war trotzdem nervös und es fiel ihr wieder einer der Ratschläge ihres

Arztes Doktor Garcia ein, der vor ihr saß, ihre Hände hielt und mit seinem Stethoskop um den Hals dabei ein wenig grotesk aussah.

»Es wird beim ersten Mal etwas schmerzen. Bitte deinen Mann, dass er lieb und einfühlsam sein soll, Valerie.«

»Opo, Doktor Garcia... Ich danke Ihnen.«

»Du bist nervös?«

»Ein bisschen.«

»Wenn er es richtig anstellt, bist du nicht mehr nervös, sondern unglaublich glücklich.«

All das hatte Doktor Garcia mit einem Augenzwinkern gesagt, als sie verantwortungsbewusst zur Untersuchung ging. Der alte Arzt lächelte und wünschte ihr viel Kindersegen und Freude, dabei den Foreigner für seine Beharrlichkeit gelobt und ihre Wahl positiv bewertet. Dann gab es den Schock für den traditionsbewussten Mediziner, als sie ihm offerierte, die Pille nehmen zu wollen. Erst nach minutenlangen, bittenden Erklärungen gab er ihr das Rezept, um einsehen zu müssen, dass es nicht alle Paare mit Kindern so eilig hatten wie die meisten in seiner Praxis. Jetzt waren über sechs Wochen vergangen, die bestimmte Zeit, dass es sicher wäre. Schnell vergaß sie diese viel zu unromantischen Gedanken, als Anthony neben ihr auf der Kante des Bettes Platz nahm.

Sie begannen sich anzublicken und ihre Gesichter zueinander zu bewegen, bis sich ihre Lippen berührten. Valerie spürte dieses wohlige Gefühl bei den zärtlich massierenden Berührungen, die ihr Anthony mit seinen weichen Lippen schenkte. Noch waren ihre Hände nur unschlüssig, doch sanft ließ Anthony seine Hände streichelnd in Richtung ihres Rückens wandern, wo die Knopfreihe ihres Filipiniana-Kleides war. Sie wollte instinktiv Gleiches tun und fasste ihn mit ihrer linken Hand an seiner Hüfte, dabei streichelte sie hoch und runter, während die rechten Finger seinen Hals liebkosten. Ununterbrochen rieben

und strichen ihre Lippen gegeneinander. Nun spürte sie, wie Anthony die Knopfreihe des Kleides nun ganz geöffnet hatte.
»Liebster, ich brauche Hilfe bei dem Kleid.«
»Sehr romantisch.«
»Das ist nicht so einfach. Filipinianas sind eben besonders.«
»Sicher. Besonders kompliziert. Übrigens ist dein Kleid eigentlich ein ›Maria Clara‹.«
»Na und? Ist das jetzt wichtig?«
Ihr Lächeln bezauberte ihn zum ersten Mal zusammen mit dem unglaublichen Gefühl, unbehindert zu sein. Sie fühlten beide diese Erleichterung einer grandiosen Freiheit inmitten eines Hotelzimmers. Seine Hände zogen wie synchron an den Flügelärmeln nach vorn. Sie half ihm durch ihre geschmeidigen Schulterbewegungen, bis das Kleid ganz an ihr herunter auf den Boden rutschte. »Mach es ihm nach«, dachte sie und hob sein Shirt an, streifte es über seinen Kopf. Sie sah seinen muskulösen Oberkörper nun ganz, wie damals am Strand in dieser Nacht bei dem Schiff, das unbeweglich auf Reede lag. Valeries weiße Unterwäsche faszinierte Anthony. Sie war schön ausgesucht worden, und zwar von ihrer Mutter. Konservativ zurückhaltend mochte sie sein, aber Geschmack, was einer jungen Frau perfekt stehen würde, hatte Pilar Tolentino, die als junge Frau ihrem Fernando eine grandiose Hochzeitsnacht schenkte. Dazu kamen ihre Ratschläge für die beiden. Die weise gewählte Zeit der Hochzeitsfeierlichkeiten, welche später Raum für intime Stunden des Brautpaares bot, die Geschenke und Tipps für die Tochter und die Location selbst. Voller Verständnis und dem Respekt für ein neues Paar. Valerie zitterte, es war ein glückliches, erwartungsvolles Beben. Ein Gefühl, das sie mit Freude verband, so neu und erregend. Doch sie fühlte keine nervöse Angst, eher eine Art Lampenfieber, welches Newcomer-Schauspieler fühlen mochten vor ihrem ersten großen Auftritt. Es war mehr eine wunderbare Art von Freiheit in ihrem Bewusstsein, es erst jetzt zu tun. Ihre

und seine Hände fingerten gemeinsam über den Verschluss ihres BHs. So wollte sie in jeder Weise ihre Gemeinsamkeit erleben. Anthony grinste, als er ihre beiden Schönheiten vor sich sah. Sie hauchte nur: »Bist du überrascht?«

»Sehr positiv. Ich sagte dir ja damals schon..., dass du tolle Brüste hast.«

Sie flüsterte ihm ins Ohr, dass es doch Nacht gewesen wäre. Valerie fühlte bereits immense Erregung, spürte es nun in ihrem Leben richtig fest. Ihre Hände berührten und observierten mit dem zarten Spielen ihrer Finger jeden Teil ihrer umschlungenen Körper. So bekamen sie beide immer mehr zu sehen, bis sie alles an Kleidung von sich geworfen hatten. Anthony blickte nun auf ein ebenholzschwarzes Dreieck aus festem dichtem Haar unter ihrem gleichmäßig runden Bauchnabel, den er damals nach dem Tinikling-Tanz schon bewundern durfte. Und die Form dieser Hüften machten ihn wahnsinnig. Seine schöne junge Frau, die vertrauensvoll lächelnd in seine Augen blickte, freute sich unbändig. Sie bat leise, dass er ihr erstes Mal unvergesslich machen soll, für sie und für ihn.

»Bitte sei vorsichtig, wenn du in mich kommst.«

Und das war es, was er wollte, vorsichtig sein. Langsam drückte er sie auf das weiße Laken und schob sogar das Kissen zurecht.

»Sicher, Taifunherz... Vertrau mir...«

Als hätte sie es schon oft zelebriert, so reagierte Valerie, als sie ihm Raum gab, ihre Beine langsam auseinanderspreizte und die Knie anwinkelte. Anthony nahm sie, erst sanft, dann heftiger, und für Valerie als ein besonders unvergessliches Erlebnis.

Schon lange war die Sonne aufgegangen und das »Bitte nicht stören«-Schild wirkte als Festung vor unliebsamen Besuchern. Anthony hörte die plätschernden Geräusche des Wasserstrahls aus dem Badezimmer. Nach etwa zehn Minuten hörte dieser Klang auf. Valerie trat aus der Tür, mit einem großen Badetuch bedeckt. Sie lächelte ihn nur in einer wonnigen Weise an. Es war der leuchtende Glanz ihrer unbeschreiblich schönen Augen, die ihn ständig faszinierten, schon damals, als er sie mit Tomas Padilla auf dem Bambusstapel sitzen sah.

»Guten Morgen, Liebster.«

»Na, Ehefrau?«

Anthony schaute nur zufrieden und lächelte.

»Hast du Hunger?«

Sie tat so, als wäre sie nicht sicher. Und doch war sie es augenscheinlich.

»Nein, eigentlich noch nicht.«

»Das wundert mich. Du frühstückst doch immer um diese Zeit.«

»Heute nicht. Wir essen später.«

Anthony wusste es. Dass es nicht damit zu tun hatte, weil es zu früh zum Essen wäre, sondern weil sie sich auf etwas ganz anderes freute.

»Darling. Ich hatte eben beim Duschen... Es war in dem Handtuch. Ich habe es aufbewahrt, meine Tugend... für uns.«

Er erwiderte nichts, lächelte nur mit einem feinen Kopfnicken.

»Du hast mich so respektiert und gewartet.«

»Weil ich weiß, dass du und ich jetzt glücklicher sind.«

Valerie schaute nun etwas nachdenklich zu ihm hinunter.

»So denkst du wirklich?«

»Ich hätte dich sonst schwer verletzt.«

»Du musst... das ja wissen.«

»Ich zweifle nicht daran, dass es richtig war. Was hast du?«

»Nichts.«

Lachend kam sie auf ihn zu, ließ das Handtuch fallen und kuschelte sich neben ihn. Die Zartheit ihrer sauberen, feinbraunen Haut wirkte so erfrischend und wohlig auf ihn zugleich.

»Würdest du mich für einen Moment entschuldigen?«

»Wieso denn? Nein.«

»Ich komme gleich wieder.«

Er erntete einen tupfenden Kuss. Als Anthony sich anschickte, in den Waschraum zu gehen, beobachtete sie ihn wieder genau, seinen Körper erforschend mit ihren so himmlischen Augen.

»Du hast dich damals am Strand sehr ausgiebig abgetrocknet.« Anthony musste grinsen. Sein Herz pochte komischerweise wie bei einem Teenager. Valerie schaute einige Sekunden an ihm herunter und es schien ihr etwas im Kopf umherzugeistern.

»Ich muss dich etwas fragen. Sei aber nicht böse.«

Anthony verstand nicht und zuckte mit den Schultern.

»Ich wusste nicht, dass ihr nicht beschnitten seid.«

»Nein. Warum?«

»Unsere Männer sind es aber.«

»In der Tat ein kultureller Unterschied. Hast du Sorgen deshalb?«

»Am Anfang schon. Ich sagte zu Nanay Lorna, dass du es machen lassen solltest. Hättest du?«

Er musste jetzt grinsen. Valerie erwiderte seine Grimasse mit einem ausgiebigen Lachen.

»Nanay Lorna hat dir davon abgeraten, ganz sicher. Ich bin ja zu alt und es wäre eine Quälerei für mich. Stimmt´s? Sie ist die beste Schwiegermutter auf diesem Planeten.«

Valerie nickte nur kichernd. Nun hatte er eine brennende Frage auf dem Herzen, voller Respekt zu ihr. Es war ihm sehr wichtig.

»Tat es dir weh gestern Nacht.«

»Es war so schön... Ich hatte viel mehr Freude, als du dich in mir bewegtest und am Anfang... Es war wie weggeweht.«

Sie blickte so entspannt, dass es ihm wohltat. Er begriff es schnell. Dankbare Worte kamen ihr über die Lippen. Freudig ging auch er unter die Dusche. Es wirkte erstaunlich, dass er sich Gedanken darüber machte, ob es ihr in dieser bedeutungsvollen Nacht wirklich gefallen hätte. Er machte sich Sorgen, ihr vielleicht wehgetan zu haben, wollte dezent danach fragen oder eher noch einmal überzeugen.

Nach etwa 15 Minuten kam er belebt zurück. Ihre Küsse ließen kaum auf sich warten und Anthony streichelte ihren erfrischten Körper mit ganzer Leidenschaft und schob das Laken beiseite. Valerie flüsterte ihm etwas ins Ohr. Er überlegte, was sie nun tun mochte in einer unerfahrenen Fantasie oder durch eine durch aufklärendes, heimliches Gespräch erzeugte Erkenntnis. Er ließ es geschehen, die Zeit gehörte ihnen beiden ganz allein in diesem entzückenden Zimmer mit weitem Blick auf den Hafen. Nicht nur alles in ganzer Frontalperspektive konnte er jetzt über sich erblicken, sondern auch ihre atemberaubenden Haare in ganzer Rückenansicht in dem Wandspiegel, als sie rittlings auf ihm saß. Hatte der Innenarchitekt des Hauses gar an solche Ereignisse gedacht, als er den Platz für jenes Raumelement so wählte? Seine Hände streichelten synchron über ihre zartbraune Haut, entlang an den Hüften, den Schultern, ihren festen Oberarmen, deren Trizeps er fühlen konnte. Zarte Muskeln, wohl geformt durch unzählige Machetenhiebe auf Kokosnussfrüchte. Er spürte wild streichelnde Finger über seiner Haut, massierende zarte Hände, die schon so fantastisch erfahren zu sein schienen. Valerie entdeckte ihn nun mehr und mehr an seinem Körper. Noch war sie verhalten, nicht eilig oder ungeschickt. Es mutete seltsam an, dass sie zu wissen schien, was er nun brauchte und sie wollte. Seine Hände dirigierten ihre Hüften bei ihrer nun folgenden erlebten Verschmelzung. Sanft musste sie beginnen, ergründen, was Tempo oder langsames Dahingleiten bedeutete. Es war alles so neu und erlebenswert, ihr erstes Mal reitend auf ihm. Es fühlte sich gestern schon so fantastisch an, als er sie zum ersten Mal nahm, als sie unter ihm lag, mit weit gespreizten Beinen, die sie um seine pulsierenden Hüften schlang. Sie glaubte tief daran, dass es eine Belohnung wäre, wegen dem Aushalten aller Leiden vorher. Die Liebe, so rein und begeisternd. Das machte sie frei wie einen Vogel, ja wie einen fröhlichen Tikling-Vogel, der nie in die Falle tappte, weil er umsichtig war. Valerie fühlte sich frei von jeder Scham, jeder Hemmung mit ihm, der das Pendant ihres Eheringes am Finger trug. Mit jeder Bewegung fühlte sie grandiose Herrlichkeit in ihrem Inneren, Gefühle fantastischer kleiner Explosionen. Sie wollte mehr, mehr... In ihrem Kopf kamen die Tänze wieder vor, die sie so oft übte und vor dem Publikum zelebrierte. Die Musik, das Anschlagen der Bambushölzer, ihre Glücksgefühle beim Jubilieren und Hüpfen in den Bewegungen dieser Tänze, die sie nun ebenso fester und heftiger zum Ausdruck brachte. Ohne Bambusrohre, ohne Musik. Die Musik ihrer gerade vibrierenden Begeisterung. Anthony war am Verglühen vor lauter Gefühlen der unbändigen Lust. Er sah ihre Augen, die überwältigende Freude versprühten, während ihre Haare durch die Luft wirbelten. Sie hatte aufgehört, ihn zu streicheln. In anscheinend fester Konzentration krallte sie sich förmlich an ihm fest und bewegte sich wild auf und ab. Sie spürte plötzlich ein heftiges Ziehen, dass durch ihren ganzen Körper zu strömen begann. Sie hatte ja nur theoretisch davon gehört, von der Tante und einmal von Jessy. Was jetzt kommen sollte, würde ein Geschenk werden, dass sie noch nie in dieser Weise bekam. Eine junge Ehefrau bekam ihr Geschenk. Anthony spürte es genau. Er musste sie glücklich sehen! Ihr Mund öffnete sich plötzlich. Nun fühlte sie etwas gleich einer Explosion, während sich ihr Antlitz aufbäumte und ihr ganzer Leib zitternd in einem Glücksrausch zu beben begann. Anthony wusste genau, dass sie gerade zum ersten Mal einen Orgasmus erleben würde, dabei wollte er vor Freude darüber am liebsten schreien.

»Anthony!! Was ist das?!«

Nachdem sie schreiend kam, blieb sie nun bewegungslos ruhig, sah ihn ein wenig entgeistert an, tief atmend. Dabei leuchteten ihre Augen fantastisch.

»Liebster. Mahal na mahal kita!«

Doch sie erkannte in seinem Gesicht, das etwas fehlte. Anthony lächelte gequält und hoffte, dass sie seine feinen Signale verstehen würde. Der Tikling-Vogel musste weiterhüpfen, raus aus der Falle, hinein ins Glück. Es hieß doch, Geben macht selbst glücklich. Beim Zelebrieren der Liebe konnte es nur diese eine Weise geben. Geben mit ganzer Freude und brennendem Herzen. Nicht einen Moment hatten sie sich voneinander abgekoppelt. Ihre Verschmelzung ging im Ticken der Uhr heftig weiter.

Kein Wort kam aus ihrem Mund. Sie konzentrierte sich nur auf ihn mit einem fokussierenden Blick in seine Augen, um seine Reaktionen zu erleben. Sie sollte ihn doch erforschen. Worte eines alten lebenserfahrenen Mannes aus dem Dorf. Sie tat es gerade und dies bei einer gänzlichen Erforschung aller Poren seines Leibes, während sie wild auf ihm ritt. Anthony hatte seine Augen geschlossen und genoss jede ihrer Bewegungen. Sie wollte ihn glücklich sehen. Bitte sei doch glücklich! Anthony konnte es nun unter ihrem Leib spüren. Als er heftig zuckend kam, explodierte es in ihr wieder synchron mit ihm, als erneut ein Höhepunkt ihren Körper durchströmte. Nun atmete Valerie schwer ein und aus. Minutenlang schaute sie ihn an, mit diesen berückenden Augen schöpferischer Vollendung. Erschöpft erhob sie sich, legte sich neben ihn und umarmte seine Schultern. Anthony dachte sofort an ihre begeisternden Worte. Bilder einer leidenschaftlichen Zukunft formierten sich vor seinem geistigen Auge in dem Wissen, dass sie mit ihm in dieser Art Liebe noch viel Herrlicheres erleben würde in all den Variationen, die er bereits kannte. Ihre Augensprache hatte sich unverhofft gewandelt in ihrem Aus-druck. Sie sah enttäuscht aus, was ihn beunruhigte. Ihre dunkelbraunen Diamantaugen hatten enorme Aussagekraft. Lange Sekunden betrachtete sie sein Gesicht in einer nun streng anmutenden Weise.

»Stimmt etwas nicht? Habe ich dir vielleicht wehgetan?«

Er warf ihr einen Augenaufschlag entgegen. Fragend. Valerie biss sich nun auf die Lippen.

»Als wir es eben taten, was hast du dabei gedacht?«

Sie begann leise Tränen zu vergießen und nahm sich ein Einwegtaschentuch von der Nachtkommode. Valeries Gedanken waren bei ihr. Der Frau, die Anthony hatte, bis der Unfall in Miagao sie voneinander schied. Sie versuchte fest, diese Gedanken beiseitezuschieben.

»Es ist in Ordnung. Ich habe nichts.«

»Bitte sag mir, was los ist.«

»Ich habe Angst, dass du mich... vergleichst.«

Anthony griff nach einem neuen Taschentuch und reichte es ihr. Er ahnte mit ganzer Seele, was sie dachte. Kein Wort wollte er darüber verlieren, Nicht jetzt.

»Du warst eben so wunderbar. Auf deine Art zu lieben, du herrliches Mädchen. Komm her.«

Sie reagierte nicht sofort, wartete ab, um dann doch zu lächeln. Sanft ging sie auf das Bett zu. Seine Hand griff nach ihrem Arm, sie fiebernd auf ihn ziehend. Intensiv erfreuten sie sich wieder, entrückt und herrlich. Er genoss unter seinen Fingern eine solch zarte seidige Haut in hellbraunem Teint und ihre wunderbaren Emotionen in jeder Bewegung gemeinsam verschmolzen. Jetzt war es ihre Zeit, ihr Kennenlernen mit allen Sinnen, das Erforschen aller Poren ihrer Körper, vereint mit dem stärksten Band der Liebe, dem größten Geschenk, das auch ›Yoyleen‹ mit der Signalstufe 4 nicht zerstören konnte.

☬ Das Wiedersehen mit dem zerstörten Traum ☬

Anthony fiel es schwer, an jenen Ort wieder zurückzukehren. Aus einem einzigen Grund erschien es ihm schier unmöglich, doch er zwang sich erbarmungslos. Er verstand es vor allem wegen seiner jungen Frau. Valerie liebte ihre Familie sehr. Die fürchterlichen Dispute der letzten Wochen vor dem verheerenden Sturm waren längst vergessen. Sie war ein Mädchen, das im Grunde nicht nachtragend war, solange ihr Kontrahent sich auf sie zubewegte. Rodrigo, ihr gezeichneter Bruder und sie hatten sich so viel zu sagen. Teils weinend diskutierten sie miteinander, vergaben sich wieder ausgiebig und sprachen über ihre Pläne für die Zukunft. Rodrigo war interessiert, ob sich der Kinderwunsch bei ihr und Anthony manifestiert hätte, doch Valerie wollte jenen Aspekt in ihrer brandjungen Ehe lieber noch zurückstellen. Rodrigo hätte es gerne anders gesehen, aber er verstand seine Schwester irgendwie doch.

»Ihr verhütet? Oh Mann.«

»Ich möchte nicht so schnell ein Kind.«

»Du gehörst zu einer neuen Generation. Übrigens, ist er gut zu dir dabei? Hat er... Ausdauer? Erkennt er, was du brauchst?«

Sie lächelte so frei und zwinkerte mit den Augenbrauen in einer Weise, die ihren Bruder sofort beruhigte. Gesten, die großartiger antworteten als tausend Erklärungen.

»Ein neues Boot wird er wohl nicht bauen.«

Valerie schüttelte den Kopf. Sie wusste es unwiederbringlich. Dieses Trauma würde ihr Mann kaum mehr loswerden.

»Ich freue mich, dass du seine Liebe so schön erlebst. Ich..., ich war brutal gegenüber Joy.«

Leise weinte der sonst so starke, stolze Mann vor sich hin. Es lasteten enorme Verantwortungen auf ihm. Er fuhr fast rund um die Uhr mit seinem Boot auf das offene Meer hinaus und fing, was er kriegen konnte. Jeder Peso musste zum Wiederaufbau des Elternhauses zurückgelegt werden und die Mahlzeiten waren einseitig und karg, was nur durch die Kochkunst seiner Frau erträglich gemacht wurde. Gestern erst reichte es nur für den Reis und einige Tuyo-Fische. Zwei Packungen Instant-Nudeln mit Rindfleischgeschmack gaben ein wenig Abwechslung hinzu. Anthonys Herz schnürte sich zusammen, weil er finanziell helfen wollte und es nicht konnte. Denn er gehörte jetzt zu ihnen, dem kleinen Clan der Tolentinos und fühlte bereits eine immense Verantwortung für diese Familie.

»Ich liebe Joy doch wirklich. Ich habe sie so fürchterlich behandelt.«

»Ich weiß, Rodrigo. Denkt an die Zukunft. Wie ich. Es ist so schön, die Liebe zu erleben... Du weißt schon, was ich meine.«

Wenig später gingen Anthony und Valerie händchenhaltend zur San Carlos Bucht hinunter. Das Meer rauschte wie meistens ruhig und langsam landeten die Wellen mit ihrem typischen Geräusch ans flache Ufer an. Noch immer war nicht alles hier aufgeräumt, die Menschen kümmerten sich verständlicherweise um ihre eigenen Häuser. Ein älterer Mann stand am Ufer, blickte zu den beiden hinüber und wedelte freudig mit den Armen. Anthony freute sich ebenfalls und lief auf ihn zu.

»Manong Pedro! Du alter Haudegen! Wie geht es dir?«

»Ich komme zurecht. Hatte nicht so viel aufzuräumen. Es kann praktisch sein, das Haus auf einer hohen Anhöhe zu haben. Leider ist meine schöne Bug-Figur kaputtgegangen.«

Anthony lud ihn ein, sie zu begleiten.

»Na, Inday Valerie, wie geht es dir?«

»Es ist schön, Manong. Ich bin glücklich.«

Augenzwinkernd tauschten die Männer ihre Empfindungen in jenem Moment aus. Anthony war glücklich, wenn auch angeschlagen in den Emotionen und aufgekommenen Ängsten seit diesem verfluchten Naturereignis, das hier so viel zerstörte. Er begann ernst zu werden, denn vor ihnen tauchten die drei kugelkopfartigen Felsen aus dem Wasser vor der langgezogenen Landzunge auf. Die fünf Fachwerk-Streben waren deutlich zu erkennen. Die Wellen umspielten das aus dem Wasser herausschauende Schiffsteil. Dort lag sie nun, seine ›Kaibigan of Panay‹, zu dreiviertel Teilen in den Wassern begraben. Er musste sich hinsetzen. Valerie ließ sich neben ihm nieder und umarmte ihn zärtlich, streichelte sein Haar. Auch sie weinte, während Manong Pedro nur emotionslos dastand und auf das Meer hinausblickte.

Anthony begann hektisch zu atmen und krallte seine Hände vor sein Gesicht, grub sie förmlich in seine Stirn. Ein Projekt musste in den Gewalten des Universums scheitern. Als Mahnmal in absurder Weise sahen alle jetzt diese aus dem Wasser ragenden Ausleger mit einem daran angebrachten Seitenrumpf, um die Wertlosigkeit dieses Unterfangens zu erörtern. Wie hochmütig er doch gewesen war. Verdient hatten andere, wobei sie es auch wirklich sprichwörtlich verdienten. Sid hatte die junge Gina, eine der Lehrerinnen im Ort, vor einer Woche geheiratet und angefangen, sich von dem Lohn, den er beim Bau der ›Kaibigan of Panay‹ verdient hatte, ein ›Bahay Kubo‹ zu bauen, mit drei Zimmern. Das seine süße Gina wie bei den meisten hier bald schwanger werden würde, ließ ihn so gut vorplanen. Anbauen konnte man solche Häuser recht einfach, aber was würde bei einem erneuten Taifun geschehen, der stark wäre wie ›Yoyleen‹? Ein ›Bahay Kubo‹? Es würde weggeblasen werden. So wie zwei der drei Hütten neben Arnels Haus damals, die restlos zerstört wurden. So blickten sie alle auf das ruhige Meer hinaus. Rodrigo würde in ein paar Stunden wieder dort draußen sein mit seinem 12-Meter Boot, wie eingespielt souverän, doch trotzdem gefährlich den Fluten um ihn herum. Das Leben ging weiter, beharrlich, gezwungen und doch mit einer innewohnenden Freude im Herzen der Menschen hier, die auf Gott vertrauten und ihre Familien, die sich Hand in Hand gegenseitig stützten. Anthony würde etwas Ablenkung erfahren können in zwei Tagen, denn ein Festival würde die Menschen hier wieder zusammenbringen, sie ermuntern und für den Alltag etwas aufheitern. Die ›Blues Pinoys‹ würden kommen, doch Valerie lehnte es trotz heftiger Bitten ihrer früheren Tanzpartner ab, den Tinikling zu tanzen.

»Du hattest immer so viel Freude dabei.«

»Ich möchte nicht. Es weckt Erinnerungen, die mir wehtun. Ich habe ein neues Leben.«

»Ich möchte dorthin fahren.«

Manong Pedro und Valerie blickten sich an. Besonders sie dachte sich, dass es ihn mehr belasten als Nutzen bringen würde. Es war ihre anerzogene Denkweise. Erinnerungen an Verlorenes wurden durch Neuanfänge vollzogen. Ein Haus wurde vom Sturm weggerissen, dann einfach wieder mit vereinten Kräften neu erbaut. Alle schauten zu oder halfen praktisch in gegenseitigem Anspornen oder helfenden Händen. Man lächelte dabei, weinte abends im Kreis der Freunde beim Ausschütten des Herzens und mit dem Takt des Meeres ging das Leben im Strom der Zeit an dieser Küste weiter. Mit großer Fantasie wurden Speisen besorgt, die Fischer gaben alles, fuhren fast rund um die Uhr hinaus und nahmen Enttäuschungen mit scheuem Gesicht hin, um am nächsten Nachmittag ihre Bangkas erneut bereit zu machen. Anthony ermutigte diese Stimmung bei den Menschen hier einerseits mit ganzer Wucht so wie es Valerie tat mit ihrer unbändigen Liebe, ihrer jungen Leidenschaft und Hingabe.

»Lass uns bitte die beiden Männer an dem Boot dort fragen.«
Das tuckernde Motorengeräusch war die monotone Musik mitten auf der klaren, ruhigen See. Die Landzunge kam unerbittlich näher, mit den drei kugelkopfförmigen Felsen davor. Sanft liefen die Wellen an die Spitze des Festlandes hinter ihnen. Wie ein merkwürdig anmutender Arm, der in Richtung Westen zeigte, hing der lange Seitenrumpf parallel zum Wasser an seinen fünf Fachwerken, etwa zwei Meter über der Wasserlinie. Die Männer wunderten sich, dass das Wrack nicht weiter herumgekippt war und auf dem Kopf zum Liegen kam. Der Schwerpunkt in jener Lage war jetzt oben. Es kribbelte in Anthonys ganzem Körper, als er über dieses Phänomen nachdachte. Leise diskutieren die Männer im Boot über dieses auch für sie unbegreifliche Detail.

»Gibt es hier Unterwasserfelsen?«
»Jede Menge.«
»Dann hat sie sich an den Felsen verklemmt.«

»Ich tauche zu ihr runter.«

Valeries Blicke erschienen mit ihren aufgeregt großen Augen wieder einmal faszinierend.

»Anthony!«

»Ich muss etwas aus der Kajüte holen.«

»Kannst du denn so lange tauchen?«

»Sir, soll ich nicht mitkommen?«

Der Vorschlag des jungen Bangkafahrers erschien besonders Valerie als absolut notwendige Idee.

»Ich werde nicht lange brauchen.«

»Kuya Carlito, bitte begleite ihn.«

»Sicher, Inday. Ist das okay, Sir?«

Die beiden Männer streiften ihre Shirts ab und ließen sich über die Bordwand ins Wasser hinabgleiten. Beruhigend gab Anthony ihr seine Zusicherung, dass er ganz bestimmt aufpassen würde. Sein Begleiter, der kräftige Carlito de Jesus, war früher Perlentaucher gewesen. Dieser Umstand machte allen Anwesenden Hoffnung, dass Anthony bei einer unerwarteten Situation rasch Hilfe bekommen würde.

Mit einem synchron platschenden Geräusch verschwanden die beiden Männer unter der Wasseroberfläche. Maximal zweieinhalb Minuten könnte Anthony es schaffen. Vorsichtig seine Arme bewegend griff er an einen Fachwerksausleger und zog sich daran hinunter. Das Wasser war an dieser Stelle trübe und die Sicht auf die zweiflügelige Kajütentür war miserabel. Schon begann ihm die Luft knapp zu werden, als er die Tür endlich genau ausmachen konnte. Sofort ließen sich die Männer wieder nach oben treiben.

»Ist alles okay!?«

»Ich muss nochmal runter!«

»Nein!«, schrie Valerie ihm zu.

Carlito de Jesus wollte wissen, um welchen Gegenstand es ginge. Anthony wollte nicht als Versager dastehen, doch sah er ein, dass seine Lungen zu ungeübt waren, um länger tauchen zu können. Vom Boot aus konnten die anderen Insassen sehen, wie er dem erfahrenen Perlentaucher etwas beschrieb.

»Ich gebe es Ihnen heraus, sobald ich es habe. Dann tauchen Sie sofort auf.«

Nach drei langen Atemzügen verschwand de Jesus unter der Wasseroberfläche. Anthony blickte konzentriert auf seine Uhr. Es waren genau 90 Sekunden, die sie vereinbart haben.

»Anthony! Bitte nicht!«

»Doch, Valerie!«

»Wenn das Schiff weiter umkippt?!«

»Sie sitzt zwischen Felsen eingeklemmt!«

»Manong Pedro, sag doch was.«

»Er ist dein Mann und dein Haupt, er möchte es wagen und will entscheiden, was er tut.«

Ohne ein weiteres Wort blickte er dem Sekundenzeiger hinterher. Der Moment war gekommen. Den Weg kannte er nun genau. Carlito de Jesus war es gelungen in die Kajüte zu kommen. Anthony erreichte die Stelle und schaffte es, in sie hineinzuspähen, als die Hand mit einer Plastiktüte an der Tür auftauchte. Er packte sie sofort und hangelte sich an dem Ausleger hoch. Nur eine halbe Minute später war sein Begleiter oben angekommen. Man sah, dass er sein Äußerstes geben musste. Die Zeit als Perlenfischer war schon Jahre her.

»Danke, Carlito.«

»Geht schon, Sir. Ich werde langsam alt.«

Langsam schwammen die beiden Männer auf das Auslegerboot zu und hangelten sich mühsam hoch.

»Du tauchst da runter wegen einer blöden Tüte?«

Sofort schaute Valerie hinein. Ihr Blick hatte augenblicklich etwas von ganzem ›Hiya‹ an sich. Ihr Gesicht in Richtung der Küste zugewandt, redete sie kaum ein Wort, während das Boot langsam tuckernd sich dem Strand näherte. Nur der alte Pedro schien schon zu ahnen, was sich in der Tüte befinden könnte. Eine sanfte Handbewegung des Alten lud Anthony ein, ihm etwas ins Ohr zu flüstern.

»Oh. Ich erinnere mich. Schon verstanden.«

Valerie wollte ihn am liebsten zusammen fressen und umarmen. Ein Pokerface lag über ihrem Gesicht.

»Schatz, bei uns in Deutschland kaufen Männer das für ihre Frauen. Und das schöne rote Messer mit dem tollen Zubehör.«

Die jungen Männer im Boot lachten, auch wenn sie nicht ganz im Bilde waren, um was es ging. Diese Lustigkeit steckte an. Valerie selbst musste nun kichern, auch wenn sie es nur deshalb tat, um ihn zu erheitern. Denn dass er immense Abschiedsschmerzen ertragen musste, wusste sie ganz genau. Wie denn das Wrack läge, fragte sie in die Runde. Als Carlito de Jesus die Situation schilderte, wirkte sie betroffen. Sie verstand, dass bei dieser grotesk stabilen Lage des Rumpfes, eingeklemmt zwischen den schroffen Unterwasserriffen, dessen Stellung sich nicht so schnell verändern würde. Manong Pedro rechnete damit, dass die ständigen Wellen die Ausleger bald zertrümmern würden. Dann wäre der aufragende Seitenrumpf auch zum Untergang verurteilt.

»Der Treibstofftank hält noch dicht, aber ich mache mir trotzdem Sorgen um austretenden Diesel.«

»Soll ich dafür sorgen, dass wir ihn abpumpen?«

»Schaffst du das? Ich will nicht, dass die Küste verseucht wird.«

»Keine Sorge.«

»Dann mach das bitte.«

»Soll ich Männer besorgen und den Seitenrumpf absägen?«

Anthony blickte Valerie ins Gesicht und sah ihre Tränen. Sie war eben so. Ganz gefühlvoll ihre Emotionen mit allem zeigend. Das war es seit Beginn ihrer Begegnungen, faszinierend emotionell.

»Nein. Man muss sehen, dass Menschen scheitern, als Lehre für die Zukunft. Weil ich einseitig dachte und besessen war.«

Verwundert sahen sich die Bootsinsassen an und dachten nach.

»Doch bei dir war es wunderbar. Ich danke Gott, dass er dich mir schenkte.«

Manong Pedro lächelte beim Anblick ihrer leuchtenden Augen, die ganze Dankbarkeit ohne ein Wort ausstrahlten. Der lebenserfahrene Mann des Bootsbaus freute sich mit den jüngeren Leuten, besonders mit diesen beiden interessanten Persönlichkeiten. Da hatten sich wahrlich zwei Menschen gefunden, ungeachtet jeder Entfernung, jedes Kontinents, jedes Unterschieds und jeder nicht vergleichbaren Weise, sich zu artikulieren.

Langsam hatten die drei Gefährten sich auf den Heimweg gemacht. Der alte Pedro wollte einige Besorgungen im Lebensmittel-Store machen und verabschiedete sich. Er war durch den Wirbelsturm arg beschädigt worden, aber mit bemerkenswerter Kraftanstrengung und der Hilfe vieler der Nachbarn hatten die Besitzer jenes hier unverzichtbaren Ladens recht schnell wieder einen normalen Geschäftsbetrieb herstellen können. Anthony bewunderte jenen aus Katastrophen hervorwachsenden Kampfgeist, abends wurde sogar gelacht und ständig irgendetwas zum Essen besorgt, so als wäre nichts geschehen. Im Herzen der Menschen aber wucherte noch Beklemmung und Trauer, die verarbeitet werden musste. Ungewöhnlich viele Fischschwärme waren vor der Küste aufgetaucht, und nicht nur Rodrigo und seine engsten Kameraden konnten reichere Ernte einfahren, sondern auch Fischer aus Anini-Y waren hierhergekommen, um ein Stück von diesem Reichtum zu ergattern. Das würde zwar nicht immer so bleiben, aber jetzt half es über die Nöte hinweg. Einige Männer beschäftigten sich mit dem Ausbessern einer Bangka, als Anthony mit Valerie am Strand unterwegs war. Einer der Handwerker lächelte ihm zu.

»Hallo, Valerie! Das ist dein Mann?«

Artig sah ihr Kopfnicken aus, ein wenig schüchtern und dezent. Sie schämte sich nicht wegen der Frage an sich, sondern wegen der Öffentlichkeit. Dies war hier so allgegenwärtig. Anthony musste einfach zu den Männern gehen und sie zu der Arbeit an dem Boot beglückwünschen. Die Mitarbeiter des so freundlich grüßenden Fischers lächelten ihn an.

»Hallo Sir. Geht es Ihnen gut?«

Anthony kannte die beiden. Einer von ihnen war ein guter Nachbar der Tolentinos und Anthony zum ersten Mal auf dem Kaligayahan-Tanzfest begegnet. Er schien mit sich zu ringen, was er Anthony sagen sollte, wusste er ja um das gekenterte Schiff dort in der San Carlos Bucht und um Anthonys Gefühle. Aber weil er höflich sein wollte, sprach er über die Arbeiten in der kleinen Stadt, die persönliche Tragödie und bedankte sich für die Hilfe gleich damals nach der Katastrophe.

»Das habe ich gern getan.«

Anthonys Stimme klang leise und demütig. Nun sprachen die Männer einige Worte mit Valerie. Es waren ihre Bekannten, Freunde und Nachbarn. Die Muttersprache machte es leichter. Anthony verstand das, auch wenn er jenes ›Kinaray-a‹, welches in Valeries Heimatort gesprochen wurde, nicht verstand und sich auch nicht vorstellen konnte, es zusätzlich zu lernen. Er würde wahrscheinlich immer ein Fremder bleiben in vielen Aspekten trotz all seiner Bemühungen und Assimilierungen, Sprachversuche und Anpassungen. Aber er war ein Teil von hier, eingefügt und akzeptiert. Wie wahrhaftig, dass Taten laute Worte sprachen und nicht das Gerede allein. Nach dem gemütlichen Geplauder mit den drei Bootsbauern wanderten sie, ihre Hände um die Hüfte des andern geschlungen, am Strand entlang. Ein Beobachter hätte diese Idylle als Stoff für einen Song gesehen und sich an jener sichtbaren Liebe erfreut. Anthony dachte plötzlich an Joy und Rodrigo.

»Sie haben viel gelernt, als es passierte.«

Valerie freute sich besonders darüber. Joy's Rettung aus der lebensbedrohenden Situation unter den Trümmern machte

Rodrigo schockierend klar, wie sehr er lernen musste, Menschen, die in seinem Leben wichtig waren, tiefer zu lieben und zu ehren, nicht nur aus der Tradition des Umfeldes heraus oder weil es sich vor anderen so schickte. Man sah sie beide über eine Woche lang zusammen reden, sich freuen und Hand in Hand zusammen arbeiten. Joy bekam sogar das, was sie sich von ihrem Mann so wünschte, zärtlicheren und einfühlsameren Verkehr im gemeinsamen Ehebett. Rodrigo gab alles, um ihr zu zeigen, wie wertvoll sie für ihn geworden war. Sogar eine Kinderadoption war nun Thema bei den Tolentinos.

»Sie wollen zwei Kinder adoptieren, Liebster.«
»Du weißt gar nicht, wie ich mich freue, dass sie in ihrer Beziehung solch positive Wege gehen.«
Er griff nach ihren Händen.
»Valerie! Ich will dir immer feine echte Liebe schenken. Hilf mir nur bitte dabei, damit ich dein Wesen besser verstehe. Du bist eben ein tolles Filipina-Mädchen..., ein so interessantes Filipina-Mädchen.«
Auch wenn sie es am liebsten tun wollten, Küssen in der Öffentlichkeit verkniffen sie sich. Sie würden es fulminant nachholen, hinter Mauerwerkswänden.

Nie hatte Anthony die Klänge dieser Umgebung so intensiv erlebt wie in diesem Moment in der stockdunklen Atmosphäre der Nacht. Heute waren kaum Sterne zu sehen. Der Himmel war wolkenverhangen, die Dunkelheit intensiv. Das Licht aus einem Nachbarhaus illuminierte ganz winzig das Geschehen in dem Zimmer durch die Glaslamellen des Fensters. Valeries kleines Zimmer, das sie seit ihrer Kindheit kannte. Ihr Bett war schmal, geschuldet ihres Daseins als Single zuvor. Es stand nun senkrecht an die Wand gelehnt. Das Banig war es, in seiner Naturoberfläche der miteinander verknüpften Fasern, dunkelbraun und rein. So rein wie das, was Valerie und er erlebten. Ihre wilden

Gedankenblitze mit jedem Mal, als sie Anthony spürte in seiner Art sich mit ihr zu bewegen. Gegen die Blitze ihrer Lust und den intensiven Gefühlen wahrer Leidenschaft kämpfte sie etwas an, denn die Eltern schliefen im Nebenraum. Sie vereinte in jenen Augenblicken grandiose Hingabe mit eingespielter Selbstbeherrschung, was ihr keinen Abbruch im Erleben ihres Verlangens zu machen schien, auch wenn sie am liebsten bei jedem seiner Stöße laut geschrien hätte. Ihrer beider Haut rieb aneinander im Spüren dieser in ihren Körpern explodierenden Emotionen. Selbst in dieser stockdunklen Umhüllung der Nacht fühlte Anthony genau, wie sehr sie es genoss. Er hörte nur ihren rhythmisch hauchenden Atem. Als er ihre Augen sah, die sich noch weiter öffneten, half er ihr auf ungewohnte Weise. Sanft drückte er auf ihren Mund, während er ihr heftiges Aufbäumen spürte und die sich schließenden Augenlider. Er wusste schon instinktiv, dass sie so besser loslassen, viel schöner erleben konnte, was ein Höhepunkt war, den nebenan niemand hören sollte. Sie musste es in jenen Augenblicken wunderbar spüren, für ihn deutlich zu erkennen, als er fast gleichzeitig kam und sich sein Samen zuckend in sie ergoss.

»Ich liebe dich so.«

»Ich dich auch. Danke für das eben. Deine Hand.«

»Es ist schwierig, wenn man kein eigenes Haus hat.«

Einige Minuten blickten sie sich nur zärtlich an, jeder den Ausdruck des anderen genießend. Seine Finger fuhren zart durch ihr herrliches Haar. Eine ungewöhnliche Frage kam aus ihrem Mund. Es war alles so neu, auch für Anthony.

»Ich habe mich gefragt, wo wir leben sollten, wenn wir uns ein Kind wünschen. Hier oder in Europa?«

»Du machst dir viele Gedanken. Deine Neugier hat mich schon begeistert, als wir uns zum ersten Mal trafen.«

»Ich möchte eben lernen. Für uns.«

»Möchtest du denn schon ein Kind?«

»Wollen wir nicht noch warten, bis ich etwas älter bin?«

»Wenn du es so willst. Ich zeuge mit dir eins, wenn wir beide es wirklich möchten.«

Valerie war anders, brauchte seine Fragen, sein liebevolles Interesse und auch manchen Rat. Sie erlebte die für sie neuen, erfüllenden Erlebnisse einer jungen Ehefrau, plante bereits ihr Leben mit ihm und war schon konfrontativen Situationen ausgesetzt. Vor drei Tagen wachte Anthony schweißgebadet auf und stammelte völlig aufgewühlt »Ich will nicht sterben«. Das hatte er von ihr gehört, damals in ihrer herzzerreißenden Panik mitten in diesem tosenden Winden, die daran waren, Arnels Haus einzureißen. Valerie nahm ihn beruhigend in den Arm und ging am nächsten Tag heimlich zu ihrem Arzt Doktor Garcia.

»Dein Mann hat ein Belastungstrauma. Das ist sehr schade in eurer jungen Ehe. Dieser verfluchte Taifun.«

»Was heißt das, Doktor?«

»Ich habe keine Fachkenntnisse in der Psychologie. Ihr müsst nach Manila oder, ich denke, in sein Land.«

Valerie freute das augenblicklich. Sie fühlte einen Stich in ihrem Herzen, denn so gerne wollte sie Anthonys Heimat kennenlernen.

»Dort kann ein Arzt mit ihm in seiner Muttersprache reden.«

Valerie spürte damals, dass ihr Mann durch seine Herkunft derartige Naturkatastrophen nur aus Büchern kannte, außerdem war er mitten im Geschehen gewesen, wollte bereitwillig helfen und sich als Kämpfer erweisen in seinem Bestreben, vollwertig anerkannt zu sein unter den Menschen hier, die er im Grunde sehr liebte. Es kostete ihn eine ganze Menge, das musste sie nun miterleben. Sie beobachtete ihn, er wirkte so beruhigt. Valerie verstand seine Hingabe mit ihr nicht nur, sondern genoss es fulminant, denn er wollte eine Frau eben mit seinen ganzen Sinnen befriedigen. Aufgeregt hatte sie das geliehene Buch ihrer Freundin Lisa zurückgegeben und Details von ihrer Hochzeitsnacht ausgeplaudert. Das war hier ziemlich selten und wurde nur unter Freundinnen höchsten Vertrauens zelebriert. Leise schliefen sie beide ein. Ein Hahn im Hinterhof würde sie wieder wecken und früh der Morgen anbrechen, wie regelmäßig jeden Tag in der pünktlichen Weise des Sonnenaufganges.

Als Anthony erwachte, schlief Valerie neben ihm noch tief und fest. Langsam stand er auf und betrat die Küche. Nur die Mutter war zugegen und bereitete Kaffee zu.

»Guten Morgen, Anthony. Valerie wird wohl heute spät aufstehen.«

»Lange geredet gestern Nacht?«

»Ja sicher. Die Familienangelegenheiten. Weißt du, Schwiegersohn, es fällt uns…, versteh mich bitte…, noch schwer, weil du nun eine neue Familie hast. Bist du eigentlich nicht zerrissen?«

Anthony meinte wieder, Vorwürfe zu hören, nur weil er schon verheiratet war und keine Schuld daran hatte, seine erste Frau verloren zu haben. Pilar Tolentino wollte ihn aufklären, doch es fiel ihr schwer. Wie würde der fremde Charakter es verstehen?

»Kannst du damit leben, dass die Velasquez-Familie nicht mehr dein Clan ist?«

»Ist das so wichtig?«

»Natürlich ist es wichtig.«

»Ich liebe Valerie und habe sie nicht aus Einsamkeit oder unerfüllter Wünsche wegen geheiratet. Sogar in der Heiligen Schrift steht, dass ein Witwer heiraten darf, denn der Tod löst die Ehe auf.«

Pilar Tolentino pflichtete ihm zwar bei, aber wie ginge es denn den Lebenden?

»Manang Lorna und ihre Familie liebe ich trotzdem noch und besuche sie als meine Freunde. Das ändert nichts.«

»Versteh bitte, dass bei uns die Familienbande ewig hält. Wir sind nicht so unabhängig denkend wie ihr.«

Sie schämte sich ein wenig und rang mit Gedanken der Unsicherheit. Anthony war für sie noch neu, in seinem Wesen und seinen Ansichten.

»Wir vertrauen unserer Tochter. Genau deshalb haben wir euch unseren Segen gegeben. Aber ich bin eine Mutter, ganz gleich wie alt Valerie ist.«

Pilar Tolentino presste ihre Lippen aufeinander, kämpfte damit, keine Träne zu vergießen. Es war ihr zu bloßstellend.

»Mach sie bitte glücklich.«

Sich in einen Menschen zu verlieben, das war ihm klar, kam aus dem jeweiligen Moment heraus und aus den Geschehnissen miteinander, zu leicht wurden vergangene, alles beeinflussende Ereignisse verdrängt und nun mussten sie im Nachgang überwunden werden. Es zählte nicht immer nur der Moment, an dem man sich unterhielt, sich gemeinsam der Lieblingsbeschäftigung widmete, der Arbeit nachging oder sich der körperlichen Erfüllung zu zweit hingab, so stark die echte Liebe auch sein mochte. Die Narben und Überbleibsel des vorherigen Lebens blieben wie Pflasterstrips hängen. Nicht alle konnten von der Haut abgezogen werden. In ihrem Fall war es der Verlust einer ersten Liebe, die Zerstörung eines Lebensprojektes durch höhere Mächte und die eigenen Fehler, so wie bei vielen Menschen auf dem kugelrunden Erdball. Er wollte es aber mit Valerie tun, ja mit diesem Fischermädchen aus San Joaquin, sein Leben nach vorne leben. Valeries Vater kam in jenem Moment aus der Tür des elterlichen Schlafzimmers und grüßte, nachdem die übliche Frage nach dem morgendlichen Kaffee gestellt wurde. Leise setzten sich die drei an den Tisch. Nachdenklich blickte Pilar Tolentino in die Runde und es platzte aus ihr heraus.

»Valerie möchte, dass ihr nach Europa in dein Land geht.«

Anthony war bestürzt und nicht erwartungsgemäß zustimmend, als ob er von dieser Entscheidung bereits wusste.

»Sie will in Deutschland viel lernen. Das sagte sie zu uns.«

Die Tränen konnte die Mutter nicht mehr zurückhalten.
»Das ist uns so... schwer.«
Der Vater schaute sehr ernst und seine Finger spielten mit dem Henkel der Tasse.
»Du weißt sicher nun, warum es manchen Eltern nicht leichtfällt, ihre Töchter einem Foreigner zu geben. Sicher... Du magst unser Land, aber sie... will es wohl.«
Anthony bat die bestürzten Eltern, dass sie diese Botschaft ruhig verarbeiten sollten. Er würde mit Valerie darüber allein und intensiv diskutieren, denn auch ihn überraschte diese Idee ziemlich. Dieses Reden über dritte Personen, um einen Plan zu zementieren, erschien ihm immer noch unangenehm, verändern konnte er eine ganze Kultur aber nicht. Er würde mit Valerie ernsthaft reden müssen und plante im Geist bereits, um die richtige Stimmung und den besten Zeitpunkt zu treffen.

☉ Alte Wunden ☉

Valerie hatte sich gewundert, nachdem sie sah, dass Anthony mitten in der Nacht um 3 Uhr das Bett verließ. Sie stand auf, streifte sich ihre Jogginghose über und öffnete sachte die Haustür. Anthony saß auf der Bank neben dem alten Mangobaum der Tolentinos und schien zu grübeln. Der Wind wehte frisch, was ihm augenscheinlich gefiel.
»Darling?«
Jenes ›Darling‹ hatte sich in ihrem Wortschatz bereits wie selbstverständlich eingebrannt, auch ein Zeichen ihres unabänderlichen Beschlusses, ihm für ewig treu zu sein. Komisch fand sie es immer noch, ihn so zu nennen, wie bei einem Kind, welches sich an eine neue Schulklasse gewöhnen musste. Anthony hatte eine Bibel in der Hand und schien nervös zu sein.
»Warum schläfst du nicht?«
»Wollen wir etwas spazieren gehen?«

Valerie nickte und lief ins Haus. Eigentlich wollte Anthony intervenieren, als er sah, dass sie ihr Bolo umgehängt mit sich trug, als sie die Tür hinter sich schloss und wartete, bis er sich anschickte, aufzustehen. Er unterließ es aber. Während sie nebeneinander an der Wasserkante entlangschlenderten, suchte Anthony nach den Lichtern, welche die Fischerboote immer weit draußen als solche identifizierten, nur waren es nicht viele, sondern nur zwei. Rodrigo war nicht fischen gegangen, hatte er seine ganze Aufmerksamkeit seiner Frau im Schlafzimmer schenken wollen. Valerie war nicht begeistert, dass er kein Wort sagte.

»Ist dir nicht gut?«

Gerne hätte er Valerie mit ihrem Wunsch, nach Europa zu gehen, konfrontiert, weil er es unpassend fand, dass sie solche Pläne nicht vorher mit ihm besprach, bevor sie ihre Mutter damit so aufwühlte. In jenem Moment quälte ihn aber etwas anderes.

»Valerie, bist du eigentlich immer offen und ehrlich zu mir?«

Sie reagierte erstaunt und schüchtern: »Warum fragst du das?«

»Wir haben uns entschlossen, für immer zusammenzubleiben. Ich liebe dich, Valerie. Doch wir müssen die alten Hindernisse beseitigen. Ich habe Angst, seit dieser verfluchte Taifun hier war. Hältst du mich deshalb für einen Versager?«

»Glaubst du denn, dass wir Einheimischen keine Angst haben? Du redest Unsinn, Darling.«

»Du hast vor etwas Angst, Valerie. Deshalb möchte ich etwas wissen. Wie hatte deine Familie reagiert, nachdem Santiago dich überfiel und du ihm seine Hand verstümmelt hast?«

Sie versuchte krampfhaft zu verhindern, dass Tränen aus ihren Augenwinkeln quollen. Valerie sah zur Seite und Anthony sah, dass sie panische Furcht hatte.

»Sag es mir bitte. Du kannst endlich mit diesem Unheil abschließen. Steht das nicht in eurer Bibel? Du musst bekennen und die Sache wiedergutmachen, anstatt mit diesem Ding rumzulaufen. Übrigens, ein Bolo wird dir nicht helfen, wenn dieser

Typ vielleicht wieder auftaucht und eine Horde seiner Freunde mitbringt, von denen dich einer nach dem anderen erniedrigen wird. Willst du deshalb nach Deutschland?«

Valerie verschränkte demonstrativ die Arme und zischte ihn an: »Ich habe verhindert, dass es zum Massaker kam, lieber Anthony. Du kennst Rodrigo! Er hätte die beiden umgebracht. Vater ist lieb, aber zu untätig, zu sanft...«

Anthony fand jene Worte gar nicht fantastisch, war schockiert und verärgert. Jetzt aber verstand er die zwanghafte Art, mit der Rodrigo seine Schwester zu beschützen versuchte.

»Ich konnte doch nicht zulassen, dass Rodrigo für ewig hinter Gitter kommt. Meine Eltern waren immer rechtschaffend und anerkannt in dieser Community. Ich habe meinen Wunsch, mich zu rächen, niemals ausbrechen lassen, um das nicht zu zerstören. Zudem, ich bin nicht brutal, Anthony«

»Und Santiago? Der Mann ist gezeichnet für sein ganzes Leben. Und ich habe jetzt die Verantwortung für dich!«

»Was willst du denn tun? Er und sein nichtsnutziger Freund hätten eben die Finger von mir lassen sollen. Würdest du mich verteidigen, wenn sie jetzt auftauchen? Na?«

»Ich würde mein Leben geben für dich. Hast du unseren Schwur bereits vergessen?«

Valerie sah ihn an wie eine Kriegerin. Dabei wirkte ihr tränenverschmiertes Gesicht eher herzzerreißend. Anthony lief auf sie zu und umfasste sie beschützend mit beiden Armen, während sie sich an seiner kräftigen Schulter ausweinen musste.

Anthony hatte sich vor Tagen einer Gruppe von Aufbauhelfern angeschlossen, die gut organisiert arbeiteten. Gehorsam packte er sein Werkzeug und machte sich auf den Weg zu einer Familie, deren Hausdach neu aufgebaut werden musste. Damit lernte er immer neue Leute kennen, was ihm sehr gefiel und half, seine Sprachkenntnisse zu erweitern. Es war der letzte Tag in Lawigan, morgen sollte es zurück nach Iloilo gehen. Als er von seinem Motorrad stieg und den Motor abstellte, waren bereits zwei Bauhandwerker zugegen und freuten sich über sein Kommen. Als Anthony sich dem älteren Ehepaar vorstellte, an deren Haus er arbeiten sollte, wurde er ungemein kühl empfangen. Es schien so, als würden der Mann und seine Frau ihn schon lange kennen und nicht unbedingt erfreut sein, dass er hier war. Trotzdem verlief der Vormittag bei der Dachreparatur ohne Komplikationen. Anthony verstand sich mit den beiden jungen Männern, die sehr organisiert und handwerklich geschickt auftraten, ausgezeichnet. Sich hier zu engagieren, war für ihn eine der besten Entscheidungen gewesen und diese unentgeltliche Arbeit erfreute sein Herz in brachialer Art und Weise.

Nachdem der Mittag angebrochen war, saßen die Männer beim Essen, während Anthony die Umgegend beobachtete. Gerne hätte er mit den beiden Hausbesitzern ein Wort gewechselt, doch sie schienen das nicht zu wünschen und redeten nur kurz mit den beiden anderen Helfern. Ein Motorrad mit zwei Männern hielt vor der Eingangspforte an. Der Mann auf dem Sozius stieg ab und wollte einen Pappkarton vom Gepäckträger hieven, dabei sah Anthony, dass sein rechter Arm scheinbar nicht in Ordnung war, so wie er sich mit der linken Hand mühte, die Bänder von dem Karton zu lösen und dabei mit dem anderen Unterarm versuchte, ihn am Herabfallen zu hindern. Anthony legte die Gabel hin und stierte diesen Mann an, der den Karton nun aufhob und zum Haus ging. Er sah kurz zu den Männern und stockte, als er den Deutschen dort sitzen sah. Seine Augen zogen sich zusammen, doch wurde er von den Rufen der alten Frau aufgeschreckt, die seine Mutter zu sein schien.

»Santiago, komm her mit dem Paket.«

Stumm nahm der Mann den Karton wieder hoch und stellte ihn in den Flur des Hauses. Ohne viele Worte steckte ihm die ältere Frau ein paar Peso-Scheine zu und eine Tüte, in der sich Reis mit

Fisch befand. Der Mann verabschiedete sich und ging langsam zur Pforte, wo sein Begleiter immer noch auf der Maschine sitzend auf ihn wartete. Anthony wurde bleich, als er sah, dass diesem Mann drei Finger seiner rechten Hand fehlten. Er wurde unsicher und wollte ihn begrüßen, doch seine Kehle war wie zugeschnürt. Anthony stand trotzdem auf und wollte hinterhergehen, irgendetwas sagen, doch Santiago beachtete ihn nicht und wollte jeglichen Wortwechsel vermeiden. Anthonys Mitstreiter wussten nicht, welche Verbindung er zu diesem Mann mit dem verstümmelten Arm hatte und lächelten nur ruhig.

»Eine traurige Geschichte. Man hatte uns gesagt, er wäre bei der Arbeit in eine Kreissäge geraten.«

Anthony schüttelte den Kopf und sah weg. Er fühlte sich hundeelend und verantwortlich, dabei hilflos und zu keinem Plan fähig, der jetzt logisch hätte sein können. Der Mann, dem das Haus gehörte, sah das.

»Mister!«

Anthony sah die einladend wedelnde Hand des älteren Mannes trotz des ernsten Gesichtsausdruckes dahinter. Langsam stand er auf und folgte ihm ins Haus.

»Setzen Sie sich.«

Anthony bedankte sich artig. Der Mann goss einen Rum in ein kleines Glas und bot es Anthony an. Erstaunlicherweise für ihn, aber er wollte ihn gerne nehmen, obwohl es Mittagszeit war.

»Ich heiße Anthony Fettermann.«

»Das weiß ich. Trinken Sie.«

Der braune Rum tat gut, aber mehr als dieses eine Glas wollte Anthony nicht,

»Der Mann mit der kaputten Hand ist Ihr Sohn, nicht wahr?«

Santiagos Vater setzte sich ganz entspannt an den Tisch und es schien keine Gefahr zu herrschen, obwohl sich Anthony in jenem Moment Schlimmes ausmalte.

»Ja, Santiago ist unser Sohn.«

»Es ist für mich schrecklich zu wissen, warum das mit seiner Hand geschah.«

»Hören Sie, Mister Fettermann. Wir machen Sie nicht dafür verantwortlich, dass mein Junge dafür büßen muss, was er ihrer jungen Frau antun wollte. Sie haben Taifunherz bekommen. Ich verachte Männer, die eine Frau missbrauchen wollen, auch wenn es mein eigener Sohn ist. Ich habe meine Jungs in Rechtschaffenheit erziehen wollen und habe ihm vergeben, aber die Konsequenzen muss er tragen. Ist das hart für Sie, Mister Fettermann? Gerechtigkeit bleibt eben Gerechtigkeit. Unsere Familien haben es gütlich geregelt. Ich kann nicht sagen, dass ich Inday Valerie jetzt dafür liebe, aber sie hat sich gewehrt und glauben sie mir, hätte Santiago ihr jenes angetan, hätte ich ihn eigenhändig ins Gefängnis gebracht. Ein ›Panganay‹ muss für die Ehre seiner Familie stehen. Mein Sohn hat jämmerlich versagt.«

Die ältere Frau stand die ganze Zeit über an der Feuerstelle und sagte kein Wort, doch man sah, wie unbeschreiblich sie litt.

»Manang, was sagen Sie dazu? Hassen Sie mich nicht? Oder meine Frau?«

Anthony musste schlucken, als er ihr Lächeln sah.

»Wir danken Ihnen, dass Sie hier bei uns sind und den Leuten helfen. Erzählen Sie uns doch etwas über Ihr Land.«

Als Anthony zögerte, weil er dachte, es wäre unangebracht, die Zeit mit Erklärungen über Europa zu verschwenden und meinte, er wurde den beiden Handwerkern lieber gerne helfen wollen, das Dach zu reparieren, griff der ältere Herr an seinen Unterarm und lächelte: »Ich möchte aber jetzt mehr von dir wissen.«

Melancholisch gestimmt kam Anthony nach Hause und ging in die Küche, wo Valerie und ihre Mutter beim Abendbrot saßen. Natürlich war Rodrigo draußen auf dem Meer und Joy begleitete ihn, etwas, was sie vorher nie gewagt hatte. Valerie musste innerlich schmunzeln, wusste sie nämlich, dass die beiden nicht nur fischten. Joy hatte heimlich geplaudert und Rodrigos aufblasbare Luftmatratze auf dem Boot erwähnt, die den beiden herrliche Momente unter dem Sternenhimmel auf dem Meer gestatten würde, denn Joy liebte jetzt die Variationen in der freien Natur, wenn sie mit ihm ungestört Liebe machen wollte. Vater Fernando indes fühlte sich nicht wohl und lag bereits im Bett. Valerie sah Anthonys bekümmerte Stimmung.

»Magst du nicht essen?«

Anthony lächelte gequetscht und nahm sich etwas Reis aus dem Kochtopf.

»Ihr werdet nicht glauben, wo ich heute gearbeitet habe. Ich wurde zwei jungen Männern zugeteilt. So nette Typen, gehören der gleichen Religion an wie die beiden Frauen, mit denen Nanay Lorna die Bibel studiert. So aufopferungsvoll und ehrlich sind die.«

Valerie verstand nicht, warum er dann so traurig sein konnte, zumal sie beide am nächsten Tag nach Iloilo aufbrachen wollten, um wieder ungestört zusammen sein zu können.

»Du hast was.«

Anthony atmete tief ein und aus, dann sah er seine junge Frau ernst an, sehr ernst.

»Ich habe einen älteren Mann getroffen, dessen Gerechtigkeitssinn mich erschreckt hat. Er hat seinen eigenen Sohn nicht geschont, ja sogar verurteilt, obwohl er sein ganzes Leben lang an den Folgen seiner Handlung leiden wird. Wann ist Vergebung angebrachter als Verurteilung?«

Anthony suchte Hilfe bei Nanay Pilar, dachte sich, ihre Erfahrung als eine Mutter könnten ihm einen Wink geben. Valerie zog ihre Augen zusammen und man sah ihr an, wie sie zitterte.

»Hast du etwa Mitleid mit dem Mann, der mich vergewaltigen wollte? Du warst im Haus von Santiagos Eltern?«

»Ich habe das Dach repariert. Sie können nichts dafür.«

»Es stimmt, Kind. Seine Eltern verurteilen wir nicht.«

»Er tut dir also leid? Was erwartest du jetzt von mir?«

Dass er sich während des Heimwegs den Kopf zermartert hatte, war in seinem Gesicht deutlich zu erkennen. Valerie schien nicht einlenken zu wollen und packte ihr ›Taifunherz‹ aus.

»Du weißt überhaupt nicht, was ich durchmachen musste! Dieser Eli wollte mir dieses Abscheuliche antun, während Santiago mich festhielt, aber du redest jetzt von Milde?«

Pilar Tolentino schwieg bestürzt, unfähig, Partei zu ergreifen. Vielmehr fühlte sie wieder diese grausigen Erinnerungen aufsteigen. Damals, als Valerie weinend nach Hause kam, mitten in der Nacht, mit einem zerrissenen Rock und vor Angst schrie. Rodrigo, der am nächsten Tag bewaffnet mit ein paar Männern losziehen wollte, um Valerie zu rächen. Es wurde kompliziert, dabei interessierte Anthony besonders etwas Bestimmtes.

»Valerie, wenn die beiden gemeinsam ausgesagt hätten, dass sie dir nichts antun wollten, was hätte ein Richter mit dir gemacht, weil du seinen Arm verstümmelt hast? Sie hätten zu Lügen greifen können, was dann?«

»Du kannst seinen Freund im Gefängnis besuchen, Liebster! Er hat es zugegeben und weitere Überfälle auf Frauen. Dafür wird er jetzt in der Zelle verrotten. Genug gehört?«

Anthony musste aufatmen. Valerie konnte somit nichts mehr nachgesagt werden, was eine Anklage gegen sie gerechtfertigt hätte. Doch was war mit Santiago?

»Er hat sich ordentlich verhalten und seitdem keinen Alkohol mehr angerührt.«, sagte Valeries Mutter leise. »Wir konnten uns immerhin mit seinen Eltern einigen, aber sein Vater bleibt unnachgiebig zu ihm.«

»Ja, ja..., die Ehre des Erstgeborenen. Könntest du diesem Mann gegenübertreten, um eine Aussprache zu halten? Vielleicht tut ihm heute alles aufrichtig leid und er war nur Mitläufer.«

An jenem Abend wusste Anthony, dass Valerie eine harte Nacht haben würde. Sie war wütend und doch in einer unerklärlichen Weise berührt von Anthonys Erlebnis.

Am nächsten Morgen klopfte Anthony an die Tür von Santiagos Vater. Zunächst wollte der alte Mann nicht, ließ sich aber überreden, ihn und Valerie zu seinem Sohn zu fahren, der in der Schreinerei am Ortseingang als Hilfsarbeiter mühsam seinen Lebensunterhalt bestritt. Valerie begann erneut zu frösteln, als sie Santiago sah. Er wollte zunächst nicht mit ihnen reden, bis Anthony es schaffte, ihn in ein Gespräch zu ziehen. Mit gesenktem Kopf stand er vor dem Mann aus Deutschland, der natürlich in der Tagalog-Sprache versuchte, etwas Sinnvolles zum Ausdruck zu bringen.

»Hören Sie, dass mit Ihrer Hand tut mir leid. Meine Frau ist aber, was ich betonen möchte, weder gewalttätig noch brutal. Falsche Freunde zu haben, kann böse enden. Ihr Freund von damals war offensichtlich schlimmer, ein Scheusal. Doch auch Sie haben Schuld und wissen das, aber ich möchte gerne etwas für Sie tun.« Der Mann sah hoch und runzelte merklich die Stirn. Es war unglaublich, aber er weinte plötzlich. Anthony blickte hinüber zu Valerie, die es schaffte, nicht wegzusehen.

»Möchten Sie es beweisen? Sehen Sie, Ihr Vater steht dort.«
Langsam, wie in Trance, ging Santiago auf Valerie zu und ließ sich auf die Knie in den harten Sandboden fallen, direkt vor ihr, Anthony hörte alles in Kinaray-a, verstand die Worte nicht, aber was dieser Mann in jenen Sekunden zum Ausdruck brachte, zerriss sogar das Herz des Vaters. Valerie nickte und hielt Santiago die rechte Hand hin. Ihr Lächeln war nur sekundenlang, mehr konnte sie nicht artikulieren, weil sie sich wegdrehen musste, als die Tränen aus ihren Augen quollen.

»Es tut mir so leid, Inday... Bitte! Ich wusste damals nicht, was ich tat..., bitte...«

Stumm standen andere Arbeiter der Schreinerei dabei und es herrschte eine bedrückende Stimmung, die in jenem Moment mehr Herzen bewegte als manche Liebespoesien. Anthony versprach, innerhalb eines Jahres diesem Mann eine Handprothese aus Manila zu bezahlen und beschwor ihn, er dürfe in Zukunft nie wieder einem Mädchen in irgendeiner Weise unangebracht entgegentreten. Damit war unbewusst ein weiterer Grund entstanden, nach Europa zu gehen, denn Anthony brauchte Geld, um dieses Versprechen wirklich einhalten zu können.

»Wie fühlst du dich?«
Valerie presste die Lippen zusammen und schwieg zunächst. Nach einer Stunde Busfahrt Richtung Iloilo erst sagte sie: »Ich werde mich immer wehren.«
»Das musst du auch. Ich habe Santiagos abscheulichen Tatversuch nicht gerechtfertigt. Mein Leben würde ich opfern, um dich vor solchen Kerlen zu beschützen und auch vor ihm. Aber er hat gebüßt, auch das musst du sehen.«
So ganz wollte Valerie ihrem Mann nicht folgen und lenkte das Thema auf mehr Erheiterndes. Doch innerlich war Anthony zufrieden, weil er wusste, dass Valeries Herz ein wenig mehr erleichtert worden war.
In Iloilo angekommen, musste Anthony hartnäckig um Aufträge bemüht sein, was langsam wieder gelang. Was würden er und seine junge Frau nun tun? Sie nutzten ihre Zeit wundervoll aus, kommunizierten tief und begeistert in ihrer herrlichen, jungen Liebe miteinander. Anthony begann, in einer geschenkten Bibel zu lesen und holte sich Hilfe von außen, um sie in Details zu verstehen. Valerie fiel es wegen ihrer Spiritualität leichter, es mit ihm gemeinsam zu tun. Seine Zufriedenheit hatte Anthony trotz jenes Desasters wieder erworben, aber dennoch enorm viel eingebüßt. Hin und wieder kamen Flashbacks hoch, aber jene musste er erdulden und schaffte es recht leicht in den Armen einer so fantastischen Frau. Wenn es einen kleinen Wink aus Anthonys Geburtsort als möglichen Neuanfang gab, musste es der richtige Moment sein, um mit dem Thema Europa herauszurücken.

☪ Entscheidung ☪

»Kannst du nicht erst einmal mir von deinen Entscheidungen erzählen?«

»Was heißt denn Entscheidungen?«

»Du erzählst deinen Eltern dauernd von Plänen, nach Deutschland zu gehen.«

Valerie wunderte sich sehr über diese aufgebrachte Reaktion. Ihre süßen großen Augen zeigten mit dem Aufschlag ihrer zart gewellten Augenbrauen, dass seine Worte sie bestürzten.

»Versteck dich nicht immer hier bei uns.«

»Was heißt denn hier verstecken?«

»Du fühlst dich doch nicht wohl bei dir zuhause. Warum?«

»Ich kann das nicht genau erklären. Die Mangos in Nachbars Garten schmecken vielleicht süßer.«

Sie versuchte es mit einem treffenden Gegenschlag. Intelligent war dieses junge Geschöpf, schon von Anfang an wusste er es.

»Du warst lang genug in Nachbars Garten und hast seine Mangos gefressen. Ich will jetzt deine sehen!«

»Lass uns spazieren gehen.«

Einen so langen Spaziergang mitten durch Lawigan, weiter in Richtung der nächsten Stadt an der Landstraße entlang, hatten sie beide noch nie unternommen. Es war das Verrinnen der Zeit, sie merkten es in ihrer Konversation über all diese Pläne, Ideen und auch wehtuenden Dinge nicht. Anthony fand, Valerie wäre zu sensibel und zu zart, um die Härten Europas zu ertragen, die Herausforderungen in der Leistungsgesellschaft und der fehlenden Lieblichkeit Asiens.

»Du redest wie Rodrigo. Ich, die kleine Frau, die man beschützen muss. Ich muss dich vielleicht hier mehr beschützen als du mich in Europa.«

Als er nicht sofort antwortete, legte sie nach. Sie konnte sehr emotional werden, das hatte sie schon in der Zeit reichhaltig bewiesen, als sie sich am Strand trafen und begannen, sich kennenzulernen.

»Ich will jetzt wissen, warum du zögerst!«

»Du solltest das verstehen, hör mir zu...«

Anthony formulierte lange Erklärungen und versuchte umschreibend das Beste, um es begrifflich zu machen, doch es war ja im Grunde Ynez gewesen, die ihn hier festhielt. Valerie aber ließ nicht locker. Anstatt über die erneuten Gedanken an seine erste Frau zu weinen, begann sie ihn mit ihrer hervorragenden Klugheit zu überzeugen. Doch dann kamen Schübe der Angst wieder. Anthony hatte glücklicherweise wieder einige Auftragsarbeiten in seinem Fotostudio fertigzustellen. Es stand die Parau-Regatta in Iloilo an und eine Zeitung sowie ein internationales Reisemagazin wollten Fotos für einen Bericht haben, der Seglern und Schiffsfans gewidmet werden sollte. Darüber hinaus kamen noch langweilige Werbeaufnahmen für Haushaltsgeräte eines großen Stores, der Kühlschränke und Klimaanlagen feilbot. Es mochte ja egal sein, was man fotografierte, dachte er sich und war froh über ein einigermaßen regelmäßiges Einkommen.

»Sieh mal, diese langweiligen Kühlschränke. Sehen alle gleich aus, nur die Größen sind verschieden. Viel zu schnöde für meine treue Kamera.«

»Ach, Anthony. Wenn es unseren Reis auf den Tisch bringt. Wir schaffen das beide.«

Manche Abende waren auch den Themen gewidmet, die ihnen in ihrer prickelnden Ehe zusätzliche Erheiterung gaben. Anthony fotografierte seine Frau in seidigen, um ihren schlanken Körper gewickelten Tüchern, bewunderte ihre durch die früheren Tinikling-Tänze so schön antrainierten Waden und akzeptierte, dass sie Aktaufnahmen von sich nicht mochte. Valerie war einst eine kecke Fragestellerin und eine eingespielt leidenschaftliche Ehefrau, die diese Erlebnisse mit Anthony nun als einen für sie nun so unverzichtbaren Bestandteil ihres neuen Lebens zu zweit ansah. Die Jugend und das prickelnde Erleben des Neuen beim Sex in jeder gemütlichen Ecke ihres Hauses.

»Ich mag es mit dir, überall.«, flüsterte sie.

Anthony fand es so beruhigend, dass ihre moralisch feste Einstellung sich nicht in einer Art Prüderie zeigte. Sie kannte ihre Grenzen vor der Ehe und erlebte heute ihre Freiheit mit ihm in einer für sie faszinierenden Art. Sie blickten sich zärtlich an mit ihren miteinander spielenden Fingern. Anthony streichelte über ihre zarte Schulter und betrachtete ihre so faszinierenden Augen, die ihn immer wieder elektrisierten. Er wusste, dass sie das immer tun würden. Während dem Bau der ›Kaibigan of Panay‹ hatte er oft am Strand gesessen und über die Herkunft der Naturschönheiten nachgedacht und bei dem halbfertigen Schiff wieder mit einem Bibellehrer gesprochen. Es war ihm angenehm und einleuchtend, was er ihm zeigte. Anthony begann zu glauben, dass ihm der Allmächtige tatsächlich half, als er neue Freunde bekam und nun eine solche Frau.

»Du bist schön, Valerie.«

Sie lächelte ihn nur an und spielte mit seinen Haaren. Anthony begann zu überlegen. Jede Menge Gedanken kreisten in seinem Kopf umher und beunruhigten ihn seit einiger Zeit ziemlich. Ihr andauernd artikulierter Wunsch, nach Deutschland zu gehen.

»Kannst du dir nicht endlich vorstellen, zurück nach Europa zu gehen? Du weißt, dass ich das gerne will.«

Anthony wirkte nachdenklich. Ihm war bewusst, dass Valeries Familie klein war und es schwer wäre, ständig in diesem Land nach dem rechten Einkommen zu suchen. Auch war ihm die Erweiterung des Horizontes seiner jungen Frau sehr wichtig geworden, die Zeit als rastloser Abenteurer musste einfach zu Ende gehen. Valeries Intelligenz und ihr fieberhafter Drang nach Neuem und dem Lernen der ihren Wissensdurst stillenden Dingen wollte er gerecht werden. Es gab eine heimliche Reserve, die er niemals angefasst hatte. Sie würde für zwei Flugtickets nach Deutschland reichen. Seine feste Einstellung, dieses Geld nicht früher anzurühren, erwies sich jetzt als rettender Anker. Valerie wusste nichts von jenem Ersparten.

»Ich finde, Darling, Europa wird dir eine Zeit lang guttun. Du kannst deine Kultur aber nicht für immer verlassen. Das wäre gemein dir gegenüber und nicht liebevoll.«

Ihr Augenspiel verriet ihm, dass sie tief nachdachte.

»Dass du so an mich denkst..., finde ich sehr lieb...«

Anthony reagierte immer zärtlich nach solchen Worten, er war wie von Sinnen verliebt in diese Frau und drückte ihren Kopf an seine Schulter. Valeries Augen schienen ›Danke‹ zu sagen. Sie wollte nie selbstsüchtig sein, verzichtete auf eine rauschende Hochzeit, nur wegen seiner Situation. Nun würde sie, wie viele ihrer Landsfrauen, einen weiteren Verzicht aus Liebe tun. Trotz Internet, E-Mail und handgeschriebenen Briefen war es nicht das Gleiche. Getrennt von der lieben Familie, getrennt vom Strand, vom Meer und den die gleiche Sprache sprechenden Freunden. Eine Person in ihrem Leben sollte das alles ersetzen? Anthony ahnte, es würde nur zum Teil gehen, deshalb bewunderte er Ynez ebenso wie jetzt dieses Mädchen, das ihn wollte und mit Überzeugung zu ihrem Ehemann nahm. Anthony dachte nicht nur praktisch, sondern war sehr sensibel, die Familienstrukturen begreifend, die hier intensiv gelebt wurden. Das Gespräch mit den Eltern und Rodrigo. Wie würde es ausgehen, wenn sie ihnen ihre Entscheidung unterbreiten würden? Diese internationalen Ehen forderten stets Opfer vom Einzelnen, Verzicht und Anpassung. Anthony gab fünfzig Prozent seines Ichs und wollte beispielgebend sein, so dass seine Partnerin es leichter haben würde, ihm diese Opfer gern zu geben. Der Wille loderte groß und leidenschaftlich, der Alltag unberechenbar. Selbst kleine Dinge, bei denen sich Anthony nicht viel dachte und die in der Vergangenheit lagen, konnten jetzt Ereignisse in

Bewegung setzen, die brachiale Gefühle und Verletzungen hervorrufen konnten.

⚘ Geheimnisse in geschriebenen Worten ⚘

Anthony wollte sich von Valerie verabschieden, um im Atelier neue Bilder zu sichten und mit seiner Software zu überarbeiten.
»Der Filmemacher kam gestern wieder. Ich möchte nicht, auch wenn es uns viel Geld eingebracht hätte.«
Sie fragte nach, um den Grund für seine Ablehnung zu erfahren. Anthony war fleißig und nicht leichtfertig Aufträge ablehnend. Langweilig hätte der Film sein können, es wäre ihm egal gewesen. Doch sie ahnte bereits etwas.
»Die Darsteller sind zwar unten abgeklebt, aber das mache ich nicht. Es geht zu weit. Sorry Darling.«
»Ein Erotikfilm? Anthony, du weißt, wie ich darüber denke. Du kriegst einen anderen Auftrag.«
»Danke, Schatz. Ich gehe jetzt.«
Sie lächelte süß. Es klang so profan, doch Hausarbeit stand an. Anthony sagte nichts dazu, aber schmunzelte so zurück, dass sie nur innerlich schwärmen konnte. Die Schränke, in denen sie seine Kleidungsstücke und persönlichen Dinge fand, erschienen ihr wieder unordentlich. Valerie hatte eine konservative Art, was diese Dinge betraf, es nannte sich hier an den Schulen ›Haushalts-Ökonomie‹. Beim Sortieren der Wäsche faltete sie andächtig seine Shirts zusammen und sah ein schwarz eingebundenes Buch, das ein edles Schreibheft mit großer Seitenanzahl war. Ein rotes Band als Buchmarkierung lugte hervor. Neugierig hob sie das Band an, um das Buch zu öffnen. Es schien eine Art Tagebuch zu sein. Dass er eins hatte, wusste sie bislang gar nicht. Die Neugier und Erregung in ihr manifestierten sich immer intensiver, als sie in Englisch und Tagalog verfasste Eintragungen vorfand. Wie aufregend, denn sie konnte das Geschriebene verstehen!

Unschlüssig, ob es nicht besser wäre, ihrem Mann seine Privatsphäre zu lassen, überlegte sie zunächst, das Tagebuch wieder an seinen Platz zurück zu legen. Respektvoll wäre es sicher. Doch sie konnte es nicht, begann in neugierigem Drang wahllos darin zu blättern. Der Monat, in dem seine Frau Ynez starb, wirkte auf sie elektrisierend. Erregt wanderten ihre Augen über das Verfasste. Sie war grundsätzlich neugierig und wandte nun fatalerweise die Zeilen auf ihre Person an, oder vielmehr deutete sie das Geschriebene um.

»...Nie wird mich eine Frau so überzeugen können wie du, Ynez. Welches Mädchen hier hat die kämpferischen Eigenschaften, mit mir diesen Weg zu gehen in diesem Land voller Gefahren? Deine Fürsorge, deine helfenden Hände, die ich immer wertschätzte...«

Valeries Blicke bohrten sich in den geschriebenen Zeilen fest. Sie begann leise Tränen zu vergießen, etwas, was sie nicht erklären konnte. War es die mitfühlende Trauer um die Verstorbene oder die Erkenntnis, dass sie vielleicht doch die Ersatzfrau war, die niemals an das Original heranreichen konnte? Diese Situation war für sie nicht greifbar, die Worte Anthonys so einzuordnen, dass es sie nicht verletzte. Doch warum erregte es sie so? Ihre Augen wanderten über intime Beschreibungen, in denen er ungewöhnlich deutlich über den Sex mit Ynez schrieb. Erregung kam im Herzen der jungen Valerie auf, sie vergaß völlig, dass die Trauerarbeit ihres Mannes von damals nichts gemein hatte mit dem Glück, dass er zurzeit mit ihr erlebte. Sie konnte es nicht verbinden, biss sich auf die Lippen, um ihr Weinen zu unterdrücken. »Das ist ungezogen«, dachte sie sich. Sie war in der Realität mittlerweile genauso hingebungsvoll und sogar schon variantenreich, aber so etwas in dieser Offenheit zu artikulieren war ihrem kulturellen Hintergrund gemäß unpassend. Grausamer war, dass sie sich zutiefst verletzt fühlte, aber vergessen hatte, dass dieses Vergangene nicht um sie beide ging. Andere Sätze in dem Buch klangen versöhnlicher.

»...Unsere Zusammenarbeit war ein Genuss. Immer wolltest du mich davor beschützen, übervorteilt zu werden. Du halfst mir so mit der neuen Sprache, mit den zu artikulierenden Gesten, um die Menschen hier zu gewinnen. Ynez - Du bist mein echtes Gegenstück gewesen. Könnte jemals eine andere Frau solchen Intellekt und die Leidenschaft vereinen wie du?«

Lange saß Valerie mit dem Tagebuch in den Händen auf der Bettkante, zermarterte sich den Kopf, schlug es zu und warf es förmlich in den Schrank zurück. Lustlos machte sie das Abendessen, es war Ablenkung. Er sollte besser nichts merken. Nach Anthonys Rückkehr war sie auffällig still und schien bohrend nachzudenken. Beim Abwaschen des Geschirrs wollte Anthony ihr zur Hand gehen, spürte aber ihre Abneigung bereits.
»Was hast du?«
Sie drehte sich zu ihm um. Was ihre Augensprache ausdrückte, irritierte ihn.
»Anthony, warum hast du mich geheiratet?«
Ruhig blickte er in ihr schönes, aber spürbar erregtes Antlitz. Valerie hatte etwas auf dem Herzen und es würde ihm eine Ohrfeige verpassen.
»Bin ich dein junger Ersatz?«
»Valerie... Was meinst du damit?«
»Bin ich nur zweite Wahl?«
Sie warf das Küchentuch auf den Boden und lief ins Schlafzimmer. Anthony hörte nur ihr Weinen und eilte ihr hinterher.

Aber er begriff ihre Angst. Es war die Tatsache, dass sie sich, auch wenn es nicht so schien, mit Ynez messen lassen musste.

»Ich bin nicht wie sie!«

Anthony fühlte sich angegriffen, auch wenn er verstand, was sie ausdrücken wollte.

»Das verlange ich doch gar nicht. Ynez war die Führerin, du bist das Nesthäkchen...«

»Was?! Ach..., die kleine ›Bunso‹, nicht wahr?«

»Das habe ich nicht so gemeint mit dem ›Nesthäkchen‹.«

Ihr Weinen nahm nun dramatische Züge an. Anthony fand ihr Verhalten in jener Schrecksekunde grotesk.

»Ich kann auch ein Nesthäkchen lieben. Weil ich dich verdammt noch mal liebe, Valerie Fettermann!«

»So wie du sie beschreibst... Ich kann dir das nicht geben.«

»Beschreibst?«

Eine Ahnung beschlich ihn jetzt. Zielstrebig ging er auf den Schrank zu. Er bemerkte sofort, dass sie sein Tagebuch in der Hand gehabt haben musste. Tief atmete er ein und aus. Er hätte diesen Vertrauensbruch unbeherrscht verurteilen können, aber er hatte hier zu viel gelernt. Sie war jung, klug und wollte nur geleitet werden, ja sie erwartete das sogar, ohne sich als zweitrangiges Geschöpf fühlen zu wollen. Fulminante Liebe wollte Anthony ihr geben, aber es tat ihm trotzdem weh, dass sie in seinen Sachen herumgeschnüffelt hatte. Er nahm das Buch und hielt es demonstrativ nach oben.

»Das war nicht in Ordnung. Du hast dich damit nur selbst belastet. Es ist nicht deine Vergangenheit.«

Sie blickte ihn mit kauenden Lippen an, senkte den Kopf. Es stach ihm ins Herz, sie so zu sehen. Nie wollte er diese Frau brüskieren. Die Vorkommnisse aus seinem bisherigen Leben taten es dennoch. Leise setzte er sich neben sie auf die Bettkante und versuchte sie zärtlich in den Arm zu nehmen. Erstaunlicherweise lehnte sie sich sofort an seine Schulter.

»Ich hätte dein Tagebuch nicht lesen dürfen... Vergib mir.«

»Nein, nicht ohne meine Einwilligung.«

Noch konnte sie sich nicht beruhigen, auch wenn Anthony ihr versicherte, dass er es wäre, der einen Schlussstrich unter die Vergangenheit ziehen und seine jetzige Ehe als Maßstab nehmen müsste.

»Hättest du mir jemals diese Gedanken zum Lesen gegeben?«

»Wenn wir gefestigter in unserer Beziehung gewesen wären. Du hättest dann verstanden, was du mir bedeutest. Glaube mir doch, Valerie, dass ich dich nicht vergleiche.«

»Bist du sicher?«

»Ich tue alles dafür. Und weiß um den inneren Konflikt, weil ich sie ja so wie dich mit all meinen Sinnen geliebt habe. Aber sieh es bitte mal so. Weil ich das getan habe, gibt es für dich doch nur Eines. Ich ändere meine Einstellung zu einer Frau nicht. Also liebe ich dich genauso..., mit allem was ich habe.«

Sie nickte nur leise und blieb fest wie angewachsen an seiner Schulter, krallte sich förmlich an ihn, dabei blickten ihre Augen sehnsuchtsvoll starr auf den Boden.

»Und hör bitte auf, Wettbewerbe mit dir auszufechten. Du bist so wie du bist. Und das zählt.«

Er musste nachdenken und die Worte seines loyalen Freundes in den Sinn rufen, die hart klangen und doch so wahr waren:

»...aber, wenn du eines Tages mit deiner Valerie zusammen bist, sie streichelst, sie liebst und sie in deinen Armen ihr Glück erleben möchte, und du dabei das Gesicht von Ynez vor dir hast, wirst du verdammt vielen Menschen weh tun... Dann kannst du es auch gleich lassen.«

»Anthony, ich möchte mit dir über Europa sprechen.«

Immer wieder hatte sie es angesprochen. Jetzt wollte sie absolute Klarheit haben.

»Du hast jahrelang alles kennenlernen können, was wir hier haben. Du hast uns liebgewonnen und mich. Aber nun möchte ich etwas von dir und deinem Land lernen. Ich will lernen, hörst du! Ich bin noch jung und weil sich auf den Philippinen auch Dinge ändern, möchte ich die Welt sehen.«

»Es wird deiner Mutter sehr weh tun.«

Valerie wusste um die Konsequenzen einer Liebe, die sie beide zueinander so intensiv erlebten. Diese ehrliche Liebe hatten sie beide wegen dieser zwei Welten, aus denen sie kamen, nicht abgeblockt, als wäre es unmöglich, dass zwei Menschen aus unterschiedlichen Ländern den Bund der Ehe schließen und ihren Kindern diese beiden Kulturen als neue Individuen vererben. Valerie hatte sich wenig Gedanken um diese Art Konsequenzen gemacht, wenn sie ihn nehmen würde, und Anthony war es gewohnt gewesen, dass mit der Internationale. Ob Rodrigo nicht ein kleines bisschen Recht gehabt hatte, als er die Ehe mit Anthony vorher so problematisch sah? Wenn sie nun Kinder zeugen würden, könnten sie nicht jeden Tag am Strand von Antique zusammen mit anderen Jungs und Mädchen aus dem Dorf spielen und im Meer plantschen.

»Bist du wirklich sicher?«

» Ja, Anthony!«

Zart nahm er ihre Hand und spielte mit seinen Fingern auf ihrem Handrücken. Zwei Augenpaare, die sich wortlos ganze Dramen, Geschichten und Pläne erzählten. Ein beeindruckendes Augenpaar mit schwarzen Wimpern und geschwungenen Brauen und ein feinblond umrahmtes, männliches Augenpaar, das eine Zuversicht zum Ausdruck brachte, die vorher fehlte. In ihm reifte eine Entscheidung im Herzen, die er noch vor ein paar Tagen als unmöglich angesehen hätte. Dabei gab es einige Ratgeber, die das Für und Wider mit ihm diskutierten. Roel war der loyal Redselige und wünschte sich zwar im Herzen, dass Anthony mit ihm auf neue Abenteuer gehen würde, doch er überzeugte ihn verstandesgemäß davon, mit seiner jungen Frau nach Europa zurückzukehren. Nanay Lorna schwieg dazu mit Tränen, Marie

Claire überzeugte mit treffsicheren Argumenten, damit Valerie in der globalen Welt an Reife zunehmen könnte, wie sie fand. Durch das Internet wäre man doch nicht fern voneinander und müsste keine Freundschaften vernachlässigen. Kaloy verkroch sich in sein Zimmer oder döste am Strand vor sich hin. Anthony wusste, warum, was ihm das Herz zusammenschnürte. Heimweh, Sicherheit, Lebensgefühl und Ziele wurden als Argumente gewürfelt und geschoben, überdacht und gewälzt, Dann kam der Zündfunke der Entscheidung und ihre letzten Argumentationen gaben ihm den Rest.

»Wir wollen dann den Familien unseren Entschluss mitteilen.«
»Heißt das, du wirst mit mir nach Deutschland gehen?«
» Ja..., Valerie Fettermann.«
Sie wollte nur noch eines, ihn leidenschaftlich umarmen. Umschlungen saßen sie beide auf dem schmalen Bambussofa. In ihren Köpfen rannten die Gedanken in einer Art des Achterbahnfahrens. Die Vorbereitungen, die Umstellungen, die Reisepapiere für Valerie, die Tröstungen, die ihre Angehörigen nun brauchen würden. Es sollte noch einige Monate dauern, um das Fotostudio zu schließen und Valeries Dokumente für ihre Einreise nach Europa zu besorgen, aber Anthony war nie der abwartende Typ, er zog seine Projekte durch. Hoffentlich kam nicht wieder etwas dazwischen, was sein neues Projekt in den Fluten des Lebens versenken würde. Die ›Kaibigan of Panay‹ war gescheitert und gestorben, aber seine Liebe war nun fest, berauschend und er wollte sie festhalten wie ein Umklammerer eines großen Schatzes. Valerie hatte sich aus seiner Umarmung gelöst und lachte wie ein glückliches Schulmädchen.

»Ich tanze jetzt für dich einen Tinikling. Magst du?«
Anthony musste laut auflachen.
»Ich habe keine Bambusstangen und auch keinen Filipino, der mit mir die Dinger bewegen könnte.«
»Ich kann das auch ohne Stangen. Mach die Musik dafür an.«

»Ohne Stangen schaffe ich das sogar.«

Sie freute sich einfach wie ein Kind, das ein großes Geschenk vom Vater bekommen hatte. Anthony hatte im Sortiment seiner Musikdateien tatsächlich einige traditionelle Lieder, die zu jenem Tanz gespielt wurden. Gespannt, was nun kommen würde, startete er die Musik, die laut aus dem Bluetooth-Lautsprecher plärrte. Ihre freudigen Bewegungen und kleinen Luftsprünge bereiteten ihm derartige emotionale Freuden, dass er andächtig ihren Bewegungen folgte. Ein anmutiges, feines Mädchen als einen Segen erster Güte war sie. Lustig war, dass sie in ihrer Jogginghose nicht gerade standesgemäß gekleidet daherkam, doch ihre leuchtenden Augen, ihre durch die Luft tanzenden Haare und die Eleganz ihrer Bewegungen berauschten ihn wie so oft.

»Komm, mach mit!«

Er konnte nicht Nein sagen und so bewegten sie sich hüpfend zur Musik im Dreivierteltakt, bis Anthony und sie erschöpft auf den Boden fielen.

»Das war lustig, nicht wahr?«

Anthony schwitzte bereits am ganzen Leib, die Tropenhitze war nicht Tinikling-freundlich, aber ihm war es in jenem Moment egal. Er fühlte sich nur erleichtert und glücklich. Herumalbernd wälzten sie sich umschlungen auf dem Boden.

»Einige meiner Freundinnen haben sich die Haare kastanienrot färben lassen. Fändest du das schön?«

Anthonys Blick wurde ungewöhnlich hart. Ihre Idee schien ihm ziemliche Probleme zu bereiten.

»Nein. Ich dulde das nicht.«

»Aber warum denn?«

»Du bist eine Naturschönheit, Valerie. Du hast deine tollen Haare nicht zu färben. Ich erlaube dir das nicht.«

»Was heißt denn ›Ich erlaube das nicht‹? Ich darf mit meinem Körper tun was ich möchte. Es gefällt mir.«

Valerie sprang auf. Ihre sonst so liebliche und wohlklingende Stimme klang jetzt hoch und ärgerlich.

»Das ist nicht ›Filipina‹. Du bist eine Filipina.«

»Seit wann muss eine Filipina immer schwarzes Haar haben?«

»Ihr seid so gemacht. Wenn sie einen Mann nur heiratet, der von allen Familiengliedern akzeptiert wird, dann hat sie auch ihre Haare natürlich zu lassen.«

»Ach was!«

»Das machen ehrbare Mädchen hier nicht. Ynez hat...«

»Natürlich... Natürlich.«

Ihr Augenspiel verriet, dass sie mit Tränen kämpfte. Tapfer aber schaffte sie es, dass keine aus ihren Augenwinkeln hervorkamen.

»Wenn du gesagt hättest, dass ich meine Haare nicht färben soll, weil du mich schöner damit findest, wäre ich ohne Widerworte glücklich gewesen. Aber es ist wieder die Erinnerung an sie.«

»Ich bin kein Roboter, Liebste.«

»Du wirst diese Vergleiche nie aufgeben können, Anthony.«

»Doch Valerie... bitte lass mir Zeit.«

»Warum sollen sie schwarz bleiben?«

»Weil du damit so schön bist!«

»Naturschön?«

Sie lächelte ihn an, ein Zeichen von Überwindung, Reife und Verständnis. Sie hatte dieses sensible Thema mit ihrer Mutter besprochen, ohne dass er davon Wind bekam. Zudem hatte Mutter Lorna bei einer Stippvisite die Gefühlslage der Beteiligten mitbekommen und scheute sich nicht, Rat einer älteren erfahreneren Frau zu vermitteln. Das wirkte und hinterließ bei Valerie ein tiefes Verständnis zu der Welt, in der Anthony gefühlsmäßig noch lebte. Sie musste lernen, dass alle Menschen ihre individuelle Zeit für die Verarbeitung ihrer eigenen Lebensabschnitte brauchten. Dabei wurde Nanay Lorna einmal sogar streng und unmissverständlich zu ihr, denn sie war Augenzeuge herrlicher Ehejahre zwischen Anthony und ihrer Erstgeborenen gewesen, aus der dezenten Ferne und beobachtete deren Glück mit eigener innerer Freude.

»Ich gehe duschen.«

»Und ich?«

Valerie fand es spannender, es zusammen zu tun und warf ihr Shirt förmlich von sich. Rasch waren sie unter der Dusche und ließen es sich beim gegenseitigen Begießen mit dem kühlen Wasser aus den obligatorischen Schöpfeimerchen aus Plastik erfrischend gutgehen. Anthony massierte Valeries ebenholzschwarzen Haare mit seinen Fingern, die voller Shampoo waren und rezitierte immer wieder, dass schwarze Haare zu einer Frau von hier gehören. Es gefiel ihr so sehr, wie er das tat. Nach dem Abduschen der Seife blickten sie sich an, zärtlich und einfach nur verliebt, und betrachteten ihre nackten Körper so, als würden sie neue Details entdecken wollen. Der Honeymoon konnte so herrlich schön sein und schien nicht enden zu wollen. Flüsternd artikulierte er seine sich etwas wünschenden Worte in ihr Ohr. Sie blickte an ihm herunter, schmunzelte süß und sah wieder hoch in seine fragenden Augen.

»Das sehe ich deutlich.«

Zärtlich umschlang sie ihn, streichelte über seinen Rücken und schmiegte ihre Lippen massierend an seine.

»Ich trage dich zum Bett, wie in unserer Hochzeitsnacht.«

Valerie war augenblicklich erregt, hätte es am liebsten im Stehen unter der Dusche getan, aber mit einem gekonnten Schwung hob Anthony sie hoch und trug sie ins Schlafzimmer. Sie waren nicht einmal abgetrocknet. Mit den Wasserperlen auf ihrer beider Haut fühlte sich ihre intime Nähe und seine wild streichelnden Hände auf ihrem Körper so fantastisch an. Valerie stöhnte dabei leise in Erwartung, dass er sie so lieben würde, wie sie es gerne mochte, in ihrer schon auserkorenen Lieblingsstellung. Natürlich war Valerie im Rausch des Erlebens ihrer Sexualität in Begeisterung entflammt. Der Nachmittag gehörte zweifellos ihnen beiden und dem flammenden Feuer der Leidenschaft zueinander, dem Liebesspiel, welches sie tatsächlich in drei verschiedenen Varianten hintereinander erlebten in ihrer beider Zuversicht, dass ihre Intimität so rasch nicht aufhören würde.

☉ Aufbruch ☉

Es waren nur noch zwei Meter bis zum Durchlass vor dem Flugsteig der Maschine nach Manila. Kaloy blickte nur schweigend und unendlich traurig, neben seinem Vater stehend, auf die unausweichliche Situation. Noch einmal hatten sie sich umarmt, und besonders die liebenswerte Mutter seiner ersten Frau hatte Anthony lange im Arm gehabt und sie für all ihre Liebe gelobt, die sie ihm als dem fremden Mann schenkte. Ihr Einsatz für die Ehe mit Valerie ließ sein Herz immer noch beben. Fest drückten Arnel und er die geballten Hände. Kaloy konnte nicht mehr ruhig bleiben und fing an, bitterlich zu weinen.
»Tito Big Man. Bitte bleib doch hier!«
»Komm her, großer Freund.«
Seine Hände umgriffen den zwölfjährigen Jungen, der ihn nicht loslassen wollte. Tröstende Worte vermischt mit Pfadfinderschwüren, wieder zu Besuch zu kommen, kombinierten sich mit Beteuerungen, immer Freunde bleiben zu wollen. Es gelang nur mühsam, Kaloy zu beruhigen. Für Roel war die Sache hingegen bravourös beendet.
»Hey Großer! Damit ist mein Eid aufgelöst, spätestens wenn dein Flieger den philippinischen Boden verlassen hat.«
»Wenn ich wieder zurückkomme?«
»Du kannst selber auf dich aufpassen. Vielleicht habe ich dann einen schönen Diamanten gefunden.«
»Hast du was am Laufen? Sag schon.«
» Ja..., jemand in San José..., eine Frau aus der Bar. Sie managt den Laden.«

»Auch für dich gibt es den passenden Schmetterling.«

»Hätte ich im Moment nicht gedacht, aber sie lief mir eben über den Weg.«

»Ich vergesse keine Stunde deiner Loyalität, Soldat!«

»Du bist echt so eine Type wie ich.«

Etwas beschäftigte Anthony plötzlich. Es war eine Beobachtung, die in ihm Hoffnung wachwerden ließ.

»Ich habe bemerkt, dass du seit deinem Krankenhausaufenthalt nichts mehr getrunken hast.«

»Ich habe eben jemanden gefunden, der mir so schön zuhörte. Habe ich das nicht schon mal von einem Foreigner gehört?«

»Diesen Foreigner kenne ich. Mag sie Filipinianas?«

»Nein, aber Marie Jay ist toll. Eine prima Frau. Ich habe es verstanden, mein Leben muss sich einfach jetzt drehen.«

»Pass auf dich auf.«

»Mach's gut, Foreigner.«

»Auf Wiedersehen, Kuya Roel.«

»Leb wohl, Tikling-Vogel. Pass auf den Typen gut auf.«

Sie schaute etwas verlegen zu diesem Mann mit echter Loyalität, welcher ihr in manchen Dingen unerklärbar geblieben war. Anthony wollte mit seinem Schwager abseits etwas besprechen. Langsam gingen die beiden Freunde im Vorraum der Abflughalle entlang.

»Ich habe eine Bitte.«

Anthony zog ein schwarzes Büchlein aus seiner Jackentasche.

»Ich möchte, dass du es Kaloy gibst, wenn er alt genug ist, meine Geschichte zu lesen. Pass auf, dass du ihn in Reife erziehst, so das er mich verstehen lernt. Du kannst es ebenfalls lesen. Gib es aber keinem anderen, versprich es mir.«

»Warum gibst du uns das?«

»Ich muss meine Vergangenheit zusammen mit der ›Kaibigan‹ begraben. Schau sie an. Diese Frau musste an die Stelle deiner Schwester treten, was mir leidtut, wenn ich deine Gefühle und die von Nanay Lorna berücksichtige. Daher muss ich auch vergessen können, ohne jemals zu vergessen, was für wunderbare Menschen ihr seid.«

Arnels Hand schlug ein. Es mussten nun keine theatralischen Schwüre mehr folgen.

»Kommst du wieder?«

»Das kann ich dir nicht versprechen.«

Er begann zu zittern und blickte nach oben an das Hallendach. Einige Spatzen-Vögel lebten im Gebäude. Sie hatten sich in ihrer jubilierenden Freiheit hier arrangiert, flogen zwitschernd umher und pickten die winzigen Krümel der Knabberchips vom Boden auf, die von den wartenden Passagieren fallengelassen worden waren. Anthony vergoss nun selbst Tränen. Sein wahres Heimatland blieb unweigerlich zurück. Er schaute zu Valerie hinüber und wusste es voller Zuversicht, aber er sah es so, die Opfernden würden Segen ernten.

»Ich kann es euch in diesem Moment nicht mehr versprechen.«

Männer litten hier manchmal still, aber auch hochemotionell. Alle vor dem Gate schauten den beiden hinterher, bis sie nach der Passagierkontrolle in die Abflughalle abbiegen mussten. Bis die Maschine von der Startbahn abhob, blieb Kaloy an der großen Glasfront stehen.

Anthony erlebte den Flug in der ersten halben Stunde wie immer in einer für ihn ereignislosen Weise, außer dass er rechts eine graue Wolkenwand ausmachen konnte, die sich dem Flugzeug näherte. Kurz darauf leuchteten die Anschnallzeichen auf und Turbulenzen begannen die Maschine zu schütteln. Das war für ihn nie ein Problem, aber in jenem Augenblick war es anders. Valerie sah ihn mit panischen Augen zittern und schwitzen. Es war derart auffällig, dass sich eine Flugbegleiterin näherte, eine junge Filipina mit kurzer, sportlicher Frisur.

»Mam, was hat Ihr Mann? Ist das normal bei ihm?«

»Er hat Angst vor einem Unwetter.«

Valerie berührte seinen Arm und schämte sich etwas. Anthony blickte sie an wie ein kleiner verängstigter Junge. Es wirkte aus den Augen eines stattlichen Mannes grotesk und albern, aber eine traumatische Panikattacke vermutete in der Regel hier niemand sofort.

»Er musste während ›Yoyleen‹... Er hatte Furchtbares mit ansehen müssen. Seitdem ist er manchmal so.«

Eilig wurde ihm ein Glas Wasser gereicht. Der junge Kollege der Flugbegleiterin reagierte freundlich und umsichtig zugleich.

»Er spricht Tagalog?«

» Ja, Mam.«

Die Stewardess redete in dieser Sprache beruhigend auf ihn ein.

»Sie müssen sich beruhigen, Sir. Es sind wirklich nur leichte Turbulenzen. Das ist für uns gar nichts. Und Kapitän Sanchez ist ein hervorragender Pilot.«

Valerie klammerte sich an seinen Arm. Sein Gesichtsausdruck wirkte so, als wollte er sich hastig bei ihr, seiner jungen Stütze, bedanken. Er wusste, dass er seine Panik seitdem nur schwer unter Kontrolle halten konnte. Sie, die ihm nur helfen wollte, aber in jener metallenen Röhre nur ein machtloses Geschöpf war. Sie betete still für ihn, weil sie das schon immer tat und ihre religiösen Tugenden stets bewahrte so gut sie es kannte. Der Maschine geschah erwartungsgemäß nichts und nur weitere 30 Minuten später landeten sie in der Hauptstadt. Doch der Flug nach Deutschland würde 14mal so lang sein.

☉ 4 Jahre danach ☉

Nils Becker lächelte tapfer nach dem vierten Kaffee plus Energy-Drink und fragte, wann sie aufbrechen könnten. Kaloy sorgte sich mehr um die Bedürfnisse dieses Touristen-Greenhorns mit psychologischer Ausbildung.

»Sir, Sie müssen doch erst einmal richtig schlafen.«

»Ich bin fit.«

Becker beruhigte ihn in Bezug auf seinen Zustand und schaffte es erst, nach einer Stunde fertig zu sein. Wenig später befanden sich die beiden bereits im Haus von Kaloys Familie. Arnel Velasquez wunderte sich zweifellos und war auch misstrauisch angesichts der fremden Person, die vor ihm saß. Kaloy erklärte seinem Vater so gut es ging, wer Nils Becker eigentlich sei, wieso er so interessiert war, was die Vorkommnisse vor vier Jahren betraf und dass er ein ungewöhnliches Interesse an der gekenterten Bangka draußen vor der San Carlos Bucht hätte. Sein Vater war unfähig, sein Verständnis in der Weise Nils Beckers anzupassen. Welten lagen zwischen den beiden Männern, die sich lange ohne Worte anblickten.

»Sie sollten wieder in Ihr Resort gehen. Kaloy jedenfalls bleibt hier, er ist erst sechzehn geworden und Sie kenne ich nicht.«

»Mister Velasquez, ich führe nichts im Schilde.«

»Sind Sie Reporter oder was sind Sie? Warum lesen Sie in dem Buch meines Schwagers und stellen uns solche Fragen?«

»Ich bin Psychologe, Mister Velasquez. Und bitte schimpfen Sie nicht mit Kaloy, weil er mir das Buch gegeben hat. Ich hatte ein derartiges Interesse an dem gekenterten Schiff und so viel gefragt, dass es ihm wohl zu viel wurde, mir alles genau erzählen zu müssen.«

Sehr prüfend musterte Arnel diesen Arzt, endlos die dahinfliegenden Sekunden, aber Becker ließ sich nicht aus der Ruhe bringen. Die ausgestreckte Hand des Hausherrn ließ erkennen, dass sich die beiden Männer und Kaloy an den Tisch in der kleinen Außenlaube setzen sollten.

»Vielleicht verstehen Sie es besser, wenn ich sage, dass ich Anthonys Landsmann bin und ihn besser verstehen kann.«

Marie Claire Velasquez hatte jene Situation verstanden und brachte einen Krug Wasser und drei Gläser. Becker hielt inne. Sollte Anthony Fettermann hier gesessen haben, als er jene

Erregung spürte und die junge Frau in dem orangefarbenen Filipiniana damals auf der Hauptstraße sah, dabei innerlich so zerrissen war, ob er im Inneren schon Grenzen überschreiten würde oder nicht?

Leise beobachteten die drei das Treiben auf der Straße. Immer mehr füllte sich das Verständnis des Arztes für den Mann, den er nur aus diesem abgegriffenen Buch kannte.

»Ich möchte fragen, Mister Velasquez, ob ihr Schwager seit damals vor vier Jahren wieder hier gewesen ist.«

Arnel schüttelte den Kopf. Er war traurig darüber, Anthony seit jener Zeit nicht mehr zu Gesicht bekommen zu haben. Er liebte seinen Ex-Schwager, zusammengeschweißt durch die vielen Erfahrungen und Erlebnisse.

»Er will erst einmal nicht zurückkommen, so wie es mir seine Frau geschrieben hat.«

»Wissen Sie eigentlich, was ihr Schwager durchgemacht hat?«

Arnel beobachtete den Psychologen in einer Weise, die einen Hauch von Verständnis offenbarte, der es jedoch an Tiefe fehlte.

»Wir haben alle viel mitgemacht.«

»Das mit dem Tropensturm ist nur die kleinste Sache in seiner Psyche, weil er wie Sie wohl praktisch veranlagt ist und tat, was hier im Land erforderlich ist bei dem, was die Leute hier ihm vorgelebt haben. Ich denke, die Religiosität in Ihrem Land und ihr Zusammenhalt in der Dorfgemeinschaft tut noch ein Übriges, auch wenn ich nicht viel darüber weiß. Aber...«

»Was meinen Sie damit?«

»Es ist die Kombination aus allem. Er hat das verloren, woran Sie alle jahrelang gearbeitet haben und was sein eigenes Vermächtnis hier am Ort werden sollte. Er muss tiefe Liebe zu ihrem Land fühlen und schien das Positive immer zuerst gesehen zu haben. Aber seinen Freund beinahe vor seinen Augen sterben sehen zu müssen, weil dieser vorher die Frau rettete, die er so liebt, ist ein traumatisches Ereignis.«

»Sie brauchen keine Bedenken zu haben. Den beiden geht es wirklich gut. Sie helfen der philippinischen Community in Deutschland als Bibellehrer und sind glücklich dabei.«

Becker runzelte die Stirn und sagte: »Bei dieser Valerie könnte ich mir das gut vorstellen, aber er tut das auch?«

Wieder verging eine Zeit des Wartens, Nachsinnens und Beobachtens der Geschehnisse auf der Straße, gute Ruhephasen beim Verarbeiten der angestauten Emotionen. Unter den vielen Menschen war auch eine junge Frau in einem Kleid mit seitlich auskragenden Flügel-Halbärmeln aufgetaucht, einem Dress in hellem Stoff, der mit weißen Stickereien verziert war. Rasch verschwand sie aber in einem Hauseingang.

»Ein Filipiniana Kleid.«

»Ich muss Sie korrigieren. Sie trägt ein ›Maria Clara‹. Bei diesen stehen die Ärmel nach der Seite, beim ›Filipiniana‹ nach oben.«

»Ist das Kleid von Valerie ein ›Maria Clara‹ oder ›Filipiniana‹?«

»Ein ›Butterfly-Sleeve‹ - Filipiniana.«

»Mit diesen halbrunden Ärmeln, das habe ich in einem Fotoalbum gesehen. Süß.«

»Für uns sind es Traditionen, auch wenn man sie im Alltag kaum noch sehen kann.«

»Mister Velasquez, Ihr Schwager braucht Hilfe. Ich erkenne es an seinem Tagebuch. Seine Frau schreibt Ihnen?

»Sie schreibt den Eltern und ihrem Bruder. Aber was er damals schrieb, hat keinen großen Einfluss mehr auf ihn.«

»Wieso?«

»Er und sie haben die wahre Berufung gefunden. Wenn meine Mutter hier wäre, könnte sie Ihnen viel darüber erzählen. Auch sie hat ihre Religion gewechselt. Und ich freue mich, dass meine Mutter sehr glücklich ist.«

Arnel musste zugeben, dass er das Tagebuch nicht wirklich so detailliert studierte wie der vor ihm sitzende fremde Gast. Daher erstaunte ihn das Interesse an dem Menschen Anthony durch diesen Touristen nun wirklich mehr und mehr. Zwei Kinder liefen lachend vorbei und stoppten abrupt vor dem Tisch, an dem die drei Erwachsenen saßen. Das Mädchen schaute Becker erschrocken an.

»Das ist Mister Becker. Sagt mal ›Hallo‹ zu ihm.«

»Na? Wie heißt du denn?«

»Ich bin Ronnie, Sir. Und das ist meine Schwester Mauring.«

Becker freute sich von Herzen beim Anblick der glitzernden Augen der Kinder. Sie kamen ihm unbeschwert und sorgenfrei vor. Die harten Lebensbedingungen für jene Leute hier, über die er oft nachdachte, würden doch dagegen arbeiten und trotzdem waren gerade die Kinder und Jugendlichen in ihrer Unbeschwertheit hier scheinbar ein Bollwerk gegen die alltäglichen Sorgen.

»Machst du Urlaub hier? Wie lange?«

»Noch ein paar Tage.«

»Bist du aus Amerika?«

»Nein. Aus Deutschland.«

»Das ist in Europa, weiß ich doch schon.«

Marie Claire hatte etwas auf dem Herzen und wollte nicht, dass jene besonderen Gespräche in die Ohren der Kinder drangen.

»Geht spielen.«

»Auf Wiedersehen, Mister Becker.«

»Sie haben entzückende Kinder, Mrs. Velasquez.«

»Danke, Mister Becker. Mein Mann und ich wundern uns schon, warum Sie so viel Interesse an Anthony und seiner Frau haben.«

Marie Claires Neugierde hob sich rasch, während sie Becker zuhörte.

»Mein Beruf. Das müssen Sie mir verzeihen. Es hat nichts mit Indiskretion zu tun. Angefangen hat es, als ich das Wrack dort entdeckte und Kaloy mir sagte, womit es zusammenhängt.«

»Haben Menschen wie Sie das Gefühl, Naturkatastrophen aufregend zu finden?«

»Aber nein, Mrs. Velasquez. Bitte denken Sie nicht, ich wäre jemand, der auf Kosten anderer seinen Thrill sucht. Es machte mich sehr betroffen, als mir jemand erzählte, was dieser Taifun hier angerichtet hat. Und auch wir in Europa wissen genau, wie furchtbar das ist. Ich habe in meiner Arztpraxis mit Menschen zu tun, die den Tod von lieben Angehörigen nach einem Unfall verarbeiten müssen.«

Marie Claire wirkte betroffen, entschuldigte sich aufrichtig für ihre unpassend gestellte Frage. Still genossen die drei auf der Terrasse sitzenden Menschen ihre Erfrischung, beobachteten das rege Treiben auf der Landstraße. Sie war ja die einzige Verbindung der Orte hier, und auf ihr hatten sich ganze Dramen abgespielt. Anthonys Spaziergänge in den Nächten zu seinem Schiff, die ihn zu diesen sein Leben verändernden Begegnungen führten. Die verzweifelte Fahrt mit einem Pritschen-LKW in ein Krankenhaus und die Stelle, an der Valerie stand, und ohne ihr Wissen auf die Platte gebannt wurde.

»Mister Velasquez. Ich habe noch eine letzte Bitte. Haben Sie vielleicht ein Bild von seiner Frau?«

»Einige. Warum?«

»Ich möchte ihn besser begreifen. Vielleicht verstehen Sie ein wenig, was ich sagen will.«

»Marie Claire, hol doch mal bitte das Album.«

Marie Claire verschwand für ein paar Minuten im Haus und reichte Nils Becker ein bunt eingeschlagenes Fotoalbum hin. Nach dem Umschlagen einiger Seiten fanden sich Bilder der Hochzeitsfeierlichkeiten der Fettermanns. Becker blickte lange auf jene Fotos, die Valerie zeigten. Er verstand es von der männlichen Seite her schon. Bereits auf den Bildern strahlten die Augen dieser Frau unglaubliche Zuversicht und Freude aus. Dabei waren es kleine Farbfotos. Wenn diese schon das Abbild so anmutig zeigten, konnte das Original nur noch mehr fesseln. So wie Anthony Fettermann sie beschrieb, glaubte er die ideale Art des intensiven Kennenlernens erlebt zu haben, die so manches Problem vorher im Keim ersticken konnte. Der Kampfgeist im Erreichen der Ziele, das Halten des moralischen Kodex, die Selbstbeherrschung und das Erleben der hingebungsvollen Leidenschaft in Kombination. Der Psychologe war vollends tief berührt von diesem alten, leicht zerknitterten Tagebuch. Es sollte eigentlich ein ruhiger Urlaub mit Abenteuereinlage werden. Diese Abenteuer erlebte er wieder einmal schneller als gedacht. Er hatte in zwei Nächten mehr gelernt als aus manchem Fachbuch. Wenn er wieder in Deutschland wäre, müsste er etwas unternehmen. Diese beiden Menschen mit ihren wechselvollen, ereignisreichen Dramen kennenlernen.

»An welchem Ort in Deutschland leben die beiden?«

»In Frankfurt.«

»Unglaublich. Ich wohne auch in Frankfurt.«

Es fröstelte Nils Becker jetzt. Ausgerechnet er fand ein Buch über jemanden, den er unbedingt kennenlernen wollte und dieser Mensch lebte auch noch in seiner Heimatstadt. Ein Mann rief plötzlich von unten die Mauer hoch, die den Rand der Terrasse markierte. Arnel stand auf und winkte den Besucher herauf.

»Kuya Arnel!«

Schnell hastete der junge Mann die steinerne Treppe hoch und war kaum überrascht wegen dem fremden Gast. Er war kräftig, atmete aber gehetzt. Er schien einen langen Weg schnell gerannt zu sein.

»Sie ist ganz untergegangen. Vor ein paar Minuten. Ich habe es vom Boot aus selbst gesehen. Eine Welle, und dann krachte der Seitenrumpf auseinander.«

Arnels Blicke wandten sich wieder Nils Becker zu, der die Botschaft nicht verstehen konnte. In Englisch bekam er es nun mit.

»Endlich ist es soweit. Nun hat das Meer dieses Wrack ganz begraben und niemand muss es mehr vor sich sehen. Vielleicht mussten Sie erst kommen und es betrachten.«

Nils Becker rieb sich erstaunt am Kinn. Er durfte einer der letzten Menschen gewesen sein, die Teile der ›Kaibigan of Panay‹ zu Gesicht bekommen hatten.

»Es ist gut so. Mister Becker, es ist gut so. Anthony hat es längst überwunden. Wie lange möchten Sie hierbleiben?«
»Ein paar Tage.«
»Kommen Sie doch morgen zum Mittagessen.«
»Wirklich? Das schätze ich sehr, Mister Velasquez.«
»Nennen Sie mich Arnel.«
»Freut mich. Nils.«

Der Alltag hatte Doktor Becker nach drei Wochen Südostasien wieder vollständig eingeholt. Seine Sprechstundenhilfe Frau Schubert zeigte ihm eine neue Patientendatei.

»Hier wurde einem Patienten von seinem Hausarzt die Durchführung einer Therapie angeraten. Termin ist morgen 14 Uhr zusammen mit seiner Frau.«

Der Blick des Arztes wanderte wie immer erst über die persönlichen Daten und die Diagnose, die auf dem gelben Dokument standen.

»Posttraumatische Belastungsstörung / Erschöpfungssyndrom.«
Es war der übliche Alltag. Solche Vordiagnosen hatte er schon hundertfach auf Überweisungsformularen gelesen. Der Vormittag verging rasch nach drei Gesprächstherapien. Nils Becker fand sogar, dass jene letzte vor seiner Mittagspause erfolgreich war. Doch er fühlte sich ausgelaugt, brauchte eine Pause.

»Soll ich euch später ›Coffee to Go‹ mitbringen?«
»Super. Für mich bitte ›Latte Karamell‹.«

Sprechstundenhilfe Frau Schubert, deren Hobby ausgedehnte Friseurbesuche waren, freute sich. Guter Kaffee war ihre zweite Obsession, wie es schien. Der Fußmarsch zum Coffeeshop wäre etwa 15 Minuten lang. Ein Ritual. Becker hatte seine festen Auszeiten, gefüllt mit den gedanklichen Verarbeitungen. Diese waren, seit er von den Philippinen zurückkam, häufiger und verwirrender geworden. Langsam schlenderte er auf der breiten Einkaufsstraße, zwischen den Menschengruppen erkannte er immer neue Gesichter. Der plötzliche Anblick dreier Menschen aber begann ihn augenblicklich zu fesseln. Blonde Einheimische in Begleitung asiatischer Frauen waren in Frankfurt längst keine Besonderheit mehr. Doch hier war etwas Vertrautes in Erscheinung getreten. Die schwarzhaarige, junge Frau mit glänzenden, schulterlangen Strähnen führte ein intensives Gespräch mit einer älteren Dame, die scheinbar zu ihrem Kulturkreis gehörte, während der Mann lächelnd dabeistand und ein Smartphone in der Hand hielt. Nun zeigte er der Frau etwas auf seinem Gadget. Etwa drei Minuten lang schaute sie interessiert auf den Bildschirm, offenbar lief ein Video darauf. Nils Becker wollte auf diese Dreiergruppe zugehen, doch dabei gebührenden Abstand halten. Die kreisrunden Sitzbänke um die jungen Alleebäume waren eine willkommene Entschuldigung, die zufällige Nähe einzunehmen, sein dampfender Kaffeebecher tat ein Übriges. Die Frau sprach deutlich wahrnehmbar ihre Heimatsprache. Der Mann neben ihr beherrschte sie offensichtlich auch und das ziemlich gut. Die Worte waren nur wenige, die Becker plötzlich verstand. ›Inday‹, ›Salamat‹ und andere Wortfetzen kamen Nils Becker wieder in Erinnerung. Es war die Sprache der Filipinos. Wie vor drei Wochen am Strand. Als die Frau, die das Video angesehen hatte, sich verabschiedete, fragte sie noch nach dem Namen des Mannes, der eine Umhängetasche trug.

»Ako si Anthony.« (Ich bin Anthony)

Nun fixierte Nils Becker die junge Frau, die mit ihrem Begleiter langsam auf seine Bank zukam. Er fokussierte ihr Gesicht in völliger Konzentration und bemühte sich um Diskretion, denn er hatte gelernt, dass man philippinischen Mädchen nicht direkt in die Augen starren sollte. Unhöflichkeit musste Becker in dieser Situation unbedingt im Keim ersticken. Die Frau, gekleidet in einem hellen Blazer-Kombi, war ohne Zweifel seine Ehefrau und besaß elegante, große Augen in mandelförmiger Ausformung. Ihr fröhlicher Ausdruck machte Beckers Herz unbändig warm. Er kannte diese Augen, obwohl er sie vorher nie leibhaftig sah und brauchte jetzt Mut. Sie musste Taifunherz sein. Als das Paar ihn fast erreicht hatte, musste er es tun. Nils Becker grüßte die beiden freundlich und versuchte, hastig seine Frage anzubringen.

»Entschuldigen Sie bitte. Darf ich Sie etwas fragen?«

Der Mann sah ihn lächelnd an und war augenblicklich bereit, ein Gespräch anzufangen.

»Bitte erschrecken Sie nicht, es ist mir ein wenig peinlich. Sie werden sich sicher jetzt sehr wundern, warum ich Sie anspreche. Aber ich kenne Sie.«

»Woher? Von einem Kongress vielleicht?«

»Herr Fettermann?«

»Ja...? Das bin ich.«

»Ich heiße Nils Becker und bin Psychotherapeut.«

»Angenehm. Doch wir haben uns vorher noch nicht getroffen. Oder?«

»Nein. Trotzdem kenne ich Sie beide.«

»Okay? Darf ich fragen, woher?«

Nils Becker musste schlucken und überlegte, wie er es ausdrücken könnte.

»Taifunherz.«

Nun schüttelte Anthony etwas verlegen den Kopf, lächelte aber standhaft dabei. Seine anziehend hübsche Frau wirkte überaus gelassen. Ihre fantastisch schönen, dunklen Augen glänzten dabei in purer Freude. Becker hatte bei ihrer Begrüßung sofort vernommen, wie gut ihr Deutsch bereits war.

»Ich freue mich, dass Sie beide etwas gefunden haben und offensichtlich glücklich sind mit dem, was Sie da machen. Und ich denke..., Sie sind Valerie aus Lawigan.«

»Woher kennen Sie meinen Geburtsort und meinen Namen ›Taifunherz‹?«

»Sie haben auch ›Yoyleen‹ miterleben müssen.«

Anthony und Valerie sahen sich an, ziemlich erstaunt, doch beherrscht. Dieser fremde Mann kannte offensichtlich viele Details aus ihrem Leben, aber woher hatte er überhaupt die Verbindung zu ihnen?

»Ich bin vor ein paar Tagen vom Urlaub aus Antique zurückgekommen. Tatsächlich durfte ich Sie und Ihre Geschichte kennenlernen. Ihr ehemaliger Schwager Arnel lässt Sie grüßen und Kaloy ist ein prima Junge. Ich muss gestehen, dass ich Ihr faszinierendes Tagebuch in den Händen hatte und es las. Bitte seien Sie beruhigt, ich bin ja Arzt und verspreche absolute Diskretion. Sie scheinen wirklich gut drauf zu sein und haben es überwunden.«

»Woher wissen Sie von meinen Aufzeichnungen?«

»Kaloy war mein Fremdenführer und ich zu neugierig.«

Nun setzte sich Anthony neben den Psychologen und lächelte wieder. Auch Valerie nahm auf der halbrunden Bank Platz und freute sich offensichtlich, wie ihr Mann mit Nils Becker sprach.

»Es wird bald eine Zeit kommen, wo es solche Katastrophen nicht mehr geben wird.«

Taifunherz lächelte in einer Weise, die Nils Becker zu faszinieren begann. So rein und natürlich, wie er es sich bei seinen Patienten gerne immer wünschen würde. Dass diese beiden Menschen enorm glücklich waren, zeigte sich unverkennbar, mehr als unverkennbar...

Glossar zu den philippinischen Wörtern in der Handlung

Bangka: philippinisches Holzboot mit Auslegern.
Banig: Schlafmatte aus breiten geflochtenen Pflanzenfasern.
Bayani: (Tagalog) Held/Heldin.
Bunso: (Tagalog) die / der Letztgeborene (Nesthäkchen). Ältere Geschwister können durchaus mitbestimmend bei deren/dessen Entscheidungen sein.
Calamansi: Kleine grüne saure Zitrusfrucht in der Größe einer kleinen Pflaume.
Dato/Datu: Oberhaupt einer Familie, Clan, Dorfgemeinschaft oder Stamm, Großvater, Vater, Erstgeborener in der Reihenfolge der Verantwortung, je nachdem wer noch am Leben ist, kann es nach dem Tod der Eltern die Tochter oder auch den Schwiegersohn betreffen, auch wenn er angeheiratet ist. (der Autor und seine Frau haben im realen Leben diese Position inne)
Dona Paz: Völlig überladene Passagierfähre, die nach der Kollision mit dem Tanker ›Vector‹ am 20. Dezember 1987 brennend sank. Wahre Begebenheit und bis jetzt das schwerste Schiffsunglück in Friedenszeiten mit der größten Anzahl an Opfern.
Filipiniana: Traditioneller Kleiderstil. Es gibt verschiedene Ausprägungen. Hauptmerkmal sind die ›Sleeves‹, Halbärmel in spitzer oder gerundeter Form, teilweise übergroß in Form einer halben Scheibe oder auch ›Butterfly-Sleeves‹ genannt. Im 18./19. Jahrhundert weit ausgeschwungene, teils aufwendig bestickte Schulterteile und Überwürfe, welche die Frauen gemäß dem Einfluss der christlichen Religion der Kolonialherren vollständig bedecken sollten. (Maria-Clara - Stil, Bandanas, ›Alapay‹ - Dreiecktuch, Barong - Kimonas, ›Patadjong‹ - Rock).
Filipiniana-Kleider werden bei Festlichkeiten, Miss-Wahlen oder gehobenen Anlässen getragen. Im Parlament bei Politikerinnen kann es vorkommen. Die traditionelle Mode ist teuer und wegen der Moderne selten zu sehen. Deshalb werden neuerdings auch

Casual-Filipinianas angeboten oder Ärmelpaare, die eine Frau zu normalen, schulterfreien Kleidern kombinieren kann. Schauspielerinnen tragen sie bei Award-Verleihungen oder wenn eine Filipina bei ›Miss Universe‹ - Wahlen gewinnt.

Gabriela Silang: Erste philippinische Anführerin einer Revolte. Während der Kolonialherrschaft wurde ihr Mann Diego Silang auf Geheiß von herrschenden Autoritäten ermordet, was sie bewog, den Kampf weiterzuführen und mit der Truppe ihres Mannes die Spanier erneut anzugreifen. Ihre Attacke auf ein Armeelager kostete viele Opfer und misslang, weil die Spanier Wind von der Aktion bekommen hatten. Gabriela Silang floh ins Haus ihres Onkels, wurde jedoch aufgegriffen und 1763 nach einem Schauprozess in Vigan gehängt. Ihr Kampfgeist wird heroisiert und in der Kunst überaus heldenhaft festgehalten. (Auf einem wilden Pferd reitend mit Schwert - Gabriela Silang Monument in Manila) Viele Filipinas sehen ihren Charakter heroisierend als beispielhaft an und ahmen Eigenschaften wie Opferbereitschaft, Liebe zur Freiheit und Willensstärke nach, die Gabriela nachgesagt werden.

Kaibigan: (Tagalog) Freund/Freundin.
Kunoichi-Kämpferin: (jap.) weiblicher Ninja.
Kuya: Anrede eines Älteren durch jüngere Erwachsene.
Lolo: (Tagalog / Hiligaynon) Großvater.
Lapu Lapu (1): Fischsorte
Lapu Lapu (2): Erster philippinischer Nationalheld. Ein ›Datu‹ Häuptling der heutigen Insel Mactan, der in der Schlacht um Mactan 1521 Ferdinand Magellan tötete, als dieser versuchte, die Insel einzunehmen.
Manong: (Hiligaynon) respektvolle Anrede älterer Männer durch jüngere Menschen.
Manang: (Hiligaynon) respektvolle Anrede älterer Frauen durch jüngere Menschen.
Nanay: (Tagalog) Mutter.

Panganay: (Tagalog) Erstgeborene/r.

Parau: Auslegerboot mit einem Segel.

»...po«: Höflichkeitspartikel in den philippinischen Sprachen, wenn man Ältere, Amtspersonen oder höhergestellte Persönlichkeiten anspricht. Als Tourist, der Tagalog lernen möchte, sollte man das unverzüglich beherrschen.

Tagapagbantay: (Tagalog) Bewacher.

Tatay: (Tagalog) Vater.

Tanduay: bekanntester philippinischer Rum. Der ›Schwarze‹ ist ein 12 Jahre alter Tanduay mit dem Namen ›Superior‹.

Tinikling-Tanz: Zu 3/4 Takt-Musik getanzter Solo- oder Paar-Tanz, bei dem Schritte und hüpfende Tanzbewegungen nach einem Thema neben und zwischen zwei Bambusstangen ausgeführt werden. Zwei kniende Männer oder Frauen schlagen die etwa 3-6 Meter langen Stangen abwechselnd zweimal auf den Boden und einmal gegeneinander. Gerät der Tänzer oder die Tänzerin bei diesem Schlag mit dem Bein dazwischen, gilt der Tanz als abgebrochen. Der Tanz kommt ursprünglich aus der Provinz Leyte, durch den Tikling-Vogel (eine Rallenart) angeregt und ist der Nationaltanz der Philippinen. Es gibt auch schon 4/4 Takt-Versionen zu moderner Popmusik und große Tanz-Ensembles und Gruppen, die auch im Ausland auftreten.

Tita: Anrede einer Erwachsenen durch Kinder und Jüngere.

Tito: Anrede eines Erwachsenen durch Kinder und Jüngere.

Tuyo: getrockneter, gesalzener Fisch.

Utang: (Tagalog) die Schuld. Es schließt die moralischen, finanziellen und durch Versprechen gegebene Dinge ein.

Seite 16: SS American Star (ursprünglich SS America)

Auf Seite 394 wird ein Bezug zu einem Film erwähnt. Es handelt sich um den Spielfilm ›Himala‹ (Wunder), der den Durchbruch für Nora Aunor bedeutete, eine der angesehensten Schauspielerinnen auf den Philippinen.

Die auf Seite 333 beschriebene Begebenheit mit der Wal-Herde hat der Autor zusammen mit seiner Frau an Bord zweier kleiner Boote selbst erlebt.